Elif Shafak • Die Heilige des nahenden Irrsinns

# Elif Shafak
# Die Heilige des nahenden Irrsinns

Roman

Aus dem Englischen von
Margarete Längsfeld

KEIN&ABER
POCKET

*Ich sah eine Krähe mit einem Storch umherlaufen;*
*ich wunderte mich und erforschte ihren Zustand,*
*um zu ergründen, was die zwei verband …*

*Erstaunt und verwundert näherte ich mich ihnen*
*und sah: Beide waren lahm.*

RUMI, *MASNAWI*

## Wieder angefangen zu trinken

Nur noch zwei Gäste sind in der Bar. Zwei Examensstudenten, deren Kosten für Unterricht und Miete ihre Stipendien bei Weitem übersteigen, beide Fremde in dieser Stadt, beide aus muslimischen Ländern. Trotz der scheinbaren Ähnlichkeit und obwohl sie gute Freunde sind, haben sie offenbar nicht sehr viel gemein, zumindest nicht in diesem Augenblick, morgens um 2 Uhr 36, da der eine sturzbesoffen ist, der andere nüchtern wie immer. Seit Stunden sitzen sie in immer deutlicherer Unterschiedlichkeit. Fünf Stunden, genauer gesagt.

Aber jetzt ist es für sie Zeit zu gehen, in wenigen Minuten wird der Nüchterne, der kleiner, dunkler und viel redseliger ist als der andere, von der Toilette kommen, dem Kellner, der seine Langeweile vom Fußboden fegt, entschuldigend zulächeln und steif zu der auf dem Barhocker klebenden verknöcherten Gestalt seines Freundes gehen. Sein Freund stiert unterdessen mit ouzobenebelten Augen das Gekritzel auf einer Serviette an. Er ist vollkommen reglos, vollkommen unempfänglich für den grimmigen Blick des puerto-ricanischen Barkeepers, der ihm direkt gegenübersteht.

Datum: 16. Dezember 2003
Ort: BOSTON
Zeit: 2 Uhr 24
Temperatur: KALT
Subjekt: OMER OZSIPAHIOGLU

Auszug: Wieder angefangen zu trinken ... nach elf Monaten, sechzehn Tagen absoluter Nüchternheit ... (11 Monate, 16 Tage = 351 Tage = 8424 Stunden = 505440 Minuten = 30326400 Sekunden = 17545846 mal Nick Caves »As I Sat Sadly By Her Side«)

»Was schreibst du da auf die Serviette?«

»Meine Gefühle«, murmelte die Gestalt auf dem Hocker, die nun nicht mehr so verknöchert aussah. »Ich fasse meine Gefühle zusammen ... damit ich sie nicht vergesse.«

Der bullige, breitschultrige Barkeeper warf jetzt beiden genervte Blicke zu, sah theatralisch auf die Wanduhr, um klarzumachen, dass er nahe – aber sehr nahe – daran war, sie rauszuschmeißen. Ehrlich gesagt, das Benehmen des Mannes hatte sich gewaltig geändert. Er war ein ausnehmend höflicher Barkeeper gewesen, besonders am Anfang, und war es in den folgenden vier Stunden geblieben; danach war seine Freundlichkeit stetig, sichtlich und unwiderruflich geschrumpft. Seit zwanzig Minuten war er alles andere als höflich.

»Reicht das nicht langsam? Das machst du jetzt schon seit fünf Stunden, Mann. Komm, lass uns gehen«, bellte der Kurze. Er hieß Abed. Sein Englisch hatte einen schweren, gutturalen, aber äußerst wankelmütigen Akzent, der ständig zwischen nichtgegenwärtig und allgegenwärtig schwankte. In einem Moment war er fast weg, und im nächsten lauerte er in jedem Wort.

»Los, komm, die machen zu.« Abed stieß seinen Freund an, sah sich nervös um und versuchte, Blickkontakt mit dem Kellner und dem Barkeeper zu vermeiden; ihm misslang beides. Der Nüchterne neben dem Säufer zu sein, war, fand er, ein ungeheuer anstrengender Job. Der Besoffene konnte sich alle möglichen Absurditäten erlauben, die am nächsten Morgen vergeben und vergessen waren, während dem Nüchternen nur die Rolle des leidvollen Zuschauers einer Farce blieb, an der er nicht beteiligt war, jedoch unmöglich unbeteiligt bleiben konnte.

Abed atmete durch die zusammengebissenen Zähne, kratzte sich an seinem Kinngrübchen, wie immer, wenn er unter Spannung stand, und zog eine Locke seiner ungeheuer lockigen Haare herunter, wie immer, wenn das Kratzen am Grübchen nicht half. Abrupt wandte er den Kopf in Richtung Toiletten, starrte jedoch gegen seinen Willen das strahlende, karmesinrote Augenpaar an, das sie von dem Brett fixierte, auf dem das Vieh platziert war, erstarrt in abstruser Würde, die es mehr wie ein unheimliches Spielzeug wirken ließ als eine einst lebendige Elster. Wie Menschen stolz ausgestopfte Vögel ausstellen konnten, würde Abed nie verstehen. Mit wachsendem Unbehagen wandte er sich zu seinem Freund um und stellte fest, dass der inzwischen mit seinem Füller große Löcher in die Serviette bohrte.

»Himmel, was machst du denn jetzt?«

»Ich gebe meinem Namen die Pünktchen zurück«, stöhnte der andere und spähte mutlos auf die kobaltblauen Kleckse über den Buchstaben seines Namens; jeder Punkt verlief auf der Serviette, wurde größer, während er zerrann, wie zum Beweis, dass man sich, um für die Augen anderer sichtbarer zu werden, so weit wie möglich von seinem innersten Kern entfernen musste .•••

Lässt man die Heimat hinter sich, heißt es, muss man zumindest einen Teil von sich aufgeben. Wenn das stimmte, dann wusste Ömer genau, was er hinter sich gelassen hatte: seine Pünktchen!

In der Türkei war er ÖMER ÖZSIPAHIOGLU gewesen.

Hier in Amerika war er OMAR OZSIPAHIOGLU geworden.

Seine Pünktchen hatte man ausgegliedert, damit er eingegliedert werden konnte. Schließlich mochten die Amerikaner, genau wie alle anderen, Vertrautes – Namen, die sie aussprechen, Klänge, die sie tönen lassen konnten, auch wenn beides nicht viel Sinn ergab. Wenige Nationen brachten es so selbstbewusst fertig wie die Amerikaner, die Vor- und Nachnamen von Ausländern zu verändern. Wenn zum Beispiel ein Türke erkennt, dass er in der Türkei den Namen eines Amerikaners falsch ausgesprochen hat, wird er verlegen und sieht dies höchstwahrscheinlich als seinen Fehler an, auf alle Fälle als etwas, das mit ihm zu tun hat. Wenn ein Amerikaner erkennt, dass er in den Vereinigten Staaten den Namen eines Türken falsch ausgesprochen hat, liegt der Fehler nicht bei ihm, sondern vielmehr an dem Namen an sich.

Sobald Namen an ein fremdes Land angepasst werden, geht immer etwas verloren – sei es ein Punkt, ein Buchstabe oder eine Betonung. Was in einem anderen Land mit deinem Namen passiert, ähnelt dem, was beim Kochen mit einem Riesenhaufen Spinat passiert – man kann dem Hauptbestandteil eine neue Würze geben, aber seine Größe schrumpft sichtlich. Dieses Zusammenfallen ist es, was ein Ausländer als Erstes erfährt. Die erste Veränderung, die die Anpassung an ein fremdes Land mit sich bringt, ist die Veränderung des bisher Vertrautesten: des eigenen Namens.

Man spielt mit der Aussprache herum, amputiert Buchstaben, wandelt Klänge ab, sucht nach dem besten Ersatz, und wenn jemand zufällig mehr als einen Namen hat, gibt er denjenigen, der den Muttersprachlern am meisten Probleme bereitet, völlig auf … Ausländer sind Menschen, von deren Namen ein oder mehrere Teile im Dunkeln bleiben. Auch *Ömer* hatte seinen Namen, je nach Belieben des Sprechenden, durch das weniger mühsame und geläufigere *Omar* oder Omer ersetzt.

Stumm auf dem Barhocker sitzend, während die Welt sich um ihn und er sich um kobaltblaue Kleckse drehte, die auf einer Serviette verliefen, fühlte sich Ömer inspiriert, nahezu in Hochstimmung und in der Lage, stundenlang über einen Tintenpunkt zu philosophieren. Abed musste sich ebenso gefühlt haben, doch er zerrte Ömer unsanft am Arm und holte ihn vom Hocker. Mit diesem Schwung schafften sie es, den Ort zu verlassen, bevor den Barkeeper seine Mordlust überwältigte.

Die Nacht war kühl. Doch während sie die Somerville

Avenue entlangstapften, schien die Temperatur sie nicht zu kümmern. Nicht die Kälte ließ sie so finster blicken, sondern etwas anderes. Etwas weniger Windiges und Feuchtes, etwas Diffuseres, Beklemmenderes ... etwas, das sie, wären sie gefragt worden, vielleicht als *ein plötzliches Gefühl verdrießlicher Verlassenheit* bezeichnet hätten, allerdings vermutlich nicht mit diesen Worten, und schon gar nicht in dieser Reihenfolge. Obwohl sie in den vergangenen fünf Stunden treue Gefährten gewesen waren, obszöne Hänseleien und noch obszönere Witze, viel Gekicher und brüderliche Solidarität geteilt hatten – als sie schließlich durch die Schwingtüren der Bar auf die nachtglänzende Straße stürmten und dabei kurzzeitig Ertrinkenden glichen, die voller Panik an die Wasseroberfläche zu gelangen suchten, hatten beide gleichzeitig und doch jeder für sich ihre verzweifelte Einsamkeit erkannt. Neben dem Schwall frischer Luft mussten der scharfe Gegensatz zwischen ihrem Geistes- und Gemütszustand, ganz zu schweigen von ihrem jeweiligen Blutalkohol bei dieser unerwarteten Distanziertheit eine Rolle gespielt haben.

Doch nach einem Moment unbehaglichen Schweigens war es nicht, wie man meinen sollte, der Betrunkene, sondern der Nüchterne, der herausplatzte und Dampfwölkchen ausstieß, bevor Wortwölkchen folgten:

»Ist dir der Name der Bar aufgefallen, in der ich fünf Stunden mit dir rumsitzen musste, *dostum* – mein Freund? Weißt du, wie das deprimierende Loch hieß? Fünf kostbare Stunden unseres Lebens!«, schnaubte Abed. »Zur lachenden Elster, so hieß das Ding! Aber Elstern lachen nicht, sie krächzen! Es gibt sogar einen Ausdruck, einen amerikanischen: ›krächzen wie eine Elster‹! Du denkst vielleicht, so eine belanglose Kleinigkeit! Na ja, jetzt denkst du das wahrscheinlich nicht, aber nur, weil du zu betrunken bist, um zu denken. Aber wenn Amerikaner einen Ausländer sagen hörten, ›oh, das Mädchen lacht wie eine Elster‹, würden sie den Fehler sofort korrigieren, stimmt's? Warum korrigieren sie ihn dann nicht, wenn er auf einem schicken Messingschild steht? Oder auf den Untersetzern? Was mich zu der Frage berechtigt, wenn sie ihn da nicht korrigieren, warum korrigieren sie dann den Ausländer? Verstehst du, was ich meine?«

Subjekt Ömer Özsipahioğlu blieb stehen und blinzelte seinen Freund an, als hoffte er, so besser sehen zu können.

»Klar, das ist nur ein kleines Beispiel.« Abed ging weiter, bis er merkte, dass Ömer stehen geblieben war. »Bloß die Miniaturausgabe eines größeren Fehlers, der für die Gesellschaft insgesamt typisch ist.«

»Gail sagt …«, kam Ömers zitternde Stimme von hinten, während er versuchte, Abed einzuholen. Aber dann musste er stehen bleiben und mehrmals schlucken, als hätte die Tatsache, dass er zum hundertstenmal in dieser Nacht den Namen aussprach, einen säuerlichen Geschmack in seinem Mund hinterlassen. »Sie … sie sagt, die Krähe ist die verehrte Älteste der verehrten Vogelfamilie. Und wenn du eine richtig alte Krähe findest, kann es sein, dass sie einst deiner Urgroßmutter in die Augen gesehen hat.«

»Gail! Gail! Gail!«, schrie Abed, drehte sich um und

breitete verzweifelt die Hände aus. »Seit fünf Stunden schwafelst du von ihr. Ich habe neben dir gesessen und war ganz Ohr, weißt du noch? Also erbarm dich, gib mir ein paar Gail-lose Minuten. Keine Prise Gail in meinem Elstern-Monolog, bitte. Keine Konservierungsmittel, keine Chemikalien, keine Gails, bis ich dich heil nach Hause gebracht habe, okay?«

Ömer holte ihn ein und seufzte trübsinnig. Die Gläser Ouzo, die er diese Nacht geleert hatte, mitsamt Trauben, Sternanis, Koriander, Nelken, Engelwurz und so weiter, hatten seinem Benehmen etwas Übertriebenes gegeben.

»Übrigens, es wundert mich gar nicht, von Gails Beziehung zu Krähen zu erfahren. Sie ist einfach verrückt. Wenn du das bis jetzt nicht kapiert hast, kapierst du's nie, Bruder. Sie ist die verrückteste Frau, die je in unser Leben trat, und wenn alle die Leute, die in all diesen Häusern schlafen, sie kennenlernten, dann wäre sie bestimmt auch die verrückteste Frau in deren Leben.« Er legte den Kopf in den Nacken und grölte in die leere Straße: »Schlaft, ihr Glücklichen! Schlaft gut!«

Und zu schlafen schienen sie tatsächlich, denn es kam keine Antwort von den schäbigen Gebäuden, den unscheinbaren Geschäften, den heimeligen Wohnungen. Nur ein teures topasfarbenes Auto fuhr zischend vorbei. Bevor es verschwand, sah Ömer noch flüchtig ein dunkelhaariges Mädchen im Rückfenster; es wirkte erschreckend ruhig trotz der Totenblässe des kleinen, runden, kranken Gesichts. Als das Auto langsamer wurde und um die Ecke bog, beugte er sich vor, um besser zu sehen, doch das Mädchen war nicht mehr da. Ömer wusste nicht recht, was er davon halten sollte. Wenn Gail hier wäre, würde sie das bestimmt als ein Zeichen deuten, aber er konnte nicht sagen, ob ein gutes oder schlechtes. Miesepetrig sah er sich um, spürte nahende Kopfschmerzen. Nicht, dass ihm die Flut von Beschwerden, die ihn begleitete, etwas ausmachte. Abed war immer so, immer streitsüchtig, ein glühender Aufwiegler, der weniger Eindruck auf seine Zuhörer machte als auf sich selbst. Schlimmer noch, Alkohol schien den frustrierten Redner in ihm zu wecken, eher eine Art verwickelter Nebenwirkung als eine direkte Folge. Jedes Mal, wenn Abed Zeuge wurde, wie jemand neben ihm viel Alkohol konsumierte, wurde er automatisch umso reizbarer und kritisierte *die Gesellschaft insgesamt*. In solchen Momenten verglich Ömer ihn mit Leuten, die unmöglich still sitzen können in einem Raum, wo die Bilder schief hängen. Genau wie jene musste er unbedingt jede Asymmetrie, die er entdeckte, korrigieren, selbst wenn er spürte, dass sie beabsichtigt war. Anders als bei jenen jedoch waren Abeds Interventionen rein sprachlicher und nicht physischer Natur. Reden und Jammern waren seine Art, Falsches zurechtzurücken. Und je weniger ihm das gelang, desto mehr musste er jammern.

»Heute ist bestimmt die schlimmste Nacht dieses Jahres, die schlimmste seit der Halloween-Katastrophe letztes Jahr.« Abeds Stimme spiegelte seine Wut. »Rechts von mir quasselst du Gail-hier-Gail-da, links von mir plärrt der Trottel mit der Baritonstimme Doris-hier-Doris-da, und Mister Barkeeper reißt alberne Witze über die Weiber ... Hast du eine Ahnung, wie lächerlich ihr drei aussaht? Kein Wunder, dass der Laden Zur lachenden Elster heißt! Und wer hat sich diesen *fabelhaften* Namen ausgedacht? Auch wenn Gail mir das übel nehmen würde, ich sage es trotzdem: *Cherchez la femme!* Es war bestimmt eine Frau. Die rotbackige Frau vom Boss vermutlich. ›Schätzelchen‹, sagt sie eines Tages, ›ich hab den Namen für unsere Bar!‹ Der Typ sitzt vermutlich gerade über einer schwierigen Kalkulation und versucht zu kapieren, warum die Kosten die Einnahmen übersteigen. Also sagt er: ›Das ist ein hübscher Name, Herzchen‹, bloß um irgendwas zu sagen, ›aber findest du ihn wirklich passend für eine Bar?‹ ›Bestimmt‹, antwortet sie, ›der gibt dem Lokal eine fröhliche Note.‹ Der Typ sagt nichts und hofft, dass sie die Sache schnell vergisst. Aber das ist ein großer Fehler! Unterdessen hat die Frau die Bar schon Zur lachenden Elster getauft!«

In Momenten wie diesen war es außerordentlich schwierig, Abeds Alter zu schätzen. Er war eigentlich ein junger Mann, jung genug, um bei Fragebogen die Rubrik »20 bis 30« anzukreuzen, doch in den Augen derer, die seinen wirren Monologen länger als eine halbe Stunde zuhörten, verschwamm diese Kategorie, schwankte von »40 bis 45« oder »60 und darüber« bis »noch nicht volljährig«. Manchmal klang er wie ein störrischer alter Mann mit einem so dicken Fell, dass kein wie auch immer gearteter Provokationssturm ihn irritieren konnte, dann wieder glich er einem dünnhäutigen Teenager, der schon beim leisesten Hauch von Missachtung außer sich war. Und doch wirkte er bei den seltenen Gelegenheiten, wo es ihm gelang, den Mund zu halten, viel jünger, als wenn er redete. Fing er erst mal an zu protestieren, steuerte sein Verstand direkt auf den Kern der Sache zu, so wie er sie sah, ließ alle Alternativrouten und Nebenstraßen auf dem Weg dorthin außer Acht. Eine derartige Direktheit hat vielleicht eine doppelte Wirkung und umfasst großzügig beide Bedeutungen des Wortes. Anders als andere war Abed stets aufrichtig; er hatte keine Unzufriedenheitskisten im Keller seiner Seele, in denen er *lieber-nicht-geäußerte*-Bemerkungen verwahrte, bis sie zu verrotten und zu stinken anfingen. Und er war auch im zweiten Sinne des Wortes direkt, da er allzu präzise oder *phallogozentrisch* war, wie Gail ihm hin und wieder gerne vorhielt.

Bei dem Gedanken an Gail wurde Ömers Blick trübe, und er geriet ins Stolpern. Er fragte sich, was sie in diesem Augenblick machte, allein zu Hause mit den Katzen. Er fragte sich, wie sie reagieren würde, wenn sie sähe, dass er wieder angefangen hatte zu trinken. Hatte sie ihn vermisst, und wenn ja, würde sie es ihm sagen, und wenn sie nichts sagte, würde das heißen, dass sie ihn nicht vermisst hatte … Ömer hätte gerne laut darüber nachgedacht und das vermutlich auch getan, wenn Abed sich hätte unterbrechen lassen.

»Dann, ta-ta-ta-ta … der Tag der Eröffnung ist da. Wie sagt man auf Englisch, wenn eine neue Bar oder ein neues Geschäft zum ersten Mal geöffnet wird?«

»Weiß ich nicht«, sagte Ömer finster.

Das war wirklich das Beste daran, wenn ein Ausländer sich mit einem anderen Ausländer in einer Sprache unterhielt, die beiden fremd war. Wenn der eine ein bestimmtes Wort nicht finden konnte, ging es dem anderen genauso.

»Okay, aber du verstehst«, fuhr Abed zuversichtlich fort.

Das war das Zweitbeste daran, wenn ein Ausländer sich mit einem anderen Ausländer in einer Sprache unterhielt, die beiden fremd war. Wenn der eine ein bestimmtes Wort nicht wusste und der andere auch nicht, waren sie trotzdem imstande, sich wunderbar zu verständigen.

Wie ein Geist, der in irdische Angelegenheiten eingreift, ohne tatsächlich in Fleisch und Blut vorhanden zu sein, findet das nicht gefundene Wort einen Weg, seine Bedeutung mitzuteilen, ohne selbst auf der Bühne zu erscheinen. Unter Menschen, die sich in einer gemeinsamen Fremdsprache verständigen, entwickeln Wörter eine abstruse Fähigkeit, durch Schweigen zu sprechen, durch ihre Abwesenheit zu existieren. Eine Art sprachlicher Phantomgliedmaßeneffekt. So, wie Patienten noch lange nach der Operation ihre amputierten Gliedmaßen fühlen, spüren Menschen, die, vollständig und brüsk von ihrer Muttersprache abgeschnitten, gelernt haben, in einer Fremdsprache zu überleben, nach wie vor die abgetrennten Wörter ihrer fernen Vergangenheit und versuchen, Sätze zu bilden mit Wörtern, die sie nicht mehr besitzen.

»Weil es die Eröffnung ist, sind die ersten Getränke frei. Kein Wunder, dass die ganze Nachbarschaft da ist. Der Boss ist sehr glücklich, sehr beschäftigt und wahrscheinlich sehr betrunken. Dann sagt der einzige nüchterne

Mensch in Sichtweite: ›Sir, verzeihen Sie, aber warum haben Sie Ihre Bar Zur lachenden Elster genannt?‹ Der Boss ist verdutzt. Er merkt, dass er keine Antwort weiß! Dann erinnert er sich an die Worte seiner Frau: ›Weil es dem Lokal eine fröhliche Note gibt.‹ Die Angestellten hören seine Erklärung und plappern sie augenblicklich nach, denn auch sie hatten versucht, das Geheimnis des albernen Namens zu lüften. Und so geht es weiter wie eine ansteckende Krankheit. Jahre später schleppst du mich in dieses Loch, ich stelle dieselbe Frage, und rate mal, was der Barkeeper antwortet: ›Weil es dem Lokal eine fröhliche Note gibt.‹ *Ouaghauogh!*«

Dies mag zwar keine exakte Wiedergabe des Lautes sein, den Abed ausgestoßen hat, aber es kommt diesem so nahe wie möglich. *Ouaghauogh* war eine Gesamtlautmalerei für diverse Dinge, die Abed partout nicht gefielen. Es war ein Schirmausdruck, unter dem sich alle möglichen persönlichen Habseligkeiten wirksam stapeln ließen, einschließlich zahlreicher Verstimmungen und einem Gemisch von Tönen (schallendes Gelächter, Gebrüll, Schnauben und Stöhnen in unterschiedlicher Lautstärke). Egal welches Gefühl es gerade bezeichnen sollte, *ouaghauogh* war in der Praxis weniger ein abschließender Ruf als eine Startpistole. Sowie Abed sich den Laut ausspucken hörte, startete er eine neue Attacke in seinem rastlosen Redemarathon.

»Was jammerst du die ganze Zeit?«, krächzte Ömer. »Was kümmert es dich überhaupt? Du trinkst doch nie! Verdammt noch mal, Abed! Du hast nichts getrunken an dem Tag, als du erfuhrst, dass deine Freundin noch in

Marokko auf dich wartete. Du hast nichts getrunken, als ich Gail vor deinen Augen einen Antrag gemacht habe. Wenn Freude kein Anlass ist, was ist dann mit Kummer? Du hast nichts getrunken an dem Tag, als du erfuhrst, dass deine Freundin deinen Vetter heiraten wird! Wenn du in diesem Alter nicht trinkst, wirst du in Alkohol schwimmen, wenn du alt bist.«

»Das also hast du heute Abend gemacht? In eine bessere Zukunft investiert!«, knurrte Abed mit vor Verachtung blitzenden Augen. Doch das Stirnrunzeln, das die Verachtung begleitete, verkehrte sich sogleich in Milde. »Omar, mein Freund, warum hast du wieder angefangen zu trinken? Voriges Jahr um diese Zeit lagst du im Krankenhaus im Koma, nachdem du dir den Magen ausgekotzt hattest. Du hast versprochen, nie wieder zu trinken. Und sieh dich jetzt an!«

»Elf Monate, sechzehn Tage.« Ömer nickte und kicherte, als hätte er sich gerade selbst einen Witz erzählt. »Weißt du, was mir klar geworden ist? Wenn ich vor elf Monaten einfach meine Kopfhörer aufgesetzt und ständig diesen Song von Nick Cave gespielt hätte …« Er hielt inne und suchte auf der Serviette nach der Information, »… dann hätte ich nach 17 545 846 Runden einfach die Kopfhörer abnehmen können, und elf Monate wären um gewesen. Für mich wäre es bloß ein einziger Song.«

Abed kniff die Augen zusammen und starrte ihn einigermaßen verblüfft an. »Omar, das ist das Vernünftigste, was heute Abend aus deinem Mund gekommen ist. Warum machen wir nicht anderthalb Jahre draus? Mal sehen … in den vergangenen anderthalb Jahren bist du von Istanbul in die USA gekommen, um deinen Doktor zu machen; das mit dem Doktor hast du vergessen und dich stattdessen auf *Freundinnen* spezialisiert, das hat aber alles nicht geklappt; du hast deinen Magen umgebracht, und dann hätte dein Magen beinahe dich umgebracht ... und dann warst du entweder krank oder hast dich verliebt, keiner konnte das mehr unterscheiden; danach hast du geheiratet, und zwar ausgerechnet Gail, und hast dein ganzes Leben ruiniert! Ja, es wäre bestimmt viel besser gewesen, wenn du, als du nach Amerika kamst, einfach die Kopfhörer aufgesetzt und dir *den* Song angehört hättest, den du so oft ertragen konntest. Wenn du das getan hättest, hätten wir jetzt unsere Ruhe.«

Abed verstummte, holte ein Taschentuch aus der Tasche, putzte sich die Triefnase und wischte weiter daran herum. Ömer wartete, wusste nur zu gut, wenn Abeds heuschnupfengeplagte Nase zu laufen anfing, dann blieb die Zeit stehen.

»Und was mein Nichttrinken betrifft«, näselte Abed, als seine Nase ihn endlich weiterreden ließ. »Du kannst völlig offen und völlig aggressiv sein. Das macht Gail doch ständig mit uns, nicht? Wenn du also denkst, ich bin ein altmodisches, langweiliges Arschloch, das sich im Paradies eine hübsche kleine Weide sichern will, um zu dir runterzuwinken, dann sag es einfach laut heraus. Lass deinem Widerwillen freien Lauf!«

Ungeduldig und mit mulmigem Gefühl starrten sie einander in die Augen. Abed war ungeduldig, wartete auf die einsetzende Flut von Kommentaren. Ömer war mulmig, presste unbehaglich die Lippen in der plötzlichen

Furcht zusammen, dass seinem Mund etwas viel Ekligeres entschlüpfen könnte. Es war das sich ständig wiederholende Schema. Immer wenn er früher getrunken hatte, trank er zu viel, und immer wenn er zu viel trank, endete die Nacht damit, dass er kotzte.

»Na schön, wenn du es unbedingt hören willst.« Als Ömer klar wurde, dass *Ungeduld* über *Unwohlsein* siegen würde, wollte er ein paar Dinge loswerden. »Ich sag dir, wie spinnensinnig du bist!«

»Was-was-was?«

»Das ist der türkische Ausdruck für Leute wie dich. Wenn jemand hinter der Zeit herhinkt, konservativ ist, altmodisch, traditionalistisch … den nennen wir spinnensinnig.«

»Aber warum?«

»Warum? Da gibt's kein Warum!«

»Warum?«, war eine Ersatzfrage, eine veraltete Währung, die nirgends und bei niemandem in Gebrauch war, wenn man erst mal in die stillen Täler gelangte, die ordentlichen Sprengel des unendlich weiten und doch vertrauten Landes namens Muttersprache. Dort konnte man sein ganzes Leben verbringen und auf alle Arten von »warum?« eine Antwort haben – so lange, bis jemand einen fragte.

»Ist das so was wie ›dein Gehirn ist so klein wie eine Spinne‹? Oder geht es mehr um das Spinnennetz als um die Spinne selbst? Als würde man sagen, ›dein Gehirn ist so verstaubt, weil es eine Ewigkeit nicht benutzt wurde‹. Aber sogar dann, sag ich dir, ergibt es keinen Sinn, außer man sagt *spinnennetzsinnig* statt *spinnensinnig*.«

Ömer stieß einen Verzweiflungslaut aus, während er gegen eine weitere Welle von Übelkeit ankämpfte. Er wäre an die frische Luft gegangen, wenn er da nicht schon wäre.

»Immerhin«, sagte Abed achselzuckend, »dein Standpunkt hat was. Wenigstens hast du versucht, zum ersten ... tatsächlich zum *zweiten* Mal heute Abend was Vernünftiges zu sagen. Ich bin tatsächlich spinnensinnig. Tarantel oder so was. Aber das kränkt mich nicht. Nein, kein bisschen, weil das in meiner Sprache ›fromm‹ bedeutet. Ich bin ein frommer Muslim, du dagegen bist ein *verlorener.*«

»Ein verlorener Muslim ...«, wiederholte Ömer höflich und schloss die Augen in einer Art Verzückung, als erwartete er, eine Animation »Verlorener Muslim« zu sehen, die ihm von den Tragödien der Sterblichen berichtete.

Als nichts geschah, musste er die Augen wieder aufmachen und erleben, wie tiefes Elend die Leere füllte, die für das Erscheinen des Bildes reserviert war. Während das Elend wuchs, spürte er zuerst väterliches Erbarmen, dann kameradschaftliche Anteilnahme und schließlich wachsendes Mitleid mit seinem bescheidenen Dasein auf Erden. »Verloren« traf es genau, das war er mehr als alles andere die letzten fünf, zehn, fünfzehn Jahre seines Lebens gewesen ... ein Examensstudent der Politikwissenschaft, außerstande, sich in der Strömung der *Politik* oder auf der kleinen Insel der *Wissenschaftler* zurechtzufinden; ein unerfahrener Ehemann, dem das Atmen inmitten der Flora und Fauna des Ehestandes schwerfiel;

ein im freiwilligen Exil Lebender, der das Gefühl nicht loswurde, hier nicht zu Hause zu sein, aber gleichzeitig nicht mehr wusste, wo dieses Zuhause war, obwohl er früher irgendwann eins gehabt hatte; ein geborener Muslim, der nichts mit dem Islam oder mit irgendeiner anderen Religion zu tun haben wollte; ein eiserner Agnostiker, weniger, weil er das Wissen von Gott bestritt, als vielmehr, weil er bestritt, dass Gott von ihm wusste …

»Ich trinke nicht, o nein. Und je mehr man sich über mich lustig macht, weil ich nicht trinke, desto mehr fühle ich mich geehrt. Wenn ich tot bin, sage ich da oben, dass ich nichts zu verzollen habe. Ich kenne den Geschmack von Chardonnay oder Scotch nicht. Ich kenne den Geschmack von diesem *Raki-Zeugs* nicht. Aber ich weiß, wie das ganze Zeug an Menschen riecht. Und dank dir habe ich auch erfahren, wie es riecht, wenn es ihnen zum Mund rauskommt! *Ouaghauogh!*«

Ömer wurde blass, erkannte verdrossen, dass in seinem angegriffenen Zustand jedes Wort über das Kotzen eine provozierende Wirkung auf ihn haben könnte.

»Ich kapier das einfach nicht. Wenn du am Ende doch alles wieder auskotzt«, fuhr Abed fort, ohne die physische Verschlimmerung zu bemerken, die er gerade auslöste, »warum trinkst du dann überhaupt?«

»Abed … hör auf … ja?«

»Warum? Fünf Stunden lang habe ich dir geduldig zugehört, und jetzt, wo du dank der frischen Luft, der Kälte und was weiß ich ein bisschen nüchterner geworden bist, hab ich auch ein paar Dinge zu sagen … Ich will dich wenigstens eins fragen: Da ich bisher keinen

Alkohol konsumiert habe und das wohl auch in Zukunft nicht tun werde, kannst du bitte so freundlich sein, mir zu sagen, wieso ich eigentlich in Bars gehe?«

»Weiß ich nicht«, grunzte Ömer unwillig. Doch seine falsche Antwort steigerte nur den Drang nach der richtigen.

»Du weißt es *ganz genau!*«

Obwohl von fünf Stunden Ouzo schwer angeschlagen und trotz seiner geschwollenen Augen begriff Ömers Verstand, dass jeder Einwand gegen ein derart beißendes *ganz genau* erfolglos sein würde.

»Du warst wegen mir dort«, keuchte Ömer halb zu sich selbst, als sei er im Begriff, eine Sünde zu beichten – oder vielmehr eine ganze Latte von Sünden. »Weil ich dich angerufen und dir gesagt habe, dass ich mich heute nicht wohlfühle …«

»Ist das alles? Du hast noch was gesagt, erinnerst du dich?«

»Ich hab gesagt, ich war … ich hatte das Gefühl … als hätte man mich in einen trockenen Brunnen geworfen.«

»Stimmt. *Der Brunnen!*«, gackerte Abed, sprang hoch und wedelte mit den Armen.

Die Springerei war eine Art Siegeszeichen. Immer wenn er die Bestätigung bekam, nach der er sich in einem Disput sehnte, vollführte er den Akt, teils weil er von Energie übersprudelte, vor allem aber, weil er im Grunde seiner Seele mit seiner Größe unzufrieden war. Er konnte als recht gut aussehend gelten und war Gott wirklich dankbar für sein Äußeres, wäre er bloß ein bisschen größer. Nicht so groß wie Ömer, der Storch,

natürlich, sondern bloß ein bisschen … dreißig Zentimeter, genauer gesagt. Weil er aber keine dreißig Zentimeter größer war, vermutete Abed, ließen die Züge,
die ihm Charisma hätten geben können – hohe Stirn,
lockiges Haar, dunkle strahlende Augen, leicht gebogene Nase und das Grübchen am Kinn –, ihn stattdessen
aussehen wie ein Doktorand im zweiten Jahr, der die
Wirkung eines Ceroxidkatalysators auf Wasserdampf und
Karbonmonoxid erforscht.

Die sorgsam verborgenen Triebe hinter den auffallend
simplen Gesten seines Freundes zu entdecken, war jedoch das Letzte, was Ömer im Sinn hatte, als er seinem
Protest weiterhin freien Lauf ließ:

»… ich war so deprimiert, weil Gail deprimiert war.
Das geht schon eine ganze Zeit so, und heute musste ich
endlich was trinken, drum hab ich dich angerufen …
siehst du übrigens den Zusammenhang, Abed? Zuerst
hat man das Gefühl, in einen trockenen Brunnen geworfen zu werden, und eh man sichs versieht, braucht man
dringend einen Drink! …«

Mit vor gespielter Verwirrung blitzenden Augen war
der verblüffte Abed hin- und hergerissen zwischen gelas-
senem Ertragen, wenn nicht sogar heimlichem Genießen
des *freien Laufs von Gelaber* und dessen Abblocken durch
ein Sperrfeuer von Gegenargumenten.

»… du hast mich gebeten, nicht wieder zu trinken,
dabei wusstest du, dass ich es trotzdem tun würde, und
du musst gedacht haben, ich wäre weniger in Gefahr,
wenn du bei mir wärst. Darum bist du gekommen. Dann
mussten wir alle Bars in der Nachbarschaft abklappern,

weil ich dich überzeugt habe, dass ein fermentierter Sprit meinem Magen nicht schaden würde und dass dieser besondere Sprit Raki sein musste. Aber wir konnten keinen finden. Dafür fanden wir die Kneipe, wo es Ouzo gab. Das hatte was Ironisches, weil die Leute glauben, Griechen und Türken hätten nichts gemeinsam. Aber eins sag ich dir: Die Wahrscheinlichkeit, dass ein Türke sein Nationalgetränk durch Ouzo ersetzt, ist größer als … dass jemand mit einer anderen Nationalität sein Nationalgetränk durch Ouzo ersetzt. Und obwohl die da drüben türkischen Kaffee schamlos ›griechischen Kaffee‹ nennen, ist die Chance, dass ein Grieche türkischen Kaffee jedem anderen Kaffee vorzieht, größer als die Chance, dass … jemand von … einer anderen Nation … Nationalität … türkischen Kaffee … vorzieht … uff!«

Ömer stöhnte auf, als ihm klar wurde, dass seine Kenntnisse dieser Sprache ihm nicht erlaubten, all die Wörter zusammenzutreiben, die er so sorglos verstreut hatte.

»Verstehst du, was ich meine?«, wimmerte er.

Aber er wusste, Abed würde es verstehen. Das war das Drittbeste daran, wenn sich ein Ausländer mit einem anderen Ausländer in einer Sprache unterhielt, die beiden fremd war. Egal, wie sehr der eine mit dem Englischen kämpfte, der andere würde der stillschweigenden Behauptung »Ich hätte mich sicher schlauer anhören können, wenn ich bloß den Wortschatz und die Grammatik hätte« zumindest ein bisschen Glauben schenken.

»… Also habe ich gesagt, Ouzo ist in Ordnung, aber das hat dich bestimmt wütend gemacht, weil wenn ich mich schließlich mit Ouzo zufriedengebe, warum hatte ich dich wegen Raki so weit mitgeschleppt …«

»Omar, mein Freund … ist schon gut.« Vergeblich versuchte Abed, ihn zu besänftigen.

»Nein, ist es nicht! Gar nichts ist gut. An Gail komme ich überhaupt nicht mehr ran. Wenn sie unglücklich ist, dann ist sie so ungeheuer unglücklich, dass ich mir Sorgen mache. Wenn sie glücklich ist, dann ist sie so ungeheuer glücklich, dass ich mir auch wieder Sorgen mache. Ich kann nichts daran tun … es ist hoffnungslos …« Ömer drehte sich immer weiter in Wimmerkreisen und stürzte sich immer tiefer in einen Strudel der Selbstverachtung.

»Gail wird sich wieder einkriegen, und wir helfen uns gegenseitig, *dostum*.« Abed schien konfus, wusste nicht, was er noch sagen sollte, und suchte, wie immer, wenn er konfus war, nach einem Sprichwort, fand aber nichts Besseres als: »*Ein guter Freund ist besser als Milch.*«

»Sogar besser als Milch«, kreischte Ömer beherzt; das Sprichwort ergab einen erstaunlich perfekten Sinn für seine erstaunlich beduselte Wahrnehmung.

Die nächsten zehn oder mehr Minuten, bis sie zu einem Backsteinbau wenige Schritte vom Davis Square kamen, wurde verblüffenderweise kein einziges Wort gesprochen. Dort angelangt, verzog sich Ömers Gesicht plötzlich zu einer Grimasse, als seien sie nicht nach einem anstrengenden, abenteuerlichen Weg endlich an seiner Wohnung angekommen, wo die Nacht ihr Ende fand, sondern an der Wölbung des Regenbogens, wo die Welt ihr Ende fand. Abed kannte Ömer gut genug, um seine Bereitschaft zu erfassen, seinen wackligen Leib und seine noch wackligere Seele zu immer stärkeren Gefühlsduseleien zu steigern, und konnte sich beim Abschied nicht enthalten, den Freund ungestüm zu umarmen, was diesen nur noch gefühlsduseliger machte.

Als er knallrot aus der Umarmung wieder auftauchte, wiederholte Ömer wie ein verspätetes Echo: »Sogar besser als Milch!«

Dann war er weg.

Abed stand auf dem Bürgersteig, sah den langgliedrigen, geschmeidigen Körper seines Freundes hinter der gewaltigen Tür verschwinden und fragte sich, was Gail wohl sagen würde, wenn sie sah, dass Ömer wieder getrunken hatte; Abed hatte ein schlechtes Gewissen, weil er nicht heftiger versucht hatte, ihn davon abzuhalten, machte sich Sorgen um ihn, um sie, und ehe er sichs versah, machte er sich Sorgen um sie alle.

## Eine schwangere assyrisch-babylonische Göttin

Das Gebäude hatte einen sonderbaren Geruch. Obwohl man ihn kaum als angenehm bezeichnen konnte, war es aber auch kein schlechter Geruch. Ein höchst eigener bitterer Geruch, was laut Gail bedeutete, dass das Gebäude eine eigene bittere Geschichte hatte. Gail liebte solche Geschichten.

Sie waren im Spätsommer in dieses Haus gezogen.

Im Spätsommer waren sie eingezogen, mit unendlich viel mehr Habseligkeiten als ursprünglich geplant – unter anderem das äußerst bescheidene Mobiliar, bestehend aus einem Doppelbett, zwei Eichenschreibtischen, einer Bambustruhe, und dann der Rest: Ein paar Tausend CDs (Ömers), vier verschiedene Kaffeemaschinen (Ömers, allerdings eher ein Tribut an die gute alte Zeit, als sein Magen noch in Ordnung war), Düfte aller Art (Gails), bündel- und büschelweise Pflanzen-Gewürz-Kräuter-Tees (Gails), Dutzende Göttinnenbildnisse, eine von ihnen bärtig (eindeutig Gails), eine Kollektion Silberlöffel (ganz eindeutig Gails), dann Bücher (Ömers) und Bücher (Gails) und noch mal Bücher ... und ein türkisches Schild, das Ende der 1920er-Jahre auf den Fähren in Istanbul den Fahrgästen das Spucken verbot. Ömer hatte den Spruch leicht verdreht, poetisiert und veredelt zu seinem Lebensmotto gemacht:

O *Fahrgast, spucke nie auf die Fähre, die dich trägt!*

Am Anfang hatten sich Ömer und Gail ostentativ geeinigt, nichts, buchstäblich *nichts,* mitzunehmen, nur ihr bescheidenes sterbliches Ich und die zwei Perserkatzen (obwohl Ömer bis zur letzten Minute insgeheim gehofft hatte, dass auch sie zurückgelassen würden).

Sie waren sich einig gewesen, in eine vollkommen leere Wohnung zu ziehen und dort einen *federleichten* Neuanfang zu machen. Es war ein großartiger Plan, schlicht, aber erhaben. Ömer hatte ein sprühendes Lob auf die längst vergessenen Ahnen der Türken losgelassen, die irgendwo in den Steppen Mittelasiens verstreut ein fröhliches nomadisches, schamanisches Leben führten, lange bevor sie in das Land kamen, das die heutige Türkei werden sollte; er schloss seine Rede voller Bedauern, weil sie irgendwo in ihrer Geschichte diesen ungebärdigen Elan verloren und beschlossen hatten, sesshaft zu werden, nur um in dem verrückten Zivilisationsrennen hinterherzuhinken. Nomaden waren nobel und rastlos. Sie waren weder geblendet von der Lehre einer »besseren Zukunft«, die sich aus der Unersättlichkeit des kapitalistischen Konsums nährte, noch waren sie gefangen in einem Gute-alte-Zeit-Fetischismus, der die Anhäufung sentimentaler Reliquien einer unsentimentalen Vergangenheit nötig machte. Auf dem Sattel eines Nomadenpferdes war kein Platz für Memento *mori,* Familienalben, Kindheitsfotos, Liebesbriefe oder Jugendtagebücher – alle seit Langem tot, aber nie befugt, in Frieden zu ruhen. Nein, nichts von solchen dämlichen Fesseln. Nur Freiheit, die den Namen verdiente, ganz rein und schlicht, konnte auf einem Nomadenpferd reiten.

Wenige Tage nach dieser Rede, als Ömer sich mühte, in dem Labyrinth von Absätzen, die in das zweite Kapitel seiner Doktorarbeit einfließen sollten, einen Platz für ein Zitat zu finden, das er einst einem Buch entnommen hatte – ein Zitat, das damals sinnvoller wirkte als heute –, wurde die Tür aufgerissen, und hereingepoltert kam eine unförmige Kiste auf Rädern, gefolgt von Gail, gefolgt von der Katze, gefolgt von dem Kater.

»Was ist da drin?«

»Oh, Seife und so. Nicht viel …«

Kein Einwand. Nomaden hatten ein Stück Seife bei sich, oder? Und wenn sie Seife mitnehmen konnten, schadete es nicht, auch ein paar CDs mitzunehmen. Das war Dienstagmorgen gewesen. Ehe der Tag zu Ende war, folgten weitere geliebte Dinge – Besitztümer, zu wertvoll, um zurückgelassen zu werden, schlichen sich in die Kiste der Ausnahmen, und als darin kein Platz mehr war, füllten sie einfach noch eine Kiste. So wie die Liste ausgewählter Gegenstände wuchs, wuchs auch die Anzahl der Kisten, die sie in ihr brandneues *federleichtes* Leben trugen. Am Freitag sahen die beiden sich nach einer Umzugsfirma um. Sie nahmen die erste, kleinste, billigste Firma, die sich anbot. Zufällig trug die Umzugs- firma den schönen Namen Galoppierendes Pferd.

Noch das Gebäude erschnuppernd, ging Ömer zu den Briefkästen in der Lobby und studierte die vielen Nach- namen auf den vielen Schildchen, bis er endlich seinen eigenen fand. Da stand er – ohne Pünktchen! Wenn Gail, die jetzt im vierten Stock wer weiß was tat, wüsste, dass er seinen Nachsuff damit verbrachte, über das Problem seines Nachnamens zu grübeln, der pünktchenlos und viel zu lang war, um auf ein Briefkastenschild zu passen, dann würde sie bissig spotten und die Szene als weiteres Beispiel von Kastrationsangst interpretieren. Männer, ar- gumentierte sie herablassend, fürchteten sich davor, ihren Namen zu verlieren, mehr als Frauen, denen von klein auf die Vergänglichkeit von Nachnamen klar war.

Hatte sie deshalb nicht gewollt, dass ihr Nachname hier stand? Ömer Özsipahioğlu war jetzt nicht imstande, über diese Frage nachzugrübeln. Er öffnete den Briefkas- ten und zog eine Handvoll Post heraus. Immer derselbe

Müll; Werbung, Handzettel, Kreditkartenangebote. In dem Haufen waren auch der Katalog einer Buchhandlung in der Nähe und die zweite Ausgabe von *If Ain't in Pain, Not Alive Enough,* der ultranihilistischen Zeitschrift einer hyperkonfusen Gruppe von DJs mit unglaublich antagonistischem Musikgeschmack, aber insgesamt postpunk ausgerichtet – eine Zeitschrift, die Ömer für ein Jahr abonniert hatte, obwohl er genau wusste, dass sie sich kein Jahr halten würde. Und weil ihre Überlebenschancen so gering waren, bereitete die Zeitschrift ihren Lesern allmonatlich eine extra Freude, wenn diese die neue Ausgabe erhielten und sahen, ja, sie hatte es wieder einmal geschafft!

Unter der Zeitschrift stapelte sich Reklame noch und noch und ein Umschlag für eine gewisse … eine gewisse *Zarpandit?!* Gewöhnlich übergab Ömer alle falsch eingeworfenen Briefe einem kleinen hageren Mann, der wohl der lustloseste Koreaner der Welt und zudem hier der Hausmeister war, aber auf diesem Umschlag stand Gails Nachname.

*Hatte Gail noch einen anderen Namen?*

Unversehens kam die quälende Frage herangestürmt, die er die meiste Zeit verdrängte, und setzte sich in seinem Kopf fest: *Wie gut kannte er seine Frau?* War das Aufdecken von Geheimnissen zwischen ihnen nur eine Frage der Zeit, oder war es grundsätzlich, sachlich, erkenntnistheoretisch unmöglich, auch wenn sie eine lange Zeit, ja ein ganzes Leben miteinander verbrachten?

Zweiter Stock. Er schnaufte und keuchte, während er die Treppe hochpolterte. Er polterte die Treppe hoch, während er sich fragte, wie tief Gail wohl mit der Vergangenheit verbunden war. Ömer war es sicher nicht! Nur von Zeit zu Zeit ertappte er sich dabei, dass er sich nach seinen Junggesellentagen sehnte, insbesondere nach der Zeit, als er mit Abed und Piyu zusammenwohnte.

Nicht, dass Gail nicht verstünde, was Piyu und Abed ihm bedeuteten, denn das tat sie, und nicht, dass er nicht dort übernachten konnte, wann immer er wollte, denn das konnte er. Dass er jene Zeit vermisste, obwohl er jetzt heiterer und verheiratet war, das war irgendwie undurchsichtiger und schwieriger zu handhaben. Gewissensbisse, nahm er an. Es war, als würde er mit demselben alten Masturbationstrott weitermachen, obwohl ihm jetzt der ständige Supersex beschert war, den er sich immer ersehnt hatte. Tatsächlich machte er mit demselben alten Masturbationstrott weiter, obwohl ihm jetzt der ständige Supersex beschert war, den er sich immer ersehnt hatte, aber das bereitete ihm keine Gewissensbisse. Dass er das Studentenleben vermisste, das er einst in Pearl Street 8 geführt hatte, das bereitete ihm sehr wohl welche.

Aber es ging um mehr als *das*. Wenn man seiner Frau erzählte, dass man ab und zu das voreheliche Leben vermisste, war die eigentliche Gefahr nicht, dass sie vielleicht nicht verstand, wovon man sprach, sondern dass sie es womöglich nur zu gut verstand. Könnte es sein, dass auch Gail das Junggesellinnenleben vermisste, das sie einst mit Debra Ellen Thompson führte, ihrer ständigen Hausgenossin? Wenn sie es nämlich tat, könnte *dies* viel mehr bedeuten als *das*!

Am Anfang hatte Ömer gedacht, diese Angelegenheit

ließe ihn kalt, und als er feststellte, dass sie das nicht tat, beschloss er, nicht mehr darüber nachzudenken. Nicht nur, weil es eine bittere Sache war, an die man deshalb besser nicht rührte, sondern auch, weil er Gail einfach liebte und sie ihm einmal ins Ohr geflüstert hatte: »Wir scheuen davor zurück, uns von unseren Liebsten verändern zu lassen aus Angst, sie zu verlieren, aber vielleicht ist die Veränderung, die mit der Liebe einhergeht, unsere allein selig machende Gnade.«

Ömer war bereit, seine Gewohnheiten, Maßstäbe und sogar Überzeugungen von ihr ummodeln zu lassen – wenn er noch welche auf Lager hätte. Aber den Verdacht loszuwerden hatte sich als zermürbender erwiesen als alles andere. Nach dieser langen Zeit fragte er sich immer noch, ob es stimmen könnte, dass die zwei mehr als ein Haus miteinander geteilt hatten. War es eine »Boston-Ehe« gewesen, wie Gerüchte wissen wollten? Waren Debra Ellen Thompson und Gail einmal ein Liebespaar gewesen, und wenn ja, wieso hatte es aufgehört, wenn überhaupt? Die eine Hälfte von ihm verlangte nach Antworten, während die andere Hälfte ihnen einfach aus dem Weg gehen wollte. Lieber die Finger davon lassen. Obwohl sie in den letzten Tagen gemeinsam verzagt gewesen waren, führten sie dennoch eine sonnige Ehe. Lieber nichts aufrühren.

*Spucke nicht auf die Fähre, die dich trägt, o Fahrgast!*

Nicht, dass er etwas gegen ihre vergangenen Affären hatte, solange es vergangene Affären waren. Und genau so wollte er Gails Bisexualität auch sehen: Ein schwaches Kerzenlicht, das längst erloschen war – eine Art

Kinderkrankheit wie Masern oder Windpocken, die keine Spur hinterlässt –, wie auch immer die Entsprechung, auf alle Fälle ein anderer *Besitz,* den sie nicht in die von der Umzugsfirma Galoppierendes Pferd so verdrossen in ihr Eheleben geschleppten Kisten gepackt hatte.

Vierter Stock. Nummer achtzehn. Ömer wählte einen Schlüssel aus dem Bund, blieb ein paar Sekunden ausdruckslos stehen, als wüsste er nicht, was als Nächstes zu tun sei, und weil ihm nichts Besseres einfiel, schloss er die Tür auf.

»Gail!«, brüllte er, als er hereinstolperte.

Sich verlieben ist die Inbesitznahme der Namen der geliebten Menschen, sich entlieben ist somit eine Rückeroberung. Namen sind die Brücken zu den Festungen der menschlichen Existenz. Über sie finden andere, Freunde und Feinde, einen Weg, sich einzuschleichen. Jemandes Namen zu erfahren heißt, ihr halbes Dasein an sich zu bringen, der Rest ist eine Sache von Bruchstücken und Details. Kinder wissen das im Tiefsten ihres Herzens. Deswegen weigern sie sich instinktiv zu antworten, wenn ein Fremder sie nach ihrem Namen fragt. Kinder begreifen die Macht der Namen, und wenn sie erwachsen sind, vergessen sie es einfach.

Religionsgeschichte ist ein Zählappell der zu verehrenden Namen wie auch eine Bezeugung der Namensverehrung. Die Juden übten sich in der geheimen Tradition der Namensgebung, insbesondere im Augenblick des Todes. Sie änderten die Namen derer auf dem Totenbett, um ihnen eine zweite Lebenschance zu geben. Auch die Muslims übten sich in der Tradition, besonders im

Moment der Geburt. Sie flüsterten einem neugeborenen Mädchen seinen Namen in die zarten Ohren und wiederholten ihn dreimal, um sicherzugehen, dass er tief in die Seele des Kindes sank. Und die orthodoxen Christen, die sich bis zum heutigen Tag weigern, »Istanbul« statt »Konstantinopel« zu sagen, waren ebenfalls der Tradition treu. Schließlich gleicht die Eroberung einer Stadt dem Verlust der Liebsten an einen anderen. In beiden Fällen wird man sich, egal, wie viel Zeit vergeht, ihrer unter dem Namen erinnern, mit dem man sie zu rufen pflegte, niemals unter dem, den sie nach der Trennung annahm.

»Du hast also wieder angefangen zu trinken?«

Da war sie, trank einen nächtlichen Kräutertee, die Katze klebte an ihr, der Kater klebte an der Katze.

»Vielleicht«, strahlte Ömer voll Ouzostolz, »vielleicht auch nicht. Ich habe beschlossen, mir einen Drink zu genehmigen, aber ich habe keinen blassen Schimmer, ob ich angefangen habe, wieder zu trinken oder nicht.«

Ein unheimliches Lächeln huschte über Gails Lippen, als sie in die Küche ging, gefolgt von der äußerst langhaarigen rauchgrauen Perserkatze, gefolgt vom noch langhaarigeren Kater derselben Rasse, aber gescheckter Farbe.

»Hier ist ein Brief …« Ömer stockte, als er auf den Silberlöffel starrte, der in ihren erstaunlich schwarzen Haaren steckte. In vernünftigen Momenten wunderte er sich wohl, warum Gail sich ausgerechnet einen Silberlöffel ins Haar schob. Da aber jetzt kein solcher Moment war, verschob er die Frage und sagte stattdessen: »Kennst du zufällig jemanden namens … *Zar-pan-dit?*«

»Ja«, kam die Antwort aus der Küche. »Das bin ich.«

Stimmt, Namen sind der Zugang zur Festung des Partners, aber sie sind nicht unbedingt der einzige Weg, um hinein- oder herauszugelangen. Es kann immer andere Wege geben (und gewöhnlich gibt es sie), die zu versteckt sind, um auf den ersten Blick sichtbar zu sein. Andere Namen, Spitznamen oder Bezeichnungen, die ohne Frage zu einer anderen Zeit und einem anderen Bewusstsein gehören, nicht amtliche, nicht beurkundete, nicht identifizierte Namen, teils für immer vergangen, teils zeitlos und ewig, jeder ein verborgener unterirdischer Weg in das Labyrinth der Liebe, auf dem die Geliebte entschwinden kann, bevor der Liebende ihre Abwesenheit überhaupt bemerkt. So ist das mit Namen, das Einfachste, was man über Menschen lernen kann, doch so schwierig zu besitzen.

Sie kam mit einem Glas Milch aus der Küche, nahm ihm unterwegs den Brief ab und steuerte, ohne ihn zu öffnen, direkt das Badezimmer an, alles im sinnbetäubenden Gänsemarsch. Es war pathetisch, was diese Katzen taten. Außerdem stand es vollkommen im Widerspruch zu dem Mythos »Katzen lieben ihre Unabhängigkeit, Hunde nicht«.

»Dieses überspannte Etwas ist dein Name?«

Gail nickte seufzend, ehe sie ihre Hose herunterzog und sich auf die Toilette setzte. Ömers Blick glitt über sie und konzentrierte sich auf den Spiegel dahinter, vermied es, ihr beim Pinkeln zuzusehen. Er musterte die Kollektion von Fläschchen und Flakons vor dem Spiegel, die Handtücher in den Fächern und jeden grinsenden rosa

Polyp auf dem Duschvorhang – alles im Badezimmer, nur nicht sie. Warum sie darauf bestand, öffentlich zu pinkeln, vor den Katzen, vor *ihm,* würde er nie begreifen. Nicht, dass *er* sich deswegen schämte oder dadurch gestört fühlte, aber wieso tat *sie* es nicht?

Immer noch pinkelnd, langte Gail nach unten und streichelte die Katze am Bauch. Die fing sofort aberwitzig zweistimmig an zu schnurren, und der Kater schnurrte neben ihr, als wären sie ein einziger Körper, und seine Wonne hinge ab von ihrer Wonne. Ömer sah dieses plüschige Geschöpf mit der platten Nase und dem flachen Gesicht finster an. Es war ihm nie gelungen, das Tier zu mögen. Es war ihm auch nie gelungen, die Katze zu mögen, aber die Katze schien es nicht darauf anzulegen, gemocht zu werden. Da sie von niemandem Liebe verlangte, belohnte schon die geringste Liebkosung sie mit mehr, als sie je begehrt hatte. Anders als sie forderte der Kater mehr Liebe von jedem Lebewesen, ganz besonders von der Katze, und bekam deshalb am Ende immer weniger, als er ursprünglich gewollt hatte.

»Führst du Selbstgespräche? Warum nennst du sie immer Kater und Katze? Sie haben Namen, wie du weißt«, sagte Gail tonlos.

Ömer blinzelte zweimal, einmal für jeden Namen. *West* und *Der Rest.* Die Katze hieß *West,* von Gail erfunden als Kritik an der steten Feminisierung des Ostens durch die Predigten der Orientalisten, was in Ordnung wäre, wenn der Kater nicht entsprechend *Der Rest* hieße. Er ärgerte Ömer am meisten, mit seiner unersättlichen Gier danach, von der Katze bewundert zu werden. Als

Ömer mit dem zweiten Blinzeln fertig war, war seine Wut vom Kater zu seiner Frau geschlittert. Wenn sie so sorglos und öffentlich pinkelte, warum hatte sie dann ihren Namen und *Gottweißwasnoch* vor ihrem Ehemann geheim gehalten? Die Folgerungen waren verzwickt und heikel. Wieder wollte ein Teil von ihm die Antwort sofort, *auf der Stelle,* während der andere Teil es vorzog, nicht auf die Fähre zu spucken, die ihn trug, und lieber etwas Lohnenderes zu tun, zum Beispiel *auf der Stelle* in einen tiefen, erquickenden Schlaf zu sinken.

»Warum hast du mir das nie erzählt?«, stöhnte er, als er begriff, welcher Teil von ihm gewonnen hatte.

»Wahrscheinlich, weil du nie gefragt hast.«

Die Katze fixierte eine unsichtbare Gesellschaft, Ömer starrte eine mauvefarbene Tonicflasche vor dem Spiegel an und überlegte, ob sie neu war, der Kater sah der Bewegung des eigenen Schwanzes zu, und Gail blickte ins Leere.

»Und was hätte ich fragen sollen? *Übrigens, Gail, hast du zufällig einen absolut lächerlichen Namen?* Oder hätte ich lieber fragen sollen: *Was ist in deine Eltern gefahren, dass sie ihrem Kind diesen überspannten Namen gaben?*«

»Weißt du«, sagte Gail, »die Leute haben sich früher so oft darüber lustig gemacht, dass ich es leid war. Wenn du also über meinen Namen spotten willst, nur zu, tu dir keinen Zwang an. Es macht mir wirklich nichts mehr aus.«

»Was ist mit Debra Ellen Thompson?« Ömer ertappte sich beim Brüllen. »Wird dein komischer Name sie auch schockieren, oder kennt sie ihn schon? Ihr zwei wart euch einmal sehr nahe, oder?«

Es folgte eine Minute verlegenes Schweigen, während Gail ihn erstaunt ansah. »Versuchst du, was zu fragen?«

»Was denn?«, kreischte Ömer und sah noch finsterer die blöde mauvefarbene Flasche an, dann die blöden lächerlichen Polypen auf dem Duschvorhang, dann den strunzblöden Kater … wieder gewissermaßen alles im Badezimmer, nur nicht sie.

»Zum Beispiel, ob wir ein lesbisches Paar waren?«

Gail stand auf, drückte die Toilettenspülung und blinzelte, als sie sich vorbeugte, um Ömer prüfend zu mustern.

»Wenn du das fragen willst, dann brauchst du eine Erinnerungsauffrischung! Du warst es doch, der mir gesagt hat, dass du nichts von meiner Vergangenheit wissen willst, außer ich will es von mir aus erzählen, und dass wir ganz neu anfangen, leben wie die Nomaden, und egal, wie meine persönliche Geschichte war, für dich ist es in Ordnung, solange du weißt, dass ich dich liebe … blablabla! Und jetzt sieh dich an. Du fängst wieder an zu trinken und dir mit Abed das Hirn zu benebeln, kommst knüllevoll nach Hause, und urplötzlich wird dir klar, dass es dein tragischster Kummer in diesem miserablen sterblichen Leben ist, ob deine Frau und eine gewisse Debra Ellen Thompson mal eine lesbische Affäre hatten. Wo ist deine legendäre Fortschrittlichkeit geblieben? Hast du sie am Bartresen gelassen?«

Ömer sah sie mit kläglichen Rehaugen an, die er kaum offen halten konnte. Er hatte bestimmt ein Gegenargument parat, konnte sich aber nicht besinnen, was für eins. Außerdem war es viel zu hell. Das Licht tat seinen Augen weh. Als er Minuten später die Augen wieder aufschlug, lag er allein auf dem Badezimmerboden, in Fötushaltung zusammengerollt. Hier unten war es warm und bequem, das einzige Problem war ein ekliger Gestank. Jemand hatte auf die Matte gekotzt.

Das notwendige Verbindungsglied zwischen dem Zustand des Zufrieden-auf-dem-Badezimmerboden-Liegens und demjenigen, in welchem er sich sauber und im Schlafanzug im Bett befand, ging ihm verloren. Er hatte keine Ahnung, wie oder wann Gail ihn hierhergebracht hatte. Ein Lächeln überzog sein finsteres Gesicht, als er zusah, wie sie den Silberlöffel aus ihren erstaunlich dichten, wild gewellten rabenschwarzen Haaren zog. Nach dieser langen Zeit intimen Beisammenseins war die Frage, wie sie es fertigbrachte, jeden Morgen einen Löffel in ihrem Haar zu befestigen, für Ömer immer noch äußerst verblüffend, und wie sie ihn jeden Abend herauszog, ohne ihre Frisur zu beschädigen, das war noch verblüffender.

»Sag mal, hat der Name ... *Zarpandit*«, nuschelte er, schon fast weggetreten, »was zu bedeuten?«

»Allerdings«, sagte sie und knipste ihre Leselampe an, die eigentlich nur ihre Betthälfte beleuchten sollte, sich aber nie zufriedengab, bevor sie nicht auch die andere Hälfte erreicht hatte. Bei dem Versuch, dem Licht auszuweichen und gleichzeitig Gail zu betrachten, gelang Ömer ein verschwommener Blick auf ihr Gesicht, das sich auf ein Buch mit dem Titel *Did Somebody Say Totalitarianism?* konzentrierte.

Ömer drückte das Gesicht ins Kissen und dämpfte damit

seinen verzweifelten Schrei: O *nein, nicht schon wieder Zizek!*

Da sein Doktorvater ein eingefleischter Zizekgegner und seine Frau ein eingefleischter Zizekfan war, konnte niemand, nicht einmal Zizek selbst in seiner ganzen durchgeistigten Finesse, verstehen, welche Qualen Ömer seit Monaten durchlitten hatte; schließlich musste er sich anhören, wie derselbe Mann an ein und demselben Tag verdammt und verehrt, verehrt und verdammt wurde, oft aus genau denselben Gründen.

»Ist er nicht brillant! Soll ich dir vor dem Einschlafen ein paar Seiten vorlesen?«, fragte Gail begeistert, meilenweit von der Realität entfernt.

»Neinnn!«, antwortete Ömer – kreischte er, weil er diesmal vergessen hatte, sein Gesicht ins Kissen zu drücken.

Gail drehte sich mit einem fragenden Lächeln auf die Seite und streichelte zärtlich sein Gesicht, seinen Mund, ließ dann ihre Hände sacht zu seiner Brust, zu seinem Penis hinuntergleiten, um festzustellen, wie schläfrig er wirklich war. Die Antwort war eindeutig, denn binnen weniger Sekunden brach sie ihre Bemühungen leicht enttäuscht ab.

»Zarpandit ist ein uralter Name«, hauchte sie nach einer kurzen Pause die Erklärung hervor. »So hieß eine frühassyrisch-babylonische schwangere Göttin, die jeden Abend bei Mondaufgang verehrt wurde. Er bedeutet die Silberglänzende.«

»Wirklich! Wie poetisch!«, murmelte Ömer halb im Schlaf, und ein grämliches Mitgefühl schlich sich in seine

Stimme, als bezeichnete *poetisch* etwas, das es hier nicht mehr gab.

Auf einmal schämte er sich für das ganze Theater, das er heute Abend veranstaltet hatte. Stück für Stück fügte sich alles zusammen und ergab erstaunlicherweise einen Sinn. Gläser mit Ouzo auf einem Bartresen, Tintenkleckse, die auf einer Serviette verliefen, eine frühassyrisch-babylonische schwangere Göttin, die an jedem Abend bei Mondaufgang verehrt wurde, eine lachende Elster und das totenblasse Gesicht eines kleinen Mädchens allein in einem Taxi in später Nacht ... alles ergab Sinn, in ungetrübter Harmonie. Ömer hatte den Eindruck, wenn er es fertiggebracht hätte, lange genug zu warten, still und geduldig, wären alle Wunder des Kosmos zu einem bedeutsamen, belangvollen Ganzen zusammengefügt und ihm dann insgesamt dargeboten worden.

»Wenn dich das so sehr überrascht, sag ich dir lieber gleich, dass ich noch ein paar Namen habe.«

»Nämlich?«, fragte Ömer mechanisch, doch bevor er zu seinem Fragezeichen gelangte, geschweige denn zu ihrer Antwort, sank sein Körper in den samtenen Schlummer, den er ersehnt hatte.

Heiß war es hier, sehr heiß. Sein Mund wurde trocken, und er brauchte dringend einen Drink. Wenige Schritte entfernt bemerkte er den glitzernden Eingang einer Bar. Das Licht war lästig, aber er ging trotzdem rein. Als sie ihn kommen sahen, schenkten ihm der puerto-ricanische Barkeeper, der jetzt der Kellner geworden war, und der Kellner, der jetzt der Barkeeper geworden war, ein zögerliches Lächeln. Die Regale hinter dem Tresen waren voll mit Schachteln und ausgestopften Vögeln.

»Ist in all den Schachteln Kaffee drin?«, fragte Ömer und setzte sich auf den erstbesten Hocker. »Wie heißen die Sorten?«

»Oh, kommt drauf an, welchen Sie wollen. Es gibt so viele verschiedene Namen …«

Ömer drehte den Kopf weg, um dem Sonnenlicht auszuweichen, das durch die großen Fenster hereinfiel.

»Dieser hier heißt zum Beispiel *Caffe latte*«, fuhr der Barkeeper fort und stellte einen schaumigen, mit Ananasscheiben dekorierten Cocktail auf den Tresen. »Aber ich empfehle unbedingt …«, er drehte sich um, hastete zu den Flaschen im Regal und holte drei, vier Cocktailgläser auf einmal heraus, »… *Caffe mocha* oder auch den hier, unsere Spezialität, *Caffe Sansibar.*«

»*Sansibar … Merk dir den Namen*«, dachte Ömer bei sich. »*Sansibar … Merk dir den … Namen …*«

Während der Barkeeper seinem einzigen Gast diverse Kaffeesorten aus dem Regal präsentierte, wurden seine Handbewegungen ungeheuer flink, als wollte er Ömer überlisten.

Sosehr Ömer sich auch bemühte, den Bewegungen zu folgen, jeder auf den Tresen gestellte Cocktail war nicht mehr als ein flüchtiger Blick in einem Karussell ständig wechselnder Spiegel, und jeder Name blieb ein Rieseln in der Luft.

# DIE KRÄHE

## Der Buchstabe in der Banane

Für jemanden, zu dessen Persönlichkeit Zwangsneurosen, Panikattacken oder Soziale Phobie gehören, ist wahrscheinlich eine sich am ersten Tag des Semesters endlos durch das Büro des Sozialdienstes windende Schlange von Leuten, die anstehen, um sich für den Studentenausweis knipsen zu lassen, nicht der richtige Ort, um dort über eine Stunde lang festzustecken. Für andere mag das nicht so schlimm sein. Langweilig, aber erträglich. Einige können sogar Spaß an der Situation haben, weil es ihnen Gelegenheit gibt, neue Leute kennenzulernen, zu tratschen, Informationen auszutauschen und dies und das über das Wo und Wie zu erfahren.

Zu denen gehörte sie eindeutig nicht.

Der einzige Trost, der ihr half, durchzuhalten, war das wohlige Wissen, dass sie irgendwo in den Tiefen ihrer Tasche noch einen Schokoriegel hatte. Wenn sie den hier aufgegessen hatte, würde sie sich den nächsten vornehmen. Bis dann, so hoffte sie, würde sie in der Schlange bis zu der griesgrämig dreinblickenden Frau am Schalter vorgerückt sein, die fortwährend »Die Nächste, bitte!« kreischte in einem Ton, der mehr Befehl als Bitte schien.

Sie überprüfte ihre pechschwarzen Haare, die zu einem Pferdeschwanz zusammengebunden waren. Nicht das Schlangestehen an sich marterte sie am meisten, sondern das Schlangestehen mit anderen Leuten. Es waren immer die Leute. Wie sie redeten, wie sie witzelten, wie sie eben waren … immer waren sie es, immer dasselbe Problem. Sie nahm noch einen Bissen, so klein wie möglich, damit ihr Wundermittel länger vorhielt. Seit ihrer Ankunft auf diesem Campus hatte sie sich von zwei Substanzen ernährt, denen sie gerne mehr Gemeinsamkeiten zuschrieb als offensichtlich vorhanden: Schokolade und Bananen. Beide wurden auf ähnliche Weise verzehrt, ausgepackt und in kleinen Bissen genossen. Sie brauchte den ganzen Tag nichts anderes. Manchmal aß sie Schokolade als Hauptmahlzeit und Bananen zum Nachtisch, und manchmal aß sie Bananen als Hauptmahlzeit und Schokolade zum Nachtisch.

Direkt vor ihren Augen war ein Paar riesenhafte Ohren, die zu einem großen, schlanken Mädchen gehörten, mit Haaren so kurz wie frisch gemähtes Gras und so rot wie ein Roteichenblatt. Schwer zu sagen, wie ihr Gesicht aussah, aber so makellos und weiß, wie ihr Hals war, wirkte er wie etwas Essbares. Der Rotschopf unterhielt sich lebhaft mit einer Gruppe Mädchen, die sie umgab, und ab und zu brachen alle in Gelächter aus.

Sie suchte nach dem zweiten Schokoriegel in ihrer Tasche, während die Schlange einen Schritt vorrückte. In dem Haufen Plunder fand sie eine halb gegessene Banane, die innen schon fast ganz schwarz war. Ihr fiel ein, wie die Banane dahin gekommen war. Beim ersten Mal im Shuttlebus hatte sie neben dem Fahrer gesessen und still an einer Banane gekaut, dieser Banane, als ihr Blick auf die drei Schilder oben fiel. Das erste fragte: »Wussten Sie, dass Hetzreden ein Verbrechen sind?« Das wusste sie. Das zweite Schild war eine Werbung für ein Frauenbetreuungszentrum mit dem Bild einer lächelnden jungen Frau, die einen Luftsprung machte. Das verstand sie nicht. Sie konnte sich keine Frau vorstellen, die nach einem Besuch beim Gynäkologen so herumhüpfte, egal, wie angenehm der Ort oder die Auskunft auch sein mochte. Das dritte Schild verkündete: »Trinken und essen im Bus verboten.« Sofort hatte sie die Banane in die Tasche gesteckt und dabei aus dem Augenwinkel die Reaktion des Fahrers beobachtet, dem das alles schnurz war. Das war vor zwei Tagen gewesen. Jetzt war die Banane innen dunkel, das tiefe Schwarz kontrastierte heftig mit dem reinen Weiß des Halses, auf den sie blickte. Sie beschloss, den Kontrast als gutes Zeichen zu nehmen. Genau in diesem Moment drehte das Mädchen vor ihr sich um und lächelte.

»Du isst gern Schokolade, was?«

Sie errötete panisch, als wären die Worte von dem Busfahrer unter dem »Trinken und essen verboten«-Schild gekommen.

»Ich heiße Debra Ellen Thompson«, sagte der Rotschopf und streckte die Hand aus. Direkt über ihrer Stirn wuchs eine fadendünne Haarsträhne in entgegengesetzter Richtung der übrigen Haare.

Doch bevor sie antworten konnte, blaffte eine bekannte Stimme: »Die Nächste, bitte!«

Die Nächste in der Schlange, die geknipst werden sollte, war Debra Ellen Thompson, also würde sie danach dran sein. In Ordnung, dachte sie, holte endlich den Reserveschokoriegel aus ihrer Tasche und packte ihn augenblicklich aus, um ihn schnell zu verzehren, ehe sie an der Reihe war. Die Erfahrung hatte sie gelehrt, dass sich die überwiegende Mehrheit der Schokoriegel mit zweieinhalb Bissen vertilgen ließ, jetzt aber versuchte sie, ihr übliches Quantum auf anderthalb Bissen zu reduzieren. Mit diesem Vorsatz nahm sie den größtmöglichen Bissen und betrachtete gleichgültig einen Mann mit einem dunklen Spitzbart, der soeben auf der anderen Seite des Schalters erschienen war.

»Entschuldigen Sie die Verspätung«, murmelte der Mann in unterwürfigem Ton.

»Ich würde ja nichts sagen, wenn es an einem anderen Tag wäre, aber heute Nachmittag, wo so viel zu tun ist ...«, herrschte die griesgrämig dreinblickende Frau ihn an und blickte gleich noch griesgrämiger drein.

So heftig vor einer Horde Studierender, und dazu noch alles Mädchen, gescholten zu werden, ließ das Gesicht des Mannes so dunkel anlaufen, dass es die Farbe seines Schnurrbartes annahm. Er krempelte die Ärmel auf und brüllte eiskalt: »Nächste, bitte!«

*Nächste, bitte?* Aber sie hatte doch noch mindestens zehn Minuten bis zum Nächste-bitte! Ein Stöhnen quoll aus den Tiefen ihrer Kehle, als sie panisch versuchte, den gigantischen Bissen runterzuschlucken, der jetzt ihre Wangen ausbeulte. Es misslang, und sie zitterte ein bisschen.

»Nächste, bitte!«, brüllte der Mann und sah sie an.

Das war er. Das war der verhängnisvolle Moment für jemanden, dessen Persönlichkeit von Zwangsneurosen, Panikattacken oder Sozialer Phobie geprägt ist.

»Wollen Sie jetzt vortreten oder nicht?« Der ziegenbärtige Mann kniff die Augen zusammen, als schrumpfte sie rapide vor seinen Augen. Vielleicht war es so. Schon fühlte sie sich auf Stecknadelgröße reduziert.

*»Dass Sie zu spät vom Mittagessen gekommen und vor allen Leuten von diesem ungehobelten Weibsbild ausgeschimpft worden sind, ist absolut nicht meine Schuld«,* hätte sie gerne vollkommen gelassen und gleichmütig gesagt, aber sie brachte nur ein Schnauben zustande. Sie war versteinert, wie ein Fuchs im Scheinwerferlicht. Die Mädchen hinter ihr fingen an zu feixen und zu kichern. Aber das machte ihr nichts aus, jetzt nicht mehr. Wenn sie erstarrt war, konnte sie nichts hören.

In diesem Augenblick drehte sich Debra Ellen Thompson um und starrte das Mädchen hinter ihr verwundert an, das zu einer Skulptur mit einem halben Schokoriegel in der Hand geworden war. Nach kurzem Zögern traute sie sich, sie ein bisschen zu schütteln, aber es half nichts, das Mädchen schien sich aus ihrer Angststarre nicht lösen zu können. Vorsichtig öffnete Debra Ellen Thompson die sackartige Tasche, die über der Schulter der anderen hing. Zwischen Schokoladenpapier, Eichenblättern, Kastanien, Campusplänen, Steinen, Kieseln und einer überwältigenden Ansammlung von Plunder fand sie die Papiere des Mädchens und reichte sie dem Mann mit dem dunklen Spitzbart, bevor er ausrastete.

Man hieß sie auf einem Hocker Platz nehmen und machte ein Foto für ihren Mount-Holyoke-College-Studentenausweis.

Als alles gesagt und getan war, steuerte Debra Ellen Thompson die Skulptur vorsichtig durch die immer noch kichernde Mädchenschar nach draußen an die frische Luft, wo sie sich wortlos auf die nächste Bank setzten.

»Was war los mit dir da drinnen?«

»Unter Druck gerate ich in Panik«, antwortete die Statue und entspannte sich sichtlich.

So saßen sie eine halbe Stunde, überdacht von einem Nebel der Ruhe, der auf jeden emotionalen Aufruhr folgt, und beobachteten die neuen Mädchen, die im Gleichschritt die Schlange verließen. Sie sprachen nicht viel. Die Statue war offenbar nicht gesprächig.

»Geht's dir auch ganz bestimmt gut?«

»Klar, danke!«

»Hör mal, wenn du dich eingelebt hast, vergiss nicht, bei mir vorbeizukommen.« Debra Ellen Thompson lächelte teilnahmsvoll, während sie ihr Wohnheim und ihre Zimmernummer auf einen Zettel schrieb. »Und wenn du irgendwas brauchst ... ich meine es ernst, wenn es irgendwelche Probleme gibt, kannst du mich jederzeit anrufen.«

»Klar, danke!«

Sie sah Debra Ellen Thompson nach, bis deren roter Schopf hinter der Abbey Chapel verschwand. Wieder allein, stieß sie einen tiefen Seufzer der Erleichterung aus, schob den Zettel ins linke Seitenfach ihrer Tasche und angelte eine Banane heraus, eine ganze diesmal. Sie hatte keine Ahnung, wie oder wann die da hineingeraten war, beschloss aber, es als ein Zeichen zu nehmen, ein positives vermutlich, aber das weiß man vorher ja nie. Sie nahm einen Bissen, einen kleinen, und betrachtete den dunklen, gezackten Fleck mitten in der weichen weißen Frucht. Wie immer war ein Buchstabe in der Banane, und diesmal glich er einem *P* – wie in *Pilz, Peperoni* oder *Placebo,* was ein gutes Zeichen war. Allerdings sah er auch wie ein *R* aus – wie in *Ressentiment, Renitenz* oder *Rage,* was nicht so gut war.

Es war ein Kinderspiel, das sie früher mit ihrer Mutter gespielt hatte. Sie spielten es, weil irgendwann der liebe Gott im Himmel sich eine Buchstabensuppe gekocht hatte und in einer riesigen Schüssel an seinem Küchenfenster abkühlen ließ. Aber dann hatte ein starker, unverschämter Sturm oder ein böswilliger, verderbter Engel oder vielleicht der Teufel selbst entweder versehentlich oder absichtlich (diese spezielle Komponente der Geschichte variierte jedes Mal) die Schüssel auf den Boden, das heißt, in den Himmel fallen lassen, und alle Buchstaben in der Suppe wurden im Universum verstreut und nie wieder eingesammelt. Überall warteten Buchstaben darauf, bemerkt und aufgehoben zu werden, sehnten sich danach, zu den Worten zusammengefügt zu werden, die sie hätten bilden können, wenn sie in ihrer Paradiesschüssel geblieben wären.

Das Spiel sollte unterhaltsam und bildend zugleich sein. Bildend vielleicht, aber unterhaltsam war es sicher nicht. Doch niemals hatte sie aufgehört, es zu spielen: selbst dann nicht, als sie ihre Mutter aus ihrem Kindheitsparadies verbannt hatte, und auch nicht, als ihr in ihrer Abwesenheit schmerzlich klar geworden war, dass, selbst wenn sie der entehrten Schmerzensmutter die Rückkehr erlaubte, ihre Kindheit kein Paradies gewesen war. Bis zum heutigen Tag spielte sie das Spiel, ohne sich zu fragen, warum. In gelassener Ruhe aß sie die Banane auf, immer noch unentschlossen, welches der Buchstabe war.

Es musste aber ein *R* gewesen sein, denn die kommenden Wochen waren fürchterlich. Nicht, dass die Kurse langweilig gewesen wären, denn das waren sie nicht, obwohl sie die meisten nach wie vor schwänzte. Auch das auf dem Campus ausgegebene Essen war durchaus schmackhaft, obwohl sie es nach wie vor nicht aß. Und sie befand sich auch nicht unversehens in bodenloser Einsamkeit, denn dort war sie schon. Wie auch immer, sie hätte viel besser drauf sein können. Es war schön hier, und die Bäume waren eine Pracht. Die Stadt war sehr klein, doch man konnte sich in ihr wohlfühlen, und in dem einzigen Lebensmittelladen gab es keine Bananen, aber sie konnte jederzeit auf den Markt gehen … Sie hätte wirklich viel besser drauf sein können, wären die Leute nicht gewesen, immer dasselbe Problem. Es waren immer die Leute, in diesem Fall zufällig alles Mädchen. In Mount Holyoke wimmelte es von Mädchen und auch von Eichhörnchen.

Eichhörnchen und Mädchen bildeten mit gleicher Aufgewecktheit und Beweglichkeit die Campusbevölkerung. Im Gegensatz zu Eichhörnchen stromerten Mädchen jedoch in Gruppen umher und lächelten die ganze Zeit. Sie lächelten alle und eigentlich alles an, was ein Gesicht hatte. Sie schrieben alberne Notizen auf buntem Papier, malten strahlende Sonnen und schrieben herausfordernde Verlautbarungen in ihre Notizbücher, pappten Grinsegesichter an ihre Wände, luden Aphorismen aus dem Internet herunter und gaben sie untereinander weiter, als Zeichen ihrer Vertrautheit und Tiefsinnigkeit. Wenn sie sich aus irgendeinem Grund ein paar Tage nicht sahen, rannten sie bei der nächsten Gelegenheit kreischend aufeinander zu und kreischten noch weiter, wenn sie in der Mitte zusammengestoßen waren. Sie schrien und riefen ausgiebig, redeten in einem verwirrenden Code – Zarpandit tat, als verstehe sie ihn – und pflegten fanatisch die abstruse Vorstellung von einer Freundschaft, die sie für *ganz besonders* hielten. An ihren Wänden, auf ihren Schreibtischen, Regalen und sogar Prüfungsunterlagen sah Zarpandit eine Flut Freundschaft verherrlichender Maxime. Warum etwas für so einmalig Erklärtes gleichzeitig so weit verbreitet war, konnte sie nicht ergründen. Nichts war auf diesem Campus so leicht aufzubauen wie Freundschaft. Um sich einander anzuvertrauen, mussten diese Mädchen nicht erst Freundinnen werden, denn das waren sie schon. Wenn sie sich zum ersten Mal begegneten, fünfzehn Minuten zusammen im selben Bus zum Hampshire College fuhren, zufällig den gleichen Weg hatten oder nebeneinanderstanden, wenn sie ihr Essen holten, wurden sie Kumpel, klatschten und tratschten, und es fiel ihnen offensichtlich nicht schwer, jemandem, den sie erst vor ein paar Minuten kennengelernt hatten, ihre innersten Geheimnisse zu offenbaren. Sie waren so fix darin, Schlüsse zu ziehen, und sich dann dieser gezogenen

Schlüsse so sicher, dass Zarpandit ihre eigene unablässige Unsicherheit peinlich war. Es waren diese Mädchen und die Qual, sie so offenkundig erfolgreich zu sehen, wo sie offenkundig versagte, die ihr inneres Gleichgewicht durcheinanderbrachten. Auch Schokolade und Bananen konnten hier nur einen dürftigen Trost bieten.

In den folgenden Wochen wurde aus der chronisch verängstigten, ihrer Familie entflohenen ungeselligen Jugendlichen, die überzeugt war, dass sie nicht dort hingehörte und dass eine Collegebildung ihr guttun würde, eine chronisch verängstigte ungesellige Jugendliche, die überzeugt war, mitten in einem Campusleben zu stecken, wo sie bestimmt nicht hingehörte, und dass nichts ihr guttun würde.

Es dauerte eine Weile, bis sie ernsthaft überlegte, ihre rothaarige Retterin aufzusuchen. Obwohl der Zettel, von dem sie so sicher war, ihn in das rechte Seitenfach ihrer Tasche gesteckt zu haben, nirgends zu finden war, konnte sie sich erstaunlicherweise noch an den Namen von Debras Wohnheim erinnern.

## Ihr Name ist Zarpandit

Während sie noch vor Brigham Hall herumtrödelte, bogen vier Mädchen mit Sweatshirts in verschiedenen Blautönen einmütig lächelnd um die Ecke. Als sie sie näher kommen sah, beeilte sie sich oder versuchte es zumindest.

Sie holte ihren Ausweis raus und zog ihn durch den Schlitz in dem Gerät neben der Tür. Aber die Tür weigerte sich, sie einzulassen. Sie versuchte es noch einmal, fast roboterhaft, und dann noch einmal, fanatisch, drehte den Ausweis mit ihrem grässlichen Foto andersherum, wendete ihn auf jede erdenkliche Art. Aber die Tür wollte nicht. Die Mädchen steuerten auf das Wohnheim zu, das jetzt ganz entschieden nach *deren* Wohnheim aussah. Ihr Gesicht brannte, als sie einsah, wie idiotisch sie gewesen war: Zu glauben, sie könnte mit ihrem Ausweis in ein fremdes Wohnheim gelangen. Niemand würde ihr das abnehmen, und selbst wenn, dann sicher keins von diesen Mädchen, lauter Augenzeuginnen ihrer Bemühungen, einzudringen. Natürlich könnte sie die Wahrheit sagen und ihnen erklären, dass sie eine Freundin besuchen wollte, aber die Mädchen würden vermutlich fragen, warum sie dann versucht hatte, mit ihrem Ausweis ins Haus zu kommen. Oder sie könnte ihnen erzählen, sie hätte die Wohnheime verwechselt, aber das würde ihr niemand abkaufen. Oder sie könnte einfach weggehen, aber das käme einem Eingeständnis ihrer Schuld gleich. Unfähig, sich zwischen diesen Undurchführbarkeiten zu entscheiden, blieb sie stehen. Stur und starr.

Aber Türen gehen nicht nur von außen auf, sie lassen sich auch von innen öffnen. Just in dem Moment, als die Mädchen in Blau den Schauplatz erreichten, stieß jemand die Tür von Brigham Hall von innen auf, und heraus kam ein leuchtend roter, nahezu glühender Schopf.

Zufälle haben einen eigenen Zauber. Und wenn sie ganz unverhofft und erfreulich genug sind, können sie leuchten wie von Menschen gemachte Miniwunder, aber nichtsdestoweniger Wunder in den Augen derjenigen, denen sie geschehen, besonders in denen der Hoffnungslosen.

»Hallooo, hiii!«, rief sie ekstatisch. »Ich hab dich gesucht!«

Die vier Mädchen in Blautönen gingen lächelnd vorbei, ohne etwas von der Panik zu ahnen, die sie verursacht hatten.

»Oh, hi«, sagte Debra Ellen Thompson zögernd, weil sie nicht recht wusste, was sie auf eine so aufgeregte Begrüßung antworten sollte. »Es tut mir so leid, ich hab deinen Namen vergessen.«

»Nein, hast du nicht!«, quiekte sie, noch nicht abgekühlt von der Aufregung über den Zufall. »Ich meine, du hast ihn nicht vergessen. Ich hab dir *nie* gesagt, wie …«

Der Gesichtsausdruck der anderen riet ihr, es kurz zu machen und vielleicht noch mal anzufangen. »Mein Name ist … Zarpandit.«

»Zir-pin-diiit???« Debra Ellen Thompson ließ den Namen über ihre Zunge rollen wie ein saures Bonbon. »Das ist aber ein interessanter Name.«

Das hieß es immer. Inzwischen wusste sie nur zu gut, dass *interessant* das hartschaligste aller Adjektive war, die im menschlichen Alltag zirkulierten, hartschalig und gut versteckt, was nicht unbedingt hieß, dass darin etwas Erfreuliches war. Die Schale war schwer zu knacken, aber selbst wenn man es schaffte und hineinspähte, war sie die meiste Zeit leer. Es war nichts Interessantes an dem Wort *interessant*.

Da sie vor ihren Augen nach und nach in düsteres Schweigen versank, fand Debra Ellen Thompson, sie sollte etwas sagen, deshalb wagte sie die Frage: »Hat er eine Bedeutung?«

»O ja, es ist der Name einer assyrisch-babylonischen Göttin …«, antwortete Zarpandit, aber ihr war nicht danach, die Erklärung zu vervollständigen.

»Menschenskind, da hat man ja Angst zu fragen, wie deine Geschwister heißen.«

Zarpandit, die mit geübtem Schwung den Kopf schüttelte, schien auf diese Frage gewartet zu haben. »Ich hab keine.«

Debra Ellen Thompson lächelte tröstend, so als verzeihe sie ihr das – das und alles andere, auch dass sie nicht war, was sie nicht sein konnte, und stattdessen die war, die sie war.

»Du musst unbedingt zu unseren Versammlungen kommen, ich glaube, das würde dir guttun. Hast du Mittwoch um zwei was Wichtiges vor?«

Aber beide wussten, dass sie nichts vorhatte.

## Depression! Depression! Depression!

»Debra! Hi Debra!«

Debra Ellen Thompson hob das spitze Kinn über den Trubel um sie herum und blickte forschend durch den Raum, in dem sich fast dreißig Mädchen drängten, bis ihr Blick an der Dunkelhaarigen mit dem ulkigen Namen hängen blieb, die jetzt enthusiastisch winkte und unentwegt ihren Namen rief. Sie ging schnurstracks auf sie zu, musste aber zwischendurch ein Dutzend Mal stehen bleiben, um mit anderen Mädchen zu sprechen. Schließlich bei ihr angekommen, rang sie sich ein Lächeln ab. »Zarpandit, schön, dich zu sehen! Ich freu mich, dass du gekommen bist. Hör mal, tust du mir einen Gefallen?«

Dies könnte, dachte Zarpandit sogleich, der Scheideweg in ihrer Laufbahn als chronisch verängstigte ungesellige Jugendliche sein. Debra Ellen Thompson hatte sie nicht nur zu dieser Versammlung eingeladen, die sie offensichtlich leitete, sie freute sich nicht nur, sie zu sehen, nein, sie bat sie auch um einen Gefallen. »Klar«, sagte sie strahlend, hocherfreut, dass in so kurzer Zeit so große Fortschritte erzielt worden waren.

»Nenn mich bitte nicht wieder so.«

»Klar«, antwortete Zarpandit völlig perplex.

»Hier nennen mich alle mit meinem vollständigen Namen, Debra-Ellen-Thompson. Mir sind alle drei am liebsten. Ich hoffe, es macht dir nichts aus.«

Zarpandit errötete in tiefer Reue und noch tieferer Ergebenheit. Auch sie wäre lieber mit ihrem vollständigen Namen gerufen worden, wenn es ein Name wäre, der so betörend klang wie *Debra Ellen Thompson*.

Die Versammlung dauerte den ganzen Nachmittag, doch nur kurze Momente prägten sich Zarpandit ein. Der vertrackte Moment, als Neuankömmlinge aufgefordert wurden, sich vorzustellen, und der noch vertracktere

Moment, als sie an der Reihe war; der rührende Moment, als Debra Ellen Thompson alle aufforderte, über den Drang zu diskutieren, aus jeder Frau das Noch-zu-Verwirklichende herauszuholen, und um Vorschläge bat, die dabei helfen könnten; der kaum zu glaubende Moment, als ein Mädchen mit karamellbraunen Zöpfen alle im Raum aufforderte, die selbsthassende Frau in sich zu entlarven, der noch schwerer zu glaubende Moment, als dieser Vorschlag von allen aufgegriffen wurde; der furchtbare Moment, als Zarpandit bewusst wurde, dass sie, da immer mehr Mädchen den einzigen Ausgang blockierten, hier gefangen war; und der Moment der Erleichterung, als Debra Ellen Thompson einschritt, sich entschuldigte, weil nicht jede die Chance haben würde, der selbsthassenden Frau in sich Luft zu machen, da die Versammlung um fünf Uhr beendet sein müsse. Bevor sie den Raum verließen, wurde der Tag der nächsten Versammlung verkündet, und alle meldeten sich freiwillig zur Arbeitsgruppe für die nächsten Treffen.

Die Aufgabe, die Zarpandit in der Arbeitsgruppe zugeteilt wurde, erwies sich als viel mühsamer, als ihr lieb war. In den folgenden Tagen war sie immer mehr damit beschäftigt, Flugblätter zu entwerfen, zu kolorieren, zu fotokopieren, dann lief sie mit Heftzwecken und Klebestreifen von einem Ort zum anderen und verteilte sie auf dem ganzen Campus. Aber das war noch nicht alles. Sie hatte eine weitere Aufgabe zu erfüllen: lesen!

Sobald offensichtlich wurde, dass Zarpandit ein ständiges Mitglied werden würde, kamen die führenden Köpfe der von Debra Ellen Thompson geleiteten Gruppe überein, dass tatsächlich viel aus ihr herauszuholen sei, wenn sie nur ihre Schüchternheit, ihre Nervosität oder was immer es war, das sie daran hinderte, vor dem Kollektiv aus sich herauszugehen, überwinden könnte, und der beste Weg, um diesen strapaziösen Prozess der Bewusstseinsentwicklung in Gang zu setzen, seien »Bücher«. Zarpandit *sollte* mehr lesen. Irgendwo hatte irgendwer irgendwie Introvertiertheit mit Introversion verwechselt und Introversion mit Ignoranz. Zarpandit machte die Verwechslung nichts aus, da sie ohnehin süchtig nach Büchern war. Es folgten Tage und Wochen, in denen alle Bücher und Broschüren anschleppten, die sie, wie sie fanden, lesen *sollte*. Und sie las sie wirklich; ohne jegliches Zögern las, verschlang sie Bücher, aber auch Bananen und Schokolade.

Sie war daran gewöhnt. Sie mit Büchern zu füttern, war auch ein Lieblingsvorhaben ihrer Mutter gewesen, und tatsächlich das Einzige, das von Erfolg gekrönt war. Zarpandit konnte nicht verstehen, wieso Menschen sich an so wenig aus ihrer Kindheit erinnerten, während sie die ihre bis zu ihrem zweiten Lebensjahr zurückverfolgen konnte. Zu viele Einzelheiten waren zerbröckelt, aber das Grundgerüst ihrer allerersten Erinnerung blieb stets frisch. Ihre erste Erinnerung war nämlich zufällig die an ihren ersten »Selbstmord«versuch.

Zarpandit erinnerte sich dunkel an die Küche und deutlich an einiges andere, einschließlich dem kotzeähnlichen Brei in der Schüssel auf dem Tisch und der breiähnlichen Kotze auf ihrem Kinn. Sie erinnerte sich an ihre Mutter, den Haarkranz, glänzend schwarz und weich, und an ihren Vater, einen Mann mit einem verlorenen Lächeln, an den Großvater, der damals allerdings angefangen hatte zu vergessen, wer er war. Sie erinnerte sich, wie ihre Mutter ihr das verdächtige Zeug aus der Schüssel in den Mund löffelte und sie es ständig wieder ausprustete. Ihre Mutter war immer eine miserable Köchin gewesen. Dann fiel Zarpandit ein, wie ihr Vater es bei ihr mit einem neuen Gericht versuchte, sie erinnerte sich an den Geschmack eines Omeletts, den intensiven Geruch von zerlaufener Butter und ein Paprikastück, würzig und scharf, das unumkehrbar, unschluckbar in ihrem kleinen Hals stecken geblieben war.

»Auf den Brustkorb drücken, auf den Brustkorb drücken!«, hatte ihre Mutter geschrien.

Während zwei kräftige Hände auf ihren Brustkorb drückten und ihr wandkalendergroßer Körper kopfüber gehalten wurde, wie man ein Huhn packt, bevor man ihm den Kopf abhackt, während sie kreiselnd und strudelnd mitten im Epizentrum eines Wirbels aus Schreien trieb, hatte sie das Gefühl, mit enormer Geschwindigkeit und noch schnellerer Loslösung irgendwohin zu fallen, wo es nicht mehr darauf ankam, ob sie atmete oder nicht. In den kommenden Jahren öfter auf die Szene zurückblickend, hatte Zarpandit drei Schlussfolgerungen gezogen, die sie ihr Leben lang begleiteten.

1. Auch wenn etwas Kräftiges einen Teil deines Körpers festhält, kannst du trotzdem fallen.

2. Der Vorgang des Fallens bedeutet nicht unbedingt eine Abwärtsbewegung; wenn du richtig kopfüber gedreht wirst, kannst du auch aufwärts fallen.

3. Trotz aller Behauptungen des Gegenteils, aufwärts in den Tod zu fallen ist vielleicht gar kein schlimmes Erlebnis.

Eine, zwei … drei weitere Sekunden waren vergangen, drei weitere Schreie hatte ihre Mutter ausgestoßen, drei weitere Male wurde auf ihren Brustkorb gedrückt, und das Paprikastück flutschte aus Zarpandits Mund wie ein Korken aus einer Sektflasche.

»Du kannst dich unmöglich an das alles erinnern«, wandte ihre Mutter jedes Mal ein, wenn das Thema zur Sprache kam. »Weil wir immer wieder darüber gesprochen haben, glaubst du, dich daran zu erinnern.«

Aber Zarpandit war sich ganz sicher, dass dem nicht so war. Sie erinnerte sich an Einzelheiten, die ihre Mutter nie erwähnte – Einzelheiten, zu real, um Fantasie zu sein, zu unbedeutend, um in einer nachträglich konstruierten Realität eine Rolle zu spielen, etwa der große bräunliche Fleck auf Großvaters Strickjacke, die vorwurfsvolle Grimasse ihres Vaters oder ihre weinende Mutter neben der Popcornmaschine auf der Anrichte, dankbar, dass sie ihr Baby wiederhatte und ihr Leben unverändert blieb, wirklich dankbar dafür, und insgeheim traurig.

Daher war es irgendwann in der vierten allgemeinen Versammlung, als Debra Ellen Thompson über die VV-Strategie sprach – vorsätzliche Verdrehung, um patriarchalische Sprachmuster auf den Kopf zu stellen –, die Inbrunst ihrer ersten Erinnerung, die Zarpandit für das Thema erwärmte.

»Wir spielen Sackhüpfen mit dem Patriarchat«, erklärte Debra Ellen Thompson. »Wir sind freiwillig die Wiese, auf der die patriarchalischen Säcke hüpfen!«

Perlendes Gelächter folgte, als Debra Ellen Thompson die errötende Zarpandit nachahmte. »Was ist?«, feixte sie. »Noch nie *Sack* gehört? Menschenskind, manchmal hab ich den Eindruck, du bist in einem Kloster aufgewachsen oder so was. Aber Kopf hoch, Zarpandit, und mach dir nichts draus. Genau darum dreht sich die Strategie.«

Die Strategie drehte sich darum, den Feind mit seinen eigenen Pfeilen zu treffen. Da Pfeile in diesem Fall Diffamierungen waren, ging es bei der Strategie darum, sich frauenfeindliche Ausdrücke so lange zu eigen zu machen, bis sie weder frauenfeindlich noch -relevant waren.

»Und je stärker auf uns eingeprügelt wird, umso stärker prügeln wir zurück. Frauen wurden so lange beschuldigt, attackiert, zur Zielscheibe gemacht, weil sie angeblich hysterisch sind, stimmt's? Hysterie war ein anderes Wort für Weiblichkeit. Deshalb sind einige Frauen in die Defensive gegangen und haben zu beweisen versucht, dass sie nichts mit dieser Krankheit zu tun hatten. Andere wollten beweisen, dass auch Männer hysterisch sind. Nichts davon wird uns nützen. Ich schlage vielmehr vor, dass wir uns jede gegen Frauen gerichtete Beschuldigung zu eigen machen. Sowie wir alle Verleumdungen bereitwillig akzeptieren, hat das Patriarchat keine Macht mehr, uns zu beleidigen. Seht ihr, wie einfach es ist, und doch, wie kompliziert?«

Zarpandit starrte grimmig auf Debra Ellen Thompsons Ohren, als wäre ihr eben erst aufgefallen, wie groß die waren.

»Eignet euch ihr Werkzeug an«, fuhr Debra Ellen Thompson fort, »macht euch die vergifteten Pfeile zu eigen, die euch vernichten sollen. Geht nicht in Deckung, bleibt standhaft, wo ihr seid. Wenn sie euch Flittchen schimpfen, versucht nicht, eure Keuschheit zu beweisen, versucht nie, der jungfräuliche Typ zu sein. Jede Jungfrau ist der Grund für eine weitere Hure auf der Straße, was nur die logische Konsequenz ist. Die VV-Strategie nimmt einen ganz anderen Weg. Wir nehmen dem Patriarchat die herablassenden Wörter aus den behaarten Händen und benutzen sie, um Menschen zu ehren, Frauen wie Männer.«

Als die Versammlung zu Ende war, fragte Zarpandit Debra Ellen Thompson unter vier Augen, um sicherzugehen, dass sie richtig verstanden hatte: »Du sagst also, ich soll vor allem beleidigende Wörter benutzen?«

»Genau. Und verkehre patriarchalische Komplimente in ihr Gegenteil. Mach aus *Luder* ein Kompliment, aus *braves Mädchen* eine Beleidigung!« Debra Ellen Thompson strahlte. »Wir entziehen den frauenfeindlichen Begriffen den Boden. Dem Feind sein schmutziges Eigentum zu stehlen, ist edler Diebstahl!«

Edler Diebstahl! Dazu fiel Zarpandit nur Robin Hood ein.

»Nun ja, gewissermaßen, denke ich. Wie, wenn man die Privilegierten zum Wohle der Benachteiligten bestiehlt.« Debra Ellen Thompson überlegte eine Weile. »Aber statt Robin Hood würde ich eher sagen, wie Elstern. Du weißt, was Elstern tun? Sie klauen alle glänzenden, glitzernden Gegenstände aus der Welt der

Menschen. Wir sind feministische Elstern, die dem Patriarchat Wörter stehlen, damit sie nicht mehr gegen Frauen verwendet werden können.«

An ihrem ersten Tag als feministische Elster erwachte Zarpandit um neun Uhr, aß eine Banane, bevor sie aufstand, und noch eine Banane, als sie das Haus verlassen hatte. Dann besuchte sie um 10 Uhr 30 die Vorlesung von Tracy Harley. »*Gerechtigkeit, Ungerechtigkeit und alles*« mochte kein unüberheblicher Titel einer Vorlesung für Studienanfängerinnen sein, aber Harley selbst war auch alles andere als eine unüberhebliche Lehrerin. Auf alle Fälle war sie eine Legende; die Hälfte der Mädchen war damit beschäftigt, sie nachzuahmen, und die andere Hälfte war damit beschäftigt, die Nachahmerinnen nachzuahmen. Sie war immerzu munter und beschwingt. Munter und beschwingt auch heute, sogar, als sie Passagen aus *Der Fürst* zitierte, so glänzend und klug in ihrer Interpretation, eine so packende Rednerin von so begeisternder Präsenz, dass sogar Machiavelli persönlich, hätte er sie reden hören, von seinem Text hingerissen gewesen wäre.

Nach der Vorlesung fand Zarpandit einen Tisch im Freien und dachte an die Maxime des Tages: »*Der Fürst vermeidet seinen Sturz am besten, wenn er nicht gehasst wird.*« Wahrlich ein kluger Rat, dachte sie, während sie die letzte Banane ihrer Tagesration aufaß. Sie würde zum Markt gehen müssen.

Der Buchstabe in der Banane sah aus wie ein B, was gut war, weil sie sogleich an *Banane* denken musste. Doch das Problem mit *B* war, es konnte ebenso gut ein *D* sein wie in *Demenz, Drangsal* oder *Dürftigkeit*. Wie sie die weiche Frucht betrachtete, kam eine magere Inderin, die Zarpandit aus Harleys Vorlesungen kannte, mit scheuem Lächeln näher und bat, sich an denselben Tisch setzen zu dürfen. Ihre Hände waren voller Ringe und Armreife. »Menschenskind, war das eine tolle Vorlesung«, sagte sie und holte ein dickes Sandwich heraus, aus dem ein traurig aussehendes Salatblatt hing. »Findest du Harley nicht sagenhaft?«

»Ja, sie ist sagenhaft«, stieß Zarpandit eifrig kauend hervor. »*'ne echte verfickte schwarze Fotze,* würde ich sagen.«

Das Mädchen sah sie voller Staunen an, das rasch zu Entsetzen wurde.

»Nein, bitte, versteh mich nicht falsch!« Zarpandit geriet in Panik, als sie bestürzt bemerkte, dass dem anderen Mädchen die VV-Strategie offensichtlich fremd war. »Ich mag sie sehr ... im Ernst ... ich liebe sie geradezu ... ich habe die abfälligen Wörter absichtlich benutzt. Ich finde sie ... sie ist ... großartig!«

Ein Schatten wanderte über das Gesicht des Mädchens – Vergebung oder vielleicht Zustimmung, hoffte Zarpandit, aber als das Mädchen aufstand und sich, nervös mit den Armreifen klimpernd, woanders hinsetzte, wusste Zarpandit, es war nichts dergleichen.

Also musste es ein D sein. Es war ein *D*. Und zu diesem Buchstaben fiel ihr nur ein einziges Wort ein: *Depression! Depression! Depression!*

Den ersten Tag, den sie als feministische Elster begann, beendete sie als chauvinistisches Schwein.

Und Schweine hatte sie nie gemocht, nicht mal als Kind.

Als sie acht war, hielt Zarpandit die Zeit für reif, den Aufwärtsfall in den Tod noch einmal zu erleben. Sie erinnerte sich gut an den Tag, denn es war ihr Geburtstag. Ihre Mutter hatte eine Torte gebacken und sie »Ferkel-neben-einem-Birnbaum-Torte« getauft. Auf die Frage, was ein Ferkel neben einem Birnbaum zu suchen hatte, wusste Zarpandit keine rechte Antwort. Sie vermutete, dass es mit den verwendeten Zutaten zusammenhing. Vielleicht hatte ihre Muter die Torte zuerst glasiert, dann den Birnbaum draufgemalt, und nachdem sie ursprünglich ein Tier hatte nehmen wollen, das gut zu dem Baum passte, ein Rebhuhn oder so, stellte sie nun plötzlich fest, dass Rosa die einzige noch übrige Farbe war. Und das einzige rosigrosa Tier, das ihr einfiel, war eben ein Ferkel.

Sowie Zarpandit die Torte sah, hasste sie sie so sehr wie die Party und die Tatsache, dass sie das Geburtstagskind war. Es gab nichts Bedrückenderes im Leben, fand sie, als Spaß haben zu müssen. Als sie an diesem Nachmittag dastand und an einem Stück Pizza kaute, zwinkerte ihr ein Paprikastück zu. Es sah genauso aus wie das Stück, an dem sie vor sechs Jahren gewürgt hatte. Zarpandit drehte das Stück im Mund herum und versuchte, es irgendwo in ihrer Kehle abzubremsen. Vergebens. Alle Paprikastücke, die sie auf halbem Weg anhalten wollte, schluckte sie am Ende hinunter. Mittlerweile fand sie, wenn sie schon nicht zu schlucken aufhören konnte, könnte sie stattdessen die Luft anhalten, was im Grunde demselben Zweck dienen würde.

»Du stirbst, wenn du das machst«, murmelte ein kleiner Junge mit einem Schlips von der Farbe seiner Sommersprossen ruhig, ohne die Ferkel-neben-einem-Birnbaum-Torte aus den Augen zu lassen, als versuchte er zu überschlagen, wie viel mehr ihm bleiben würde, wenn sie stürbe. Auf der Party waren mehr als fünfzehn Kinder. Das Fehlen eines Kindes würde das Tortenstück, das jedes bekam, nur wenig größer werden lassen. Er gab ein Winseln von sich und rannte ins Haus, um Zarpandits Mutter zu holen.

Es war nicht wie beim ersten Mal. Es war schwieriger. Aus irgendeinem Grund mochte ihr Atem nicht eingekerkert sein. Er entströmte ihr jedes Mal, wenn sie versuchte, ihn anzuhalten. Aber so leicht würde sie nicht aufgeben.

»Um Himmels willen, was tust du da?«

Sie machte die Augen auf, sah sich einer wutschäumenden Mutter gegenüber und wurde so grob geschüttelt wie ein Baum voller Blüten, kein Birnbaum, hoffte sie. Angesichts von so viel Aufregung verlor sie die Konzentration. Sie fing voller Zorn zu weinen an. Gott, warum war es so schwer zu sterben?

Jeden Samstagmorgen trafen sie sich im »Dürstenden Geist«, um über ein Buch, einen Artikel, einen Film oder das Leben einer ungewöhnlichen weiblichen Persönlichkeit zu diskutieren, ausgehend von den Referaten, die von allen Mädchen nacheinander erwartet wurden. Als es allzu offensichtlich wurde, dass sie ihres nicht länger aufschieben konnte, verkündete Zarpandit zur Freude aller, dass sie der Gruppe die faszinierende Geschichte einer faszinierenden Frau referieren wolle: Lou Andreas-Salomé.

Sicher, das war ihr Plan, aber als sie tiefer in ihr Thema tauchte, wurde es stattdessen zu einem Referat über Rilke. Lou war eine Halbgöttin, Nietzsche war ein Halbnarr, aber Rilke war beides, Doppelmutant, Halbgott-Halbnarr.

Freilich ist es seltsam, die Erde nicht mehr zu bewohnen,
kaum erlernte Gebräuche nicht mehr zu üben,

Zarpandit schluckte ein paar Mal, als nippte sie vorsichtig an einer vollen Tasse Kaffee, der zu heiß oder zu bitter war. Das wurde schwerer, als sie gedacht hatte.

Rosen und anderen eigens versprechenden Dingen nicht die Bedeutung menschlicher Zukunft zu geben; das, was man war in unendlich ängstlichen Händen, nicht mehr zu sein, und selbst den eigenen Namen wegzulassen wie ein zerbrochenes Spielzeug.

Als sie sich traute, den Kopf zu heben, begegnete sie schmerzlich gelangweilten Augenpaaren, die sie in nahezu vollkommener Ignoranz anstarrten. Sie senkte sofort wieder den Kopf.

Seltsam, die Wünsche nicht weiterzuwünschen.

Verlegenes Schweigen. Aus dem erwarteten Referat über die lebhafte Gestalt Lou Andreas-Salomé war ein dämlicher Gedichtvortrag geworden. Zarpandit bereute den Fehler, doch es war zu spät. Sie fing an zu schwitzen, aber ihr Körper war eiskalt.

»Es war sehr gut, Rilke *und* Lou zu kombinieren, danke«, eilte Debra Ellen Thompson zu ihrer Rettung. »Nun können wir zu Nietzsche übergehen, dessen Frauenfeindlichkeit wir gründlich betrachten sollten.«

Gründliche Betrachtungen, die machten sie wahrhaftig. In diesem Semester stellten sie Betrachtungen an über das Problem der Frauenfeindlichkeit und die Möglichkeiten einer Antithese, das Problem der Pornografie und die Aussichten einer Antithese, das Problem des männlichen Ego und die Möglichkeit einer Antithese, und verstohlen und hoffnungslos stellten sie in kleineren Gruppen auch Betrachtungen an über das Problem Zarpandit und die Möglichkeit einer Antithese.

Irgendwann nach den Thanksgiving-Ferien hielt Zarpandit wieder einmal die Zeit für reif, um den unvollendeten Fall ihrer frühesten Kindheitserinnerung noch einmal zu erleben und vielleicht zu vollenden. Sie plante gewiss keine Szene, wie in *Omen, wo* ihr Körper unversehens aus dem Fenster eines alten Gebäudes im Hintergrund schoss, während Debra Ellen Thompson und die anderen Mädchen sich im Garten amüsierten, und ihr letzter Seufzer von den Entsetzensschreien und Reueschluchzern übertönt würde. Das war nicht ihr Plan. Es gab eigentlich keine Pläne, nur diese bodenlose Todes-verlockung, die schon da war, in ihrer Seele, und ihr ge-treu Gesellschaft leistete, wo immer sie sich befand, bald heftig, bald weniger heftig pochend und pulsierend, aber nie ganz verschwunden.

Diesmal stand sie allein im Zimmer des Wohnheims mit einem Springseil in der Hand.

»Was machst du da oben?«

Die Putzfrau gaffte sie an, Grimm im Blick, einen Mopp in der Hand und ein Kaugummi im offenen Mund. Von hier oben sah sie kleiner aus, und ihr Kaugummi hätte Zimt sein können oder auch nicht. Sie hatte zu die-ser Tageszeit in den Zimmern der Studentinnen nichts zu suchen, aber da Zarpandit selbst war, wo sie nicht hätte sein sollen, war es nicht an ihr, sie zur Rede zu stellen.

»Nichts«, antwortete sie ruhig. Wie viele Über-ängstliche, die wegen nichts in Panik gerieten, konnte sie gelassen und gleichmütig bleiben, wenn es wirklich Grund zur Panik gab. »Ich suche nur die beste Stelle, um ein Poster aufzuhängen.«

»Also, ich seh keine Stelle, wo man auch nur einen Zettel hinpappen könnte, komm lieber runter!«

Obwohl sie eine Neinsagerin und Prinzipienreiterin war, hatte die Putzfrau nicht unrecht. Die Wände des Zimmers, das Zarpandit mit zwei anderen Mädchen be-wohnte, waren zugekleistert mit Bildern und Postern und einem Mondkalender, so groß wie der Halbmond selbst. Sie stieg herunter von den Lexika, die sie auf einen Stuhl gestapelt und auf einen Schreibtisch gestellt hatte. Die

Putzfrau machte sich nicht die Mühe zu fragen, warum sie ein Seil in der Hand hielt statt eines Posters. Zarpandit zog eine Schublade auf, legte das Seil hinein, holte ihre Notizen heraus und machte sich an ein neues Referat, diesmal über die Schwulenbewegung in Amerika.

Da die Geschichte der Schwulenbewegung in Amerika lang, beschwerlich und akribisch aufgezeichnet war, hielt Zarpandit es nicht für nötig, ihr Referat zu diesem Thema anders zu gestalten. Nach fünfundfünfzig Minuten ausführlichen Vortrags sprach sie immer noch, wenn auch mit heiserer Stimme, und bombardierte die dreißig Mädchen, die jetzt leicht erschöpft, aber noch aufmerksam zuhörten, mit prosaischen Details und inkriminierenden Fakten, von denen ihre Notizen überquollen.

»Die Regenbogenflagge ist eines der beliebtesten Symbole schwul-lesbischen Stolzes. Die ursprünglich acht Streifen der Flagge sollten Vielfältigkeit ausdrücken. Knalliges Pink stand für Sex, Rot für das Leben, Orange für Ganzheit, Gelb für Sonne, Grün für Natur, Türkis für Kunst, Indigo für Harmonie und Lila für Seele/Geist. Als 1979 beschlossen wurde, die Flagge in Masse zu produzieren, wurde aus technischen Gründen das Pink entfernt und Indigo durch Königsblau ersetzt. Ursprünglich war die Flagge natürlich von Hand gefärbt. Da das knallige Pink sich nicht industriell herstellen ließ, wurden die Streifen auf sieben reduziert. Als Harvey Milk, der erste offen schwule Stadtinspektor von San Francisco, ermordet wurde, entfernte das Pride-Parade-Komitee den indigoblauen Streifen, um die Farben gleichmäßig auf beide Seiten der Straße aufteilen zu können. Also drei

Farben auf der einen und drei Farben auf der anderen Seite. So wurde aus der Regenbogenflagge rasch eine Sechsfarbenversion. Aber wenn ihr meine persönliche Meinung wissen wollt, ich verstehe nicht, warum das Komitee den siebten Streifen herausgenommen hat. Ich meine, ich sehe ein, dass es schwierig ist, sieben durch zwei zu teilen, aber trotzdem hätte sich eine Lösung finden lassen, etwa drei auf jeder Seite, und jemand hätte dann als siebter Streifen in der Mitte gehen können. Mein zweiter Einwand ist: Warum wurde Indigo der Massenproduktion geopfert? Ich mag die Farbe, ich finde, sie verkörpert Harmonie. Ich weiß, ich sollte mich nicht so sehr auf Einzelheiten konzentrieren, aber ich kann mir nicht helfen, ich bedaure den Verlust von Indigo. Außerdem passt Königsblau nicht. Was hat Königsblau mit Harmonie zu tun?«

Die Antwort war ein Chor von Seufzern.

Debra Ellen Thompson war eine ansässige Lesbe, um es mit ihren eigenen Worten auszudrücken, nicht eine von den Touristinnen, die die Lebensweise der Einheimischen kennenlernen wollen, solange sie in der Stadt sind, um dann alles hinter sich zu lassen, sobald sie nach dem Examen heimfahren. Die Welt war übervoll von solchen zweifellos heterosexuellen Ehefrauen mit fragwürdiger Vergangenheit. Lesbisch sein, erklärte Debra Ellen Thompson, war nicht in erster Linie eine Sache von Sex oder Sexualität, sondern von etwas Abstrakterem und Intellektuellerem: *Klarheit des Geistes*. Um zu solcher Klarheit zu gelangen, musste man sich entscheiden. Es ging weniger darum zu erkennen, wer man war, als vielmehr darum zu erkennen, wer man nicht war. Für Zarpandit war das leichter gesagt als getan. Wer sie nicht war, wusste sie nicht genau. Sich zwischen Heterosexualität und Homosexualität zu entscheiden, ergab für sie keinen Sinn. Wenn möglich, wollte sie sich lieber nicht entscheiden, war eher der siebte Streifen, die von jeder Straßenseite ausgeschlossene Farbe, dem Schicksal des Indigos folgend.

Männer und Frauen, einerlei, sie wurde von niemandem geliebt. Männer und Frauen, einerlei, sie hatte nie jemanden geliebt. Was nützte es, sie zu unterscheiden, wenn alle Formen der Nicht-Liebe im Grunde miteinander verflochten waren?

»Zarpandit, hast du einen Moment Zeit?«, fragte Miriam nach dem Vortrag. Hinter ihr stand steif Debra Ellen Thompson. Sie schienen sich gemeinsam in So-roll, eine missliche Kombination aus Sorge und Groll, gesteigert zu haben. »Wir haben uns Gedanken über dich gemacht, weil wir glauben, dass das nötig ist.«

Ursprünglich hatten sie überschwänglich gehofft und unverdrossen geglaubt, Zarpandit ließe sich ändern und zu einer unabhängigen Frau emanzipieren, und sie würden die Vollbringerinnen dieser radikalen Verwandlung sein. Aber nach so vielen Monaten mangelnden Fortschritts war ihnen wohl der Glaube an Zarpandit abhandengekommen. Doch das ließen sie sich nicht anmerken. Vielmehr sagte Miriam: »Wir haben diese Karte gefunden und dachten, sie könnte für dich interessant sein.«

»Nimm die Karte«, warf Debra Ellen Thompson mit

einem müden Lächeln ein. »Die Frau ist vom Fach. Geh zu ihr.«

Was Zarpandit darauf antwortete, was sonst noch an diesem Tag gesagt wurde, daran konnte sie sich nicht erinnern. Vielleicht war es nichts von Bedeutung, oder vielleicht war es viel zu bedeutend. Was immer ihr Gedächtnis auch fertigbrachte, die nebelhaften Worte dieses Gesprächs verblassten, aber die Karte blieb.

Auf der Vorderseite stand:

---

**Ava O'Connell, M.Ed., LMHC**
FEMINISTISCHE PSYCHOTHERAPIE
NACH JUNG
Erfahrene Therapeutin, spezialisiert auf die
Eingliederung feministischer Prinzipien in das
therapeutische Verfahren

*Gebühr nach Vereinbarung*

---

Auf der Rückseite stand:

---

Geringes Selbstwertgefühl / Selbsthass /
Stress / Kummer / Kodependenz / Ängste /
Depressionen / mangelnde Willenskraft /
Beziehungsprobleme / Alltagsprobleme /
Traumabehandlung / Fragen der sexuellen
Identität / Scheu vor öffentlichem Auftreten /
Schüchternheit / Essstörungen …

Wenn Sie glauben, eins oder mehr hiervon trifft
auf Sie zu, können wir Ihnen helfen, geben Sie
uns eine Chance.

---

Zarpandit steckte die Karte in ihre Tasche und hatte zu ihrer Verblüffung keine Schwierigkeiten, sie wiederzufinden, wann immer sie noch einmal darüber nachdenken wollte. Als sie zwei Wochen später auf einer Bank saß, einen Schokoriegel aß und – immer noch unschlüssig, was sie mit der Karte anfangen sollte – stirnrunzelnd den Eichhörnchen zusah, fiel eine Kastanie von den höchsten Ästen direkt vor ihre Füße. Die stachlige Schale riss auf wie ein Mund, der, einem Geständnis nah, sich zu einem einfältigen Lächeln verzieht. Sie nahm die Kastanienbotschaft als Zeichen und beschloss, es so lange mit dieser Ava O'Connell zu versuchen, bis sie ein gegenteiliges Zeichen erhielt.

## Alter Wein in neuen Schläuchen

Ava O'Connell sah »weniger« nach all dem aus, als man sich ihrer Karte nach vorstellte, besonders, wenn sie die stängeldürren Beine kreuzte wie jetzt. Weniger alt, weniger rigoros, weniger robust, weniger groß ... sie sah auf alle Fälle weniger *professionell* aus, als Zarpandit erwartet hatte.

»Bevor wir anfangen, hätte ich gern ein paar Fragen von Ihnen beantwortet. Überwiegend Routinefragen. Wir bringen sie so schnell wie möglich hinter uns. Aber die Informationen sind wichtig für mich, um eine Ahnung von Ihrer persönlichen Geschichte zu bekommen. Ist das okay? Wie klingt das für Sie?«

»Wie klingt das für Sie?«, war Ava O'Connells Refrain. Aber das wusste Zarpandit noch nicht. Vorerst wusste sie nur, dass es so weit ganz gut klang. Sie gingen ein paar persönliche Fragen durch, dazu gehörten ihr Alter (neunzehn), ihr Geburtsort (Massachusetts), ihre religiöse/ethnische Herkunft (Halbjüdin, aber da ihr Vater jüdisch war, nicht ihre Mutter, wusste Zarpandit nicht, zu was sie das machte), Medikamente, die ihr bisher verschrieben worden waren (da war mal ein leckerer Hustensaft, für den sie Halsweh vortäuschte, aber sie konnte sich nicht auf den Namen besinnen), Kinderkrankheiten (Halsweh), Herzprobleme (keine), wiederkehrende genetisch bedingte Krankheiten in der Familie (diverse Arten von Krebs), Geisteskrankheiten in der Familie (da war mal ein paranoid-schizophrener rassistischer Onkel, der die letzten zehn Jahre seines Lebens nicht auf der Straße gehen konnte, ohne die Straßenseite zu wechseln, wenn er an einer Bank vorbeikam; er hatte große Angst, auf muskulöse schwarze Räuber mit Masken und Pistolen zu stoßen – eher eine unterdrückte Fantasie als eine offene Angst, vermutete Zarpandit; da war mal eine Cousine, die kein Wasser in Restaurants oder aus Behältern trinken konnte, weil sie fest überzeugt war, wenn jemand sie eines Tages vergiften wollte, werde es auf diese Weise geschehen; da war mal eine Tante, die gegen diverse psychosomatische Krankheiten behandelt worden war wegen ihrer ständigen Klagen, im tiefen Inneren habe sie das Gefühl, alles um sie herum würde sie ersticken, aber das zählte vielleicht nicht; nach jahrelanger falscher Behandlung wurde bei ihr nämlich eine ungewöhnliche

Form von Asthma festgestellt; von denen abgesehen, wirkte ihre Mutter natürlich alles andere als gesund, und der Großvater war an Alzheimer gestorben, aber diese letzten zwei Auskünfte behielt Zarpandit für sich).

Als die Fragen beantwortet waren, schrieb Ava O'Connell in Großbuchstaben auf ein Blatt, wobei sie die Worte melodisch nuschelte: »Und Ihr Name ist … Deb-ra El-len Thomp-son.«

»Genau.« Zarpandit strahlte, genoss ihre neue Identität in vollen Zügen.

Mitten in der Sitzung hockte sich eine Krähe ans Fenster, und Zarpandit überlegte, ob das ein gutes Zeichen war oder nicht. Mit so wenigen Anhaltspunkten konnte sie das nicht entscheiden. Mittlerweile war ihr Interesse jedoch Ava O'Connell aufgefallen und sogleich zu einer Quelle für weitere Befragungen geworden. In den folgenden Minuten musste Zarpandit sich durch einen neuen Fragenkatalog quälen, was sie in einen wirren Monolog über die rings um uns verstreuten Zeichen und Vorahnungen trieb. Als sie merkte, dass es nicht viel Sinn hatte, in diesem Stil fortzufahren, schaltete sie auf einen noch wirreren Monolog um, diesmal über Vögel.

»Ich denke, ich beneide Vögel, wie so viele Leute. Aber ich beneide sie wegen was anderem. Mir geht es nicht um ihre Flügel. Sicher, Fliegen kann interessant sein, aber das reizt mich nicht besonders. Ich beneide die Vögel um ihre Namen. Wir haben nur einen Namen oder vielleicht zwei. Aber die Vögel haben Hunderte. Schon eine einzige Vogelart hat so viele verschiedene Namen.«

»Aber sagen Sie mir, Debra, warum finden Sie es so *gut,* viele verschiedene Namen zu haben?«, fragte Ava O'Connell und kreuzte wieder die Beine.

Zarpandit bemerkte was Komisches an ihr. Wenn Ava O'Connell die Beine kreuzte, verzog sie das Gesicht, als wäre sie mit sich selbst über Kreuz, oder vielleicht war es umgekehrt, vielleicht kreuzte sie die Beine, wenn sie mit sich über Kreuz war. So oder so, Zarpandit würde nie dahinterkommen.

*Warum war es so gut, viele verschiedene Namen zu haben?*

Aber warum bekommt ein Mensch für immer einen Namen, wenn sie oder er ganz anders hätte genannt werden können, womöglich mit denselben Buchstaben, nur in einer anderen Reihenfolge? Wann ist uns die Möglichkeit, alles umzutaufen, einschließlich uns selbst, aus der Hand genommen worden? Wie schaffe ich es, mich nicht davor zu fürchten, dass mein Name für immer an mir klebt, wenn mein einziger Trost dafür, zu sein, wer ich bin, die Möglichkeit des Gegenteils ist?

Ich bin an eine Welt gekettet, die Namen für immer festlegt, wo Buchstaben nicht verrücktspielen dürfen. Doch jedes Mal, wenn ich meinen Löffel in die Buchstabensuppe tauche, hoffe ich, neue Buchstaben herauszufischen, um meinen Namen und mit ihm mein Schicksal anders zusammenzusetzen. Ich sehne mich nach der Möglichkeit, *nicht mehr die zu sein, die ich in stets ängstlichen Händen war … sogar den eigenen Namen wegzuwerfen wie ein zerbrochenes Spielzeug …*

Das waren die eloquentesten Sätze, die Zarpandit seit Langem hervorgebracht hatte. Aber es ließ sich kaum behaupten, dass Ava O'Connell beeindruckt wirkte. »Ich möchte, dass Sie ein bisschen von Ihrer Mutter erzählen«, erklärte sie und fand es offenbar nicht schädlich, Zarpandit aus ihrer Träumerei zurückzuholen in die Realität. »Wie klingt das für Sie?«

»Meine Mutter ...« Zarpandit japste und versuchte, Zeit zu gewinnen, indem sie jeden Gegenstand im Zimmer musterte. Leider war das Zimmer minimalistisch möbliert. »... ist eine miserable Köchin.«

Jede andere, jede weitere Aussage über ihre Mutter, so empfand sie es, wäre, als würde sie eines ihrer Geheimnisse preisgeben, wozu sie kein Recht zu haben meinte. Zu erwähnen, dass ihre Mutter eine miserable Köchin war, richtete keinen Schaden an. Das war kein Geheimnis.

Da wir gerade von Geheimnissen sprechen: Nicht jedermann nahm so viel Rücksicht auf die Privatsphäre. Ehe die Woche zu Ende war, hatten anscheinend alle Mädchen und Eichhörnchen im Mount Holyoke College spitzgekriegt, dass Zarpandit »in psychotherapeutischer Behandlung« war. Das war die höfliche Formulierung, wobei die Ausschmückung vom jeweiligen Gusto abhing. So war Zarpandit laut kursierender Gerüchte als Kind gequält, von Vater/Bruder/Onkel/Nachbarn sexuell belästigt, von Stiefmutter(-müttern) geschlagen, in diversen Altersstufen zwischen eins und zehn adoptiert worden, hatte zufällig in diversen Altersstufen zwischen zehn und zwanzig von der Adoption erfahren, war süchtig geworden nach dieser Fantasiedroge mit ständig wechselnden Namen, die auf lange Sicht schuld war an ihren Über-Ich-Defekten, und so weiter und so fort.

Dass keine dem Teil der Geschichte, den sie gehört hatte, ganz traute, machte den Drang, den Rest zu erfahren, umso unwiderstehlicher.

Wie immer die noch zu entschlüsselnde Realität aussehen und als wie bedenklich sie sich am Ende erweisen mochte, alle meinten, dass Zarpandit eine schwierige Phase durchmachte. Aber das war nicht der einzige Grund, weshalb sie neuerdings besser behandelt wurde. In ihrer Abwesenheit hatte die Gruppe nämlich gemerkt … keine wusste so richtig, warum, aber es schien, dass … sie sie vermissten!

Gemeinschaften gehen seltsame Wege. Obwohl alle letztlich nach Beliebtheit streben, kann die allgemeine Zuwendung zu jemandem, der unbeliebt und introvertiert ist, die von beliebteren und extrovertierteren Menschen übersteigen. Erstere sind ähnlich wie Sauerstoff, von keinem klar erkennbaren Wert, solange vorhanden, aber heiß ersehnt, wenn nicht vorhanden. Zarpandit sah sich, nachdem sie von der Gruppe abgesondert und fürsorglich einer Therapeutin anvertraut worden war, in ihrem Studentinnenleben nun von denen willkommen geheißen, die sie abgedrängt hatten, und profitierte jetzt von einer düsteren Duldsamkeit, die sie ihrerseits nicht dazu nutzte, ihre Nähe zu suchen, sondern sich noch mehr und perfekter zu distanzieren. Da ihr »abweichendes Verhalten« endlich anerkannt und erstaunlicherweise geschätzt wurde, konnte sie auf derselben Spur bleiben und die Eigenständigkeit genießen. Bisher war das die wichtigste Veränderung, die Ava O'Connell ihrem Leben gebracht hatte. Was Zarpandit allerdings nicht preisgab, wenn man sie nach dem Verlauf der Therapiesitzungen fragte. Für diese Frage hatte Zarpandit eine Antwort parat. »Wir machen Fortschritte«, sagte sie und fügte dann düster hinzu: »Aber es braucht Zeit.«

Darauf nickten alle verständnisvoll. Es hörte sich irgendwie plausibel an. *Fortschritt* schien der goldene Schlüssel zum Gemeinschaftstor zu sein. Was oder wer einmal *Fortschritte* machte, dem konnte man großmütig Vertrauen schenken. Das Unheilvolle an der Illusion von *Fortschritt* war jedoch weniger das, was andere von einem erwarteten, als das, was man von sich selbst erwartete. Denn wiederholt man das Wort oft genug, glaubt man am Ende selbst daran. Von dieser Dynamik beseelt, unternahm Zarpandit eines windigen Tages, als sie am Lower Lake standen und ein Entenpaar beobachteten, ihren ersten denkwürdigen Versuch, Debra Ellen Thompson zu kritisieren.

»Du bist gegen *alles*«, platzte sie aus heiterem Himmel heraus. Sie hatte es als nette Neckerei gemeint, geriet aber in der Mitte ins Schwanken und am Schluss in Panik, »… einfach weil du … gegen *alles* sein willst.«

Aber Debra Ellen Thompson wirkte kein bisschen gekränkt, als sie nach einer Schweigesekunde nuschelte: »Ich danke dir.«

»Wirklich?«, keuchte Zarpandit.

»Ganz entschieden. Selbstkritik ist in jeder Form menschlicher Gemeinsamkeit immer am schwierigsten. Wir als Gruppe müssen aufpassen, dass wir nicht in einem Zustand ständiger Selbstüberschätzung leben, und müssen stattdessen Selbstkritik fördern, ganz gleich, wie heikel und schmerzhaft sie ist. Ich weiß, du zweifelst an der Gruppe. Aber ich weiß auch, dass deine Zweifel sehr viel mehr beisteuern werden als die blinde Ergebenheit vieler anderer.«

Zarpandit war sprachlos, mehr wegen des Tons – knirschende Warmherzigkeit auf knisternde Freundlichkeit – als wegen dem, was sie gehört hatte.

»Hör mal, warum thematisierst du das nicht beim nächsten Treffen? Halte wieder ein Referat, aber diesmal nicht über deine Recherchen. Halte uns den Spiegel vor, kritisiere uns.«

*Sie* kritisieren? Auf gar keinen Fall. Aber für Ava O'Connell würde das bestimmt gut klingen.

Und sie tat es doch. In der nächsten Woche, beim nächsten Treffen, stand Zarpandit vor der Gruppe und kritisierte *sie*. Von Zweifeln an allem geplagt, was da aus ihrem Mund kam, hielt Zarpandit es für nötig, ihre Worte so oft wie möglich in eine trübe »Vielleicht«-Soße zu tunken: »Vielleicht sollte die Emanzipation nicht von außen aufgezwungen werden … Das Konzept, das Beste in jeder Frau zutage zu fördern, kann manchmal schädlich sein … für einige von uns vielleicht. Es ist an sich keine schlechte Idee, aber wenn wir zu kräftig ziehen, ist das, was herauskommt, vielleicht nicht das Beste in dieser Frau …«

Egal wie, als sie eine Pause machte, geschah ein Wunder. Sie stimmten zu! Alle miteinander.

Sie wusste nicht, und es fiel ihr deshalb ziemlich schwer, sich auf den anschließenden Tumult einen Reim zu machen, dass die Gruppe schon vor ihrem Referat und mithin unabhängig davon in Auflösung war. Zarpandit spielte dabei nur eine Nebenrolle. Wie wenn ein frisch gewaschenes Tischtuch, fleckenlos weiß und seidig, zufällig von dem Balkon, wo es zum Trocknen hing, auf einen Radfahrer darunter fällt und ihm ein paar Sekunden Kopf und Augen verdeckt, lange genug, um ihn direkt vor einen Bus zu lenken, der von der anderen Seite kommt, und der Fahrer das Steuer herumreißt, bis der Bus mit seinen dreißig Fahrgästen in eine Zoohandlung kracht, die Käfige mit den Welpen und Kätzchen umstößt und die Becken mit den friedlich darin schwimmenden japanischen Fischen zerschmettert. Diese Art Nebenrolle. Sekunden nach dem eigentlich unerheblichen Auslöser durch Zarpandit-das-Tischtuch setzte eine Kettenreaktion ein und brachte die lange verdeckten Machtkämpfe in der Gruppe zum Ausbruch. So mühelos wie eine riesengroße, saftige reife Wassermelone, die auf den Boden plumpst, zerfiel die Gruppe in zwei Hauptteile und einen schmalen Schlitz. Was sich als zusammenhängende Gruppe eingefunden hatte, verließ den Raum als drei neue Fraktionen; jede gab sich einen neuen Namen, um sich von den anderen abzuheben.

Die erste, von Miriam angeführte Gruppe nannte sich *Pst-Pst-Töchter*. Ihrer Natur gemäß dürfe die »Liebe, die ihren Namen nicht zu nennen wagt«, nicht ausgesprochen werden, erklärten sie und befürworteten stattdessen die Integration lesbischer Frauen in die heterosexuelle Gesellschaft. Man könnte sagen, dass sie hier schon einige Erfolge hatten, denn obwohl ständig von Lesben die Rede war, gab es keine in der Gruppe.

Die zweite Splittergruppe nannte sich *Capists,* eine Abkürzung von *Concerned About the Preservation of the Embryo* (Furcht um die Erhaltung der Leibesfrucht), eine von Kant übernommene Formulierung, der so kühn gewesen war, zu behaupten, der Charakter der Frau definiere sich im Gegensatz zu dem des Mannes allein durch natürliche Bedürfnisse und fürchte um die Erhaltung der Leibesfrucht, was wiederum Furcht in ihre Natur pflanze, weswegen sie fast ihr ganzes Leben lang des männlichen Schutzes bedürfe. Statt Kant anzugreifen, machten die Capists sich seine voreingenommene Beurteilung ebenso munter zu eigen wie die Strategie der »vorsätzlichen Verdrehung«. Natürlich befand sich Debra Ellen Thompson im Zentrum dieser Gruppe. Und Zarpandit stand eher am Rand.

Die dritte Gruppe, trotz des Namens *Femini Mundi* die kleinste von allen, formulierte das Bedürfnis danach, Teil eines größeren Ganzen zu sein, einer Schwesternschaft, die Klassen-, ethnische, religiöse und nationale Grenzen überschritt. Dieses Allumfassende war jedoch mehr das Ergebnis der Zusammensetzung dieser Fraktion als ihre Ursache, denn hier hatte sich eine bunte Gruppe zusammengefunden, mit wenig Gemeinsamkeiten, vielleicht jene ausgenommen, die sich nicht an dem Machtkampf zwischen Debra Ellen Thompson und Miriam beteiligen wollten, und einige andere, die erst mal lieber im Hintergrund blieben, um ihre Chancen bei beiden Gruppen in absehbarer Zukunft nicht zu schmälern.

Wie üblich hatte die Spaltung jede Fraktion auf ihre Art radikalisiert. Radikalisiert und aufs Neue verbittert, fügte Zarpandit hinzu. Alle fanden zur gewohnten Kälte ihr gegenüber zurück, als sei sie so etwas wie ein Agent Provocateur, der eigentliche Auslöser für den großen Knall.

»In unserer ersten Sitzung haben Sie etwas sehr Interessantes über sich gesagt. So etwas wie … *Buchstaben, die verrücktspielen.* Erinnern Sie sich daran, Debra?«

Das war das Schlimmste an einer Therapie. Zuerst ermunterten sie einen, hemmungslos draufloszuplappern, und dann schrieben sie alles auf, was man sagte, um einen nach jedem Wort zu beurteilen.

»Neulich saß ich mit Helen Lehman beim Mittagessen, einer guten Freundin von mir, die in Northampton ein Lokalblatt herausgibt. Sie ist ganz verzweifelt, weil die Frau, die die Leserbriefe beantwortet hat, aus heiterem Himmel gekündigt hat. Jetzt braucht sie dringend Ersatz … und während ich ihr zuhörte, fiel mir Ihr Ausspruch von den Buchstaben, die verrücktspielen, ein. Menschen, denen es schwerfällt, vor Publikum zu sprechen, können ja schriftlich sehr geschickt sein. Hören Sie, Sie schulden mir die letzten fünf Sitzungen, ich schulde Helen noch einen Gefallen, Helen schuldet uns nichts. Ich mache Ihnen einen Vorschlag: Schauen Sie mal bei ihr vorbei, sehen Sie, worum es bei dieser Arbeit geht. Wie klingt das für Sie, Debra?«

Zarpandit holte tief Atem, es war fast ein Seufzen.

»Wenn Sie wollen, können Sie gleich hingehen.

Haben Sie heute Nachmittag etwas Besonderes vor?«

Nein, sie hatte heute Nachmittag nichts Besonderes

vor, morgen Nachmittag auch nicht. Aber warum fragten die Leute immer, wenn sie die Antwort schon wussten?

## Buchstaben spielen verrückt

Zarpandit schlenderte in aller Ruhe durch Northampton, sah den Zuschauern zu, die zufrieden einem Straßenkünstler zusahen, aß eine Banane, ohne sich um den Buchstaben darin zu kümmern, trank am Hay Market eine heiße Schokolade und beobachtete Familien und Paare, überlegte, was Ava O'Connell ihrem Leben Gutes gebracht hatte, konnte keine rechte Antwort finden und aß noch eine Banane. Im Sportteil eines Lokalblatts las sie etwas über die ersten Cheerleader der Holyoke Catholic High School, 1947–48, in dem Jahr, als die Schulen Sacred Heart, Our Lady of the Rosary und St. Jerome sich beim Sport zusammengeschlossen hatten. Es gab auch ein Foto von den »Cheerleading Pioneers« – elf Mädchen, sechs standen, fünf saßen. Unter dem Foto waren die Namen der Mädchen angegeben, hintere Reihe, vordere Reihe von links nach rechts. Am Ende dieser Auflistung kam ein Satz, der Zarpandits Aufmerksamkeit mehr als alles andere fesselte: »Auf dem Bild fehlt Gartheride Keith.«

Zarpandit versuchte, sich diese Gartheride vorzustellen. War sie anders als die anderen? Warum fehlte sie auf dem Bild? Hatte sie sich nicht fotografieren lassen wollen, oder hatte etwas sie davon abgehalten? Aber vielleicht war es einfach, wie es eben war und immer gewesen war. Das Gesetz der Abwesenheit bedingte, dass es immer einen Leerraum gab, einen Verlust, etwas, das jeder und jeglicher Ganzheit fehlte. Während sie nachdachte, verdrückte sie weitere zwei Bananen und trank noch eine heiße Schokolade. Trotz der Bummelei war sie rechtzeitig bei der genannten Adresse.

Sie fand ein geschmackloses Büro vor, mürrische Angestellte und Helen Lehman, ganz wie Zarpandit erwartet hatte, nur dass Helen Lehman anscheinend nicht mit ihr gerechnet hatte.

»Ja, natürlich, ich habe Sie erwartet«, sagte sie schließlich und nickte. Ihre Konfusion verschwand, sobald sie Ava O'Connells Namen hörte. Helen Lehman war knochendürr und klein, genau wie Ava, aber auch streng, im Gegensatz zu ihr. Ihr Blick war abweisend, ihre Stimme überhaupt nicht. »Ich muss Ihren Namen falsch verstanden haben, tut mir leid, Schätzchen. Mittwochs ist hier die Hölle los. Jeden Mittwoch vergesse ich, wer ich bin … aber nie, wer mein Mann ist!«

Weil Zarpandit das Gefühl hatte, es sei angebracht, ließ sie ein Glucksen los.

»Ehrlich gesagt …« Misstrauisch betrachtete Helen dieses dunkelhaarige, mollige Mädchen mit dem bräunlichen Schokoladenfleck links an der Oberlippe.

»Gartheride«, sagte Zarpandit mit leicht bebender Stimme.

»Ehrlich gesagt, Gartheride, ich würde diese Stelle nie an jemanden vergeben, der einfach hereinspaziert kommt. Erst recht nicht nach dem, was das Miststück mir angetan hat. Eines Tages komme ich in die Redaktion, wo ist Ilena, niemand weiß es. Verschwunden! Können Sie sich das vorstellen?« Mit einem tiefen Seufzer gab sie ihrer Missbilligung Ausdruck. »Aber Ava ist eine gute Freundin, sie möchte, dass Sie es hier versuchen, und sie hat mir ihr Wort gegeben. Schauen Sie, Schätzchen, wir sind zwar nicht die *New York Times,* aber unsere Leserinnen vertrauen uns. Sie vertrauen ... *Ihnen* ... oh, aber Sie sind so jung ...« Wieder ein Seufzer.

Das war's, dachte Zarpandit. Man würde ihr höflich die Tür weisen. Doch die Tür, die Helen ihr wies, führte in einen Raum, wo ein recht bescheidener Stapel Briefe auf sie wartete. Zarpandit hatte immer den Verdacht gehabt, alle Leserbriefe in Zeitungen seien vom Herausgeber erfunden, doch jetzt sah sie erstaunt, dass die in dem Stapel von richtigen Leuten mit richtigen Namen kamen.

»Ein gewieftes Miststück war sie, diese Ilena. Unerhört. Ich halte zwar persönlich nichts von ihr, aber ihre Arbeit hat sie gut gemacht. Ich weiß nicht, wie Sie sie ersetzen wollen.«

Zarpandit gab sich Mühe, sich brüskiert zu fühlen, aber etwas am Lächeln dieser Frau, das koboldhaft war und schelmisch, machte sie unsicher, ob das die richtige Reaktion war.

»Bitte nehmen Sie es nicht persönlich.« Helen Lehman bemerkte die Verwirrung ihres Gegenübers. »Okay, hören Sie, lassen wir's auf einen Versuch ankommen. Aber unsere Leserinnen brauchen nicht zu wissen, was hier vorgeht. Die Leserinnen sind konservative Menschen, die behandelt werden wollen, als wären sie es nicht. Es würde ihnen nicht gefallen, wenn sich was veränderte. Ilena hat seit mehr als sechs Jahren ihre Briefe beantwortet, sie hat Hunderte von Antworten gegeben, und glauben Sie mir, Schätzchen, die Leute nehmen sie ernst. Sie gilt als ideal, zeitlos. Wir können doch den Leuten jetzt nicht sagen, dass sie in Wirklichkeit ein Arschloch war! Das Miststück hat sich zwei Monate Vorschuss geben lassen und ist mit ihrem fiesen Freund verschwunden. Nein, meine Liebe, mit solchen Einzelheiten können wir unsere Leserinnen nicht behelligen. Wir müssen Ilenas Namen beibehalten. Ist Ihnen das klar?«

Noch nicht. Aber es fing an, ihr Spaß zu machen.

»Wir können nicht erwarten, dass die Menschen uns vertrauen, wenn sie jeden Monat an jemand anders schreiben müssen. Das wäre, als würden wir sagen: ›Tut uns leid, Leute, wir haben was verbockt.‹ Können sie uns vertrauen, wenn es in der einen Woche ›Liebe Ilena‹ heißt und in der nächsten ›Liebe …‹?«

Zarpandit eilte ihr zu Hilfe: »Gartheride.«

»Ja, also wir müssen es unseren Leserinnen nicht auf die Nase binden, dass sie von jetzt an mit einem jungen Mädchen ohne Lebenserfahrung korrespondieren, weil ihre Vorgängerin mit dem Geld der Herausgeberin abgehauen ist. Wir tun so, als wäre Ilena noch da, aber nicht mehr allein. Sie hat eine Assistentin bekommen: Gartheride! Ist Ihnen das klar?«

Ja. Beinahe.

»Natürlich müssen wir zuerst einige Vorkehrungen treffen. Wie wäre es zum Beispiel, wenn Sie beide dieselben

Briefe aus verschiedenen Blickwinkeln beantworten, so eine Art Optimist-Pessimist-Duo? Weil Ilena ein Miststück war, sollte sie die dunkle Seite des Lebens widerspiegeln. Und dann kommt Gartheride und schildert die helle Seite. Das ist dann so, als würde ein Engel mit dem Teufel disputieren. Und die Leserinnen entscheiden! Das wird ihnen gefallen!« Sie strahlte, begeisterte sich immer mehr für die Idee, je mehr sie sich darüber reden hörte. »Glauben Sie mir, Schätzchen, ich kenne meine Leserinnen, ich kenne die Frauen, und ich verstehe ihre Bedürfnisse besser als diese Horde von Therapeutinnen, die gute Ava eingeschlossen, aber seien Sie nicht so gemein, ihr das zu sagen!«

Zarpandit lächelte die drahtige kleine Frau an, die voller Leben, voller Gemeinplätze war, nichts davon dekonstruiert im Sinne der Strategie vorsätzlicher Verdrehung, und plötzlich spürte sie, dass sie sehr ungleiche Freundinnen werden würden.

»Schätzchen, wollen Sie sich nicht setzen und anfangen … mit … diesem hier zum Beispiel.« Sie nahm einen Brief von dem Stapel, tätschelte Zarpandit die Schulter, brachte ihr eine Tasse Tee und ließ sie dann in dem schmuddeligen Raum allein.

Liebe Ilena,
vor drei Wochen habe ich einen Mann kennengelernt. Er hat mein Leben verändert. Wir haben uns auf der Stelle verliebt. Letzte Woche bin ich zu ihm gezogen. Es ist atemberaubend, er ist alles, was ich mir ersehnt habe. Es gibt da nur ein kleines Problem:

Wir sind in seiner Wohnung zu dritt. Er wohnt mit einem Leguan zusammen. Die armselige, hässliche grüne Kreatur kriecht auf Sesseln, über Teppiche, als wäre sie der Hausherr persönlich. Jedes Mal, wenn ich das Tier ansehe, habe ich Angst, mich zu übergeben. Zu allem Überfluss will Stephen (mein Freund), dass Edgar Allan Poe (der Leguan) mit am Tisch sitzt. Er hat seinen eigenen Teller und isst mit uns Salat. Das widert mich so an, aber ich kann nichts sagen.

Was soll ich tun? Soll ich wieder in meine Wohnung ziehen? Aber wir wären das ideale Paar. Soll ich hier bleiben, soll ich versuchen, Edgar Allan Poe zu lieben? Meinen Sie, die Liebe kommt mit der Zeit, wie unsere Mütter uns weismachen wollten?

Annie Lee

Zarpandit verharrte eine Minute mit steinerner Miene. Dann dachte sie, warum nicht mit dieser Annie Lee von einem anderen Stern kommunizieren. Um sich besser zu konzentrieren, zeichnete sie eine strahlende Sonne, versuchte, sich auf ein paar Aphorismen zu besinnen, die die Mädchen am Mount Holyoke College mit Tesafilm an ihre Türen geklebt hatten, und fing dann an zu schreiben.

Liebste Annie,

Liebe, die diesen Namen verdient, ist eine unschätzbare Gabe Gottes. Wenn Sie glauben, dass Ihnen diese Gabe beschert wurde, müssen Sie äußerst aufrichtig mit ihr umgehen und auch mit sich selbst. Wenn Stephen so wunderbar ist, wie Sie sagen, sollte er versuchen, Ihre Gefühle zu verstehen. Sprechen Sie mit ihm. Sagen Sie ihm, wie sehr Sie ihn lieben und wie gerne Sie bei ihm sind, sagen Sie ihm aber auch, wie schwer es für Sie ist, mit Edgar Allan Poe zusammenzuwohnen, und bitten Sie ihn, Ihnen einen Ausweg zu zeigen. Seien Sie offen. Liebe braucht keine Vorhänge. Und nicht vergessen: Wenn Sie immer ehrlich zu ihm sind, wird er auch immer ehrlich zu Ihnen sein. Ich bin sicher, gemeinsam werden Sie die beste Lösung finden.

Alles Gute,
Gartheride

Dann zeichnete Zarpandit einen dunklen Mond, der ihr helfen sollte, sich besser auf die nächste Aufgabe zu konzentrieren. Sie versuchte, sich vorzustellen, was Ilena schreiben würde. Während sie überlegte, vermischte sich Ilenas Bild vor Zarpandits innerem Auge mit vertrauten Frauengesichtern – eine Prise Professor Harley, eine Prise Miriam, eine Prise Mutter und ganze Löffelvoll Debra Ellen Thompson.

Annie Schätzchen,

es fällt mir wirklich schwer, die jungen Amerikane-
rinnen von heute zu verstehen. Wie konnten Sie
mit einem Mann zusammenzuziehen, den Sie erst
drei Wochen kannten? Aber über verschüttete Milch
zu weinen, ist sinnlos, drum wollen wir sehen,
was Sie jetzt tun können.

Mit Stephen zu reden, ist gewiss eine Möglichkeit,
die Sie in Betracht ziehen können. Aber eins kann
ich Ihnen jetzt schon sagen: Es wird nicht funktio-
nieren. Er wird beleidigt sein. Selbst wenn er sich
alle Mühe gibt, in tiefster Seele wird immer eine
hässliche Verstimmung, ein dunkler Fleck zurückbleiben. Und dieses bösartige Samenkorn, Schätzchen, wird dort wachsen und wachsen, bis Sie eines
Tages, während Sie über etwas vollkommen Belangloses diskutieren, feststellen, dass Sie sich eigentlich
über den Leguan streiten, den Sie längst vergessen
wähnten.

Hier nun mein Vorschlag. Behalten Sie dies für sich,
und tun Sie so, als würde es Ihnen nichts ausmachen,
mit einem Leguan zusammenzuwohnen. Übertrei-
ben Sie es nicht. Geben Sie dem Tier keine Küsse,
wenn Stephen dabei ist. Versuchen Sie nicht, ihn
zu täuschen. Seien Sie gelassen, und tun Sie so, als
würde es Ihnen wirklich nichts ausmachen. Warten
Sie ab, haben Sie Geduld. Und wenn die Zeit reif
und der richtige Tag da ist, haben Sie zwei Möglichkeiten:

a. Lassen Sie die Tür offen, lassen Sie Edgar Allan Poe weglaufen. Es könnte klappen, obwohl Stephen vielleicht verstimmt ist und Ihnen Unachtsamkeit vorwirft.

b. Geben Sie eine Schlaftablette, ein Barbiturat oder dergleichen, in Edgar Allan Poes Futter. Damit werden sich seine Bewegungen verlangsamen. Wenn das Tier ganz dösig ist, schieben Sie es unter das Kissen, auf das Stephen sich wahrscheinlich setzen wird, und lassen ihn seinen eigenen Leguan *abmurksen*.

Ihn wird die alleinige Schuld treffen, und Ihre Rolle wird es sein, zu trösten und zu lindern. Versprechen Sie ihm, einen neuen Leguan zu besorgen. Er wird wahrscheinlich sagen, dass das nie dasselbe sein wird, Poe war etwas ganz Besonderes, kein ersetzbarer Gebrauchsgegenstand. Umso besser.

Dennoch rate ich Ihnen, es nicht dabei zu belassen und sich ein Haustier anzuschaffen, das für Sie beide erträglich ist. Wie wäre es mit einer Katze? Sie werden wieder zu dritt in der Wohnung sein, aber diesmal zu Ihren Bedingungen. Sie sind ein großes Mädchen. Gebrauchen Sie Ihren Verstand.

Viel Glück bei allem, was Sie tun,
Ilena

PS: Was für ein Mann nennt einen Leguan nach dem verehrten Edgar Allan Poe? Sind Sie sicher, dass er der Richtige für Sie ist?

Während der folgenden Tage, Wochen und Monate fanden Zarpandit, die feministische Elster, Zarpandit, das chauvinistische Schwein, Zarpandit, das unbedarfte Tischtuch, Debra, die Therapiepatientin, Gartheride, die gewandte Korrespondentin, und ihre vielen anderen indifferenten Decknamen, verworrene Egos in ständigem Clinch, allesamt taumelnd, verblüffend, wunderbarerweise einen Platz, warm und geborgen, in dieser neuen Rolle als Assistentin einer Frau, die nur ein Name war, mit dem private Briefe von Leuten beantwortet wurden, die nichts weiter als Namen waren. So viel Undefinierbarkeit tat ihr ungemein wohl. Die Wohltat, das Reale und das Erdachte friedlich miteinander verschwimmen zu sehen, die Wohltat, von ständig wechselnden Namen umgeben zu sein, die Wohltat, gleichzeitig mit zwei Stimmen sprechen zu können, die sich endlos voneinander abkehrten, die Erleichterung, *den eigenen Namen wegzuwerfen wie ein zerbrochenes Spielzeug, nicht mehr die zu sein, die man einst in stets ängstlichen Händen war ...* Diese Ambivalenz half ihr, mit ihren verschlungenen Ängsten fertigzuwerden. Die Möglichkeit, zwischen zwei Polen frei zu schwingen, beruhigte ihr bipolares Pendel. Schließlich kann die Behandlung manchmal von derselben Art sein wie die Krankheit, ganz so, wie das Gegengift die Seelengefährtin des Giftes ist.

Gegen Ende des zweiten Semesters, als sie allein auf einer Bank am Lower Lake saß und zusah, wie das einst gefrorene Wasser nun munter strudelte, und aus ihrer dualen Fantasie, ihrer fantasierten Dualität – Ilena und Gartheride, Gartheride und Ilena – heraus die Welt betrachtete, schüttete sie alle erreichbaren Buchstaben in die Paradiesschüssel und rührte und rührte die Buchstabensuppe, bis alle Buchstaben wieder verrücktspielten. Als der metaphorische Löffel der Verflüchtigung Kreise zog, kam ihr die Idee, fortan irgendwo an ihrem Äußeren einen echten Löffel zu befestigen, ihn vielleicht in ihr lockiges Haar zu stecken. Der Löffel würde sie ständig daran erinnern, dass jeder Name, an den sie sich gekettet sah, ausgelöscht und durch die Buchstaben eines anderen Namens ersetzt werden konnte.

Als der Wirbel ihrer Gedanken endlich zur Ruhe kam, hob sie den Löffel, um nachzusehen, was er ihr beschert hatte. Da, eine neue Buchstabenkombination: GAIL. Der *Klang* gefiel ihr, und sie beschloss, Gail zu ihrem neuen Namen zu machen.

Dem Namen, den Ömer Özsipahioğlu sieben Jahre später heiraten würde.

# DER STORCH

## Neuankömmling auf dem neuen Kontinent

Ömer Özsipahioğlu betrat Mitte Juni 2002 erstmals amerikanischen Boden. Genau wie vor ihm zahllose Ankömmlinge auf dem neuen Kontinent, fühlte er sich als Fremder in einem fremden Land und hatte doch gleichzeitig das Gefühl, das Land, in das er gekommen war, sei irgendwie *nicht ganz so fremd*. Amerika stellte die Fremder-in-einem-fremden-Land-Wechselbeziehung einfach sanft auf den Kopf. In anderen Gegenden der Welt ein Neuankömmling zu sein, bedeutete, dass man in einem neuen Land angekommen war, dessen Wo und Wie man nicht kannte, das meiste, wenn nicht alles, aber zur gegebenen Zeit vermutlich und hoffentlich lernen würde. Wer jedoch das erste Mal nach Amerika kommt, hat das Gefühl, in ein nicht völlig fremdes Land gekommen zu sein, da man das meiste, wenn nicht alles, was es darüber zu wissen gibt, schon zu wissen glaubt, und muss schließlich zu gegebener Zeit das ursprüngliche Wissen ablegen. Vermutlich hatte Ömer Özsipahioğlu, bevor er hier zu leben begann, auf ähnliche Weise eine Moment-aufnahme und die Chronik des Landes klipp und klar im Kopf gehabt; er musste nur die Leerstellen ausfüllen, an den unklaren Teilen arbeiten und die Einzelheiten einfangen. Bevor sein zweiter Monat um war, waren ihm nur noch die Leerstellen und Teile und Einzelheiten geblieben, während der Gesamtzusammenhang sich irgendwann irgendwo verflüchtigt hatte.

Früher hatte er Amerika als ein Trotz-seiner-Ausmaße-und-Vielfalt-eigentlich-schlichtes-Land gesehen, eine Art verdünnte Lösung, die − in allen möglichen Flaschen − aus mehr oder weniger denselben Stoffen bestand. Als er angefangen hatte, dort zu leben, veränderte sich sein Blick, und er sah Amerika als ein Land, das trotz seiner Schlichtheit von zu großer Vielfalt war, mehr wie ein Konzentrat, aus dem man eine Unmenge von Getränken machen konnte, je nachdem, wie stark man es verdünnte. Und dann folgte ein drittes Stadium, nachdem die Unbeholfenheit und die Neugierde der Anfangszeit versickert waren und ihn in einem Rätsel des Fremdseins zurückließen, das nicht unbedingt gelöst werden musste, endlich eingegliedert, aber nicht so empfänglich für Fakten und Einzelheiten wie früher. Dies, vermutete er, müsse seine »persönliche Anpassung an die kulturelle Anpassung« sein.

Diverse Faktoren dürften diesen Prozess gefördert haben, besonders die S-Faktoren. Immerhin war er bereits ein leidenschaftlicher Fan von *Seinfeld,* ein begeisterter Sandman-Leser, süchtig nach *Die Simpsons* und in geringerem Maße nach *Saturday Night Life;* er war sich einigermaßen im Klaren über die Bedeutung des *Sundance Film Festivals,* war ein großer Anhänger von *South Park* und allem, was dazugehörte, und ein gut informierter Fan von *Patti Smith,* der Queen des Punk. Er hatte viel übrig für Art *Spiegelmans* Maus, die *Tupac-Shakur-Legende, Steppenwolfs* »Born to Be Wild«, vor allem in der Anfangssequenz von *Easy Rider;* er mochte *Sean Penn* und alles, was *Stanley Kubrick* geschaffen hatte, allerdings konnte er auch verstehen, warum der hervorragende Regisseur sich so sehr von *Spartakus* distanziert hatte, trotz des S. Aber diesen S-Verlust konnte Ömer durch seine Vorliebe für *Susan Sarandon* ausgleichen. Bei seinem haltlosen Kaffeeholismus war er prädestiniert dafür, ein unersättlicher Kunde von *Starbucks* zu werden. Wenn auch von ferne, so hatte er ein wachsames Auge auf *Steven Spielberg* und *Stephen King* und interessierte sich für *Sexskandale* und *Serienmörder.* Während es ihm großen Spaß machte, jede Folge von *Star Wars* zu analysieren, schwieg er sich gewöhnlich über *Einer flog über das Kuckucksnest* aus, den Film, für den er schwärmte und der ihn neugierig auf *Salem* gemacht hatte. In tiefster Seele war Ömer Özsipahioğlu bereit, gegen jede autoritäre Gestalt à la *Schwester Ratched* zu kämpfen, die ihm auf dem neuen Kontinent in die Quere kam. Da die Liste in diesem Stil weiterwuchs, schien er im Hinblick auf S-Faktoren ziemlich gut versorgt. Ungeachtet dessen, was viele Amerikaner vermuten würden, kannte sich dieser Fremde in ihrer Kultur besser aus als in seiner eigenen.

Das S ist zweifellos ein fruchtbarer Buchstabe, aber im Alphabet weit hinten. Bald würde Ömer erkennen, wie wenig er wusste, und die vielen anderen Buchstaben lernen, die er wissen musste. Es gab wirklich eine Menge aufzuholen, eine ganze Reihe alltäglicher Gepflogenheiten. Es war jedoch nicht das zu Lernende, was ihn schließlich verdross, sondern das Aufholen. Ömer Özsipahioğlu war auf jeder Ebene, bis in die tiefsten Tiefen seiner Seele, demoralisiert und unsicher, höllisch bange und vom Hypertempo des zwielichtigen Hologramms namens »Zeit« so erschöpft, dass er in Zeitlupe lebte. Und überhaupt, *was war Zeit?* Obwohl er es zu schätzen wusste, dass Augustinus sich des Themas angenommen hatte, bezweifelte er, dass der Heilige die Antwort wirklich wusste, auch wenn niemand ihn danach gefragt hatte. Ömer wusste sie sicher nicht. Und doch war es nicht die Definition, nicht einmal die Zeit an sich, die ihn nervös machte, sondern das, was von ihr verlangt wurde: vergehen … und vergehen … und vergehen … Es war exakt dieser Faktor, und vergehen nicht als lyrisches Dahinschlängeln, sondern als voller Galopp, der ihn so nervös machte. Für seinen leicht kurzsichtigen verschwommenen Blinzelblick musste die Zeit beständig problematisiert, gegliedert, analysiert, stigmatisiert und gemessen werden, fügte sich nie zu einem bedeutsamen Ganzen, führte nirgends hin. Zeitlos zu sein, die Zeit los zu sein, war nicht möglich. Sie war der alles verschlingende Schoß, der tote Kinder gebar und sofort neue Früchte trug, ohne die abgestorbenen je zu betrauern. Sie erstickte einen Stückchen für Stückchen, sorgfältig darauf bedacht, genug Luft zum Atmen zu lassen, damit sie einen umso länger ersticken konnte.

Als er ein Kind war und sein Bruder ein Kind war und als ihrem Vater nach einem zu frühen Herzinfarkt zu Muße geraten wurde, wozu ihm nichts anderes einfiel, als einen mürrischen Fischer anzuheuern, der ihn und seine Söhne jeden Sonntag bei Tagesanbruch aufs offene Meer brachte, wo sie Stunden und Stunden fröstelnd und stumm auf das dunkle Wasser des Bosporus starrten, an einem Tag in jener alten Zeit, hatte Ömer den aufgequollenen Kadaver einer Katze in der Flut treiben sehen, bevor dieser sich im Netz verfing. Nachdem sein Bruder die tote Katze herausgezogen hatte, übergab er sich, Ömer hatte aufgehört, Fisch zu essen, und vielleicht da, vielleicht etwas später hatte ihr Vater sich von dem Erholungsgedanken verabschiedet. Soweit Ömer wusste, war dem mürrischen Fischer nichts geschehen. Wenn Ömer heute auf den Vorfall zurückblickte, verglich er die Vorstellung von Zeit mit der wilden Flut, in der tote und lebende Körper zusammen schwammen.

Und da Zeit an sich unerträglich war, fand Ömer Özsipahioğlu es umso unerträglicher, sie mit Zeitmaß zu messen. Deswegen trug er keine Uhr, brauchte keinen Wecker, um rechtzeitig aufzuwachen, weshalb es ihm am Ende nicht gelang, rechtzeitig aufzuwachen. Pünktlichkeit hatte nie zu seinen Pluspunkten gehört. Versammlungen, Kurse, Termine, Verpflichtungen … in der Regel kam er zu allem zu spät. Wenn an öffentlichen Plätzen, über die er zufällig kam, Uhren waren, sah er sie nervös an, außerstande zu verstehen, warum es sie überall gab und wieso sich niemand gestört fühlte durch die ständige Verpflichtung, auf etwas zu achten, dem nichts daran lag, beachtet zu werden.

So hatte er in Istanbul gelebt, und in Boston war die alte Gewohnheit nicht verschwunden. Und doch, obwohl die Praxis dieselbe blieb, hatte sich die Art, wie sie praktiziert wurde, leicht verändert. Um auf Türkisch zu erfahren, wie spät es ist, fragt man die Leute, ob sie eine »Uhr« haben. Um jedoch auf Englisch zu erfahren, wie spät es ist, fragt man die Leute, ob sie die »Zeit« haben. Das ist, als seien sie bei Letzterem Besitzer der Zeit oder hätten zumindest die Möglichkeit, sie zu besitzen, wogegen sie bei Ersterem Besitzer der Mittel sind, um sie zu messen, aber nicht der Zeit selbst. Als Ömer diesen kulturell-linguistischen Unterschied ergründet hatte, wusste er nicht, was er davon halten sollte. Er wusste nur, dass er, wie viele, die am Ende vertieft sind in das, was sie am stärksten zu vermeiden suchen, nicht anders konnte, als im Geiste den Gang der Zeit zu messen. Ergrimmt über die herkömmliche Zeitmessmethode, aber außerstande, den Vorgang insgesamt zu ignorieren, hatte er eine Art Alternativmessung entwickelt, die er anwendete, wo immer und wann immer er konnte. Die Idee war simpel: Um beim Messen dessen, was er am wenigsten liebte, das Gleichgewicht wiederherzustellen, nutzte er das, was er am meisten liebte: Musik!

Statt Stunden, Minuten und Sekunden benutzte er Alben, Songs und Beats. Die Länge einer Zeitspanne zwischen zwei aufeinanderfolgenden Ereignissen entsprach der Länge eines bestimmten, immer und immer wieder gespielten Songs. Im Grunde war es gut, daran erinnert zu werden, dass man Musik, anders als die Zeit, jederzeit rückwärts und vorwärts laufen lassen, anhalten und von vorne spielen kann. Musik war kein aufgeblähter Kadaver. Sie heftete sich nicht an den Einbahnstrom der

Zeit, der einem falschen Fortschrittsbegriff zustrebte. Die runde Schleife der Songs entlastete die Bürde der Unumkehrbarkeit der linearen Zeit.

Daher dauerte sein Flug von Istanbul nach New York nicht elf Stunden und fünfzehn Minuten; er dauerte Dutzende von Alben und wiederholten Songs. Das Flugzeug startete mit zehnminütiger Verspätung um 10 Uhr 45. Da er riesige Monitore vor sich hatte, auf denen Flug- und Zeitinformationen flimmerten, musste Ömer sich das zwangsläufig merken. Um 10 Uhr 46 fing das Kind in der ersten Reihe zu weinen an, und Ömer setzte seine Kopfhörer auf und hörte Roger McGuinns »It's Alright Ma« zwölfmal, bis der Tee serviert wurde. Dreißigtausend Fuß irgendwo über dem Balkan hatte sich ihr Leben nicht groß verändert; er spielte noch denselben Song, das Kind weinte noch dasselbe Weinen. Die Zeit zwischen seiner ersten und seiner zweiten Bitte nach einem zusätzlichen Kaffee musste vier Minuten und zehn Sekunden betragen haben, denn genauso lange dauerte »Made of Stone« von den Stone Roses. Und nachdem die Stewardess einen Witz gemacht und ihm die ganze Kanne Kaffee überlassen hatte, brauchte er, um seinen Zorn zu besänftigen, zweimal so lange wie Barry Adamsons »Save me from My Hand«.

Sobald er sich beruhigt hatte, fing er an zu grübeln. Aber Grübeln ist auf einem interkontinentalen Flug keine anzuratende Beschäftigung. Es kann einen in tiefe Abgründe reißen. Nicht lange, und Ömer suhlte sich in allerlei existenziellen Fragen wie der, was er tat (nicht in diesem Flugzeug, sondern im Leben), wohin er ging (wieder dasselbe), warum er seine Heimat verließ, was es für einen Unterschied bedeutete, seinen Doktor der Politikwissenschaft in Amerika zu machen, ob das der wahre Grund war, weshalb er in diesem Flugzeug saß, oder ob er gewissermaßen auf der Flucht war vor dem Menschen, der er war, und so weiter. Irgendwo über dem Atlantischen Ozean wurden die niederdrückenden Fragen durch eine Reihe ermutigender Beschlüsse ersetzt. Im Allgemeinen beschloss er, nicht mehr er selbst zu sein. Im Besonderen beschloss er, toleranter zu werden, also auch weniger angespannt, gelassener zu werden, sich auf seine Arbeit zu konzentrieren, nach seinen lebenslangen Zielen zu streben, und falls er keine hatte, bald ein anständiges zu finden, so etwas wie einen inneren Frieden mit seiner Vergangenheit zu schließen, nicht länger zu versuchen, seine Eltern zu ändern und frustriert zu sein, wenn das nicht gelang, aufzuhören, Pseudoliebe mit Liebe zu verwechseln, und sich nicht mehr in neue Affären zu stürzen, bis Letztere käme, weniger skeptisch gegenüber anderen und seiner selbst sicherer zu sein … kurz und gut, so schnell wie möglich erwachsen zu werden.

Das Gefühl, das sich danach einstellte, war so friedvoll und sanft, dass er meinte, die Verwandlung habe schon begonnen und er sei bereits ein reiferer Mensch. Er hätte sicher den Rest der dreitausend Meilen mit dieser Überzeugung fliegen können, hätte der kleine Junge in der ersten Reihe sich nicht irgendwann umgedreht, immer noch laut weinend, immer noch ohne sichtbare Tränen in den runden haselnussbraunen, heuchlerischen Augen, und aus irgendeinem dämlichen Grund an Ömers

Kopfhörern gezerrt, als der sich gerade zum sechsten Mal »Where's My Mind« von The Pixies anhörte. Ömer riss ihm die Kopfhörer weg, ein bisschen zu ruppig vielleicht, aber nach dem, wie das Kind sich bisher aufgeführt hatte, fühlte er sich nicht verantwortlich für das einsetzende Geschrei. Ein paar Minuten später blickte er mit einem unguten Gefühl auf den kläglichen Punktestand zurück, den er bei seiner ersten Reifeprüfung erzielt hatte. Obwohl er von da an das Kind und seine qualvoll gelangweilte Mutter im Auge behielt, gaben auch sie genau wie die lineare Zeit ihm keine zweite Chance, ein besserer Mensch zu sein. Das Anschnallzeichen leuchtete auf, und in diesem Gemütszustand landete er in Amerika.

Auf dem JFK-Flughafen angekommen, besserte sich sein Punktestand nicht, als der brandneue Mensch, der er geworden war, in einer Telefonzelle stand, mit Istanbul telefonierte und zugleich die Unordnung zu enträtseln suchte, die sein Vorgänger hinterlassen hatte.

»Ich bin's!«, sagte er und brach dann ab, als hätten die zwei Worte alles ausgedrückt, was er sagen wollte, und er könnte genauso gut auflegen. Aber Defne war zu aufgeregt, um etwas zu bemerken.

Es hatte etwas Ironisches. Sie waren jetzt zwei Jahre zusammen, in den letzten sechs Monaten hatten sie sich verstohlen, schleppend, aber stetig voneinander entfernt. Und dann, ob davor oder danach, konnte er nicht sagen, aber irgendwann um den Tag herum, als sie erfuhr, dass Ömer an der Universität von Boston angenommen worden war, hatte Defnes Liebe plötzlich eine erkenntnistheoretische Zäsur durchlebt, aus der sie umso intensiver und vertiefter hervorging, was Defnes Groll verdoppelte, als der Augenblick des Abschieds kam. »Warum bist du nicht früher gefahren?«, hatte sie gefragt und gefragt. Obwohl sie für dieses »früher« kein bestimmtes Datum nannte, wussten beide, dass es jeder Zeitpunkt hätte sein können zwischen ihren beiderseitigen Treulosigkeiten, regelmäßigen Trennungen oder im Anschluss an die Nachabtreibungskrise, als sie gebeichtet hatte, das Kind sei nicht von ihm, und die beiden Woche um Woche damit verbracht hatten, dass er sie quälte, um den Namen des Vaters zu erfahren, sie ihn quälte mit ihrem Still-schweigen, er sie noch ein bisschen mehr quälte, sie ihm schließlich gestand, er und kein anderer sei der Vater, sie habe die ganze Zeit gelogen, um ihn eifersüchtig zu machen, er ihr nicht glaubte, sie ihm nicht verzieh, dass er ihr nicht glaubte, und so weiter und so fort. Sie hät-ten sich an jedem dieser Scheidewege trennen können, schien Defne anzunehmen, aber nicht jetzt, nicht jetzt.

Sobald feststand, dass er Ende des Sommers abreisen würde, hatten sie den Rest ihrer gemeinsamen Zeit damit verbracht, so zu tun, als ginge er nicht fort, und waren damit der Qual ausgewichen, Pläne für eine zweifelhafte Zukunft zu machen, wenn Ömer mit dem Doktorexa-men in der Tasche zurückkehren würde. Ganz so wie bei Paprika, die in der Sonne trocknet, einem Kinder-zahn, der jederzeit ausfallen kann, hatten sie die Aufgabe, die Affäre zu ihrem lange erwarteten Ende zu bringen, Ömers lebenslanger Widersacherin übertragen: der Zeit!

»Ich weiß, ich sollte es nicht tun, aber ich vermisse dich«, sagte sie.

Ömer übertrug den Fall augenblicklich an seinen neuen reifen Charakter, der nach einer nervösen, nachdenklichen Schweigepause schließlich murmelte: »Wie spät ist es dort?«

Es war Mittag in Istanbul.

»Ich vermisse dich auch«, setzte er dann hinzu, als hätte die Auskunft, dass dort Mittag war, es ihm erleichtert, dies zu offenbaren.

Danach rief er zu Hause an. Sprach mit seinem Bruder. Ömer brauchte ihn nichts zu fragen, um zu wissen, dass seine Mutter gerade nicht zu Hause war; wäre sie da gewesen, hätte sie niemand anderen ans Telefon gelassen.

Nach den Anrufen hatte er noch zwölf Minuten bis zum Einchecken für den Flug New York – Boston. Er setzte seine Kopfhörer auf und hörte fünfmal hintereinander David Bowies »I'm Afraid of Americans«. Aber es gab Dringenderes zu fürchten, wie er im nächsten Flugzeug sofort begriff. Das Albtraumkind und seine Mutter waren Passagiere desselben Fluges, sie saßen neben ihm, noch näher diesmal. Das Kind war jedoch verblüffend still und brav und lutschte an einem Riesenlolli in einem pinkigen Pink, das nur nach Chemie aussah. Jedes Mal, wenn der Junge den Kopf von dem Lolli hob, rechnete Ömer damit, dass er wieder anfing zu weinen, aber er tat es einfach nicht. Das fand Ömer Öszipahioğlu umso verstörender, und er zog daraus den Schluss, dass mit unerwarteten Ruhepausen im Leben schwerer umzugehen war als mit erwarteten Störungen.

In Boston wurde er vom Freund eines Freundes abgeholt, der ihn zu einem Freund brachte, in dessen MIT-

Wohnheim Ömer ein paar Tage unterkommen konnte. Um Geld zu sparen, nahmen sie für den Weg dorthin zunächst die U-Bahn und erst dann ein Taxi. Wie unklug es von Ömer gewesen war, die weite Reise mit rollenlosen Koffern zu machen, sollte sich zeigen, sobald sie im U-Bahnhof waren. Als sie die drei Riesenkoffer unter den mitleidigen Blicken nächtlicher Fahrgäste mühsam durch die schmutzigen Gänge wuchteten, fand Ömer es eine Ironie des Schicksals, dass seine erste Handlung in der neuen Stadt darin bestand, ihren Dreck aufzukehren.

Als sie endlich im MIT-Wohnheim ankamen, waren alle drei Koffer mehr oder weniger demoliert, einer war am Boden aufgerissen. Beim Betreten des weitläufigen Gebäudes fiel Ömer eine hübsche Brünette ins Auge, die mit ihren perfekten weißen Zähnen ihrem Handy ein zauberhaftes Lächeln schenkte, während sie zur Tür hinübersah. Obwohl das Lächeln eindeutig der Person am anderen Ende der Leitung galt, die es unmöglich sehen konnte, fühlte Ömer sich auserwählt und lächelte zurück. Die Mandelaugen der Brünetten blitzten überrascht auf, als sie sich von ihrem Gespräch losriss, um zu sehen, was sie bereits wahrgenommen hatte, diesen großen, schlanken, attraktiven jungen Mann, der sich sichtlich abmühte, drei Riesenkoffer hereinzuschleppen und ihr gleichzeitig zuzulächeln. Angesichts dieser großen Anstrengung fühlte sie sich verpflichtet, mit einem zauberhaften Lächeln zu reagieren, diesmal direkt an ihn gerichtet.

Der Freund des Freundes eines Freundes war ein kleiner, knochiger zukünftiger Gentechniker, der übertrieben selbstverliebt wirkte und begierig war, Ömer in ein

Netzwerk türkischer Freunde oder Türkenfreunde einzuführen. Eine breite Spanne von Informationen (von alltäglichen Kleinigkeiten, etwa, wie man billiger nach Hause telefonieren oder wo es qualitativ gute schwarze Oliven fürs Frühstück zu kaufen gab, bis zum Austausch von akademischen Belangen und persönlichem Klatsch) kursierte in diesem Netzwerk unstabiler Solidaritäten und verursachte gelegentlich hier und da in einer Kettenreaktion winzige Explosionen. Wer sich einmal vorgestellt hatte, fand, welchem Problem als Fremder er hier auch begegnen mochte, immer den Freund eines Freundes eines Freundes, der behilflich sein und nützliche Ratschläge erteilen konnte; dafür wurde erwartet, dass man eines Tages seinerseits half.

Nicht nur die Türken hielten es so. Alle anderen ausländischen Studenten waren in ähnliche nationale Netzwerke eingebunden, von denen einige sich überlappten, überschnitten oder einfach zusammenarbeiteten, wodurch weitere Netzwerke von noch unstabileren Solidaritäten entstanden. Dennoch, je weiter entfernt das Herkunftsland oder je härter die hier vorgefundenen Bedingungen, desto schneller schienen diese Netzwerke wie Pilze aus dem Boden zu schießen, wenn auch weniger fest verwurzelt. Zugvögel waren die eigentümlichsten von allem, was Flügel hatte. Zuerst sonderten sie sich von ihrem Schwarm ab, um in ferne Länder zu ziehen, und dort angekommen, scharten sie sich zu eigenen Schwärmen zusammen.

Um für ein paar Tage eine Bleibe zu finden, hatte Ömer schon den Finger auf das Netzwerk gelegt und zum ersten Mal Berührung mit ihm aufgenommen. Aber in dem Moment, als er spürte, wie der lasche, feuchte Organismus danach strebte, ihn sich einzuverleiben dafür, dass er ein Geborgenheitsgefühl verhieß, war Ömer augenblicklich auf Abstand gegangen. Trotz drohender Einsamkeit zog er es vor, sich von Schwärmen fernzuhalten, den eigenen wie anderen. Da dieser Entschluss dem freundlichen zukünftigen Gentechniker aber nicht leicht zu vermitteln war, fiel Ömer, um Ärger zu vermeiden, nichts anderes ein, als sich in einen schlappen Jetlag-Schlaf zu flüchten. So verbrachte er die ersten zwei Tage in Amerika überwiegend schlafend und träumte, er sei in Amerika.

Am dritten Tag schlug er die geschwollenen Augen auf, und obwohl er sie sofort wieder zu schließen versuchte, musste er sich mit der unumstößlichen Tatsache abfinden, dass er nicht mehr schlafen konnte. Er quälte seinen sackschweren Körper aus dem Bett, setzte seine Kopfhörer auf und machte sich auf, um zu erkunden, wie die Stadt war, die ihn für die kommenden vier oder mehr Doktorjahre beherbergen sollte. Während er geistesabwesend in einem Café am Harvard Square saß, große Becher schwarzen Kaffee trank und Patti Smith »Paths That Cross« singen hörte, beobachtete er die bunte Menschenmenge, die aus Nebenstraßen, belebten Geschäften, der U-Bahn und überallher strömte. Plötzlich überkam ihn eine zunehmend fesselnde Erkenntnis. Hier war er, umgeben von Hunderten Gesichtern in verwirrenden Variationen, und kein einziges kam ihm bekannt vor. Keiner dieser Menschen hatte eine Ahnung, wer er,

Ömer, war. Keine einzige Menschenseele. Er war für jeden und alle ein Niemand, ganz rein und untadelig – absolut namenlos, vergangenheitslos und somit makellos. Und weil er niemand war, konnte er jeder sein. Seine unbehauste Leere war einfach wunderbar, von einer Materie, so durchscheinend, dass sie unter dem Furnier der Anonymität fast unsichtbar war; er war ein vollkommen Fremder geworden in einer Welt erstickender Vertrautheiten, wo allzu viele Menschen bis hin zu den minimalsten Einzelheiten ihrer persönlichen Geschichte erkannt wurden. Er trank seinen Kaffee aus und schlenderte zur Tür, eine Spur Überheblichkeit in den langen, dünnen Beinen und dem storchenhaften Gang, und genoss in vollen Zügen die Exklusivität, total unsichtbar zu sein, die einmalige Freiheit, hier zu sein, vor aller Augen, und doch v on niemandem gesehen zu werden. Die Freiheit, zu …

»Ömer! *Abi naber ya, n'ariyosun burda?*« – »Was machst du hier, Bruder?«

Aus der poetischen Verklärung seiner Täuschung gerissen, blickte Ömer finster in die Richtung, aus der die Stimme kam. Seine halluzinationsgetrübten Augen brauchten ein paar Sekunden, um den rundlichen Mann in Shorts zu erkennen, der ihm so munter zubrüllte. In Istanbul, vor langer, langer Zeit, hatte eine vierköpfige Familie, die Lärm für eine zehnköpfige machte, nebenan gewohnt. Ihre beiden Teenager waren Zwillinge, die sich so ähnlich sahen, dass man nie wusste, wer welcher war. Jetzt stand eine erwachsene Ausgabe von einem der Jungen vor ihm, ein breites Grinsen in dem nicht mehr schmalen Gesicht. Ömer machte sich nicht die Mühe, so zu tun, als sei er hocherfreut, doch gelang es ihm, ein halbwegs liebenswürdiges Lächeln aufzusetzen, während er sich das Gebrabbel des Mannes über sein Leben als Erdöltechniker, seine amerikanische Frau und seine Zukunftsprojekte anhörte. Der Mann schrieb eine Anzahl Telefonnummern auf, sagte, Ömer müsse unbedingt anrufen, unbedingt zum Essen kommen und unbedingt ein Netzwerk guter türkischer Freunde kennenlernen.

Des privilegierten Vergnügens beraubt, ein Niemand zu sein, beschloss Ömer auf dem Rückweg zum MIT-Wohnheim, es sei Zeit, sich nach einem Haus umzusehen. Und wenn man als Student in Boston ein Haus zum Wohnen finden wollte, musste man Hausgenossen zum Mitwohnen finden.

## Hausgenossen

Als Ömer sich nach einem Haus und nach Hausgenossen umsah, merkte er als Erstes, dass er mal wieder zu spät dran war. Die meisten Anzeigen waren anscheinend in den vergangenen Wochen aufgegeben und größtenteils sofort beantwortet worden. Daher war hauptsächlich Ausschuss übrig, also nur die allerteuersten Häuser oder billige, aber in erbärmlichem Zustand, und die anspruchsvollsten Hausgenossen oder die anspruchslosen, nichts beitragenden Typen. Dann stieß er auf diese Anzeige:

Alles andere erst mal ausklammernd, entschied Ömer,
dass er zwar nicht freundlich war, aber lernen konnte, ein
Hausgenosse zu sein. Außerdem hatte er es nach tagelan-
ger rastloser Suche satt, die Zeitungsanzeigen zu lesen, im
Internet zu surfen, die ganze Stadt abzugrasen. Das hier
musste es sein. Er rief die Nummer an. Eine verschlafene
Männerstimme mit starkem Akzent meldete sich. Der
Mann sprach in kurzen, knappen, schroffen Sätzen, als sei
er drauf und dran, jeden Moment wieder einzuschlafen.

»Du hast die Adresse«, drängte die Stimme. »Komm
morgen vorbei! Nein, nein! Komm heute! Sieben Uhr!«

»Willst du mich nichts fragen?«, stammelte Ömer,
nach all der Erfahrung, die er bisher gemacht hatte.

»Und was?«, grunzte die Stimme ungeduldig. Vom
anderen Ende der Leitung kam ein lautes Knistern wie
beim Öffnen einer Tüte Kartoffelchips.

»Ich weiß nicht, zum Beispiel nach meinem Namen
fragen?«

»Nicht nötig!«, antwortete die Stimme, jetzt von Knuspern begleitet. Eindeutig Kartoffelchips, dachte Ömer. Wenn er lange genug dranblieb, könnte er sogar die Sorte erraten. »Wir haben einen Fragebogen für so was, wenn es dir nichts ausmacht. Okay?«

Ömer gab ein zögerndes »Okay« von sich, mehr ein spöttischer Prolog als ein kräftiger Entschluss, doch bevor er fragen konnte, was das mit dem Fragebogen sollte, war die Stimme weg.

Er blieb in der Zelle und schob die Telefonkarte für ein Ferngespräch in den Mittleren Osten ein. Als er in den Telefonkartenlisten nachgesehen hatte, welche er kaufen musste, hatte er mit der für Türken typischen Enttäuschung entdeckt, dass die Türkei nicht zur Liste der europäischen Länder gehörte, auf deren Karte ein prachtvolles Nachtfoto des Eiffelturms glänzte, sondern auf der Liste der Länder des Mittleren Ostens stand, auf deren Karte ein Kamel leuchtete. Mit dem feixenden Gesicht sah es wie ein glückliches Kamel aus. Da Ömer noch nie eins gesehen hatte, fragte er sich, ob ein Kamel wohl so grinsen konnte. Und dieser Zweifel beschäftigte ihn noch, als seine Verbindung nach Istanbul zustande kam.

»Hallo Mama! Hab ich dich geweckt?«

Obwohl es offenbar so war, leugnete sie es. Aber es war besser so, dachte Ömer, viel besser. Aus tiefstem Schlaf gerissen, war sie verwirrter und deshalb weniger belehrend.

»Geht's dir gut? Was war mit dem Taifun?«

»Welchem Taifun, Mama?«

Tags zuvor habe ein tropischer Sturm in einer Stadt oder vielleicht einer Kleinstadt kolossale Verwüstungen angerichtet. Dächer abgedeckt, Ernten vernichtet, Fenster zerschmettert. Sie konnte sich nicht auf den Namen des vom Sturm heimgesuchten Ortes besinnen, wusste aber genau, es war irgendwo in Amerika.

»Du brauchst dir keine Sorgen zu machen.« Ömer seufzte. Ihr zu sagen, dass er nicht mal davon gehört hatte, würde auch nichts ändern.

»Sei vorsichtig.« Ihre Stimme wurde zu einem fürsorglichen Flüstern. »Versprich mir, dass du sehr vorsichtig bist.«

Das tat er. Er versprach, sehr vorsichtig zu sein mit Zyklonen und Tornados, Naturkatastrophen, Terrorangriffen, Serienmördern, Bandenkriegen oder einer einzigen Kugel, die völlig grundlos aus dem Nichts kommen konnte.

Dann rief er mit dem, was vom Vorrat des feixenden Kamels noch übrig war, Defnes Handy an. Im Gegensatz zu seiner Mutter war Defne wach. Sie war wach und trank mit Freunden, ihren und seinen, irgendwo an einem der weiß gedeckten Tischchen in der lärmendsten Straße von Istanbul, wo alle beieinandersaßen und tranken und plauderten, tranken und Grimassen schnitten, tranken und sangen, bis nach einer Weile die ganze Straße federleicht auf einer Wüstenei verbaler Ausfälligkeiten trieb. Dort saß Defne zechend an einem Tisch. Im Hintergrund war ein solcher Lärm, dass Ömer gegen den Tumult anschreien musste und nervös wurde vom Klang seiner eigenen Stimme in der engen Zelle, und den teils neugierigen, teils tadelnden, aber total distanzierten Blicken der Passanten. Am anderen Ende der Leitung ertönte glucksendes Gelächter, als der Rest am Tisch erfuhr, wer der Anrufer war. Darauf wurde Defnes Handy von einem zum anderen gereicht, weil anscheinend alle mit ihren rauchgeschwängerten, alkoholbenebelten Stimmen Ömer etwas mitzuteilen hatten. Manche waren enge Freunde, klangen aber jetzt reserviert, andere einstmals reservierte klangen jetzt wie enge Freunde. Dennoch spürte Ömer im Ton der meisten einen Anflug von verdecktem, unterdrücktem Groll, einem Groll, wie ihn die Zurückgelassenen oft für denjenigen hegen, der fortgegangen ist.

In Ömers Hirn strömte eine Flut von Bildern. Er konnte den Tisch, an dem sie saßen, bis hin zu den kleinsten Kleinigkeiten sehen – eine Ansammlung kleiner, appetitlicher Gerichte, den Geruch nach gebackenen Tintenfischen und gegrilltem Fisch, Auberginen in Olivenöl, kleine dreieckige Stücke Weißkäse und die üppigen Salate, die von den Kellnern ständig serviert wurden, und eine Flasche Raki, die sich rasch leerte, während die Gespräche immer tiefsinniger wurden. Und das Eis … er sah die kleinen Eiswürfel, die in einem Metallkübel am Ende des Tisches vor sich hin schmolzen. Er konnte den Beginn einer langen Nacht sehen, deren einzelne Phasen er von dieser Telefonzelle am Harvard Square mehr oder weniger voraussagen konnte.

»Hey, *Ömer the Johnny,* der erste Schluck ist für dich«, rief jemand am Tisch, aber Ömer erkannte die Stimme nicht.

Er konnte auch das Nachher voraussagen. Nachdem die letzte Rakiflasche geleert war, die Gehirne zu benebelt und die Speisen auf den einst schneeweißen Tellern zu trüber Pampe geronnen, nachdem die Zigeuner-musikanten bezahlt worden waren und aus jeder Kaffee-tasse demjenigen, der sie leerte, die Zukunft vorherge-sagt hatten, konnte er ihnen nachschleichen, wenn sie vom Tisch aufstanden, um von den gewundenen Straßen Istanbuls aufgesogen zu werden.

»Schick mir heute Abend eine E-Mail«, brüllte Defne, als sie es endlich schaffte, den Plagegeistern ihr Telefon wieder zu entreißen. »Erzähl mir alles. Ich les es, wenn ich aufwache.«

Er sagte, er werde schreiben. Sie sagte, sie werde war-ten. Er begriff nicht, worauf genau sie warten wollte, auf seine E-Mail oder seine Heimkehr. Eine verlegene Pause. Neuerliches Gelächter im Hintergrund. Sie fing an, ihm den Witz, um den es ging, zu erzählen, aber die Verbindung wurde unterbrochen.

Als er aus der Telefonzelle kam, betrachtete Ömer geistesabwesend die Menschenmenge auf dem Harvard Square, und ihm kam die Zeit abhanden. Auf dem Rück-weg zum Wohnheim hörte er sich siebenmal Leftfields »Open Up« an und rauchte drei Zigaretten hinterei-nander. Am Eingang des Gebäudes sah er die sagenhafte Brünette wieder, genau dort, wo sie beim ersten Mal ge-standen hatte. Sie unterhielt sich mit einer älteren Frau, die wie ihre Mutter aussah, eine Mutter, die sich freute, das hübsche Zimmer ihrer Tochter zu sehen. Ömer ging zum Fahrstuhl, und diesmal drehte er leicht den Kopf, um jeglichen Blickkontakt zu vermeiden.

Er nahm sich vor, ein Nickerchen zu machen, dann zu duschen und Defne eine E-Mail zu schicken, bevor er losging, um zu sehen, was an der Anzeige dran war. Aber weil er verschlief, konnte er nur den ersten Punkt auf der Liste erledigen. Hastig zog er sich an, rannte auf die Straße, nahm die U-Bahn, setzte sich neben einen schwangeren schwarzen Teenager und versuchte, sich nicht einsam zu fühlen, möglichst überhaupt nichts zu fühlen in diesem Augenblick. Die Fahrt musste zehn Minuten und sechsundfünfzig Sekunden gedauert haben, das entsprach viermal Cypress Hills »Hits from the Bong«. Am Davis Square stieg er aus, fragte jemanden nach der Uhrzeit, erfuhr, dass es nach halb acht war, ging die Pearl Street von einem Ende zum anderen, fragte jemanden nach der Adresse, ging dann den ganzen Weg zurück und fand schließlich das Haus: ein typisches Holzhaus aus Esche.

»Du bist spät dran«, sagte der Typ, der die Tür öffnete und dabei liebenswürdig lächelte trotz des Anflugs von Tadel in seiner Stimme. Er war ziemlich klein, hatte dunkle, strahlende Augen, sehr lockige rostbraune Haare und ein komisches Grübchen im Kinn, das das missbilligende Runzeln auf seiner breiten Stirn milderte. Ömer hielt ihn für einen Araber, war sich aber nicht sicher. Mit Sicherheit wusste er nur, dass es nicht der Typ war, mit dem er telefoniert hatte.

Die Tür öffnete sich auf eine kleine Veranda, von wo sie in eine geräumige Küche gelangten, die ausgesprochen sauber und knallbunt war. Während Ömer sich rasch umsah, fragte er sich unwillkürlich, ob das die Schöpfung eines weiblichen Geschmacks war, behielt die Vermutung aber für sich.

»Willkommen!« Ein weiterer Typ trat durch die andere

Tür. Er war etwas größer als der Erste und deutlich stämmiger, beinahe dicklich. Er hatte sanfte haselnussbraune Augen hinter runden Brillengläsern und Grübchen in den fast puterrot überzogenen Wangen, was an Diabetiker oder peinlich Berührte erinnerte. Ömer mochte ihn auf Anhieb.

Ein paar höfliche Worte und viele neugierige Blicke wurden gewechselt, während sie in der Küche standen, die, wie Ömer allmählich bemerkte, einen würzigen schwachen Eigengeruch hatte. Im Wohnzimmer fragten sie ihn, woher er stammte, und sobald sie »Türkei« hörten, kam einstimmig: »Oh, Türkei?«

Inzwischen hatte Ömer sich schon daran gewöhnt. In Amerika fragten ihn die Leute oft, woher er stammte, und sobald sie die Antwort hörten, kam postwendend zurück, entweder in Instruktionsform – »Oh, Türkei!«, oder in Frageform – »Oh, Türkei?«, und dabei musterten sie sein Gesicht mit wohlwollender Neugierde, als wollten sie entweder sagen: »Oh, das ist schlimm!«, oder: »Oh, ist das schlimm?«

»Könnte ich wohl das Haus sehen?«, fragte Ömer.

»Klar kannst du das Haus sehen«, erwiderte der Rotwangige nickend, und jetzt verriet seine Stimme, dass er der am Telefon gewesen war. Ömer hielt ihn für einen Latino, war sich aber nicht sicher. »Aber alles der Reihe nach. Wir haben einen kleinen Fragebogen. Dauert nicht lange.«

»Bloß um zu sehen, ob wir gut miteinander auskommen. Wozu die Eile?«, bekräftigte der Kleine. »Wir haben doch Zeit, oder?«

Darauf fiel Ömer keine Antwort ein. Ihm fiel auch nicht ein, was ein Hausgenossen-Fragebogen sein könnte, bis er einen sah.

## HAUSGENOSSEN-FRAGEBOGEN

Die folgenden Fragen sind nicht dazu gedacht, deine Persönlichkeit oder Moral zu beurteilen, sondern nur, um auszuloten, wie wir miteinander auskommen, zum Wohle aller. Deswegen antworte bitte offen und ehrlich.

1. Leute, die mich gut kennen, sagen, ich bin:
   a) Zutiefst, wenn nicht übertrieben von Sauberkeit & Ordnung besessen
   b) Proper und reinlich
   c) Weder reinlich noch besorgniserregend unreinlich
   d) Ein bisschen unordentlich
   e) Ein Schmutzfink!

2. In puncto *Sopranos* ist meine Devise:
   a) Keine Folge verpassen
   b) Ich habe das handsignierte Pasta-Foto von James Gandolfini, das sagt wohl alles
   c) Gucken, wenn ich Zeit für die kleinen Dinge des Lebens habe
   d) Ich würde es gern eines Tages auf DVD gucken, aber zuerst muss ich studieren
   e) Ich kann Oper nicht ausstehen

3. Wenn ich mal einen Übernachtungsgast habe,
   wird diese Person vermutlich sein:
   a) Verwandt
   b) Gut befreundet
   c) Meine Verlobte/langjährige Partnerin
   d) Ein One-Night-Stand
   e) Irgendwer, solange ich die Gesellschaft genieße

Ömer atmete durch die zusammengebissenen Zähne und versuchte herauszufinden, ob das ein Witz sein sollte oder ob es ihnen ernst war mit dieser Absurdität, um zu entschlüsseln, wofür er sie hassen sollte. War es Letzteres, würde er sie für ihre Arroganz hassen, war es Ersteres, würde er sie für ihren Sinn für Humor hassen. Er warf den beiden einen prüfenden Blick zu, doch als sie darauf nur mit nervenzerfetzend gutherzigem Lächeln reagierten, bezweifelte er, dass sie die Böser-Blick-Botschaft richtig gedeutet hatten. Worauf er beschloss, die Sache so schnell wie möglich hinter sich zu bringen. Warum sich die Mühe machen, alles durchzulesen? Einfach bei jeder Frage dieselbe Antwort ankreuzen und sehen, was passiert. Nach kurzem Zögern entschied er sich für »e« als Antwort und fing an, bei allem, was sie fragten, »e« anzukreuzen.

4. Wenn eine für ihre religiöse/ethnische/rassistische/
   sexistische/nationalistische Bigotterie berüchtigte
   Sendung im Fernsehen läuft, reagiere ich
   wahrscheinlich wie folgt:
   a) Sofort ausschalten und andere daran hindern, sie zu
      sehen

b) Eine Weile gucken und mir eine Chance geben, vielleicht gefällt sie mir ja

c) Mit wissenschaftlicher Neutralität zu Ende gucken, damit ich das gesellschaftliche Phänomen besser analysieren kann

d) Auf jeden Fall gucken, was soll's

e) Ich gucke nicht fern!

5. In puncto Musik bevorzuge ich: I. Klassik / II. Blues & Jazz / III. Rock / IV. Heavy Metal / V. New Age / VI. Weltmusik, und am liebsten höre ich sie

a) Ständig mit Kopfhörern

b) Ohne Kopfhörer, aber so leise wie möglich

c) Nur so laut, dass ich es in meinem Zimmer hören kann

d) Vielleicht laut genug, dass es oben zu hören ist

e) LAUT!!! Musik, die den Namen verdient, muss man so hören

6. In puncto Schlaf lassen sich meine Gewohnheiten vergleichen mit:

a) Hühnern, Früh schlafen, früh aufwachen, was vom Tag haben

b) Eulen. Abends lange aufbleiben, spät aufwachen

c) Ich gehe spät schlafen, wache aber früh genug auf, und ich weiß nicht, welches Tier es so macht

d) Katzen auf dem Sofa. Ich schlafe für mein Leben gern

e) Einem Hund namens Arroz, der Schlaflose

7. Wenn ich eines Nachts plötzlich beschließe, eine ganze Horde Freunde einzuladen, mit denen ich den ganzen Abend verbracht habe, würde ich wahrscheinlich als Nächstes:
   a) Zu Hause anrufen, meine Hausgenossen um Erlaubnis fragen
   b) Die Leute einladen, dann zu Hause anrufen, um meinen Hausgenossen Bescheid zu sagen
   c) Die Leute einladen und dafür sorgen, dass sie meine Hausgenossen anrufen
   d) Die Leute einladen, den Anruf zu Hause überspringen, aber vor den anderen ankommen und die Mitbewohner von der anrückenden Truppe informieren
   e) Mit allen Leuten reinschneien und meine Hausgenossen überraschen

8. In puncto Horrorfilme ist meine Meinung:
   a) Sie sind ein visuelles Opium, das die Hegemonialmächte geschickt ausstreuen, um junge Menschen von jeder Art kritischem Denken fernzuhalten, das den Status quo sprengen könnte
   b) Sie sind bloß Zeitverschwendung
   c) Nicht gerade bevorzugt, gucke sie mir aber trotzdem ab und zu an
   d) Gucke sie mir nur an, wenn sie technisch gut gemacht sind
   e) Was ist gegen Horrorfilme zu sagen, ich gucke sie für mein Leben gern

9. In puncto Rita Hayworth in *Casablanca* ist meine ehrliche Meinung:
   a) Es war eine ihrer besten Rollen
   b) Klassisch, denke ich, wie in allen klassischen Filmen
   c) Ich habe keine ausgeprägte Erinnerung an Rita Hayworth
   d) Ich habe keine ausgeprägte Erinnerung an *Casablanca*
   e) Der Film war hübsch, aber auch überladen mit überzuckerter orientalischer Bigotterie

10. In puncto Knoblauch ist meine Einstellung:
    a) Negativ. Ich kann den Geruch im Essen nicht ausstehen und an Menschen schon gar nicht!
    b) Neutral. Ist mir egal, solange das Essen schmeckt
    c) Demokratisch. Ich esse keinen Knoblauch, hab aber bei anderen nichts dagegen
    d) Billigend. Ich hab nichts dagegen, dass andere Knoblauch essen, und esse ihn selbst
    e) Parteiisch. Ich mag Knoblauch für mein Leben gern!

Das wars. Das war der ganze blöde Fragenkatalog. Ömer lehnte sich zurück, verschränkte die Arme, runzelte die Stirn und wünschte sehnlichst, er könnte sich jetzt eine Zigarette anzünden, hatte das starke Bedürfnis nach einem sehr, sehr schwarzen Kaffee.

»Wir werten das sofort aus«, erklärte der arabisch Aussehende vergnügt, als er das Formular entgegennahm, und fügte hinzu: »Sag die Wahrheit, und wenn sie so hart ist wie die Füße einer alten Waschfrau, wie man sagt.«

Wer ist man? Ömer verkniff sich die Frage nur mit Mühe. Wer sonst auf der Welt gab solche Redensarten von sich? Aber seine Nerven ließen sich schnell besänftigen, als ihm ein großer Teller mit Blaubeerkuchen vorgesetzt wurde, dem, so hoffte er, ein heißes Getränk folgen würde, Kaffee zum Beispiel.

»Schmeckt lecker, meine Freundin ist eine gute Köchin.« Der wie ein Latino aussah, nickte und wurde noch röter, als er das Wort *Freundin* aussprach.

Und dann verschwanden sie.

Allein und betrübt, weil kein Kaffee kam, blickte Ömer sich im Zimmer um, fand aber nicht viel, worauf er sich konzentrieren konnte. Eine überdimensionale, gemütliche Couch, eine Anrichte, ein Fernseher mit großem Bildschirm, ein Stapel Videokassetten, auf deren oberster *Texas Kettensägenmassaker* stand, hier und da ein paar spanische Zeitschriften, überall Comichefte. Ömer seufzte, nahm einen Bissen von dem Kuchen und gleich noch einen. Er hatte nicht erwartet, dass der so gut schmecken würde. Das erste Stück war fast aufgegessen, als die Tür hinter ihm aufging und sich der größte, staksigste schwarz-weiße Neufundländer mit dem zerknittertsten Gesicht, das Ömer je gesehen hatte, hereinschob. Direkt unter dem linken Auge hatte der Hund einen nussförmigen schwarzen Fleck, der ihn aussehen ließ, als wäre er in einer Schlägerei schlimm geprügelt worden. Und der Kampf musste ihn ausgehungert haben, denn nach einem kurzen, zögernden Schnuppern an dem Fremden galt die ganze Aufmerksamkeit des Hundes dem Blaubeerkuchen. Er freute sich über das angebotene Stück, schlang es runter und sah Ömer mit seinen jammervollen, schwarzen, jämmerlich heißhungrigen Augen umso begehrlicher an.

Zum Glück ließen sie ihn nicht allzu lange warten. »Hat die Jury sich entschieden?«, fragte Ömer, als er die beiden kommen sah; seine Stimme klang nervöser als beabsichtigt, weil er sich nicht entscheiden konnte, den ganzen Kuchen dem Hund zu überlassen oder den herzzerreißenden Blick noch fünf Minuten auszuhalten.

»Gratuliere! Du hast die höchste Punktzahl in unserem Knoblauchtest erreicht.«

»Wieso Knoblauchtest?«, fragte Ömer verwundert, ahnte aber fast die Antwort. »Ging's bei dem ganzen Quatsch nur um Knoblauch? Warum habt ihr mich nicht gleich gefragt, ob ich was gegen Knoblauch habe?«

»Oh, dann wäre es zu offensichtlich gewesen«, bekam er zur Antwort.

Sie stellten sich vor. Der wie ein Latino aussah, war aus Spanien. Er hieß Joaquin, wollte aber aus irgendeinem Grund lieber Piyu genannt werden. Er hatte ein Stipendium für Zahnmedizin an der Tufts-Universität. Der wie ein Araber aussah, war Marokkaner. Er hieß Abed, und genauso wollte er auch genannt werden. Er war an derselben Universität angenommen worden und arbeitete an einer Examensarbeit in Biotechnologie.

»Und der Hund?«

»Frag mich nicht«, röhrte Abed. »Frag Piyu und nur ihn. Der gigantische Fresssack da drüben ist sein Hund.«

»Er ist der Arroz vom Fragebogen.« Piyu erschien mit einem kleinen Besen und kehrte blitzschnell ein paar

Krümel zusammen, die Arroz auf den Teppich gesabbert hatte. »Arroz, der an Schlaflosigkeit Leidende. Lass dich nicht von ihm täuschen, er hat ständig Hunger.«

Was von dem Blaubeerkuchen noch übrig war, behielten sie für sich. Ömer bat um etwas zu trinken, Kaffee zum Beispiel, und Abed brachte ihm einen großen Becher Tee, der nach Wick Vaporub roch.

Danach kehrte Ömer, der sich entschlossen hatte, heute in seinem neuen Zuhause zu übernachten, ins MIT-Wohnheim zurück, schnappte sich ein paar Sachen, hinterließ dem türkischen zukünftigen Gentechniker eine Nachricht und stellte fest, dass, wenn man den Weg kannte, die Strecke von der U-Bahn zu seinem neuen Zuhause viermal »Chop Suey« von System of a Down dauerte. Wieder in seinem neuen Zuhause angekommen, traf er seine drei neuen Hausgenossen gebannt vor dem Fernseher sitzend und *Die Sopranos* guckend an. Jetzt ergab der Fragebogen eher einen Sinn, zumindest, was die eine Frage betraf. Auf der Anrichte stand ein neuer Kuchen, und als Ömer um etwas zu trinken dazu bat, Kaffee zum Beispiel, brachte Piyu ihm einen großen Becher Kakao.

»Ihr habt auf dem Fragebogen noch was vergessen«, sagte Ömer und betrachtete die sahnige Soße, die nach einem Bissen aus dem Kuchen sickerte. Diesmal war es Apfel-Zimt. »Ich bin Raucher, und wenn es euch nichts ausmacht, möchte ich in meinem Zimmer gerne rauchen.«

»Unsere Zimmer sind unsere Zimmer«, verkündete Piyu, ohne den Blick vom Bildschirm loszureißen.

»Übrigens«, sagte Ömer strahlend, jetzt sichtlich entspannt, weil er die Raucherlaubnis hatte, »seid ihr sicher, dass Rita Hayworth in *Casablanca* mitgespielt hat?«

»Nein, du hast verdammt recht«, erwiderte Abed und zog die Schultern hoch, was die Wirkung verdoppelte. »Das war die Scherzfrage.«

So zeigte es sich, dass sie Scherze liebten.

Scherze liebten sie wahrhaftig. Selbst beim Thema Knoblauch ließ sich schwer sagen, ob es ihnen vollkommen ernst gewesen war. Um die Tiefe des Informationsdefizits, das sich vor ihm auftat, jedoch ganz verstehen zu können, musste Ömer erst mal mit ihnen zusammenwohnen. Allzu lange sollte er allerdings nicht brauchen, schon eine Woche genügte, um sich ein klareres Bild zu machen.

So fand Ömer innerhalb der ersten sieben Tage heraus, dass seine neuen Hausgenossen weder Knoblauchkonsumenten waren, wie sie behauptet hatten, noch Knoblauchliebhaber, wie sie angedeutet hatten, sondern schlicht *Knoblauchanbeter*, egal, welche Religion sie als ihre wahre bezeichneten. Knoblauch galt hier als nahezu heilig, er war das beherrschende Sinnbild im Haus.

Was verdrehte Tatsachen anging, war das anscheinend nicht der einzige Punkt auf der Liste. Erstens hatten sie vergessen, gewisse Dinge über das Haus zu erwähnen. Niemand hatte Ömer gesagt, dass auch dieses Haus stark ramponiert und heruntergekommen war, wie so viele Häuser in dieser Gegend von East Somerville. Die gute Nachricht war, seit einiger Zeit war eine Renovierung im Gange. Die schlechte Nachricht war, sie würde noch einige Zeit im Gange bleiben, was bedeutete, dass er jeden Morgen einen Heidenlärm ertragen musste, wenn die Arbeiter mit Hämmern in der Hand auf den an die Fassade gelehnten Leitern erschienen. Ebenso hatte ihn niemand davor gewarnt, die Badewanne im ersten Stock volllaufen zu lassen, weil dann das ganze Wasser aus der Wanne ins Parterre tropfte, direkt von der Küchendecke. Diese und ähnliche Dinge waren Ömer Özsipahioğlu noch ein Rätsel.

Im Augenblick lernte er andere Sachen. Dieser Abed zum Beispiel. Ömer wusste wirklich nicht, wieso der Typ so ungeheuer geschwätzig war, von Protesten, Kommentaren und Sprüchen geradezu überquoll und sie zu fast jedem Thema ausspuckte. Seltsamerweise schien er am Ende des Tages vom vielen Reden keineswegs erschöpft zu sein. Jeden Abend hatte er noch fast genug Energie, um sich zwei Horrorfilme reinzuziehen, damit er ruhig schlafen konnte. Meistens schlief er mitten im zweiten Video auf der Couch ein und schnarchte friedlich, während die Darsteller im Film alle möglichen grässlichen Tode erlitten. Was Abeds gewaltige Schnarcherei betraf, hatte ihm seine leicht gebogene Nase anscheinend auch dieses Leiden beschert. Da er unter einem äußerst fiebrigen Heuschnupfen litt, stand offenbar sein ganzes Leben, Vergangenheit, Gegenwart und Zukunft, unter dem Joch seiner Nase. Wick Vaporub, Minzdämpfe, Inhalatoren, Nasensprays … und eine ganze Menge Zeug, das den meisten anderen nichts bedeutete, waren Abeds lebenslänge Gefährten.

Und über Piyu, den anderen Typen, gab es auch einiges zu lernen. Er war besessen von Sauberkeit und Hygiene. Als hätte er die Hoffnung auf andere schon lange aufgegeben, erledigte er die ganze Putzerei allein, was auf den ersten Blick in Ordnung, aber auf lange Sicht aufreibend war. Ein Stäubchen, ein Krümel, ein Fussel ... sowie sie den Boden berührten, fing Piyu an zu putzen, terrorisierte alle ringsum und erreichte damit, dass sie sich wie Dreckschweine vorkamen. Neben dieser Obsession hatte er noch eine äußerst merkwürdige Phobie vor scharfen, spitzen Gegenständen aller Art. Er konnte den Anblick eines Messers nicht ertragen, geschweige denn eins anfassen. Seinetwegen gab es so wenige Messer in der Küche, meist wurde mit Stäbchen oder Löffeln gegessen. Was die Frage anging, wie er denn dann seinen Zahnarztberuf ausüben wolle, so fühlte sich Ömer ihm anfangs nicht nahe genug, und später spürte er, dass es Piyu lieber wäre, wenn Ömer nicht fragte. Piyu liebte Reinlichkeit und Ordnung nicht nur in der Küche, sondern in allen Bereichen seines Lebens, er wollte alles um jeden Preis unter Kontrolle halten. Ob er deshalb im zweiten Stock schlief, konnte Ömer nicht sagen, aber es sah so aus, als wollte Piyu Gott so nahe wie möglich sein. Er war ein frommer Katholik, und seine Freundin war noch frömmer. Eine junge Mexiko-Amerikanerin, spindeldürr, obwohl sie so eine fantastische Köchin war, und mit dunklen, finster blickenden Augen, anders als ihr Name: Alegre, die Fröhliche.

Auch über Arroz gab es einiges zu erfahren. Prägnante, harte und unveränderliche Fakten, denn Arroz war taub.

Da seine Ohren verstopft waren und seine Augen nicht richtig gut, hatte Arroz seine Nase zum alleinigen Herrscher seines Lebens gemacht. Und hierin war er ungeheuer geschickt. Er konnte zwar keine Geräusche hören, nicht mal Schreie, aber er konnte Ticken, Klingeln, Zischen und sogar das leiseste Wispern *riechen*. Tag und Nacht war für ihn kein Unterschied, weil dieser nachdenklich dreinschauende, neun Jahre alte Neufundländerrüde nicht schlief. Die ganze Nacht patrouillierte er durchs Haus, sah sinnend aus jedem Fenster, fraß alles Essbare in Reichweite und stand stundenlang vor jedem Hausbewohner und beobachtete ihn im tiefen Schlaf, versuchte zu erschnuppern, wohin sie gegangen waren, während ihre Körper hier wie angenagelt lagen.

So schlief Ömer denn am letzten Junitag 2002 mit dem glücklichen Gefühl ein, in einer angenehmen Gegend ein angenehmes Heim zu haben, mit drei Hausgenossen, die sich alle um ihre Sachen und ihr Leben kümmerten. Und während die Nacht zum Tag und wieder zur Nacht wurde, erwachte er nach und nach in einer anderen Wirklichkeit: Er war ein Fremder in Amerika, der mit einem ausnehmend gesprächigen Marokkaner und einem ausnehmend phobischen Spanier, nicht zu vergessen dem ausnehmend gefräßigen Hund, in einem heruntergekommenen Haus wohnte, das jeden Morgen mit Schlegeln und Hämmern traktiert wurde. Und das alles für 750 Dollar monatlich, plus Nebenkosten.

## Alegre und Agonie

Am Montagmorgen an ihrem Schreibtisch in Doktor Marc Fitzpatricks Praxis hatte Alegre schon sämtliche neuen Ausgaben der wöchentlich erscheinenden Frauenzeitschriften durchgelesen. Auf der Seite, die sie jetzt aufgeschlagen hatte, lächelte ein sechsjähriges Mädchen zahnlos-stolz unter der Überschrift »Das Mädchen, das nicht aufhören kann zu lesen!«. Das Mädchen, hieß es, habe mit fünf Jahren lesen gelernt und seit diesem Moment bis zu diesem Interview 2 278 Bücher gelesen. Bis Ende des Jahres sollten es 4 000 werden, deshalb las sie täglich sechs Bücher. »Wir kommen nicht mehr nach!«, erklärte ihre Mutter in gespieltem Jammerton, und der Vater bekannte, dass sie die Bücher in einem riesigen Wäschekorb aus Büchereien und Buchhandlungen nach Hause schleppten. Auf der nächsten Seite war noch ein Foto des Mädchens, diesmal im Schlafanzug im Bett, ihre Eltern saßen rechts und links von ihr, als ob sie krank wäre, aber alle seien froh darüber.

Alegre nahm sich die nächste Zeitschrift vor. Man hatte mehr als sechshundert Frauen befragt, um einen zwingenden Zusammenhang zwischen der Lieblingssuppe einer Frau und ihrem Umgang mit ihrem Partner zu finden. Eine Vorliebe für Hühner-Nudelsuppe ließ darauf schließen, dass sie in ihren Männeraffären eher wie eine Mutterhenne war, bei Minestrone brachte sie gern alles ans Licht, bei Gemüsesuppe war sie stets kreativ und genügsam, und wenn ihr Tomatensuppe lieber war, machte sie das zu einer energischen Abenteurerin. Alegre wiederum hatte ihre eigenen Favoriten. Wenn sie für Freunde oder die Familie kochte, bevorzugte sie würzigen Gazpacho oder Linsensuppe mit scharf gewürzter Knoblauchwurst, in einer Suppenküche teilte sie am liebsten Rindersuppe mit Bohnen an die Obdachlosen aus, für sich allein zu Hause bereitete sie meist In-Wasser-gekochte-einfache-Zucchinisuppe zu, und wenn sie mit anderen im Restaurant saß, wählte sie süßsaure Suppe zum Reinschaufeln und Auskotzen. Die Umfrage bot keine dieser Möglichkeiten, deshalb blätterte Alegre die Seite um.

Außerdem dachte sie lieber nicht über ihre Affären mit Männern nach. Tatsächlich handelte es sich bislang um eine einzige richtige Affäre mit einem einzigen Mann, aber Piyu und sie hatten sich so oft getrennt und wieder versöhnt, dass es sich wie unzählige Affären anfühlte. Auf der nächsten Seite waren die fünf erstaunlichen Wege genannt, wie man Karriere machte. Erstens: *Langsam sprechen!* Eine Umfrage hatte ergeben, dass Menschen, die langsam sprachen, in 38 % aller Fälle für kenntnisreicher zu dem Thema gehalten wurden als diejenigen, die schneller sprachen. Alegre hakte es ab. Im Gegensatz zu *las tías* war sie immer eine Langsamsprecherin gewesen. Zweitens: *Höflich sein.* Wieder ein Haken. Drittens: *Freiwillig wohltätige Arbeit leisten.* Wer freiwillig wohltätige Arbeit leistete, war um 25 % zufriedener mit seiner Arbeit und hatte ein größeres Selbstwertgefühl, wie eine andere Umfrage ergeben hatte. Mehrere Haken. Letztes

Jahr hatte Alegre im April mit Veteranen gekegelt, den Mai hindurch die Kinder einer somalischen Flüchtlingsfamilie unterrichtet, im Juni Textilien zur Verteilung an hiesige Heime sortiert, und seit Anfang Juli gab sie in Kates Suppenküche Essen an Bedürftige aus. Empfehlung vier war, *ein Tagebuch zu führen,* im Einklang mit einer anderen Umfrage, die bewiesen hatte, dass diejenigen, die regelmäßig Tagebuch über ihre Hoffnungen und Träume führten, mit um 32 % größerer Wahrscheinlichkeit deren Erfüllung erlebten. Wieder ein Haken.

Fünftens: Mit *den richtigen Menschen verkehren.* »Wenn Sie mit Drückebergern Mittag essen gehen«, schrieb ein Psychologe voller Überzeugung, »wird Ihr Chef Sie mit denen in Verbindung bringen und Sie ebenfalls für einen Drückeberger halten, obwohl Sie tüchtig arbeiten.« Alegre legte den Stift hin, sah das Foto des Psychologen finster an und machte sich ein paar Gedanken. Mittags nahm sie dreimal die Woche an einer therapeutischen Lesegruppe teil, in der Frauen mit Essstörungen geholfen werden sollte. Sicher nicht die richtigen Leute, die üblichen Verdächtigen, mit denen man, wie der Psychologe im Heft sagte, in den Augen des Chefs nicht identifiziert werden dürfe. Doch die Situation war etwas komplizierter, denn niemand anderer als ihr Chef Doktor Marc Fitzpatrick hatte Alegre überredet, dorthin zu gehen. Sie blätterte die Seite um.

»Ich frage mich, wie lange es dauert, bis Sie merken, dass ich hier stehe.«

Alegre sackte auf ihrem Stuhl zusammen, schaffte es aber, rasch ein Lächeln für Doktor Marc Fitzpatrick auf-

zusetzen, der direkt hinter ihr stand. Der Doktor seinerseits verzog seinen Mund zu einem Strich, den Leute, die
ihn nicht kannten, für ein Lächeln hätten halten können,
und vielleicht sogar Alegre, wäre da nicht der bekannte
düstere Blick gewesen. »Sie wirken in letzter Zeit besorgt
und sehen auch dünner aus. Nehmen Sie wieder ab?«

Alegre schluckte schwer, ihr Gesicht verkrampfte sich,
als hätte sie soeben einen Top-Secret-Mikrochip ver-
schluckt, bereit, ihn lieber zu verdauen als dem Feind
zu überlassen. Ein paar Sekunden lang verharrte sie in
nachdenklichem Schweigen. Leugnen hatte keinen Sinn,
denn dann würde er sie auf die Waage steigen lassen.
Mehr als alles andere bedauerte sie den verhängnisvollen
Nachmittag, als sie ihm gebeichtet hatte, dass sie sich,
ja doch, *manchmal* wegen ihres Körpers *sorgte*. Das war
alles, was sie gesagt hatte, mehr nicht. Und gleich vom
nächsten Tag an war sie unwiderruflich bei dieser therapeutischen Lesegruppe angemeldet worden, wo sie dreimal die Woche mit krankhaft gelangweilten Frauen und
der langweilig gesunden Connie in einem Kreis sitzen
und noch langweiligere Bücher lesen musste, geschrieben
von Frauen, die ihre Essstörungen überwunden, Frauen,
die »Geschichten zu erzählen« hatten. Auf Diskussionen
über Kapitel aus diesen Büchern folgten langatmige, zer-
mürbende und zumeist düstere Passagen aus der Weltliteratur. Während diese laut vorgelesen wurden, verspeisten
sie alle zusammen das von einer aus der Gruppe, der die
Aufgabe des »Aufkochens« zugefallen war – ein Ausdruck, den Connie geprägt hatte –, zubereitete Gericht.

Das ganze Projekt hatte Connie entwickelt, eine ehrgeizige Psychologin, die entschlossen war, einen wichtigen Psychologiepreis zu gewinnen, bevor sie eine Karriere in Neuropsychologie startete. Sie erklärte, das größte Problem, dem Frauen mit Essstörungen sich stellen müssten, sei nicht *Essen,* sondern *Alleinsein.* Essen war für sie ein einsamer Akt. Meistens hatten sie nur Kontakt zu wenigen Menschen und aßen allein. Deswegen schlug Connie vor, diese Frauen in drei expandierenden Kreisen zusammenzubringen. Der innere Kreis: die Lesegruppe, wo jedes Mitglied für jedes andere den Beweis lieferte, dass sie nicht allein war. Kreis zwei: Durch Bücher, geschrieben von Frauen in ähnlichen Situationen überall in den Vereinigten Staaten, sollten die Mitglieder begreifen, wie weit verbreitet die Probleme waren, unter denen sie lange Zeit so einsam gelitten hatten. Kreis drei: Der Kreis der Erkenntnis wurde auf ein globales Niveau ausgedehnt mithilfe von Passagen aus der Weltliteratur, eigens ausgewählt, um kulturelle Begriffe wie »Nahrung« und »Körper« zu hinterfragen. Deshalb lasen sie regelmäßig von Ländern, die unter Hungersnot litten, oder Kulturen, die dicke Frauen schätzten. Einmal hatten sie eine Geschichte über den afrikanischen Jungen Chiamaka gelesen, ein andermal eine Geschichte über eine Araberin, die unbedingt zunehmen wollte, um im Harem die Lieblingsfrau des Scheichs zu werden. Obwohl Alegre an Connies Projekt zur Erlangung des so zielstrebig ersehnten Preises beteiligt war, fühlte sie sich kein bisschen besser. Inzwischen bezweifelte sie auch, dass die Zusammenarbeit von Connie und dem infantilen Neuropsychiater Marc Fitzpatrick rein *beruflich* war.

»*Wie macht sich Alegre denn in der Gruppe?*«, *fragt er in der elegant-heiteren Atmosphäre eines Hotelzimmers (denn er war verheiratet und sie auch), während Connie seine Brustwarzen küsst, leckt, saugt und beknabbert und seinen Nicht-ein-einziges-Gramm-Fett-Körper bewundert. (Der Doktor trieb regelmäßig Sport und ging dreimal wöchentlich in der Mittagspause in die Sauna, immer dann, wenn Alegre in der Lesegruppe war.)*

»*Oh, du weißt ja, wie das mit Alegre ist. Umgeben von dieser mega-macho Latinokultur, sind ihre Chancen dürftig. Obendrein ist ihre Großtante ein schlimmes Vorbild. Alegre kann sich unmöglich gegen ihre Tanten auflehnen. Sie hat ihr Leben nicht im Griff!*«

»*Ich weiß, Süße, ich weiß*«, *gurrt Doktor Marc Fitzpatrick; seine Stimme trillert vor Wonne, da er Connies Kopf fest in den Händen hält, bevor er ihn nach unten schiebt.* Bei diesem Gedanken schlug Alegre sofort die Augen nieder, als befürchtete sie, ihr Chef könnte die lüsterne Fantasie entdecken, die sie um ihn und Connie errichtete.

»Sie müssen heute zu der Lesung, nicht? Sie können notfalls früher gehen«, keuchte der Doktor und betrachtete dabei nachdenklich die billige Schneekugel auf Alegres Schreibtisch, der ihm ansonsten gefiel, weil er so aufgeräumt war.

In der Schneekugel stand Nuestra Señora de San Juan de los Lagos mit einem lagunenblauen Umhang und rosaroten Blumen unter den Füßen. Wenn man die Kugel schüttelte, wurde die Señora lautlos von einem goldenen Schneesturm eingehüllt. Alegre hatte die Schneekugel immer auf ihrem Schreibtisch stehen, schüttelte sie jedoch selten.

»Und bitte, Alegre, versuchen Sie, sich mehr zu öffnen. Connie ist brillant. Sie können ihr vertrauen. Man muss kein katholischer Priester sein, um Ihr Vertrauen zu verdienen, oder?«

Das war typisch für ihn. Doktor Marc Fitzpatrick betrachtete sich gern als aufgeschlossenen Christen, der jede Religion und jeden Glauben auf der Welt achtete, vorausgesetzt, sie waren nicht dogmatisch. Das Problem mit dem Katholizismus (und dem Islam, Judaismus und Hinduismus) war, dass sie nicht seinen Forderungen entsprachen. Doch er achtete stets darauf, solche Angelegenheiten nicht mit Menschen des entsprechenden Glaubens zu diskutieren. Er gab Alegre gegenüber nie ein Urteil ab. Vielmehr zog er es vor, ihre *Suche nach der Wahrheit zu unterstützen.* Im Laufe der letzten Wochen hatte Alegre häufig Zeitschriftenberichte über die Skandale der katholischen Kirche in Boston auf ihrem Schreibtisch gefunden. Diese Indirektheit war ebenfalls typisch für Doktor Marc Fitzpatrick.

Eine Minute später, gerade als sie drauf und dran waren, in unbehagliches Schweigen zu verfallen, klingelte es zu Alegres Erleichterung an der Tür. Mrs Serrano mit ihrem geistig behinderten sechsjährigen Sohn Manuel. Während seine Mutter drinnen mit dem Doktor über Manuels Zustand sprach, wartete Manuel mit Alegre im Wartezimmer, still und fügsam, in jeder Hand ein buntes Buch.

Manuel liebte Bücher über alles. Wohin er auch ging, stets nahm er fünf, sechs davon mit. Und die Bücher schienen ihn auch gernzuhaben, denn sie ließen ihn schillernde Kringel auf ihre Seiten malen, bis er schließlich genug hatte und sie in tausend Fetzen zerriss. Konfetti liebte er mehr als alles andere.

Nur wenn Alegre mit Manuel allein war, schüttelte sie die Schneekugel auf ihrem Schreibtisch.

Morgens zwischen 10 Uhr 33 und 10 Uhr 35 bahnten sich ein mit Briefen und Paketen beladenes UPS-Fahrzeug, ein Hacker, der in den Computer eines seiner Professoren eindringen wollte, weil dieser ihn beschuldigt hatte, ein »Hacker« zu sein, ein norwegischer Tourist, der sich auf dem Weg zum Museum für moderne Kunst verlaufen hatte, und ein Pizzalieferant, der soeben zwei Anrufe von ihm Unbekannten erhalten hatte – der Erste hatte eine große vegetarische Pizza mit extra viel Pilzen bestellt, der Zweite hatte ihn informiert, dass seine Freundin ihn gestern Abend abserviert hatte –, sich einen Weg durch die Pearl Street, jeder im ihm eigenen Rhythmus, aber alle gleichermaßen nachdenklich und still. Während sie nacheinander vorbeikamen, beobachtete sie ein muskulöser, munterer Arbeiter auf einer Leiter an einem dreistöckigen Haus, das gerade renoviert wurde, von oben, pfiff eine Melodie, die er heute Morgen bei Joe gehört hatte, zog den Hammer aus seinem Gürtel und schlug auf die losen Nägel an der Fassade ein. In genau diesem Moment zuckte Ömer auf der anderen Seite der Wand im Schlaf zusammen, als hätte er einen Schlag ins Gesicht bekommen, und schlug an seinem ersten Morgen in seinem ersten Haus in den USA voller Panik die Augen auf.

Was ihn nach dem Krach noch schwerer traf, war der

scharfe Geruch im Haus, ein Geruch, der mit jedem Schritt Richtung Küche intensiver wurde. Da waren sie. Alle drei. Piyu briet Würstchen, Abed rührte Eier, und zwischen ihnen wartete Arroz mit seinen dunklen, jammervollen, hungrigen Augen, dass er gefüttert wurde.

»Guten Morgen!«, riefen seine neuen Hausgenossen einstimmig.

Ömer warf ihnen einen missmutigen Blick zu. Morgens war er immer ein bisschen muffelig, und wie Menschen es fertigbrachten, beim Aufwachen so sinnlos gelöst und so endlos energiegeladen zu sein, war ihm ein Rätsel.

»Wir wussten nicht, wie du deine Eier magst, drum machen wir Omelett«, sagte Piyu mit aufmunterndem Lächeln. »Die Wurst ist nicht aus Schweinefleisch.«

Ömer fühlte Kopfschmerzen im Anmarsch. »Ich hab nichts gegen Schweinefleisch. Ich mag kein Omelett. Wo ist der Kaffee?«

»Du magst kein Omelett?«, wunderte sich Piyu.

»Du hast nichts gegen Schweinefleisch?«, wunderte sich Abed.

Und dann wunderten sie sich gemeinsam: »Kaffee? Du willst Kaffee?!«

Aber das war mehr ein Unheil verheißender Ausruf als eine verheißungsvolle Frage. Es stellte sich nämlich heraus, dass die neuen Hausgenossen eine Kaffeemaschine (musste in irgendeinem Schrank sein), aber keinen Kaffee im Haus hatten (sie erinnerten sich, irgendwo welchen gesehen zu haben). Aber falls er es sich anders überlegte, könne er herzlich gerne einen Pfefferminztee oder einen Kakao mittrinken.

So musste Ömer an seinem ersten Morgen in seinem neuen Haus etliche Entdeckungen machen, unter anderem die, dass die nächste Möglichkeit, Bohnenkaffee zu kaufen, ein Lebensmittelgeschäft in der nächsten Querstraße war und der Weg dorthin und zurück fünfmal Barry Adamsons »The Vibes Ain't Nothin' But the Vibes« dauerte, dass tatsächlich eine Kaffeemaschine im Schrank stand, erstaunlicherweise eine ziemlich gute, aber die Kaffeemühle schon lange den Geist aufgegeben hatte, und dass es blöd von ihm gewesen war, sich zu den Kaffeebohnen nicht auch einen Becher Kaffee zu kaufen, der zumindest geholfen hätte, diese Notsituation zu überbrücken. Ömer verbrachte den Rest des Vormittags damit, die Kaffeemühle zu reparieren und die Bohnen in ein griesig schmieriges Pulver zu verwandeln, bevor der muskulöse, muntere Arbeiter auf der Leiter seine erste Pause machte. Dann trug Ömer ehrfürchtig eine Kanne mit seiner pechschwarzen dampfenden Kreation in sein Zimmer.

Endlich zur Ruhe gekommen, betrachtete er nachdenklich einen gefalteten Zettel. Bevor er das MIT-Wohnheim verließ, hatte er sich der Brünetten vorgestellt, sie nach ihrem Namen gefragt, erfahren, dass sie Tracey hieß, und ihr dann erzählt, dass er in ein Haus zöge und seine einzige Chance, sie kennenzulernen, darin bestünde, jetzt ihre Nummern auszutauschen, was er gerne tun würde, wenn er ein Telefon hätte, wie wär's denn, wenn sie ihm ihre Nummer gäbe? Was sie zu seiner Verblüffung getan hatte.

Schließlich hatte Ömer – genau wie Piyu und Abed

ihn über sich falsch informiert hatten – ebenfalls bestimmte Wahrheiten zurückgehalten. Nicht, dass er beim
fundamentalen Thema Knoblauch oder dergleichen
gelogen hatte. Er war im Allgemeinen recht umgäng-
lich … theoretisch …, solange er genug Kaffee, Zigaretten, Gras und Alkohol hatte. Unter normalen
Suchtbedingungen konnte er mit Sicherheit ein guter
Hausgenosse sein. Was er versäumt hatte anzukünden,
war die Wahrscheinlichkeit, dass eine Reihe Frauen in
endloser Folge das Haus besuchen würde. Präziser ausgedrückt, was er nicht mitgeteilt oder wenigstens angedeutet hatte, war die ungemein lasterhafte, aber unablässig
wiederholbare Anziehungs- und Abstoßungskraft seines
Lebens: Freundinnen!

Ömers Versuchung durch das andere Geschlecht
könnte man mit dem jämmerlichen Kampf eines Spiel-
zeugautos mit jeder Hürde vergleichen, gegen die es
rumste, wenn es zuversichtlich auf seinem Weg da-
hinsauste. Ömer gelang es so wenig wie diesen Bat-
terieautos, die Hürde zu nehmen, und er purzelte auf
den Rücken, zappelte sich ab wie eine auf ihrem Panzer
liegende Schildkröte, und wenn es ihm schließlich
gelungen war, den Purzelbaum zu vollenden, kletterte
und purzelte, purzelte und kletterte er wieder und wieder,
ohne jemals einen anderen Weg auch nur zu erwägen, bis
seine Batterien vollkommen verbraucht waren oder eine
äußere Kraft ihn aus der Schlinge befreite. Um alles noch
komplizierter zu machen, war die äußere Kraft, die ihn
aus der Schlinge einer Frau zog, allzu oft zufällig eine
andere Frau.

»Tut mir schrecklich leid«, schnaufte Alegre, als sie hereinstürmte.

»Schon gut, Alegre, wir haben eben erst angefangen«, sagte Connie und lächelte in die Runde, um alle in ihr Lächeln einzubeziehen. »Amy interpretiert für uns gerade Maureens Tagebuch.«

Amy Alberts hatte mit dem Verkauf von Hundekuchen, die sie zu Hause herstellte, einen gewissen Ruhm erlangt und eine Stange Geld gemacht, ehe sie von ihrer eigenen Tochter rücksichtslos vom Markt gedrängt wurde und mit einem Nervenzusammenbruch im Krankenhaus landete. Seit jenem Tag konnte sie Weizen, Kleie, Roggen … alles, was der Farbe oder den Zutaten der Hundekuchen glich, auf deren Herstellung sie einst so stolz war, nicht mehr essen, nicht einmal mehr den Anblick ertragen. Diese Esstherapie war ein Teil ihrer Gesundung, sagte sie, aber Alegre dachte oft, Amy käme nur hierher, um ihre Nase in anderer Leute Angelegenheiten zu stecken, und dass ihre Tochter sich deswegen gegen sie gewendet hatte. Auf alle Fälle war Amy zweifellos die Lebhafteste der Gruppe, Connies Augapfel. Sie arbeitete schwer daran, diese Position nicht zu verlieren, interpretierte jede Einzelheit in jedem Wort von *Mein Esstagebuch dieser Woche,* das zu führen allen Gruppenmitgliedern *dringend* ans Herz gelegt wurde. Alegre empfand dies als Hauptproblem von Gruppentherapien. Manche Gruppenmitglieder hielten sich am Ende für den Therapeuten.

»Als ich Maureens Tagebuch las, als ich las, was sie an diesem Wochenende gegessen hat, war ich traurig und wütend … traurig und wütend«, wiederholte Amy für den Fall, dass sie nicht gleich verstanden worden war. »Seht euch ihren Samstag an. Pommes, Zwiebelringe, Doppel-Hamburger! Mistfraß. Sonntag dasselbe. Offensichtlich weil Ken am Wochenende zu Hause ist und er sich von so was ernährt. Wenn Ken da ist, kann Maureen nicht sie selbst sein.«

Ken war, wie sie alle inzwischen wussten, Maureens zweiter Mann. Er fuhr sie zu jeder Sitzung und holte sie danach wieder ab. Alegre fragte sich, ob er ahnte, wie sehr er von ihm vollkommen Fremden verachtet wurde, und ob er seine Frau trotzdem chauffieren würde, wenn er es erführe.

»Was ist mit dir, Alegre? Hast du dein Tagebuch mitgebracht?«, fragte Connie.

Mit einem höflichen Lächeln verteilte Alegre Fotokopien ihres Tagebuchs von der vergangenen Woche an alle Mitglieder der Gruppe, Connie zuletzt.

*Montag, d. 21.:* Ich kam entschlossen und voller Tatendrang zur Arbeit. Dr. Marc Fitzpatrick hatte sieben Termine, es war ein arbeitsreicher Tag. Mittags Truthahn-Sandwich. Abendessen zu Hause.

*Dienstag, d. 22.:* Habe *la* Tía Piedad im Krankenhaus besucht. Sie wollte, dass ich ihr Gazpacho mitbringe und nächstes Mal mit Piyu komme.

*Mittwoch, d. 23.:* Den ganzen Tag bei der Arbeit. Mittags ein Schinken-Sandwich.

Trotz Connies eindringlicher Ermahnungen waren Alegres Tagebucheinträge kurz und knapp, enthüllten wenig von Alegres innerem Wesen, noch weniger von dem, was sie zu sich nahm, und kein bisschen von dem, was sie kurz danach erbrach. Die Gruppenmitglieder sahen sich an, wussten nicht recht, wie sie den Interpretationsprozess in Gang bringen sollten. Eine Frau erbot sich zu sprechen, wurde aber von den anderen sofort zum Schweigen gebracht, als sie Gazpacho für einen Mann hielt und in Alegres Liebesleben eine Dreiecksbeziehung vermutete.

»Möchtest du uns dieser Tage aufkochen?«, fragte Connie, als klar wurde, dass niemand eine Interpretation beizusteuern hatte.

Alegre nickte liebenswürdig, höflich wie immer. Kochen war schließlich das, was sie am besten konnte, und das einzig Gute, das sie von dieser Gruppe hatte. Sie legte ihr Tagebuch weg, holte ihre »Zu-erledigen«-Liste für die nächste Woche raus und notierte: Für die nächste Sitzung aufkochen!

Den Rest der Sitzung las Connie die Bekenntnisse eines Mannes vor, der sich selbst als Dicke-Tussis-Verehrer bezeichnete. Er hatte immer dicke Frauen geliebt und eines Tages ein Manifest verfasst, um der ganzen Welt mitzuteilen, warum. Leidenschaftlich kritisierte er die westliche Kultur, weil sie die Frauen in die knochendürre Zwangsjacke steckte, und schwärmte für andere Kulturen, wo man die Mädchen mästete, um sie begehrenswert zu machen. Als Beispiel nannte er die Latinomänner, die, wie er sagte, scharf auf *las chicas gorditas* seien, denn die seien klug genug, um zu wissen, »der Knochen ist für den Hund, das Fleisch ist für den Mann«.

Alegre saß stumm dabei und tat so, als merke sie nicht, dass mehrere Gruppenmitglieder ihre mageren Brüste mit einem ätzenden Lächeln betrachteten.

## Amerikaner!!!

Es war nicht die Schuld des beherzten bulligen Bienenzüchters, der von Amherst nach Boston gekommen war, um seinen Vertrag mit mehreren hiesigen Ladenbesitzern zu verlängern, dass er einen großen Becher Kaffee ohne Milch und Zucker auf Ömers Hose goss, als sie beide im Lebensmittelladen anstanden. Der Bienenzüchter hätte natürlich vorsichtiger sein können, wäre er nicht mit den Gedanken woanders gewesen – seine Handelspartner hatten ihm gesagt, sie seien sehr zufrieden mit der Qualität des Honigs und des Ahornsirups, die er lieferte, aber sie würden ihm keine *Cidre-Donuts* mehr abnehmen. *Was stimmte nicht mit seinen Cidre-Donuts,* versuchte der Mann zu kapieren, als er sich, vielleicht ein wenig unachtsam, herumdrehte und gegen den drahtigen jungen Mann stieß, der mit mürrischer Miene und einem großen Becher Kaffee in der Hand direkt hinter ihm stand. Wenn man jemandem die Schuld geben konnte, dann Ömer und nicht dem Mann, denn Ömer stand zu dicht an der Theke und ließ dem Kunden vor ihm keinen Platz.

Ömer hätte zweifellos umsichtiger und gewiss weniger mürrisch sein können, hätte Elaine, seine zweite amerikanische Freundin, ihm nicht nach zwei Wochen mit leidlichen Dates, aber vielversprechendem Sex vor einer halben Stunde mitgeteilt, diese *Sache* zwischen ihnen führe zu nichts. Daher waren es, obwohl es so aussah, als wären es der Bienenzüchter und Ömer, eigentlich die Handelspartner und Elaine, die zusammengestoßen waren.

Als er mit einem neuen Becher Kaffee (den der Bienenzüchter bezahlt hatte) aus dem Lebensmittelladen kam, einen großen braunen Fleck auf der Hose und einen noch düstereren Ausdruck im Gesicht, ging Ömer ein bisschen spazieren, rauchte drei Zigaretten hintereinander, hörte sich pausenlos »Mansion of the Gods« von Alabama 3 an. Um sich ein bisschen aufzuheitern, beschloss er, sich was Gutes zum Essen zu gönnen, und dann beschloss er, auch seinen Hausgenossen was Gutes zum Essen zu gönnen. In einem marokkanischen Restaurant kaufte er Couscous mit Lamm und gesüßten Feigen als Leckerbissen für Abed, und wenn er auch in der Nähe keine Gaststätte fand, die Paella auf der Speisekarte hatte, hoffte er doch, die Rindertacos mit Salsa würden Piyu halbwegs so glücklich machen wie Alegres Tacos. Für sich hatte er drei Flaschen Rotwein besorgt.

»Hey, was feiern wir?« Piyu lächelte sein sanftes Grübchenlächeln.

Ehrlich gesagt, waren es noch acht Tage, trotzdem beschlossen sie, ihren ersten gemeinsamen Monat in diesem Haus zu feiern. Der Esstisch war einladend schlicht und

unüberladen. Während Piyu sie beide neugierig beobachtete, sah Abed über Ömers Trinkerei hinweg, und
Ömer ließ Abeds Enthaltsamkeit unbeachtet, beide in
halb tolerante, halb ignorante Stille gehüllt, die Menschen muslimischer Herkunft einander entgegenbringen,
wenn sie spüren, dass ihre Diskrepanz möglicherweise
schärfer ist, als sie im Augenblick oder vielleicht überhaupt wahrhaben wollen. Als Ömer ihnen beim Essen
eine Reihe lustiger, eine durch die andere ausgelöste Geschichten erzählte, sah er dem Menschen, der er morgens
war, gar nicht ähnlich und wurde nach der zweiten Flasche Wein noch heiterer.

Bald darauf fing er jedoch an, von weniger amüsanten
Dingen zu sprechen, von den Miseren und Missetaten
der Vergangenheit und von der Angst derer, die unterwegs sind. Der plötzliche Tonartwechsel kam nicht so aus
heiterem Himmel, wie es den Anschein hatte, und war
auch nicht allein der Wirkung des Weins zuzuschreiben,
nicht einmal der durch Elaine verursachten Bitterkeit.
Der Grund lag anderswo in seiner Seele. Denn einerlei,
wie losgelöst von der Türkei Ömer sich von Zeit zu Zeit
fühlte, er hatte das kulturelle Ethos, in dem er aufgewachsen war, verinnerlicht, ein Ethos, das es für ungut hält,
zu viel oder zu laut zu lachen, aus Angst, auf eine Flut
von Ausgelassenheit könnte eine Flut von Agonie folgen.
Wenn man so sehr lacht, dass einem die Tränen kommen,
rät einem das östliche Ethos, nicht zu vergessen, dass »Lach-
tränen« mehr mit Tränen zu tun haben als mit Lachen.

Aber jemanden von seinen Ängsten reden zu hören,
ist, als sähe man ihn wiederholt gähnen. Bevor er mit

seinem Repertoire zu Ende ist, geht man schon das eigene durch. Bald stellten auch Abed und Piyu Betrachtungen darüber an, was das Schicksal für jeden bereithielt. Doch weil »ein Fremder in einem fremden Land« der größte gemeinsame Nenner ihrer bunt gemischten Kümmernisse war, steuerte das Gespräch nach einer Weile unwiderruflich auf das gemeinsame Interessengebiet zu: »Amerikaner!«

»Habt ihr die knallgelben VORSICHT-Bänder gesehen, die überall rund um die Bibliothek angebracht sind? Ich dachte schon, jemand wär erstochen worden oder was«, stieß Piyu hervor. »Und dann hör ich, es war nur der Regen, vor dem sie gewarnt haben!«

VORSICHT, STUFEN! blitzte es auf den Stufen. ACHTUNG, NIEDRIGE DECKE! hieß es an der Decke in allen Stockwerken der Studienberatung. Auf den Kaffeebechern stand: ACHTUNG: INHALT HEISS. Und auf Obst: WEICH, WENN REIF! Auf Außenspiegeln von Autos informierten Aufkleber: »Gegenstände im Spiegel sind näher als sie scheinen«, und Türen in öffentlichen Omnibussen warnten: »Könnte aufgehen«! Nur in Amerika konnte man Schilder lesen, die über DACH-LAWINEN informierten.

»Am liebsten ist mir ihre Marotte, jeder Kleinigkeit einen präzisen Namen zu geben«, sagte Abed. Er hatte einen Packen bunter Streifen aus seinem Zimmer geholt. Jeder Streifen hatte eine andere Farbe, von dunkleren bis zu blasseren Schattierungen. »Guckt euch die an. Die sind für Leute gedacht, die ihr Heim renovieren wollen. In dem Laden, wo ich sie gefunden habe, gibt es

Hunderte davon. Und jeder einzelne Farbton hat einen verrückten Namen!«

Ein Beigeton hieß *Wüstendämmerecho*, ein brauner *Sandburgen der Kindheit*, ein blauer *Himmlische Rätsel*, ein rosa *Bettgeflüster*, ein weißer *Erst gestern*, ein oranger *Arons Sommersprossen* … Während sie die merkwürdigen Namen auf den Streifen betrachteten, schüttelten die drei in kollektivem Staunen die Köpfe: »Amerikaner!«

Ehe sie wussten, wie, nahm ihr Geplauder den bekannten Farbton »*die Schwierigkeit, ein Nicht-Amerikaner in Amerika zu sein*« an. Ein dunklerer Ton auf demselben Streifen hätte »*Seelenqualen des täglichen Lebens*« heißen können. Alles in allem haben die Hauptlehren Buddhas einen Bezug auf die besonderen Fälle von Fremden in aller Welt. Auch für sie ist »das Einfachste am schwersten zu erlangen«.

Wie soll man einen Anruf tätigen und nicht mordlüstern werden, wenn die Automatenfrau ständig ihr Mantra wiederholt: »Wir-bedauern-Ihren-Anruf-nicht-ausführen-zu-können«, selbst wenn man hundertprozentig sicher ist, diesmal die richtige Vorwahl gewählt, die richtige Münze zur richtigen Zeit eingeworfen zu haben? Wie soll man einen Fotokopierer bedienen, der nur mit einer Spezialkarte funktioniert, die man dauernd mit anderen Spezialkarten verwechselt? Wie soll man in wenigen Sekunden entscheiden, welche Käsesorte (es sind mehr als zehn verschiedene Sorten im Schaukasten) man auf welchem Bagel (da drin sind mehr als zwanzig verschiedene Sorten) haben möchte, während die beschürzte Verkäuferin einen mit säuerlichen Blicken bombardiert? Wie soll man mit einem Apotheker über das Jucken am Penis sprechen? Wie soll man die superkomplizierte Routine-Apparatur durch die Serpentinen des Alltagslebens steuern und es schaffen, nicht wie ein Idiot dazustehen, wenn man immer wieder einen Unfall baut? Das Alltagsleben war es, das einen am meisten demütigte, einen erniedrigte wie nichts anderes.

»In meinem ersten Monat hier«, murmelte Abed vor sich hin, »war ich im Supermarkt, Tomaten kaufen. Aber dann sah ich da zwei elegante Damen, die quatschten direkt vor den Tomaten. Ich wollte sie nicht stören, also bin ich rumgelaufen und hab ein paar Sachen besorgt, die ich gar nicht brauchte, und als ich wiederkam, standen sie immer noch da. Als sie mich wieder ankommen sahen, hörten sie auf zu quatschen und beobachteten mich, als wär ich eine Bedrohung oder so was. Man kann das in ihren Augen sehen. Ich hab angefangen, Tomaten auszusuchen, aber die Frauen haben mich weiter angestarrt. Und dann ist was Schreckliches passiert. Gott, wie ich meine Nase hasse! Ich hab mich vorgebeugt, um eine Tomate zu nehmen, da seh ich plötzlich meine Nase tropfen, und ich weiß, die Frauen sehen es auch, ich kriege Panik, ich kann meine Kleenex nicht finden, ich krieg noch mehr Panik, und eh ich michs versehe, tropft meine Nase auf die Kiste mit den Tomaten. *Ouaghauogh!* War das peinlich. Und das Einzige, was man sieht, ist, wie sie einen sehen. Da kommt dieser verdächtige Kerl, sieht aus wie ein Araber, seine Nase tropft auf die Tomaten, er muss ein Araber sein!«

Piyu und Ömer lächelten verständnisvoll, wussten

genau, was er meinte, jeder auf seine Art. Abed wirkte jetzt entspannt, froh, ihnen von diesem Vorfall erzählt zu haben. Und doch gab es Dinge, die er lieber für sich behielt. Zum Beispiel würde er niemandem erzählen, wie nervös er geworden war, als drei Muslim-Mädchen mit Kopftüchern in ein schickes Café kamen, in dem er saß. Ein Mädchen hatte einen kleinen Jungen auf dem Arm, so eine junge Mutter. Mit halbem Auge behielt Abed die Mädchen im Blick und beobachtete gleichzeitig die anderen Gäste. Irgendwie war es ironisch, denn seine Wissbegierde, rauszufinden, ob die Leute ringsum die Mädchen anstarrten, und wenn ja, was sie sahen, hatte stattdessen dazu geführt, dass *er* sie fixierte. Dann war das Kind vom Schoß seiner Mutter gerutscht und auf dem Boden rumgekrabbelt, wollte sehen, was an den anderen Tischen los war, während die Mädchen sich weiter lebhaft unterhielten. Nichts Schlimmes. Nichts Außergewöhnliches. Nach einer Weile hatte die Mutter den Kleinen geholt, und als sie ihren Tee ausgetrunken hatten, waren die Mädchen gegangen. Niemand hatte sie schlecht behandelt, niemand war feindselig oder irgendwas gewesen. Was Abed sich nicht erklären konnte, war die unglaubliche Spannung, die er gespürt hatte, bis die Muslim-Mädchen das Café verließen. Indem er zu entdecken versucht hatte, wie sie mit den Augen von Amerikanern gesehen wurden, war Abeds Blick zu einer urteilenden Sichtweise der Mädchen, besonders der Mutter, geworden, es hatte ihn wütend gemacht, dass sie den Kleinen einfach auf dem schmutzigen Boden krabbeln ließ. Nein, diesen Vorfall würde er nicht erzählen.

Ebenso wenig würde er über Jamal sprechen, einen Freund von ihm, der die Gewohnheit hatte, jeden Monat in ein bestimmtes Geschäft zu gehen und sich über die Schuhe zu beschweren, die er dort gekauft hatte, nur weil sie jedes Mal die Schuhe zurücknahmen und ihm ein neues Paar gaben. Abed würde nicht damit rausrücken, wie er sich für Jamals unersättliches Bedürfnis schämte, das System der Verbraucherrechte zu erforschen – ein System, das viele Nichtwestler, die in den rationalen kapitalistischen Westen kamen, allzu oft *irrational* fanden!

Ein unbehagliches Schweigen entstand, bis Ömer murmelte: »Wenn du Ausländer bist, kannst du nicht mehr dein bescheidenes Ich sein. Ich bin meine Nation, mein Geburtsort. Ich bin alles, nur nicht ich.«

Es tat gut, ihnen dieses Gefühl mitzuteilen. Aber er würde ihnen nie erzählen, was vor einem Monat mit Tracey passiert war, als sie zum ersten Mal miteinander schlafen wollten und auf das zugaloppierten, was ein lange aufgeschobenes Crescendo des Begehrens zu sein schien. Noch auf ihr drauf, hatte Ömer ein Kondom aus der Tasche gefischt und ihr ins Ohr geflüstert, sie möge ihm helfen, es überzuziehen. Aber sie hatte sich plötzlich zurückgezogen und gerufen: »Ist das ein türkisches Kondom? Sieh nach, ob es einen Riss hat, bevor du es überziehst.« War das ein Witz? War es ihr Ernst? Ömer hatte keine Ahnung. Und obwohl er vorgegeben hatte, nicht gekränkt zu sein, war sein Penis ehrlicher gewesen und in dem türkischen Kondom rasch geschrumpft. Nein, das würde er vor seinen Hausgenossen nicht erwähnen.

»Bei Latinos ist es weder das eine noch das andere.

Sie sind Teil dieses Landes, aber irgendwie weniger integriert. Die Leute denken, allen Immigranten ist das hier gelungen, warum geht es bei den Latinos nicht? Alegre sagt, als sie neun war, hat der Rektor ihrer Mutter einen Brief geschrieben und sie gebeten, zu Hause mit dem Kind Englisch zu sprechen, weil sie in der Schule nicht mitkam. Als *la* Tía Piedad das hörte, nahm sie es so ernst, dass sie allen in der Familie befahl, in Gegenwart von Alegre Englisch zu sprechen. Könnt ihr euch das vorstellen? Ahora, *wir sprechen* con la niña *Englisch!* Sprache ist Macht in Amerika. Latinos wissen das besser als sonst wer. Was man auch zu sagen hat, man muss es in der Sprache des Siegers sagen, wenn ihr's wissen wollt.«

Es schien Piyu zu erleichtern, seine Verdrossenheit herauszulassen, aber es gab Dinge, die er lieber für sich behielt. Nie würde er gestehen, dass es, sosehr er Alegre und ihre weitläufige Verwandtschaft von *tías* liebte, ihm von Zeit zu Zeit doch schwerfiel, sich an ihre Art anzupassen, und dass er als hochgebildeter Spanier, der seine Kultur entschieden als Teil der europäischen Zivilisation sah, deren ansonsten etwas faden Geschmack sie würzte, sich zeitweise weit entfernt fühlte von den hiesigen spanischstämmigen Gemeinden, zumal von den Tex-Mex-Latinos und ihrer Art. *Bailes, bautismos, loteriá, misa, bar-b-ques, posadas, fiestas de cumpleaòos, quinceañaras, velorios,* … sie ließen sich anscheinend keine Gelegenheit entgehen, sich zu Geselligkeiten zu treffen. Damit konnte Piyu nicht Schritt halten, und er war sich nicht mal sicher, ob er es überhaupt wollte. Nein, solche Sachen würde er nicht erwähnen.

»Also, weil das unser gemeinsames Problem ist, können wir uns gegenseitig helfen.« Ömer stand auf, das Gesicht vor Feuereifer flammend rot, und nahm das ziegelsteindicke Englisch-Englisch-Wörterbuch aus dem Bücherbord hinter ihm, hob es siegesbewusst über den Kopf wie ein Champion seinen Pokal. Er holte tief Luft, wie um die Großartigkeit seines folgenden Vorschlags zu unterstreichen. »Im Alltagsleben benutzen wir nur wenige englische Wörter. Wir brauchen mehr. Mehr Wörter für uns, mehr Macht!«

Die Idee, die ihm gekommen war, als er Piyu zuhörte, war ein Sprachspiel für drei Personen. Der Reihe nach musste jeder ein Wort nehmen, und die anderen zwei mussten versuchen, ein Antonym und ein Synonym zu finden, und Beispielsätze bilden. Mittels eines Punktesystems konnten sie ein richtiges Wettspiel daraus machen.

»Und wenn die anderen zwei die Bedeutung des Wortes nicht kennen?«, wollte Piyu wissen.

Ömer zuckte die Achseln. »Dann gehen alle Punkte an den, der das Wort kennt.«

Dieses System erwies sich jedoch als höchst unbekömmlich, sobald sie sich auf das Spiel geeinigt hatten. Wegen der Bewertung konnten Nennungen über die Maßen aufgebläht werden. Deswegen lernten sie in den kommenden Wochen gegen ihren Willen, dass die Anziehungskraft, die bestimmte Pflanzen und Insekten auf Ameisen ausübten, *Myrmekophilie* hieß, dass das Sammeln von Camembert-Etiketten manchen Menschen ein richtiges Anliegen war und sogar einen Namen hatte: *Tyrosemiophilie,* dass *Potanadrom* die Bewegungen von Fischen stromauf und stromab in einem einzigen Stromgebiet bezeichnete, dass *Floccinaucinihilipilifikation* die Bewertung von etwas als wertlose Trivialität war oder dass jemand das Wort *Alektryomanzie* für eine bestimmte Form der Weissagung geprägt hatte, basierend auf den von Körnern bedeckten Lettern, die sich zeigten, wenn ein Hahn Körner fraß, und unter *Kopolephilie* waren Menschen zu verstehen, die Schlüsselringe mit Werbebotschaften sammelten, und wenn sie mit diesem Spiel so weitermachten, würden sie alle dem *Sesquipedalianismus* verfallen, ein langes Wort für die Gier nach langen Wörtern.

Bevor es ausuferte, musste das Spiel überarbeitet und eine neue Regel eingeführt werden: die *Hab-Erbarmen-Regel!* Die Neuerung war klar und simpel: Wer das Wort nannte, von dem wurde erwartet, *um Gottes willen Erbarmen* zu haben!

## Kochen ohne Ende

Auch wenn ihr nicht die Aufgabe zugefallen wäre, für die nächste Sitzung aufzukochen, hätte Alegre auf dem Rückweg zur Praxis ständig und zwanghaft ans Essen gedacht. Essen war ein Business-Class-Passagier auf ihrem Gedankenflug, immer in den ersten Reihen, privilegierter und besser verpflegt als andere Passagiere. Und es war ein einsamer Reisender, der sich in der Menge nicht wohlfühlte. Alegre aß nämlich kaum in Gegenwart anderer Leute, vor allem, wenn sie nicht fremd genug waren, und wenn sie mit Freunden und Verwandten am Tisch sitzen musste, aß sie zwar, verbannte aber allzu häufig gleich darauf diesen breiigen Ballast aus ihrem Bauch. Wenn dies eine Art Endlosschleife war, in der sie sich befand, so war ihr die ständige Wiederholung durchaus bewusst, es war ihr bewusst, dass sie, je weniger sie aß, umso mehr ans Essen dachte, was sie wiederum antrieb, unglaubliche Mengen kalorienarmer Speisen zu vertilgen, die am Ende hohe Summen Kohlenhydrate und große Mengen Schuldgefühle erzeugten und deswegen erbrochen werden mussten, wonach sie sich jedes Mal rein und umso hungriger fühlte. Sie erkannte ihr Problem und ließ es durchaus nicht unbeachtet. Sie *arbeitete* daran. Während der Aufbau ihrer Seele rastlos voranschritt, half eins ihr wirklich: Das Vergnügen, andere zu verköstigen. Es machte ihr Freude, die Obdachlosen in Kates Küche zu verpflegen, sie kochte oft für *las tías,* genoss es mehr als alles andere, Piyu zu verköstigen und die Hausgenossen, die immer hungrig waren, und daneben gab es natürlich noch Arroz. Eine Bitte um Essen konnte Alegre unmöglich abschlagen. So lautete ihre kurze kulinarische Geschichte, als sie den Anschlag an ihrer üblichen Bushaltestelle entdeckte.

**HILFE! HILFE! HILFE!** gesucht für schätzungsweise 4 Stunden von 6 Uhr bis 10 Uhr diesen Samstagabend, 12. Oktober, für eine Party bei mir zu Hause für schätzungsw. 20–30 Personen. Es wird eine zwanglose Veranstaltung!

Ich suche jemanden, der mir mit dem ESSEN hilft, das heißt: Leichte Partyküche, Cocktailsnacks, Pasteten, Frühlingsrollen, Käsebällchen und alles Leckere und Bekömmliche (und nicht Teure), was Sie empfehlen. Ich bezahle ein Minimum von 4 Stunden, damit sich der Abend für Sie lohnt, und bin bereit, einen anständigen Stundenlohn zu zahlen. Wenn Sie Interesse haben, rufen Sie mich bitte an. Nur seriöse Köchinnen erwünscht.

Was Alegre an dem Anschlag am besten gefiel, waren die beiden Wörter in Großbuchstaben: *HILFE!* und *ESSEN*. Da beides in ihrem Unterbewusstsein schon eine makellose Verbindung eingegangen war, notierte sie sich sofort die Telefonnummer und die Adresse.

Abed wollte gerade den Wasserkessel aufsetzen, als er panisch innehielt und zu entkommen versuchte. Aber es war zu spät. Er war von dem Mädchen in der Küche schon bemerkt worden. Entdeckt von einer *neuen Zahnbürstenbesitzerin*.

»Guten Morgen!«, rief sie.

Nachdem er seit zweieinhalb Monaten mit Ömer im selben Haus lebte und das Badezimmer mit ihm teilte, war Abed fest davon überzeugt, dass eine Zahnbürste kein gewöhnlicher Gegenstand war. Sie war die Mitgift eines modernen Mädchens. In diesem erbarmungslosen Affärenkarussell, in dem Ömer schwelgte, war eine neue Zahnbürste im Badezimmer ein Bote, der verkündete, dass eine brandneue Affäre vom Stapel gelassen war. Sie kamen nämlich immer mit ihrer Zahnbürste. Die Zahnbürste kam stets zuerst. Alles andere, Kosmetikwatte, Lotionen, Feuchtigkeitscremes, Avocado- und Wilde-Himbeeren-Tonics, aufzutragen nach Haferkleie- und wer weiß was für Masken, und die undefinierbaren Flüssigkeiten in all den Fläschchen folgten der Zahnbürste auf dem Fuße. Jedoch, was zuerst kam, ging zuletzt. Aus irgendeinem Grund nahmen Freundinnen ihre Zahnbürsten nie mit, wenn sie Schluss machten, was es schwierig machte, das Ende einer Affäre zu bestimmen, im Gegensatz zum Beginn. Sie nahmen die Kosmetiksachen mit, ließen aber die Zahnbürste da. Abed war es schlicht und einfach verhasst, sich das Badezimmer mit Ömer zu teilen. Dennoch hätte er es besser ertragen können, wäre da nicht die Phase der Begegnung mit dem zur Zahnbürste gehörenden Gesicht gewesen, von der es, wie er inzwischen wusste, kein Entrinnen gab.

»Ich bin Lynn!«, sagte das Mädchen in der Küche strahlend. Sie trug zerfetzte Jeans und hatte die Unterlippe gepierct.

»Hi, Lynn.« Abed rang sich ein Lächeln ab. Es hätte ein aufrichtigeres Lächeln sein können, hätte er nicht so genau gewusst, was als Nächstes kam.

»Und du musst … Halid sein!?«

Da war es wieder! Offenbar hatte Ömer die Angewohnheit, seinen aktuellen oder potenziellen Freundinnen von seinen Hausgenossen zu erzählen, bevor er die Mädchen mit nach Hause brachte. Und was immer er sagte, sobald die Freundinnen herkamen und auf Abed trafen, fühlten sie sich aus einem unerfindlichen Grund genötigt, das, was sie an zweifelhaften Informationen hatten, zu enthüllen, angefangen mit seinem Namen. Das wäre nicht so schlimm, wenn sie sich richtig daran erinnern könnten oder, falls nicht, ihn einfach danach fragen würden. Aber sie zogen es vor zu raten. Einen Versuch zu starten. Ihn frisch und frei zu verunstalten, bloß weil das Fragment des Namens, den sie nannten, so fremd klang wie der eigentliche.

»Eigentlich heiße ich Abed«, korrigierte er mit geübter Höflichkeit und buchstabierte seinen Namen.

Die erste Freundin war die Schlimmste von allen gewesen. Diese gesundheitssüchtige große Brünette vom MIT. Bis heute war es Abed nicht gelungen, das Rätsel zu lösen, was um alles in der Welt so ein giftfreies Mädchen an dem Raucher, Trinker und *Gottweißnochwas* finden konnte, der Ömer war. Kaum verwunderlich, dass es nicht lange gehalten hatte. Aber mit Ömer schien es sowieso keine lange auszuhalten. Die Begegnung mit jenem Mädchen war für Abed erschütternder gewesen als die Begegnung mit irgendeiner der Folgenden. Vermutlich, weil er sich mit der Zeit einfach daran gewöhnt hatte, im Haus fremde Freundinnen und im Badezimmer verschiedene Sorten Zahnbürsten vorzufinden. Damals jedoch hatte Tracey ihn total überrascht. »Hi! Ich bin Tracey ...«, hatte sie keuchend und japsend gebrüllt, als sie in die Küche stürmte, während Abed geduldig darauf wartete, dass das Wasser für den Pfefferminztee kochte. Sie schien gerade vom Joggen zu kommen. »Und du musst ... Lawren-ce sein?!«

Abed hatte sie verwirrt angegafft, völlig erstarrt, und

wäre auch so geblieben, hätte der Wasserkessel nicht angefangen zu pfeifen. Offenbar lag hier eine Verwechslung
vor, aber was hatte sie sonst noch verwechselt? Hatten ihr
die unkartierten Ränder des menschlichen Hirns einen
Streich gespielt und den Anblick eines Arabers mit *Law-
rence von Arabien* in Verbindung gebracht? Das war und
blieb die einzige plausible Erklärung, auf die Abed kam.

Nie wieder hatte ein Mädchen eine so merkwürdige
Mutmaßung geäußert. Eigentlich waren die anderen im
Vergleich zu Tracey ziemlich nahe daran gewesen. Nicht,
dass Abed etwas gegen sie gehabt hätte. Mit einigen hätte
er sich sogar anfreunden können, wären sie sich anderswo
begegnet, in jeder anderen Umgebung, nur nicht *hier*.
Unter diesen Umständen jedoch war jegliches Interesse
von jedweder Seite trügerisch, wenn nicht unecht. Denn
weder Abed noch Piyu noch die Mädchen unterhielten
sich ernsthaft; sie tauschten nur freundliche Worte mit
routinierter Höflichkeit oder höflicher Routine aus. Anfangs betrachteten alle Freundinnen Abed und Piyu wie
auch Arroz nur durch die Augen ihres neuen Freundes
und als Gratiszugabe zu ihm. Sobald sie was mit Ömer
angefangen hatten, nahmen sie ihn als einheitliches Ganzes, zusammen mit dem Haufen Freunde, Verwandte,
Hobbys und was er sonst noch auf Lager hatte. Ähnlich
wie bei einem durchgebratenen Steak, bei dem man sich
über die Beilage aus Kartoffelbrei und Rosenkohl freute.
Vielleicht hätten sie alle etwas Zeit gebraucht. Doch
bevor irgendwelche Fortschritte gemacht und Piyu oder
Abed oder Arroz in eine bessere Rolle befördert werden konnten, war die Affäre beendet, waren die Kosme-

tika weg, wonach für kurze Zeit Ruhe eintrat, ehe eine neue Zahnbürste im Badezimmer auftauchte. Angesichts dieser immer gleichen Geschichte und ohne Hoffnung auf Besserung in absehbarer Zukunft wehrte Abed sanft, aber hartnäckig Lynns Versuche zu plaudern ab und verschwand mit einer rasch aufgegossenen Kanne Pfefferminztee in der Hand in seinem Zimmer.

## Gift im Schokoladenkuchen

Um 3 Uhr 30 nachmittags in Boston, 10 Uhr 30 abends in Istanbul, 9 Uhr 30 abends in Madrid, 8 Uhr 30 abends in Marrakesch kam Alegre wie ein Klempner mit seinem Werkzeugkasten mit ihrem Beutel voll Kochbüchern und Lieblingsgewürzen zu dem Partyhaus. Sie klingelte und machte sich bereit, einer Fremden zuzulächeln. Doch zu ihrer Überraschung öffnete ihr eine Bekannte. Die Rothaarige von der therapeutischen Lesegruppe. Sie sahen sich mit mehr Unbehagen als Erstaunen an, denn Leute aus derselben Therapiegruppe sollten sich draußen nicht begegnen. Die Charaktere und Ereignisse in Gruppentherapien sollten stets wenigstens teilweise fiktiv bleiben; jede Ähnlichkeit mit dem richtigen Leben sollte, wenn auch zufällig, lieber nicht zutreffen. Dasselbe galt für die Therapeutin. Nie sollte man seine Therapeutin in einem Supermarkt entdecken, wo sie bedächtig den dritten Blumenkohl aus einem Haufen auswählt, drei Stück im

Sonderangebot, oder vor den Regalreihen einer Apotheke, wo sie sich lüstern nach einem Vaginabefeuchtungsgel umschaut. Therapeutinnen sollten niemals den öffentlichen Raum betreten, wo das Alltagsleben maßvoll rotiert, und Therapiegenossinnen ebenso wenig.

Doch hier waren sie nun. Blickten sich auf der Türschwelle an, ein halbes Lächeln im Gesicht, das durch ein halbes Stirnrunzeln ergänzt wurde. Als Nächstes nahmen sie, wiederum gleichzeitig, einen raschen Erinnerungs-Check vor. Beide gingen in Windeseile die unsortierte Ablage in ihrem Gedächtnis durch, um sich zu entsinnen, was zum Kuckuck sie über die andere wusste. Beide förderten sehr wenig zutage. Was die Frau an der Tür betraf, fiel ihr zu Alegre lediglich ein, dass sie das megadünne, kleine katholische Mädchen mit den Tränensäcken war, mit Horden von Tanten, die alle ähnliche Namen hatten, und mit einem Freund, mit dem sie einen Haufen Probleme hatte, und dass sie es ständig versäumte, ihr Tagebuch zu aktualisieren, womit sie Connie enttäuschte, aber auch, dass sie sehr gut kochte, sodass jedes Mal, wenn sie mit Aufkochen dran war, alle Gruppenmitglieder in der nächsten Sitzung ein Festessen genossen. Das war alles, was sie an Informationen über Alegre hatte.

Was Alegre betraf, fiel ihr zu der andern nur ein, dass sie die zappelige, mehlhäutige, riesenohrige und rotrotrothaarige Debra war, mit einer abstehenden Haarlocke, die sie temperamentvoller aussehen ließ, als sie wirklich war, und einem Haufen Probleme mit einer guten Freundin, und dass sie es nicht ertrug, nicht mehr von ihr geliebt zu werden, ein Problem, von dem Alegre nie so recht verstand, wieso es ein *Problem* war, und auch, dass sie aus einem unerfindlichen Grund weder Bananen noch Schokolade mochte. Das war alles. Mehr Aufmerksamkeit hatte Alegre ihr in all den Sitzungen, die sie seit nunmehr sechs Monaten gemeinsam besuchten, nicht geschenkt.

»So ein netter Zufall.« Debra zwang sich zu einem Lächeln. »Ich bin ja so froh. Ich weiß, was für eine großartige Köchin du bist.« Sie wirkte irgendwie verändert, viel selbstbewusster als in der Lesegruppe. »Hättest du was dagegen, wenn wir gleich zu arbeiten anfangen, die Zeit drängt, und es ist noch nichts vorbereitet.«

Sie führte Alegre in eine indigoblaue Küche, die von Wand zu Wand vollgestellt war mit Kartons, Kisten, Büchsen und Konservendosen mit Nahrungsmitteln, Nahrungsmitteln und noch mehr Nahrungsmitteln. Die Gäste, erklärte sie, würden ab sieben eintreffen und wahrscheinlich gegen halb neun sehr hungrig sein. Insgesamt wurden zweiundzwanzig Personen erwartet. »Und wir sind zwei im Haus. Das macht vierundzwanzig Mäuler zu stopfen. Was meinst du? Kriegen wir das hin?«

Aber wie sich herausstellte, gab es kein »wir«. Es gab nur Alegre. Noch nie in ihrer Kochgeschichte war sie in der Situation gewesen, in so kurzer Zeit so viel für so viele Personen zu kochen. Doch diese kulinarische Herausforderung schien beruhigend auf ihre Nerven einzuwirken, denn sie fühlte sich der Aufgabe voll gewachsen, fühlte sich wohl hier. Während sie Geräte und Zutaten begutachtete, hatte Debra Ellen Thompson Zeit, Alegre zu begutachten. Irgendwie sah Alegre jetzt anders aus, lange nicht so gehemmt wie in der Lesegruppe.

Tatsächlich fühlte sie sich ihrer selbst sicher, vor allem, als Debra sie allein ließ, um schließlich einer unentwegt jammernden weiblichen Stimme auf der anderen Seite der Küchentür zu Hilfe zu eilen, einer Stimme, die sich anhörte, als würde jemand versuchen, das Wohnzimmer für den Abend hübsch herzurichten, aber eigentlich keine Lust dazu hatte, weil ihr gar nichts daran lag. Alegre war nicht neugierig, was sich im Wohnzimmer tat, interessierte sich auch nicht für den Rest des Hauses oder dafür, wie die Gäste wohl sein würden. Sie war, wo sie sein musste: in der Küche. Auch wenn die jemand anderem gehörte, jetzt war es *ihre* Küche. Sie wollte nur wissen, was sie kochen sollte. Aber es tauchte niemand auf, um ihr Bescheid zu sagen. Nur eine rundliche, rauchgraue Katze mit einer drolligen flachen Nase und einem extrem langen dicken Fell spazierte gebieterisch herein, und gleich danach kam noch eine Katze von derselben Rasse, nur gescheckt und vielleicht nicht ganz so wichtigtuerisch, um nachzusehen, was Alegre hier trieb. Weil sie es leid war, auf Hinweise der Gastgeberinnen zu warten, und es leid war, die Katzen zu beobachten, beschloss Alegre, dass sie allein Kapitän dieses kulinarischen Schiffes war und die Entscheidung deshalb bei ihr lag.

Im Kühlschrank war Ziegenkäse, den sie auf Pitascheiben krümelte. Sie fand massenhaft Thunfischkonserven in den Schränken und verarbeitete sie zu massenhaft Thunfisch-Fettuccine. Das Fleisch im Gefrierschrank wurde in Windeseile zu Fleischbällchen, der Kohlkopf auf der Anrichte wurde zu Krautsalat mit roten Bohnen, Maiskörner wurden zu einem Pudding, der Rest zu Mais-Zucchini-Sauté. Kartoffeln waren wie immer eine unschätzbare Hilfe. Alegre kochte und buk und röstete und pürierte sie mit verschiedenen Soßen und Gewürzen. Die restlichen füllte sie mit Speck und Käse. Sie machte Burritos mit Huhn, obwohl keine von den Tacosoßen, die sie im Schrank fand, zu den von ihr bevorzugten gehörte. Sie bereitete einen Erdnussdip zu und Hühnerleberpastete. Sie machte die üblichen Appetithäppchen – Garnelen mit Knoblauchsoße, Crudités und Käse. Dazu zwei Riesenschüsseln Caesarsalat mit Walnüssen, und für den Fall, dass jemand noch hungrig war, hielt sie vierundzwanzig Truthahn-Clubsandwiches bereit. Die übrig gebliebenen Eier und den restlichen Zitronensaft verwendete sie für eine Zitronenbaisertorte. Sie wollte noch einen Bananensplitkuchen machen aus den Unmengen Bananen, auf die sie im Kühlschrank stieß, musste aber aufgeben und sich total erledigt erst mal hinsetzen.

Nach keinem dieser Gerichte gelüstete es sie, nicht mal zum Probieren. Sie holte die rosa Grapefruits heraus, die sie in ihrem Beutel mitgebracht hatte, und fing an zu zählen, während sie mampfte und mampfte: 13 rosa Grapefuits, jede 70 Kalorien, 910 Kalorien insgesamt.

»Na so was, ich kann's nicht glauben!«, kreischte Debra Ellen Thompson, als sie endlich nach über zweistündiger Abwesenheit wieder in die Küche kam. Ehrfürchtig blieb sie vor jedem einzelnen Gericht auf der Anrichte stehen, als wollte sie vor einem nach dem anderen salutieren.

»Gott, ich weiß gar nicht, was ich sagen soll. Du hast das ganz großartig gemacht. Es ist umwerfend! Umwerfend!«

Aber sie selbst sah nicht »umwerfend umwerfend!« aus, nicht mal »umwerfend!«. Sie sah eher aus, als hätte sie stundenlang geheult.

»Alles in Ordnung?«, fragte Alegre und versteckte blitzschnell den Haufen Grapefruitschalen.

»Ja … das heißt nein … meine Hausgenossin ist in letzter Zeit depressiv, und weißt du, was ich getan habe, um sie aufzuheitern … ich hab die Küche indigoblau gestrichen, das ist ihre Lieblingsfarbe … es hat aber nicht viel genützt, dann dachte ich, es wäre eine gute Idee, eine Party zu geben, aber jetzt sehe ich ein, wie dumm ich war … diese Leute tun ihr kein bisschen gut.«

Alegre wollte sie fragen, warum es so wichtig war, ihre Hausgenossin glücklich zu machen, hatte aber plötzlich das Gefühl, das würde sich zu sehr nach Connie anhören. Außerdem war jetzt wirklich keine Zeit zum Plaudern. Die ersten Gäste kamen schon.

Als alle Tabletts und Platten ins Wohnzimmer geschafft worden waren, war Alegre wieder allein in der Küche. Sie hatte Debra versprochen, reinzukommen, um die Leute kennenzulernen und mit ihnen zu essen, aber sie wusste, das würde sie nicht tun. Stattdessen räumte sie die Küche auf, brachte den Müll raus und scheuerte ein paar Pfannen. Und aß dann noch drei Grapefruits, noch mal 210 Kalorien, lauschte auf die Stimmen, einer Mischung aus heiterer Musik, fröhlichem Geplapper, vorsichtigen Scherzen, vergnügtem Gelächter, aber hier und da auch ätzendem Gespött und heiseren Bosheiten.

Dann setzten irgendwie, irgendwo Trommelschläge ein, und die Musik wurde rasend schnell. Das Haus begann zu beben, als hätten alle gleichzeitig beschlossen, Tanzen mit Hüpfen und Hüpfen mit Bocken und Springen zu verwechseln.

Um 11 Uhr 33 abends in Boston, 6 Uhr 33 morgens in Istanbul, 4 Uhr 33 in Marrakesch und 5 Uhr 33 in Madrid hielt Alegre die Zeit für gekommen, ihre Küche zu verlassen und ihr Geld in Empfang zu nehmen. Vorsichtig öffnete sie die Tür und spähte hinein. Aber das, was sie dann erblickte, war so ganz anders als das Wohnzimmer, das sie vor sechs Stunden gesehen hatte, sodass sie meinte, in ein Zwischenreich und von da in ein vertauschtes Haus, ein verwüstetes Dorf geraten zu sein. Debra war nirgends zu entdecken. Alegre sah nur berauschte Gesichter, benebelte Blicke und wankende Leiber, so erschöpft, dass sie sich bloß noch in Zeitlupe bewegen konnten; einige Paare tanzten noch im trägen Taumel, als hätte, obwohl sie sich eigentlich voneinander lösen und aufhören wollten, eine unsichtbare Hand sie für immer zusammengeklebt, während ein paar andere sich leise auf den Sofas oder am Tisch unterhielten, immer noch an den Resten knabbernd, die einmal das von ihr gekochte *umwerfend! umwerfende* Essen gewesen waren. Alegre ging vorsichtig durchs Zimmer, aber niemand schien wach genug zu sein, um von ihr Notiz zu nehmen. Diese Leute sahen alle aus, als hätten sie einen schweren Schock erlitten und versuchten jetzt, sich davon zu erholen.

Als Alegre wieder in die Küche kam, fand sie dort etwas vor, das noch bestürzender war als das, was sie im

Wohnzimmer gesehen hatte. Eine Frau auf den Knien, mit dem Kopf im Backofen. Die Katzen standen neben ihr, als sei der Ofen ein Geheimgang in den Untergrund, wohin sie der Frau folgen wollten.

»Ver-zei-hung«, stotterte Alegre kaum hörbar.

Doch die Frau im Backofen musste sie gehört haben, denn sie kam sofort heraus, versuchte es zumindest, und stieß sich dabei den Kopf.

»Jesses, du hast mich zu Tode erschreckt! Wer bist du?«, quiekte sie, als es ihr endlich gelang, auf die Füße zu kommen. Aber dann blitzte plötzliche Erkenntnis in ihren eisblauen Augen auf. »Oh, ich weiß, wer du bist! Du bist Debra Ellen Thompsons Schutzengel. Alegre, ja? Alegre, Retterin der Party! Unsere wundertätige Madonna!«

»Was ... hast ... du da gemacht?«, stammelte Alegre unwillkürlich, während sie misstrauisch den Kopf der anderen beäugte. Ein Silberlöffel mit langem Stiel steckte in ihren pechschwarzen Haaren, und sie roch komisch, stechend, nach ... nach ... Gas.

»Sterben, ist aber offensichtlich schiefgegangen.« Sie grinste und neigte die große Bierdose in ihrer Hand, als wollte sie andeuten, sie würde darauf anstoßen, wenn Alegre auch eine Dose hätte – aber selbst wenn, hätte Alegre unmöglich sagen können, worauf sie trinken sollten, auf das »Sterben« oder darauf, dass es schiefgegangen war.

»Oder vielleicht ist es gar nicht schiefgegangen ... meinst du, du könntest ein echter Engel sein?«

Alegre prustete und kicherte nervös; weil ihr nach allem, was sie gehört hatte, nichts anderes einfiel. »Ich bin froh, dass du nicht gestorben bist«, murmelte sie dann aufrichtig. »Weißt du, wo Debra ist?«

»Mach bloß nie diesen Fehler!« Mit düsterem Blick warf das Mädchen den Kopf von einer Seite zur anderen, sodass der Löffel in ihren Haaren wackelte. »Deb-ra-Ellen-Thomp-son ist ihr Name. Nenn sie nie mit ihrem halb garen Namen! Sonst wird sie wütend!«

Alegres Miene kämpfte mit Verblüffung, verlor aber sofort. Mit einer so geistesabwesenden Stimme wie ihr Gesichtsausdruck fragte sie: »Bist du ihre Freundin?«

»Ob ich ihre *Freundin* bin?« Das kreischende Gelächter des Mädchens hielt eine Weile an und verstummte erst, als sie wieder von ihrem Bier trank. »Hm, mal überlegen ... ich nehm an, ich bin ... oha, ich *war* ... mehr als das ... aber jetzt nicht mehr ... also sind wir jetzt wohl *Freundinnen* ... nehm ich an.«

Alegre versuchte, das Thema zu wechseln: »Sind das aber hübsche Katzen. Wie heißen sie?«

Als das Mädchen auf die Katzen zu ihren Füßen sah, wurde ihre Miene sanft, und als sie sprach, war auch ihre Stimme etwas sanfter geworden. »Diese Schöne hier heißt West«, trällerte sie, hob die ungeheuer mollige, ungeheuer pelzige rauchgraue Katze schwungvoll über ihren Kopf und drückte ihr einen Kuss auf die Nase. Auf gleicher Augenhöhe verharrten das Mädchen und die Katze ein paar Sekunden vollkommen regungslos und starrten sich direkt in die Pupillen. Dann ließ sie sie sachte wieder herunter und tätschelte die andere Katze am Kopf. »Und der hier heißt Der Rest. Deshalb behandeln wir ihn schlechter.«

»Ich geh jetzt lieber.« Alegre warf einen besorgten Blick auf ihren Mantel. »War nett, dich kennenzulernen.«

»Nein, war es nicht. Du meinst das nicht ehrlich, Alegre, aber ist schon okay«, erwiderte die andere. Plötzlich bekam sie Schluckauf. »Geh noch nicht. Wir müssen zuerst Debra hicks Ellen Thompson suchen und dein hicks Geld kriegen. Du hast deine Sache heute Abend hicks super gemacht. Tut mir echt leid, wenn ich hicks dich erschreckt habe, Mädchen, ich mein's ernst. Du bist hicks eine super Köchin. Die allerbeste!« Sie senkte die Stimme zu einem vertraulichen Murmeln. »Weißt du hicks was, ich hab auch einen Kuchen gemacht, Banane mit Schokolade, mein hicks Lieblingskuchen, ich wollte, ich könnte dir was anbieten, glaub aber hicks nicht, dass noch was da ist. Er hat ihnen geschmeckt!« Sie kicherte kurz, als hätte sie einen Witz gemacht.

Alegre brachte ihr ein Glas Wasser. Das Mädchen hielt die Luft an, trank einen großen Schluck von dem Wasser in ihrer linken Hand und einen größeren Schluck von dem Bier in ihrer rechten. Sie warteten in ehrfürchtigem Schweigen und musterten sich in der Zwischenzeit gegenseitig. Das Mädchen hatte die eisblauen Augen auf den goldenen Jesus geheftet, der an Alegres Halskette hing, doch da sie immer noch reglos die Luft anhielt, war es schwer zu sagen, was sie darüber dachte. Alegre hatte sich ihrerseits auf die Haare der anderen konzentriert und fragte sich, wie sie so füllig und so schwarz sein konnten, ob sie sie wohl färbte, und was um alles in der Welt ein Silberlöffel darin zu suchen hatte. Als das selbstmörderische Mädchen fand, den Schluckauf erfolgreich abgewehrt zu haben, brach sie das gewichtige Schweigen:

»Hör mal, du musst mir eine Chance geben, mich zu entschuldigen. Komm in unseren Laden. Komm morgen oder wann du willst.« Sie nahm eine Karte aus einer Schublade und gab sie Alegre. »Wir machen Schokolade. Eigentlich mache ich sie, und Debra Ellen Thompson vermarktet sie. Kommst du? Ich mach dir einen köstlichen Jesus aus Haselnussschokolade.«

Bevor Alegre wusste, wie sie reagieren sollte, griff das Mädchen nach ihrer Hand. »Übrigens …«, sagte sie – sie roch immer noch nach Gas und bekam wieder einen Schluckauf –, »ich heiße Gail und freue mich, hicks, dich kennenzulernen.«

Gegen Mitternacht, als Alegre immer noch versuchte, aus dem Partyhaus zu kommen, hatten in der Pearl Street 8, zweiter Stock, Piyus Sorgen, wo sie steckte, die Schmerzgrenze erreicht. Er hatte *las tías* viermal angerufen, um zu hören, ob sie zurück war, und leider war jedes Mal *la Tía Piedad* ans Telefon gekommen und hatte ihn in ihrer verqueren Logik unversöhnlich gefragt, wo zum Teufel Alegre sei. Einen fünften Anruf würde er nicht durchstehen.

Mittlerweile versuchte Lynn im ersten Stock, sich wieder in ihren postorgasmischen Schlaf zu lullen, der ihr während der letzten dreißig Minuten ständig entglitten war. Tief ausatmend, betrachtete sie die kaum behaarte Brust neben sich, den ungerechterweise tief schlafenden Körper, den sie vor einer Stunde leidenschaftlich begehrt hatte, jetzt aber als etwas vollkommen Fremdes empfand. Sie stieß ihn mehrere Male an: »Bist du wach? Kannst du mir ein Glas Wasser holen?«

Ömer drehte sich zu ihr herum, schlug die Augen auf, murmelte etwas, das sich wie »klar« anhörte, und schnarchte weiter. Lynn verwünschte ihn, stand auf, schnaubte wütend und hörte nicht auf damit, bis sie aus dem Zimmer in den dunklen Flur getreten war. Während sie noch nach dem Lichtschalter tastete, hörte sie zuerst irgendwo ganz in der Nähe Glas brechen und dann plötzlich einen entsetzlichen Schrei. Ihre erste Reaktion war angstvolle Verwunderung. Denn obwohl Lynn *Halid* schon kennengelernt hatte und über einige seiner Gewohnheiten aufgeklärt worden war, hatte niemand sie vor den Horrorfilmen gewarnt. Sie stand da, mit verzerrter Miene, angespanntem Körper, die Augen im Dunkeln weit aufgerissen, bis sie ihre Lähmung abschütteln konnte, überzeugt, dass das mörderische Geschmatze unten *nur ein Film* war. Dennoch, es war nicht *nur ein Film,* was sie zögern ließ, weiterzugehen. Plötzlich spürte sie einen Druck im Magen, mehr ein Verdacht als ein Gefühl, der Verdacht, dass sie, obwohl sie mit dieser neuen Affäre zufrieden war und geliebt wurde, nicht mit dem richtigen Mann zusammen war. Darauf folgte die schmerzliche Erkenntnis, dass derjenige, mit dem sie eigentlich zusammen sein sollte, irgendwo da draußen war und sie, weil sie hier drinnen war, ihre Chance verpasste, ihr Schicksal verpasste, *ihn* verpasste. Als sie endlich den Schalter fand und das Licht anmachte, stach ihr diese strahlende neue Wirklichkeit ins Auge.

Zu genau derselben Zeit träumte Abed unten im Erdgeschoss, nachdem er eineinhalb Jahre in Amerika verbracht und davor viele Jahre Englisch gelernt hatte, zum ersten Mal in seinem Leben auf Englisch. Tatsächlich dürfte die Bedeutung *jedes* Traums die Erfüllung eines Wunsches sein. Aber hätte Freud das Leben eines von seiner Muttersprache abgeschnittenen Exilanten, Immigranten oder bescheidenen nichtwestlichen Doktoranden geführt, würde er wohl hinzugefügt haben, dass es zeitweise nicht der Gegenstand an sich, sondern die Gestalt des Traums ist, die den Wunsch in Erfüllung gehen lässt. Nicht die Mitteilung, sondern das Medium. Letzteres kann einen eigenen Weg verfolgen und vielleicht sogar in krassem Widerspruch zu Ersterer stehen. Deswegen erwachen Menschen in einem fremden Land so oft aus angenehmen Träumen mit einem bedrückenden Gefühl, als hätten sie etwas verloren (ohne zu wissen, dass dieser Verlust ein Stück ihrer Muttersprache war), oder aus düsteren Albträumen mit einer unerklärlichen Beglückung, als hätten sie etwas Neuartiges erworben (ohne zu wissen, dass dies eine Gunst der Nichtmuttersprache war). Zum ersten Mal auf Englisch zu träumen, ist eine Schwelle, ein Anzeichen, dass sich eine größere Veränderung anbahnt, eine Veränderung, die einen nicht mehr derselbe Mensch sein lässt. Man wacht mitten in der Nacht auf und versucht, sich zu erinnern, nicht an den Inhalt des Traums, sondern an die Wörter, mit denen einem die Geschichte erzählt wurde. Man mag überrascht feststellen, dass man einige dieser Wörter noch gar nicht gelernt hat. Denn anders als wir sind Träume in der

Lage, gleichzeitig in mehreren Zeitzonen zu leben, und in Morpheus' Gefilden sind Vergangenheit und Zukunft ein und dasselbe.

Ohne dies alles zu wissen, und vermutlich an Spekulationen über Träume nicht interessiert, tappte Lynn behutsam, fast auf Zehenspitzen, durch das Wohnzimmer, blickte böse auf den in einem Sessel schnarchenden *Halid* und dann auf das salatgrüne Scheusal auf dem Bildschirm. Sie wollte den Fernsehapparat nicht abschalten, wollte sich dem Apparat nicht mal nähern. Leise schlich sie in die Küche, öffnete den Kühlschrank und spähte hinein.

Zu genau derselben Zeit hob Arroz oben im zweiten Stock den Kopf, erschnupperte einen verdächtigen metallischen Laut unter den üblichen Stimmen und Geräuschen, die Pearl Street 8 um diese Nachtzeit erfüllten, und sprang sofort aus dem Bett. Er erwischte Lynn, die auf Zehenspitzen hinter Abeds Sessel schlich, diesmal mit einem Glas Milch in der Hand und den Blick auf die Heldin auf dem Bildschirm gerichtet, die jetzt das salatgrüne Scheusal mit einer Axt niedermetzelte. Tief in Gedanken versunken, fasziniert von der Szene, die sie betrachtete, stieß Lynn, als sie gegen Arroz' bedrohlichen Körper prallte, einen reflexartigen Schrei aus, schaffte es aber erstaunlicherweise, nicht einen einzigen Tropfen Milch zu verschütten. Abed wachte augenblicklich auf und blinzelte auf das Scheusal auf dem Bildschirm, das jetzt Blut würgte. Er bemerkte weder Lynn noch Arroz hinter sich, seufzte tief und versuchte, wieder einzuschlafen. Doch wie verzweifelt er auch tastete, er konnte das

Tor zum Rückweg nicht finden, und sein erster Traum auf Englisch war zerrissen.

Schritt für Schritt folgte Arroz wachsam Lynns angespanntem Körper, bis sie in Ömers Schlafzimmer geschlichen war. Sobald sie wieder im Bett lag, rollte Lynn sich erbittert in Embryohaltung zusammen, lauschte auf Ömers gleichmäßigen Atem, und mit jedem seiner Atemzüge verstärkte sich ihr Gefühl, *mit dem falschen Mann am falschen Ort zu sein, während der richtige Mann meilenweit entfernt oder vielleicht in diesem Moment nur eine Straße weiter war.*

Sie schlief sehr schlecht und vergaß, die Milch zu trinken.


»Ah, ich sehe, ihr zwei habt euch schon bekannt gemacht«, sagte Debra Ellen Thompson mit einer Stimme, so nüchtern wie ihr Gesichtsausdruck, als sie endlich, mit einem Tablett voll schmutziger Gläser und einem Stapel schmieriger Plastikteller beladen, in der Küche erschien.

Entweder war ihre Nase noch puterrot von dem Ausbruch vor Stunden, oder sie hatte vor Kurzem wieder geweint. »Tut mir schrecklich leid, Alegre, dass ich dich hier so lange allein gelassen habe. Aber *alles* ist danebengegangen. Ich musste die Betrunkenen ins Badezimmer wuchten, ihnen helfen, sich zu übergeben, und die wegschleppen, die ganz hinüber waren. Die Party war eine Katastrophe. Das einzig Gute war dein Essen. Ich schulde dir so viel ... und, hm, ich zahle dir den doppelten Betrag.«

»Ist schon okay, du brauchst mir nicht ...« Alegre lächelte herzlich, zögerte jedoch, den Namen auszusprechen. *Debra* oder *Debra Ellen Thompson,* so oder so, sie war froh, sie wiederzusehen. »Warum ist die Party so schiefgelaufen?«

»Frag sie«, quiekste Debra und deutete auf Gail, die jetzt im Lotussitz auf dem Fußboden saß, neben sich die Katzen, und sinnend die krumpelige Kugel betrachtete, die vor einer Minute noch die leere Bierdose gewesen war, von ihren Händen immer und immer wieder zusammengeknüllt.

»Gail hat einen riesigen Schokoladen-Bananenkuchen auf den Tisch gestellt, herrje, wie hätte ich das ahnen sollen? Ich dachte, der wär von dir. Alle haben davon gegessen, kannst du dir das vorstellen? Sie hat alle genötigt, mindestens zwei Stücke zu essen. Ich hab als Einzige überlebt, weil ich keine Bananen oder Schokolade mag. Aber dann haben die Leute sich so absurd abartig aufgeführt, und ich dachte, sie hätten zu viel getrunken. Stimmte ja auch, sie haben ununterbrochen getrunken, aber das war nicht die Ursache. Es war die Wirkung. Sie haben so viel getrunken, weil sie den Kuchen gegessen hatten. Gott, Gail, wie konntest du das …« Sie wollte vielleicht sagen: »mir nur antun?«, entschied sich aber für: »all den Leuten antun?«

Unter dem forschenden Blick von zwei Augenpaaren, das eine grimmig, das andere verwundert, hob Gail das Kinn, grinste die beiden an und betrachtete dann wieder ihre Metallkreation.

»Hat sie sie vergiftet?«, fragte Alegre, die Augen geweitet vor empörter Ehrfurcht.

Glucksend gab Gail ein heiseres Kichern von sich. Debra verzog das Gesicht, Alegre wurde rot. West warf allen einen herablassenden Blick zu. Der Rest leckte sich die Pfote.

»Ich muss gehen, ich bin schon so spät dran«, sagte Alegre panisch.

»Ach bitte, lass mich dich nach Hause fahren«, suchte Debra Ellen Thompson sie zu beschwichtigen, während sie Gail gleichzeitig finster ansah. »Keine Bange, ich bin nicht berauscht wie die anderen.«

Aber Gail schenkte ihnen keine Beachtung mehr, und auch nicht ihrer knittrigen Kreation. Sie war in einen tiefen Schlaf gesunken, ein fröhliches Lächeln im Gesicht, als sei sie nicht auf dem kalten Küchenboden eingeschlummert, sondern auf einer bequemen weichen Matratze. Viermal versuchten sie, Gail ins Bett zu bringen, aber sie war jedes Mal mit zunehmendem Unmut aufgewacht und hatte zuerst gefleht, dann genörgelt, geschimpft und schließlich darauf bestanden, keinen Zentimeter bewegt zu werden. Deshalb breiteten sie eine Decke über sie und ließen sie dort schlafen, die Katzen als Wächter zu beiden Seiten.

Das Auto war ein großer indigoblauer Jeep. Kaum waren sie eingestiegen, stieß Alegre einen Seufzer der Erleichterung aus, und Debra Ellen Thompson fing an zu weinen.

In den ersten zehn Minuten sprachen sie kein Wort. Aber dann, als sie wegen einer Fußgängerin auf der Kreuzung bremsen mussten, brach Debra Ellen Thompson ihr Schweigen: »Sie hat sich so verändert, manchmal zweifle ich, ob ich sie überhaupt noch kenne. Wie eine Metamorphose ...«

Alegre betrachtete die Fußgängerin, eine obdachlose Frau etwa Mitte vierzig, die sie in der Suppenküche noch nie gesehen hatte und die ungeheuer langsam vor ihnen vorbeiging, das schlaffe Gesicht vom Scheinwerferlicht grell angestrahlt und kränklich weiß. Sie trug einen himmelblauen Samthut und zog einen alten, stark verbeulten Rollenkoffer hinter sich her, als befände sie sich noch immer auf einer Reise, die sie vor einer Ewigkeit angetreten hatte.

»Was meinst du mit Metamorphose?«

»Hm, vielleicht ist sogar das ein zu schwaches Wort dafür«, wimmerte Debra Ellen Thompson und schniefte zweimal. »Stell dir vor, damals auf dem College war Gail ein stilles, megaschüchternes Mädchen mit einem ulkigen Namen. Sie war so scheu, dass sie sich nicht rühren konnte, wenn ein Fremder sie was fragte. Und dann verwandelt sie sich mysteriöserweise in diese andere Person. Furios, fatal, fanatisch ...« Sie hielt inne und sah sich gequält um, als sähe sie weitere F-Wörter kommen. »Ich komm nicht mehr mit ihr mit.« Gequält biss sie sich auf die Lippe. »Wenn sie manisch ist, kann ich nicht mit ihr Schritt halten. Wenn sie depressiv ist, kann sie nicht mit dem Leben Schritt halten. Vor zwei Wochen hat sie versucht, sich umzubringen. Sie hat eine ganze Packung Valium genommen. Gott ... das war so beängstigend ...«

Das brave Mädchen in Alegre meinte, etwas Positives, Effektives sagen zu müssen: »Ich hab morgen Geburtstag. Wir gehen mit ein paar Freunden chinesisch essen.

Möchtest du mitkommen?« Automatisch, allerdings nicht ganz so enthusiastisch, fügte sie hinzu: »Du kannst Gail auch mitbringen.«

Aber von einer Geburtstagsfeier zu sprechen, ließ sie sofort an einen Geburtstagskuchen denken, was sie wiederum an ein für sie noch ungelöstes Rätsel erinnerte: »Was war in dem Kuchen, den Gail gemacht hat?«

»Hauptsächlich Bananen und Schokolade, und Unmengen Gras.« Debra Ellen Thompson lächelte bitter.

Die Obdachlose war inzwischen auf dem anderen Bürgersteig angekommen; dort blieb sie abrupt stehen und drehte sich um, als wolle sie schauen, ob sie etwas, *irgendwas* hinter sich hatte fallen lassen. Selbst wenn ihr ein unsichtbarer Gegenstand hingefallen wäre, wartete der Jeep nicht ab, bis die Frau herausfand, was es sein könnte, sondern brauste in glitzerndem indigoblauen Licht in die Nacht.


»Lynn, alles okaaay?«

Ömer klopfte sachte an die Badezimmertür, vorgebeugt, um die Antwort von drinnen besser hören zu können, aber das Einzige, was er hörte, war Gurgeln.

Er klopfte noch einmal, diesmal nicht mehr so sachte. »Frühstück unten. Ich hab Kaffeeee gemacht!«

»Ich bin hier drin. Abed! Hör auf zu ballern«, brüllte eine mürrische Stimme. Wenige Sekunden später wurde die Tür einen Spalt geöffnet, und Abed steckte mit hämischem Lächeln den Kopf heraus. »Lynn ist weg, *dostum,* sie ist frühmorgens gegangen. Wenn du deinen Teer-Kaffee nicht allein trinken willst, musst du früher aufstehen …

aber ich kann dir ja beim Frühstück Gesellschaft leisten. Nach dem Duschen!« Und die Tür wurde ihm vor der Nase zugeknallt, ging aber nach einem Sekundenbruchteil wieder auf. »Omar! Du hast hoffentlich das Essen heute Abend nicht vergessen.«

Ömer tat, als hätte er es nicht vergessen, aber die aufsteigende Röte in seinem Gesicht sagte eindeutig was anderes.

»Alegre hat Geburtstag, also denk lieber dran. Sie hat Leute eingeladen, die wir noch nie gesehen haben. Lass mich nicht allein unter Fremden in dem schicken Restaurant. Ich mag nicht mal chinesisches Essen! Sei bloß pünktlich!« Und die Tür wurde wieder zugemacht.

Ömer ging nach unten, verdattert, warum Lynn so plötzlich gegangen war, und war noch verdatterter, als er in der Küche eine Frau vorfand, die zierlich wie eine Elfe, alt wie die Ewigkeit, ruhig am Frühstückstisch saß.

»Sie sind also der neue Mieter, nicht wahr?«, zirpte sie, einen starken Akzent in der Stimme. Sie war von Kopf bis Fuß weiß und runzlig. Ihre Haare, ihre Haut, ihre Kleidung, ihre Hände … sogar ihr Schatten musste weiß und runzlig sein. »Und ich bin Oksana Sergiyenko, mir gehört das Haus. Ich weiß, ich hätte nicht einfach so hereinplatzen sollen, aber vielleicht sind Sie so nett und bieten mir eine Tasse Kaffee an. Er riecht wunderbar.«

»Gern.« Ömer kam auf Touren. »Ich bin so froh, endlich eine Kaffeegefährtin zu haben.«

Sie nahm den Kaffee mit Milch und Zucker, Ömer wie üblich mit nichts.

»Sagen Sie, wo leben Ihre Eltern, sind sie weit weg?«,

fragte sie, hob dabei träge den weiß-runzligen Arm, um zum Fenster zu deuten, als ob *weit weg* so nah wäre.

Als Abed aus der Dusche kam, traf er Ömer dabei an, wie er eifrig von seiner Kindheit in Istanbul erzählte; die seit Langem senile Mutter des Hausbesitzers hörte mit aufmerksamem Lächeln zu, und beide rauchten wie die Schlote, während sie friedlich ihre jeweils dritte Tasse Kaffee tranken.


## Las Tías


Angeblich unähnliche Kulturen sind sich bemerkenswert ähnlich in ihrer Darstellung, wenn nicht Entstellung des Glücks. In den Schriften der Kirchenväter ebenso wie in islamischen volkstümlichen Parabeln ist Fortuna mit zwei Haupteigenschaften dargestellt: Blindheit und Weiblichkeit. Dass sie kein Gerechtigkeitsgefühl hatte, als der Augenblick kam, jeder einzelnen Menschenseele einen Lebensanteil von ihrem Rad zuzuweisen, war keine große Überraschung für die Altvorderen, die dieses Unrecht nicht für das natürliche Resultat ihres Frauseins, sondern ihres Blindseins hielten. Von der Frauenfeind-lichkeit mal abgesehen, die Ansicht der Altvorderen hatte etwas für sich. Fortuna, freigiebig in ihrer Großzügig-keit, hat es stets maßlos übertrieben und tut es immer noch: Einigen schenkt sie Massen von Massel, anderen Fuhren voll Freude, Ladungen voll Lebenskraft, Berge von Begabung. In Alegres Fall war Fortuna mit einer Sache verschwenderisch umgegangen: *las tías.*

Zuerst war da die Älteste. Die Urgroßtante, *la* Tía Piedad. *La* Tía Piedad hatte es *immer* gegeben, vor allen und allem. Für Alegre war *la* Tía Piedad bis zum heutigen Tag ein auserwähltes kryptisches Wesen, der Inbegriff der Ewigkeit, Vergangenheit, Gegenwart und Zukunft in einem, eine unbeugsame Kriegerin, die zufällig aus einer anderen Dimension, auf alle Fälle von außerhalb des Kosmos, auf diesen Planeten gefallen war. Und doch war *la* Tia Piedad immer da gewesen, tief verankert in dieser Welt. Sie war lange vor dem Ersten Weltkrieg da gewesen, vor der Ermordung des Erzherzogs von Serbien, vor dem Erdbeben von San Francisco, sogar vor dem Spanisch-Amerikanischen Krieg. Sie war da, als die ersten Ananaskonserven hergestellt wurden, die Harley-Davidson eingeführt, die ideale Taillenweite für Frauen auf 45 Zentimeter festgelegt, das erste Ford-Auto auf der Straße getestet wurde oder Jack the Ripper in London sein sechstes Verbrechen beging. Sie wurde auf mindestens Mitte vierzig geschätzt, als die Lebenserwartung landesweit auf vierzig plus geschätzt und die Vorstellung vom »Wochenende« als Zeit des Ausruhens populär wurde. So viel zu ihrem Alter.

Eine genauere Schätzung ihres Alters jedoch war ein Dauerthema für alle Verwandten, sowohl jung wie alt. Wenn jemand bei Familienzusammenkünften zwischen Klatsch und Tratsch die Frage des Alters von *la* Tía Piedad zur Sprache brachte, versuchten alle in turbulentem Teamwork zum x-ten Mal, es zu errechnen, obwohl mittlerweile jeder vor der Unmöglichkeit des Unterfangens kapituliert hatte. Es gab kleine Informationshäppchen in Familienarchiven, Anekdoten, Aufzeichnungen, Fotografien. Aber keine genauen Daten. Da alle, die *la Tía Piedads* Kindheit oder gar Jugendzeit miterlebt hatten, längst gestorben waren, gab es niemanden mehr, der helfen konnte, das Rätsel ihres Geburtsdatums zu lösen. Selbst in den ältesten Erinnerungen der ältesten Familienmitglieder wurde *la Tía Piedad* als »reife Frau« beschrieben. Zum Beispiel war belegt, dass sie sich regelmäßig die von KDCE ausgestrahlten frommen Geschichten anhörte und auch ihre Enkelkinder zum Zuhören zwang, ein Informationshappen, der darauf hindeutete, dass sie schon in den 1950er-Jahren das mittlere Alter überschritten hatte, was wiederum ein versteckter Hinweis war, dass sie mindestens seit den letzten fünf Jahrzehnten eine »alte Frau« war.

Die Einzige, die die Frage nach *la Tía Piedads* Alter beantworten könnte, war zweifellos *la Tía Piedad* selbst, doch inzwischen wussten alle, dass sie nicht antworten würde. Nicht, dass sie an Alzheimer oder anderen Gedächtnislücken litt, wie in ihrem Alter zu erwarten gewesen wäre; sie zog es schlicht und einfach vor, den Mund zu halten. Denn wie bei so vielen, die nicht berichten konnten, wie sie es geschafft hatten, in einem Zeitalter der Exile und Emigrationen, Kriege und Völkermorde, Katastrophen und Massenvernichtungen zu überleben und älter und noch älter zu werden, wurde auch *la Tía Piedad* von einem schleichenden Schuldgefühl geplagt. Einem Schuldgefühl, das verschärft wurde durch ihr Dasein als

Mutter einer lebhaften Tochter nebst Ehemann, die von ihrer Autoreise in den Süden nicht zurückgekehrt waren, da sie am hellichten Tag vollkommen grundlos irgendwo in Arizona in einen geparkten Wohnwagen krachten; als Großtante einer frisch vermählten Nichte, die beim Joggen vergewaltigt und totgeschlagen wurde, einer reizenden Schwiegertochter, deren einzige Schuld es gewesen war, mit einem betrunkenen Fahrer auf derselben Straße zu sein, eines neugeborenen Babys mit einem Herzfehler und von zwei Neffen, die mit AIDS nicht lange überlebt hatten. Jedem Einzelnen von ihnen gegenüber fühlte sich *la Tía* Piedad schuldig, als hätte sie, indem sie schon so lange lebte und immer noch auf Erden verweilte, all den Verwandten, die viel zu früh verschieden waren, etwas von ihrer Lebenszeit gestohlen.

Wovon *la* Tía Piedad nichts wusste, war der Schaden, den sie der geistigen Stabilität ihrer Familienmitglieder zugefügt hatte, weil sie ihr Alter geheim hielt, was sie in deren Augen zu einer nebulösen Kombination aus Tod und Leben, Verzweiflung und Hoffnung, Ablehnung und Achtung machte. Andererseits war sie zweifellos ein Vorbote der Langlebigkeit und ließ als solcher wohlwollend anklingen, ihre Verwandten könnten eine ähnlich lange Lebenszeit erwarten. Wenn *la Tía* Piedad es geschafft hatte, so lange zu leben, konnten auch sie das schaffen. Dieser Gedanke bewirkte, dass sie sich irgendwie in ihrer Schuld fühlten, als hätte sie ihnen etwas Kostbares vermacht, ihre Gene oder was immer das sein mochte. Als unmittelbare Empfängerinnen dieser Gene hatten ihre vier Töchter am meisten zu erwarten, obwohl die

Seele einer fünften Schwester, die sie durch einen Auto-unfall verloren hatten, sie davor warnte, irgendetwas vom Leben zu erwarten. Wie auch immer, nach der Kranken-geschichte ihrer Familie befragt, überkam sie unwillkür-lich ein gutes, richtig gutes Gefühl, wenn sie berichteten, dass ihre hundertjährige Mutter noch vor Gesundheit strotzte. Ein noch besseres Gefühl überkam sie, wenn sie diesen Sachverhalt einer Versicherungsgesellschaft mit-teilten.

Das war wirklich wahr, jedoch nur ein Teil der Wahr-heit. Denn *la* Tía Piedad gab auch Anlass zu tiefer Un-gehaltenheit, wenn nicht gar Auflehnung, als sei oben im neunten Stock des Himmels eine Unbesonnenheit, eine Art himmlisches Kuddelmuddel oder vielleicht so-gar Vetternwirtschaft im Gange, wovon sie hier unten schon so lange schamlos profitierte. Folglich versagten zahlreiche Mitglieder von *la* Tía Piedads Familie uner-bittlich, halsstarrig und hoffnungslos darin, sie zu lieben, versagten es sich aber nicht, sie zu beneiden.

Und dann kamen *las otras tías.* Vier von ihnen (Tía Tuta, Tía Flaca, Tía Licha und Tía Graciela) waren Schwestern von Alegres verstorbener Mutter, und die anderen vier (Tía Chita, Tía Gata, Tía Bertha und Tía Martha) waren Schwestern ihres verstorbenen Vaters, gleichmäßig auf beide Seiten verteilt, wie um zu bewei-sen, dass nicht nur unnütze Großzügigkeit, sondern auch unnütze Gerechtigkeit sich unter Fortunas reichlichen Tugenden hervortaten. Doch jede Gunst, die Fortuna ihnen erwiesen haben mochte, versickerte, wenn es um die Ehemänner von *las tías* ging, die alle bis auf einen verstorben waren, alle ein individuelles, aber ähnlich plötzliches Ende gefunden hatten. Der unerwartete und frühe Verlust ihrer Ehemänner hatte die Ungehaltenheit von *las otras tías* angestachelt, nicht nur gegenüber *la* Tía Piedad, zu der sie nie bissig sein, sondern auch gegenüber dem einzigen noch lebenden Ehemann, *el* Tío Ramon, zu dem sie immer bissig sein konnten.

Somit kam Alegre aus einer von *tías* überbordenden Familie, wo Frauen die überwältigende Mehrheit bildeten, wo Frauen mehr litten, aber entschieden besser überlebten. Einer Familie der nie besiegelten Umsiedlungen, der verglühten, noch rauchenden Umstürze, von Kindern, denen man mit Mandelseife den Mund auswusch, wenn sie nicht Englisch sprachen, und die man zu Sprachtherapeuten schickte, wenn Seife nichts half. Einer Familie von alleinstehenden Müttern, außerstande, mit den eigenen Kindern zu kommunizieren, aber mit Sicherheit imstande zu verstehen, wenn sie von ihnen wegen der falschen Aussprache englischer Wörter verspottet wurden. Einer Familie von Frauen und Kindern mit Kluften des Schweigens zwischen ihnen, ein Tribut an die Wörter, die irgendwo, irgendwann auf dem Weg in eine bessere Zukunft verloren gegangen waren.

Der fünften Generation angehörend, in den USA geboren und aufgewachsen, Vergangenheit, Gegenwart und Zukunft in einem Kontinuitätsgefühl fusioniert, hatte Alegre nie ähnliche Schwierigkeiten erfahren müssen, so wenig wie ihre jüngeren Cousinen. Das Schlechte daran, zu den weniger Leidenden in einer Familie zu gehören, in der zu viele Menschen zu viel gelitten haben, ist jedoch, dass die eigene Familie einem helfen könnte, das Gleichgewicht wiederherzustellen. Die Absicht dahinter ist natürlich gut. Aber die Absicht, Gutes zu tun, sollte man nicht mit Gutes-Tun verwechseln. Ähnlich wird die Schlichtheit und Lauterkeit beim Kauf eines besonderen Geschenks, um jemandem eine Freude zu machen, bei dem anderen nicht unbedingt große Freude auslösen. Ursache ist nicht Wirkung, so überlegen die eigenen Folgerungen den ursprünglichen der reinen Logik sein mögen.

In einer so leidenschaftlich emsigen Familie hatte Alegre selbst nie leidenschaftlich oder emsig sein müssen. *Las tías* waren immer bei ihr gewesen, in Flüsterhörweite, seit ihrer Geburt. Ihre Zuneigung hatte Alegre und ihre jüngeren Cousinen in einen beschirmenden Dunst gehüllt – mild und vertraut, kein Zweifel, dennoch ein Dunst, der wie jeder Dunst keine sehr weite Sicht erlaubte. Als dann in Boston die Nachricht von dem entsetzlichen Unfall eintraf, hatte der hauchdünne Dunst sich augenblicklich zu einem felsenfesten Panzer aus Liebe und Zuwendung verdichtet und eng um Alegre gelegt. Nach dem Verlust von Mutter und Vater hatte Alegre erfahren, wie jede Einzelne ihrer Tanten sich bemühte, ihr beide Eltern zu sein; *la* Tía Piedad segelte als Flaggschiff vorneweg. Da keine von *las tías* ihre Stellung preisgeben wollte, hatte Alegre am Ende acht Mütter, acht Väter und eine Mega-Vater-Mutter, die fortan hingebungsvoll, zärtlich, unaufhörlich in jede Spalte und Ritze ihres Lebens drangen.

Von ihrer Mutter war Alegre nie bedrängt worden. In eine Familie hineingeboren, die in der Vergangenheit zu viel gelitten hatte, jetzt aber wohlhabend und wohlbekannt war, habe Alegre, meinte sie, alles, was sie brauchte. Es bestand keine Notwendigkeit für ihre Tochter, tüchtig zu sein, und ganz gewiss keine Notwendigkeit, ehrgeiziger zu sein, als es einer jungen Frau wohl anstand. Dennoch pflegte sie Alegre hin und wieder zu ermahnen: »*Tienes que hacer concha, hija.* – Du musst dir einen Schutzschild zulegen, Kind.«

Ironischerweise hatte der *concha,* den ihre Mutter ihr so sehr gewünscht hatte, sich nach deren Tod automatisch eingestellt. Seit jenem Tag hatte Alegre hinter einer Festungsmauer aus Fürsorge und Liebe gelebt, die absichtsvoll alle Wege blockierte, über die das Außenleben sie möglicherweise hätte berühren können. Es war zu viel. Es war zu viel Liebe, die sie erstickte, und das konnte sie nicht gestehen. *Las tías* waren so gütig, dass sich Alegre ihrer niemals erwehren konnte. *La Tía Piedad* war so einmalig und stimulierend in ihrer mitreißenden Präsenz, dass Alegre nicht aus deren fürsorglichem Dunstkreis treten konnte.

Die Auswirkungen von Umsiedlungen sind bizarr. Wenn ein halbtägiger Flug durch mehrere Zeitzonen eine »Störung des zirkadianen Rhythmus von Körperfunktionen« (Lexikondefinition von Jetlag) verursacht, kann das ein- für allemalige Abheben aus der Heimat und das Durchschweben mehrerer Kulturzonen logischerweise auch eine »Störung des jahrhundertealten Rhythmus im kollektiven Gedächtnis« (empfohlene Definition von Gram) verursachen. Das Durchlaufen ungewünschter Veränderungen, die der Vergangenheit ein Ende setzen, kann den Wunsch erzeugen, einer Veränderung an sich in der Zukunft ein Ende zu setzen. Diejenigen, die weniger Altes zu bewahren haben, sind am Ende umso altherge-brachter.

Wie bei so vielen anderen Immigranten der vergangenen Jahrzehnte bedeuteten Ortsveränderungen auch in *la Tía* Piedads Fall in erster Linie unwiederbringliche Verluste. Als sie von Hargill nach New York zog, aus einem Land, das von fünf aufeinanderfolgenden Herrschern verwirrt worden war, von Spanien nach Mexiko und in die Vereinigten Staaten, hatte sie das Holzhaus und den Gemüsegarten verloren, an denen sie so hing. Unterwegs waren die meisten der wenigen Sachen, die sie hatte mitnehmen können, irgendwie irgendwo abhandengekommen; bestickte Wäsche, Rosenkränze, *retablos,* Häkeldeckchen, alles weg. Kaum in New York, hatte sie ihren geliebten Ehemann verloren und zu viele Ungenannte. Sie hatte nie wieder geheiratet, war sechsmal in verschiedene Stadtteile gezogen, die alle ähnlich aussahen, hatte jedes Mal mehr Sachen verloren und war schließlich mit fünf nicht flüggen Töchtern, die von den größeren Verlusten unterwegs nichts ahnten, nach Boston gezogen. Bei dieser ganzen betrüblichen Auflistung war es ihr gelungen, ein Teil nicht zu verlieren, eigentlich insgesamt siebenundachtzig Teile. Ein von ihr selbst bemaltes Essservice. Und als Muster hatte sie anzüglicherweise ein blaues Blümchen mit einem gelben Lächeln im Herzen gewählt, das sagenhafte Myosotis, gemeinhin bekannt als *Vergissmeinnicht.*

Zwölf Vorspeiseteller, zwölf Suppentassen, zwölf

Dessertschalen, drei Servierplatten, eine Terrine mit Deckel, eine Teekanne, eine Kaffeekanne, Teller, Tassen und Untertassen ... alle siebenundachtzig Teile waren mit ihr den ganzen Weg gewandert durch die Wechselfälle und Wandlungen, die Fortuna vorrätig hielt, waren ihr zuversichtlich, wunderbarerweise gefolgt, ohne dass auch nur ein einziges Stück einen Kratzer abbekam.

So beherrschend die Geschichte des Services war, umso mehr war es seine Zukunft. Die entscheidende Frage lautete: »Wer bekommt das Service nach *la* Tía Piedads Tod?« Es war die Urgroßtante selbst, die dies zu einem brennenden Thema gemacht hatte, das nie so recht gelöst wurde. Immer wieder einmal bestimmte sie aus diesem oder jenem Grund die Erbin, überlegte es sich aber dann wieder anders und favorisierte eine andere.

Da Alegre *la* Tía Piedads Augapfel war, galt es als höchstwahrscheinlich, dass sie das Service erben würde. Und das wünschte sie sich sehnlichst. In jedem Stück war das Service eine unerreichte Einheit. Es war nicht nur eine Brücke von der Vergangenheit in die Gegenwart, sondern auch ein Barometer der Liebe, mittels dessen jede Tante *la* Tia Piedads Zuneigung zu ihr messen konnte. Diejenige, der das Service zufiel, rangierte an erster Stelle.

Der Druck war zu stark für ein so zartes Porzellan.

## Es ist ein Mädchen!

Da waren ein junger blonder Mann mit Pferdeschwanz, der vor ihm ging, eine Mittvierzigerin, die aus einem Gebrauchtmöbelladen kam, ein Mädchen mit zu viel Make-up und einem bauchfreien Top, und das bei diesem windigen Wetter, eine junge Mutter mit drei Kindern, die sich mit einer jungen Mutter mit zwei Kindern unterhielt, und am Eingang von Brookline Booksmith ein Paar, das sich entweder soeben gestritten hatte und nicht mehr miteinander sprach oder gleichzeitig stirnrunzelnd *Die Gedichte von Mao Tse-tung* betrachtete. Nach kurzem Zögern entschied sich Ömer für die Mittvierzigerin, um nach der Uhrzeit zu fragen, und als er die Antwort bekam, stellte er erschrocken fest, dass er schon wieder zu spät dran war. Er drückte die Play-Taste zum Start von Queensryches »Suite Sister Mary« und hoffte, im Sizzling Mandarin zu sein, bevor der Song zu Ende war. Das schaffte er jedoch erst nach der dritten Wiederholung. Keine unwesentliche Verspätung, wenn man die Dauer des Songs in Betracht zog: elf Minuten, dreiunddreißig Sekunden.

Schuld war allein die verrückte Vinessa hinter der Theke des Plattenladens in Jamaica Plain – eine schlecht beleuchtete Höhle mit einer großartigen Punksammlung, die Ömer jeden zweiten Tag aufsuchte, und wo er sich von Mal zu Mal länger aufhielt. Vinessa kannte sämtliche Texte von jedem einzelnen Joe-Strummer-Song, und um das zu beweisen, spielte sie während ihrer Arbeitszeit The Clash in höchster Lautstärke, sang dabei noch lauter als Strummer, ohne Rücksicht auf Vorlieben oder mögliche Reaktionen der Kundschaft. Wie alle aufstrebenden Sänger hatte sie den sehnlichen Wunsch, eines Tages eine eigene tolle Band zu haben, und in der Zwischenzeit machte sie sich die zunutze, die zur Hand war. Die Band, die zur Hand war, hieß Rock Smear. Ömer hatte immer gerne mit Vinessa geplaudert, heute aber bemerkte er mit großem Entzücken ein flirthaftes Funkeln in ihren großen, schwarzen, strahlenden Augen. Das war keine gute Ausrede, um Alegre zu erklären, warum er zu spät zu ihrem Geburtstagsessen kam, doch während er hinhastete, versuchte er vergebens, sich eine bessere auszudenken. Vor dem Restaurant traf er auf den wütend gelangweilten Arroz, an einen Laternenpfahl gebunden, das Kinn auf dem Trottoir, die Augen weit offen, misstrauisch gegenüber jedem Schuh, der an ihm vorbeiging. »Wenn ich wiederkomme, bring ich dir chinesisches Essen«, schmeichelte Ömer, bückte sich und kraulte ihm den Bauch, was ihm mit einem nicht eben begeisterten, dennoch schwungvollen Schwanzklopfen vergolten wurde.

Drinnen wimmelte es von Menschen, die entweder keine Zeit zum Essen hatten, weil sie endlos redeten, oder keine Zeit zum Reden, weil sie endlos aßen. In der linken hinteren Ecke entdeckte Ömer zuerst Piyus breites Lächeln, dann freundliche Gesichter um einen runden Tisch, offenbar in einer lockeren Debatte begriffen, und hörte schließlich ein vertrautes Mantra: »Aber das ist *genau,* wogegen ich mich wehre!«

»Wogegen *genau* wehrt sich Abed diesmal?« Feixend setzte sich Ömer auf den freien Stuhl neben ihm.

»Hi!!!«, riefen sie wie aus einem Mund.

Als Geburtstagskind schien Alegre das Gefühl zu haben, die Frage nicht unbeantwortet lassen zu dürfen, vergaß aber, Ömer zuvor mit den beiden Mädchen am Tisch bekannt zu machen. »Abed sagt, dieses Restaurant sollte nicht behaupten, japanisch und chinesisch zu sein, weil …«

»Weil wir es hier mit zwei verschiedenen Kulturen zu tun haben«, warf Abed mit der Selbstsicherheit eines Angeklagten ein, der einen Anwalt ablehnt, weil er sich selbst verteidigen will. »Mit zwei verschiedenen, zwei uralten Kulturen! Und wenn man die einfach so zu einer *chinesisch-vietnamesisch-birmesisch-japanischen Küche* mixt, ob beabsichtigt oder nicht, dann sagt man damit: Werft sie zusammen! Kein Problem, denn letzten Endes sind sie alle gleich. Alles Gelbgesichter, klitzekleine Augen. Das ist der tiefere Sinn.«

Unbehaglich versteckte sich Ömer hinter der Speisekarte und warf dabei einen Blick auf die Fremden, mit denen er essen würde. Am Tisch saßen zwei ihm bisher unbekannte Frauen, keine besonders hübsch. Die neben Alegre hatte nahezu tomatenrote Haare, jungenhaft kurz geschnitten, mit einer komisch abstehenden Locke vorne, und zwei gigantische Segelohren, geschmückt mit winzig kleinen Ohrringen, die irgendwie aussahen, als seien sie für alle Ewigkeit in ihre Ohrläppchen gestanzt. Ihr smaragdgrünes Samtoberteil ließ sie reserviert, wenn nicht gar streng wirken. Die andere trug eine schwarze

Hemdbluse, eine schwarze Weste und hatte einen noch schwärzeren Haarschopf. Apropos Haare, in dem Schopf steckte ein löffelartiges Silberding. Doch bevor Ömer weitere Betrachtungen über sie anstellen konnte, merkte er, dass sie seinen Blick auffing, und senkte ihn sofort wieder auf die Speisekarte, wo ihm unabsichtlich die »Pupu-Platte« (für zwei Personen) ins Auge fiel.

Piyu warf Abed einen tröstenden Wir-verstehen-deinen-Standpunkt-Blick zu, dann wandte er sich an Ömer, diesmal mit einem vorwurfsvollen Blick, der aber nur gegen die Speisekarten-Barrikade vor Ömers Gesicht prallte. »Da jetzt *alle* da sind«, Piyu betonte *alle,* um sicherzugehen, dass *irgendwer* es mitbekam, »schlage ich vor, wir bestellen verschiedene Gerichte und teilen sie uns.«

Das erwies sich jedoch als unmögliches Unterfangen, weil sie sich auf nichts wirklich einigen konnten. Jeder am Tisch lehnte mindestens eine Sache ab, und das deckte sich kaum mit denen der anderen. Abed wollte kein Schweinefleisch, nichts Schweinernes als Füllung; Alegres Freundinnen waren strikte Veganerinnen, die sich weigerten, Fleisch, Eier, Butter und sogar Fleischersatz zu essen. Piyu mochte keine Bambussprossen, weil davon seine Zähne knirschten, und wenn seine Zähne knirschten, hatte er das Gefühl, er hätte ein Messer berührt, und Ömer aß seit seiner Kindheit keinen Fisch. Nur Alegre hatte offenbar keine besonderen Vorbehalte. Sie schlug »Sieben Sterne umwirbeln den Mond« vor, was auf neutralen Boden zu fallen schien, da die Sterne Brokkoli, Spargel, rote Paprika, grüne Paprika, Knoblauch und Aubergine waren, alles in einer braunen Soße, der Spezialität des Küchenchefs, doch zum Entsetzen aller erklärte die Kellnerin, der siebte Stern sei entweder Ente oder Schwein.

Die Kellnerin hatte beide Augenbrauen gepierct und eine anscheinend niedrige Toleranzschwelle gegenüber dem Leben. Oder vielleicht war es eher Abed mit seinen Fragen, den sie nicht tolerieren konnte. Er wollte wissen, ob die Namen der Gerichte ursprünglich chinesisch oder für amerikanische Konsumenten umbenannt worden waren, und wenn ja, wer um alles in der Welt sich diese Namen ausgedacht hatte. Die Kellnerin hatte keine Antwort darauf und keine Geduld für weitere Fragen. Mittlerweile hatten anscheinend alle beschlossen, etwas eigenes zu bestellen und mit niemanden zu teilen.

Sobald die Hektik vorüber war und die Kellnerin genug Hass verströmt hatte, fand Alegre, es sei ihre Aufgabe, die Tischrunde zu einen. »Gail und Debra Ellen Thompson haben einen Schokoladenladen«, verkündete sie strahlend. »Sie machen ihre Schokolade selbst! Ist das zu fassen?«

Ihre Freude war aufrichtig. Sie war in dem Laden gewesen und hatte alles gesehen und gerochen. Cashewbröckchen mit Zartbitterschokolade, Erdnussbröckchen, Kokostrüffel, Vollmilchhaselnusshäufchen, Walnussbuttersahnebonbons, Rumkugeln, Mokkapilze, Ahornzuckerbonbons, Nusskaramellen, Preiselbeergeleefrüchte, Erdnussbutterfondant, Marzipan, Pfefferminztäfelchen, weiße Borkenschokolade mit Mandeln, Vollmilchbrezeln, Erdnussbutterlutscher, Cashewkrokant, rote Lakritzstangen,

Pistazienhäufchen ... Das Schokoladenparadies einer Bulimikerin.

»Wie kommt es, dass ihr einen Schokoladenladen habt und trotzdem so dünn seid? Verschlingt ihr eure Ware nicht selbst?«, wollte Abed wissen.

»Ich vermute, das ist, als wäre man Gynäkologe.«

Das kam von dem schwarzhaarigen, schwarzblusigen Mädchen. Da Ömer sie jetzt aus der Nähe betrachten konnte, stellte er fest, dass sie für eine Weiße unglaublich schwarze Haare hatte und dass das silbrige löffelartige Ding neben ihrem Ohr ein ... Silberlöffel war!

»Ich meine, es ist ganz so wie bei einem Gynäkologen, einem heterosexuellen natürlich, oder einer lesbischen Gynäkologin, egal. Beide sehen und berühren die ganze Zeit das Objekt ihrer Begierde und begehren es einfach nicht, weil es jetzt nur ein Objekt ist und nichts mehr mit Begierde zu tun hat. Versteht ihr, was ich meine?«

Eher nicht. Sie wandten die Blicke ab. Abed und Piyu hatten die Augen verdreht, jeder in eine andere Richtung. Dann aber drehte Piyu seine Augen mit einem zuckenden Erleichterungslächeln sofort wieder zurück, als hätte er soeben erkannt, dass alles noch viel schlimmer, dass der Löffel im Haar des Mädchens zum Beispiel ein spitzes Messer hätte sein können. Alegre hatte den Kopf gesenkt und betrachtete einen rötlichen Fleck auf dem Teppich. Debra Ellen Thompson starrte auf die Serviette, die sie unentwegt knüllte. Ömer sah sich derweilen im Restaurant um, insbesondere an den Tischen am anderen Ende, um ja nicht loszuprusten. So fand die Kellnerin sie vor, als sie zu ihrer aller Erleichterung mit dem Essen kam!

Um ein anderes Thema anzuschneiden, eins, bei dem Gail sich nicht einmischen konnte, erkundigte sich Alegre nach den Fastengebräuchen der Muslims. Tastend und wachsam begannen sie, über die bei bestimmten Religionen verbotenen Nahrungsmittel zu plaudern und über die Logik, die hinter den Ausnahmen steckte. Eher ein Beobachten als eine Plauderei, jeder war auf der Hut wie ein Wächter auf seinem Posten, jeder lugte hinter zarten Gardinen hervor, um zu sehen, wie die Person an seiner Tür aussah. Denn bei Gruppen aus grundverschiedenen Individuen, die sich zum ersten Mal treffen oder sich noch nicht gut genug kennen, muss man ausloten, wie weit die einen sich des kulturellen Hintergrunds der anderen bewusst sind, wie empfänglich sie sein und wo ihre Vorurteile anfangen werden, weil sich *immer* welche festgesetzt haben. Abed sprach also auf behutsame Weise vom heiligen Monat Ramadan, wobei er sich mehr auf der kulturellen als auf der religiösen Ebene bewegte. Er erzählte von den Gerichten, die in diesem Monat gekocht wurden, von dem köstlichen Duft der *sebbakiyas,* der Ramadan-Plätzchen, und wie delikat selbst die einfachsten Oliven oder Datteln nach einem Fastentag schmecken. Daraus folgerte er schließlich, dass das Ganze, mochte es auch vordringlich um den Verzicht von Nahrung gehen, im Wesentlichen weitaus immaterieller war, nämlich das Zügeln von Gier und Begehren, das Erlernen von *sabr,* der ergebenen Geduld. Er plapperte fröhlich, die anderen hörten verhalten zu. Piyu war der Aufmerksamste und Verständnisvollste von allen. Er brachte prägnante Beispiele aus dem Katholizismus, auch er bewegte sich auf einer eher kulturellen als religiösen Ebene. Eine Brise der Herzlichkeit senkte sich über den Tisch, auf dem jetzt sechs verschiedene Gerichte und sechs unterschiedliche Suppen standen, eine Brise, die sie sachte von dem muslimischen Begriff *sabr* zu dem spanischen Verb *aguantar* wehte. Von frommer Ergebenheit kamen sie auf weltliches Erdulden, die Notwendigkeit, mit dem Leben weiterzumachen, so oder so, *aguantar la vara como venga,* einen Hieb zu ertragen, woher er auch kommt. Eine recht gelassene Unterhaltung, durchsetzt mit Lob und Bemerkungen zu jedem Gericht und mit ständigen Kaugeräuschen. Alles war moderat, maßvoll und mild, bis ein abrupter Ausruf an der zarten Herzlichkeit zerrte, die in der Luft hing, und sie herunterriss.

»Bei allem Respekt, ich muss aufs Schärfste widersprechen. Es gibt da eine schmale Grenze, glaube ich, hinter der alles, worüber ihr gesprochen habt, in schierem schlichtem Fatalismus endet!«

Es war das schwarzblusige schwarzhaarige Mädchen. Nervös kaute sie an einem Happen Tofu Szetschuan-Art und schmollte innerlich, als habe sie den Verdacht, dass sich zwischen den Zutaten Fleisch versteckte. Von ihrem Verdacht befreit, schluckte sie das ganze Stück hinunter, sah allen in die Augen und sprach:

»Dass in den Freihandelszonen von Mexiko so mühelos arbeitsintensive Kleinfabriken gebaut werden können, liegt nicht nur daran, dass Arbeitskräfte dort billig sind, sondern auch an dem *aguantar* oder sabr-Dings, von dem ihr sprecht. Frauen und Kinder aus Mexiko, den Philippinen, San Salvador werden eingestellt, weil sie sich leichter ausbeuten lassen, außerdem sagt man ihnen Geschicklichkeit nach. Man lässt sie vierzehn Stunden täglich arbeiten, mit nur zwei Pinkelpausen von jeweils zehn Minuten, damit gesättigte Verbraucher in Europa, Japan und dem Mittleren Osten Nikes in größerer Auswahl kaufen können. Und wisst ihr, was so traurig, was so hoffnungslos traurig dabei ist? Die meisten Fabrikarbeiterinnen sind dankbar, dass sie ausgebeutet werden. Das ist so traurig! Sie dulden dankbar. Ein komplettes System aus Denken und Vertrauen lehrt sie, dankbar zu dulden, so oder so. Dass die Nikes mit so geringen Kosten bei so viel Leiden produziert werden können, liegt an den kulturell austauschbaren fatalistischen Lehren … *aguantar* oder *sabr* … was auch immer!!!«

Tiefes Schweigen. Verblüfftes Schweigen. Tiefes verblüfftes Schweigen.

»Wie ist dein Lamm, Abed? Ist es gut?«

Obwohl es gut war, obwohl dieses Gericht, das man »Glückliches Lamm« getauft hatte, sehr gut war, konnte Alegres lahmer Versuch, ihr Geburtstagsessen zu retten, Abed nicht davon abhalten, Gail durchbohrend anzusehen und sie zu fragen: »Und was würdest *du* vorschlagen?«

»Ich weiß nicht«, sagte sie feixend. »Wie wärs damit, erst mal andere Namen anzunehmen?«

Alegre seufzte und beförderte mit ihren Stäbchen zierlich die nächste dicke Cashewnuss von einem Teil des Tellers auf einen anderen. Debra Ellen Thompson warf Gail einen gereizten, rätselhaften Blick zu. Niemand am Tisch bemerkte ihn bis auf eine Frau mit kastanienbraunen

Haaren zwei Tische schräg gegenüber, ehemals ein Kinderstar und jetzt Immobilienmaklerin, die ihn auffing, gerade als sie den Kopf schräg legte, um das Doppelkinn zu kaschieren, das ihr so verhasst war, bevor sie ein lautes, entschiedenes »Ja!«, ausstieß. Aus einem Reflex heraus sah die Frau auf das Ziel des frostigen Blicks, den sie soeben erspäht hatte, und entdeckte dort ein dunkelhaariges Mädchen mit einem … löffelartigen … Ding … einem Löffel im Haar. In ihrer Verwirrung brauchte sie drei Sekunden, vielleicht fünf, oder acht, um ihren Blick von dem kuriosen Tisch mit den kuriosen Leuten loszureißen und sich wieder dem besorgten Gesicht des Mannes ihr gegenüber zuzuwenden, der ihren unerwarteten Aufschub einer Antwort als latentes Zögern, seinen Heiratsantrag anzunehmen, gedeutet hatte.

»Du möchtest, dass wir andere Namen annehmen?«, kiekste Piyu.

»Namen, ja, metaphorisch, wenn du willst. Statt stolz darauf zu sein, dass du geboren bist, als was du geboren bist, versuch lieber, das zu sein, als was du nicht geboren bist.«

Wie auf einen plötzlichen Befehl hörte Alegre auf, mit den Nüssen zu spielen, und aß eine, dann noch eine und dann sämtliche Cashewnüsse und sämtliche Garnelen nacheinander; nicht beängstigend schnell und ganz gewiss nicht gierig schmatzend, aber fast roboterhaft verschlang sie das ganze Kaiserin-Gourmet-Gericht.

»Es ist eine Art … ich meine, wenn du als Mexikaner geboren bist, versuch mal, ein Jahr wie ein Araber zu leben und dann im nächsten Jahr jemand anders zu sein, dir einen anderen vom ›Anderen‹ auszusuchen. Ändere deinen Namen und deine Identität. Hab keinen Namen und keine Identität. Nur wenn wir aufhören, uns so sehr mit den uns gegebenen Identitäten zu identifizieren, nur wenn uns das wirklich gelingt, können wir alle Formen von Rassismus, Sexismus, Nationalismus und Fundamentalismus ausrotten und alles, was Barrikaden vor der Menschlichkeit errichtet und uns in verschiedene Herden und Unterherden aufteilt.«

»*Du* hast leicht reden«, grunzte Abed. »Du musst ja nicht die ganze Zeit gegen Diskriminierung ankämpfen. Hast du den Film *Casablanca* gesehen? Faszinierend, dieser Humphrey Bogart! Aber weißt du, was sie in dem Film zu Marokkanern sagen? *Wandelnde Bettlaken!* Das waren meine Großeltern in den Augen der Kolonisten. Ein wandelndes Bettlaken! Das bin ich heute noch nach Meinung vieler! Wie kann man von mir erwarten, das zu vergessen und meinen Namen zu ändern?«

In dem folgenden Schweigen entschuldigte Alegre sich, ging mit raschen, gewandten, gleitenden Schritten zwischen den Tischen hindurch und schaute auf das, was andere Gäste aßen, während sie sich nach unten zu den Toiletten begab.

»Abed hat recht«, rief Piyu aus, gereizt, weil er plötzlich merkte, dass seine Zähne knirschten, argwöhnisch betrachtete er die Entenspezialität des Hauses auf seinem Teller, die angeblich nicht nur ohne Knochen, sondern auch ganz frei von diesen grässlichen gelben Bambussprossen war. »Außerdem glaube ich ehrlich, dass es einen

Grund für all das Leid und die Qualen gibt, die wir als Menschen von Zeit zu Zeit durchmachen müssen. Zuweilen stellt Gott damit unseren Glauben auf die Probe. Mühsal kommt nie ohne Grund.«

»Himmel, wer will sich denn auf die Probe stellen lassen? Ich bestimmt nicht!«, krächzte Gail, deren Gesichtszüge noch schärfer waren als ihre Zunge. »Wenn überhaupt, würde ich Gott lieber daran erinnern, wie sehr er mich braucht. Genau wie Rilke geschrieben hat: *Was wirst du tun, Gott, wenn ich sterbe? Mit mir verlierst du deinen Sinn.* Ob Gott, Nationalität, diese oder jene Religion ... zu dem, was immer man als *das* Wichtigste ansieht, müssen wir nur sagen: *Wenn ich – diese kleine Ameise unter Milliarden von kleinen Ameisen –, wenn ich sterbe, was wirst du tun ohne mich?*«

Im ovalen Spiegel des Waschraums lächelte Alegre zufrieden die zufrieden dreinblickende Frau mit den kastanienbraunen Haaren an, die sich die Hände wusch, hatte einen Moment lang das Gefühl, sie schon mal gesehen zu haben, konnte sich aber nicht erinnern, wo, atmete den starken, süßlichen Kokosnussgeruch ein und fragte sich, ob die Frau so roch oder nur der Luftverbesserer, wählte die am weitesten entfernte Toilette, schloss die Tür hinter sich, beugte sich über die Schüssel, wartete in dieser Haltung ab, bis sie die Frau hinausgehen hörte, und steckte den Finger in den Hals. Der Schwall kam schnell wie immer. Während sie die erste Woge erbrach, drückte sie auf die Toilettenspülung, um das Geräusch zu übertönen. Beim Würgen kamen ihr die Tränen, als weinte ihr Gesicht unabhängig von ihr; denn sie spürte keinen Kummer, nicht einmal die geringste Besorgnis über das, was sie tat. Falls sie überhaupt etwas spürte, war es eine bodenlose Taubheit.

»Aber das ist genau, wogegen ich mich wehre«, protestierte Abed lauthals und suchte nach einem Euphemismus. »Schau, Gail, früher gab es eine Menge muslimische Mystiker, die sich so ähnlich äußerten. Sie haben Sachen gesagt, die sich radikal, sogar blasphemisch anhörten. Aber das Problem ist, sie waren nicht radikal und schon gar nicht blasphemisch. Sie waren Männer von aufrichtigem Glauben …«

Die zweite Woge war stärker, viel gehaltvoller als die erste, und hoch kam der ganze Ballast, der ihren Magen beschwerte und ihre Seele marterte. Als sie draußen war, die rosa Pfütze, war die Zeit zurückgespult, eine Ladung gelöscht, Alegre erleichtert. Sie betrachtete die käsige Farbe, die das Kaiserin-Gourmet-Gericht angenommen hatte, sobald es aus ihrem Körper katapultiert wurde. Hätte Alegre, als sie steif und stumm in der nach tropischen Inseln und Kokosnüssen riechenden Toilette stand, eine von diesen Farbbroschüren für Heimdekoration zur Hand gehabt, dann hätte sie entdeckt, dass die Farbe, die sie jetzt betrachtete, die Nummer 52-E und den Namen *Es ist ein Mädchen!* trug.

»… waren es nicht ihre Münder, die sich radikal äußerten, sondern die Ohren der anderen, die sie falsch verstanden. Esoterische Formulierungen muss man in ihrem eigenen Gedankengefüge verstehen. Es wäre ein grober Fehler, die Aussagen wörtlich zu nehmen. Als versuchte man, einen Text auf Chinesisch zu lesen, wenn man sich nur mit … dem kyrillischen Alphabet auskennt. Man muss das chinesische Alphabet kennen, um etwas lesen zu können, das auf Chinesisch geschrieben ist. In jeder Botschaft kann man zwei Bedeutungen finden: eine äußere und eine innere. Die Sufis, die Mystiker, alle sprachen die Sprache der inneren Bedeutung. Sie waren in einem vollkommen veränderten Geisteszustand, als sie all diese Sachen sagten. Ekstase, Träumerei, Verzückung, Trance, wenn ihr wollt, aus Liebe zu Gott.«

»Vermutlich Rauschpilze!«, sagte Ömer strahlend, der zum ersten Mal sprach. »Sie müssen irgendwelche halluzinogenen Drogen genommen haben, Meskalin oder LSD oder so was!«

»Was?« Abed kratzte sich am Grübchen im Kinn, sah seinen Muslimbruder verwundert an und kratzte sich noch mal an dem Grübchen, wie immer, wenn er unter Spannung stand.

Alegre wollte eine dritte Woge erzwingen, aber diesmal kam nur bittere Flüssigkeit hoch. Sie nahm eine Rolle Toilettenpapier, wischte sorgfältig die auf die Klobrille gespritzten rosa Flecken ab und spülte noch einmal. Als das Wasser im Abfluss verschwunden war, hatte es alles mitgenommen und keine Spur zurückgelassen.

»LSD«, bekam er zur Antwort. »Die Abkürzung für Lysergsäurediäthylamid, eine Droge, die einen Bereich des Gehirns aufputscht und daher Reaktionen verzerrt …«

»Ich weiß, was LSD ist, du Trottel! Wie kannst du die ehrwürdigen Sufis mit deinen bekloppten Junkies in einen Topf werfen?«

»Na ja, die Symptome sind dieselben.« Ömer zuckte die Achseln. »Wer auf Halluzinogenen ist, sieht Gegenstände von unglaublicher Schönheit und seltener Klarheit. Die Türen der Wahrnehmung tun sich auf. Nichts Neues. Man kennt das seit Ewigkeiten. Ich finde nichts Schlimmes dabei.«

»Aber ich«, fauchte Abed. »Die Derwische waren sehr weise Männer, sie haben viele Jahre damit verbracht, ihre irdischen Begierden zu zügeln und esoterische Kenntnisse zu erlangen. Sie hatten kein Interesse an dieser Welt, absolut kein Interesse an Materiellem. Und du kommst daher und willst uns weismachen, sie wären auf Marihuana oder so was, wie Hippies, die sich in der Sonne aalen und Visionen haben! Dann könnte ja jeder ein Mystiker sein, solange er das Geld für die Drogen hat!«

»Natürlich nicht *jeder*«, widersprach Ömer und nickte nachdenklich. »Es geht mehr darum, die richtigen Leute mit den richtigen Halluzinogenen zusammenzubringen.«

»Ah! Gerade rechtzeitig …« Piyus Brillengläser blitzten, seine Wangen erröteten vor Erleichterung, als er Alegre zurückkommen sah; offensichtlich erwartete er, dass sie eine Pufferzone zwischen Gail und Abed, Abed und Ömer bilden und retten würde, was von diesem Trümmerhaufen eines Geburtstagsessens noch zu retten war. »Gerade rechtzeitig für den Nachtisch! Hat jemand Lust auf einen leckeren Nachtisch?«

»Ich bestimmt.« Alegre strahlte vor Freude.

Da nun die Gesamtsumme der Kalorien, die ihren Magen belasteten, auf null, absolut *nada,* reduziert war, konnte sie von vorne anfangen zu essen, verschlingen, was sie wollte, sogar die schwersten Desserts auf der Karte, sogar ganze tausend Kalorien. Denn eine Bulimikerin ist imstande, die unendliche Freiheit der Null zu genießen, die keinesfalls eine normale Ziffer unter Ziffern ist. Es ist tatsächlich ziemlich zweifelhaft, ob die Null überhaupt eine Zahl ist oder ein mysteriöses Tor in eine andere Sphäre, wenn nicht gar eine Sphäre in sich, ganz entschieden ein anderes Ökosystem, ein höheres Bewusstsein, wo alles möglich, nichts unwiederbringlich verloren ist, wo es kein Ende und daher keinen Anfang gibt. Was die Bulimikerinnen heutzutage wissen und erleben, das wussten schon die alten Babylonier, und die haben wohlweislich davon abgesehen, es zu erleben. Es war keine Exzentrik, dass sie nirgends in ihren Schriften und Berechnungen die Ziffer Null verwendet haben. Auf jeden Fall ist die Welt nach der ersten babylonischen Dynastie ein schwierigerer Ort zum Leben geworden.

»Hast du dir die Nase gepudert, Alegre? Ich werde nie begreifen, warum ihr Mädels euch so viel auf Toiletten herumtreibt.«

Piyu schien gehofft zu haben, ein Witz könnte ein Fluchtweg aus dem Gekabbel sein, aber als er in Debra Ellen Thompsons Gesicht die Wirkung seiner letzten Worte sah, brach er augenblicklich ab und versuchte stattdessen, auf der Speisekarte ein Dessert zu finden, das süß genug war, um die ganze Bitterkeit auszugleichen.

Aber ein chinesisches Restaurant ist im Hinblick auf Desserts nicht gerade eine Fundgrube, auch wenn es *chinesisch/japanisch* ist. Nachdem er die Speisekarte studiert und die Kellnerin gefragt hatte, ob das alles sei (kein

Kuchen?), und in die Küche vorgedrungen war, um den Koch zu fragen, ob er nicht was Besonderes (sie hat doch Geburtstag!) machen könne, waren drei schmelzende Kugeln Grüner-Tee-Eis alles, was Piyu ergattern konnte.

»Schau mal, wie hübsch«, zirpte Alegre, als Piyu enttäuscht von seiner Exkursion zurückkam.

In der rechten Hand hielt sie ein Geschenk, das sie soeben von Abed und Ömer zusammen erhalten hatte, ein Perlenkreuz an einer goldenen Kette. Während Piyu wie hypnotisiert auf die baumelnde Halskette schaute, überkamen ihn diverse Gefühle, darunter Schuldbewusstsein, Unmut und Mitleid. Schuldgefühle hatte er wegen Alegre, weil er ihr als ihr Freund ein Geschenk hätte kaufen müssen, das *dieses* übertraf. Unmut empfand er gegenüber seinen Hausgenossen, weil sie ihm nichts von *diesem* erzählt hatten. Und Mitleid erfüllte ihn für die eingewickelte Schneekugel in seiner Tasche, die den Glanz von *diesem* nicht überstrahlen konnte, egal, wie stark es darin schneite.

Die Eiskugeln waren gar nicht schlecht, aber Piyu lag nichts mehr daran, Alegre mit einem anständigen Geburtstagsnachtisch zu versorgen. Um die Rechnung gebeten, brachte die einzige chinesische Kellnerin auf Erden mit zwei gepiercten Augenbrauen sie sofort und bewahrte die Runde so vor weiterem Zusammensein.

Bevor sie das Restaurant verließen, entschuldigte Alegre sich noch einmal, um auf die Toilette zu gehen.

## »Normal«, das Antonym

»Das Wort ist *Gail*«, sagte Piyu grinsend, einen Besen in der Hand, mit dem er Krümeln unter dem Frühstückstisch nachjagte.

»Schnippisch/snobistisch/spöttisch/spitz ... und all diese Wörter mit S sind Synonyme«, krähte Ömer. »Und mein Beispielsatz lautet: Das andere Mädchen ist sogar noch mehr Wörter mit S. Hast du gehört, wie sie geprahlt hat, sie isst nicht mal Fleischersatz, weil auch das zur Allesfresserlebensart gehört?«

»*Normal,* das Antonym«, sagte Abed. »Und mein Beispielsatz lautet: Wo hat ein normales Mädchen wie Alegre bloß diese Irren kennengelernt?«

Nach gemeinsamem anzüglichen Kichern traten sie an den Kühlschrank, um ihre neuen Punkte zu notieren. Die Punktekarte war mit einem lila Dinosauriermagneten befestigt, zwischen Telefonrechnungen, Joe's Speisekarte mit Gerichten zum Mitnehmen, Rabattbons, einem Rezept für glasierten Rinderbraten mit Ananassalsa (Alegres), einem knittrigen, beduselten Gesicht (ein Foto vor Ömer, wieder mal im Vollrausch – aufgenommen vor Piyu, um ihm die verderblichen Auswirkungen des Alkohols auf Leib und Seele zu beweisen), dem Sonderangebot für das Album einer L. A. Punkband, das Abed in Ömers Zimmer gefunden und sogleich zum Anlass für eine Szene genommen hatte, weil unten auf dem Bestellschein 15 Prozent Nachlass versprochen wurde, wenn man ein Polaroid-Nacktfoto einschickte, einem Gutschein von Starbucks (Ömers), einem Foto vom verdatterten Arroz, von Kopf bis Fuß im Schaumbad, einer Farbtafel in lila Schattierungen, wo der Auberginenton »Durchhalten« hieß, einem Artikel mit der Überschrift »Sind Latinos so gute Liebhaber, wie behauptet wird?« (von dem alle dachten, er gehöre Piyu, und Piyu dachte, er gehöre Alegre, unbekannten Ursprungs).

Als sie die Punkte eintrugen, war Abed offenbar im Begriff, wieder einen Witz von sich zu geben, wurde aber sofort zum Schweigen gebracht. Alegre war soeben gekommen, blasser denn je.

»Hey Jungs, ist das *kalt* draußen«, rief sie beim Hereinkommen; sie trug eine kleine Schachtel in einer Hand und schwenkte einen Brief in der anderen. Erstere gab sie Piyu, Letzteren Abed: »Die Morgenpost! Ihr solltet mal öfter in den Briefkasten gucken.«

Ein starker, strenger Geruch erfüllte die Küche, als Piyu die Schachtel öffnete. Der Geruch von Knoblauchbrot verschluckte den Kaffeegeruch und verdarb Ömer den Genuss.

»Dann trink doch Kakao«, blaffte Alegre, die den Widerstreit der Gerüche mitbekam.

»Ja, da hat sie recht. Hör auf, diese Pampe zu trinken, die macht dich nur nervös«, schnaubten Abed und Piyu und luden ihn ein, entweder eine Tasse Pfefferminztee oder Kakao mitzutrinken.

Ömer schenkte ihnen ein heiligmäßiges Lächeln, als vergebe er allen diese Todsünde.

»Ich muss gleich weiter in die Praxis. Bin bloß schnell

vorbeigekommen, um euch für gestern zu danken.« Nachdenklich streichelte Alegre das Perlenkreuz, das jetzt oberhalb ihrer abfallenden, mageren, bleichen Brust baumelte, bevor sie sich an Piyu wandte: »Hast du ihnen erzählt, was *uns* hinterher eingefallen ist?«

Piyu sah sie einfältig an, klatschte dabei in die Hände, um Arroz' Aufmerksamkeit abzulenken, auf sich, auf die andere Anrichte, auf irgendwas anderes als das Knoblauchbrot. Sein Gesichtsausdruck sollte zu verstehen geben, dass dieser Einfall, von dem sie sprach, vielmehr *ihr* gekommen war, nicht *ihnen,* aber Ömer und Abed gaben vor, diese Kleinigkeit nicht zu bemerken.

»Piyu und ich dachten, es könnte uns allen guttun, hier im Haus eine Halloween-Party zu geben. Was meint ihr?«

Ömer zuckte die Achseln und kratzte sich am Kopf, Abed stieß einen kehligen Laut aus, den Mund voll Knoblauchbrot. »Schön!« Alegre lächelte dankend, weil sie beide Gesten als Zustimmung deutete. »Dann fangt schon mal an, euch Kostüme auszudenken!«

»Abed, du könntest doch mit deinem Kostüm dagegen protestieren, dass Marokkaner ›wandelnde Laken‹ genannt werden, wie du uns erzählt hast!«, grölte Ömer plötzlich putzmunter.

»Was? Soll ich vielleicht als wandelndes Kopfkissen gehen?« Abed stöhnte und wollte offenbar weiterstöhnen, wäre sein Blick nicht an einem Satz in dem Brief hängen geblieben, den er gerade zu lesen angefangen hatte. Er konzentrierte sich auf die Zeile und murmelte mit gesenkter Stimme: »Von meiner Mutter. Sie schreibt, sie will mich sehen.«

»Oh, musst du weg?«, fragte Alegre ungläubig, sie hörte sich an, als hätte ihr die Idee mit dem wandelnden Kissen gut gefallen, sei aber überrascht, sie so schnell entschwinden zu sehen.

»Nein, sie schreibt, *sie* will kommen.« Abed sah auf, die großen dunklen Augen von Sorge getrübt. »Sie kommt her!«

»Aber das ist doch eine gute Nachricht, oder?«, stammelte jemand.

»Sicher«, erwiderte Abed, doch sein Gesicht war sichtbar eingefallen. »Es ist bloß ... wie will sie herkommen? Sie ... sie ... ist in ihrem ganzen Leben noch nie geflogen. Sie hat keine Ahnung von Amerika.«

»Die kriegt sie eben *jetzt,* warum machst du dir Sorgen, Mann?«, fragte Piyu, versuchte gleichzeitig, seinen Freund zu trösten, seinen Hund in die Schranken zu weisen und Knoblauchbrot zu kauen, mit wenig Erfolg auf jeder Ebene.

Aber Abed hörte nichts mehr. Sagte nichts mehr. Atmete nicht mehr. Er hob das Kinn, zusammen mit dem Grübchen, reckte die Stirn in die Höhe wie ein stolzgeschwellter Soldat, obwohl er jetzt vom Feind unterjocht war, stapfte steif los und rannte dann plötzlich. Seine Nase hatte zu tropfen begonnen. Bevor Ömer klar wurde, wohin Abed wollte und was das für Folgen haben könnte, war der schon nach oben gehastet und geradewegs zum Badezimmer gesaust, wo er gegen die verschlossene Tür prallte. Als er verdutzt stehen blieb, ging die Tür einen Spalt auf, und heraus kam ein junges, großes, schwarzes Mädchen mit den leuchtendsten kohlschwarzen Augen und dem breitesten Lächeln, das er je gesehen hatte.

»Verzeihung, das war ich im Bad«, sagte sie mit einem scheuen Lächeln und einer sehr sexy Stimme. »Ich heiße Vinessa. Und du musst … *Abdoul* sein?«

Theatralisch guckte Abed weg, aber weil es vor Badezimmertüren nicht viel zum Hingucken gibt, guckte er nach wenigen Sekunden wieder zu ihr. »Eigentlich heiße ich Abed«, korrigierte er schniefend und schnaufend und buchstabierte es für sie.

Endlich im Badezimmer, wurde Abeds Gehirn in der bedrohlichen Stille postnasaler Angst von drei Gedanken beherrscht. Erstens, hatte sie gesagt, ihr Name sei Vinessa oder Vanessa? Zweitens, was war aus Lynn geworden?

Drittens, Zahra würde kommen!

Seine Nase fing wieder an zu laufen.


»Wir hätten den armen Arroz nicht allein lassen sollen. Hast du nicht gesehen, wie elend er aussah? *Pobrecito!*«, greinte Piyu.

»Aber du weißt doch, dass wir ihn dann am Eingang hätten lassen müssen.« Alegre atmete aus, fast wie ein Seufzen.

»Ich weiß, ich weiß!«, quäkte Piyu.

Was er nicht quäken konnte, war sein Wunsch, genau gleich behandelt zu werden. Er versuchte, sich eine Szene im Krankenhaus auszumalen, wo sie dieses Schild an der Tür finden würden, das ihm den Eintritt strengstens untersagte, so was wie: *Ni perros o piyus! – Für Hunde und Piyus verboten!* In diesem Fall könnte er sich auf die tröstliche Rechtmäßigkeit der Ausrede berufen und freudig draußen warten, bis Alegre ihren Besuch beendet hatte und herauskam. Aber Gleichbehandlung war im Bereich der Tagträume so wenig praktikabel wie hier im richtigen Leben. Sosehr er sich auch bemühte, alles, was seine Fantasie zustande brachte, war eine »Krankenhausszene«, in der Arroz ihn betrübt ansah und ihn anflehte, mit reingenommen zu werden, während Piyu Arroz betrübt ansah und ihn anflehte, draußen bleiben zu dürfen, und beide sich danach sehnten, in des anderen Haut zu stecken.

»Gehen wir zuerst in den Blumenladen. *La* Tía Piedad hat sich letztes Mal über die scharlachroten Rosen gefreut.«

»Alegre, *por favor,* mach's nicht noch schlimmer«, jammerte Piyu, dem plötzlich unangenehme Erinnerungen an den letzten Krankenhausbesuch kamen, Erinnerungen, die weniger die scharlachroten Rosen betrafen als die spitzen Dornen – und wie viel die Blumen gekostet hatten, die Peinlichkeit, den riesengroßen Strauß tragen zu müssen und so weiter.

»Warum kaufen wir nicht was Nettes, Schlichtes? Warum muss es so … so …?«

Könnte er nur das richtige Wort finden, das ungemein multitalentierte Wort, das seine Wut ausdrücken und dabei kein bisschen wütend klingen würde. Das Wort, das Alegre den Boden entziehen würde, ohne dass es ihr das Kreuz brach. *Protzig* wäre sicher zu pompös, *snobistisch* noch mehr und *extravagant* nicht herb genug. Er beschloss, es mit *übergroßzügig* zu versuchen, und rief: »Aber warum muss es so *übergroßzügig* sein?«

»Sei nicht so knickerig.« Geduldig schüttelte Alegre den Kopf, als ermahnte sie ein kleines Kind. »Wir können bestimmt ein paar Kröten für *la* Tía Piedad erübrigen! Pfennigfuchser!«

Piyu widersprach nicht mehr. *Übergroßzügig* hatte eindeutig seinen Zweck verfehlt.

Sie stritten sich nicht. Tatsache war, sie stritten sich *nie*. Nicht heute, nicht in ihren schlimmsten Momenten, nicht ein einziges Mal, seit sie zusammen waren. Nach dieser langen Zeit hatte Piyu schließlich erfasst, dass Alegre sich niemals auf eine direkte Konfrontation einlassen würde, sei es mit ihm oder sonst wem. Sie hatte Ersatzmethoden entwickelt, um ihre Wut oder Verbitterung auszudrücken. Eine Suppe heißer als gewöhnlich zu servieren, mehr Zucker als verlangt in den Kakao zu tun, den Wasserhahn tropfen, das Bett ungemacht, Möbel am falschen Platz zu lassen … Alegre hatte sich bemerkenswert subtile Verfahrensweisen ausgedacht, um ihre Empfindungen zu äußern. Eine stellvertretende Ausdrucksweise, wie sie für *las tías* typisch war.

Alegres Verhältnis zu *todas las tías* erinnerte Piyu an die Yin- und Yang-Form, nur dass die schwarze Hälfte hier statt Yin »du bist nicht wie *wir,* du sollst eine bessere Zukunft haben« und die weiße Hälfte statt Yang »du bist nicht wie *sie,* vergiss nicht, du bist eine von uns, vergiss deine Wurzeln nicht« heißen musste. Alegres doppelte Isolierung wiederum ließ sich mit den zwei verschiedenfarbigen kleinen Gebilden in jeder Hälfte des Gesamtrunds vergleichen. Als solche mühte sie sich die Hälfte der Zeit, *las tías* zu überzeugen, dass man von ihr nicht erwarten konnte, wie *sie* zu sein, da sie im Wesentlichen anders sei, und in der übrigen Zeit mühte sie sich, sie zu überzeugen, dass man von ihr nicht erwarten konnte, vollkommen anders zu sein, da sie im Wesentlichen wie *sie* sei.

Vor allem war ihre Sprache eine andere. Alegre war nie in Mexiko gewesen – nicht ein einziges Mal in ihrem Leben. Obwohl ihr Spanisch alles in allem mehr als mittelmäßig war, fühlte sie sich meistens mit Englisch wohler, und mit Arroz und Piyu sprach sie eine ureigene Spanglisch-Version. Und doch bediente sie sich letztlich derselben Ausdrucksweise wie *las tías*. Auch sie war Muttersprachlerin in der Sprache der Blicke.

Nicht, dass *las tías* nicht sprachen. Das taten sie gewiss. Aber selbst wenn sie sich in *conversando, charlando, chiflando, platicando, hablando, murmurando, turuquiando, chinchorreando*[1] übten … nie verzichteten sie auf die Sprache der Blicke. Mit dieser ureigenen Ausdrucksweise hatten sie sich ihr Leben lang gegenseitig die kniffligsten Botschaften übermittelt. Unter Fremden konnten *las tías* sich verständigen, ohne gehört zu werden, ohne ein einziges Wort zu äußern. Nicht nötig, Reden zu halten. Nicht nötig, komplizierte Äußerungen zu formulieren. Warum sich mit derlei Tüfteleien belasten? Warum sich den Kopf zerbrechen unter einer Lawine von Wörtern, die, egal, wie sehr man sich bemüht, ihre exakte Bedeutung und

---

1 etwa: Plaudern, pfeifen, zischen, besprechen, sich unterhalten, sprechen, quatschen, reden, murmeln, säuseln, wispern, quasseln, klatschen, gurren, tratschen.

eventuellen Assoziationen zu vermitteln, doch jederzeit imstande sind, viel weniger als das ursprüngliche Ziel zu erreichen. Demzufolge hatten *las tías* Wörter, englische und spanische gleichermaßen, und nicht nur Wörter, sondern sogar Geräusche, einschließlich Schnauben, Kichern und schallendem Gelächter, durch eine Reihe von Gebärden ersetzt, wobei die Augen unzählige Formen annahmen, allein durch Zwinkern, Schauen oder Blinzeln, und das nicht unbedingt auf etwas oder jemand gerichtet. Es war eine Blickgymnastik, bei der das Auge in einem Wirbel sehnsüchtiger oder flackernder Blicke rotierte, je nach Inhalt der zu übermittelnden Botschaft.

Piyu fand diese indirekte Sprache mit ihren zahlreichen Dialekten sonderbar nervtötend. In tiefster Seele wünschte er, wünschte er so sehr, Alegre könnte … fraulicher sein … heulen und nörgeln und kreischen, wie es *frauliche Frauen* ständig taten. Alegres geheime Botschaft anhand der Temperatur der Suppe, eines aufgeschlagenen Buches oder des Salzgehalts der Enchiladas zu entschlüsseln, war nervenaufreibend. Neuerdings hegte Piyu den Verdacht, dass die Blumen, die sie jedes Mal für *la Tía* Piedad kauften, entweder in der Farbe (warum scharlachrot?) oder der Art (warum Rosen?) ebenfalls zu dieser Umgehungssprache gehörten, der er nie folgen konnte.

Die Floristin war auch diesmal extrem elegant, übertrieben geschminkt und aufreizend langsam. Mit Ballerinaschritten schwebte sie zwischen Rosen und Ziergrün umher, wählte mit außerordentlicher Anmut je zwölf aus, als handele es sich nicht um ein Büschel Pflanzen, die in einer Woche tot sein würden, sondern um antiken

Papyrus mit Ewigkeitsgarantie. Während die Schere in ihrer Hand in der Luft Kreise beschrieb, war Piyu der Ohnmacht nahe. Was hatten all diese rasiermesserscharfen Gegenstände in einem Blumengeschäft zu suchen? Scheren, Messer, Stilette, Klingen … der ganze Laden war eine Art Arsenal. Er lief hinaus und wartete draußen.

Wieder auf der Straße, sah Alegres Gesicht zufrieden aus, Piyus Gesicht sagte nicht viel und verbarg sich jetzt zum großen Teil hinter einem übergroßzügigen Blumenstrauß mit einer Karte daran: »*A la mejor tía en el mundo! – Für die beste Tante der Welt!*«

*La* Tía Piedad war tags zuvor ins Krankenhaus gebracht worden. »Sie hatte seit dem frühen Morgen Kopfweh, sehr schmerzhaft!«, hatte Alegre *las otras tías* am Telefon informiert, die sie alle einzeln von Piyus Zimmer aus anrief, um ihnen den Vorfall mit nicht nachlassendem Elan zu schildern, obwohl sie jedes Mal exakt dieselben Worte wiederholte und offenbar exakt dieselben Bemerkungen zur Antwort bekam. Nach dem, was sie erzählt hatte, war tags zuvor am Esstisch anscheinend alles ganz normal gewesen. *La* Tía Piedad hatte das jüngste Hausmädchen gescholten wegen der miserablen Erbsensuppe, die sie auftrug, war in die Küche gegangen, um das *Zeug* im Topf in etwas *Essbares* zu verwandeln, hatte die Gäste am Tisch genötigt, mit dem Essen zu warten, bis sie wieder da sei, und war einfach nicht mehr erschienen.

Als das jüngste Hausmädchen ihren Mut zusammengenommen hatte und wieder in die Küche gegangen war, hatte sie die Suppe in grüner Trance auf dem Herd brodelnd und *la* Tía Piedad regungslos auf dem Boden liegend gefunden, einen Holzlöffel in der Hand. *La* Tía Piedad wurde sofort ins Krankenhaus gebracht, zu dem einzigen Arzt, dem sie vertraute: Ricardo Aguilera. Sein landesweiter Ruf als hervorragender Arzt, seine halb-mexikanische Abstammung (»Von wegen halb! Si *la madre es Chicana,* dann ist er's auch«, erklärte *la* Tía Piedad jedes Mal), seine Herzensgüte gegenüber seinen Patienten … vor allem aber sein reizendes Porzellanlächeln waren, vermutete Piyu, der Grund für den fanatischen *Ricardo Aguileranismus* der Urgroßtante.

Jedes Mal wurde sie in dasselbe Krankenhaus gebracht, wo sich dieselbe Szene wiederholte, mit minimalen Ver-änderungen hier und da. *La* Tía Piedad saß halb aufge-richtet in einem rosaroten (oder kirsch- oder burgunder-roten) Nachthemd im Bett, *todas las tías* waren rundherum aufmarschiert (jedes Mal in rotierender Reihenfolge), in einem Luxuszimmer, das überquoll von Blumen und noch mehr Blumen, ein gerahmtes Bild von San Camilo, dem Schutzheiligen der Kranken, neben sich auf dem Tisch. In dem Moment, wo sie Alegre hereinkommen sah, rief *la* Tia Piedad: *»¿Dónde está tu Piyu? —* Wo ist dein Piyu?« Nicht ein einziges Mal hatte sie auf die Frage verzichtet. Entsprechend hatte Alegre nicht ein einziges Mal darauf verzichtet, Piyu mitzunehmen, obwohl sie nur zu gut wusste, dass Krankenhäuser voll von spitzen Gegenständen waren.

»Keine Angst, es dauert nicht lange, versprochen.« Alegre lächelte ihm aufmunternd zu, als sie sich dem Gebäude näherten. »Du kennst *la tía.* Jedes Mal dasselbe Theater, bevor wir es alle bis zum Krankenhaus geschafft haben, geht's ihr schon wieder gut. Ich kann mir nicht helfen, manchmal denke ich, sie macht das absichtlich, um uns alle unter ihre Fuchtel zu bringen, geknetet und *pochiert*.«

Piyu bedachte sie mit einem zittrigen, geknickten Nicken. Inzwischen hatte er erfasst, dass ein wesentlicher Teil von Alegres Wortschatz gastronomisch war, direkt aus Kochbüchern und Rezepten entnommen. Sie hatte einen Alltagsjargon, bei dem menschliche Beziehungen jeder Couleur gewürzt oder erhitzt werden konnten, bis sie vollständig durchgegart waren. Ebenso ließ sich die Liebe in Stücke schneiden und fein hacken, rühren, bis sie sich auflöste, sautieren, bis sie weich war, bei niedriger Hitze braten, von den Rippen befreien, in Sahnesoße rütteln und beizen, köcheln und abkühlen oder mit einer flockigen Füllung garnieren und, wenn gewünscht, mit extra viel Zucker servieren.

Auf dem Parkplatz entdeckten sie el Tío Ramon, der in aller Ruhe einen Zigarillo rauchte. Sein schläfriges Gesicht zuckte grimmig zum Gruß, als er sie kommen sah. »Es geht ihr gut. Kein Grund zur Sorge«, nuschelte er mit einer Stimme, die schmerzlich gelangweilt klang.

Wie immer versuchte Piyu, Blickkontakt mit ihm zu vermeiden, und wie immer misslang es ihm. Zwischen ihnen war etwas, eine vollkommen abstrakte, nebelhafte Spannung, und das nun schon über ein Jahr. Jedes Mal, wenn er el Tío Ramons Blick auffing, war das durchdringende Glitzern, das er darin sah, für Piyu unbegreiflich, es sei denn, er verstand es als Sarkasmus. Er wurde den Verdacht nicht los, dass el Tío Ramon sich heimlich, beharrlich und unerbittlich über ihn lustig machte, über das, was er in ihm sah, was immer das sein mochte, vielleicht sein eigenes Spiegelbild. Es war, als würde er sagen: »Ich war einmal ein anderer Mensch, zu diesem duckmäuserischen *el Tío* von einem Mann, den du jetzt vor dir siehst, bin ich erschlafft, seit ich zu dieser verrückten Familie gehöre.«

Falls das wirklich die Botschaft war, nahm Piyu sie ernst und persönlich. Er bemühte sich dann jedes Mal beflissen, sich eine Gegenbotschaft auszudenken. Niemals würde er so werden wie *el Tío* Ramon, niemals seine Persönlichkeit verpulvern, seine Unabhängigkeit, seine …

»Gehen wir, Piyu, *vámonos!*«

Ein Lächeln erhellte *el Tío* Ramons demutsvolles Gesicht. Sie verließen ihn und gingen hinein. Während sie den sechsten Stock absuchten, lauschte Piyu auf das Echo von Alegres Schritten, die mit voller Lautstärke in den leeren Fluren hallten, obwohl sie gottlob nie diese spitzen Absätze trug. Die Wände auf beiden Seiten waren bis in Taillenhöhe blassgrün gestrichen. Hätte Piyu eine von diesen Farbbroschüren für Dekorationszwecke bei sich gehabt, hätte er feststellen können, dass diese Farbe die Nummer 35-E und den Namen *Land der Wahl* trug. Irgendwo in den Fluren von *Land der Wahl* stießen sie auf das richtige Zimmer. Alegre trat zuerst ein.

»*¿Dónde está tu Piyu?*«

Piyu ließ den Kopf hinter dem Blumenstrauß hervorschießen und grüßte alle. *Todas las tías* umstanden im Halbkreis das Bett. Sie grüßten ihn im Chor zurück und

223

fuhren fort mit ihrem *charlando, chiflando, chinchorreando.*
Mitten aus diesem vertrauten und dennoch stets fremden
Getümmel pickte Piyu die Stimme der Urgroßtante heraus: »Vergangene Nacht höre ich im Schlaf, wie jemand
meinen Namen ruft. Ich wache in diesem Zimmer hier
auf. Dann sehe ich ein Licht, ein sehr helles, von meinem Bett aufsteigen. Ich begreife, dass ich bald sterben
werde. Bevor ich meinen letzten Atemzug tue, habe ich
beschlossen, Alegre das Porzellanservice zu vermachen!«

Was danach kam, war angespannte, tiefe Stille, die
in wenigen Sekunden jeden Menschen, jede Geste im
Zimmer einhüllte. *Las otras tías* bemühten sich, nicht
beleidigt dreinzuschauen, Alegre bemühte sich, nicht
hocherfreut dreinzuschauen. Piyu schob sich langsam
hindurch, wusste nur zu gut, wie er sich diese Situation
zunutze machen konnte. Niemand in der Nähe, kein Patient, kein Arzt, nichts. Es machte den Eindruck, als sei
die gesamte Station zu einem Notfall gerufen worden.
Aber wenn in diesem Stockwerk niemand war, wer hatte
dann die Aufsicht über die vielen Skalpelle und Lanzet-
ten, die hier überall sein mussten? Piyu versuchte, tiefer
zu atmen, weniger in Panik zu geraten. Tiefer atmen,
weniger Panik … Zum Glück tauchte Alegre gerade
rechtzeitig auf, denn um ein Haar hätte er angefangen,
die Reihenfolge zu verwechseln: Weniger atmen, mehr
Panik.

»*¡Vámonos, Piyu!*«, zirpte sie und lächelte von einem
Ohr zum anderen.

Als sie draußen am Parkplatz vorbeigingen, war zu
Piyus Erleichterung *el* Tío Ramon nirgends zu sehen.

## Die links Liegengebliebenen

Als Alegre und Piyu abends um 7 Uhr 08 in die U-Bahn stiegen, stieg Ömer aus. Auf der Straße beschlich ihn eine Niedergeschlagenheit, die in sich klar, ihm aber fremd war. Er suchte nach einem guten Grund für seine Verzweiflung, fand mehr, als ihm lieb war, und rauchte fünf Zigaretten hintereinander, während er sich siebenmal »Coffee and Cigarettes« von Lagwagon anhörte. An der Ecke Prince Street rannte er beinahe einen jungen Mann über den Haufen, der seinem Vetter Murat in Istanbul täuschend ähnlich sah.

»Hoppla, Verzeihung!«, trällerte der, obwohl es nichts zu verzeihen gab. Sogar das lustige Lächeln auf seiner flaumigen Oberlippe war genau dasselbe wie bei Vetter Murat. Verärgert über die Ähnlichkeit, warf Ömer dem Fremden einen bissigen Blick zu, wobei er bemerkte, dass der Kerl weniger Haare hatte als sein Vetter und in etwa einem Jahr vermutlich eine Glatze haben würde. Erleichtert, dass in der Stadt, in der er lebte – und er hoffte, auch sonst nirgends auf der Welt –, kein Ebenbild seines Vetters herumlief, versuchte Ömer, die Säure seines voreiligen Blicks mit zuckriger Süße zu überziehen, was der andere unglücklicherweise sofort missverstand.

Jetzt noch finsterer dreinschauend als zuvor, wechselte Ömer Lagwagon gegen Lou Reed aus und setzte seinen Weg mit »Stupid Man« fort. Zwei Minuten, einunddreißig Sekunden. Doch vor dem zweiten Durchlauf kam ihm der Gedanke, dass auch seinem Vetter in der Zwischenzeit vielleicht die Haare ausgegangen waren. Es musste jetzt über ein Jahr her sein, dass sie nicht mehr miteinander sprachen, und wenigstens fünf Monate, seit Ömer ihn zuletzt gesehen hatte. Traurig, wie die Sache gelaufen war. Traurig, weil früher alles ganz anders gewesen war. Da ihre Mütter nicht nur Schwestern, sondern auch Nachbarinnen waren, die sich mehr im Haus der jeweils anderen als im eigenen aufhielten, und da die zwei Vettern gleichaltrig waren, hatten sie während ihrer ganzen Kindheit unweigerlich aneinander geklebt. Sie hatten dieselben Sachen gesammelt: Briefmarken zum Beispiel, ausländische Münzen und Mädchenhaarbänder. Die Haarbänder durften auf keinen Fall gekauft werden; sie mussten sie Mädchen, die sie kannten, vom Kopf reißen. Daher besaß jedes Stück ihrer Sammlung eine Identität und eine Geschichte. Die gleichzeitige und heftige Verurteilung durch ihre Mütter, als diese die Sammlung entdeckten, hatte dieses Projekt zerschlagen, aber gewiss nicht die lange Liste ihrer gemeinsamen Interessen gelöscht. Einträchtig träumten sie von demselben Beruf (zuerst Kneipenbesitzer, dann Kinderarzt, Frauenarzt und wieder Kneipenbesitzer), lasen dieselben Bücher *(Die Kinder von der Kumpelstraße, Reise um die Erde in achtzig Tagen, Die Abenteuer des Tom Sawyer),* waren Fans derselben Fußballmannschaft (Fenerbahçe) und hatten denselben dummen Lieblingsfluch, der sie jedes Mal, wenn sie ihn herausbrüllten (friss deinen Wassermelonenarsch!), zum Wiehern brachte, obwohl die Nebenbedeutungen in ihren Köpfen etwas verwischt waren.

Damals waren sie wie aus einem Holz geschnitzt, ihre Interessen, Leistungen und sogar Misserfolge glichen sich aufs Haar, und um die Ähnlichkeit fortzusetzen, gingen sie mit Mädchen aus, die eng befreundet waren, und verliebten sich einmal sogar in dasselbe Mädchen; Monate später fanden sie heraus, dass sie beide mit ihr geschlafen hatten und dann von ihr betrogen worden waren … jedenfalls war es eine schlimme Geschichte, aber selbst das hatte sie nicht entzweit. So unverbrüchlich war ihre Kameradschaft.

Der erste erkennbare Bruch hatte sich kurz danach ereignet, als die unter Ömers Matratze versteckte Pornosammlung von seiner Mutter entdeckt, konfisziert und beseitigt wurde. Die Heftchen gehörten eigentlich seinem Vetter Murat. Darüber hatte Ömer seine Mutter natürlich nicht aufgeklärt. Er brauchte auch gar keine Erklärung abzugeben. Seine Mutter hatte zuerst alle Heftchen vernichtet und so getan, als hätten sie nie existiert, weshalb es auch nichts zu besprechen gab. Das war ihre Art, Konflikte zu lösen, eine felsenfeste Überzeugung, aus Glauben würde Wirklichkeit, wenn man sich etwas nur fest genug einbildete. Diese Methode, Unflat mit floralem Flickwerk zu überdecken, diese harmonische Heuchelei war es, was Ömer so verdross.

»Spinnst du? Sei doch froh, dass sie nichts sagt. Meine Mama würde mir das Leben zur Hölle machen. Hast du ein Glück!«, hatte Vetter Murat gekrächzt.

Da musste an der Oberfläche ihrer Kameradschaft der erste Riss erschienen sein. Harmlos, dünn, kaum wahrnehmbar, aber sicherlich ein Vorbote der kommenden

Kluft. Und als sich die Kluft ausdehnte und erweiterte, hatte Ömer mürrisch eingesehen, dass er und Vetter Murat sich die ganze Zeit so nahe gewesen waren wie zwei Züge, die nebeneinander an demselben Durchgangsbahnhof bereitstehen und dann feststellen, dass sie nach der Abfahrt entgegengesetzte Richtungen einschlagen werden.

An dem Tag, als sie erfuhren, dass beide durch ihr gutes Abschneiden bei der Aufnahmeprüfung für die Universität Ankara in dem Fachbereich aufgenommen worden waren, den sie am meisten anstrebten (der zufällig derselbe war, Wirtschaftsingenieurwesen), hatten ihre Mütter in freudiger Einstimmigkeit geweint. In Ankara wurde ein Haus für die Jungen gemietet, klein, aber komfortabel, wo sie sich umeinander kümmern sollten. Bevor sie abreisten, gelobten ihre Eltern, nach dem Examen der Jungen gemeinsam ein großes Fest zu feiern. Wie aussichtslos das war, zeigte sich jedoch bald. Innerhalb der ersten zwei Semester als angehende Wirtschaftsingenieure verliebte sich Ömer in ein anarcho-sozialistisches Mädchen, schwänzte die Vorlesungen, begann, Marx zu lesen, fuhr fort, Marx zu lesen, goutierte den Dichter in Marx mehr als den Theoretiker, behielt dies aber für sich, regte sich mit seiner neuen Freundin glattzüngig über das Elend der sozialistischen Tradition in spätkapitalistischen Ländern auf, das Elend der Oppositionsbewegungen in sozialistischen Ländern, »Das Elend der Philosophie«, aber auch über das Elend ihres Sexuallebens, das zu Ende gegangen war, als sie plötzlich, einseitig, unfassbar erklärte, ihre Beziehung sollte sich auf platonischer Ebene abspielen. Folglich wurde Ömer ein verwirrter Liebhaber, ein noch verwirrterer Marxist, schloss sich der Studentenvereinigung an, machte mit seiner Freundin Schluss, hatte einen fürchterlichen Streit mit den Vorsitzenden der Studentenvereinigung, nahm an zahlreichen Demonstrationen teil, wurde verhaftet, fiel in allen Prüfungen durch bis auf eine ... während Vetter Murat ausschließlich, unbeirrbar, unerschütterlich studierte ... und studierte ... und studierte.

Aus der Haft entlassen, hatte Ömer zu Hause die ganze Familie vorgefunden und eine Unzahl von Speisen auf dem Tisch, all seine Leibgerichte, alle in gewaltigen Mengen, als sei er nicht nach nur zwei Tagen Haft, sondern nach Jahren aushungernder Gefangenschaft zurückgekehrt.

»Du warst in schlechter Gesellschaft! Ich wusste gar nicht, dass dieses linke *Dingsbums* in diesem Land überhaupt noch besteht«, hatte seine Tante stirnrunzelnd zu Ömer gesagt, als sie die Joghurtsuppe auftrug.

Ömer hatte beobachtet, wie seine Mutter auf ihrem Stuhl herumrutschte, als das Thema zur Sprache kam, nach einem anderen Gesprächsstoff suchte und, als ihr keiner einfiel, in die Küche ging, um die Soße umzurühren, die Desserts zu verzieren ... was auch immer.

»Diese Linken sind nur links liegen geblieben, Mama«, hatte Vetter Murat mit finsterer Miene erwidert, um seiner Mutter und allen am Tisch klarzumachen, dass er mit *denen* nichts gemein hatte.

Ömer hatte nicht widersprochen. Vetter Murat hatte ja recht. Das waren sie, liegen gebliebene Überreste, die noch schwach politisch Aktiven, junge, mittelalte und alte gleichermaßen, unfähig, sich ganz von der paralysierenden Entpolitisierung der militärischen Machtübernahme vor dreizehn Jahren zu erholen. Der heutige Widerstand war nichts weiter als die Reste, die Schnipsel jener großartigen, großmächtigen Opposition, die während der 1970er-Jahre gebraust hatte, als Ömer ein Kind war, gebraust hatte bis zum Putsch 1980.

Einige der Übriggebliebenen kamen aus traditionellen Familien. Andere dagegen waren die Kinder einst linker Eltern, und von denen hatten eine ganze Reihe ihre Kinder sogar Revolution getauft (Jungen wie Mädchen, denn Revolution galt als androgyn), ein Entschluss, den sie bitter bereuten, sobald das Militär an die Macht kam, weshalb sie diese Kinder zum Ausgleich in den folgenden Jahren so unpolitisch erzogen, wie sie konnten. So kam es, dass ironischerweise die meisten Revolutionen in der Türkei unter den glühendsten Anhängern des Status quo glänzten.

Die Eltern dieser Revolutionen hatten denselben Fehler nicht noch einmal gemacht. Einige Elternpaare hatten sich einen besseren Namen für ihr zweites Kind ausgedacht: Evolution. Und wenn dann nach ein paar Jahren ein drittes oder viertes Kind unterwegs war, wählten sie einen Namen, der völlig frei war von folgenschweren Bedeutungen, womöglich eine Blume oder einen Stern oder dergleichen, solange er hübsch und wohlklingend und über jeden Verdacht erhaben war. Ömer fragte sich, wo sonst auf Erden außer in der Türkei man Geschwister finden konnte, deren Namen sich von Revolution zu

Evolution bewegten und von da zu Tulpe oder Sanfter Wind.

Was die Entfremdung zwischen den zwei Vettern betraf, so änderte sich daran wenig in den folgenden Jahren, in denen Ömer hin- und herschwankte, nicht mehr Wirtschaftsingenieur werden wollte, noch einmal die Aufnahmeprüfung für die Universität ablegte, diesmal, um an der Bogazici-Universität in Istanbul Politikwissenschaft zu studieren, und zur Überraschung aller, einschließlich seiner eigenen, dabei hervorragend abschnitt, seinen Vetter hinter sich ließ, wieder nach Istanbul zog und sich aufs Neue in das Chaos der Altstadt verliebte, dort andere Mädchen und andere Gruppen kennenlernte, im Studium verblüffend erfolgreich war, was jedermann, einschließlich ihn selbst, noch mehr erstaunte, obwohl er in all seinen Affären mit dem anderen Geschlecht mächtig versagte. Zur gleichen Zeit bewegte er sich fort vom Marxismus, hin zum Situationismus, von Marx zu Guy Debord, und von dort trabte er hinein in eine Mischung aus Hedonismus, Pessimismus und Zynismus, wonach er geradewegs in abgrundtiefen Nihilismus galoppierte, zu viel trank, zu viel kotzte, zu viel flirtete, zu viel bumste, zu viel jammerte und gleichbleibend im Leben auf und ab, ab und auf taumelte. Vetter Murat hatte unterdessen studiert … und studiert … und studiert … Examen gemacht, eine gute Stellung gefunden und geheiratet. Und je mehr Ömer heute über ihn nachdachte, desto wahrscheinlicher kam es ihm vor, dass Vetter Murat inzwischen glatzköpfig sein könnte, und entsprechend wahrscheinlicher war die Chance, dass ein Abklatsch von ihm durch die Straßen von Boston bummelte.

Vor Pearl Street 8 nahm er die Kopfhörer ab und brachte Lou Reed zum Schweigen, ehe er ins Haus trat, oder vielmehr nicht eintreten konnte, weil die Tür mit einem ekstatischen Gruß versperrt war: *»Willkommen! Willkommen! Willkommen!«*

Hinter der Verandatür sprang und hüpfte der schmerzlich gelangweilte und verzweifelt hungrige Arroz und schlug mit dem Schwanz Drums 'n' Bass. Nachdem sich Ömer auf die Veranda geschlichen und die schwabbeligen, schlabberigen Begrüßungen überstanden hatte, machte er fünf Sandwiches. Arroz verschlang drei, Ömer aß zwei. Dann ließen sich beide auf die Couch sinken, hörten Sugarcults »Stuck in America«. Drei Minuten, zwanzig Sekunden. Sie waren bei der dritten Wiederholung, als das Telefon klingelte.

Ömer fiel ein, dass er Vinessa versprochen hatte, sie nach der Arbeit abzuholen, aber jetzt hatte er keine Lust mehr wegzugehen. Er versuchte, sich eine hübsche Ausrede zurechtzulegen, kam nur auf: »Hier ist niemand im Haus. Wenn ich weggehe, muss Arroz allein bleiben! Das würde ihn deprimieren.« Das stimmte, zumindest einigermaßen. Mit dieser Ausrede im Sinn, nahm er den Hörer ab. Aber es war ein Ferngespräch von einer entfernten Liebsten.

»Wie spät ist es da?«, fragte Ömer sie als Erstes, als müsste das geklärt sein, bevor sie weitersprechen konnten.

»Meinst du hier oder da?« Defne kicherte, einen

Hauch Unsicherheit in der Stimme. Ein Nachhall in der Leitung ließ sie noch unsicherer klingen.

Ömer hielt inne. Nicht das Innehalten, wie man es im Augenblick tiefer Betrachtung tut. Mehr ein Innehalten, wie man es beim Anblick von etwas Unerwartetem tut, etwas Verdrießlichem und doch sehr Vertrautem, als sähe man sein eigenes angegammeltes Spiegelbild in der getönten Scheibe eines vorbeifahrenden Autos und würde plötzlich die Wahrheit über sich selbst erkennen. Ein ähnlicher Schauder verhalf ihm zu der Erkenntnis, dass Defne, wie auch immer man die Frage stellte, die falsche Antwort geben würde. Denn was der Ausgangspunkt oder das Ziel war, ihr »hier« würde sein »da« bleiben.

Hinter der Schaufensterauslage von Squirmy Spirit Chocolates war Gail gerade damit beschäftigt, Karamellpunkte auf die Augen von Kobras zu träufeln, die um die Hälse von Schiwa-der-Zerstörer-Schokoladenfiguren hingen, als sie die Frau wieder am Laden vorbeigehen sah. Unfehlbar jeden Tag um 11 Uhr 45 vormittags ging sie am Laden vorbei und kam eine halbe Stunde später mit einem Pappbecher in der Hand zurück. Sie ging zu einer Suppenküche in der Nähe, dessen war Gail sich fast sicher, und in dem Pappbecher war vermutlich Suppe, Hühner-Nudelsuppe, nahm Gail an. Jedes Mal, wenn sie die Frau vorbeigehen sah, konnte sie den Blick nicht von ihr wenden. Tatsächlich wartete Gail jeden Tag um diese Zeit darauf, dass die obdachlose Frau die Straße entlanggewatschelt kam, einen ramponierten Rollenkoffer hinter sich herziehend, und in einem Schwall ranziger

Gerüche vorbeihuschte. Manchmal hielt sie Fußgänger an, nur diejenigen, die sie sich herauspickte, wie Gail beobachtet hatte, um immer denselben Spruch zu murmeln: »Jesus sagt mir, du hast einen Dollar übrig ...« Davon abgesehen sprach sie fast nie ein Wort.

Wenn sie vorüberging, richtete Gail den Blick mit einer unheimlichen Mischung aus Bestürzung und Bewunderung auf die Hände der Frau – Fingerspitzen in der Farbe von Sauerkirschen, die Nägel unter einer Schlammschicht verborgen, große, runzlige, schwielige Hände, mit dunklen Blutklumpen gefleckt, obwohl sie keine sichtbaren Verletzungen hatte. Gail wusste nicht und ahnte kaum, was sie an diesen Händen so fesselte oder was sie an dieser obdachlosen Frau gleichzeitig anzog und beunruhigte.

Eines befürchtete und hoffte Gail zugleich, nämlich dass die *Jesussagtmirduhasteinendollarübrig*-Frau sie ebenfalls wahrnahm. Obwohl sie sich nicht ein einziges Mal umgedreht und in den Laden geschaut hatte, dachte Gail unwillkürlich, dass die Frau, wenn sie über die Straße schlenderte, aus dem Augenwinkel zu ihr hinsah, bis tief hinein in ihre Seele. Die *Jesussagtmirduhasteinendollarübrig*-Frau wusste ganz genau, warum Gail von ihr fasziniert war und in ihren Bannkreis gezogen wurde. Und umgekehrt erkannte auch Gail, dass sie und diese Frau tatsächlich nicht so weit voneinander entfernt waren. Wenn Gail sie hinter dem Schaufenster beobachtete, dachte sie unwillkürlich, dass die Grenze, die sie trennte, so dünn und zerbrechlich war wie diese Glasbarriere.

Während sie die *Jesussagtmirduhasteinendollarübrig*-Frau

beobachtete, bekam Gail auch mit, wie diese Obdachlose von anderen gesehen wurde, sie selbst eingeschlossen. Gail verfolgte, wie die Frau höhnisch gemieden, großzügig bemitleidet, grotesk unterstützt und systematisch ignoriert wurde. Die ihr auswichen, als sei sie mit einer Krankheit infiziert, dachte Gail erbittert, hatten nicht ganz unrecht, weil die Frau tatsächlich verseucht war, aber nicht so, wie sie vermuteten. Es war eine Verseuchung, die nur diejenigen betraf, die bereits betroffen waren. Diejenigen, die aus vollkommen unterschiedlichen Gründen den Virus schon in sich trugen − dieses spezielle Gebrechen, das sie nicht daran hinderte, in der Gesellschaft zu leben und sogar ein erfolgreiches Glied derselben zu sein −, die sich aber zugleich, sogar auf der Höhe ihrer Leistungen, stets am Rande von Absinken, Ausschluss und Irrsinn bewegten. Gail fürchtete, sie könnte nichts zu befürchten haben, weil auch sie schon infiziert war von der Verlockung, die jenen innewohnt, die ihr eigenes Gefieder zerstören.

Zu Weihnachten plante Gail, neben Toffeenikoläusen, Zuckermaisglocken, Honigknusperengeln, Nougatputten und Ich-glaube-an-den-Weihnachtsmann-Marshmallows einen Schwung *Jesussagtmirduhasteinendollarübrig*-Frau-Bonbons zu machen. Die wollte sie glücklichen Familien verkaufen oder solchen, die den Ehrgeiz hatten, eine zu werden, damit sie, ohne es zu wissen, diesen Schatten einer obdachlosen Frau in ihre überreich geschmückten Häuser trugen, in denen jeden Abend zu viel Licht die Dunkelheit draußen verbarg. Sie wollte sie deliziös und delikat machen. Jedes *Jesussagtmirduhasteinen-*

*dollarübrig*-Frau-Bonbon würde außen mit Bitterschokolade überzogen, ein stabiler, dunkler Panzer, aus dem,
biss man hinein, das weiche süße Fondant sickerte, das
innen still darauf wartete, entdeckt zu werden.

## Das Loch

Als sie anfingen, das Haus für Zahra herzurichten, merkten sie bald, wie wenig sie von ihr wussten. War sie *traditionalistisch?* Würde sie zum Beispiel der Konsum von
Alkohol stören oder von Speck oder von irgendetwas,
worauf sie gar nicht kommen würden? Wie viel von sich
konnten sie enthüllen, und wie viel sollten sie verschwei-
gen? Was mochte Zahra gern? Was machte sie gern?

»Was soll ich für sie kochen?«, fragte Alegre auf dem
Stuhl, auf den sie gestiegen war, um ein Fonduegeschirr
zu suchen, von dem sie sicher war, dass sie es irgendwo
im Schrank verstaut hatte.

Inzwischen war Abed es leid, dass ihn alle nach Zahras
Gewohnheiten fragten. Er war es leid und ein bisschen
gereizt. »Warum musst du die ganze Zeit kochen? Vielleicht solltest du mal eine Pause machen!«

Aber kaum waren die Worte heraus, bereute er sie
schon. »Entschuldige, Alegre, ich hab's nicht so gemeint.
Es ist bloß, es macht sie glücklich, für mich zu kochen,
verstehst du. Würde es dir was ausmachen, nicht zu kochen, solange sie hier ist, und *sie* das machen zu lassen?«,

brummte Abed, wobei ihm rasch klar wurde, was für ein Opfer er von ihr verlangte. »Ist ja nur für zwei Wochen ...«

Alegre nickte liebenswürdig, war allerdings nicht ganz bei der Sache und begriff daher nicht, dass dies schwerwiegende Folgen für sie haben könnte. Das Einzige, was sie im Augenblick wollte, zusammen mit dem Fonduegeschirr, war, Abeds Bedenken zu zerstreuen. Zahras Kommen hatte in der Pearl Street 8 eine fehl- und tadellose Kameradschaft erzeugt, als hätten sie sich in solider Solidarität zusammengeschlossen gegen eine weltbekannte Figur, die, obwohl es sie in verschiedenen Verpackungen und Größen gab, ihnen allen in ihrer allgegenwärtigen, immerwährenden Ausführung wohl vertraut war: Mütter!

»Alegre, bitte komm da runter«, stöhnte Abed und hielt ihren Stuhl fest, als hätte er Angst, sie würde in Stücke zersplittern, wenn sie stürzte, so winzig und zerbrechlich sah sie von hier unten aus. Hatte sie schon wieder abgenommen?, fragte er sich. Sie aber fragte er: »Was sollen wir mit einem Fonduegeschirr? Zahra braucht so was nicht!«

»Aha, hier ist es«, zirpte Alegre, zog das Fonduegeschirr heraus und reichte es Abed Stück für Stück hinunter. »Ich will alles perfekt haben. So viele Leute sollen sich wohlfühlen. Zahra kommt. Gäste kommen. Freitag ist *der* große Tag!«

»Du meinst *Donnerstag*«, verbesserte Abed grimmig. »Halloween ist am Donnerstag!«

»Ja, schon, aber die Party ist am Freitag.« Sie reichte

den Emailletopf hinunter, doch Abed war nicht mehr da, um ihn entgegenzunehmen.

Statt mit ihr zu streiten, lief Abed hinaus und hörte nicht auf zu laufen, bis er Piyu in Ömers Zimmer fand, wo beide am Computerbildschirm klebten und die funkelnden Animationen auf einer neu eingerichteten kanadischen Webseite bewunderten.

»Piyu, *amigo,* du musst mit Alegre reden. Tu etwas!« Abed stürmte mit Fonduegabeln in jeder Hand herein. »Alegre sagt, die Party ist am Freitag. An dem Tag kommt Zahra an. Hör mal, wir können Zahras Flug nicht verschieben, also muss diese Party an einem anderen Tag stattfinden!«

Da es Piyu schwerfiel, seinen Blick von den leuchtenden Animationen weg und hin zu Abeds äußerst belämmertem Gesicht zu lenken, brauchte er ein paar Sekunden länger als gewöhnlich, um die Bedeutung dieses Monologs zu erfassen. Doch sobald er die Botschaft entschlüsselt hatte, biss er in die Manschette seines Hemdsärmels, ließ sie dann los, um zu jaulen: »Das kann ich nicht machen, sie hat so viele Leute eingeladen!«

»Wenn Halloween am Donnerstag ist, wieso macht sie dann am Freitag eine Halloween-Party?« Abed wedelte nervös mit den Händen. Nach ein paar weiteren Wedeleien schaltete Piyus Verstand total ab, da er wie hypnotisiert auf die scharfzinkigen Fonduegabeln starrte, die vor seinen Augen Kreise beschrieben, wobei sein Gesicht bleich und bleicher wurde – zuzüglich einer mit Trübsal gefärbten mürrischen Miene.

Ömer schob seinen Stuhl zurück und blickte seine

beiden Hausgenossen doppelt amüsiert an. »Regt euch ab, ja? Ich seh da kein Problem. Party am Freitag. Zahra kommt Freitag. Na und? Was ist daran so schlimm?«

»Was daran *schlimm* ist?« Abed deutete mit einer Gabel auf ihn, dabei sprang er vor wie ein Fechter, der eine Balestra ausführt. »Die Frau hat ihr ganzes Leben in einer Kleinstadt verbracht, wo jeder über jeden Bescheid weiß bis zu den kleinsten Sünden. Sie hat keine Ahnung von amerikanischer Kultur. Sie möchte wissen, wie ich hier lebe, und macht sich große Sorgen um mich, okay? Also wagt sie diese Reise, um zu sehen, wie es ihrem einzigen Sohn geht, und ihr erster Eindruck von meinem Leben in diesem Land sollen *nicht* Zoe-Zappelwürmer und eine Horde besoffener Monster sein, die sich auf sie stürzen!«

In den folgenden Minuten machte Piyu zwei Versuche, Alegre zu bitten, die Party zu verschieben, doch beide Male telefonierte sie gerade und lud neue Leute für *Freitag* ein. Abed suchte im Internet nach Alternativflügen von Marokko, doch die Vernunft ließ ihn mittendrin aufhören, und Ömer blieb still auf seinem Stuhl, beobachtete, wie keiner von ihnen weiterkam, und amüsierte sich insgeheim.

»Jungs, wollt ihr wissen, was ihr Freitag zu essen kriegt?« Alegre schwirrte in der falschen Stimmung zur falschen Zeit ins Zimmer.

Krabbeltierzimthappen, sargförmige Brownies, schädelförmige Mozarellas, Quellaugentomaten, augenförmige Fleischbällchen, höllisch scharfe Limettensalsa, Riesenschokoladenküchenschaben, rote Erdbeerspinnen, Zoe-Zappelwürmer, Wanda-Windewürmer, Steward-

Strudelwürmer, Fettabsaugungsrestebrot, Hirnoperationssalat … und so weiter ging das Freitags-Spezialmenü und zerrte mit jedem neuen Gericht mehr und mehr an Abeds Nerven. Da kam Piyu eine Idee, eine annehmbare Lösung: Zimmer tauschen!

Freitagabend gegen 8 Uhr 30 würde Abed mit Zahra vom Flughafen zurück sein. Da dürfte die Party noch kaum begonnen haben. Vermutlich waren noch nicht sehr viele eingetroffen, was es relativ leicht machte, alle im Wohnzimmer zu halten, bei fest geschlossenen Türen, sodass Abed, wenn er mit Zahra kam, sie direkt durch den Hintereingang nach oben bringen und davor bewahren konnte, ungebührliche Monster zu erblicken. Den Rest der Nacht würde sie in dem Zimmer im zweiten Stock bleiben und schlafen und gut aufgehoben sein.

Da der Plan zahlreiche Umschichtungen erforderte, waren sie den Rest des Nachmittags damit beschäftigt. Bestimmte Gegenstände wurden vom zweiten Stock in Abeds Zimmer gebracht (die *Neue Jerusalemer Bibel,* ein glasierter Porzellanjesus, der das Kreuz trug, eine Nachttischlampe mit der blauen Madonna, ein 40 × 50 großer gerahmter Schutzengel, Piyus Bettwäsche und Schlafanzüge, Alegres private Aufzeichnungen und ihre Liebesbriefe an ihn und diverse Dinge, die Arroz gehörten, darunter Buddy Biscuits und eine leuchtende Frisbeescheibe, die er in der Luft auffangen sollte, wozu er sich aber meistens nicht bequemte). Dann mussten natürlich verschiedene andere Sachen vom Erdgeschoss in Abeds neues Zimmer wandern (der heilige Koran, ein Bild von Abeds Vater, ein Lederamulett gegen den bösen Blick, das überall zu tragen er Zahra hatte versprechen müssen, eine Spieldose, in der er Safiyas Briefe aufbewahrte, und Kleidung, Bücher und alle scharfkantigen und spitzen Gegenstände im Zimmer, einschließlich Sicherheitsnadeln).

Ömer, der den in zwei Richtungen verlaufenden Exodus religiöser Gegenstände im Haus mit zunehmender Belustigung beobachtete, die zu verbergen ihm zunehmend schwerfiel, war ebenso bereit, Zugeständnisse zu machen und in seiner täglichen Triebausübung mit dem anderen Geschlecht zu pausieren. Aber das größte Zugeständnis machte zweifellos Alegre. Sie würde Zahra *ihre* Küche überlassen.

Als die Vorbereitungen getroffen, Zugeständnisse gemacht, Gegenstände vorübergehend ins Exil geschickt waren, beruhigte sich Abed am späten Abend endlich. Er leistete Ömer Gesellschaft, der auf der Veranda kettenrauchte, und lieh sich dann überraschenderweise eine Zigarette von ihm. Abed qualmte auf komisch keuchende Art, zu rauchig, zu schmauchig, wie ans Rauchen nicht gewöhnte Menschen es eben machen, wenn sie eine Zigarette probieren. Ömer verkniff sich ein Lächeln. Still und steif saßen sie da, mit den Gesichtern zur Straße, den Blick auf den Ahornbaum vorm Haus gerichtet.

»Dein Vater ist also voriges Jahr gestorben ... warst du da schon in den Staaten?«

»Papa starb unmittelbar vor meiner Abreise.« Abed paffte noch eine Altokumuluswolke. »Ich hatte meine Zulassung für die Tufts-Uni erhalten, und bis Juni hatte ich alles fertig. Zwei Wochen vor meinem Flug starb

Papa. Ein friedlicher Tod, hieß es. Nach dem Begräbnis wollte ich meine Pläne ändern, ich wollte Zahra nicht allein lassen. Die Trauergäste sagten zu Zahra, sie soll froh sein, dass ihr Mann einen Sohn hinterlassen hat. So ist dort nämlich die Mentalität. Wenn der Vater nicht da ist, hat der Sohn die Pflicht, sich um seine Mutter zu kümmern. Aber Zahra wollte nicht, auf gar keinen Fall! Omar, eins muss ich dir von meiner Mutter sagen. Wenn sie sich was in den Kopf gesetzt hat, dann kann absolut *nichts* auf der Welt sie vom Gegenteil überzeugen. Also hat sie mich hierhergeschickt und mir befohlen, nicht zurückzukommen, bevor ich mein Examen in der Tasche habe.«

Ein milder, karamellartiger Duft verdichtete die einsetzende Stille. »Das riecht wunderbar, Alegre«, rief Abed über die Schulter; er hatte immer noch ein schlechtes Gewissen, weil er sie am Nachmittag gescholten hatte.

»Krabbeltierzimtbrötchen!«, tönte Alegre vergnügt aus der Küche; sie hatte ihm längst verziehen. »Riechen noch besser, wenn sie fertig sind.«

Ein Auto fuhr vorüber, erhellte für ein paar Sekunden die Veranda und ebenso die Äste des Ahornbaumes. Die Blätter hatten ein erstaunlich leuchtendes Karmesinrot angenommen, zu Abeds Zufriedenheit gerade rechtzeitig, dass Zahra es sehen konnte. Hätte er in diesem Augenblick eine von diesen Farbbroschüren für Dekorationszwecke zur Hand gehabt, würde er festgestellt haben, dass die Farbe, die er betrachtete, »Kirschfreude« hieß.

»Findest du es nicht erstaunlich, wie fasziniert ungebildete Frauen von Bildung sind?«, fragte Abed, die

Stimme schon fast unhörbar. »Also, meine Mutter hatte so gut wie keine Ausbildung, und sie wünscht sich von ganzem Herzen, dass ich meinen Doktor in einem Fach mache, das sie nicht mal aussprechen kann. Was hat sie von Katalysatoren und Wasserstoff? Trotzdem glaubt sie mehr an meine Berufung als ich selbst.«

Sie schwiegen eine Weile, blickten beide nachdenklich auf die Silhouette des Baumes.

»Wenn das Auge verschwindet, bleibt an der Stelle ein Loch.«

»Was?«

»Das hat Zahra zu den Trauergästen gesagt.« Abed drückte die Zigarette aus. »Sie hat gesagt, wenn das Auge verschwindet, soll die Stelle leer bleiben. Wenn man versucht, ein Loch mit Lehm zu füllen, dann hat man nichts als Lehm in Gestalt eines Lochs. Mein Sohn geht nach Amerika, weil die Anwesenheit eines Sohnes die Abwesenheit eines Vaters nicht ausfüllen kann. Loch muss Loch bleiben.«

## Zahra und Zoe-Zappelwurm

Freitagnacht wachte Abed schweißgebadet in seinem neuen Zimmer oben im zweiten Stock auf. Nach einjähriger Abwesenheit war sie wieder da: die Frau seiner Albträume. Unheilvoll und unheimlich wie eh und je, aber diesmal noch bedrohlicher. Abed meinte, nicht wieder einschlafen zu können, doch sein Körper widerlegte ihn. Sosehr er sich am Morgen bemühte, sich an den Traum zu erinnern, ihm fiel nur eine einzige Szene ein: Sie waren alle zusammen in der Küche, nur war diese Küche ein riesiges höhlenartiges Erdloch. Auf dem Herd in der Ecke brodelte ein Kessel. Alegre tauchte friedlich Fonduegabeln hinein. Dann stellte Abed panisch fest, dass das Loch, in dem sie standen, in Wirklichkeit ein Schwimmbecken war und dort bald Schwimmwettkämpfe stattfinden würden. Aus Angst, dass es sich jederzeit mit Wasser füllen könnte, riet er allen, zu packen und abzuhauen, aber Alegre wollte nicht ohne den Kessel gehen. Piyu und die anderen saßen derweil lernend an einem riesenhaften Holztisch am anderen Ende des Beckens und bekamen von den Vorgängen überhaupt nichts mit. Dann schrie plötzlich jemand, dass die Hähne aufgedreht würden und das Wasser käme. Als Abed sich aber dorthin umdrehte, sah er voller Furcht, dass die Traumfrau auf ihn zukam.

In ihrem langen, wachsbleichen Gewand hatte sie ihm einen flüchtigen Blick zugeworfen, einen Kreis um den brodelnden Kessel beschrieben und sich dann einfach aufgelöst. Sie hatte nichts gesagt, nichts getan, nichts geändert; offenbar bekleidete sie nirgends in dem Szenarium eine bestimmte Rolle. Als Abed am nächsten Morgen darüber nachdachte, hatte er das merkwürdige Gefühl, diesen gänzlich eigenständigen Traum gehabt zu haben, aber dann war, wo immer sie herkam, plötzlich diese Frau erschienen und hatte seine Traumwelt unbefugt durchdrungen, durchwandelt, verwandelt.

Aber Freitag war nicht der Tag, um über einen Traum zu brüten. Abed hatte sich den ganzen Tag um andere Dinge zu kümmern, wurde von zu vielen Vorkehrungen in Anspruch genommen. Um 5 Uhr 05 am Nachmittag verließ er schließlich das Haus, ging eilends zu dem schmutzigen Volkswagen, der dringend einer Wäsche bedurfte, fasste einen undefinierbaren Fleck auf der Windschutzscheibe ins Auge und stieg, da der Fleck sich als harmlos erwies, ins Auto, sah unwillkürlich hinaus und erstarrte. Der Ahornbaum war verschwunden. An seiner Stelle höhnte ein hageres, tristes hölzernes Gebilde wie ein trüber Abglanz der verzweigten Pracht, die hier geleuchtet hatte. Kirschfreude war hinüber, leider, das verblüffende Karmesinrot war dahingewelkt mit jedem Blatt, das seinen Zweig verließ, wie Blut, das aus den Adern eines verwundeten, verblutenden Tieres schwand. Abed spürte, wie er sich verspannte. Er ließ den Motor an, um dieser Stimmung so rasch wie möglich zu entkommen. Eigenartig, dass ihn eine solche plötzliche Traurigkeit am Tag von Zahras Ankunft überkam.

Selbst wenn ihn diese rätselhafte Trübsal bis zum Flughafen begleitet hätte, er hätte sie ganz und gar vergessen in der Sekunde, als er Zahra mitten in einer aufgeregten Schar von Passagieren entdeckte, die außerstande waren, in der Schlange am Zoll zehn Minuten stillzustehen, als hätten sie nicht zehn Flugstunden lang reglos gesessen und sich nach einer Weile so daran gewöhnt, dass sie einfach ewig hätten weiterfliegen können. Im Gegensatz zu ihnen sah Zahra aber strahlend heiter aus in einem gedeckt-weißen Kopftuch und einem langen weiten

Mantel in sanftem Taupe, der sie entweder kleiner und fülliger wirken ließ, oder sie war in der Zwischenzeit ein bisschen dicker und kleiner geworden. Aber ihr dezenter Duft war, wie Abed sich rasch vergewisserte, derselbe wie immer. Während sie ihn umarmte und weinte, ihn küsste und weinte, ihn umarmte und küsste und dann weinte, sog Abed den süßlichen Duft ein, der ihn jetzt umhüllte wie ein hauchdünner Seidenschal, und da er sich nun tief im Inneren der heiß geliebten Zuflucht befand, war auch ihm zum Weinen zumute. Doch jetzt folgten das übliche Flughafengewühl und -gewimmel, das Gerangel um einen Platz am Gepäckband, das Auffinden aller Koffer bis auf einen, der Beginn der Warterei auf den fehlenden Koffer, das Ende der Warterei und der Beginn der Sorge um den fehlenden Koffer und das Anhalten der Sorge, bis man ihn irgendwo hinten friedlich stehen sah, vorzeitig von Gott weiß wem unter den Reisenden vom Band genommen. Dann kam der Verkehr. Irgendwo müsse ein Unfall passiert sein, erklärte Abed Zahra, denn der Weg vom Flughafen habe noch nie so lange gedauert. Seines Wissens nach nicht.

Als dann der ursprünglich goldbraune, momentan weniger goldene, mehr bräunliche Volkswagen endlich vor Pearl Street 8 hielt, waren vier Stunden und zehn Minuten vergangen, seit Abed dort erstarrt und bekümmert auf die Kahlheit des Ahornbaumes unter dem Abendhimmel geblickt hatte. Vier Stunden und zehn Minuten sind mehr Zeit als genug, um diverse Veränderungen von wesentlichem Wert geschehen zu lassen. Um eine Ahnung zu vermitteln: Die weibliche Eintagsfliege mit dem schönen Namen *Ephemeroptera* oder *Dolania Americana* lebt nach ihrer letzten Häutung weniger als fünf Minuten. In dieser Zeit paart sie sich, legt ihre Eier und stirbt. Vier Stunden und zehn Minuten sind eine leidlich lange Zeit auf der Erdoberfläche, und die Fläche rund um ein Partyhaus ist da keine Ausnahme.

»Hey, Abdoul, juhuu …«

Dem Auto entstiegen, blinzelten Abed und Zahra in die Richtung, aus der die Stimme kam, und entdeckten zuerst die verschwommene Kontur des Hauses (ein Bild von Pearl Street 8 in dem trüben Licht von einem halben Dutzend Kürbislaternen und flackernden Kerzen, die das Haus schmückten, aber die Menge drinnen verschwimmen ließen) und dann irgendwo innerhalb dieser Kontur den schwachen Umriss eines sich bewegenden Subjekts (ein Mädchen, das ausgelassen aus einem offenen Fenster winkte und wedelte, als hätte sie sich in einen Wackeltanz gewirbelt, den sie soeben erfunden hatte, während sie gleichzeitig ein leeres Weinglas in der Hand und zwei weitere Gläser auf dem Kopf balancierte. Sah nach Vinessa aus. Eindeutig Vinessa. Wenn nicht, war es Vanessa.)

»Wieso fallen sie ihr nicht runter?«, rief Zahra bewundernd und ging zu dem offenen Fenster.

Sie erkannte gerade weitere Gegenstände, die genauso fest an Kopf und Körper dieses schwankenden schwarzen Mädchens hafteten, zuerst einen Wecker, als Nächstes einen Aschenbecher, dann einen Wasserhahn – und hätte vielleicht noch mehr Gegenstände ausgemacht, wenn Abed sie nicht am Arm gepackt, etwas gegrummelt und sie nahezu ums Haus gestoßen und nicht angehalten hätte, bis sie zur Hintertür kamen. Aber da war keine Hintertür mehr. Sondern drei mitgenommen aussehende Jungs und eine Steinzeitfrau, alles unbekannte Gesichter, alle Bier trinkend, die entweder in einem stürmischen Wortgefecht begriffen waren, um in Windeseile einem heiklen Thema mit allzu aufwühlenden und gewundenen Verästelungen auf den Grund zu kommen, oder einfach auf Spanisch plauderten. Sie machten keine Anstalten, eine Pause einzulegen, nicht mal die kleinste Unterbrechung, traten aber brav beiseite, um Abed und Zahra durchzulassen, wobei sie neugierig das Kostüm der kleinen fülligen Frau musterten. Abed sah finster auf jeden Einzelnen, auf seine Schnürsenkel, auf den Türknauf, auf sein dürftiges sterbliches Dasein auf dieser hektischen Welt … und bugsierte Zahra, alle ontologischen Betrachtungen auf der Fußmatte zurücklassend, in den dämmerigen Flur.

Drinnen, bemüht, herzlich und herrisch zugleich zu sein, ergriff er Zahras Hand, führte sie durch den Flur, der kein Flur mehr war, sondern ein stickiger Schlauch voll schwankender, schwitzender Leiber. Bald verzichtete er auf Herzlichkeit und gab Herrischkeit den Vorrang, ließ die Hand los und packte den Arm, schob seine mollige Mutter die Treppe hinauf, direkt in das Schlafzimmer im zweiten Stock und schloss die Tür. Dort angekommen, musste er mehrere Minuten warten, bis Zahra wieder normal atmete, und mit jeder Sekunde verstärkte sich sein schlechtes Gewissen. Beschämt über den Wirbel, den er veranstaltet hatte, suchte Abed nach einer plausiblen Erklärung, brachte aber nur zustande: »Das sind alles gute Menschen, Mama!«

Gute Freunde, sagte er, die sich zu einer kleinen Feier eingefunden hätten, nicht der Rede wert. Eine amerikanische Party, in ein paar Stunden sei alles vorbei.

Noch um Atem ringend, sah sich Zahra neugierig um. Das Zimmer war freundlich und sauber, und zu ihrer Erleichterung ging das Fenster nach Osten, um morgens als Erstes die Sonne zu begrüßen. Sie wollte wissen, wo Qibla lag, doch als sie sich umdrehte, um zu fragen, und die Schatten erspähte, die in Abeds Augen tanzten, fragte sie stattdessen: »Schläfst du gut, mein Sohn? Hast du noch Albträume?«

»Nein, Mama, ich seh das ... *sie* nicht mehr«, stammelte Abed, entschlossen, seinen jüngsten Albtraum für sich zu behalten.

Einer nach dem anderen wurden die Koffer geöffnet, liebevoll verpackte Schachteln und Geschenkpäckchen eroberten das Bett und verteilten sich von da in alle Richtungen über den Teppich. Offenbar hatte Zahra fast nichts für sich selbst mitgebracht, war alles, was sie den ganzen Weg hierhergeschleppt hatte, für Abed.

»Und was macht deine Nase?«

»Meine Nase!? Meine Nase ist eine Katastrophe!«, brüllte Abed, dem unversehens seine Zuversicht abhandenkam. »Sie hat nie zu laufen aufgehört, seit ich hier bin. Sie bringt mich noch um!« Doch dann schlich sich eine koboldhafte, nahezu kindliche Heiterkeit in seine Stimme. »Meine Nase ist eben nicht gern weg von dir, Mama.«

Zahra nahm sein Gesicht zwischen ihre weichen, schlaffen Hände und lächelte ihren hübschen, aber immer etwas heiklen Sohn an. Liebevolle Fürsorge umschloss die zwei, bis Abed fragte:

»Sag, Mama, wie geht es Safiya? Hat sie dir … nichts mitgegeben oder Grüße aufgetragen?«

Unverzüglich schwenkte Zahra ans andere Ende des Stimmungsspektrums, ihr Gesicht verkrampfte sich. Steif und still stand sie eine Weile abseits von Abed, doch dann zog sie ein Päckchen hervor, ohne dabei auf eine einzige lebhafte Gebärde zu verzichten, um das Ausmaß ihrer Missbilligung zu zeigen. Abed tat so, als bemerkte er nichts, nahm das Päckchen entgegen, gähnte herzhaft, die einzige ihm bekannte Art, eskalierende Spannungen zu mildern, zumindest seine eigenen.

»Du musst sehr hungrig sein. Ich geh runter und hol dir was zu essen. Es ist so viel da, es wird dir schmecken.«

Doch bevor er in die Küche ging, hielt er im ersten Stock an, wo er das Badezimmer besetzt fand, an Ömers Tür klopfte, die Geräusche drinnen missbilligte, in die kleine Kammer nebenan schlüpfte, wo sie ihr ganzes Gerümpel aufbewahrten, sich mit untergeschlagenen Beinen auf den Boden setzte und das Päckchen aufmachte, das Safiya mitgeschickt hatte. Drinnen lagen ein Brief, ein Foto von ihr mit dem Sohn ihrer älteren Schwester und eine kleine, parfümierte Geschenkschachtel. Als er den Brief fertig gelesen hatte, musste er noch mal von vorne anfangen, nicht um ihm diesmal genauer auf den Grund zu gehen oder zwischen den Zeilen zu lesen, sondern hauptsächlich, weil er so geschwind durch den

Brief galoppiert war, dass er absolut nichts verstanden hatte.

Nach dem zweiten Lesen brauchte er Zurückgezogenheit und Ruhe, um eine Weile nachzudenken, aber unten angekommen, machten ihm die Gäste rasch klar, dass es nicht die richtige Zeit oder der richtige Ort dafür war. Während er durch den Flur ging und mit allen möglichen Leuten in allen möglichen Kostümen zusammentraf, wich die Verzweiflung zwangsläufig von Abed – der ein bisschen durcheinander, ein bisschen müde und jetzt auch ein bisschen neugierig war, zu entdecken, wer wer oder *was* auf dieser Party war.

Eines dieser Rätsel war ein großes, stämmiges Mädchen in einem rosa Badeanzug mit einem riesigen nussförmigen Kissen am Popo.

»Rate mal, was ich bin!«, johlte sie Abed zu und kniff die Frettchenaugen zusammen wie auf der Suche nach der passenden Bestrafung, falls er die falsche Antwort gäbe.

»Sie ist ein Knackarsch!«, triumphierte jemand von hinten, sichtlich begeistert und zufrieden, wieder einen ahnungslosen Partygast aufgeklärt zu haben. Danach war Abed nicht mehr danach, rauszufinden, wer wer oder was war. Aber sie verrieten es ihm trotzdem. Wohin er sich auch wendete, ständig sah er Arroz, als Pirat verkleidet oder als Piratenhund. Er sah sich nach Piyu um, konnte ihn aber nirgends entdecken. Zu seiner Erleichterung waren keine wandelnden Laken oder wandelnden Kopfkissen anwesend. Debra Ellen Thompson war da, trug ein langes erbsengrünes Kleid, einen Korb mit

Plastikobst in der Hand und auf dem Kopf einen Oliven-kranz, der ihre Haare noch röter und ihre Ohren noch größer als sonst wirken ließ. »Ich bin Mutter Natur«, sagte sie. Doch Abed beachtete sie nicht mehr, sein Blick konzentrierte sich jetzt auf die Frau, die seine Mutter begrüßt hatte, und erfasste rasch die weiteren, ihm beim ersten Mal entgangenen Einzelheiten ihres Kostüms. Au-ßer den zwei Weingläsern hingen noch diverse Gegen-stände an Vinessas Kostüm, das im Wesentlichen aus ei-nem von einem fleckigen Bettlaken umwickelten Karton bestand, woran sie einen Aschenbecher, einen Wecker und Kondome in allen Farben, einige mit einer reichlich dubiosen Substanz gefüllt, geklebt hatte. Abed stöhnte nervös und bemühte sich nach Kräften, Ömer nicht zu verfluchen, der jetzt in einem zerfetzten Katzenkostüm und über und über mit Reifenspuren und Blutspritzern bedeckt hinter der Schulter seiner Freundin auftauchte.

»Ich bin die Katze, die die Autobahn überquert, und sie ist ein One-Night-Stand«, strahlte Ömer tequilaselig. Abed verfluchte Ömer. Ömer verschwand, um »I Kissed a Drunk Girl« aufzulegen und Vinessa zu küssen, bis der Song aus war. Drei Minuten, zwanzig Sekunden. Als der Song fertig war, spielte Ömer ihn noch mal und noch mal, und dann … verfluchten alle Ömer. Das war der Anfang. Die ganze Meute verfiel in einen turbulenten Temporausch, alles balgte sich am CD-Spieler um die Herrschaft über die dröhnende Musik. Abed verfluchte alle.

Als er es endlich bis in die Küche geschafft hatte, wurde er von der spindeldürrsten Vogelscheuche auf Erden vergnügt mit »Hallo, Abed, ist das nicht eine super Party?« begrüßt. »Was macht deine Mutter? Hier, ich hab ein leckeres Tablett hergerichtet, das kannst du ihr bringen.«

Ein leckeres Tablett, wahrhaftig. Haarknäuelsalat mit Speichelsoße, eklig klebrige Zuckerschlangen, Meringueknochen, magenumdrehender gallegrüner Kartoffelbrei, Quellaugentomaten, alles da, bereit, nach oben getragen zu werden. Abed betrachtete die Hexenfingerplätzchen und versuchte zu begreifen, wieso Blut unter den Nägeln hervorquoll. Bei aller gebührenden Achtung für Alegres Kochkunst entfernte er dennoch einiges von ihrem Menü, ersetzte es durch Käse- und Brotscheiben, die natürlichste Nahrung auf Erden, und ergänzte es obendrein mit einem Glas Milch.

Sich mit einem Tablett voll Essbarem durch eine ewig hungrige Menge zu drängen, erwies sich jedoch als äußerst schwierig. Aber er brauchte gar nicht weit zu gehen. Da, vor ihm auf der Couch, neben einer als Blitzopfer verkleideten Gail – hochgegeltes Blitzstrahlenhaar, zerrissenes und versengtes Kleid –, die eifrig erklärte, wie oder warum (oder beides) Zhora in *Blade Runner* durch die Fensterscheibe ins Zimmer eines Mädchens gekracht war, das wie Zhora in *Blade Runner* aussah, und einem Pärchen, das leidenschaftlich eine Schokoladenspinne von einer Zunge zur anderen hin- und herbeförderte, erblickte Abed das verblüffte, beunruhigte, dennoch lächelnde Gesicht seiner Mutter.

»Mama! Zahra!«, schrie er, als wären es zwei verschiedene Personen. »Was machst du hier?«

Zahra hob die Schultern. »Ich hatte Durst. Ich hab nach dir gerufen, aber du hast mich nicht gehört.«

»Mama, nimm bitte das Tablett und geh in dein Zimmer, ich hol dir Wasser, du *musst* müde sein«, würgte Abed schwitzend hervor. »Morgen machen wir einen Rundgang durch die Stadt. Du brauchst jetzt Ruhe.«

»Wo ist dein Kostüm?«, wollte Zahra wissen. »Warum bist du nicht verkleidet wie deine Freunde?«

»Also, eigentlich *bin* ich verkleidet. Ich gehe als *der einzig normale und vernünftige Mensch im Raum!*«, erklärte Abed grinsend. »Findest du den ganzen Wirbel nicht albern, Mama?«

»Jedes Land hat sein Volk«, murmelte Zahra. »Jedes Volk hat seine Sitten. Wenn du in einem fremden Land bist, musst du dich den Sitten anpassen. Der Gast isst, was ihm der Gastgeber vorsetzt.«

Abed sah sie erstaunt an.

Abed sah sie erstaunt an und tat dies den ganzen Abend, während er seine *Nicht-ein-einziges-Wort-Englisch*-Mutter beobachtete: Wie sie erloschene Kerzen in Kürbislaternen wieder anzündete, einer Vogelscheuche in der Küche zur Hand ging, Platten mit Zuckerschädeln und Tabletts mit Werwolfklauen auftrug, die Stickerei am Rock von Mutter Naturs langem Kleid bewunderte, einen kopflosen Körper mit einer extra Portion Kartoffelchips mit Rind- und Knoblauchgeschmack und einen Hund mit schwarzem Kopftuch und Augenklappe mit extra Portionen von allem versorgte, immer wieder entschuldigend zu einem Mädchen im rosa Badeanzug gestikulierte, weil sie mit einer Schüssel schauerlich scharfer

Suppe gegen sie geprallt war, mit einem One-Night-Stand auf dem Boden herumkroch und hoppelnd und hopsend half, einen Wecker zu finden, Pfefferminztee mit Zitrone für eine zittrige Katze mit Reifenspuren am ganzen Körper aufgoss, die jetzt im Badezimmer vernehmlich kotzte, den Pfefferminztee wieder mitnahm und eine Kanne starken Kaffee für eine zittrige Katze mit Reifenspuren am ganzen Körper kochte, die immer noch im Badezimmer vernehmlich kotzte …

Am nächsten Morgen … eigentlich gab es keinen nächsten Morgen.

Wenn auch aus unterschiedlichen Gründen, wurde weder Ömer (Kopfschmerzen), Piyu (Magenschmerzen) noch Abed (Albträume) am nächsten Tag wach, bevor die Sonne halb über den windstillen Himmel gewandert war. Und selbst als sie aufgewacht waren, wollte keiner aus dem Bett, weniger wegen der Müdigkeit, als um sich vor der unmöglichen Nach-dem-Fest-Aufgabe zu drücken, den Trümmerhaufen zu beseitigen. Gegen 3 Uhr nachmittags, als sie nicht länger im Bett Däumchen drehen konnten, tauchte einer nach dem anderen in der Küche auf, dem letzten Ort, den man nach einer schlimmen durchfeierten Nacht allein betreten mag, dennoch unwillkürlich morgens zuallererst ansteuert. Doch zu ihrer Verblüffung gab es keine schmutzigen Tellerstapel auf der Anrichte, keinen stinkenden Sumpf verdächtiger Bestandteile im Spülbecken, keine schon starr und ranzig gewordenen Restehaufen, keine ekelerregenden Überbleibsel … Die Küche war so sauber und strahlend wie noch nie (was sogar Piyu zugab) und entweder über Nacht größer oder einfach nur sichtbarer geworden.

Die Küche erwies sich jedoch nur als der Anfang, ein Ausgangshafen für die Einschiffung zu einer Übersee-Expedition, verbissen strebsam angetreten trotz der Unbestimmtheit des endgültigen Bestimmungsortes. In den folgenden Stunden dehnte sich Zahras Hygieneflut in jede mögliche Richtung und jede wahrnehmbare Ritze des Hauses aus, mit der Geschwindigkeit und Kraft der roten und blauen Pfeile, die in einer BBC-Dokumentation auf einer Interkontinentalkarte die Seewege und Seidenstraßen der Tang-Dynastie veranschaulichen.

Wie die Pfeile sich hin und her bewegten, drang Hygiene in jeden Winkel des Hauses ein, und mit ihr zwangsläufig auch Zahra, die dadurch Dinge zu sehen bekam, die sie nicht sehen sollte. In der Küche bemerkte sie eine versteckte Plastiktüte voll bis auf die Haut abgenagter Grapefruitschalen, stieß in Ömers Zimmer auf die Leuchtkondome und die mit falschem Leopardenfell gefütterten Ledermanschetten, jeweils mit einem großen O-Ring versehen, um jede Menge Möglichkeiten zum Fesseln zu bieten, freute sich insgeheim über den Fund eines Korans in einer Schublade neben Piyus Bett, war aber zutiefst beunruhigt, als sich in Abeds Zimmer ein Anhänger mit einem christlichen Heiligen fand, und entdeckte zu guter Letzt Arroz' Flöhe, worauf der den ganzen restlichen Tag eingeseift und gewaschen, wieder eingeseift und wieder gewaschen, schamponiert und gespült, gepudert und gekämmt, gestriegelt und parfümiert wurde.

Dann folgten noch etliche andere Entdeckungen, weil Zahra zur Verwunderung aller keine der Gestalten wiedererkannte, die ihr als Ungeheuer und Kreaturen auf der Halloween-Party begegnet waren. Daher mussten ihr einige Leute ein zweites Mal vorgestellt werden. Obwohl Vinessa ihr sehr gefallen hatte, gehörte sie nicht dazu, hauptsächlich weil sie und Ömer zwei Tage nach der Party Schluss gemacht hatten, auf eine geheimnisvolle, impulsive Weise, was niemanden besonders verwunderte.

Als Zahra Alegre wiedertraf, war sie ihr insgesamt sympathisch. Obwohl sie zu dünn war und dazu neigte, sich in *ihre* Küche einzumischen, war sie reizend und könnte, warum nicht, eine perfekte Ehefrau für Abed sein. Als Zahra Debra Ellen Thompson wiedertraf, war auch sie ihr sympathisch. Obwohl ihre Haare höllisch rot und nicht länger waren als die eines enthaltsamen Derwischs und die Sommersprossen auf ihren Armen nicht weniger waren als die Anzahl der Fische und Vögel, die sich im Heer des Propheten Suleiman tummelten, war sie nett und könnte – warum nicht – Abed eine gute Ehefrau sein. Als Zahra Gail traf, war sie ihr überhaupt nicht sympathisch. Obwohl das Mädchen weder dünn noch sommersprossig war, obwohl ihre nachtschwarzen Haare so füllig waren, dass sie in alle Richtungen wallten, und sie offensichtlich kein Interesse an Küchenarbeit hatte, hatten ihre Augen etwas, das Zahra ungeheuer verdross: Sie waren blau!

*»La djûwuj l-mra 'aina zarqa âlu tkun 'anda d-drâhim f sondôqa. – Heirate keine blauäugige Frau, auch nicht, wenn sie Geld in ihrer Truhe hat.«*

»Was sagt sie?«, fragte Gail.

»Sie sagt, du bist schön.« Abed lächelte liebenswürdig.

Er hatte wahrhaftig die Unwahrheit gesagt. Und es war nicht das erste Mal, ehrlich gesagt. Hin und wieder übertünchte er den Makel der Wörter, die er übersetzte, oder er übersetzte sie einfach nicht. Aber man kann nicht sagen, dass Abed der Einzige war. Denn jeder Übersetzer ist, wie geringfügig oder umfangreich seine Arbeit auch sein mag, Komplize bei einem Diebstahl. Genau wie feine, über Karawanenstraßen von einem Ort zum anderen transportierte Handelswaren werden auch Wörter unterwegs häufig geplündert, nicht von filmreif schwarz gewandeten Finsterlingshorden, sondern von kultivierten Personen in Gestalt von Schriftstellern, Dichtern, Verlegern und *insbesondere* Übersetzern.

Doch trotz Abeds wiederholter Tatsachenverdrehungen erblühte in den folgenden Tagen zwischen Gail und Zahra eine unerwartete Vertrautheit, ein Einvernehmen, das seinen eigenen Verlauf nahm und sein eigenes Wörterbuch schuf. Folglich hielt sich Gail neuerdings stundenlang in der Pearl Street 8 auf, begierig, mehr über Zahras Leben und Kultur zu erfahren, insbesondere über den Begriff *baraka* – göttlicher Segen, der von einer Person auf eine andere oder von einem Gegenstand auf eine Person übertragen werden kann.

»Abed, kannst du sie fragen, ob Lebensmittel ein eigenes *baraka* haben können?«

Brot und Wasser hatten bestimmt eins, ebenso Feigen.

»Abed, kannst du sie fragen, ob Orte ein eigenes *baraka* haben können?«

Moscheen und heilige Grabmäler hatten bestimmt eins, ebenso Brunnen.

So ging es weiter. Anfangs hatte Abed gemeint, Gails Gesellschaft könnte für seine Mutter von Interesse sein, aber nachdem diese Erwartung sich erfüllt hatte, war sie für ihn selbst ein Ärgernis geworden. Seine Genervtheit rührte mit Sicherheit teils daher, dass er kaum Schlaf fand. Das Mädchen seiner Albträume war in der letzten Woche jede Nacht erschienen, genau wie früher. Dennoch war es diesmal anders. Ihre Besuche waren zu einer Serie geworden, von der er jede Nacht eine Folge sah, nur um schwitzend aufzuwachen und bis Tagesanbruch nicht mehr einschlafen zu können.

»Ach komm, Abed, kannst du sie bitte nach diesen Narben fragen? Ist das eine Art Ritus?«

Am Morgen nach seiner dritten schlaflosen Nacht fand Abed Gail und Zahra nebeneinander am Küchentisch sitzend, einen verblüffend ähnlichen Ausdruck aufgesetzter Heiterkeit im Gesicht, glitzernd wie eine Benneton-Anzeige.

Statt die Frage zu übersetzen, beantwortete Abed sie diesmal lieber selbst. »So Hautritzungen.« Er fuchtelte mit der Hand, als würde er etwas mit einem Luftmesser einritzen.

Früher hatten die Frauen Zusammenkünfte mit *serratas* organisiert, verehrten Frauen, die mit den Heiligen in Verbindung standen. Die *serratas* machten oberflächliche Schnitte um Hand- und Fußgelenke, die dann ausgewaschen und mit einer Tinktur aus Safran, Henna oder *akr* eingerieben wurden. »Das ist lange her«, fügte Abed mit einem Anflug von Autorität hinzu, »heute kann man so was in Marokko nicht mehr sehen.«

Die Jugend alter Gesellschaften, die stürmische Wandlungen durchlaufen haben, um sich zu modernisieren, was zugleich *Verwestlichung* bedeutete, wiederholt ständig dieses Mantra, wenn ein Westmensch mit spärlichen Kenntnissen Interesse an einer einzelnen Facette ihrer Kultur bekundet, die sie selbst kaum interessiert und mit der in Verbindung gebracht zu werden sie nicht wünscht oder sich glattweg weigert. »*Ach, das?*«, antworten die jungen Leute dann. »*Aber das ist lange her. Heute kann man so was in meiner Heimat nicht mehr sehen.*«

Gail stellte sofort die nächste Frage, die ihr durch den Kopf ging: »Wie ist das mit Henna, Abed, kannst du sie danach fragen?«

»Verdammt, es ist bloß Henna, das schmiert man sich auf die Hände, da gibt's nichts zu fragen«, fuhr Abed sie an. »Warum fragst du das alles? Warum lässt du sie glauben, du interessierst dich wirklich für … für *sie*?«

Gail warf ihm einen gereizten, finsteren Blick zu. »Hm, vielleicht, weil es so *ist*!«

»Ja, vermutlich.« Abed lächelte sarkastisch. »So eine aufregende Kultur! Exotisch! Erratisch! Despotisch! Schließ deine Dritte-Welt-Schwester in die Arme!«

»Herrje, bist du gemein! Warum stört meine Neugierde dich so? Schämst du dich eurer eigenen Sitten?«

Als würden sie gleichzeitig von zwei verschiedenen Magneten an gegensätzlichen Polen angezogen, fuhren sie auseinander und verließen Zahra, die sich fragte, was los war, und allein in der Küche seufzte, wimmerte, brütete.

Nachdem sie eine Weile in regloser Angst zugebracht hatte, ging sie nach oben, um nachzusehen, was Abed machte, und fand ihn von Kopf bis Fuß unter einer dicken Decke, wo er entweder versuchte, sich zu ersticken oder einfach nur ein bisschen Schlaf zu bekommen.

Unschlüssig, ob sie fragen sollte, aber außerstande, ihren Kummer noch länger zu verdrängen, setzte Zahra sich unbehaglich aufs Bett und stieß die Frage hervor, die ihr durch den Kopf ging: »Und, was schreibt Safiya? War ein Brief in dem Päckchen?«

»Nicht viel«, antwortete die Decke schroff. »Die Krankheit ihres Vaters, das launische Wetter, die Hochzeit ihrer kleinen Schwester … solche Sachen halt …«

Aber jeder Text lässt sich auf mehr als einer Ebene lesen, sagt die Deutungstheorie. Die Auslegungsarchive bezeugen eindeutig, dass sogar solche Texte, die ausgesprochen abgedroschen erscheinen, versteckte esoterische Botschaften enthalten können. Auch Safiyas Brief trug den Stempel, dem man in heiligen Texten so oft begegnet: *Mögen die Eingeweihten es den Eingeweihten erklären und die Uneingeweihten es nicht sehen!*

Sicher, Safiyas Brief war belangloses Geplauder, *solche Sachen halt* im äußeren Stratum, dem *zahiri*. Dennoch, tief darunter in den inneren Schichten des *batini* war eine andere Botschaft enthalten, die besagte, ihr Vater möchte sie binnen Kurzem verheiratet sehen, weil er fürchte, bald zu sterben, und auch sie finde, es sei an der Zeit, sogar ihre kleine Schwester heirate, obwohl eigentlich sie an der Reihe sei. Der Brief enthüllte zudem, dass ihr Verstand zurzeit wirr, ihre Stimmung flatterhaft war.

Safiya werde offenbar, flüsterte die *batini*-Schicht, nicht allzu lange auf Abed warten.

Zahra hob das Kinn, runzelte die Stirn, um auf die Wichtigkeit dessen hinzuweisen, was sie zu sagen gedachte, obwohl ihr einziger Zuschauer unter der Decke davon möglicherweise nichts mitbekam.

»Safiya ist nicht gut für dich, lass sie ihren eigenen Weg gehen.« Obwohl Zahra ihre Verstimmung über diese Geschichte schon auf unterschiedlichste Art zum Ausdruck gebracht hatte, war es das erste Mal, dass sie ihre Abneigung so direkt formulierte. Unter dem Gewicht der Anspannung, die sich plötzlich zwischen ihnen blähte, wurde die Atmosphäre im Zimmer dicht, Atmen wurde schwer, Streiten wurde schwer, bis Zahra ihren nächsten Satz entließ: »Du solltest die Blauäugige heiraten!«

Abeds Kopf schoss unter der Decke hervor, die Augen weit aufgerissen: »Du willst, dass ich die Hexe Gail heirate?«

»Ja, warum nicht?«

»Warum nicht? Weil ihr Mund Wut auskotzt und … Gewäsch!«

»Gut, dass sie redet.« Zahra lächelte. »*L-hauf men bnadem s-sâket.* – Hüte dich vor schweigsamen Menschen.«

Abed lachte prustend. »Falls du es noch nicht bemerkt hast, sie ist größer als ich«, brummte er, den Blick zur Zimmerdecke gerichtet, als wollte er andeuten, so groß sei sie, oder als erwartete er, dass ein himmlischer Retter von oben herabfiele, um diesem Gespräch ein Ende zu machen.

»Sie ist nicht größer.« Zahra zuckte die Achseln.

»Du bist ein kleines bisschen kleiner, wenn überhaupt. Das Kamel sieht seinen Höcker nicht.«

Darauf beschloss Abed, einen stärkeren Schuss abzufeuern: »Mama, sie ist *Jüdin!*«

Gelassene Wissbegierde huschte über Zahras Züge. Ungläubigkeit, dachte Abed zuerst, deutete es aber unwillkürlich gleichzeitig als Erkenntnis. »Ach, wirklich? Bitte sie, die Spinnen im Haus nicht zu töten! Sag ihr, die Spinnen haben unserem Propheten das Leben gerettet«, murmelte sie gefasst beim Verlassen des Zimmers. »So, willst du jetzt nicht ein bisschen schlafen?«

Leider tat er es. Nach mehreren Nächten qualvollen Schlummers dauerte es nicht lange, bis er einschlief. Aber die Albtraumfrau kam noch schneller. Zwei große Kohlenaugen glühten in ihrem todbleichen Gesicht, ähnlich wie der leere Blick eines Schneemanns, nur dass hier die Augen eingesunken waren wie zwei ausgefranste leuchtende Löcher. Abed wachte in panischer Angst auf, nur um sie abermals zu sehen, auf seiner Brust, noch näher diesmal, noch schauerlicher. Während sie sich aus dem Traum in diese Realität, welcher Art die auch sein mochte, gebeamt hatte, war sie ungeheuer geschrumpft, auf Puppengröße reduziert. Eine makabre Barbie, ein besäuselter Horror.

Abed versuchte, sich zu bewegen, obwohl er instinktiv wusste, sie würde ihn nicht lassen. Er machte den Mund auf, um nach seiner Mutter zu rufen, nach jemandem, *irgendjemandem,* aber es kam nur ein Atemzug heraus. Sie hatte ihn reglos, lautlos gemacht, nahezu betäubt. Während sie seinen Brustkorb einquetschte, versuchte Abed wieder zu schreien … und wieder … strengte sich jedes Mal mehr an … bis die Zimmertür aufflog:

»*Habibi* … Abed! … Abed!!«

Er erwachte in einer zitternden Umarmung, Zahra drückte ihn panisch an sich. Hinter ihr aufgereiht standen Gail, Piyu und Ömer, alle drei mit demselben sorgenvollen Ausdruck. »Abed, was ist?«, fragte einer von ihnen mit gemeinsamer Stimme oder fragten alle gleichzeitig.

»Hab schlecht geträumt.« Einen Sekundenbruchteil hielt er inne, beschloss, den Rest zu erzählen. »Derselbe alte Albtraum, er kommt und geht seit meiner Kindheit. Offenbar hat die Saison wieder angefangen. Nur sah die Frau diesmal zu wirklich aus. Sie saß auf meiner Brust, und ich durfte mich nicht bewegen. *Ouaghauogh* … sie hat mir eine Heidenangst eingejagt.«

Abed drehte sich zur Seite, um seiner Mutter den Dialog zu übersetzen, aber ihr Gesichtsausdruck sagte, dass sie schon *wusste,* worüber sie sprachen.

»Wie ist diese Albtraumfrau?«, wollte Ömer wissen.

»Sie ist jung, hat lange, erstaunlich schwarze Haare … eigentlich sieht sie aus wie Gail.«

»Danke, Mann!« Gail grinste.

Sie kicherten kurz und hätten vielleicht noch ein bisschen mehr gekichert, hätten sie nicht gesehen, wie Zahra das Gesicht verzog. In der eintretenden Stille blinzelte Zahra kläglich und ging steif aus dem Zimmer, bevor ihr Sohn auch nur den Versuch machen konnte, sie zu trösten.

## Rauchloses Feuer

Zuerst wollen wir sie von anderen *bêtes crepusculares* unterscheiden. Außerirdische, Elfen, Kobolde, Feen oder gar Vampire ... man mag an sie glauben oder nicht, eines Tages kann einem eine dieser Kreaturen unversehens über den Weg laufen. Um sich in ein Leben einzuschleichen, muss man sie nicht von vornherein erkennen, nicht unbedingt. Das ist jedoch beileibe nicht der Fall bei denen, die aus rauchlosem Feuer entstehen, den sogenannten »Dschinns«, die nicht nur von vornherein erkannt, sondern auch konkret identifiziert sein wollen. Denn die diplomatischen Grundregeln gelten ebenso für den Umgang zwischen den Menschen wie den Dschinns: Auch hier ist die Anerkennung der Existenz des anderen als separates Ganzes ein *sine qua non* für die Entwicklung der Beziehungen zwischen beiden Seiten – Beziehungen, die nicht unbedingt Frieden beinhalten.

»Es *sind unter ihnen Leute, die Mäßigung einhalten*«, heißt es im Koran, »*doch gar viele von ihnen – wahrlich, übel ist, was sie tun.*«

Darin liegt das Bedrohliche. Offensichtlich nicht in der Stelle mit der *Mäßigung,* aber auch nicht unbedingt in der Stelle mit dem *Übel,* sondern in der rastlosen Pendelbewegung zwischen beiden, in den Möglichkeiten, die ein kleines »*oder*« mit sich bringen mag *oder nicht.*

An einem Punkt ihrer persönlichen Laufbahn sollen sich alle Dschinns zwischen Gut und Böse entscheiden, was, sagt man, die meisten von ihnen getan haben, doch gibt es einige, die haben noch keine Seite gewählt. Und doch ist es im Hinblick auf diejenigen, die sich das Böse ausgesucht haben, nicht allein ihre Bosheit, die sie so furchterregend macht, sondern ihre einmalige Begabung, anders zu erscheinen. Jeder Dschinn ist imstande, einen tugendhaften Eindruck zu erwecken, wenn er tatsächlich innerlich lasterhaft ist, oder umgekehrt, oder, viel schlimmer noch, er ist imstande, mit der Zeit die Seiten zu wechseln, lasterhaft zu werden, obwohl er anfangs tugendhaft war, oder umgekehrt. Um das Ganze zu krönen, ist, genau wie in der Welt der Menschen, auch in der Welt der Dschinns das Geschlecht *der* ausschlaggebende Faktor.

Die weiblichen Dschinns, heißt es, sind viel launischer als die männlichen und daher sprunghafter. Sie lassen sich gerne mit beredten Worten bewundern und schmeicheln. Wem dies nicht richtig gelingt, wird leicht zur Zielscheibe ihres Hasses, wohingegen derjenige, der es richtig hinkriegt, leicht zum Gegenstand ihrer Betörung werden kann; schwer zu sagen, was auf lange Sicht gefährlicher ist.

Nicht einmal *Sheytan* ist so nervtötend wie die Dschinns. Der Teufel ist böse und darin recht konsequent. Von *Sheytan* wird man immer das Schlimmste befürchten und vermutlich noch Schlimmeres bekommen, aber wenigstens gibt es da keine Ambivalenzen. Die Dschinns dagegen können Freund oder Feind sein oder Feind, wenn Freund, Freund, wenn Feind, und genau diese Kann-sein-oder-nicht-sein-Pendelbewegung ist es, die jede Begegnung mit ihnen zu einem hirntötenden Puzzlespiel macht, das sich vielleicht nie (oder vielleicht doch) zu einem geordneten Ganzen fügt. Dschinns sind berüchtigt für ihre Ambivalenz.

Und Menschen sind berüchtigt für ihre Angst vor Ambivalenz.

»Mach dir keine Sorgen, Mama«, nuschelte Abed leise, als er Zahra schließlich auf der Veranda sitzend fand, wo sie ernst den Ahornbaum betrachtete oder vielmehr das stümperhafte Imitat, das ihn ersetzte. »Ich weiß, warum das passiert ist. Ich hab in letzter Zeit keine Horrorfilme geguckt, wenn ich wieder unten vor dem Fernseher schlafe wie vorher, wird alles gut.«

Zahra räusperte sich ungläubig und gab eine Art wundes Wiehern von sich – einen Laut, der sich nur als Einleitung zu einer gewundenen Rede erwies. Als sie damit zu Ende war, stolperte Abed leicht erschüttert von der Veranda. *Sie* blieb starr. Sie rührte sich nicht. Zwei Stunden später hatte sich nicht viel geändert. Zahra saß nach wie vor auf der Veranda, steif und stumm, Gail und Arroz kamen hin und wieder, um nach ihr zu sehen.

»Was ist los?«, fragten Ömer und Piyu wie aus einem Mund.

»Was los ist?«, knurrte Abed. »Sie kommt nach Amerika, und am dritten Tag hier verliert sie den Verstand. Das ist los!«

Schließlich hatte er das Genörgel satt und verriet die Geschichte. Schwerfällig, schleppend, mit Worten und Einzelheiten, die nicht seine waren, erzählte er ihnen, wie Zahra, als sie sehr jung und frisch vermählt war, ein peinvolles Zusammentreffen mit einem Dschinn hatte, ein *Zusammentreffen,* das sie bis zum heutigen Tag alle zusammen betraf.

Es war vor mehr als fünfundzwanzig Jahren, irgendwann Mitte Februar.

An einem eisigen, stürmischen Tag war Zahra allein in der Küche und kochte Wildbeerenmarmelade. Obwohl sie ihr Lebtag keine schlechte Köchin war, musste sie damals noch unerfahren gewesen sein, denn sie hatte viel mehr Zucker als nötig in den Topf getan, und je länger sie die Marmelade kochte, umso mehr ruinierte sie sie. Verzagt verschränkte sie die Finger auf ihrem Leib und atmete sinnend – es war fast ein Stöhnen. Weder ihren Händen noch ihr war es in diesem Augenblick bewusst, aber Zahra war schwanger. Schwanger mit Abed.

Zahras Ahnungslosigkeit in dieser Sache gab mehr preis, als es den Anschein hatte, denn wäre sie nicht in einem so frühen Stadium ihrer Schwangerschaft gewesen, hätte man sie nicht allein zu Hause gelassen, da schwangere Frauen zu den bevorzugten Opfern der Dschinns zählen, besonders der weiblichen, und deshalb nie allein gelassen werden dürfen. Aber in eine Wolljacke und selige Unwissenheit gehüllt, hatte die junge Braut Zahra an diesem kalten Februarmorgen keinen Grund, sich vor den Dschinns zu fürchten. Dafür war sie zu geschäftig, so jung und sorglos. Alles, was ihr Kummer machte, war die Wildbeerenmarmelade, die eine bizarr gesprenkelte Färbung und einen über die Maßen zuckrigen Geschmack annahm, während sie in dem schwarzen Topf immer weiter blubberte. Nach einer Weile hörte Zahra ein Klopfen, und obwohl ihr Fremde nie ganz geheuer waren, ging sie ohne Zögern zur Tür und öffnete.

Vor der Tür stand eine Frau in zerrissenen Kleidern, aber mit den schönsten schwarzen Augen, die Zahra je gesehen hatte. Obwohl es die Schale in ihrer Hand bewies, sah sie überhaupt nicht wie eine Bettlerin aus. »Guten Tag«, nuschelte sie, »ich bin sehr hungrig und sehr durstig. Seit drei langen Tagen und noch längeren Nächten ist nichts in diesen meinen Mund gekommen.«

Obwohl Zahra genau gehört hatte, worum sie gebeten wurde, rührte sie sich nicht und starrte fast hypnotisiert in die nachtschwarzen Edelsteinaugen. Angesichts Zahras Bestürzung hob die Bettlerin, um ihre Absicht zu verdeutlichen, beide Hände zum Mund – oder dahin, wo ein Mund gewesen wäre, hätte sie einen gehabt.

Zwischen ihrer durchaus vollkommenen Nase und dem spitzen Kinn war nichts, was an einen Mund erinnerte. Keine Oberlippe, keine Unterlippe, nicht einmal ein rötlicher Strich, sondern nur eine karminrote Leere – eine gierige Höhlung, bereit, alles zu verschlingen. Wenn er die Frau nach all den Jahren im Rückblick betrachtete, konnte Abed nur sagen, dass sie entweder einen furchtbaren Unfall oder eine schreckliche Krankheit gehabt haben musste, Lepra vermutlich. Was immer es war, es hatte ihren Mund herausgerissen und fortgeschwemmt.

»Wenn du dieser meiner Seele eine Scheibe Brot geben kannst, werde ich dich segnen«, hallte der karminrote Hohlraum. Dann neigte sie den Kopf ein wenig, als unterstützte sie ihre Nase darin, den süßlichen Geruch einzufangen, der aus der Küche drang. »Und wenn du etwas Süßes auf die Scheibe tust, ein bisschen von der Wildbeerenmarmelade vielleicht, werde ich das männliche Kind segnen, das du erwartest.«

Dann stürzte sie sich auf die Schwelle, als wollte sie eindringen. In diesem Augenblick geriet die junge, unerfahrene Zahra in Panik und schloss instinktiv die Tür, schlug sie der Frau unsanft vors Gesicht. Gott weiß, wie lange sie da stand, erstarrt in Grauen und Bedauern, und auf jeden Laut von draußen lauschte. Als sie endlich den Mut fand, die Tür wieder zu öffnen, war niemand da, nur die Eisdecke, die trübe auf der schmalen schmutzigen Straße schmolz. Zahra ging zurück in die Küche und fand die Wildbeerenmarmelade unrettbar ruiniert.

Noch konnte sie den Vorfall rasch aus ihrem Kopf verbannen und dachte auch nicht mehr ernstlich daran bis zu dem Tag, an dem Abed geboren wurde. Denn als Abed geboren wurde, kam er mit diesem karminroten Fleck auf dem Bauch zur Welt, der verblüffend genau wie ein Mund aussah.

»Wow, cool. Hast du das Tattoo noch auf dem Bauch? Wie sexy.« Gail grinste und warf ihre schwarze Löwenmähne von einer Seite auf die andere.

»Wir reden hier nicht von einem verflixten Tattoo«, fauchte Abed und holte tief Luft, entschlossen, sich nicht von Gail ärgern zu lassen. »Zahra glaubt, die Bettlerin war in Wirklichkeit ein Dschinn. Aber das ist nicht der springende Punkt. Der springende Punkt ist, ob Dschinn oder nicht, was sie mit der Frau gemacht hat, war unrecht, denn man soll keinem Geschöpf Gottes ein Stück Brot und ein Glas Wasser verweigern. Abgesehen von der moralischen Lektion hat die Dschinn-Frau uns ver-flucht, besonders mich. Zahra denkt, ich bin es, der in Gefahr ist.«

»Aha! Ist das die Frau aus deinem Albtraum?«, fragte Ömer, dessen Gesicht vor Neugierde aufleuchtete. »Dschinni, die Femme fatale!«

»Das ist keine Frau für Fantasievorstellungen, du perverses Stück! Gibt es bei euch in der Türkei keine Dschinns? Du müsstest doch wissen, um was es hier geht!«

Zum Glück und zu Gails und Piyus Erleichterung stürzten sie sich nicht in eine Art Dschinn-Nationalis-mus. Vielmehr erzählte Abed ihnen mit gereizter Stimme, die gegen Ende schwächer wurde, von Zahras festem Glauben, dass, wenn es der Dschinn-Frau bislang nicht gelungen war, Abed zu schaden, sosehr sie es gewiss wollte, das den Almosen zu verdanken war, die Zahra seitdem stets gab, und den Opfern, die sie gebracht hat-ten. Dies hatte die Macht der Dschinn-Frau merklich geschmälert und sie am Altern gehindert (schließlich waren ältere Dschinns mächtiger als jüngere; weibliche Dschinns waren mächtiger als männliche, und somit wa-ren ältere weibliche Dschinns die schlimmsten von allen) und in das junge Mädchen verwandelt, das Abed gele-gentlich heimsuchte. Dank der Almosen und Opfer blieb sie kraftlos. Und dieses Jahr hatte Zahra, obwohl sie fest gelobt hatte, an dem Tag, an dem Abed sein Stipendium erhielt, einen Widder zu opfern, das Gelübde nicht er-füllen können, hatte es aus einer Reihe von Gründen aufgeschoben und dann über dem Tod ihres Mannes vollkommen vergessen. Da die Einlösung sich hinzog, war die Dschinn-Frau verstohlen gealtert und mächtiger geworden und bemächtigte sich nun ständig der Nächte und Albträume von Abed.

»Wow!« Gail nickte grübelnd, als prüfte sie eine plausible Lösung, aber alles, was sie zustande brachte, war schließlich ein weiteres »Wow!«. Sie dachte an die Produktion einer neuen Kollektion Milchschokolade in Gestalt der Dschinn-Frau, behielt diesen Gedanken aber wohlweislich für sich und ging zurück in ihren Laden.

Kaum war Gail verschwunden, fielen Piyu und Ömer über Abed her, zogen seinen Pullover hoch und deuteten auf seinen Bauch. Es stimmte. Es war da! Direkt auf seinem Unterleib, ein karminroter Mund, der aussah wie das Tattoo eines Buchstabens in gotischer Schrift auf dem Cover eines Heavy-Metal-Albums, sosehr ihm der Vergleich auch missfallen mochte. Als sie gesehen hatten, was sie unbedingt sehen mussten, halfen sie dem knurrenden Abed vom Fußboden hoch und gingen zusammen ins Wohnzimmer, um *Die Sopranos* zu gucken. Hinterher schlichen sie einer nach dem anderen hinaus und fanden Zahra immer noch auf der Veranda sitzend, immer noch in derselben Haltung, Arroz zu ihren Füßen, vollkommen gewissenhaft in der Mission, die er sich offenbar selbst gestellt hatte.

»Geht sie denn nicht schlafen?«, flüsterte Alegre gereizt, als sie an der Reihe war, das Verandaterritorium auszuspionieren.

»Woher soll ich das wissen?«, grummelte Abed untröstlich, während er zwischen den zwei Küchentüren

hin- und herpendelte. Den Rest des Abends ging er dreimal auf die Veranda und versuchte, Zahra zu bewegen,
reinzukommen, doch jedes Mal kam er allein und puterrot zurück. Nach dem dritten Versuch konnte er nicht
mehr an sich halten: »Sie hat den Verstand verloren! Sie
will einen Widder opfern, und zwar jetzt!«

»Was meinst du mit *jetzt?*«, fragte Piyu in sinnloser
Panik, da ihm bei dem Wort *opfern* das allerschärfste Messer in den Sinn kam.

»Nicht *jetzt-jetzt,* Dummkopf, *so-bald-wie-möglich-
jetzt* …« Abed verdrehte die Augen zur Küchendecke,
genau zu der Stelle, wo manchmal Wasser aus der Badewanne oben heruntertropfte. »Gott …«, jammerte er,
»wir sind in Boston«, als hätte Gott die Orientierung
verloren und Abed würde ihm noch einmal die Koordinaten nennen.

Doch die Koordinaten nützten nicht viel, um Zahra
zurückzuholen, die jetzt dem imitierten Ahornbaum
und Arroz mehr zu trauen schien als irgendjemandem im
Haus. Urplötzlich war sie von Lebensangst gepackt und
rechnete damit, dass jeden Moment etwas Entsetzliches
passieren würde. Die Welt war eine Katastrophenlotterie
geworden und quälte sie mit der Frage, was ihr Sohn bei
der nächsten Ziehung gewinnen mochte. Ihre plötzliche Angst vorm Fliegen war nur ein winziger Teil dieser
Gesamtangst. Zum ersten Mal im Leben ein Flugzeug zu
besteigen, war für sie kein Thema gewesen, aber es zum
zweiten Mal zu tun, wurde unvorstellbar. Die Reise nach
Hause zu machen, Abed allein in diesem fremden Land
zurückzulassen, das Beste zu hoffen … was immer der

nächste Schritt war, sie wollte ihn nicht tun, bevor sie ihrerseits etwas gegeben hatte. Das ist die Almosenarithmetik. Obwohl diejenigen, die sich vom Verstand, und nur vom Verstand, leiten lassen, womöglich Schwierigkeiten haben werden, sich auf diese zahlenlose Mathematik einzulassen, ist eine Plus- und Minusrechnung für jede Aussöhnung mit dem Überirdischen unerlässlich. Bevor man irgendwas Beipflichtendes erwartet, muss man etwas sühnen, damit die Gleichung aufgeht.

## Reggae-Almosen

Am nächsten Morgen bereitete Alegre ein leckeres Frühstück mit einem großen Glas frischem Orangensaft zu, das Abed auf einem Tablett auf die Veranda trug. Eine halbe Stunde später brachte er den Rest zurück; alles war bis zum letzten Krümel verzehrt, abgesehen von dem Orangensaft, der für Arroz uninteressant war. Zahra hatte nichts angerührt. Ömer suchte sie zu einem Morgenkaffee zu überreden, aber auch das klappte nicht. Er behielt die ganze Kanne für sich.

»Wenn du unbedingt so viel Kaffee runtergluckern musst, warum machst du dir dann nicht wenigstens *café con leche?*«, fragte Alegre, Stirn gerunzelt, Arme verschränkt; ihre Stimme dämpfte das Summen des Kühlschranks, neben dem sie stand.

Ömers Gesicht leuchtete auf. »*Café con leche!*«, sagte

er strahlend. »Hey, kannst du mir ein paar nette Wörter auf Spanisch beibringen?«

»Entehrung!«, dröhnte Abed, der von einem weiteren fruchtlosen Besuch auf der Veranda zurückkam. »Bring ihm bei, *Entehrung* auf Spanisch zu sagen, Alegre. Er hat bestimmt ein Latinomädchen auf der Liste. Stimmt doch, Omar, mein lieber Freund?«

Ömer zog die Schultern hoch. »Ich wollte schon immer Spanisch lernen.«

»Abed, willst du Zahra nicht raten, eine Spende zu machen?«, schlug Alegre vor in der Hoffnung, ihn ein bisschen zu beruhigen. »Sie kann das Geld für den armen Widder unserem Wohlfahrtsverband spenden. Es ist ein katholischer Verein, aber wir geben Essen ohne Rücksicht auf den Glauben aus.«

»*Muchass gracias,* aber ich glaube nicht, dass eure Hühner-Nudelsuppe den Opferansprüchen meiner Mutter genügt.« Abed stieß einen Seufzer aus und sah aus dem Küchenfenster. Obwohl es da wenig zu sehen gab. Zahra saß noch auf demselben Stuhl, in derselben Haltung, den Blick noch auf dasselbe blattlose Baumskelett gerichtet. Das einzige Lebenszeichen kam von Arroz, der jetzt etwa alle zwei Sekunden auf dem Boden zuckte und zappelte, offenbar hin- und hergerissen, ob er festhalten sollte an seiner Mission, diese Frau zu behüten, die anders als die anderen Hausgenossen nach Jasmin und Dämmerung roch, oder ins Haus gehen, um zu sehen, ob noch was vom Frühstück übrig war.

Arroz war nicht der Einzige, der zwischen zwei Polen schwankte. Am späten Nachmittag war Abed es leid, hin- und herzupendeln, und beschloss schließlich, zur Tat zu schreiten, um das Problem ein für alle Mal aus der Welt zu schaffen. Mit dieser Entschlossenheit klopfte er an die Tür seines Muslimbruders.

»Omar, mein Bruder. Du musst mir helfen. Wie man's auch nimmt, du bist ein Muslim, oder?« Weil er die Frage augenblicklich bereute, sprudelte er drauflos, ohne eine Antwort abzuwarten. »Zumindest kommst du aus einem muslimischen Land. Du bist der Einzige in diesem Haus, der mir helfen kann. Ich treff mich in einer halben Stunde mit Jamal, und wir gehen zum Imam, um Rat zu holen. Du sollst dich unterdessen …«, er deutete mit dem Finger, »nach einem Schlachter umsehen.«

»Warum nicht andersrum? Du siehst dich nach einem Schlachter um, ich mach den Rest.«

»Also, erstens bin ich nicht sicher, dass du der Richtige bist, um mit dem ehrwürdigen Imam zu sprechen«, erwiderte Abed. »Und ehrlich gesagt, ich finde, ihr solltet euch auf gar keinen Fall über den Weg laufen.«

Das war einleuchtend, und so tat jeder das Seinige.

An diesem Tag erreichten sie nichts. Sicher, es gab in Boston mehrere muslimische Schlachter, die Halal-Fleisch verkauften. Doch einen Widder schlachten zu lassen, statt ihn in Stücke zerlegt zu kaufen, das war ein anderes Thema. Zwei Schlachter sagten, sie könnten behilflich sein, aber der früheste Termin, den sie anbieten konnten, war nächsten Monat. Niemand in der Pearl Street 8 rechnete damit, dass Zahra so lange auf der Veranda überleben würde.

Entmutigender als die Schwierigkeit, herauszufinden,

wie eine muslimische Frau binnen einer Woche in Boston einen Widder opfern konnte, war die damit verbundene Peinlichkeit, das geheime Unbehagen, was amerikanische Freunde denken würden, falls und wenn sie davon hörten. Erstaunlicherweise hatte Abed kein Problem damit, Alegre oder Piyu in die Angelegenheit einzuweihen. Latinos hielten zusammen, fand er, zumal Mexikaner, obwohl er nicht genau sagen konnte, warum. Abgesehen von diesen beiden jedoch wollte er seinen nichtmuslimischen Freunden lieber nicht von der Sache erzählen. Besonders nicht den zwei Veganerinnen, von denen die eine sogar Fleischersatz ablehnte. Nein, weder Gail noch Debra Ellen Thompson sollten über dieses *Vergehen* informiert werden.

Zwei weitere Tage vergingen. Noch viele Male bekamen sie dieselbe Antwort zu hören: Es gab mehrere muslimische Schlachter, die Schafe und Widder in einem Schlachthaus schlachteten, im Einklang mit sowohl den amerikanischen Bestimmungen als auch den islamischen Vorschriften, doch auf jeden Fall würde dies einige Zeit dauern, es sei denn natürlich, einer der Hausgenossen würde die Schlachtung selbst durchführen.

Da die Zeit sein ärgster Feind war, hielt Ömer jetzt den Zeitpunkt für gekommen, seine Rolle in diesem Stück zu spielen. Er war überzeugt, dass es einen Grund geben musste, warum Abed ihn in diese Angelegenheit hineingezogen hatte – einen Grund, der Abed selbst verborgen, aber der Peripherie seines Unterbewusstseins vermutlich klar war. Weil Abeds Glaube an religiöse Symbole zu groß und seine Liebe zu seiner Mutter zu tief war, um sie zu belügen, gab es eine bestimmte Sache, die er unmöglich durchführen konnte, ohne den Fall an jemanden wie Ömer zu delegieren: Täuschung.

Ömer konnte den Widder unmöglich schlachten, aber er konnte in anderer Hinsicht dienlich sein. Ein Tier zu töten war wohl zu viel für ihn, einen Menschen zu hintergehen war es ganz sicher nicht. Als er daher am vierten Tag in die Küche stapfte, mit einem Topf voll frischem Fleisch, das einst einem Widder gehört hatte – eigentlich zwei, vielleicht drei Widdern, zerlegte Teile, die ein muslimischer Schlachter ihm verkauft und zu einem ganzen Widder zu vervollständigen geholfen hatte –, da schämte Ömer sich nicht ein Fitzelchen, Zahra zu erzählen, was ihm als seine harmloseste Lüge erschien.

»Es war ein schöner Widder«, sagte er dreist und nickte. »Ein guter muslimischer Schlachter hat ihn in einem Schlachthaus geschlachtet. Ich konnte Sie nicht mitnehmen, weil nach amerikanischen Vorschriften Unbefugte dort keinen Zutritt haben.«

Als Abed Ömers Worte für Zahra übersetzte, fürchtete er, sie würde nicht überzeugt sein, hauptsächlich, weil er es selbst nicht war. Aber weil ihr diese Form von Betrügerei gänzlich unbekannt war, hatte sich Zahras Miene vor Erleichterung schon belebt. Sie verließ den Stuhl, an dem sie die letzten vier Tage die meiste Zeit geklebt hatte, und machte sich unverzüglich ans Werk. Zu ihrer Bestürzung konnte sie den Kopf, die Hufe, den Magen oder die Eingeweide des Tieres nicht finden. Während sie wieder und wieder fragte, wo das alles geblieben sei, übersetzte Abed niemandem etwas von ihren Forderungen.

Zahra behielt sehr wenig für sie zurück, das übrige Fleisch gab sie auf sieben Teller, um sie an sieben verschiedene Menschen zu verteilen.

»Verteilt sie an sieben bedürftige Nachbarn«, verfügte sie.

*Welche sieben Nachbarn, Mama?*, hätte Abed sie gerne gefragt, während er im Geiste eine Reihe vegetarischer Bohemiens abhakte, die in East Somerville wohnten.

Eins von den sieben Teilen beschloss Alegre ihrem jüngsten Hausmädchen Marta mitzubringen. Wenn Marta das Fleisch nicht wollte, würde sie es für *la* Tía Piedad kochen und vorgeben, es sei auf dem Markt gekauft. Drei von den verbliebenen sechs verteilte Abed an drei muslimische Freunde, zwei aus Ägypten, einer ein Pakistani, die alle an der Tufts-Uni ihren Doktor machten, keiner vielleicht mit Armut geschlagen, aber alle mit knappen Stipendien. Ein weiteres reservierte er für Jamal. Schließlich nahm Piyu eine Portion für zwei fleißig Fleisch essende Freunde, von denen er wusste, dass sie sich sehr über jede Art von Fleisch freuen würden, solange es gut und frisch war. Damit blieb ihnen noch ein Anteil zum Verschenken.

»Sorgt dafür, dass es ein armer Mensch bekommt«, wiederholte Zahra ihre Anweisung.

Weil Abed es leid war, sich wohltätig zu engagieren, delegierte er die Aufgabe an Piyu, Piyu an Abed, und dann delegierten sie sie einmütig an Ömer.

Ömer hingegen war überzeugt, wenn Almosen verdienstvoll sein sollten, müssten sie vollkommen fremden Bedürftigen geschenkt werden statt gefräßigen Freunden.

Daher fing er bei den Schnorrern und Stadtstreicherinnen in der Nachbarschaft an und war erschüttert über das mangelnde Interesse, auf das er dort stieß. Die *Jesussagtmirduhasteinendollarübrig*-Frau erwies sich als Vegetarierin, der *Habkeinenpennyfürnetassekaffe*-Typ stand dem Angebot äußerst misstrauisch gegenüber, weil er argwöhnte, der Bürgermeister habe angeordnet, alle Obdachlosen auf den Straßen zu vergiften. Etliche weitere Versuche, etliche weitere Zurückweisungen, und Ömer fand, er habe jede Rechtfertigung, eine Ex-Geliebte um Hilfe zu bitten.

Unten im Plattenladen sang Vinessa hinter der Theke wieder einen Clash-Song unter den schiefen Blicken mehrerer Neukunden, halb belustigt, halb spöttisch. Als sie Ömer kommen sah, stieg ihre Stimme an: »Somebody got murdered/His name cannot be found/A small stain on the pavement/They'll scrub it from the ground.«

Als der Song zu Ende war, fragte sie, ohne die Stimme zu senken, sämtliche anwesenden Kunden, ob es nicht abartig sei, dass eine Beziehung innerhalb eines einzigen Tages beendet werden konnte, wenn sie doch ganz gut lief, und wie dieser Typ namens Ömer aus heiterem Himmel verkünden konnte: »Das mit uns hat nicht funktioniert.« Wenn sie jetzt auf ihre schamlos unromantische Romanze zurückblicke, habe sie allen Grund zu folgern, dass er sie nie geliebt habe, und da er sie *nie* geliebt habe, jaulte Vinessa, solle er gehen und sich einen anderen Laden suchen, um Punk- und Postpunk-CDs zu kaufen.

Zur Antwort schluckte Ömer schwer, senkte die Stimme fast zum Flüstern, sagte, er sei nicht wegen Punk- oder Postpunk-CDs hier, und erzählte ihr von dem

Widder. Als er mit der Geschichte fertig war, schwieg Vinessa eine Minute nachdenklich. Sie werde keinen Finger rühren, um ihm zu helfen, entschied sie dann, wenn auch jetzt in normalem Ton; außerdem sei sie gegen das Töten von Tieren, ganz gleich, warum, andererseits wolle sie *Abdoul* und seiner süßen molligen Mutter, die ihr neulich abends auf der Halloween-Party so sympathisch war, wirklich gerne helfen.

Vinessa hatte eine Reihe jamaikanischer Freunde, die jeden Tag an einer anderen Ecke der Huntington Avenue sangen, und sie konnte mit Sicherheit sagen, dass ihnen ein frisches gutes Rippenstück willkommen sein würde.

So wurde das siebte Stück von Zahras ungeopfertem Opferwidder mit Curry gewürzt und in Kokosmilch gekocht von einer Truppe mittelloser Reggae-Musiker verspeist, die Vinessa später berichteten, es sei sehr gut gewesen, und sie freuten sich schon auf die nächste Spende.

Drei Tage später verabschiedete sich Zahra von jedem auf andere Weise und bestieg das Flugzeug.

Zu Piyu sagte sie: »Frische Milch ist für Freunde und Buttermilch für die Söhne von Palmenschaben.«

Zu Ömer sagte sie: »Das Land, wo dich die Steine kennen, ist besser als das Land, wo dich die Menschen kennen.«

Zu Debra Ellen Thompson sagte sie: »Wenn deine Freundin Zucker ist, iss ihn nicht ganz auf.«

Zu Gail sagte sie: »Mit einer Laterne bei Nacht gehen ist besser als mit Wolken am Tag.«

Zu Arroz sagte sie: »Wenn Menschen mit dir gegessen

haben, betrügen sie dich, wenn ein Hund mit dir gegessen hat, dann deshalb, weil er dich liebt.«

Zu Abed sagte sie schließlich: »Du hast Glück, dass du hier so gute Freunde hast. Vergiss nicht, dein Freund, der in der Nähe ist, ist besser als dein Bruder, der in weiter Ferne ist.«

Und dann ermahnte sie sich selbst: »*L-farh seb'a iyam u l-huzn taul l-'omor.* – Die Freude währt sieben Tage und die Traurigkeit ein ganzes Leben.«


## Winter


Um 11 Uhr 33 vormittags beschattete eine dürre, bucklige, halb zahnlose Frau, die seit zweiundvierzig Jahren ihres Lebens älter aussah, als sie wirklich war, und seit sechs Jahren vor der Sultan-Ahmed-Moschee Getreidekörner zum Füttern der Tauben verkaufte, mit ihrer knochigen, welken Hand die Augen und schmollte sinnend den fernen Himmel an, den eine Schar Tauben, die plötzlich aufgeflogen waren, zersplitterte. Sie wiegte den Kopf und stieß tadelnd etwas aus, etwas, das wie »Tzzt!« »Tzzt!« »Tzzt!« klang. Da ihr runzliges Gesicht nicht den geringsten Hinweis gab, ließ sich schwer sagen, an was von diesen dreien der Laut gerichtet war: die Sonne – weil sie ihre Strahlen so mühelos zerbersten ließ, oder die Tauben – weil sie so einen Wirbel wegen nichts machten, oder die Masse junger Demonstranten, die der jahrhundertealten Moschee entströmten, mit wütenden Parolen, mit denen sie die Tauben in den wolkenlosen Himmel jagten, wo sie die heitere Wintersonne in Fragmente aus verstörten Strahlen spleißten. Denn je nachdem, auf welches dieser drei die Taubenfutterverkäuferin sich bezogen hatte, konnte sich der Sinn des »Tzzt!« erheblich wandeln, konnte man in ihr eine andere Persönlichkeit wahrnehmen.

Wenn es die Sonne da oben war, zu der sie »Tzzt!« gemacht hatte, dann war es womöglich eine himmlische Anrufung, dann hatte sie vielleicht Gott gebeten, von dem dachlosen Himmel herunterzublicken auf das Chaos, in dem sie sich befand.

Wenn es die Tauben waren, die sie gerügt hatte, könnte sie mehr mit weltlichen Angelegenheiten befasst gewesen sein, etwa, wie viele von ihren Tauben dieses Jahr sterben werden, ob der Getreidepreis steigen wird oder wie lange sie in der Lage sein wird, bei ihrem kärglichen Einkommen zu überleben.

Wenn sie dagegen der tobenden Masse das »Tzzt!« entgegengeschleudert hatte, dann war sie vielleicht eine säkularistische Körnerverkäuferin, die auf ihre Weise gegen die islamistischen Protestler protestierte.

Aber vielleicht ist es jetzt ohnehin zu spät für solche Fragen. Denn es ist schon 11 Uhr 35, und die Tzzts sind nicht mehr zu hören, sind erstickt inmitten lärmender Rufe und Parolen, des Gleichschritts der anrückenden Polizeikommandos, des Hupens der Autos, die im Stau hinter den Polizeibussen stecken, und der heiseren Stimmen der Händler, die Wasser, Sahlep, Reis, Kichererbsen,

Gebetsketten aus Bernstein oder sonst was an Demonstranten, Passanten, Touristen, Polizeibeamte oder sonst wen verkaufen. Dies Getöse war es, das das dritte »Tzzt!« der dürren, buckligen, halb zahnlosen Taubenfutterverkäuferin erstickte. Inmitten des Durcheinanders konnte kein Ohrenpaar, ob himmlisch oder irdisch, es hören, nicht einmal ihr eigenes.

Um 11 Uhr 36 beschrieb ein sehniger Polizeibeamter mit Frettchenaugen unter einem schwarzen Helm und mit Wangen, die jedes Mal rot anliefen, wenn er wütend wurde, und sehr rot, wenn er sehr wütend wurde, mit seinem Knüppel einen Kreis in der Luft und ging dann auf den Pöbel zu, als sei dieser Kreis das Tor, durch das er den Schauplatz betreten würde. Just zur selben Zeit gaben die zwei vorneweg gehenden ockerbärtigen Demonstranten, die sich so unheimlich ähnlich waren, dass sie statt wie zwei verschiedene Männer eher wie die Kopie ein und desselben aussahen, eine neue Parole aus und forderten diejenigen hinter ihnen auf, beim zweiten Mal einzufallen. In genau demselben Moment stellte ein flinker Fotograf, der für Reuters arbeitete, endlich zufrieden mit der Helligkeit und dem Bildaufbau, die Schärfe ein und begann zu fotografieren. Auf den folgenden fünfzehn Aufnahmen fing er diese Sequenz ein: Ein sehniger Polizeibeamter mit Frettchenaugen, einem schwarzen Helm und einem schwarzen Schild nähert sich zwei Demonstranten von hinten; der Knüppel des Polizeibeamten beschreibt einen Kreis in der Luft; die zwei Demonstranten rufen Parolen, ohne den Polizeibeamten hinter sich zu bemerken; der Knüppel saust hin und her und trifft den nächsten Demonstranten mehrere Male am Kopf; die zwei ockerbärtigen Demonstranten vorne im Gewühl sehen nicht mehr gleich aus, das Gesicht des einen ist voll Blut ... alle Bilder haben im Hintergrund die heitere Pracht der alten Moschee und im Vordergrund eine ausgemergelte Taubenfutterverkäuferin, die über die tobende Menge hinweg in den fernen Himmel schmollt. Der Reuters-Fotograf hielt den Atem an, zufrieden mit der Qualität seiner Bilder, und nahm den Film heraus, um einen neuen einzulegen. Das dauerte acht Sekunden.

In diesen acht Sekunden goss Zahra in ihrem Haus in Marrakesch geschmolzenes Blei in einen Tiegel mit kaltem Wasser, um ihren Augapfel vor dem bösen Blick zu schützen. Das Blei zischte traurig. Zur gleichen Zeit roch ein Kojote in den öden Weiten von Arizona an einer dubiosen Pflanze, die an der Stelle gedieh, wo vor acht Jahren um diese Zeit ein Buick in einen an der Straße parkenden Wohnwagen gekracht war. Die Pflanze roch nicht so gut wie Paloverde, aber der Kojote fraß sie trotzdem.

Als das Klicken des Fotoapparates in Istanbul pausierte, das Blei in Marrakesch zu zischen aufhörte und der Kojote in Arizona die Pflanze hinunterschlang, sprang die Uhr am Harvard Square von 3 Uhr 37 auf 3 Uhr 38 morgens. Just da kam der Winter nach Boston.

Der Winter kam nach Boston, unglaublich schnell, von einem Augenblick auf den anderen. Vor einer Minute war er noch nicht da, und dann war er *überall*. Denn von den vier Jahreszeiten ist allein der Winter imstande, sich so deutlich sichtbar anzukündigen und einen dennoch zu überraschen.

Als die Polizei in Istanbul den Pöbel zu zerstreuen angefangen, Zahras Blei sich zu einem auf dem Wasser schwimmenden durchbohrten Auge geformt hatte und von der Pflanze an der Straße nur noch die Wurzel geblieben war, hatte der Winter schon ganz Boston erobert. Als er jede Kleinigkeit und jedermann in der Stadt in seiner Gewalt hatte, bestieg er seinen Thron, der unter seinem gewaltigen Gewicht knackte. Anders als das Tzzt in Istanbul, das Zischen in Marrakesch oder das Schlingen des Kojoten in Arizona blieb das Knacken in Boston nicht unbemerkt.

In dem Augenblick, als er das eigenartige Knacken hörte, sprang Arroz vom Bett, quetschte die tief schlummernden zwei Füße neben sich, öffnete die Tür, schnupperte, als ob er auf diese Weise besser hören könnte, und schlitterte dann, schnell und entschlossen wie ein auf sein Ziel zufliegender Pfeil, die Treppe hinunter, vorbei am Schlafzimmer im ersten Stock, ignorierte die von drinnen kommenden schlüpfrigen Schlabbergeräusche, achtete nicht auf die Thriller-Schreie im Wohnzimmer, durchquerte die Küche, öffnete die Verandatür, blieb stehen und schaute mit weit aufgerissenen Augen nach draußen.

Draußen war überall Winter, ein taumelnder Tanz. Als der einzig wahre Pantheist im Pantheon der Jahreszeiten verband der Winter jede winzige Einheit mit jeder anderen, deckte Erde und Himmel, Teil und Ganzes, Kleines und Großes mit demselben reinweißen Mantel der Quintessenz zu. Blitzartig war Boston zu einer Spielzeugstadt geschrumpft, in Alegres Schneekugel gestopft. Und zwei Hände schienen sie ununterbrochen zu schütteln, denn es schneite ohne Unterlass.

Abed war der Nächste, der den Wintereinbruch entdeckte. Aber er konnte nicht so ruhig bleiben wie Arroz. Denn als Erstes am Morgen die ganze Welt von Schnee eingehüllt zu sehen, macht Menschen mitteilsam. Augenblicklich sauste Abed die Treppe hoch, blieb Ömers Schlafzimmer und für alle Fälle auch dem Badezimmer fern, lief in den zweiten Stock und zerrte Piyu aus dem Bett.

Sogar Ömer war begeistert und verfiel nicht in seinen morgendlichen Wutanfall, als er aus seinem Zimmer kam und begriff, warum seine zwei Hausgenossen sanft, aber beharrlich an seine Tür gepocht hatten. Wieder in seinem Zimmer, gab er Marisol einen Schlabberkuss und flüsterte ihr ins Ohr: »Aufwachen, Kaffeeschätzchen, guck mal nach draußen!« Es war ein Kosewort, ein himmelhohes Lob nach Ömers Verständnis, doch obwohl sie wusste, was Kaffee für ihren großen, unbeholfenen neuen Liebsten bedeutete, gab es Zeiten, da dieses schmiegsame, elfenhafte und immer vergnügte puerto-ricanische Mädchen – eine Soziologiestudentin, die in ihrer Freizeit in Rao's Coffeeshop kellnerte – sich durch die Bezeichnung nicht geehrt fühlte. In solchen Fällen fügte Ömer seinem Kompliment noch einen Spritzer Würze hinzu: »Mi *morena café con leche y mucha crema.*« Marisol kicherte über das alberne Kompliment und lief nach Hause, bevor die Straßen zugeschneit waren.

Nach einem langen Frühstück standen die drei Hausgenossen, nicht mehr ganz so aufgeregt, aber immer noch sehr beschwingt, in ihren Zimmern am Fenster, jeder mit seinem warmen Lieblingsgetränk in der Hand, und sahen diesem amerikanischen Winter zu, der da mitten in ihrem Leben rastlos wirbelte und wirbelte.

Diese Beschwingtheit sollte allerdings nicht anhalten. Nicht lange, und der Winter raubte ihnen mit seiner bleichen Dynamik die Energie. Am ersten Tag schneite es unaufhörlich, pausierte kurz am zweiten, holte aber am dritten die verlorene Zeit wieder auf und schlug am vierten Tag mit voller Kraft zu. Waschsalon, Lebensmittelgeschäft, Videoverleih, Apotheke, Tabakladen … alle waren jetzt ferne Inseln von fragwürdiger Realität geworden, die Wege dorthin mit Gefahren gespickt, obwohl sie noch irgendwo in der weißen Flut existierten. Irgendwann am Nachmittag des ersten Tages hörten sie im Radio den Rat, bei dem Schneesturm nicht nach draußen zu gehen, und nachdem sie das gehört hatten, blieben sie angewurzelt drinnen, nur für alle Fälle. Wenn dieses Wetter schon für geborene Neuengländer zu frostig war, dann war es für sie, die sie vom Mittelmeer kamen, ultrafrostig.

Schlimm bei Lethargien dieser Art ist jedoch nicht ihr Anfang, sondern ihr Ende oder, genauer gesagt, ihr Unvermögen, zu einem Ende zu kommen. Trägheit ist verwandt mit Trunksucht. Taucht man einmal hinein, könnte man immer weiter versinken, vergessen, wo man aufhören und, krasser noch, *warum* man überhaupt aufhören soll. So blieben die drei Hausgenossen an vier langen weißen Tagen freiwilliger Gefangenschaft dumpf und stumpf daheim in Sicherheit, während es draußen immer weiter schneite, bekamen sich gegenseitig satt, aber mehr noch jeder sich selbst.

Um die Apathie zu lindern, die sie anfänglich selbst herbeigeführt und dann maßlos überzogen hatten, klammerte sich jeder an seinen gewohnten Zeitvertreib. Piyu staubsaugte, wischte und wienerte das Haus, machte Jagd auf Krümel, telefonierte endlos mit Alegre, spielte mit Arroz, dankte Gott für Arroz, dankte Gott, knabberte Kartoffelchips, las die *Neue Jerusalemer Bibel,* lernte unter der Bettdecke, fegte Krümel auf, chattete im Internet mit Alegre, lernte und langweilte sich. Abed guckte sich jeden einzelnen Film im Haus zum wiederholten Mal an, beklagte bitter, dass er nicht mehr auf Lager hatte, machte Pfefferminztee, schrieb zu viele Briefe an Zahra und versuchte viele Male, einen einzigen Brief an Safiya zu schreiben, lernte bei laufendem Fernseher, gestaltete eine Website, war gekränkt über die Diskriminierung von Arabern und Muslims, die im Ton mehrerer Artikel, die er las, und etlicher Fernsehsendungen, auf die er stieß, mitschwang, machte Pfefferminztee, lernte und langweilte sich. Ömer hingegen beschloss, mit einem minimalen Aufwand an Energie und Zeit einen maximalen Effekt zu erzielen. Da der beste Weg zu diesem Ziel war, in eine Schleife zu verfallen, tat er dies. Er hörte sich David Bowies »I'm Deranged« wieder und wieder an, wünschte, jemand möge so nett sein und ihm Kaffee bringen, machte ihn sich am Ende selbst und sann über neue Gründe nach, das Rauchen aufzugeben, während er in seinem Zimmer kettenrauchte. Hin und wieder zwischen den Runden telefonierte er auch.

»Was ist mit AIDS-Janice? Hat man sie verhaftet?«

»Welche AIDS-Janice?« Er röchelte den Morgenhusten eines Rauchers heraus, obwohl nicht Morgen war.

»Du rauchst immer noch, ja?«, mäkelte seine Mutter.

»Ja, aber nicht so viel wie früher.« Er schluckte schwer, als würde seine eigene Lüge ihn verabscheuen, weniger wegen der ethischen Bürde, gelogen zu haben, sondern wegen des intellektuellen Verdrusses, nicht besser gelogen zu haben.

Danach erfuhr er von dieser Frau mit AIDS und gelobte, sich vor ihr, die irgendwo in den Vereinigten Staaten in den Straßen ihr Unwesen trieb, mit so vielen Männern schlief, wie sie konnte, um die Krankheit zu verbreiten, zu hüten. Obwohl er Gewissensbisse hatte, dauernd Gelöbnisse in Angelegenheiten abzulegen, die ihm nicht gleichgültiger sein konnten, gegenüber einer Mutter, die er nur mit dadurch besudelter Zuneigung lieben konnte, hatte er unterdessen so viele derartige Gelöbnisse angesammelt, dass es auf eins mehr kaum noch ankam. Er legte auf, hörte sich den ganzen Tag »I'm Deranged« an und trank Kaffee. Der Ablauf blieb in den folgenden Stunden und Tagen mehr oder weniger gleich, bis er mit Angst und Schrecken feststellte, dass kein Kaffee mehr im Haus war.

»Hey, gehst du raus?« Abed wollte hinter ihm her, hatte aber Schwierigkeiten, die Beine zu strecken, die nach drei Tagen Bewegungslosigkeit wie gelähmt waren.

»Raus, nach draußen, ja, allerdings!«, lautete die Antwort, Freudengrad unter null. »Ich hab das satt! Ich brauch frische Luft.«

Piyu hastete zu ihm, was ihm besser gelang als Abed. »Frische Luft? Wir brauchen keine frische Luft. Es gibt Dringenderes. Warte kurz, ja? Geh nicht weg, warte!«

Zusammen mit der ausgehändigten Liste nahm Ömer drei CDs mit, beschloss, mit Anita Lane und »Sex O'Clock« anzufangen, setzte die Kopfhörer auf und seine Mütze darüber, drückte die Play-Taste, brauchte frische Luft so dringend »Like Caesar Needs a Brutus«. Vier Minuten, vierunddreißig Sekunden. Während der Song seine Runden drehte, sah Ömer den Leuten beim Schneeschaufeln vor ihren Geschäften zu und fühlte sich mit jedem Schritt besser. Zu seiner Verwunderung war hier draußen Leben. Die Stadt lebte ihr Leben wie gewöhnlich, wenn auch vielleicht ein bisschen schläfriger und schwerfälliger. Der Schnee hatte alles verlangsamt – Bewegungen, Bestrebungen, Neigungen –, als seien eisige Misstrauenskörner auf alle Menschen niedergeprasselt. Erstaunt beobachtete Ömer kleine und größere Kinder, denen die Kälte überhaupt nichts ausmachte, obwohl ihre Nasen sich in kleine rote Knöpfe verwandelt hatten, Kinder Neuenglands, die keine Ahnung hatten, wie ungeheuer unfassbar ihre Kälteverträglichkeit auf Außenstehende wirken konnte.

Als Ömer alle Sachen auf der Liste eingekauft hatte, stand er mitten in Cambridge und wusste nicht, wo er mit drei Tüten voll dämlichem Zeug hinsollte. Er ging zu einem Plattenladen, aber der hatte zu, rief Marisol an, erwischte aber nur ihren Anrufbeantworter, bummelte herum ohne ein bestimmtes Ziel vor Augen, aber ohne den Wunsch, nach Hause zu gehen. Da fiel ihm ein, dass er nicht weit von Gails Laden sein musste. Er könnte dort noch mehr Schokolade für Piyu kaufen, und es wäre ein netter Spaziergang. Er legte Banco de Gaia auf und stapfte mit »How Much Reality Can You Take?« los.

Vor ihm schlurfte eine stämmige Frau in zerrissenen Kleidern unendlich langsam dahin. Sie trug einen himmelblauen Samthut und zog einen schmutzigen, arg verbeulten Rollenkoffer hinter sich her. »Jesus sagt mir, du hast eine Zigarette übrig?«

Während Ömer nickte und dem Päckchen eine Zigarette entnahm, beobachtete die Frau ihn argwöhnisch. »Schönes Wetter, was?«

»Ja, aber wohl doch zu kalt für mich«, schnatterte Ömer und gab ihr Feuer.

»Von wo hast du den Akzent mitgebracht?«, fragte sie zwischen den Zigarettenzügen in hell zirpendem, beinahe mädchenhaftem Ton, den er bei ihr gewiss nicht erwartet hatte. Ihre Stimme war jünger und zweifellos weniger beschädigt als ihre Gesichtszüge.

Ömer gefiel die Art, wie sie die Frage gestellt hatte. Als seien es unsere Akzente, die Nationen angehörten, aber nicht unbedingt wir. »Istanbul«, antwortete er, ohne mit einer erwidernden Bemerkung zu rechnen.

Gail, die drinnen im Laden gerade fettfreie Zartbitterschokoladeneulen für zwei Wicca-Kundinnen einpackte, hielt verblüfft inne und schaute hinaus. Zu ihrer Verwunderung sah sie die *Jesussagtmirduhasteinendollarübrig*-Frau mit jemandem plaudern, und zu ihrer noch größeren Verwunderung sah sie, dass dieser Jemand Ömer war.

»Istanbul … Istanbul …«, nuschelte sie das Wort auf jede mögliche Weise.

Ömer nickte nachdenklich, als sei damit ein bedeutsamer Schluss gezogen, und ihm bliebe nichts weiter zu sagen. Er warf die Kippe weg, dachte, dies könnte vielleicht eine gute Gelegenheit sein, das Rauchen aufzugeben, die Zigarette, die er mit dieser Obdachlosen geraucht hatte, seine allerletzte sein zu lassen, und wollte sich mit diesem Vorhaben im Sinn verabschieden, als er sie murmeln hörte: »Ich bin in deinem Heimatland gewesen.«

»Ach, wirklich?«, fragte Ömer automatisch.

»Ja, wir waren dort«, lächelte sie, meilenweit entfernt. »Wir sind von Chios nach Athen übergesetzt und von dort in deine Heimat. Wir sind drei Tage in Istanbul geblieben. Ich hab ein gutes Gedächtnis. Ich erinnere mich, ein Kind hat uns den Weg gezeigt, als wir uns in einem Stadtteil verlaufen haben. Hatte schöne Augen, der kleine Junge. Was wohl aus ihm geworden ist? Meinst du, er ist jetzt ein glücklicher Erwachsener? Oder meinst du, er leidet? Ist vielleicht schon tot?«

Im Laden war Gails Neugierde, worüber diese zwei wohl sprachen, auf dem Höhepunkt angelangt, als sie Ömer sich endlich von der *Jesussagtmirduhasteinendollarübrig*-Frau verabschieden und zu ihr herüberkommen sah.

Die Türglöckchen bimmelten fröhlich, Gail und Debra Ellen Thompson begrüßten ihn lächelnd, Letztere allerdings mit einem missbilligenden Glitzern in den Augen.

Sie boten ihm etwas zu essen an, er wollte lieber etwas zu trinken – *Kaffee zum Beispiel?*

Sie hatten Kaffee, um ihn in all die Nougats, Trüffel, Bonbons und das ganze Zeug zu füllen, aber keinen zum Trinken. Mit zunehmender Belustigung schaute Ömer auf die ausgestellten Schokoladensachen. Es gab Schokolade in Gestalt von Horoskopen, keltischen Liebesknoten, schauerlichen Drachen, runischen Pentagrammen, ägyptischen Aukhs, Kokopelli, Friedenszeichen und weiße Schokolade in Gestalt von Friedenstauben. Es gab sitzende Milchschokoladenbuddhas, Mondgöttinenfondant, Krokant in Form von Pfauenfedern. Sie hatten sogar Toffees in Gestalt leerer Gefäße für Taoisten, die sich in der Kunst übten, ein leeres Gefäß zu sein, aber nirgends in dieser Schokoladengalerie hatten sie einen verflixten Tropfen Kaffee, den sie ihm anbieten konnten.

»Kaufen die Leute diese Sachen?«, fragte Ömer.

Gail lachte. Neulich hatte ein indianischer Parapsychologe, der behauptete, der Weisheitsbewahrer von Natur und Kultur zu sein, bei ihnen fünfzig Paletten Büffelaugenkaramellen bestellt, um sie seinen besten Kunden zu schicken. Es gab sogar Leute, die Schokoladenstatuen von ihren verstorbenen Verwandten wollten, aber, fügte Gail nachdrücklich hinzu, solche Geschäfte machten sie nicht.

Als er Gail an diesem Nachmittag beobachtete, wie sie achtspeichige Marshmallow-Paganräder mit Puderzucker bestäubte, überkam Ömer eine Woge unerwarteter Gelassenheit. Anblick und Aroma dieses friedlichen kleinen Geschäfts machten ihn sentimental, erzeugten ein diffuses

Gefühl, aus der Jetzt-Spanne, den Spannungen des Jetzt zu fliehen, zurück zu einer vertrauten Erinnerung, einem glücklichen Vakuum in der Kindheit. Dieses Gefühl erinnerte ihn an eine Zeit, als er es genossen hatte, mit seinem Vetter Murat zu Hause zu sitzen, die Törtchen zu knabbern, die ihre Mütter für eine Schar Gäste gebacken hatten, alles Frauen (alle verheiratet, alle Mütter, alle erpicht, über anderer Leben zu reden, aber des eigenen überdrüssig), die sich alle zwei Wochen trafen. Ömer erinnerte sich, wie sehr er es damals geliebt hatte, ins Wohnzimmer zu spähen auf diese weibliche Aura, so schillernd, so kurvig, auf ihr Lachen zu lauschen, zu schreiend, zu schrill, aber auch unerwartet sinnlich. Das war noch die Zeit, als er es liebte, zu Hause gefangen zu sein, und wenn er jetzt darüber nachdachte, musste es das letzte Mal gewesen sein, dass er sich wohlgefühlt hatte bei der Mutter und der Familie, die ihm gegeben war.

Noch immer lächelnd bei der fernen Erinnerung, nahm er versonnen einen Schluck von dem beruhigenden Zen-Heilkräutertee, den Gail ihm gemacht hatte … und stellte ihn sofort beiseite. Sein friedlicher Gesichtsausdruck knitterte wie zerknülltes Papier. Hastig nahm er einen Bissen von dem kolossalen Schokoladen-Croissant auf dem Teller vor ihm. Das war schon besser.

»Croissants!«, quiekte Ömer, froh, von dem herben Tee loszukommen. »Wisst ihr, dass Croissant dasselbe ist wie Halbmond? Die Dinger haben den Lauf der Geschichte geändert, heißt es. Im siebzehnten Jahrhundert belagerten osmanische Heere Wien, aber sie konnten die Stadt nicht einnehmen. Da beschlossen sie, unterirdisch vorzustoßen. Sie gruben Tunnel, durch die sie direkt ins Zentrum der Stadt gelangen wollten. Um es geheim zu halten, arbeiteten sie nur nachts. Aber die Wiener Bäcker arbeiteten zufällig auch nachts. In ihren Bäckereien hörten sie die Geräusche von Spaten und schlugen Alarm. So müssen, je nachdem, auf welcher Seite man stand, die einen dankbar ihre Zähne in die Halbmonde geschlagen haben, während die anderen nur mit den Zähnen knirschen konnten.«

»Oje, dann hätten wir dir keins anbieten sollen, das erinnert dich bestimmt zu sehr an diesen unglücklichen Vorfall«, platzte Debra Ellen Thompson heraus, ein zauderndes Lächeln im Gesicht und unbeirrbaren Unmut in der Stimme.

»Es war nur eine Geschichte ... aus der Vergangenheit ...« Ömer machte kein Hehl daraus, dass er beleidigt war. »Seh ich so aus, als hätte ich die Absicht, Wien zu erobern?«

Als Gail die zunehmende Spannung zwischen den beiden bemerkte, biss sie sich auf die Lippe, knabberte an einem feminin geformten Trüffel, biss sich noch ein bisschen auf die Lippe und wandte sich dann plötzlich an Ömer; ihr Gesicht glühte geheimnisvoll, mit nahezu schillernder Lebhaftigkeit: »Hey, gehen wir los und sehen zu, dass du deinen Kaffee kriegst, ja? Ich mach jetzt Mittagspause.«

Draußen schauten sie sich als Erstes, ohne zu ahnen, dass der andere dasselbe tat, nach der *Jesussagtmirduhasteinendollarübrig*-Frau um. Aber sie war weg. Wo sie vor einer halben Stunde gestanden und geraucht hatte, war jetzt nur ein frisch geschaufelter Schneehaufen, der schon zu grauem Matsch schmolz. Während sie eine Weile wortlos stapften, blies ihnen der trockene Wind ins Gesicht und wehte das schwarze Gestrüpp auf Gails Kopf in alle Richtungen. Heute trug sie einen Silberlöffel mit einem Bernstein. Der musste zu ihrer Berufskleidung gehören, überlegte Ömer, den es einigermaßen überraschte, dass er ihre Gesellschaft so genoss.

»Ich bin hungrig«, rief sie. »Und du?«

»Hungrig wie die Wölfe!«, bekam sie zur Antwort.

Die Türken werden also *hungrig wie die Wölfe*, wunderte sich Gail. Sie sagte ihm natürlich nicht, dass Amerikaner hungrig werden *wie ein Bär, wie ein Schwein* oder vielleicht *wie ein Wolf*, aber gewöhnlich nicht hungrig *wie die Wölfe*. Der Teufel steckt im Detail, sagt man. Ist vielleicht wahr, vielleicht nicht. Aber der Beweis für Fremdheit steckt bestimmt darin. Gail korrigierte nichts, als sie ihn auf Englisch plappern hörte. Immerhin hören Muttersprachler die klitzekleinen Ungenauigkeiten ausgesprochen gern, die von Ausländern produziert werden, als sei damit Geld zu verdienen. Nur selten greifen sie ein, und wenn, tun sie es oft liebevoll belehrend wie Eltern, die sich an den von ihren Kindern gemachten Fehlern freuen.

Sie betraten einen Imbiss in der Nähe, wo Ömer die vielfältige Auswahl für ihn bemerkte und Gail die beschränkte für sie. »Es ist wegen der Augen«, murmelte sie, als sie nachdenklich die Schüsseln mit Spinat mit Huhn betrachtete, mit Lachs-Carpaccio, Spaghetti mit Thunfisch, Wildreis mit Rindfleisch und allerlei mit allerlei Fleisch. Sie aß nichts, was Augen hatte, weil sie immer daran denken musste, dass die Tiere mit diesen Augen ihrer Schlachtung zugeschaut, die Ungerechtigkeit des Todes durch Menschenhand mit angesehen hatten.

Angewidert würgte Ömer ein Husten hervor. Da er sich sein Leben lang überwiegend von blökenden, muhenden, kollernden oder gackernden Lebewesen ernährt hatte, wusste er nicht, was er sagen sollte. Wie die meisten eingefleischten Fleischesser aß er gerne Fleisch, einfach weil er gerne Fleisch aß. Frugal und ursprünglich. Zu primitiv zweifellos, beschämend barbarisch, verglichen mit dem poetischen Zartgefühl, von dem er soeben gehört hatte. Veganern wird nie klar, wie stark und wie oft sie ihr Leben aufs Spiel setzen, indem sie Nichtveganer mit ihren Predigten gegen das Töten von Tieren provozieren. Gesund essende Menschen sind nicht unbedingt gesund redende Menschen.

Aber als Ömer an diesem Tag mit ihr in der Imbissschlange stand, verspürte er zu seiner eigenen Verwunderung wenig Neigung, Gail zu erwürgen. »Du hast es bestimmt schwer«, war alles, was er nach einer gedehnten Pause hervorbrachte.

»Weiß nicht«, grummelte sie, während sie einen Haarkringel hinters Ohr schob. »Ich denke, ich bin von Zeit zu Zeit mal *schwermütig,* so wie ich früher gewesen sein soll.«

Von früher sprachen sie, Ömer mehr als Gail, sobald er seine Engelshaarnudeln mit Hühnchen fröhlich verdrückt hatte. Er sprach schnell, sie gingen langsam, während Gail ihre Engelshaarnudeln ohne Hühnchen mampfte und eine Kaskade von psychologischen, philosophischen, rhetorischen und persönlichen Fragen losließ. Fragen, die ihm hätten auf die Nerven gehen können, es aber erstaunlicherweise nicht taten. Bemerkungen, die ihn normalerweise fertigmachen konnten, es aber irgendwie nicht taten. Ömer erkannte es in diesem Moment nicht, aber ein Grund, weshalb sich die Unterhaltung mit Gail als so erfreulich erwies, war, dass es essenziell und generell um »sich mit Gail unterhalten« ging, mehr nicht. Keine ausbaufähige Flirterei, keine Aussichten auf eine Liebelei. Wie so viele Männer, die es gewohnt sind, entweder mit jeder Frau zu flirten, mit der sie zufällig länger als eine halbe Stunde plaudern, oder nur mit den Frauen länger als eine halbe Stunde zu plaudern, mit denen sie flirten möchten, hatte auch er sich wie von einer plötzlich über Bord geworfenen Bürde befreit gefühlt, als er merkte, dass er sich mit einer Frau unterhielt, die ebendies war und doch nicht war … eine *Frau*. Nicht, dass er nicht auf ihre Brüste geachtet hätte, als sie sich im Laden über ein Tablett mit Schokoladenbrezeln gebeugt hatte, nicht, dass er nicht auf die Idee gekommen wäre, wie es sein würde, sie zu küssen, nicht, dass er nicht mit ihr schlafen wollte – vielleicht, vermutlich, realistisch, warum nicht –, aber nichts davon hatte mit ihrer gegenwärtigen Plauderei zu tun. Flirten war hier nicht das Leitmotiv. Tatsächlich … *er* bezweifelte, ob es überhaupt eins gab. Unterhaltung war alles, was hinter ihrer Unterhaltung steckte.

Er erzählte ihr seine Geschichten – vergangene und gegenwärtige, von denen er die meisten so vielen Leuten – Frauen, um genau zu sein – so oft erzählt hatte.

Doch hin und wieder gab er auch etwas Neues von sich, Zweifel, bei denen er nicht wusste, dass er noch zweifelte, Ängste, bei denen er nicht wusste, dass er sich so sehr ängstigte. Ein dünner Rauchkringel folgte ihnen, während er ununterbrochen redete. Übersprudelnd, unterbewusst, mit Worten, für die ihm die Wörter fehlten, sprach er über das, was ihm im Leben am meisten zu schaffen machte: Vortäuschung.

»Es ist verrückt«, sagte Ömer. »Ehe ich in dieses Land kam, habe ich mich nie gefragt, warum ich ins Ausland ging. Die Antwort ist eindeutig, um den Doktor zu machen. Aber wiederum, warum? Erst nachdem ich hier ankam, habe ich mir die Frage gestellt, die ich mir schon längst hätte stellen sollen. Die Frage vibriert wie ein verzögertes Echo von hinten.«

Gail riss ihren Blick von Ömers Gesicht los und richtete ihn auf ein Paar olivgrüne Handschuhe, die jemand auf einer Bank vergessen hatte. Die rechte Hand lag auf der linken, die Finger leicht gekrümmt, als ob sie betteln oder eine Hand ergreifen wollten. Sie beschloss, es als gutes Zeichen zu nehmen, und schenkte Ömer ein aufmunterndes Lächeln.

»Manchmal beneide ich Piyu und Abed. Für sie ist es glasklar, was sie im Leben erreichen wollen, warum sie in die USA gekommen sind, was sie nach dem Examen tun werden und wo genau ihre Heimat ist. Wogegen ich nur vortäusche, das alles zu wissen.«

Gails Lächeln grenzte an Zustimmung, doch als sie sprach, kam aus ihrem Mund ein neuer Schwung Fragen statt eigener Bemerkungen. Auf jede Frage, die sie über sein Leben und seine Vergangenheit stellte, antwortete Ömer mit wachsendem Eifer, er genoss es, dass sie ihm nahe genug war, um mehr über ihn erfahren zu wollen, aber auch fern genug, um sich nicht von den Antworten verstören zu lassen; zu seiner eigenen Verwunderung genoss er jede Minute dieses Spaziergangs.

»Ich muss immer daran denken, wie groß der Bedarf deiner Seele an Gleichmut und Gelassenheit ist.« Gail stöhnte, als ihr Blick zu den Plastiktüten in Ömers Hand wanderte, wo sie Rindfleisch erspähte und Knoblauchchips und ein Video, auf dem *Haus der 1000 Leichen* zu lesen war. Schwer vorstellbar, dass diese Dinge einen Einfluss auf Gails Gedanken ausübten, doch als sie um die Ecke bogen, sagte sie: »Vielleicht willst du mal mitkommen zum Tai-Chi. Ruf mich an, wenn du's versuchen möchtest.«

Bedarf an Gleichmut und Gelassenheit! Ömer kicherte wie über einen Witz, widersprach aber nicht. Nachdem sie so viel geredet hatten, war es irgendwie eigenartig, dies verstörte Schweigen, das sich über sie senkte, als sie wieder vor Squirmy Spirit Chocolates standen. Blitzartig waren sie Fremde, war ihr Spaziergang eine Anwandlung geworden, ein einmaliger Ausbruch aus dem Kontinuum ihres Lebens. Und vielleicht war es genau dieser Ausbruch, der ihr Gespräch möglich und so ausgiebig gemacht hatte, so eine Art »Fremde-im-Zug«-Effekt – die Erleichterung, zu wissen, dass es im Augenblick der Trennung keine Erwartungen, keine Verpflichtungen geben würde. Sie lächelten sich unsicher an, matschten mit ihren Stiefeln im Schnee, wechselten noch ein paar Worte, jetzt eher aus Höflichkeit, gaben sich kältetaube Hände, lächelten wieder und matschten noch ein bisschen mit den Stiefeln im Schnee.

»Hey!« Ein kindliches Lächeln erhellte Ömers Gesicht, als er das Schild über dem Laden hängen sah: »Du hast Pünktchen da oben!«

Seite an Seite schauten sie hoch zu den drei Pünktchen von »Squirmy Spirit Chocolates«, was Debra Ellen Thompson drinnen im Laden veranlasste, sich zu wundern, was zum Kuckuck sie da beguckten.

»Wenn ich meinen Namen auf Türkisch schreibe, hat er Pünktchen. Auf Englisch verliere ich sie. Hört sich dämlich an, ich weiß, aber manchmal betrauere ich den Verlust meiner Pünktchen. Deshalb müssen das da oben meine Pünktchen sein, pass gut auf sie auf.«

Gail nickte zustimmend, sah keine Notwendigkeit, ihn aufzuklären, dass das, was er für Pünktchen hielt, in Wirklichkeit Kakaobohnen waren, die, schon in ihren glanzvollsten Tagen dilettantisch, sich jetzt aber, durch Wind, Sonne und Schnee verwittert, in rostbraune Flecken verwandelt hatten.

Als er den Blick von dem Schild gleiten ließ, erspähte Ömer den Schatten von Debra Ellen Thompson hinter dem Schaufenster. »Ich glaube, die mag mich nicht besonders«, knurrte er.

»Hm, ich glaube, du hast recht«, erwiderte Gail und sah ihm direkt in die Augen. »Aber nur, weil ich dich mag.«

Weil sie das im Ton von jemandem gesagt hatte, der sich erkundigt, ob der Bus schon abgefahren ist oder wo es zum Marktplatz geht, brauchte Ömer ein paar Sekunden, um die verheißenen Verabredungen aus ihren Worten zu klauben – nur ein paar Sekunden, vielleicht drei oder zwei, aber das genügte, und schon war die Wahrnehmung hinter der Aktion zurückgeblieben. Er wusste das noch nicht, aber diese fehlende Synchronität von Wahrnehmung und Aktion sollte die Quintessenz ihrer nachfolgenden wie auch immer gearteten Beziehung werden. In gleicher Weise rückschauend, so bedingungslos kierkegaardisch sollte ihre Beziehung sein, die immer vorwärts gelebt, aber nur rückwärts verstanden werden würde.

*»Pasen el pollo a Alegre«,* verfügte *la* Tía Piedad am anderen Ende des Tisches.

Sie hatten sie an diesem Nachmittag aus dem Krankenhaus geholt, und sie hatte hausgemachtes Essen vermisst. Doch von dem Augenblick an, als *todas las tías* sich um den Tisch versammelten, schien es sie mehr zu bekümmern, was Alegre nicht aß, als was sie aß. Das Hühnchen beschrieb eine halbe Ellipse, als es von Hand zu Hand gereicht wurde, bis es auf Alegres Teller landete.

Als ihre Eltern noch lebten, war es anders gewesen. Damals wurde sie nicht gezwungen, mehr zu essen, sondern weniger. Ihre Mutter wollte nicht, dass sie dick wurde und damit ihre Chancen verringerte, sich einen wohlerzogenen, wohlhabenden Ehemann zu angeln. Alegre hatte immer den Verdacht, dass ihre Mutter sich ihrer ein wenig schämte. Nicht von Anfang an, sicher nicht. Nicht, als sie ein Kind war, sondern viel später. Als deutlich wurde, dass sie die Pummeligkeit nicht loswurde, die sie in der Pubertät angesetzt hatte, was zwar früher niedlich aussah, aber jetzt nicht, jetzt nicht mehr. Obwohl Alegre im Rückblick keinen exakten Beginn ihrer Gewichtsprobleme bestimmen konnte, war die »Pubertät« mehr oder weniger die Zeit, wo sie anfing, Diät zu halten. Damals aß sie allzu oft den ganzen Tag über nichts, aber wenn sie dann zu essen anfing, aß sie zu viel. Sie nahm regelmäßig Überdosen Paracetamol, und je mehr sie abnahm, desto ausfallender wurde sie gegen ihre Eltern. Aus dem braven Mädchen, das Alegre immer gewesen war, wurde ein zorniger Teenager mit einem Mund, der sich weigerte, irgendwas aufzunehmen, und Wut auskotzte.

Dann kam der Unfall. Die Eltern, die sie immer so geliebt, aber in den letzten zwei Jahren so schlimm beschimpft hatte, die Mutter, die stolz auf sie sein sollte, sich aber stattdessen ihrer schämte, waren auf einmal nicht mehr da.

»Hija coge mas frijoles de olla!«

Nach dem Tod ihrer Eltern fing sie an, sich extrem für geistige und körperliche Gesundheit zu interessieren, in einem Denkschema, das anderen völlig schleierhaft, ihr selbst aber klar und vernünftig vorkam. Kalorien, Kohlenhydrate, Ballaststoffe, lösliche Ballaststoffe, nicht-lösliche Ballaststoffe … sie kannte sie alle. Eine Portion Baby-Karotten hatte nur siebzig Kalorien. Die konnte sie essen, zehn, fünfzehn, zwanzig Portionen am Tag, und nichts anderes. Ihre Handflächen waren orange, ihre Füße orange, ihr Blick orange. Sie war ein dünnes, zartes Figürchen geworden. Dünn, zart und orange.

Orange ist die Farbe des schwierigen Schwebezustands zwischen Mädchensein und Frausein.

»¡Hija toma flan de coco!«

Dann war ihre Periode manchmal ausgeblieben. Drei Monate lang, und dann kam sie wieder, wie um ihr klarzumachen, dass Alegre keine Macht über ihren Körper hatte und dass ihr Frausein einfach nach Belieben kommen und gehen konnte.

Schweinekoteletts, buñuelos de viento, chambergos, cicadas, yemitas, capirotadas, flan de chocolate ... essen und fressen / schlingen und kotzen / schlingen und fasten / fasten und schlingen / kotzen und schlingen / kotzen und ... Schweinekoteletts, buñuelos de viento, chambergos, cicadas ...

Eine halbe Stunde später hörte sie la Tía Piedad vor der Badezimmertür rufen: »¿Alegre quieres te hija? – Möchtest du Tee, mein Kind?«

»¡Si por favor!« Sie warf einen letzten Blick auf die Essensreste, auf die Matsche, die mal flan de coco war.

Sie bediente die Toilettenspülung.


Tai-Chi war das Letzte, was Ömer in den folgenden Tagen im Sinn hatte. Irgendwann in dieser Woche erinnerte er sich plötzlich an zwei zusammenhängende, wenn auch nicht unbedingt sich ergänzende Tatsachen, die ihn selbst betrafen. Erstens, er war Examensstudent. Zweitens, er hatte nicht studiert. Eine Datei mit dem Titel »Herkunft, Verstand und Heimatgefühl: Nationalismus und die Intellektuellen im Mittleren Osten« wartete geduldig in seinem Laptop, wartete auf den Tag, an dem er anfing, seine Arbeit zu schreiben. Anfang Dezember musste Ömer erkennen, wie wenig er in der ganzen Zeit zustande gebracht hatte. Der Termin bei seinem Studienberater war entmutigend. Spivack gab ihm noch einmal drei Wochen und forderte ihn auf, sich mächtig anzustrengen, um das katastrophale erste Kapitel zu überarbeiten.

Zum Ausgleich für all die Monate, in denen er sein Studium hatte schleifen lassen, schaltete Ömer zum Gegenpol um, arbeitete mit ungeheurer Schnelligkeit und Energie, was er mit kaputten Nerven und ruinierten Körperfunktionen büßte. Er aß wenig, schlief wenig, trank zu viel Kaffee, schrie seine Mutter an, als sie ihn nach dem Schicksal eines Serienmörders fragte, trennte sich von Marisol und trank weiterhin zu viel Kaffee.

»Wie kannst du so einfach Schluss machen?«, murmelte Marisol und brachte es fertig, nicht zu weinen. Ömer sagte, es sei nicht einfach. »Wir hätten darüber reden können« – sie drehte den Kopf weg, weinte immer noch nicht. Ömer sagte, es sei nicht einfach. »Du hast mich nie geliebt«, schluchzte sie und brach in Tränen aus. Ömer sagte nichts.

»Ich wünsche dir den Himmel«, sagte sie.

*Ich wünsche dir den Himmel* ist ein Fluch, den Liebende auf den Spiegel schreiben. Wie es mit Spiegeln eben ist, so ist auch hier das, was links ist, in Wirklichkeit rechts, was *Himmel* ist, ist in Wahrheit *Hölle*.

Als die drei Wochen um waren, händigte Ömer Spivack ein vollständig überarbeitetes Kapitel aus, das dieser mit sehr vielen Anmerkungen und Korrekturen, aber sichtlich zufrieden zurückgab.

## Chakraweh

»Welche typischen Gerichte esst ihr in der Türkei bei religiösen Anlässen?«

Ömer, der ein Stück Huhn verzehrte, lächelte höflich hinter den flackernden Sabbatkerzen. Ihm war nicht danach, über die türkische Küche zu reden, nicht auf diese Art. Weil Pearls Mutter aber immer so nett war, wollte er auf keinen Fall grob zu ihr sein. Er antwortete ihr auf alle Fragen, nannte eine Reihe Gerichte, skizzierte ein paar Gebräuche und lieferte einige sorgsam ausgewählte Informationen über Istanbul, ärgerte sich dabei immer mehr über sich, weil er sich schon benahm wie ein versierter Fremdenführer. Genau wie die dortigen Fremdenführer dachte er gar nicht daran, seinem Publikum die Nebenstraßen der Stadt zu zeigen, die Straßen, wo das wahre, beschissene Leben pulsierte.

Inzwischen war er zu dem Schluss gekommen, dass die Mütter der Mädchen, mit denen er in Amerika zusammen gewesen war, in zwei Lager fielen:

1. a) Die *Überrasch-mich!*-Mütter
2. b) Die *Mich-kann-nichts-überraschen!*-Mütter

Die Überrasch-mich!-Mütter waren die, denen es von Natur aus missfiel, dass ihre Töchter sich mit einem Türken trafen, die aber vorgaben, sie hätten nichts dagegen, solange es nichts *Ernstes* war. Nicht, dass sie ihn schlecht behandelten oder so. Im Gegenteil, obwohl sichtlich reserviert, waren sie stets zuvorkommend und

ausgesprochen höflich, umhüllten ihn mit einer gönner-
haften, nahezu aristokratischen Liebenswürdigkeit, als
gäben sie ihm die Chance, etwas, *irgendwas* zu tun, um
sie für sich zu gewinnen, als erwarteten sie von ihm, dass
er sie *überraschte.*

Die Mich-kann-nichts-überraschen!-Mütter hingegen waren liberale kosmopolitische Mütter, entschlossen, jede wie auch immer geartete kulturelle Variante
auf die genau gleiche Weise und mit dem genau gleichen
Interesse gutzuheißen. Für sie war es kein großer Unterschied, ob einer Muslim oder Zoroast war, die große
Kali oder eine Götterschar verehrte oder gar behauptete,
selbst ein Gott zu sein, denn sie nahmen jeden freundlich
auf; doch wenn man aufgenommen wurde, sahen sie in
einem nicht den Menschen, der man war, sondern bloß
die verschwommene Silhouette eines Ausländers, wie
sie der beschlagene Spiegel einer derart bedingungslo-
sen Aufgeschlossenheit zurückwirft. Bei beiden Mütter-
Typen, vermutete Ömer, war seine *Persönlichkeit* das Letzte,
was einen Einfluss darauf hatte, wie man über ihn dachte.

Mit Pearls Mutter, die zur zweiten Gruppe gehörte,
war leicht auszukommen. Zwischen Ömer und Pearl
selbst jedoch lief es nicht so glatt, nicht einmal oberflächlich. Pearl war keine verrückte Hedonistin wie
Vinessa. Sie war nicht die Sorte Mensch, die ihre Zeit
damit vergeudete, hinter der Theke eines schmuddeligen Plattenladens Joe Strummer nachzuahmen. In dem
Maße, in dem Vinessa sorglos war und glücksorientiert,
war Pearl unbeugsam und zielorientiert. Auf dem Weg
in die glänzende Zukunft, die sie sich ersehnte, hatte alles

und jedes seinen zweckmäßigen Platz einzunehmen, ihre Freunde inklusive.

»Ma hat mich gefragt, was du nach dem Doktorexamen vorhast«, murmelte Pearl, als sie und Ömer nach dem Essen das Geschirr spülten. »Ich konnte ihr keine *befriedigende* Antwort geben.«

Ömer wusste genau, es war nicht ihre Mutter, sondern Pearl selbst, die nach dieser befriedigenden Antwort lechzte. Selbst wenn es nicht allzu lange gut ging mit ihnen, musste sie unbedingt von ihrer beider *Zukunft* hören, um sich *heute* mit ihm wohlzufühlen. Über die Zukunft reden war jedoch das Letzte, was Ömer wollte. Nicht weil er dieser Beziehung misstraute, was der Fall war, sondern weil er dem Leben misstraute, das für ihn grundsätzlich unvorhersehbar war. Man konnte hart arbeiten, um die Zukunft zu gestalten, und damit Erfolg haben, man konnte sogar ein gutes Leben führen, aber man sollte sich nie der Täuschung hingeben, dass sich *das Leben vorausplanen lässt*. Halluzinationen konnte man haben, Halluzinationen noch und noch, aber keine Zukunftspläne, nein.

Dennoch wusste er, es war nicht Pearls Schuld. Letzten Endes war es seine Schuld. Denn ob Pearl, Vinessa oder Marisol, es gab da keinen Unterschied, es war immer dasselbe alte Schema: Er begehrte, geliebt zu werden, ohne jemals wiederzulieben.

Als der Dezember und mit ihm Ömers Beziehung mit Pearl zu Ende ging, beschloss Ömer, das Nahen des neuen Jahres als Gelegenheit zu nutzen, um über sein permanentes Problem nachzudenken. Silvester ist

schließlich ein wiederholtes Beginnen, um die Wieder-
holungen im Leben zu beenden. Ömer beschloss, von
heute an auf Frauengeschichten zu verzichten, und um
zu beweisen, wie entschlossen er war, wollte er den Silvesterabend allein verbringen. Als er daher zu Piyu sagte,
er könne unbesorgt sein, wenn er in *la Tía Piedads* Haus
beim Essen sei, weil er, Ömer, gerne zu Hause bleiben
und Arroz Gesellschaft leisten werde, meinte er es ernst.

Um 5 Uhr nachmittags fing er an zu trinken, ein paar
Dosen Bier, die er geschwind durch Raki ersetzte, sobald
Piyu aus dem Haus war, und dann mit Kiffen ergänzte,
nachdem Abed zu einem Treffen mit seinen Muslim-
brüdern gegangen war. Was die Musik anging, die er
an diesem besonderen Abend hören wollte, entschied
er sich nach ein paar Probeläufen für Cypress Hills »I
Want to Get High« und erreichte dieses Ziel binnen
einer Stunde. In diesem Zustand kam er plötzlich auf
die Idee, jeder Einzelnen seiner Ex-Freundinnen einen
Abschiedsbrief zu schreiben. Als er seinen Posteingang
aufrief, unterbrach ihn jedoch auf halbem Weg eine unerwartete E-Mail. Sie war von Gail. Sie hatte seinen Namen in Großbuchstaben geschrieben und die Pünktchen
wie Hieroglyphenaugen gestaltet.

Lieber ÖMER,
ich frage mich, wie es Dir geht. Ich mache mir
Sorgen um Deine Gesundheit, hauptsächlich weil ich
mich diese Woche zweimal, zuerst Mittwochabend
und dann heute Nachmittag, in Trance mit Dir
verbunden fühlte. Beim ersten Mal wurde ich durch

mein Kronenchakra mit Dir verbunden, weshalb
ich mich fragte, ob Du Kopfweh hast. Und heute
habe ich einen Lichtfunken und Schmerzen im
Nabelchakra gefühlt, weshalb ich mich fragte, ob Du
Magenweh hast.

Wenn Dir Dein Magen wehtut, trink keinen Kaffee.
Nicht heute Abend. Trink beruhigenden Kräutertee.
Wenn Du keinen zu Hause hast, nimm nur lauwar-
mes Wasser zu Dir. Der Druck im Nabelchakra ist zu
stark. Wenn Du nicht auf Alkohol verzichten kannst,
beschränke ihn auf ein Minimum.

Pass gut auf Deine Seele und Deinen Leib und
Deine Pünktchen auf.

Gutes neues Jahr,
Gail …

Ömer erwog, eine »danke-für-Deine-Besorgnis-aber-
mir-fehlt-nichts«-Antwort zu schreiben, mit einem PS:
»Mir-fehlt-nichts-aber-Dir-fehlt-ne-Tasse-im-Schrank.«
Doch er tat es nicht. Stattdessen las er im Internet alle
türkischen Zeitungen vom letzten Jahr, erfuhr von längst
vergessenen Vorfällen, Nachrichten aus einer fernen
Zeit, von einem fernen Ort, und fühlte sich elend und
furchtbar einsam. Er kochte eine große Kanne Sumatra-
Kaffee, um nüchtern zu werden, trank aber gleichzeitig
weiter Raki. Den Rest des Abends probierte er Cypress-
Hill-Songs an Arroz aus, rauchte, schnitt Grimassen und
mixte manisch die zwei Getränke dermaßen, dass er nach
einer Weile mit jedem Schluck Raki nüchterner und
vom Kaffee benebelter wurde.

Um eine Minute vor zwölf hörte er draußen das Feuerwerk, mit dem die Bostoner das neue Jahr begrüßten. Ömer küsste Arroz. Arroz leckte Ömer. Das Zimmer umfing beide. Das Telefon klingelte. Sein Vater, sein Bruder, seine Mutter wünschten ihm ein frohes neues Jahr, alle mit einem verwunderten Tonfall, erstaunt, ihn heute Nacht zu Hause anzutreffen.

»Wenn du ausgehst, um mit deinen Freunden zu feiern, hüte dich vor dem Heckenschützen!«

»Der Heckenschütze ist in Washington, Mama, ich bin in Boston ...«

»Nein, da ist er nicht mehr. Man hat seine Spur verloren«, sagte sie leise und ängstlich. »Ich hab dich so lieb, wir haben dich alle lieb, aber es ist schwierig, weil du so schwierig bist, wir wissen nicht, wie wir dich lieben sollen, ohne dir mit unserer Liebe zur Last zu fallen ...«

Ömers Gesicht verzerrte sich vor Verwirrung, stumm stand er da, unfähig, ein Wort zu äußern. Er schämte sich ein bisschen, weil er kein besserer Sohn war. Er wusste, er hätte sich mehr als nur ein bisschen schämen sollen, weil er es aber nicht konnte, schämte er sich am Ende zutiefst dafür, dass er sich nur ein bisschen schämte, weil er kein besserer Sohn war.

Kaum hatte er aufgelegt, fing es in seinem Magen an zu blubbern. Komische Art, betrunken zu werden, dachte er. Man lernt nie aus. Binnen Sekunden wurde das Blubbern von Galle abgelöst und dann die Galle von Schmerzen.

Um 3 Uhr 15 morgens, als Piyu und kurz danach Abed nach Hause kamen, sahen sie Ömer mit Blähungen kämpfen. In der Annahme, er habe sich mal wieder maßlos besoffen, brachten sie ihm Kaffee, stark, wie er ihn gern hatte. Ömer stürzte ihn hinunter, sackte auf die Knie und erbrach Blutflecken, die Kaffeebohnen glichen.

Um 3 Uhr 45 morgens wurde er in ein Krankenhaus gebracht, das noch von Weihnachten mit bunten Lichtern und glitzernden Rentieren geschmückt war, wo man bei ihm eine schwere Magenblutung diagnostizierte.

## Bedarf an Gleichmut und Gelassenheit

Sie führten ihm einen Schlauch durch den Mund in den Magen, schnallten eine Manschette um seinen Arm, maßen Temperatur und Blutdruck, Puls und Atmung, drückten ihm eine Maske aufs Gesicht, versorgten ihn mit zusätzlichem Sauerstoff, legten ihm einen Puls-Oximeter an den Zeh, schlossen ihn an Apparate an, steckten einen Schlauch in seine Vene, ließen ihn Medikamente schlucken, deren Namen und Nebenwirkungen weitestgehend geheim blieben, warfen ihm düstere Blicke zu, um ihn daran zu erinnern, dass er selbst an allem schuld war, und sagten ihm schließlich, er habe Glück gehabt, dass es nicht viel schlimmer gekommen sei. Aber »Glück« war das Allerletzte, was Ömer zu haben meinte, vor allem, als er erkannte, was es bedeutete, in den USA krank und nicht ausreichend krankenversichert zu sein. Nur einer der Ärzte zeigte eine Spur Mitgefühl, das aber, vermutete Ömer, weniger von so etwas wie Wohlwollen stammte, sondern vielmehr fachliches Interesse an seinem *Fall* als jüngstem Patienten mit einem dermaßen ausgetrockneten Magen war.

Zwei Tage später rief Ömer Gail an.

»Wie geht's denn so?« Er bemühte sich, seiner ramponierten Krankenhausstimme den richtigen Ton zu geben, um vielleicht nicht gerade freudig, aber auch nicht freudloser als sonst zu klingen, was ihm jedoch misslang.

»Tut mir leid, dass ich dich noch nicht besuchen konnte. Bist du dort in guten Händen?«

Dass sie schon wusste, was passiert war, wunderte Ömer kein bisschen, denn inzwischen war er vollkommen überzeugt, dass Gail ein eigentümliches Wesen war und irgendwie alles über ihn wusste. »Ja, geht mir schon viel besser, danke. Hör mal ... ich hab drüber nachgedacht, was du neulich gesagt hast ... von wegen Gleichmut und Gelassenheit ...«

»Du meinst Tai-Chi?«

»Ja, genau, Tai-Chi!«, wiederholte Ömer strahlend. »Gilt die Einladung noch?«

»Nein ... leider ... ich meine, eigentlich gerne, aber ich hab letzten Monat damit aufgehört. Inzwischen hab ich mit Reiki angefangen. Ich bin schon auf der zweiten Ebene. Du bist herzlich willkommen, mitzumachen ... sofern Reiki dich interessiert.«

*Ja ... klar ... Reiki ... egal ... auf jeden Fall!*

An dem Tag, als Ömer von Schläuchen und Apparaten befreit wurde, kamen Abed und Piyu, um ihn nach Hause zu bringen. Obwohl sie es nicht so ausdrückten, bemerkte Ömer eine koboldhafte Schadenfreude in ihren Augen, als seien sie 99 Prozent froh, zu sehen, dass es ihm viel besser ging, aber auch 1 Prozent froh über sein Missgeschick, das ihn, hofften sie insgeheim, fortan veranlassen würde, sich zu bessern. Draußen im Krankenhausgarten trafen sie auf Alegre mit einem riesigen Rosenstrauß in der Hand. Sie sprach mit einem schmuddeligen, mürrisch dreinblickenden Mann.

»Wow, welche Ehre«, grölte Ömer. »Aber du hast mir doch schon Gänseblümchen mitgebracht.«

»Die hier sind nicht für dich.« Alegre lächelte entschuldigend. »Die sind für *la* Tía Piedad. Sie ist schon wieder eingeliefert worden.«

»Ist aber nichts Beunruhigendes«, grummelte der Mann, der als *el tío* vorgestellt wurde und eine stark riechende Rauchwolke ausstieß.

Alegre winkte Piyu. »Kommst du mit?«

Während die anderen sich höflich von *el tío* verabschiedeten, verabschiedete Ömer sich respektvoll von *el cigar,* die jener in der Hand hielt, ein mürrisches Lebewohl an einen alten Kumpel, von dem er sich, wie ihm gesagt worden war, fortan strikt fernzuhalten hatte. Als er das Krankenhaus verließ, verbannte er **Zigaretten, Alkohol, Kaffee** und, obwohl die Ärzte nichts davon gesagt hatten, vermutlich auch **Gras** in lauter imaginäre Schachteln und hängte sie locker in die Luft, neugierig, welche von diesen epikureischen *piñatas* er zuerst würde aufbrechen müssen. Bis dahin wollte er es jedoch gern mit einer gesunden Lebensweise versuchen.

Als Ömer sich entschloss, in dem *Gleichmutundgelassenheitsland,* das Gail so dringend empfohlen hatte, Urlaub zu machen, stellte er es sich als einen abgelegenen und unbewohnten Ort vor. Nachdem er tagelang Broschüren, Zeitschriften, Anzeigen und Zeitungen gewälzt hatte, entdeckte er überrascht, dass es weder das eine noch das andere war. Es war vielmehr überbeliebt und überbelebt. In Amerika wimmelte es von Menschen auf der Suche nach Gleichmut und Gelassenheit.

Gail hatte recht. Es gab etwas namens Reiki, und denen, die es praktizierten, schien es besser zu gehen. Aber es gab auch Shiatsu, Shambala, Feng-Shui, tibetische Klangschalenmassage, Yin-Yang-und-fünf-Elemente-Therapie, Shen-Therapie, konzentrierte Gestalttherapie, Aura-Reinigung, Chakra-Balance, Nuji-Qigong, transzendentale Meditation, Craniosakral-Therapie, Vibrationsheilung, Aromatherapie, Hypnotherapie, Lichttherapie, Reinkarnationstherapie, intuitiv-spirituelle Psychotherapie, Aurasomatherapie, Chi-Kung, Ayurvedische Pulsausgleichstherapie, Rasayana-Therapie, kinesiologische Workshops, vedische Musiktherapie und Regentropfen-Therapietechniken. Für diejenigen, die daran interessiert waren, ihren Körper samt ihrer Seele zu bewegen, gab es Reisen nach Sibirien, Indien und in die Mongolei. Wer nicht so viel Geld ausgeben konnte, fand ersatzweise überall in den Vereinigten Staaten zahllose Sommerlager. Es gab sogar Zeitreisen, die einen an einen bestimmten Ort und in eine bestimmte Zeit in der Weltgeschichte zurückversetzten. Eine Agentur transportierte ihre Kunden in Indiens vedische Vergangenheit und versprach, das Geld zu erstatten, wenn sie auf dem Rückweg nach Hause das Gefühl hatten, nicht alle alten Geheimnisse erfahren zu haben. Was Geld anging, erkannte Ömer bald, zirkulierte zu viel davon auf den Boulevards der Spiritualität.

Dann gab es die Führungspersonen. All diese Methoden behaupteten, selbstheilend, selbstgebärend, selbstverwandelnd und selbstbefähigend zu sein, unterwarfen einen aber am Ende einem anderen Selbst, dem geistigen Lehrer. Einer dieser Lehrer, ein Bostoner um Mitte vierzig, wurde in seiner Broschüre sehr gerühmt, weil er in den Osten gegangen war, um Erleuchtung im Hinblick auf drei Fragen zu erlangen: »Wer bin ich?«, »Was ist mein Platz in diesem Universum?« und »Was wird danach aus mir?«. Er hatte dort Antworten auf diese Fragen gesucht und war mit mehr, als er erwartet hatte, zurückgekommen. Ömer hätte gern gewusst, wo genau dieser Mann gewesen war und für wie lange, aber weder das Ziel noch die Dauer seiner Reise war in der Broschüre angegeben. »Osten« musste genügen. Irgendwie war der Osten wie das Finanzamt, man ging hin mit Fragen, auf die man mit Sicherheit keine Antwort wusste, und kam mit Antworten zurück, die die ursprünglichen Fragen überflüssig machten.

Da gab es eine Frau namens Marla Windmaster, eine andere namens Betty Painkiller, dann eine Princess of the Night, eine Black Rose und eine Abby the Abyss. Ömer fiel auf, dass die Namen, die sich diese spirituellen Lehrerinnen gaben, den Titeln von Heavy-Metal-Songs ähnelten, aber er wusste das nicht recht zu deuten. Eine andere Frau, mit ihren eigenen Worten eine spirituelle Chirurgin, gab die Liste der von ihr geheilten Berühmtheiten an. Ihre Chirurgie bestand darin, das Herz des Patienten unter Hypnose zu öffnen, ein Lied vom Glück zu singen und dann das Herz wieder zu schließen. Anschließend führte der Patient sein tägliches Leben weiter, und immer, wenn er unter Stress stand, summte er diese bestimmte Melodie. Ömer meinte, das wäre doch was für ihn, aber nur, wenn er selbst den Song bestimmen könnte, der in sein offenes Herz gespielt wurde. Falls das ginge, hätte er sich für Patti Smiths »Citizen Ship« entschieden. Doch er bezweifelte, dass die spirituelle Chirurgin diesen Song in ihrem Repertoire hatte.

Während er das neue Revier durchstreifte, in das Gail ihn hineingezogen hatte, entdeckte Ömer nach und nach, dass es in den USA Menschen gab, die regelmäßig, systematisch und aus freien Stücken zusammenkamen und Mandalas kreierten, heilige Steinkreise errichteten, mit Engeln kommunizierten, mit der Wünschelrute nach Vermissten suchten, unter Hypnose in ihr früheres Leben zurückkehrten, Meditationskörbe flochten, sich in öffentlichen Parks in Trance versetzten, göttlich gelenkte Botschaften empfingen, ihr Büro von Geistern säuberten, in Vollmondzirkeln tanzten, Kurse besuchten, um mit ihren Haustieren zu plaudern, nackt mit Delfinen schwammen und Ausflüge organisierten, um gemeinsam Kühen beim Gebären zuzuschauen … alles, um ihr authentisches Selbst zu wecken und ihre Körper den Meridianen zu öffnen. Diese Leute kauten Amazonaskräuter zum Frühstück und duschten mit Salbeiseife.

»Das nennst du Gleichmut und Gelassenheit?!«, grummelte Ömer, als er sich mit Gail zu ihrer ersten Reikisitzung traf.

Eine Stunde später fragte er das immer noch, wurde aber jedes Mal zum Schweigen gebracht und in die tiefe Räucherstäbchenstille versetzt, die das heimelige Hinterzimmer des Schokoladenladens erfüllte. Das Einstellen auf Reiki hätte nicht so lange dauern sollen, doch wegen Ömers ständiger Störungen stieß Gail offenbar auf Schwierigkeiten, das in ihm schlummernde Talent zu wecken.

»Hände zusammen, Rücken gerade«, befahl sie, diesmal schärfer als vorher. »Lass die Last des Lebens herausströööömen.«

Ömer richtete sich gerade auf, verschränkte die eben kurz gelockerten Finger fester und ließ wieder einen gedehnten Schnaufer herausströööömen. Im Zimmer roch es angenehm, eine wohltuende Verbindung aus Sandelholz und dem Honigduft der karamellfarbenen Kerzen, die flackernde Schatten an die Wände warfen.

»Gail, glaubst du wirklich, das funktioniert?«, fragte er ungläubig; allerdings hätte er dieselbe Frage vor einer Woche noch mit einem extra Schlag Zynismus gekrönt. Sie wussten beide, dass er jetzt ganz woanders wäre, wenn sein Magen nicht in einem blutigen Aufstand gegen ihn rebelliert und ihn zu Tode erschreckt hätte.

»Versuch, nicht zu sprechen!«

Ömer atmete durch die zusammengebissenen Zähne, lauschte auf das, was der Schnee draußen sagt, wenn er in der Wintersonne schmilzt – der Schnee schmilzt wie immer, die Sonne scheint wie immer, alles ist bei sich, alles außer ihm, nur er ist unfähig, bei sich zu sein. Alles in ihm sehnte sich nach wenigstens einer Zigarette, einer Tasse Kaffee, den täglichen kleinen Köstlichkeiten, die ihm jetzt völlig versagt waren. Er bereute, diese Freuden früher so freudlos konsumiert zu haben. Er bedauerte, die ganze Zeit so ein starker Raucher und noch stärkerer Trinker gewesen zu sein. Wie herrlich wäre es, all die Jahre der Unmäßigkeit einfach auszulöschen. Hätte er früher nicht geraucht oder getrunken, könnte er beides heute im Überfluss tun. Als Nächstes bereute er in seiner verqueren Bußfertigkeit, dass er war, wo er war. Dieses Reikizeugs führte offenbar zu nichts.

»Versuch, nicht zu bereuen!«

Wenn er wenigstens seine Kopfhörer aufsetzen und sich ein paar Mal »Better Things« anhören könnte, würde er sich vielleicht besser fühlen.

»Versuch, dich nicht dagegen aufzulehnen, hier zu sein!«

Das hörte sich nicht gut an. Was hatte das alles für einen Sinn, was bedeutete das Dasein, ohne sich dagegen aufzulehnen, *hier* zu sein.

»Psst ... versuch, dich nicht zu fürchten«, sagte Gail.

»Es geht alles um Furcht.«

Furcht? Ömer wich zurück, er fürchtete sich bestimmt nicht. Er könnte sich langweilen, auf seine Weise leiden, aber fürchten, auf keinen Fall. Dieses Reiki war eindeutig ein Missgriff. »Vielleicht versuchen wir es ein andermal, Gail. Igendwann später ...«, stammelte er.

»Psst ...«, sagte sie.

»*Karma* ist das Wort!«, quiekte Piyu sofort, als er Ömer am späten Abend ins Haus kommen sah.

»*Zeitverschwendung* ist das Synonym!«, rief Abed am Herd, in einer Hand ein Buch, in der anderen einen Kochlöffel, mit dem er Linsensuppe rührte, während er sich anscheinend Photoshop 5.0 zu Gemüte führte. »Die Welt ist voller Ironie«, rief er weiter, überschlug eine Seite, rührte Suppe, alles zur gleichen Zeit. »Hier, unser Bruder aus der Welt des Ostens entdeckt die Spiritualität in der Welt des Westens! Es sollte umgekehrt sein, du verdrehter Kerl, du machst alles falsch rum!«

Sie wieherten und gluckerten und glucksten, dann glucksten sie noch ein bisschen mehr. Ömer ertrug ihren Spott mit geduldigem Lächeln, ging zum CD-Spieler, und gleich darauf erfüllte Nicos Drogenstimme mit »These Days« die Küche.

»Ja, Ömer, erzähl uns, was ›dieser Tage‹ so los ist«, grummelte Abed. »Hat Gail dich dieser Tage gebeten, was zu knüpfen?«

»Was zum Beispiel?«

»Was zum Beispiel? Sag *du* uns, was zum Beispiel! Das Trancezeug taugt nichts.«

»Reiki!«, korrigierte Ömer mit dem gebotenen Respekt.

»*Reiki!*« Abed ließ das Wort auf seiner Zunge zergehen, als würde es wie die Quesadillas zerlaufen, die Alegre noch zusätzlich mit Cheddar belegte. »Hör zu, *dostum,* versuch, dich zu erinnern, okay? Hat sie dich gebeten, eine Schnur zu knoten oder so was? Wenn sie's nicht schon getan hat, pass bloß auf, schnür nichts, worum sie dich bittet!«

An diesem Abend saß Ömer, bombardiert mit den Liebenswürdigkeiten seiner Hausgenossen, steif und stumm in der Küche und trank kotzegrünen Bio-Pfefferminztee aus seinem Becher mit der majestätischen Aufschrift: KAFFEE, NOCH BESSER ALS SEX.

## Die Heringe bei Ebbe beobachten

Gail bummelte die Huntington Avenue entlang, zwischen zum Lunch eilenden Angestellten, den üblichen Chinakost-Verdächtigen. Sie wunderte sich, wieso alle genau denselben Regenschirm über dem Kopf hielten – große, grauschwarze Schirme mit Naturholzgriff –, als verteilte jemand um die Ecke sie wie Gratisprospekte. Ohne Schirm und ohne Eile schlenderte sie in höchster Wonne, genoss das Prasseln des Regens auf dem Löffel in ihrem Haar, genoss den Spaziergang, das kurze Alleinsein, die Freude, fortzukommen vom Schokoladenladen und dem fürsorglichen, aber vereinnahmenden Blick von Debra Ellen Thompson. Zwischen ihnen stand zu viel Vergangenheit, so mancher Strom, der einst mit dem Schwung und Schmiss einer eher einseitigen Freundschaft floss, dann nach langer Wartezeit kurz von gegenseitiger Liebe überlief und sich schließlich zu diesem schlammigen Wasser wandelte, das weder Liebe noch Freundschaft war, sondern nur eine kratzige Koexistenz.

Ihre Vergangenheit war ein Schlachtfeld zweier Heere,

die eigentlich keinen Krieg geführt hatten, aus dem aber dennoch ein Sieger hervorgegangen war. Da Gail in Debra Ellen Thompsons Augen dieser Sieger war, fiel es ihr leichter, anzuerkennen, dass keine viel gewonnen hatte in dieser ungefochtenen Fehde und dass auf beiden Seiten wenn auch keine Verluste, so doch zu viele Verstimmungen zurückgeblieben waren. Sie hatte versucht, Debra Ellen Thompson in mehreren Gesprächen, einige zu Ende geführt, viele halbwegs abgebrochen, zu erklären, dass ihre Vergangenheit viel zu stark belastet war, um gemeinsam noch mal von vorn zu beginnen. Ihre Vergangenheit hatte mehr als ein Leben gelebt, und die Sackgasse, in der sie jetzt feststeckten, besaß einfach nicht die Sprache, um in irgendeinem davon zu schwelgen. Alles, wovon sie überlebten, waren Kleinigkeiten, die sich mit jedem Tag Stück für Stück verminderten wie das Echo eines längst verklungenen Wehklagens.

Bis jetzt waren sie wie zwei Fahrstühle gewesen, die sich in entgegengesetzter Richtung bewegten, waren sich nur für einen kurzen Zeitraum auf gleicher Augenhöhe begegnet. Am Anfang, damals auf dem College, hatte es keinen Zweifel gegeben, welche von ihnen von weit unten zu der anderen aufschaute. Doch sobald der Moment des Verharrens vorüber war und sich beide in Bewegung setzten, erwies sich erstaunlicherweise, dass die Untere zum Aufsteigen und die Obere zum Absteigen programmiert war. Erst viel später, als aus Zarpandit Gail geworden war, hatten sie in dieser parallelen und doch entgegengesetzten Bewegung nebeneinandergestanden, sich direkt in die Augen geblickt, verwundert über die

Vielfalt der Dinge, die sie dort bisher nicht wahrgenommen hatten. Was folgte, war Liebe – lodernd, kurz und unversöhnlich, weniger weil sie so bald geendet hatte, sondern weil sie nur für eine von ihnen geendet hatte.

Dann war, irgendwie, irgendwann, ihre Beziehung durch einen Tunnel der Zerstörung gegangen, und als sie schließlich am anderen Ende herauskamen, ein bisschen zerfetzt, ein bisschen perplex, hatten sich ihre Rollen umgekehrt, und sie sich auch. Heute stand Debra Ellen Thompson dort, wo Gail einst gestanden und von unten zu der anderen aufgeschaut hatte. Die Beherrschende mag machtvoll und bevorrechtigt über der Beherrschten stehen, ist aber trotzdem von Letzterer abhängig. Der Verlust von Gail, *die sie brauchte,* hatte dazu geführt, dass Debra Ellen Thompson Gail immer mehr brauchte.

Als Kind, auf einer Reise mit ihren Eltern nach Cape Cod, hatte Gail in einer Bucht Heringe bei Ebbe beobachtet. Ohne Wasser zum Schwimmen, hatten sich Hunderte von Fischen in ein einziges großes, panisch nach Luft schnappendes Maul verwandelt, mit den Schwänzen schlagend, als applaudierten sie dem eigenen Tod. Gail musste dieser Tage oft an die grausige Szene denken. Die anfängliche Unterwürfigkeit der einst fügsamen Zarpandit war lange Zeit das Wasser gewesen, in dem Debra Ellen Thompson herumschwamm. Dann kam die Ebbe, das Meer schwand Zentimeter um Zentimeter und ließ Debra Ellen Thompson leidend, zappelnd und ihre vergangene Vorstellung verzweifelnd beklatschend zurück.

Von Zarpandit, der gefügigen Elster, waren keine sichtbaren Spuren geblieben, sie war ersetzt worden durch diese temperamentvolle junge Frau, in die Gail sich verwandelt hatte, ständig mitten in einem Gewimmel, das sie selbst nur mit Mühe ertragen konnte. Irgendwie war sie ein wandelndes Wunder, der Traum aller Unterdrückten. Sie könnte, spottete Gail über sich selbst, glaubwürdig glänzen in einer dieser »Erfolgsstorys«, in denen Leute ihre Vergangenheit durch die Brille ihrer gegenwärtigen Persönlichkeit betrachteten und mal herabsetzend, mal mitleidig, aber stets distanziert von der Person sprachen, die sie einst waren. Frauen, die im Kampf gegen den Brustkrebs siegten, misshandelte Hausfrauen, die nach der Scheidung ein eigenes Geschäft gründeten, geistesgestörte Kinder, die in der Schule Wunder vollbrachten ... auch Gails Geschichte könnte zu denen zählen, die der Durchschnittsamerikaner über alles schätzte. Ihre Geschichte könnte »Von Demut zu Unerschrockenheit« heißen. Bei so einem Titel würde wohl niemand vermuten, dass sie heute nicht deswegen unerschrocken war, weil sie nicht mehr demütig war, sondern weil sie in beidem keinen Unterschied mehr sah.

Dennoch bewegte sie sich weiterhin zwischen zwei Polen, zwischen äußerster Niedergeschlagenheit und hektischer Energie. Wenn das Pendel zu Ersterer schwang, war der lockende Selbstmord das Einzige, was zählte. Ihre früheste Kindheitserinnerung war so frisch wie eh und je, stets irgendwo in ihrem Kopf verankert. Und als sie die Straße entlangschlenderte und sich wunderte, wieso alle denselben Regenschirm über den Kopf hielten, fand sie wieder einmal, die Zeit sei reif, es mit dem Tod zu versuchen.

Eine halbe Stunde später ging sie wachsam neben den Bahngleisen, dann auf den Bahngleisen. Als sie des Gehens müde war, blieb sie stehen und legte sich hin. Die Schienen waren kalt und klamm, aber das war okay. Sie lag dort und wartete geduldig, ließ den Regen in ihre Poren sinken und lauschte mit fest geschlossenen Augen auf das Kreischen des nahenden Zuges …

Aber Züge kreischen eigentlich nicht.

»Hey, hören Sie mich nicht? Taub oder stumm?«

Widerwillig öffnete Gail die Augen; ein vorwurfsvoller Sonnenstrahl schien ihr direkt ins Gesicht. Sie beschattete die Augen mit der Hand und blickte den gigantischen Schatten an, der mit schwerem Bostoner Akzent auf sie herunterschrie: »Was machen Sie da unter meinen Füßen, Sie Würmchen? Aufstehen!«

Um die Wirkung seiner Worte zu verdoppeln, schlug er ihr mit seinem Schirm direkt auf den Bauch. »Aufstehen! Aufstehen! Dummes Mädchen!«

Sein Schirm war anders als die anderen. Zweifellos ein gutes Zeichen, fand Gail, ergriff die gereichte Hand, stand auf und bedankte sich scheu bei dem Landstreicher, in dessen Gesicht jetzt Mitgefühl den Zorn ablöste.

»Alles in Ordnung mit Ihnen, Miss?«, brüllte er, die Stimme noch wütend. »Das möcht ich Ihnen auch geraten haben. Legen Sie sich nie wieder auf diese Schienen oder irgendwelche anderen! Verstanden?«

Gail lächelte den Obdachlosen sanft an, der sich als Joe vorstellte und hinter seinem bissigen Blick die klügsten Augen besaß, die sie je gesehen hatte.

Auf dem Rückweg zum Schokoladenladen begegnete

Gail einer munteren Meute von Reggae-Sängern in Lila, die »Mellow Mood« sangen. In dem Moment, als sie sich vorbeugte, um einen Dollar in die violette Mütze vor ihnen zu werfen, ließ sich ein welkes Blatt darauf nieder. Verwundert blickte sie hoch, um zu sehen, woher es gekommen war, aber es waren keine Bäume in der Nähe. Zweifellos ein gutes Zeichen, dachte sie bei sich. Ein gutes Zeichen ... Plötzlich war sie froh, dass es ihr nicht gelungen war, zu sterben.

## Ein schlummerndes Talent wird geweckt

Wie lange er Pfefferminzkaugummi kauend auf dieses Blatt Papier gestarrt hatte, konnte er in Realzeit nicht sagen. In Musikzeit war es jedoch »Out of the Void« von Scream mal sechzehn. In Kaugummizeit entsprach es schätzungsweise vier Päckchen à zwölf Stück, achtundvierzig insgesamt. Er gab jedem Stück zehn Sekunden und ersetzte es durch ein neues, noch bevor es den Geschmack verloren hatte. Das Kauen so vieler Kaugummis betäubte nach einer Weile die Zunge, hatte er festgestellt, obwohl erstaunlicherweise keine entsprechende Warnung auf den Päckchen stand. Anders als seine Zunge verweigerte das Blatt vor ihm jegliche Verwandlung. Leer war es gewesen, und leer war es noch.

»Notieren Sie den für Sie *wichtigsten Grund,* mit dem Rauchen aufzuhören, und schauen Sie oft darauf«, emp-

fahl die marineblaue Broschüre, die man ihm im Krankenhaus gegeben hatte. Was den ersten Teil anging,
waren ihm bisher keine großen Fortschritte gelungen,
aber der »Schauen-Sie-oft-darauf«-Teil machte ihm
keine Schwierigkeiten.

»Sie müssen entschlossen sein«, hieß es weiter in den
marineblauen Tipps, »und es hilft immer, ein Aufhör-
datum festzusetzen und es Freunden, Familie und Kolle-
gen mitzuteilen.«

Kein Problem. Das hatte er schon getan. Jedes Mal,
wenn er aufgehört hatte, war er fest entschlossen gewesen, und kein einziges Mal hatte er versäumt, seine Hausgenossen von seinem Entschluss in Kenntnis zu setzen,
nur setzten sie anscheinend kein Vertrauen in ihn. Aber
sei's drum, bisher war das Aufhören für Ömer kein großes Thema gewesen. Er hörte einfach auf … und nach
einer Weile fing er wieder an und hörte dann wieder auf.
Jetzt aber war alles ganz anders und viel aufreibender.
Die Qualen, die er Silvester durchgemacht hatte, mussten eine Rolle gespielt haben bei dem Leerlauf, unter
dem er momentan litt. Denn er wusste, diesmal musste
er ein für alle Mal aufhören.

*Die Berührung des Todes,* vermutete er. Nicht die Be-
kanntschaft, nicht die Wahrnehmung, nicht einmal der
Schrecken, sondern die Berührung des Todes. Es ging
nicht darum, etwas zu erfahren, das man schon wusste,
nämlich dass man früher oder später sterben würde. Was
er in dem Krankenhausbett erlebt hatte, als er seinen Gedanken nachhing, während Ken, ein Hotelfachmann, der
sich mit Hummer an Wildpilzrisotto vergiftet hatte, im

Bett neben ihm brabbelte, war weit weniger geistig als leiblich gewesen. Es war, als sei der Tod, nicht als abstrakter Begriff, sondern der TOD, flüssig und ätzend, stechend und sich verbreitend, durch seine Adern geströmt, in seinem Körper auf und ab gewandert und habe ihn dann doch leben lassen, nicht weil Ömer zu jung zum Sterben oder sein Magen doch nicht so ruiniert war, sondern weil der Tod nicht mehr mit ihm spielen mochte und Ömers Körper wie ein langweiliges, zerbrochenes Spielzeug weggeworfen hatte.

Dann gab es natürlich noch einen anderen Grund, weshalb das Rauchen aufzugeben jetzt so eine Tortur war, weil man ihm nämlich geraten hatte, neben den Zigaretten auf fast alles zu verzichten, was das Leben lebenswert machte. Seine sämtlichen Freuden waren beschnitten, zu einem einzigen Paket geschnürt und für schieren, scheußlichen Schund erachtet worden. Keine Zigaretten. Kein Kaffee. Kein Alkohol. Für jedes hatte man ihm eine eigene Broschüre mit schnellen Tipps gegeben. Marineblau für Zigaretten, braungrau für Kaffee und, Gott weiß, warum, lila für Alkohol. Mit einer Telefonnummer am Ende jeder Broschüre für motivierende Botschaften rund-um-die-Uhr, in Spanisch und in Englisch zu haben.

Ömer hatte die Nummer in der marineblauen Broschüre zweimal angerufen. Die englische Fassung klang nach einer Weile so fremd wie die spanische. Bei beiden wurde von einem erwartet, sich von der mechanischen Stimme einer Frau motivieren zu lassen, die sich anhörte, als hätte sie im Leben nie geraucht und nicht die geringste Ahnung, wovon sie sprach. Ein weiblicher Ton, der einen bewegen sollte, Tabak zu hassen, der aber, wenn man sich das ein paar Mal angehört hatte, eher geeignet war, eine Abneigung gegen das weibliche Geschlecht zu erzeugen.

Wie konnte er eine schlechte Gewohnheit aufgeben, wenn er jede einzelne seiner schlechten Gewohnheiten zur gleichen Zeit aufgeben musste? Bis jetzt verdankte Ömer jeden flüchtigen Erfolg in jeder neuen Episode seiner »Rauchen-aufgeben«-Serie dem Trost seiner Ersatzsüchte. Wie Schichtarbeit, bei der die diversen Süchte an freien Tagen füreinander einsprangen. Wenn Zigaretten nicht da waren, machte Kaffee Überstunden. Alkohol tat beides, helfen und nicht helfen, wogegen Sex immer die beste Vertretung für jede Art von Verlangen war, bloß dass Ömer hinterher jedes Mal rauchte. Das Beste von allem war Gras, das er, seit er neunzehn war, in keinem Stadium seines Lebens aufgeben erwogen hatte. Jetzt, wo er sich von allen seinen Lastern losgesagt hatte, wusste er ohne solche Krücken nicht, wie er einen Fuß vor den anderen setzen sollte. Er stellte sich vor, dass sich Menschen in ähnlichen Situationen mit anderen Ablenkungen entschädigten. Aber ihm war nicht danach, zu diesem Zweck Bongo-Unterricht zu nehmen, Büsche zu Bonsaibäumen zu trimmen, Krüge aus Polymer-Ton zu töpfern oder die Kunst der Schleifendekoration zu erlernen.

Als Ömer dann am achten Tag seiner Verzichtreise, am achten Tag des neuen Jahres, ein namenloses Ritual einführte, suchte er nichts weiter als irgendeine Art spirituellen Halts. Er knipste die Lichter aus, jagte Arroz nach draußen, zündete die Kerze an, verbrannte den Weihrauch, den Gail ihm gegeben hatte, und rief die Mutter-Natur-Musik-Seite im Internet auf, die er nach Gails Anweisung während der ganzen Prozedur hören sollte. Unten auf der Seite waren zwei Lotusblüten, eine weiß, die andere rosarot. Wenn man die weiße anklickte, hörte man eine Reihe Geräusche, alle *natürlich*. Die andere Lotusblüte war wohl dazu gedacht, eine tiefe meditative Stille zu bewirken, oder sie war noch im Aufbau begriffen. Ömer hielt sich an die weiße.

Zuerst hörte er Wasser tropfen, Vögel zwitschern und dann plötzlich ein Gepolter, als ob ein Dutzend Glaskrüge einen Abhang hinunterrollten. Darauf folgte eine Minute ödes Schweigen, das von erschütterndem Babygeschrei zerrissen wurde. Ömer legte die Hände über Kreuz auf seine Fußgelenke, schloss die Augen und wartete. Um den Rest brauchte er sich nicht groß zu kümmern, hatte Gail ihn informiert; denn Reiki sei »eine erstaunliche Energie mit ihrer eigenen Intelligenz, ihren eigenen Instinkten, und es weiß genau, wohin es gehen, was es tun muss«. Genau dies sei Mikao Usui widerfahren, als er auf dem heiligen Berg Kurama Yama fastete, wohin ihn seine spirituelle Reise führte, nachdem er drei Jahre lang alte Heilmethoden erforscht hatte.

Ömer las nun, was Gail ihm aufgeschrieben hatte. *»Ich lege meine rechte Hand auf mein Herz ...«* Er legte seine rechte Hand auf sein Herz. *»Ich entspanne meinen Körper. Wenn ich einatme, gehe ich einwärts ... trete ein in die Welt* *meiner Gedanken und Gefühle ...«* Eine Taube gurrte. *»Ich sage zu mir, ich liebe dich ...«,* sagte Ömer, während Bienen summten. *»Ich sage zu mir, du bist ein guter Mensch und tust dein Bestes ...«* Er hielt inne. *»Ich denke an jemanden, mit dem ich eine Liebesbeziehung eingehen möchte.«* Wölfe heulten im Hintergrund. Frauengesichter sprangen aus den Annalen des vergangenen Jahres hervor, die neueren standen näher als die anderen. Ömer beschloss, diesen Teil komplett zu überspringen.

*»Ich denke mir den anderen Menschen als einen Spiegel ...«* Ohne einen Menschen, an den er denken konnte, gab es keinen Spiegel. *»Was immer dieser Mensch mir nicht gibt, ist eine Spiegelung dessen, was ich nicht gebe.«* Er beschloss, den Weg andersherum zu gehen, die Dinge zu benennen, die er sich zu geben versagte, statt jener, die er nicht von der verborgenen Liebsten bekommen konnte. »Kaffee« kam ihm als Erstes in den Sinn und dann »Geduld«, »Widerstandsfähigkeit« und »Gelassenheit«. *»Ich ehre mich in allem, was ich tu ...«* Er brach ab. Sein Verstand weigerte sich, so weiterzumachen. Ein Grasfrosch quakte.

Er kroch aus dem Bett und schloss die Mutter-Natur-Musik-Seite. Wenn Musik vonnöten war, dann – bitte sehr. Er legte »It Takes Blood and Guts to Be This Cool But I'm Still Just a Cliché« in den CD-Spieler und beschloss, diesem Anpassungsdings fünf Ladungen Skunk Anansie zu geben. Wenn sich danach nichts Bedeutendes tat, wollte er die ganze Sache abblasen. Für den Versuch, sich die ungesunde Wirkung des Waldorchesters aus den Ohren zu pusten, nur fünf Runden lang, konnte es nicht schaden, den CD-Spieler voll aufzudrehen.

»*Von jetzt an pflege ich die Beziehungen, die mir Ehre machen, und breche die ab, die mir keine Ehre machen.*« Er schloss die Augen und ließ seine Schwierigkeiten verwehen im Wirbel einer Vergangenheit, die, wie er allzu gut wusste, ihm bislang keine große Ehre gemacht hatte. »*Ich werde wissen, wann ich an einer Beziehung festhalten muss ... und ich werde wissen, wann ich loslassen muss.*« Ja, er gab zu, er hatte Angst. Angst, jemanden wirklich, aufrichtig zu lieben und dann diesen Menschen zu verlieren, Angst, sesshaft zu werden und irgendwohin zu gehören, sei es Familie, Land oder Ehe, Angst vor der Unumkehrbarkeit des Lebens und des streng geradlinigen Laufs seines immerwährenden Feindes: der Zeit.

»*Ya basta*«, platzte Alegre oben in Piyus Zimmer heraus. »Ich halt das nicht mehr aus. Geh, sag ihm, er soll das abstellen!«

»Warum gehst *du* nicht und sagst es ihm, du bist es doch, die sich beklagt.«

Das war nicht wahr. Er beklagte sich auch. Und doch war es nicht nur der Lärm unten, der Piyu so nervös machte. Seit dem Spätnachmittag hatten sie Scrabble gespielt, die spanische Ausgabe. Dann hatte Alegre aus heiterem Himmel das Spielbrett weggeschoben und um einen Kuss gebeten, dann noch einen, dann um einen Zungenkuss, dann ein Ohrläppchen zum Reinbeißen. Danach hatte sie sich auf ihn gewälzt, ihre Strickjacke ausgezogen ... es hörte nicht auf, nirgends. »*Un besito*«, sagte sie jedes Mal und hatte am Ende die mageren Brüste entblößt ... und danach ein gebrochenes Herz.

»Na schön, wenn du nicht runtergehst, dann geh *ich!*«

Alegre schlüpfte hinaus, knöpfte unterwegs ihre Strickjacke zu und biss sich auf die Unterlippe, diese unbefriedigte Lippe, die mit Hingabe und Liebe, aber nie mit Leidenschaft und Wahnsinn geküsst wurde. Es lag an ihrem Körper, dass Piyu nicht mit ihr schlafen wollte, davon war Alegre überzeugt. Sie war zu rundlich, vielleicht nicht fett, aber sicher korpulent. Es war ihr Körper, der ihn ankotzte. Alegre bemühte sich sehr, nicht zu weinen, was ihr womöglich trotzdem misslungen wäre, hätte der Anblick, der sich ihr unten bot, ihre Gedanken nicht überwältigt.

Ömers Tür war angelehnt. Die Arme um Arroz, die langen Beine in der Lotusposition, mit bebenden Schultern und mit den Gedanken *Gottweißwo,* saß Ömer schluchzend auf dem Bett. Alegre schloss die Tür und gab Piyu keine Erklärung, als sie sich wieder neben ihn kuschelte. Seltsamerweise fragte Piyu auch nichts. Wortlos hörten sie Skunk Anansie ihre Runden drehen und ließen sich beide in die Abgründe der jeweils eigenen Gedanken ziehen.

Wenn es das ist, was man »Trance« nennt, fand Ömer, dann war die Rückkehr von dort am nächsten Morgen eine echte Quälerei. Zuerst befand er sich in einem erstickenden Tagtraum, dann in einem verstörenden Erwachen, in jedem Stadium gleichermaßen betäubt, wie zusammengedrückt von einem Gewicht, einer lauen, übel riechenden Schwere. Die Augen noch geschlossen, der Verstand noch gelähmt, versuchte er zu ergründen, warum er so geweint hatte, ohne jeden Grund, tiefe, tiefe

Schluchzer, als habe er schon lange keinen Platz mehr in sich, um etwas anderes aufzunehmen. Wie alles angefangen hatte, daran konnte er sich nicht erinnern. Alles, was ihm einfiel, war dieser jähe Jammer, der ihn wie ein Schurke in einer schmutzigen dunklen Straße überfallen hatte. Er hatte keine Ahnung, was der Angreifer von ihm wollte. Allerdings war eindeutig, was er ihm am Ende gestohlen hatte: seine Energie! Ömer war entkräftet, zerquetscht unter der lauen, übel riechenden, drückenden Schwere. Er machte den Mund auf, um Luft zu holen, bekam aber stattdessen einen Hauch, der nach Hund roch ... und tatsächlich auch *schmeckte*.

»*Arroz, çekil üstümden.* – Geh runter von mir, Arroz!«

Sonderbar, aber wahr. Wenn niemand dabei ist, sprechen Ausländer mit Tieren, Pflanzen und Babys in ihrer Muttersprache.

Jedenfalls kapierte Arroz den türkischen Befehl und sprang aus dem Bett. Als das übel riechende Gewicht auf Ömers Brust verschwunden war, fühlte er sich jedoch nicht besser. Er schlurfte ins Badezimmer, ging unter die Dusche, war aber zu erschöpft, um sich mit dem Wasser zu plagen, und ließ es über seinen Körper laufen, ein paar Minuten lang ... oder vielleicht länger ...

»Omaaar! Was machst du da drin, Mann, komm raus, ich bin spät dran.«

Die Tür ging auf, und heraus kam Ömer, in Handtücher gehüllt, zu erledigt, um seine tropfnassen Haare abzutrocknen. Als Ömer mumiengleich zu seinem Zimmer torkelte, zuckte Abeds Mund, als wollte er etwas sagen, vielleicht ein bisschen murren, aber was immer er auch in Ömers Gesicht sah, es zwang ihn stattdessen zu einem beunruhigten Schweigen.

## Neolithische Göttin

»Nein, Gail, er kann nicht ans Telefon kommen, leider … Er ist krank! Sehr krank! Sein Gesicht ist gelb wie eine Zitrone. Ja, wir haben ihm Tee gekocht. Nein, er isst nicht. Nein, er schläft auch nicht gut.« Abeds Stimme brummte monoton, wurde aber plötzlich lebhaft bei der Frage: »Um Gottes willen, was hast du ihm angetan?«

Gail lachte nervös auf, fragte ihn, wie er bloß auf die Idee käme, die Krankheit habe etwas mit ihr zu tun. Weil es aber Zeit für *Die Sopranos* war, brach Abed das Gespräch ab.

»Meinst du, es ist sein Magen?«, fragte Piyu, der noch schnell unter der Couch kehrte, bevor die Titelmelodie zu Ende war.

»Keine Ahnung, Mann, entweder trinkt er heimlich Kaffee und macht seinen Magen kaputt, oder …« Abed hielt inne, den Blick auf den Bildschirm gerichtet, »… es ist was anderes. Wir müssen es schnell rauskriegen. Kluge Männer ziehen Gräben, bevor die Flut kommt.«

Nach der Sendung huschte Piyu in Ömers Zimmer, fand ihn immer noch an die Decke starrend im Bett vor, löffelte ihm Vitamine in den Mund und legte ihm den Urschrei-Song auf, um den er gebeten hatte, »Don't

Fight It, Feel It«. Eine halbe Stunde später kam Abed mit einer Schale Rindersuppe mit Zwiebeln herein. Ömer dankte beiden überschwänglich, was aber das Essen anging, schaute er nur wütend auf die Schale mit Suppe, die nicht mehr nach Nahrung aussah, sondern wie die ausdruckslosen Augen einer Kuh, die den Tod durch Menschenhand erlebt hatte. »Ich verpasse die nächste Reikisitzung«, wimmerte er.

»Re-i-ki!« Abed kriegte einen Koller. »Kümmer dich lieber um dein Examen! Du musst eine Dissertation schreiben, hast du das vergessen? Was ist mit deinem nächsten Termin bei Spivack? Oder willst du ihm vielleicht sagen, du hast das Thema gewechselt und schreibst lieber eine Arbeit über …Re-i-ki!?«

Vor dem nächsten Termin mit Spivack jedoch kam einer mit Gail, oder genauer gesagt, Gail kam selbst. Am Dienstag tauchte sie unversehens in der Küche auf, Hose schwarz, Blazer schwarz, alles schwarz, wie eine Punk-Sängerin direkt von der Bühne; in einer Hand trug sie Bücher und Notizbücher, in der anderen eine riesige Schachtel mit Friedenstauben aus weißer Schokolade, Letztere für Abed gedacht als Zeichen des guten Willens.

»Na, Jungs, wollt ihr mir nichts zu trinken anbieten? Was ist aus eurer berühmten Dritte-Welt-Gastfreundschaft geworden?« Sie grinste.

Sie setzten sich an den Küchentisch und tranken Pfefferminztee, aßen Gails Tauben, befassten sich mit Ömers Lage. Doch bevor Abed sich ganz auf das Thema konzentrieren konnte, musste er erst mal den Blick vom

Umschlag eines der von Gail mitgebrachten Bücher los-
reißen.

»Was ist denn das?«

»Was? Ach, das!«, sagte Gail emphatisch. »Das ist die
Göttin Ishtar.«

Abed nickte grübelnd, sah Gail an, dann auf das Bild
und wieder zu Gail. »Leider muss ich dich darauf aufmerksam machen«, murmelte er mit leiser Vorsicht, »dass
deine Frau einen *Bart* hat!«

»Na klar!« Gail strahlte. »Weil sie die bärtige Ishtar ist.«

Piyu und Arroz beugten sich über den Tisch, Ersterer,
um an Abeds Erstaunen teilzuhaben, Letzter, um an der
Schachtel mit Tauben aus weißer Schokolade teilzuhaben.

»Weil sie nämlich ein Hermaphrodit ist. So haben die
Alten sie dargestellt, mit Brüsten und Phallus. Ihr dien-
ten bisexuelle Priesterinnen und Eunuchen-Priester, die
sich selbst kastriert hatten. Für die Kastration mussten die
Priester zuerst …«

»Schon gut! Schon gut! Schon kapiert.« Piyu war rot
geworden und schob die Schachtel mit der weißen Schokolade von Arroz weg.

Aber Gail zum Schweigen zu bringen, war heute
schier unmöglich. Sie musste in ihre manische Phase
gerutscht sein, denn sie redete immerzu, verstreute ihre
schauerlichen Ausdrücke. »Matrifokal«, »phallozen-
trisch«, »Mutter Natur gegen Vater Logos« … hirnzerha-
ckende Begriffe rieselten über die Pfefferminzteegläser
und angeknabberten Tauben.

»Sie waren auf der Suche nach der Frau in ihnen,

damit sie ihre Körper überwinden und das Geheimnis der Schöpfung ergründen konnten. Religion dreht sich immer um Frauen«, sagte sie und schenkte ihnen ein aufmunterndes Lächeln. Piyu und Abed schenkten ihr dafür ein tröstendes. »Deswegen haben zum Beispiel in Sibirien männliche Schamanen symbolische Brüste auf ihren Gewändern gehabt. So weit muss man aber nicht gehen. Habt ihr noch nicht gemerkt, dass Frauenkleider immer noch die offiziellen Priestergewänder sind? Priester dienen den Gläubigen als Mutter. Priester sind auch Frauen.«

Piyu hustete nervös, Abed seufzte.

»Es gibt so viele Beispiele aus verschiedenen Kulturen. Warum, glaubt ihr wohl, haben zum Beispiel taoistische Priester im Sitzen gepinkelt? Sie wollten sich in eine Frau verwandeln!«

Um die Beweisführung zu beschließen, musste sie jedoch ein paar Minuten warten, bis der plötzliche Kicherausbruch abebbte. Während Piyu und Abed prusteten, betrachtete Gail in aller Ruhe einen kleinen Minzezweig, der oben auf ihrem Tee schwamm. Die Minze schwamm entgegen dem Uhrzeigersinn und bildete gemächliche Strudel. Gail beschloss, das als gutes Zeichen zu nehmen.

»Ja, man muss sich nur die Geschichte bewusst machen«, fuhr Gail fort, und ihre Augen glühten vor Feuereifer. »Stellt euch vor, wie es wäre, in einer neolithischen Stadt zu leben statt in Boston. Einer Stadt, die ein Zeremonienzentrum für die Verehrung der Göttin war. Archäologen haben so eine Stadt gefunden. Sie haben sie ausgegraben, Schicht für Schicht. Und wisst ihr was, nirgendwo in dieser Stadt stießen sie auf Anzeichen für Kriegführung. Keine Waffen! Niemand hat einen anderen Menschen getötet. Auch Tiere wurden nicht getötet. Kein Anzeichen von Tierschlachtung …«

Abed hustete nervös, Piyu seufzte.

»Höchstwahrscheinlich waren sie alle Vegetarier. Für uns mag das schwer zu verstehen sein, weil unser Geist längst von Militarismus und Nationalismus verdorben ist, aber ich versichere euch, diese Menschen haben in Frieden gelebt. Das Wort *primitiv* ist irreführend. Sie waren zivilisiert! Wir sind primitiv!«

Piyu und Abed blieben stumm, versteinert in ihrem »Klar-sprich-weiter«-Starren.

»Frauen und Kinder wurden dort unter den Schlafpodesten in ihren Häusern begraben. Begraben mit ihren Amuletten und Kultsymbolen. Überall in dieser Stadt wurden Wandgemälde gefunden, darauf sind Frauen und Verehrung der Muttergöttin dargestellt. Die neolithische Göttin …«

In diesem Augenblick hörten sie die Stimme, so schwach und unklar, dass es sich für eine Sekunde anhörte, als hätte sie keinen zugehörigen Körper, als käme sie aus den Griffen der Töpfe an der Wand, der Pfeffermühle, den Backförmchen … allem, nur nicht von einem Menschen.

»*Dr … Or … i … dr … Or … i … st in … dr … r … ei!*«

Drei der vier Augenpaare am Küchentisch drehten sich gleichzeitig zum Flur. Das vierte Augenpaar blieb auf die Schokoladenschachtel gerichtet.

»Der ... Ort ... ist ... in ... der ... Türkei!«

Geistergleich kam Ömer aus dem Flur. Als er sich zur Küchentür beugte, unrasiert, offenbar länger nicht gewaschen, sah er Gail mit einem sonderbar betretenen Ausdruck in seinen aufgequollenen, tränensackigen Augen an, um seinen Mund zuckte eine Art impulsives Lächeln, als hätte er soeben ein Geständnis abgelegt oder sei im Begriff, eins abzulegen.

»Der Ort, von dem ihr gesprochen habt, ist in der Türkei«, brummte er und nickte dann zur Bekräftigung. »Das weiß ich!«

Wie die überwältigende Mehrheit der Türken war er nie in Catalhüyük gewesen, der neolithischen Stadt der Muttergöttin, hatte nie ihr Museum besucht und nie etwas darüber gelesen. Aber in einem war er sich sicher: Diese Stadt war irgendwo in der Türkei!

Sie packten ihn wieder ins Bett, ernannten Arroz zu seinem Wächter, legten ihm »Somebody Put Something in My Drink« von The Ramones auf und gingen zurück in die Küche, um ihren Pfefferminztee auszutrinken und die weiße Schokolade aufzuessen, aber hoffentlich nicht die hitzige Diskussion zu Ende zu bringen. Eine halbe Stunde später ging Gail, ihre bärtige Ishtar nahm sie mit. In dem Augenblick, als sich die Verandatür hinter ihr schloss, huschten Abed und Piyu nach oben, um nachzusehen, was Ömer *machte* ... und auch, um zu fragen, was er sich eigentlich *dachte*.

»Vor einer Million Jahren gab es Amazonen in der Türkei. Ich bin übrigens Türke, weißt du. Willst du *coucher avec moi?*«, schmetterte Piyu, wiegte sich hin und her und wurde mit jedem Wiegen granatrot, als sei er nicht der Spottende, sondern der Verspottete.

»Du bist eine wandelnde Schande, Omar«, wieherte Abed. »Es gibt nichts, was du nicht tun würdest, um mit Weibern zu schlafen. Allen Weibern in Sichtweite!«

Ömer, der ihre Stimmen nur von Weitem hörte, wartete geduldig, bis das schallende Gelächter aufhören würde. Aber nachdem sie einmal den prunkvollen Palast männlichen Pläsiers betreten hatten, schienen Abed und Piyu nicht gewillt, wieder herauszukommen, bevor sie alle Räume besichtigt hatten. So spotteten und hänselten, hänselten und spotteten sie, während Ömer seufzte und seufzte, mit jedem Seufzer durchscheinender wurde, wie ein schwebender Schatten, der auf Luftzügen reitet und dessen Zehen den buckligen Boden der Tatsachen kaum berühren.

»Ihr versteht das nicht, Jungs«, flüsterte er, als er den Kopf scheu in die erste auftauchende Ruheritze steckte. »Ich werde Gail um ein Date bitten …«

»Ich hab's gewusst!«, grölte Abed und schüttete einen Kessel voll Heiserkeit über die dürftige Ruhelücke, die Ömer einzuatmen versuchte. »Verdammt, ich hab's gewusst!«

Abed stand von seinem Stuhl auf und ging so steif auf Ömer zu, dass der eine Sekunde lang dachte, Abed wolle ihm einen Schlag ins Gesicht verpassen. Abed blieb jedoch abrupt in Nasenabstand stehen, sah ihm direkt in die Augen und wiegte nachdenklich den Kopf.

»Sie hat dich was knoten lassen, stimmt's? Einen Schnürsenkel … ihre Haare … einen Bindfaden … erinnerst
du dich, was es war? Du bist verhext, *dostum*. Du bist im
Arsch! *Ouaghauogh!*«

Abed und Piyu betrachteten Ömer mit wachsender
Neugierde, als sei er ein gepunkteter Pilz, den sie von
einem fröhlichen Waldausflug mitgebracht hatten, von
dem sie aber jetzt nicht recht wussten, ob er essbar war.

»Aber Gail ist *lesbisch*«, unterbrach Piyu mit dem zer-
knirschten, dennoch kategorischen Ton eines Menschen,
der lange über eine bis dato unbekannte mathematische
Formel nachgedacht hat und schließlich zu dem Schluss
gekommen ist, dass es auf keinen Fall jemals eine Lösung
geben wird. »Sie *mag* keine Männer!«

Eigentlich hatte er keinen besonderen Beweis für diese
These. Sie hatten noch nie darüber gesprochen und nie
etwas Entsprechendes gehört, weder von Gail noch sonst
wem. Aber diese Information war nicht nötig, um zu so
einer Schlussfolgerung zu kommen. Im Gegenteil, es war
genau diese Ungenauigkeit, die Gails Homosexualität
umso wahrscheinlicher machte. *Die Natur hasst das Leere,*
heißt es. *Auch die Männer hassen das Leere;* jede unklare
Lücke in ihrer Klassifizierung der Frauen und daher in
ihren Begegnungen mit dem anderen Geschlecht müssen
sie einordnen, einordnen, einordnen.

»Sie will, dass wir pinkeln wie die Weiber, hast du das
gewusst?« Abed kam Piyu in seinem vergeblichen Versuch, Ömers verschwommene Sicht zu klären, zu Hilfe.

»Ihr … versteht das nicht«, stammelte Ömer getreu
seinem »Ihr-versteht-das-nicht«-Mantra. »Ich bin an

dem … Punkt angelangt, an dem es kein Zurück mehr gibt. Künftig spielt es keine Rolle, ob sie eine *Hexe, Lesbe, Außerirdische* ist … das ist mir piepegal.« Sein linkes Auge zwinkerte aufgeregt sieben-, achtmal hintereinander, was ihn aussehen ließ, als versuche er, entweder seinen Hausgenossen klammheimlich mitzuteilen, sich keine Sorgen zu machen, die WAHRHEIT − großgeschrieben − sei eine andere als die, mit der sie sich oberflächlich befasst hatten, aber das könne er momentan nicht laut sagen, weil das ganze Zimmer voller Wanzen sei, die ihre Gespräche zu draußen parkenden fiesen Typen übertrugen … oder als hätte er einfach über Nacht einen Tick im Auge. In der anschließenden konfusen Stille zwinkerte Ömer ihnen wieder zu und fuhr tapfer fort: »Wenn sie will, dass ich wie eine Frau Pipi mache, hab ich nichts dagegen. Ich werde mit Freuden mein Leben lang so pinkeln!«

»Omar, mein Freund, du bist zurzeit nicht auf der Höhe«, plapperte Abed, bemüht, nicht zu nervös zu klingen. »Hör mal, du willst aaaaalle Frauen, die du kennenlernst. Seit du in diesem Haus wohnst, kommen Zahnbürsten, gehen Zahnbürsten. Vorigen Monat war es Marisol, heute ist es Gail, wir haben gar nicht mitgekriegt, wann du mit Pearl Schluss gemacht hast. Schau, heute in einer Woche machst du schon wieder mit einer anderen rum.«

Piyu nickte. »Wohl wahr«, sagte er, darauf bedacht, seine Worte so zu wählen, dass er Ömers Gefühle nicht verletzte. »Frauen *interessieren* dich immer. So viele Freundinnen …«

Ömer senkte den Blick und starrte verdächtig lange eine himmelblaue Socke auf dem Fußboden an, dann suchte er das ganze Zimmer mit zuversichtlicher Miene ab, als würde er, wenn er die zweite fände, auch die Lösung seines Problems gefunden haben. »Ihr versteht das nicht ... diesmal ist es ganz anders. Bis heute war ich mit Frauen zusammen, von denen ich wusste, dass ich sie *nicht* liebe. Aber mit Gail ist es diametral entgegengesetzt. Ich habe nicht versucht, mit ihr zusammen zu sein, weil ich nicht wusste, dass ich sie liebe.«

Abed und Piyu stöhnten jämmerlich im Chor.

»Diesmal ist es anders.« Ömer startete einen neuen Erklärungsversuch. »Ihr versteht das nicht ... die Liebe hat mich erwischt.«

»Gar nichts hat dich erwischt!«, quakte Abed. »Du mit deinem Gedächtnis wie ein Aquariumfisch! Man sollte dich mal daran erinnern, dass du das Mädchen nicht erst heute kennengelernt hast. Sie war die ganze Zeit hier, direkt vor deiner Nase. Weißt du noch, was du gesagt hast, als wir sie kennenlernten? Du fandest sie schnippisch, snobistisch, spöttisch ... und all die Wörter mit S ... weißt du noch? Du konntest sie absolut nicht leiden. Du hast eine vorübergehende Gedächtnislücke, das ist alles. Vielleicht ist das eine Nebenwirkung der gelben Tabletten, die sie dir im Krankenhaus gegeben haben, häh?«

»Ihr versteht das nicht«, jaulte eine Stimme, die am Anfang erstickt klang und am Ende anstieg. »Es ist LIEBE ...«

Was sich danach ereignete, war ein kollektives Erwachen seitens Piyu und Abed, das als Bestreben, laut zu lachen, begann, auf halbem Wege taumelte, gegen Ende an Schwung verlor und in schiere Verwunderung abdriftete. Es war nicht so sehr das Wort selbst, sondern die Art, wie Ömer es artikuliert hatte, was seine Hausgenossen verstummen ließ. Ömer hatte das Wort *Liebe* ausgesprochen, als sei es nicht nur ein Wort. Um Himmels willen, im *Cambridge Advanced Learner's Dictionary* standen 170 000 Wörter, aber er musste sich trotzdem hoffnungslos verteidigen, ganz auf sich gestellt, vor einem Gericht, das für seine Ungerechtigkeit berüchtigt war, einem Gericht, dessen Gesetze ihm fremd waren und vor dem es für ihn keine Möglichkeit gab, seine Unschuld zu beweisen, obwohl er sich ihrer so sicher war. Er hatte mit einer Verzweiflung gesprochen, als habe er die Hoffnung zum Besseren längst verloren und bereits das härteste Urteil angenommen für sein Verbrechen, wegen dem er vor Gericht stand: Liebe.

Nicht **Liebe,** auch nicht **LIEBE,** sondern **LIEBE**!


## Quantenmechanik und Cupido


Mit zusammengekniffenen Augen betrachtete Alegre die aufgeschlagene Seite vor ihr und stieß ein Glucksen aus, das sich nach *Spott* anhören sollte, in dem aber allenfalls *Unzufriedenheit* mitschwang.

HAST DU GEWEINT, ALS DU ERFUHRST, DASS DU SCHWANGER BIST? Einer neueren Studie zufolge vergossen überwältigende 61 % der Mütter an diesem besonderen Tag Freudentränen.

Manuel, der ihr gegenübersaß, legte den Kopf schief und sah sie misstrauisch an. Das Paar im Wartezimmer musste sie auch gehört haben, aber sie beachteten sie nicht weiter. Nachdem man ihnen gesagt hatte, dass ihre Tochter an einem Aufmerksamkeit-Defizit-Syndrom litt und sie keine Ahnung hatten, was das bedeuten mochte, waren sie hergekommen, um sich aufklären zu lassen, doch Alegre vermutete, sie würden nach dem Gespräch mit dem Doktor noch verwirrter sein. Sie schenkte Manuel ein *Al-les-okay*-Lächeln, das der Junge mit einem *Wenn-Sie-es-sagen*-Blick erwiderte.

An wessen Schulter hast du dich ausgeweint? 48 % der Frauen vergossen die Freudentränen bei einer guten Freundin, 34 % bei ihren Ehemännern und 28 % bei ihren Müttern.

Vor acht Jahren hatte auch sie Tränen vergossen, als sie feststellte, dass sie schwanger war. Bis heute hatte sie es niemandem erzählt, nicht mal dem Vater, einem trägen ukrainischen Teenager, dessen Familie einen Obststand gegenüber der Schule besaß und mit dem Alegre nur zweimal geschlafen hatte. Der einzige Mensch, der von der Abtreibung wusste, war *la* Tía Tuta, die am wenigsten Sittsame, Verschwiegenste von *todas las tías.* Auf dem

Rückweg von der Klinik hatte sie Alegre in den Arm genommen und gefragt: »Hast du deine Lektion gut gelernt?« Alegre hatte geschluchzt, und das war das einzige Mal, dass sie wegen der Sache weinte. »Schön« – la Tía Tuta hatte fest ihre Hand gedrückt –, »da du deine Lektion nun gut gelernt hast, solltest du alles wieder *verlernen*. Auslöschen. Es ist nie passiert. *Lo comprendes, corazón?*«

Es war nie passiert. Nicht ihr. Nach so vielen Jahren war es noch tief im Inneren vergraben. Ein paar Mal hatte sie ernsthaft daran gedacht, bei der Radiosendung »Catholic Families« anzurufen, wie es viele Frauen in ähnlicher Situation taten. Aber selbst dann wäre da etwas, was sie bei der ganzen Sache nie preisgeben könnte. Niemand wusste, dass es in ihrem eng gewebten Moralstoff einen separaten, krass körperlichen Faden gab. Denn der allererste Gedanke, der ihr gekommen war, als sie von ihrer Schwangerschaft erfuhr, war die Angst, zuzunehmen, innerlich aufzuquellen, zu einem fetten Leib anzuschwellen, die Angst, die sie niemandem hatte mitteilen können.

Was hat dein Mann getan, als er erfuhr, dass du schwanger bist? Derselben Studie zufolge haben 52 % der Ehemänner jener 34 % der 61 % Frauen sie umarmt, 36 % der Ehemänner haben eine Flasche Sekt aufgemacht, und 18 % haben ihre Mütter angerufen.

Nach jenem Tag war sie kalt geworden gegenüber *schickos,* gegenüber Sex, und hatte von jeder Art Affäre Abstand genommen bis zu dem Tag, als sie Piyu kennenlernte. Heute fürchtete Alegre unwillkürlich jedes Mal, wenn Piyu nicht mit ihr schlafen wollte, dass er irgendwie von der Sache wusste, nicht bewusst, sondern intuitiv, als wüsste sein Körper, was sein Verstand nicht wusste, weswegen er sich weigerte, mit dieser Frau zu schlafen, die weder weiblich genug war, da ihre Periode manchmal ausblieb, noch eine gute zukünftige Mutter, da sie mehr um ihr körperliches Aussehen besorgt war als um das Kind, das sie verloren hatte.

Sie überflog die Seiten, bis ein bekanntes Gesicht auftauchte. Das Mädchen, das nicht aufhören konnte zu lesen. Ihre Eltern hatten zur Feier ihres 4 000sten Buches eine Riesenparty veranstaltet. Auf einem Foto stand sie strahlend mit allen Gästen neben einer gigantischen Torte in Buchform. Alegre übersprang den Rest und wählte Piyus Nummer. Sie wollte wissen, ob er die Nachricht verstanden hatte, die sie ihm durch den flockigen Kürbis-Käse-Kuchen mitteilen wollte, der nicht lange genug gebacken und deswegen viel flockiger war, als er hätte sein sollen.

»*Hola amor.* Hast du deinen flockigen Kürbis-Käse-Kuchen gegessen?«

»Nein, hab ich nicht«, lautete die barsche Antwort. »Aber jemand hier *hat* ihn gegessen.«

Im Hintergrund lächelte Ömer dämlich, als Piyu ihn über den Hörer hinweg verächtlich ansah. Nach Tagen des Hungerns hatte sein Appetit seine Unabhängigkeit erklärt, und von dem Augenblick an hatte Ömer ununterbrochen gegessen.

»Ja, sicher hab ich Hunger. Nein, keine Sorge. Abed

und ich machen uns jetzt was. Ich weiß nicht, wir haben uns noch nicht entschieden. Vielleicht Spaghetti. Que no, der Auflauf ist auch alle!«, jammerte Piyu. »Den hat er auch gegessen. Wie soll ich das wissen? Okay … ich frag ihn … ich ruf dich nachher zurück.«

Piyu wandte sich an Ömer. »Alegre möchte wissen, ob dir an ihrem flockigen Kürbis-Käse-Kuchen was *Ungewöhnliches* aufgefallen ist.«

»Am Kuchen?« Ömer ging in Gedanken die umfangreiche Menge allen Essbarens durch, das er seit dem frühen Morgen zu sich genommen hatte, bis er schließlich irgendwo ganz unten die gewünschte Information fand: »Oh, der Kuchen war lecker, danke, genau, was der Doktor verschrieben hat.«

Piyu und Abed nahmen ihn mit Blicken ins Kreuzfeuer. Nach Tagen starrer Stumpfheit war Ömer urplötzlich zu vital und entschieden zu gefräßig geworden. Während sich schwer sagen ließ, welcher Zustand nervenaufreibender war, der davor oder der danach, spürten sie, dass dieser plötzliche Wechsel mit dem Gespräch zusammenhing, das sie tags zuvor geführt hatten. Immerhin können Bekenntnisse einer lange unterdrückten Liebe eine Kettenreaktion auslösen.

1. Die Auswirkung der Liebeserklärung auf das Subjekt der Liebe.
2. Die Auswirkung der Liebeserklärung auf die Zeugen der Liebe.
3. Die Auswirkung der Liebeserklärung auf das Objekt der Liebe.

So weit das generelle Gerüst, darüber hinaus kann jede Wirkung für sich eine Vielfalt an Formen annehmen, je nach vorliegendem Fall. In diesem speziellen Fall geschah es mehr oder weniger so:

1. Die Auswirkung der Liebeserklärung auf Objekt Ömer Özsipahioğlu: Positiv. Ein fedriges, wattiges Gefühl der Erleichterung, als wäre ihm eine Last von den Schultern genommen.

2. Die Auswirkung der Liebeserklärung auf die Zeugen Abed und Piyu: Negativ. Ein beengendes, drückendes Gefühl, als sei die abhandengekommene Last nun ihren Schultern aufgebürdet.

3. Die Auswirkung der Liebeserklärung auf das Objekt Gail: Null Wirkung. Da sie von den Vorgängen keine Ahnung hatte, konnte bei dem Objekt keine Veränderung beobachtet werden.

Wenn man die Szene mit dem Vorzug des Nachhineins betrachtet, waren es vielleicht dieses Ungleichgewicht und der Wunsch, die Bürde zu halbieren, was Ömers Hausgenossen bewog, ihn zu bedrängen, Gail seine Liebe zu erklären. Aber vielleicht war es unvermeidlich für sie, in den Vorgang einzugreifen. Eine Art *cupidosche Interpretation der Quantenmechanik.* Bewusste Beobachtung, vermutete Bohr, sei das, was reale Geschehnisse bewirke. Haben sie erst einmal von jemandes heimlicher Liebe erfahren, befinden sich die Zeugen möglicherweise in beständiger und bewusster Beobachtung, was ein Quantum Eingreifen mit sich bringt, ganz so, wie jeder Versuch, atomare Vorgänge zu verfolgen, eine grundsätzlich unkontrollierbare Einwirkung auf ihren Verlauf nach sich zieht.

Daher verbrachten Beobachter 1 (Piyu) und Beobachter 2 (Abed) diesen Abend damit, Ömer zu beobachten. Am späten Abend rief Piyu Alegre an und erzählte ihr, was vorging. Doch es brauchte geraume Zeit, um Beobachter 3 einzubeziehen, weil Alegre sich weigerte, zu glauben, dass irgendjemand, und sei dieser Jemand Ömer, sich in jemanden wie Gail verlieben konnte. Trotzdem versuchte sie zu helfen. »Blumen! Er soll ihr einen Prachtstrauß kaufen. Weiße Lilien und eine einzelne rote Rose.«

Alegre und Abed waren überzeugt, dass Blumen eine romantische Erklärung seien, und mit ein bisschen Nachhilfe war auch Piyu zu überzeugen. Als aber seine beiden Hausgenossen ernst und überzeugt die Treppe hinunter in sein Zimmer kamen, um Ömer von ihrem Vorhaben zu informieren, war dessen unter Mampfen gegebene Antwort nicht so begeistert.

»Ich glaub nicht, dass sie auf so was steht.« Ömer prustete einen Mund voll Kichererbsenpüree heraus, seine jüngste Beute. »Sie ist vermutlich dagegen, Rosen zu massakrieren, um blödsinnige bourgeoise Liebste zu beglücken. Sie ist nicht eure typische Frau!«

Abed und Piyu erwürgten ihn aus dem einzigen Grund nicht, weil ihnen als gute Wissenschaftler klar war, dass sie die unter Beobachtung stehende Einheit nicht zerstören durften. An diesem Abend machten die drei einen Spaziergang und suchten einen Laden in der South Street auf, der alles zu haben schien, was der *Nicht-*

*eure-typische-Frau* gefallen könnte. Tibetische Klangschalen, viskoelastische Kissen, Indianerschmuck, getrocknete Pflanzen, Gel-Steine, Talismane, Windglockenspiele, ätherische Öle, Amulettsäckchen, Kräuterkerzen, Wicca-Waren und eine grüne Substanz, die wie gewöhnliches Gras aussah, tatsächlich aber, wie sie gleich darauf erfuhren, *biologisches Gras* war.

»Gibt jemand neun Dollar für einen Sack Rasen aus?«, quiekte Abed.

Die Verkäuferin, ein nordischer Typ, setzte ein herablassendes Lächeln auf.

»Egal, Gail braucht sowieso keinen Rasen«, näselte Abed mitten in einem plötzlichen allergischen Schnupfenanfall. »Sie braucht etwas zum Beruhigen, was sie weniger aggressiv macht und … normaler. Haben Sie ein Kraut, das hilft, normal zu werden?«

»Dann empfehle ich Ginseng«, zirpte die Verkäuferin und wippte mit den flachsblonden Locken. »Blutarmut, allgemeine Schwäche, Nervosität, Nervenschwäche … es heilt alles. Und so heißt es ja auch: Allesheiler!!!«

Sie kauften eine große Flasche vegetarische Ginsengkapseln, Ginsengteebeutel und Ginseng-Astragalus-Trinkampullen. So bestückt, schneiten sie zwanzig Minuten später bei Squirmy Spirit Chocolates rein und verdarben Debra Ellen Thompson den Tag. Gail dagegen freute sich sichtlich, sie zu sehen.

Eine Sekunde lang standen die drei Hausgenossen da und schauten auf den Löffel in ihren Haaren. *»Wie abartig!«*, dachte Piyu. *»Wie albern!«*, dachte Abed. Und Ömer dachte: *»Wie süß!«*

Daran änderte sich wenig, als Gail ihnen dickleibige Muttergöttinnen aus Mandelschokolade anbot. »*Wie abartig!*«, dachte Piyu, während er höflich in eine mächtige Brust biss. »*Wie albern!*«, dachte Abed, der den Kopf einer Göttin mampfte. Und Ömer dachte das Übliche. »*Wir* waren Ginseng einkaufen, und auf dem Rückweg dachten *wir, wir* schauen mal vorbei und sehen, was ihr Mädels so macht«, stammelte er dann, dabei versteckte er seinen großen, ungelenken Körper hinter der »Wir«-Barrikade.

»Ginseng ... das Wunderkraut!« Gails Gesicht verzog sich ein bisschen. »›Allesheiler heilen nichts‹, würde ich sagen. Hoffentlich erwartet ihr euch nicht zu viel davon. Habt ihr es zu einem bestimmten Zweck gekauft?«

Ein *Zweck* für Ginseng? Ömer starrte sie erschüttert an, als hätte er nicht mal einen Zweck zum Leben. Wie konnte er sie erreichen, wenn sie so unerreichbar war? Wie konnte er sie dazu bringen, ihn zu lieben, wenn sie so offensichtlich alles missbilligte, was er tat? Danach sprach er kaum, und um seinen Mund zu beschäftigen, aß er hauptsächlich, unmäßig, hysterisch, als sei er entschlossen, so viele Muttergöttinnen, wie er konnte, vom Angesicht der Erde zu tilgen. Er missachtete alle Versuche von Piyus und Abeds Seite, zunehmend belanglosere Themen anzuschneiden, um ihn aus der Fressschlinge zu ziehen, während Debra Ellen Thompson, Gail und die lachenden Minzschokoladebuddhas auf den Tabletts alle drei verwundert beobachteten.

Perlenstickerei bei den Irokesen, Tradition und Innovation in Drucken aus der Meiji-Epoche, Reproduktion altertümlicher Grabmäler mithilfe der Digitaltechnik, Bilderchronik von gewagten Unternehmungen in Amerika, die Kunst der chinesischen Kalligrafie, surrealistische Lichtinstallationen, eine Ausstellung von Tapa-Kleidung der Pazifischen Inseln, Buchsignierung: *Die Geheimnisse des alten Ägyptens,* norwegische Paartänze ... sich über die kulturellen Veranstaltungen in Boston auf dem Laufenden zu halten, war, das hatte Piyu schon festgestellt, schier unmöglich. »Vielleicht sollten wir ein gutes Restaurant finden.« Er stieß über dem Bostoner Stadtführer einen tiefen Seufzer aus. »Sie könnten irgendwo nett essen gehen.«

»Nur weiter so, Piyu, nur die Hoffnung nicht aufgeben«, meldete sich Abeds Stimme hinter dem Kunstkalender des Boston *Globe.* »Essen gehen ist zu gefährlich, da ist er im Rampenlicht. Eine kulturelle Veranstaltung ist nicht so riskant. Wir müssen etwas finden, was Gail gefällt.«

Es gab eine Foto-Ausstellung mit dem Titel »Geteiltes Ich«, die hochinteressant zu sein versprach, aber zu viel Energie erforderte, weil sie in drei verschiedenen Galerien in drei verschiedenen Stadtteilen präsentiert wurde. Musik war natürlich auch eine Möglichkeit, da könnte Ömer mit seinen Fachkenntnissen glänzen. Allerdings fürchteten seine Hausgenossen, sein Musikgeschmack wäre für Gail womöglich zu ausgefallen und würde alles verderben.

Eine Video-Installation über Darstellungen weiblicher Akte, eine Ausstellung über afrikanische Masken, ein Vortrag über »Ist die Demaskierung der Gesichter des Orients das neue Gesicht des Orientalismus?«, eine Podiumsdiskussion über die Darstellungen weiblicher Akte in Video-Installationen … Als das Telefon klingelte, nahm Piyu mit sichtlicher Erleichterung ab, froh über eine kurze Unterbrechung.

»Ist er noch im Bad?«

Piyu grinste über den Hörer hinweg zu Abed hinüber. »Alegre. Sie fragt, ob er noch im Bad ist!«

»Sag ihr, das Klo ist sein neues Zuhause.«

Zu viel Schokolade. Der Fluch der lachenden Buddhas. Zurück vom Schokoladenladen, war Ömer auf dem Klo gestrandet.

»Sag ihr, wir müssen ihm helfen«, ratterte Abed los, dann wurde er plötzlich ernst. Um sich besser verständlich zu machen, ohne Vermittler, schnappte er sich den Hörer von Piyu. »Ich glaube, das Durchfallproblem ist eher symbolisch als physisch. Alles nur deswegen, weil er seine Liebe nicht gestehen konnte. Es ist nämlich so, wenn die Seele sich nicht offenbaren kann, fängt der Körper an, sich zu entladen.«

Alegre hatte andere Vorschläge, natürliche Betätigungen größtenteils. Wale beobachten zum Beispiel, vielleicht keine gute Art, seine Liebe zu gestehen, aber man kann nie wissen. Ausflüge und Exkursionen, von denen es in der Gegend jede Menge gab. Seelöwengehege besichtigen im New England Aquarium, mehr über ausgestopfte Vögel lernen im Museum of Comparative Zoology, Dinosaurierbabys anschauen im Harvard Museum of Natural History ... das alles würde Gail bestimmt gefallen. Ein romantischer Spaziergang durch den Baumgarten hörte sich noch besser an ... alles sähe plausibel aus, hätte Ömer nur dynamischer ausgesehen. Der Durchfall hatte ihn nicht nur geschwächt, sondern seinen Körper auch an das Umfeld rund um die Toilette gefesselt. Er konnte sich unmöglich längere Zeit draußen aufhalten.

»Ich muss jetzt Schluss machen, der Doktor kommt«, rief Alegre. »Viel Glück!«

Meisterschaft und grafische Kunst im Venedig des achtzehnten Jahrhunderts, eine Vorlesung über die Krise der koreanischen Halbinsel, eine Ausstellung über Taschen- und Halstücher in amerikanischen Präsidentschaftswahlkämpfen, Bilder aus dem kolonialen Indien, byzantinische Frauen und ihre Welt ...

»Halt! Halt!«, quäkte Abed. »Das hört sich gut an! Frauen und byzantinisch ... byzantinisch und Frauen ...«, wiederholte er und zog jedes Wort mit äußerster Inbrunst in die Länge. »Das kann ein gemeinsames Terrain sein, findest du nicht? Es hat irgendwie mit beiden zu tun.«

Die Ausstellung deckte einen Zeitraum vom vierten bis zum fünfzehnten Jahrhundert ab und präsentierte Elfenbeinschnitzereien, Toilettenartikel, Münzen, Siegel, Amulette ... zweihundert Objekte insgesamt. Sah nach mehr als genug aus, um an irgendeinem Punkt eine Liebeserklärung abzugeben.

Inzwischen hatte Piyu die Sucherei so satt, dass er von jedem Vorschlag angetan gewesen wäre. Sie kamen nach unten und riefen vor dem Badezimmer unisono, um die unter Beobachtung stehende Einheit von diesem allernächsten Schritt zu unterrichten. »Byzantinische Frauen?«, knurrte die Badezimmertür ungläubig. Aber zu beider Erleichterung folgten keine weiteren Einwände.

Ömer verbrachte den nächsten Tag im Bett, arbeitete scheinbar an seiner Dissertation, stellte aber in Wirklichkeit Nachforschungen an über dieses neue Thema auf seinem Terminplan, bevor er den Mut fand, Gail um eine Verabredung zu bitten. Ursprünglich hatte er beabsichtigt, einen kurzen Streifzug in Sachen »byzantinische Frauen« zu unternehmen, aber aus dem Streifzug wurde eine regelrechte Reise, als er sich mit wachsendem Interesse in das Thema vertiefte. Nach mehreren Stunden des Recherchierens war er zu dem Schluss gekommen, dass Byzanz für einen Mann der Oberschicht ein vergnüglicher Ort gewesen sein mochte, eine Frau es sich aber gründlich hätte überlegen müssen, dort zu leben, zumal eine Frau aus der Unterschicht. Aber dann war da die faszinierende Theodora, die bezaubernde Tochter eines Bärenzüchters, die in den Elendsvierteln von Byzanz aufwuchs, eine glanzvolle Berufsschauspielerin wurde, dann Kaiserin und eine der mächtigsten Frauen der Weltgeschichte. Um sie zu heiraten, musste Justinian alle Bestimmungen aufheben, die es Schauspielerinnen – die vom Gesetz kategorisch wie Prostituierte behandelt wurden – untersagten, in die Senatorenklasse einzuheiraten. So tief hatte sie ihn beeindruckt. Als sie Kaiserin geworden war, hatte sie die Rechte der Frauen beträchtlich gefördert, Gesetze erlassen, um Prostituierten zu helfen, Bordelle verboten, unglückliche Frauen beschützt ... nie vergaß sie ihre Herkunft, nie verschloss sie die Augen vor den Leiden ihrer Schwestern. Je mehr Ömer über Theodora las, desto mehr verglich er sie mit Gail. Am späten Nachmittag war er absolut überzeugt, dass Gail genau dasselbe tun würde, was Theodora getan hatte, wenn ihr, statt Schokoladenmacherin in Boston zu sein, die Chance geboten würde, den byzantinischen Thron zu besteigen.

So beflügelt, rief er bei Squirmy Spirit Chocolates an, und nach ein bisschen belanglosem Geplauder fragte er Gail zaghaft, was sie von dieser Ausstellung hielt, von der er zufällig gehört hatte.

»Die Ausstellung über byzantinische Frauen und ihre Welt?«, jubelte Gail voller Freude, zumindest hörte es sich für Ömer so an. »O ja, das ist eine großartige Ausstellung!«

»Ich wollte morgen hingehen. Vielleicht möchtest du mitkommen.«

»Oh ...« Ihre Stimme verklang. »Ich hab sie schon gesehen. Aber du solltest unbedingt hingehen.«

Als er auflegte, starrte Ömer nervös auf die großen rehbraunen Mosaikaugen von Theodora, die er als Bildschirmschoner aus dem Internet heruntergeladen hatte, Augen, die auf den zweiten Blick nicht mehr so bezaubernd aussahen.

## Versuch einer Liebeserklärung – III

Bisher ließ sich von jedem Januartag seit dem Silvesterabend sagen, dass er für Subjekt Ömer Özsipahioğlu aufreibend gewesen war, aber nun sah es so aus, als würde dieser Samstag alle anderen ausstechen. Um die Wirkung zu duplizieren, hatte der Tag zu früh begonnen, zu spät geendet. Am frühen Morgen, während eines Toilettenbesuchs, der weder der erste noch der letzte in einer ganzen Reihe solcher Amokläufe durch die Nacht war, stand Ömer da und starrte ein Bild an, von dem der Spiegel behauptete, es müsste ihm vertraut sein. Er warf sich ein müdes Lächeln zu. Bekam eins zurück. Während das Lächeln zwischen ihm und seinem Spiegelbild hin- und herprallte und bei jedem Rückwurf müder wurde, setzte Ömer unmerklich, unbeschreiblich, aber unerbittlich eine unbeteiligte Miene auf. Einen unendlichen Augenblick lang hatte er das Gefühl, eine Ritze in der Zeit gefunden zu haben und durch diesen Spalt aus dem Zustand geschlüpft zu sein, in dem er sich herumtrieb. Das Gefühl stieg von seinem Magen auf, gelangte rasch durch die Lunge in den Brustkorb, bewegte sich die Kehle aufwärts und machte nicht halt, bis es in einem erstickten Seufzer herausgetrieben wurde. Alles schien so unbedeutend. Das endlose Gerangel, »mehr« von allem zu bekommen, dieser Drang, Gail dazu zu bringen, ihn zu lieben, und auch Gail selbst … alles verlor seine Strahlkraft, als es sich eins nach dem anderen in dieser Euphorie auflöste, die ihn befallen hatte. Nicht, dass er Gail nicht mehr liebte. Im Gegenteil, ihm war, als liebte er sie mehr denn je. Mehr, aber anders. Diese Liebe galt *ganz und gar* ihr, war aber auch jenseits von ihr. Mit diesem Gefühl, folgerte Ömer, konnte er sie weiterhin lieben, auch wenn sie seine Liebe emotional, körperlich und sogar sexuell nicht erwiderte. Er kam sich sehr erhaben vor.

Ömer hatte keine Ahnung, woher diese Seligkeit gekommen war. Er konnte nur sagen, es fühlte sich großartig an! Fühlte sich ginseng an! Wäre genau in diesem Moment einer seiner Hausgenossen ins Badezimmer gestürmt und hätte ihn gebeten, diesem außerordentlichen Gefühl einen Namen zu geben, hätte Ömer, ohne zu zögern, geantwortet: »Ginseng!«

Das Gefühl Ginseng! war garantiert Ginseng!, aber es war zweifelhaft, ob es überhaupt ein Gefühl war. Es ließ einen nichts fühlen. Absolut nichts. Ganz ähnlich, wie einen Schatten zu haben, aber ohne ihn zu »haben«, diese Art von Sanftheit, nahezu leutselig. Ömer wusch sich das Gesicht, fing an, sein Kinn einzuseifen, hörte aber mittendrin auf. Das Gefühl Ginseng! fragte ihn, warum er das tat. Was hatte es für einen Sinn, sich jeden Tag zu rasieren, mit derselben Dringlichkeit und Hartnäckigkeit, wenn es sich doch ständig wiederholte, und man das wusste und auch wusste, dass morgen früh die nächste Rasur kaum etwas Neues sein würde. Wenn der Bart es so will, warum ihn nicht wachsen lassen? Warum dieses beharrliche Bedürfnis, in den Lauf des Lebens einzugreifen? Ömer ging nach unten, um seine Hausgenossen anzuweisen, auch sie sollten aufhören, sich seinetwegen zu bemühen, aufhören, sich um seine Liebe zu scheren, und stattdessen alles sein lassen, wie es ist.

Ömer stapfte in die Küche. Da Abed mit Arroz an die Luft gegangen war und Piyu im Wohnzimmer den Fußboden fegte, konnte das konstante Klappern, das aus der Küche kam, nur eins bedeuten: Alegre bei der Arbeit.

»Guten Morgen! Heute ist der große Tag, bist du bereit? Aber du bist ja noch gar nicht rasiert.« Alegre guckte missbilligend und lächelte zugleich. »Sag mal, wie soll ich den Zucchini-Kürbis-Strudel machen? Mit Walnüssen oder Rosinen? Was meinst du, wie würde Gail ihn lieber haben?«

*»Zucchini-Kürbis-Strudel ...«* Hörte sich an wie ein Kryptogramm. *»Walnüsse ... oder Rosinen ... oder beides ... oder nichts davon ...«* Was spielte das für eine Rolle? Das war nur die äußere Form, Schatten auf der Oberfläche, er wollte darüber hinausgehen, tief hinab in die Substanz. *Warum wollt ihr alle, dass ich meine Liebe gestehe? Müssen wir die Geliebten immer über unsere Gefühle für sie aufklären? Enthält diese Erklärung nicht die Bitte, etwas zurückzubekommen? Ist nicht jede Liebeserklärung ein Ausdruck der Selbstsucht?*

»Ach, armer Kleiner, keine Bange, es wird ein fabelhaftes Essen. Glaub mir, sie wird begeistert sein«, tröstete Alegre, der die Philosophie gänzlich entging.

*Aber wozu das ganze Theater? Was haben Äußerlichkeiten für einen Sinn, außer uns daran zu hindern, die Realität dahinter zu sehen? Warum plagt ihr euch so mit mir, wenn ich mir meiner selbst gar nicht so sicher bin? Wer bin ich, was will ich, muss ich wirklich ... irgendwen, irgendwas wollen ... muss ich wirklich ... irgendwer, irgendwas sein? Vielleicht erfordert die Liebe nicht, die Geliebte zu gewinnen, sondern sich in ihr zu verlieren. Wenn man sich verliert und seinen Ego-Turm niederreißt, was macht es da schon aus, ob man wiedergeliebt wird oder nicht. In dem Augenblick, wo man anfinge, zu geben, ohne etwas dafür zu erwarten, wäre das ganze Universum Ginseng! Ginseng! Ginseng!*

»Ginseng, nein! Das-ist-TO-FU«, quietschte Alegre und deutete auf den Teller vor Ömer. »Aber-keine-Bange«, fügte sie hinzu, in der liebevoll belehrenden Sprechweise eines weißen Kolonialisten aus dem *Dschungelbuch,* der mit Mowgli schwätzt. »Das-wird-ein-so-wunderbares-Essen-dass-sie-bestimmt-jeden-Tag-hier-essen-will.«

Ömer gab auf und schlurfte unbehaglich ins Badezimmer, seiner inzwischen einzigen Zuflucht. Er nahm seinen Walkman und hörte sich The Smiths mit »What Difference Does It Make?«, an. Drei Minuten, elf Sekunden.

In Wahrheit war Alegre heute Morgen etwas über-arbeitet, weil sich die Kocherei für diesen besonderen Tag als ungemein und unerwartet frustrierend erwiesen hatte. Für das wunderbare Menü hatte sie sich zuvor mit der veganischen Küche befasst und entgeistert festgestellt, dass sie nicht nur auf Fleisch verzichten musste, sondern auch auf Butter, Eier, Milch, Käse ... und alles, was das Essen schmackhaft und das Kochen zum Vergnügen machte. Zum ersten Mal in ihrem Leben fühlte Alegre sich unwohl in der Küche. Daher war es, als Abed und Arroz, zurück von einem Spaziergang, in die Küche platzten, um zu sehen, was sie getrieben hatte, nicht besonders sensibel von ihnen, so ruppig auf das Menü zu reagieren, das sie mit so viel Sorgfalt zusammengestellt hatte.

## DAS MENÜ

### *Suppe:*
*Pilz-Blumenkohl-Lauch-*
*Kartoffel-Mais-Suppe*

### *Hauptgerichte:*
*Karotten-Kohl-Erbsen-Püree*
*Karotten-Kürbis-Kasserole*
*Marinierter & gegrillter Tofu*
*Gefüllter Tofubraten*
*Zucchini-Kürbis-Strudel*

### *Beilagen:*
*Pilzpfannkuchen mit Kartoffelfüllung*
*Panierter Tofu*
*Zerkrümelter Tofu*
*Tofusalat*

### *Desserts:*
*Karottenkuchen*
*Kürbiskuchen*

*Karotten-Kürbis-Riegel*

»Was ist das denn? Feiern wir ein Gemüsehändlerfest?«, protestierte Abed. Alegre hasste Abed.

Aber bevor sie das Problem *was essen* lösten, sollten sie lieber das Problem *wie essen* lösen, weil sich nämlich bald herausstellte, dass Ömer nicht aus dem Badezimmer kam. Den größten Teil des Nachmittags hatte er dort festgesessen, nicht nur, weil das Betrachten seines schlabberigen Gesichts im Spiegel ihm einen neuen Schwung Ginseng!-Fragen eingab, sondern auch, weil es ihm immer noch körperlich schlecht ging.

Durchfall gilt als Krankheit von niedrigstem Niveau. Es ist die einzige Krankheit, die so gängig ist und doch zugleich so geringschätzig abgetan wird. Um Ömer vor der Schmach zu bewahren, versuchten die drei Beobachter, ein Heilmittel zu ersinnen, das binnen der wenigen Stunden vor dem Essen Wunder wirken würde. Da sie keines kannten, aber von zahlreichen weniger wundertätigen gehört hatten (denn bei Durchfall weiß jeder irgendein fragwürdiges Mittel, von dem er entweder gehört hat oder an das er sich aus Kindertagen erinnert), beschlossen sie, alle auf einmal zu probieren. Daher wurde Ömer in den folgenden Stunden genötigt, eine Kartoffelsuppe mit Kokosnussmilch zu vertilgen, die weder wie Suppe aussah noch nach Kartoffeln schmeckte (Alegres Mittel), Brombeersaft (*la* Tía Piedads Empfehlung), Apfel (Oksana Sergiyenkos Empfehlung, als sie hereinschaute, um Hallo zu sagen, bevor sie einkaufen ging), eine Schale Haferschleim (das Mittel von Piyus Großmutter), eine Schale Reisbrei (Zahras Mittel per Telefon), Bananen (jedermanns Empfehlung), Joghurt mit

Pfirsich (Zahras Mittel per Telefon), Brombeersaft mit Wein *(la* Tía Piedads Empfehlung nach reiflicher Überlegung), noch mehr Äpfel (Oksana Sergiyenko, als sie mit einer Tüte Granny Smith vom Einkaufen zurückkam), eine Familienflasche Cola (jedermanns Mittel) und Unmengen Knoblauch anstelle von Antibiotika (Abeds und Piyus Verordnung). Als alles verzehrt, geschluckt und sein Magen zu einem Fass aufgebläht war, schlurfte Ömer nach oben, nicht aufs Klo, sondern in sein Zimmer, um ein Nickerchen zu machen und auch, um all seine Reiki-Kräfte aufzubieten und Gail eine telepathische Botschaft zu senden mit der Bitte, nicht zu kommen.

Leider schien die Botschaft unterwegs verloren gegangen zu sein.

Abends um 7 Uhr 15 saßen Gail und Debra Ellen Thompson mit allen unten am Tisch, lobten das Menü, ein wenig erstaunt, aber zweifellos zufrieden. Alegre hatte Gail gegenüber Ömer platziert, doch da Letzterer den Blick nicht von dem Lauchstück nahm, das in seiner Suppe schwamm, war schwer zu sagen, ob es ihm bewusst war oder nicht. Hin und wieder war aus seinem Bauch ein derber, grunzartiger Laut zu hören, doch zur Erleichterung der drei Beobachter schien Ömer nicht mehr aufs Klo rennen zu müssen. Die Mittel hatten gewirkt, mindestens eins davon.

Gebranntes Kind scheut das Feuer. Niemand am Tisch schien die Spannung ihres letzten gemeinsamen Essens vergessen zu haben. Um es nicht wieder zu einer ähnlichen Reiberei kommen zu lassen, machten sie sich auf die Suche nach leichten, harmlosen Themen.

Da bei solchen multikulturellen Gruppen, wo alle darauf bedacht sind, niemanden zu kränken, begierig, ihren Spaß zu haben ohne Herabsetzungen, »Wandersagen« ein gutes Gesprächsthema sind, unterhielten sie sich während der nächsten Stunde darüber.

In ihren verschiedenen Ländern hatten sie genau dieselben Geschichten gehört, mit minimalen Änderungen hier und da. Der Mann, der in einem Gurkenglas aus dem Supermarkt einen Finger fand, war sowohl Marokkaner, Spanier wie auch Amerikaner. Ebenso das junge Paar, das sein neugeborenes Baby dem neuen Kindermädchen überließ und den Kleinen, als sie spätabends nach Hause kamen, auf einer großen Servierplatte fanden, gebraten und mit Kartoffeln garniert. Dann das andere Ehepaar, dessen Auto in der Erdbebennacht in San Francisco gestohlen und Wochen später unter den Ruinen eines Hauses gefunden wurde, die Leiche des Diebes darin bis zur Unkenntlichkeit zerquetscht. Und dann war da natürlich die Geschichte von dem Sporttaucher, der überall dort, wo er Waldbrände entdeckt hatte, endlose Tode gestorben war. Aus Hubschraubern hatten ihn Wandersagen mit großen Kübeln rund um den Globus in die Flammen geworfen.

Wandersagen sind freie Weltbürger. Sie brauchen keinen Pass, um zu reisen, kein Visum, um zu bleiben. Sie sind Verbalchamäleons, nehmen das Kolorit der Kultur an, mit der sie in Kontakt kommen. An welcher Küste sie auch landen, sie können augenblicklich zu Einheimischen werden. Wandersagen sind freie Seelen, die niemandem gehören und dennoch das Eigentum aller sind.

»Kennt ihr in Istanbul ähnliche Wandersagen?«, fragte Alegre Ömer und lächelte sofort abbittend, da sie nicht beabsichtigt hatte, die Frage so beschämend naiv und unverblümt klingen zu lassen.

*Ob wir Wandersagen kennen? Was spielt das für eine Rolle? Die Geschichte von dem Dieb, der bei dem Erdbeben von San Francisco in einem gestohlenen Auto zerquetscht wurde, kursierte auch nach dem Erdbeben von Istanbul, als bräuchten die Menschen, um es ertragen zu können, bei jedem irdischen Desaster eine Prise göttliche Gerechtigkeit.*

Doch er sagte nichts davon. Mit gesenktem Kopf seufzte er »Klar«, hielt ein paar Sekunden inne und kam dann liebevoll mit sich selbst klar: »Klar.«

Zwischen dem ersten und dem zweiten Klar schaute Gail Ömer starr ins Gesicht, entdeckte dort etwas, das sie an ihm liebte: Systemstörung! Er verkörperte, symbolisierte geradezu durch seine Existenz nicht nur die Möglichkeit oder gar Neigung, sondern die absolute Unvermeidlichkeit einer Systemstörung. In einer erfolgsorientierten Welt, wo jeder so genau weiß, was er will und wohin er strebt, war dieser permanent perplexe junge Mann, diese wandelnde Selbstzerstörung anders als andere. Wie konnte sie ihm jemals erzählen, dass auch sie mit dem schlammigen Wasser der Trübsal vertraut war, das ihn in die Tiefe gezogen hatte. Gail lächelte Ömer an, als sei sie kurz davor, etwas zu sagen, wisse aber nicht, wie sie es formulieren sollte. »Lass gut sein, Baby«, hätte sie ihm gerne zugeflüstert. »Alles dreht sich um Furcht, dieser Kummer, den ich in deinen Augen sehe, jedes Mal, wenn ich dich anschaue, dieser Kummer, der schon da war, bevor wir uns begegnet sind, und lange bevor du anfingst, mich zu lieben.«

*Aber fürchte dich nicht mehr, denn ich bleibe bei dir, solange du willst.*

Nichts davon konnte sie laut sagen. Sie schluckte alles mit einer Gabel voll Karotten-Kürbis-Kasserole hinunter und lauschte auf das, was die anderen sagten. Sie sprachen von diesem Wandersagenprofessor aller Nationalitäten, der in einer Philosophie/Physik/Politikwissenschaft/ Gentechnik-Prüfung nur eine einzige Frage gestellt hatte: »Warum?«, und alle Studenten durchfallen ließ bis auf den einen, der geantwortet hatte: »Warum nicht?« Dann war da die legendäre Spinne, die jedes Land besuchte und ihre Eier unter die Haut von Urlaubern legte. Es gab Unmassen Satansgeschichten, die just in dem Moment in einem Land auftauchten, wenn sie anderswo verschwanden, und überall Panik und Zerstörung auslösten. Als sie von all diesen um den Globus wandernden Gerüchten und Geschichten hörte, meinte Gail, auch etwas sagen zu müssen.

»Meine Lieblingsgeschichte ist die Allzeit-Wandersage«, platzte sie heraus, »von einer Jungfrau Maria, die auf dem Altar einer fernen Dorfkirche blutige Tränen vergießt ... Weinende Marias, Blinzelnde Marias, Flüsternde Marias ... Massenhaft!«

Da sie nun zu sprechen angefangen hatte, war die Gruppe plötzlich halb gelähmt, hin- und hergerissen zwischen sie zu Ende sprechen zu lassen und sich dann ärgern oder sich vernünftigerweise jetzt gleich ärgern und sich die Mühe ersparen, alles anhören zu müssen, was sie zu sagen hatte. Ein ablehnendes Glitzern flackerte in verschiedenen Schattierungen in den Augen aller – aller bis auf einen. Obwohl sein Blick noch an dem Karotten-Kohl-Erbsen-Püree auf seinem Teller haftete, trat ein zärtliches Lächeln auf seine Lippen. Es war so naiv von ihr, wenn nicht süß, und so, so *reizend,* diesen Fauxpas vor so sichtlich frommen Menschen zu begehen, bei denen zufällig Katholiken die Mehrheit bildeten.

»In dem Geschäft mit Wundern steckt eine ganze Menge Geld, würde ich sagen«, ereiferte sich Gail, ohne etwas von der Verärgerung zu merken, die sie ausgelöst hatte. »Wenn es bei uns weinende Schokoladenmarias zu kaufen gäbe, würden wir in Geld schwimmen, was meinst du, Debra Ellen Thompson?«

Debra Ellen Thompson lächelte matt; Gail fuhr trotzdem fort: »Dieser Weinende-Jungfrau-Maria-Tourismus muss die lukrativste Wandersage aller Zeiten sein.«

»Ha! Jetzt geht das wieder los!« Abed sackte auf seinem Stuhl zusammen und stieß den ganzen Druck hervor, der sich in ihm aufgestaut hatte, seit sie am Tisch saßen, hauptsächlich wegen dieses Gemüsezeugs, das er hatte essen müssen, teils aber auch, weil die allgemeine Gewissenhaftigkeit, bloß keine Spannung aufkommen zu lassen, schon Spannung an sich war. »Man fragte den Backofen: ›Wie ist das Feuer in dich gekommen?‹ Und weißt du, was die Antwort war, Gail? ›Durch meinen Mund!‹«

»Hey, das hast du schon mal gesagt!« Piyu strahlte reflexartig, außerstande, mit seiner Begeisterung an sich zu halten, weil er endlich ein bekanntes Sprichwort aus Abeds Mund gehört hatte, wobei Bekanntheit nicht unbedingt Verständlichkeit bedeutete. Dann aber wandte er sich an Gail, außerstande, seinen Unmut zu unterdrücken: »Vielleicht hast du recht, Gail, vielleicht versuchen manche Leute, mit dem Glauben anderer Geld zu scheffeln. Aber das heißt noch lange nicht, dass die Wunder, von denen du sprichst, Schwindel sind.«

Flirrendes Schweigen, flaue Spannung, flüchtige Entfremdung ... alles unterbrochen von einem langen, lautstarken Magenknurren.

»Es ist ein Wunder für sich, dass *Virgen de Guadalupe* uns ihr Bild als Beweis ihrer Erscheinung und auch einige wichtige Botschaften hinterlassen hat«, murmelte Piyu, dessen Blick hinter der Brille verschwamm, während seine Wangen dunkelrot wurden. »Wir finden nicht, dass man die Botschaft mit einer Wandersage verwechseln kann.«

Mit einem Grinsen, einem unheimlichen Funkeln in den Augen, bereit, zu beweisen, dass sie nicht so leicht zurückstecken würde, machte Gail den Mund auf. Im selben Augenblick hob Ömer den Kopf und schaffte es zum ersten Mal in zwei Stunden, sie direkt anzusehen. Dort, im Schatten ihres geöffneten Mundes hörte er etwas schwirren, das erst noch kommen sollte, wie ein Vor-Echo. Er hörte sie von einer Welt sprechen, die jede winzige Hoffnung in den Herzen der Menschen massiv ausbeutet. Er hörte sie sich über dieses Leben verbreiten, das wie ein auf dem Meerwasser schwimmendes Menschenboot gelebt wurde, ohne jemals festen Boden unter den Füßen zu haben, bereit, zu jeder Zeit zu segeln, bereit, zu jedem Ort zu segeln. Er hörte sie erwähnen, wie man jeden Abend schlafen ging in der Furcht, am nächsten

Morgen in fremden Schuhen aufzuwachen oder in einem fremden Land, aus dem man womöglich nicht zurückkehren will. Er hörte sie vom Tod sprechen, und der einzige Weg zur Unsterblichkeit sei es, Namen, Orte zu wechseln, aufzugeben, wer man ist, zu sterben vor dem Tod. »Lass gut sein, meine Liebste«, hätte er ihr gerne zugeflüstert. »Das alles dreht sich um Furcht, dieser Zorn auf deiner Zunge, vor dem ich jedes Mal stehe, wenn ich dir zuhöre, dieser Zorn, der schon da war, bevor wir uns begegnet sind, bevor ich anfing, dich zu lieben.«

*Aber fürchte dich nicht mehr, denn ich bleibe bei dir, solange du willst.*

Nichts davon konnte er laut sagen. Er versuchte, alles mit einer Gabel voll Püree hinunterzuschlucken. Und doch hatte er den anderen lange genug zugehört, um die Stimmen in seinem Inneren zu übertönen. Plötzlich meinte er, auch ein paar Worte sagen zu müssen.

»Ich denke, wir alle sehnen uns nach einem Wunder, wenn auch auf verschiedene Weise. Das tun nicht nur die Katholiken. Wir alle hegen ähnliche Erwartungen. Es hat verschiedene Namen, aber es ist dasselbe unterschwellige elementare Verlangen: Ein Wunder, das unser blasses Leben aufhellen kann. Ein Wunder oder ein Erlöser oder ein geliebter Mensch … egal. Ich hatte nie gedacht, dass auch ich diese Erwartung teile, aber …«

Weil er der leibhaftige Anlass für dieses Ereignis war und weil es seit Stunden seine ersten Worte waren, wurde Ömer blitzschnell zum Mittelpunkt banger Aufmerksamkeit. Vor diesem verlegenen Publikum hielt er folgende Ansprache:

»Ich habe beobachtet, wie ich mich verändert habe. Jetzt denke ich, wenn jemand sich verliebt, ist das ganz ähnlich, als erlebte man ein Wunder. Auch in der Liebe geht es um Erwartungen und Glauben. Man hofft, dass es noch eine Erlösung gibt und eines Tages ein besonderer Mensch sie möglich machen wird. Ist das nicht ein Verlangen nach einem Wunder? Selbst wenn man weiß, dass man nicht viel erwarten sollte von dieser Welt, will etwas im Inneren sich sträuben ... und die Hoffnung bewahren ... dass man von dem Menschen geliebt wird, den man liebt.«

Tiefe Stille. So tief, dass es Arroz nervös machte. Taptap. Arroz schlug zweimal mit dem Schwanz. Keiner achtete darauf.

»Genau so empfinde ich für dich ... Gail!«

Taptap. Ein anonymer Seufzer. Oder vielleicht war es ein Stück Tofu, das schwitzte, weil es unangerührt auf Abeds Teller erschlaffte.

»Vielleicht sollten wir zusammen sein, zusammenleben, sogar wagen zu *heiraten* und sehen, was es mit diesem Wunder auf sich hat«, sagte Ömer oder jemand am Tisch, der aussah wie Ömer. Da er jetzt nichts mehr zu verlieren hatte, fügte er zärtlich hinzu: »Ganz so, wie es Liebende tun.«

Da sie den Mund voll Pilzpfannkuchen mit Kartoffelfüllung und die letzten vier Minuten zu kauen vergessen hatte, konnte Gail zunächst nur einen unverständlichen Laut von sich geben. Ein paar Sekunden später stammelte sie kauend: »Hast du gesagt, wie es Liebende tun?«

Alles verharrte in der Angst, was als Nächstes kommen

würde, in dem Grauen, dass sie jetzt etwas unerträglich Eisiges oder gar etwas nicht wiedergutzumachend Erbarmungsloses ausstoßen und Ömers zarte Karaffe eines Herzens in tausend Scherben zerschmettern würde. Aber als sie den Pilzpfannkuchen mit Kartoffelfüllung endlich vertilgt hatte, war alles, was aus ihrem Backofenmund kam, dies: »Ich liebe dich auch.«

Tiefe, tiefe Stille. Dann ein Seufzer. Diesmal garantiert nicht vom Tofu.

# IM SELBEN GEFIEDER

## Nummer Null

In Windeseile waren sie ein Liebespaar geworden. Und wie alle, die im Nu ein Liebespaar werden, schwebten sie mit Höchstgeschwindigkeit in den siebten Himmel, ohne zu merken, wie ungemein unerquicklich sie von hier unten aussahen. Ununterbrochen berührten und küssten sie sich, gurrten und turtelten in einer gräulichen Sprache, die sie eben erst erfunden hatten, aber so gut beherrschten, als sprächen sie schon seit einer Ewigkeit so. Sie bildeten einen Ballon, der mit Verzückung vollgepumpt war. Einen Ballon, der von der Erde aus misstrauisch beäugt wurde, ständig gesehen, selbst aber außerstande zu sehen; daher die Behauptung, *Liebe macht blind.*

Liebende sind gefühlsduselig und maßlos ichbezogen, esbezogen, genauer gesagt, denn eines der zahlreichen Ärgernisse mit Liebespaaren besteht darin, dass sie in der Minute, wo zwei autonome Ichs zu einem Duo werden, statt »zwei« (wie in eins plus eins) irgendwie »null« (wie in eins minus eins) ergeben. Genauso hatten Ömer und Gail, bevor man es richtig mitbekam, eine Gesamtheit gebildet. Sie waren nicht mehr »Ömer plus Gail«, sondern eine vollendete Null, ein Mutant aus *Gailömer* oder *Ömergail,* so oder so.

Liebe ist in Ordnung, sogar süß, wohingegen *Liebende* lästig sind. Und wenn das zu viel ist, dann ist die Ehe die reinste Völlerei. Mehr als alle anderen vielleicht war Alegre stinksauer. Schließlich ist es mit dem Heiraten wie mit Zugfahrplänen: Wer als Erster auf dem Plan steht, wird auch als Erster erwartet. Alegre und Piyu waren jetzt zweieinhalb Jahre zusammen, sprachen darüber, wie es sein würde, falls und wenn sie heirateten, und sogar, was sie kochen würden, falls und wenn sie heirateten. Sie warteten auf den richtigen Zeitpunkt.

»Es gibt jeden Tag einen Moment, wenn ein Mann zu einer Frau nicht Nein sagen kann. Eine kluge Frau sollte diesen Moment erkennen«, riet die Urgroßtante.

Alegre spürte, dass dieser Moment ihr aus irgendeinem Grund entglitt. Manchmal zweifelte sie, ob Piyu sie wirklich heiraten wollte, doch la Tía Piedad versicherte ihr, es gebe nichts zu befürchten. »Con *los hombres* ist es immer dasselbe. Zuerst denken sie, ihr Leben wird zu Ende sein, wenn sie heiraten, und wenn sie erst verheiratet sind, denken sie, sie können nicht weiterleben, wenn es aus ist.«

So grübelte Alegre nun gründlich seit über zwei Jahren, wartete auf den richtigen Moment, dachte ernsthaft daran, eine Familie zu gründen, und an alles, was ernsthaft bedacht werden musste, und dann waren aus heiterem Himmel die unverlässlichsten Charaktere in ihrem Umkreis auf die Idee gekommen, zu heiraten. Wie konnten sie es wagen, so überstürzt, so unüberlegt zu heiraten? Außerdem war es ethisch nicht in Ordnung. Beide, Gail und Ömer, Erstere mehr als Letzterer, waren dafür berüchtigt, dass sie die Gesellschaft bei jeder Gelegenheit miesmachten, jede einzelne Tat verdammten, die jeder normale Mensch beging. Wie konnten sie sich nach alledem jetzt so unverschämt *normal* verhalten? Alegres Empörung wirkte doppelt auf Piyu, und Piyus Doppelempörung wiederum machte Arroz und Abed gereizt. Nicht lange, und das ganze Haus war erschüttert, ganz zu schweigen von Debra Ellen Thompsons Verzweiflung. Nur der eigentümliche Organismus *Gailömer* blieb gelassen, drehte sich heiter im Kreis seiner Tagträumerei.

So fiel die Pflicht, Ömer an den Ernst der Lage zu erinnern, seinen Hausgenossen zu. Am nächsten Abend traf Abed Ömer trunken im Bett liegend an, wo er in einem dichten Nebel aus vollkommener Seligkeit und auch ein bisschen Tabak an Gail dachte und Portisheads »Only You« hörte.

»Aha! Du hast wieder angefangen zu rauchen«, sagte Abed stirnrunzelnd, aber weil es Bedenklicheres zum Stirnrunzeln gab, konnte er sie nicht so stark runzeln, wie er es gern getan hätte, da er doch in einem Dilemma steckte, ähnlich wie ein Vater, der seinen Sohn am Tag, bevor er mit der Armee in den Krieg ziehen soll, in seinem Zimmer beim Rauchen erwischt hat.

»Ach ja?« Ömers Augen huschten zurück aus einer weit entfernten Welt voll wunderbarer Träume. »Ich habe beschlossen, mir eine Zigarette zu gönnen, aber ich weiß nicht, ob ich wieder angefangen habe zu rauchen. Ich mache keine Pläne für die Zukunft, *dostum*«, posaunte er beherzt seine neue Ginseng!-Philosophie heraus.

»Kein Wunder, dass du keine Pläne für die Zukunft machst. Du hast Gail einen Heiratsantrag gemacht. Denkst du, du hast noch eine Zukunft?«, krächzte Abed. Doch dann verfiel er in ungewöhnliches Schweigen, den Blick auf den Finger gerichtet, an dem er den gleichen Ring wie Safiya tragen könnte, wenn sie nur auf ihn warten wollte. Sein Blick wurde trübe, als er sich an seinem Kinngrübchen kratzte. Inzwischen kannte Ömer ihn lange genug, um zu wissen, diese Geste bedeutete, dass sie sich jetzt mal »ernsthaft unterhalten« müssten.

»Omar, du kennst mich, ich rede vielleicht zu viel, aber bloß, weil du mein Freund bist. Außerdem hab ich deine Privatsphäre immer respektiert. Ich meine, wie oft hab ich zugesehen, wie du dich betrunken oder Schweinekoteletts verschlungen hast. Dann die vielen Freundinnen, die gekommen und gegangen sind. Das macht keinen guten Muslim aus dir, aber habe ich je Bedenken geäußert? Es ist dein Leben, Mann, geht mich nichts an. Aber diesmal ist es was anderes. Diesmal geht es … ums *Heiraten!*« Abed betonte das letzte Wort, während er Ömers Miene musterte, als wollte er prüfen, ob ihm die Bedeutung bewusst war. »Bitte versteh mich nicht falsch. Ich hab nichts gegen Gail. Hier geht es nicht um sie. Hm … natürlich doch … sie ist so …« Abed stand auf, ging nervös im Halbkreis um das Bett, suchte nach dem passenden Wort, fand schließlich eins und rief: *»Schwierig!«* Er vollendete die andere Hälfte des Kreises, offensichtlich unzufrieden mit dem Wort, das ihm eingefallen war.

»Sie ist so *schwierig* … Also, ich will ganz ehrlich sein. Seit ich Gail kennenlernte, hab ich immer gedacht: ›Junge, wenn das Mädchen eines Tages heiratet, möge Gott ihrem Mann Geduld schenken!‹ Und jetzt bist *du* dieser Mann! Sieh dich an, *du!*« Abed fuchtelte demonstrativ mit den Händen wie ein Zauberer auf der Bühne, kurz bevor er die Truhe öffnet, in der eben erst jemand aus dem Publikum eingeschlossen wurde und der jetzt verschwunden ist.

»Die Ehe ist was Ernstes, Mann.« Abed setzte sich wieder aufs Bett, seine Stimme sank zu einem innigen, intimen Flüstern herab. »Du weißt, was ich meine.«

Ömer nickte, stimmte aus ganzem Herzen zu. Ja, das wusste er.

»Only You« hatte noch eine Runde gedreht, als wieder an die Tür geklopft wurde. »Hereiiin!«, trällerte Ömer, gespannt, was als Nächstes kommen würde. Die Tür ging vorsichtig auf, und Arroz kam in seinem gemächlichen Gang hereingeschlurft, mit Piyu auf den Fersen.

»Du kennst mich, ich rede vielleicht nicht viel, aber ich hab dich echt gern. Du bist mein Freund.« Piyu räusperte sich, schob seine Brille hoch, zog die Nase kraus und lief karottenrot an. Inzwischen kannte Ömer ihn lange genug, um zu wissen, dieser Farbton bedeutete, dass sie sich jetzt mal »ernsthaft unterhalten« müssten.

»Die Liebe ist was Wunderbares, klar, aber … genügt das allein … um eine Familie zu gründen … eine lebenslange Beziehung einzugehen? Eine solche Beständigkeit erreichst du nur … mit … deinesgleichen. Mit deines … *gleichen*«, wiederholte Piyu, dem heute Abend der Wortschatz zur Neige ging.

»Ich weiß«, säuselte Ömer. »Denkst du, ich hab mich nicht bemüht? Wie oft habe ich nach meinesgleichen gesucht! Aber nirgends bin ich einem zweiten sechsundzwanzig Jahre alten Türken begegnet, der am letzten Tag im Oktober geboren ist und eine Dissertation mit dem Titel ›Herkunft, Verstand und Heimatgefühl: Nationalismus und die Intellektuellen im Mittleren Osten‹ schreibt und in Boston mit dem absurdesten Spanier und dem absurdesten Marokkaner der Welt zusammenwohnt. An dem Tag, an dem ich den finde, verlasse ich Gail auf der Stelle und heirate meinesgleichen, versprochen.«

»Ich mach keine Witze, Mann, die Sache ist ernst.« Piyu lief noch karottiger an. »Du weißt, was ich meine.«

Ömer nickte, stimmte halbherzig zu. Ja, das wusste er. Er wusste, was jeder meinte. Die Liebe, ihrem Charakter nach intuitiv irrational, eine Art erträglicher Wahnsinn, hatte eine Ermächtigung durch jemanden gleicher Herkunft nicht nötig, obwohl das zweifellos der Idealzustand wäre. Wenn es jedoch ums Heiraten ging, änderte sich die Sache drastisch. Das ungeschriebene Gesetz des Ehestandes erforderte von jedem Vogel, sich innerhalb seines eigenen Schwarms zu paaren.

Irgendwie löste die Heirat von zwei Menschen ungleicher Art bei anderen Angst vor einer Tragödie aus, eine Urfurcht von beinahe religiösem Charakter, als würden sich, selbst wenn die Eheleute sich tadellos verstanden, ihre Götter bis zum Morgengrauen bekämpfen, sobald das Paar am Abend in tiefen Schlummer sank.

## Den Augenblick fliehen

- Suchen Sie Hochzeitsmotto und Hochzeitsfarbe aus.
- Geben Sie Ihre Verlobung in den Lokalzeitungen bekannt.
- Planen Sie die gewünschte Hochzeitsatmosphäre.
- Melden Sie sich Monate vorher zur Tanzstunde an.
- Bestellen Sie Ringe und Gravur.
- Helfen Sie Ihren Müttern beim Aussuchen der Kleider.
- Kaufen Sie ein Gästebuch, und sorgen Sie dafür, dass alle Gäste etwas hineinschreiben.
- Machen Sie eine detaillierte Aufstellung aller erhaltenen Geschenke.
- Tippen Sie die Dankesbriefe niemals auf der Maschine oder auf dem Computer. Alle Dankesbriefe sollten handgeschrieben sein. Beweisen Sie mit der Wahl einer schönen Briefkarte Ihren persönlichen Stil.
- Erwähnen Sie das Geschenk namentlich und schreiben Sie dazu, wie Sie es zu verwenden gedenken: »Vielen Dank für die schöne Garnitur marineblaue Handtücher, sie passen wunderbar in unser Badezimmer.«
- Packen Sie ein Nottäschchen für den Hochzeitstag, es sollte Nähzeug, Reservenylonstrümpfe, Haarklammern und Kleenex enthalten.

»Was machst du da?«, fragte Piyu, als er, zurück aus Ömers Zimmer, Abed in der Küche sitzen sah, das *American Wedding Day Sourcebook* vor sich aufgeschlagen.

»Ich stelle soziologische Betrachtungen an.« Abed legte den Kopf in den Nacken, blähte die Nasenlöcher auf und blockte gerade noch rechtzeitig ein Kettenniesen ab. Zufrieden mit seiner Leistung, grummelte er: »Welche Frau würde denn ein Nottäschchen mit Reservestrümpfen mit auf ihre Hochzeit nehmen? Wer würde so eine wohl heiraten?«

Die zwei verbrachten eine Stunde in der Küche mit der Durchsicht von Hochzeitsplanern, zuerst aus Neugierde, dann mit zunehmender Verwunderung. Eine Stunde später waren sie zu dem Schluss gekommen, dass amerikanische Bräute kontrollbesessen sein mussten. Ihr Bestreben, alles bis ins kleinste Detail in der Hand zu haben, ließ wenig Raum für das, woran viele Frauen außerhalb der Vereinigten Staaten mehr oder weniger gewöhnt waren: Zufall.

Aber Gail machte rasch alle Verallgemeinerung über amerikanische Bräute zunichte, als sie an ihrem Hochzeitstag von Kopf bis Fuß in Lila in die Küche kam. Hätte jemand eine dieser Farbtafeln zur Hand gehabt, hätte er festgestellt, dass ihr Kleid die Farbe Nummer 57-A mit Namen *Wilde Weintrauben* hatte und ihr Schal die Farbe Nummer 60-D mit Namen *Stolze Tradition*. Sie hatte fliederfarbene Federn im Haar und zur Feier des Tages den kleinen Silberlöffel durch einen größeren ersetzt.

»Wow!!!«, sagte Piyu, und seine Stimme vibrierte vor Belustigung. »Du siehst aus wie ein Pflaumenbaum!«

Gail lächelte verschämt und tat geschmeichelt. »Wo ist der Bräutigam?«, fragte sie.

Der Bräutigam war oben und hörte die Sex Pistols »Something Else« quäken. Er war heil und gesund, nur kurz davor, den Verstand zu verlieren. Seit dem Morgen hatte er alle Kleidungsstücke im Schrank an- und wieder ausgezogen und bekam dabei den Clown im Spiegel von Mal zu Mal mehr satt. Er war nervös. Um nicht im Geringsten so auszusehen, hatte er beschlossen, sich kein bisschen anders anzuziehen als sonst. Das Schwierige bei kalkulierter Zwanglosigkeit ist, dass sie aus zwei sich widersprechenden Begriffen besteht. Je mehr man sich anstrengt, sich lässig zu geben, desto mehr entfernt man sich davon.

Das war der Seelenzustand des Bräutigams, als das Telefon klingelte.

»Willst du mich nicht fragen, wie spät es hier ist?« Defnes Stimme klingelte so fröhlich, wie es sonst nur die Glöckchen an der Tür einer von Menschen wimmelnden Boutique konnten.

»Wie spät ist es dort?«, fragte Ömer, allerdings mit einer Stimme, die so brüchig war wie die Tür eines Ladens, der in der Konkurrenz mit der Boutique nebenan längst den Kürzeren gezogen hat.

»Also hier ist es jetzt nachmittags 3 Uhr 33.«

»Ach ja? Und wie läuft's denn so?«

»Du Dummkopf!«, zirpte sie. »Du bist so dumm.«

Ömer fiel keine Erwiderung ein. Daher stammelte er: »Hör mal, schön, dass du angerufen hast. Es gibt gewaltige Veränderungen in meinem Leben. Ich muss mit dir reden.«

»Oh, wir werden reden, keine Bange«, kicherte sie geheimnisvoll. »Du, ich muss jetzt weg. Geh nirgends hin. Wir haben jede Menge Zeit zum Reden!«

Bevor sie auflegte, ertönte ein Gelächter, so unecht und ihr so unähnlich, dass Ömer der Verdacht kam, jemand anders hätte ihre Stimme imitiert, um ihn reinzulegen. Er legte »Suicide is Painless« von den Manic Street Preachers auf und warf sich auf den Berg Hosen und Sweatshirts auf dem Bett. Drei Minuten, sechsundzwanzig Sekunden.

»Was soll jetzt die Musik? Was macht er da oben? Ich dachte, es wär die Braut, die Stunden braucht, um sich fertig zu machen.« Piyu runzelte die Stirn. Gerade als er sie fertig gerunzelt hatte, erspähte er ein paar Krümel unter dem Fernseher.

»Lass den Besen stehen, komm her, iss ein bisschen Schokolade«, tröstete Gail ihn. »Unsere Hochzeit wird ganz ungewöhnlich.«

Da ihre Hochzeit ganz ungewöhnlich war, wollten sie keine Obrigkeit, kein prunkvolles Zeremoniell und so wenig Bürokratie wie möglich. Sie wollten auch keine Verwandtschaft. Abed und Piyu machten kein Hehl aus ihrer Unzufriedenheit, vor allem, was »keine Verwandtschaft« betraf. Dennoch hellten sich ihre Mienen während des Trauungsgottesdienstes auf, den ein Rabbi abhielt, der in Boston und möglicherweise auf der Welt ganz einmalig war, denn er hegte in seinem Herzen gegen niemanden Vorbehalte. Rabbi Mark hielt Gottesdienste für Menschen aller Lebensbereiche ab, einschließlich schwuler und lesbischer, atheistischer, agnostischer oder gemischtgläubiger Paare, solange sie einander liebten.

Wieder zu Hause, machten die Neuvermählten als Erstes eine Dose Bier auf.

»Wir haben eine newtonsche Ehetheorie entwickelt«, trällerte Ömer und legte den Arm um seine lila Frau. »Wir glauben, wenn alle Ehen anders anfangen, aber gleich enden, dann liegt das auch an der Anzahl der beteiligten Personen. Wissen ist in diesem Zusammenhang eindeutig Macht. Je mehr die Leute wissen, je mehr Macht haben sie über die Eheangelegenheiten anderer. Mit anderen Worten, wenn einer nicht will, dass seine Ehe scheitert, muss er sie geheim halten.«

Trotzdem, eine Hochzeit ist eine Hochzeit und, auch wenn die Neuvermählten sich weigern, es so zu sehen, ein Grund zum Feiern. Sicher, es waren nicht viele Gäste da (zwölf, um genau zu sein), aber diejenigen, die anwesend waren, wollten sich auf alle Fälle amüsieren. Die Verpflegung lieferte Alegre, die Hochzeitstorte Debra Ellen Thompson. Diesmal war sie so klug gewesen, Gail von der Tortenherstellung fernzuhalten. Aber ihr Dessert war nicht das einzige. Irgendwie schienen alle der Meinung zu sein, was auch immer dieser Hochzeit fehlte, um sie wie eine richtige Hochzeit aussehen zu lassen, sei mit zusätzlichen Desserts wettzumachen. Die gute alte Oksana Sergiyenko hatte Erdbeeren Stroganoff, Jamal Baklava und Freunde vom Fachbereich Politikwissenschaft hatten Himbeertörtchen mitgebracht. Auch Spivack war mit einer Schachtel Blätterteig-Sahne-Pastetchen vorbeigekommen und hatte sogar gelächelt, als er sie seinem unrühmlichen Studenten überreichte. Ein Mädchen hatte einen rosa Kuchen mitgebracht. Die Farbe löste in Abed eine entfernte Erinnerung aus, und nach einem weiteren Blick auf sie erkannte er das Knackarsch-Mädchen von der Halloween-Party; jetzt erfuhr er, dass sie eine Freundin von Alegre aus der Suppenküche war. Mit Leuten, Essen, Alkohol und einem guten Grund zum Feiern kam der Rest von allein.

Inmitten des ständig anschwellenden Partylärms saßen Debra Ellen Thompson und Gail nebeneinander, die Blicke auf eine halb gegessene Mandelcreme gerichtet, die jemand stehen gelassen hatte. Ein unbehagliches Schweigen wetteiferte mit ihren Worten, als sie zu sprechen anfingen.

»Liebst du ihn?«

»Nein«, sage Gail, »aber mit ihm kann ich am nächsten daran herankommen.«

»Du kennst ihn nicht mal«, murmelte Debra Ellen Thompson kaum hörbar. »Er ist ein Fremder, Gail!

Denkst du, er versteht dich? Denkst du, er versteht dich besser als ich?« Sie verzog das Gesicht, als hätte die Frage einen sauren Geschmack in ihrem Mund hinterlassen.

Gails Gesicht glühte, als sie Debra Ellen Thompson mit einer Mischung aus Schuldbewusstsein und Mitgefühl ansah. Einen Moment lang betrachtete sie die rote Haarlocke über der Stirn, den strengen Ausdruck in ihrem Gesicht und fand dort das junge Mädchen wieder, das sie einst vor einem gestressten spitzbärtigen Mann und einer Meute kichernder Mädchen gerettet hatte.

Ein Gesicht, das sie so gut kannte, jeden einzelnen Ausdruck darin. Die Augen, wie oft hatte Gail sie in den vergangenen zehn Jahren vor Freude, Stolz und Begeisterung leuchten, aber auch aus Verzweiflung und Qual zusammengekniffen gesehen. Ein Gesicht, das anfangs so vollkommen unerreichbar für sie gewesen und dann erstaunlicherweise von ihr abhängig geworden war.

»Ich hab dir sehr wehgetan, ich weiß«, sagte Gail stockend. »Es tut mir so leid.«

»Nein, sag das nicht«, widersprach Debra Ellen Thompson mit Entschiedenheit, aber auch mit stillschweigender Entsagung. »Ich verstehe es vollkommen. Früher, ich meine, am Anfang, war ich wohl sehr schroff zu dir. Aber sag, zwischen meiner Schroffheit dir gegenüber und deiner anschließenden Schroffheit mir gegenüber gab es auch eine Zeit, als wir uns wirklich geliebt haben. Das stimmt doch, oder?«

Gail suchte die Verzweiflung abzuwehren, die sie überkam, mit wenig Erfolg. Als sie wieder sprach, war ihre Stimme matt, und ihre Augen hatten sich vor Angst getrübt. Liebevoll nahm sie Debra Ellen Thompsons Hand. »Das stimmt«, murmelte sie. »Und ob das stimmt, meine liebe *Debra*.«

Debra Ellen Thompsons Gesicht war jetzt gefasst, sogar heiter, obwohl sie den nächsten Satz mit abgewandtem Kopf sagte. »Ich hoffe, du wirst sehr glücklich mit ihm.«

Reflexartig drehten beide sich zu Ömer um, als wollten sie sehen, ob es dafür einen Funken Hoffnung gab. Ömer spielte unterdessen zum sechsten Mal Chumbawambas

»Amnesia«, jedes Mal lauter. Bereits bekifft, war er auf die Couch gestiegen, um die ausgelassene Bande zu dirigieren, für die sich die Grenze zwischen bescheidenem Amüsement auf einer Hochzeitsfeier und aus Leibeskräften schreien inzwischen merklich verwischt hatte. Ömer sprach den Text vor, und sein Chor sang vergnügt: *Do you suffer from long-term memory loss? I don't remember.*

Abed machte in der Küche Pfefferminztee für diejenigen, die sicher bald volltrunken schlingern würden, als er hinter sich eine mädchenhafte Stimme hörte. »Hallo, kann ich reinkommen?«, sagte die junge, elegante Frau, die in der Tür stand, mit einem melodischen Akzent. Sie zog einen Rollenkoffer herein, holte tief Luft und sah dann Abed aufmerksam, sehr aufmerksam an. Ihre Miene hellte sich auf. »Ich weiß, wer du bist … Sag nichts … Du musst …«

Abed sah sie mit starrer Bestürzung an.

»Abed!« Sie machte beinahe einen Luftsprung. »Du bist Abed, hab ich recht?«

»Der bin ich«, erwiderte Abed zögernd, sein Körper angespannt und sein Gesicht verzerrt vor Verwirrung, und wünschte unwillkürlich, sie hätte sich mit seinem Namen vertan oder, noch besser, ihn mit jemand anderem verwechselt, das Haus verwechselt, die Städte verwechselt, hoffte, sie sei nicht die, die er vermutete. Vorsichtig fragte er: »Und wer bist du?«

»Ich bin die Defne aus Istanbul. Vielleicht hat Ömer mal von mir gesprochen«, fügte sie hinzu, und ihre Stimme bebte vor Elan. »Er weiß nicht, dass ich in Amerika bin. Es soll eine Überraschung sein. Ist er zu Hause?«

Abed schluckte schwer, versuchte, sich unzählige Lügen zurechtzulegen, schluckte dann noch schwerer, außerstande, sich auch nur eine einzige auszudenken. Jetzt erst bemerkte er die Geschenkschachtel in ihren Händen. Sah nach irgendwelchen Süßigkeiten aus Istanbul aus. Unwillkürlich fragte er sich, ob es ein ihm bekanntes Dessert sei. Wie er schwitzend dastand, warf ihm Defne einen gereizten Blick zu, vermutete, dass Unheil im Schwange war, ließ ihren Koffer mitten in der Küche stehen und ging mit langsamen, unsicheren Schritten zum Esszimmer, wo sie wie versteinert stehen blieb und auf die drinnen tobende Menge starrte.

*»Do you suffer from long-term memory loss?«*

Ömer, der noch auf der Couch wankte, schrie zu seinem Chor hinunter: *»I dont remember ...«* So wie sein schlaksiger, langer Körper auf der Couch hin- und herschwankte, tat es auch sein Blick, fasste den Raum ins Auge, bis er zur Küchentür schweifte und eine Schachtel mit Maronenkonfekt erspähte. Er hatte nie viel für Süßigkeiten übriggehabt, und dies war das einzige Dessert, das er in Istanbul zu essen pflegte. Mit einiger Mühe riss er den Blick von der Schachtel los und starrte die Frau an, die sie hielt.

*Er erinnerte sich.*

Was danach geschah, blieb jedem Zuschauer etwas anders im Gedächtnis. Alegre erinnerte sich später, dass Gail hinausging, aber die Person, die in Piyus Erinnerung hinausrannte, war Defne. In Abeds und Piyus gemeinsamer Rückschau war Ömer danach panisch von der Couch gesprungen, auf Defne zugetaumelt, dann abrupt stehen geblieben und auf Gail zugekippelt, hatte versucht, beide Frauen von total gegensätzlichen Dingen zu überzeugen, was ihm auf keiner Seite viel Erfolg einbrachte. Abed behauptete sogar, dass Ömer während des Kuddelmuddels, in dem er sich verhaspelt hatte, mit Gail Türkisch und mit Defne Englisch sprach.

Ömer seinerseits war nicht imstande, irgendeine dieser Aussagen zurechtzurücken, denn bestürzenderweise sollte ihm von diesem unglücklichen Ereignis nur ein Anblick im Gedächtnis bleiben: die Schachtel mit Maronenkonfekt und darauf in eleganter Schrift der Name des Geschäfts, wo sie gekauft worden war: *Demdenkagaroğullar?* – Die den Augenblick fliehen.

»Hey, schäm dich, Arroz!«, schimpfte Abed. »Und du solltest dich doppelt schämen, Señor Piyu. Wie könnt ihr die Maronen des armen Mädchens essen?«

Die Feier war vorbei, die Gäste waren fort. Alegre hatte das übrig gebliebene Essen zur Suppenküche gebracht, Debra Ellen Thompson war wieder in den Laden gegangen, und Gail war verschwunden. Ömer war mit Defne hinausgegangen, um sich in Ruhe mit ihr zu unterhalten, war aber kurz darauf zurückgekehrt, allein und niedergeschlagen.

»Warum soll ich mich schämen?«, widersprach Piyu. »Er soll sich schämen, nicht ich!«

»Schon gut, hast ja recht!« Abed blaffte sofort einen Tadel heraus: »Schäm dich, Omar, du langbeinige wandelnde Schande unseres Hauses! Skandalstorch!«

Ömer kniff den Mund zu einem Strich zusammen und bedachte beide mit einem beleidigten Blick.

»Was hat deine Istanbuler Freundin gesagt?«, wollte Piyu wissen. Er schob das Maronenkonfekt ans andere Ende des Tisches, fort von Arroz.

»Ex-Freundin«, berichtigte Ömer verlegen.

»Na klar! Bloß wusste sie nicht, dass sie eine Ex ist«, sagte Abed amüsiert.

»Sie hat mir den Himmel gewünscht«, grummelte Ömer.

»Es ist eine Katastrophe, von einer Frau verflucht zu werden.« Abed, der den Sinn gleich kapiert hatte, schüttelte den Kopf. »Wenn Männer schwören, dir was anzutun, verbringe die Nacht schlafend, aber wenn Frauen schwören, dir was anzutun, verbringe die Nacht wach.«

»Was hat Gail gesagt?«, wollte Piyu wissen, der das Maronenkonfekt hin- und herschob, weil Arroz immer hinterhertappte.

»Nicht viel. Ich hatte solche Angst, dass sie wütend oder verletzt wäre. Aber sie hat gesagt, ich soll mir keine Gedanken wegen ihrer Gefühle machen, denn sie könnte es *verstehen*. Wir haben alle eine Vergangenheit, hat sie gesagt.« Ömer wandte sich an seine Freunde in seiner Not, Aufschluss zu erlangen. »Ein bisschen seltsam, die Reaktion, oder?«

»*Seltsam?*«, krächzte Abed, rollte dabei die leuchtenden dunklen Augen und hob die Stimme, als spräche er zu einem unsichtbaren Publikum in der Küche. »Hat unser lieber Freund Ömer gerade gesagt, Gail ist *seltsam?*«

Sie kicherten. Ömer blickte finster. In dem anschließenden Durcheinander gelang es Arroz endlich, ein Stück Maronenkonfekt aus der Schachtel zu stibitzen.

## Signifikant ohne Signifikat

Die Frage, wo die Neuvermählten wohnen würden, war bemerkenswerterweise nie eine Frage gewesen. Nachdem Abed und Piyu diese Ehe nun als *gegebene Tatsache* anerkannten, hatten sie selbstverständlich angenommen, dass Gail hier einziehen würde. Als sie daher erfuhren, dass sich das Paar mit seinen mageren Einkünften nach einer größeren Wohnung umgeschaut hatte, äußerten sie aufrichtige Bedenken. Sie schlugen vor, lieber alle zusammen hier zu wohnen, wenigstens für eine Weile. Das zweite Zimmer im ersten Stock war nicht allzu geräumig, bot aber immerhin zusätzlichen Platz, den Gail nutzen konnte. Nicht so attraktiv wie das Backsteinhaus am Davis Square, das ihr so gut gefallen hatte, aber doch eine einigermaßen angenehme Bleibe, bis es ihnen möglich wäre, dorthin umzuziehen, im Sommer, im Herbst, wann auch immer.

Donnerstagmorgen fuhr Debra Ellen Thompson Gail mit sechs Kisten, zwei fauchend, vier still und stumm, zur Pearl Street 8. Als alle Kisten hineingetragen und in der Küche gestapelt waren, preschte der Jeep Cherokee in indigoblauer Hast davon.

Während Gail nach oben ging, um sich das Zimmerchen anzusehen, standen die drei Hausgenossen in der Küche, sichtlich beunruhigt wegen des Inhalts der Kisten, nicht der stummen, sondern der anderen zwei. Der vierte Hausgenosse, dem eigentlich am meisten mulmig hätte sein sollen, tappte derweilen gleichgültig herum, hatte nicht mal Lust, an den Kisten zu schnüffeln. Arroz' Gleichgültigkeit änderte sich auch kaum, als die zwei Kisten schließlich geöffnet wurden und West und Der Rest herauskamen, durchgerüttelt, griesgrämig, steif, beinahe wild.

Als die zwei Fellkugeln herausmarschierten, packte Piyu Arroz' Halsband für den Fall, dass es ihm in den Sinn käme, anzugreifen. Zehn Sekunden später hatte er Arroz losgelassen und versuchte stattdessen, die zwei Katzen abzuwehren. Mit roher Gewalt steckten Gail und Ömer West und Der Rest wieder in ihre Kisten und trugen sie nach oben, während Piyu sich um Arroz' blutende Nase kümmerte.

Der Einzug war rasch erledigt. Sobald alle Kisten geöffnet und Bücher, Kleider, Tees und Dutzende Dinge zweifelhaften Inhalts oder Nutzens zum Vorschein gekommen waren, war Gails Gegenwart im ganzen Haus sichtbar, angefangen vom Badezimmer, zu Abeds Bestürzung. Als er zwei Stunden später, zurück vom Einkaufen, wegen einer neuerlichen Allergieattacke ins Badezimmer lief, war die Verwandlung dort dermaßen krass, dass er darüber beinahe seine Nase vergaß. Verwirrt schaute er sich um. Aromatherapie-Essenzen, Öle, Badesalze, Kräuterseifen … Abed war einigermaßen daran gewöhnt, solche fremden Sachen im Badezimmer zu sehen, allerdings war keine von Ömers Freundinnen so dreist gewesen, ein ganzes Vorratslager mitzubringen.

Neben dem Klo stand jetzt ein großer Korb mit einem ganzen Berg Bücher, Zeitschriften und Artikel. In dem

Haufen erspähte Abed das Dada-Manifest, einen fotokopierten Artikel mit der Überschrift »Das Schweigen des femininen Frohsinns«, Dorothy Parkers Gedichte, ein Buch mit dem Titel *Der Jude als Paria: Jüdische Identität und Politik im modernen Zeitalter* und ein Buch, das entweder *Denn sie wissen nicht, was sie tun* oder *Denn sie tun nicht, was sie wissen* hieß. Er hoffte, der Inhalt des Buches sei klarer als der Titel, und überflog ein paar Seiten: »*Die Autorität des klassischen Meisters ist die eines bestimmten S1, Signifikant-ohne-Signifikat, selbstbezüglichen Signifikanten, was die vollziehende Funktion des Wortes einbezieht.*«

Abed überschlug ein Kapitel.

»*Wenn wir auf der Oberfläche der reinen Form weit genug fortschreiten, kommen wir zu einem nichtformalen ›Fleck‹ des Frohsinns, der die Form besudelt — der bloße Verzicht auf ›pathologischen‹ Frohsinn bringt einen bestimmten Frohsinns-Überschuss mit sich.*«

Abed klappte das Buch zu.

Bald stellte sich heraus, dass das Badezimmer nur der Anfang war. In Windeseile … in Sturmeseile … stand das ganze Haus unter einer schwirrenden Invasion, und Gail war überall. Ihre Invasion drückte sich mehr in Gerüchen als in Gegenständen aus. Zu verschiedenen Tageszeiten verbrannte sie unterschiedliche Duftkompositionen. Bei Vollmond war es Zypressenrinde, in mondlosen Nächten Rosmarin. Und an den Wochenenden roch das Haus nach Curry, aber das hatte mehr mit den veganen Gerichten zu tun, die sie zu Alegres Entsetzen immerzu kochte. West und Der Rest waren ganz versessen darauf, wurden ausnahmslos mit Körnern und Gemüse gefüttert.

Das brachte Abed und Piyu zu der Überlegung, die zwei Katzen seien der wandelnde Gegenbeweis des veganischen Glaubenssatzes, dass Aggressivität sowohl auf individueller wie auf gesellschaftlicher Ebene eine unmittelbare Begleiterscheinung der Essgewohnheiten von Allesfressern ist und dass wir alle friedlichere Wesen wären, wenn wir aufhören würden, Fleisch zu essen.

Aber im Rückblick betrachtet, waren es, vielleicht mehr noch als Bücher, Meermuscheln und sogar Düfte, die von Gail ausgestreuten Wörter, die ihre Gegenwart so unmittelbar machten. Mit diesen Wörtern bombardierte sie ihre neuen Hausgenossen, bekrittelte und marterte sie regelrecht, schoss ihre Verbalkugeln rücksichtslos ab, als hätte sie, als die politische Korrektheit in den Vereinigten Staaten Tempo zulegte, anderswo gedöst und nie davon gehört.

Abed und Piyu sprachen nie darüber, aber zu Beginn ihrer Freundschaft hatte es eine Phase gegeben, in der jeder genau auf eine abfällige Frage oder voreingenommene Bemerkung des anderen bezüglich seiner Religion achtete. Der Gedanke an mögliche Einwände oder Zweifel, die ein Katholik gegen den Islam erheben könnte, war Abed mehrmals durch den Kopf gegangen, und er hatte mehr als ein paar Antworten auf Lager, falls Piyu sie je laut äußern sollte. Ebenso hatte auch Piyu über geeignete Argumente nachgedacht, die ein Muslim gegen das Christentum vorbringen könnte, und er hatte seine Antworten parat. Im Laufe der Zeit war klar geworden, dass keine dieser Antworten gebraucht werden würde, weil Abed und Piyu die Religion des anderen mit bemerkenswertem

Respekt behandelten. In diesen Tagen jedoch wurde die harmonische Koexistenz schwer erschüttert durch weitschweifige Fragen und spitze Bemerkungen, die nicht von der monotheistischen Nachbarreligion kamen, wie jeder ursprünglich erwartet hatte, sondern von Gails heidnischem Katapult, der seine Lästerungen gleichzeitig auf beide Seiten schleuderte.

Es waren nicht nur die Dinge, die sie ständig sagte, sondern auch die Art, wie sie sie sagte. Irgendwie schien es Gail entgangen zu sein, dass zufällig keiner der drei, mit denen sie dieses Haus bewohnte, ein Muttersprachler war.

»Hast du nie daran gedacht, dein Benehmen zu ändern, Gail?«

»Erst wenn ich diese irdische Mühsal abgestreift habe.«

Jeden Tag saugten Abed, Piyu und Ömer Gails Jargon auf wie ein trockener Schwamm das Wasser. Der Slang, den sie von ihr aufschnappten, die Ausdrücke, die sie erstmals hörten, schoben sie in die Tasche, und sobald sie aus dem Haus waren, versuchten sie, die neuen Wörter anzuwenden wie ein Kind, das es nicht erwarten kann, auf seinen neuen Schlittschuhen loszusausen.

Das waren die äußeren Anzeichen von Gails Anwesenheit im Haus. Wie diese Anwesenheit in den zwei Zimmern im ersten Stock aussah, wussten Abed und Piyu nicht, da sie es strikt vermieden, sie zu betreten. Seit der Heirat war Ömers Schlafzimmer ein Privatbereich, in den sie lieber nicht eindrangen. Es sollte Wochen dauern, bis sie sich hineinwagten. Und als sie es endlich taten, war das Zimmer so sehr verändert, dass sie vergaßen, wie es vorher ausgesehen hatte. Quer über die Wand stand zwischen Postern, Bildern und Zeichnungen in großen Buchstaben geschrieben: VERSTÖRT DIE ZUFRIEDENEN, BEFRIEDIGT DIE VERSTÖR-TEN. Abed und Piyu sagte die Parole momentan nicht viel, da sie sich hier bereits unbefriedigt und verstört fühlten. Dieser Raum war nicht mehr mit dem übrigen Haus verbunden, nicht nur wegen Gails Sachen, sondern auch, weil er jetzt ein Eheschlafzimmer war. Um nicht auf das Bett schauen zu müssen und was sonst noch zur Privatsphäre gehörte, konzentrierten sie sich ganz auf die Wände.

»Das da ist ein Liebeszauber«, sagte Ömer, als er ihr Interesse sah. Er war allein im Zimmer und arbeitete am zweiten Kapitel seiner Doktorarbeit. »Ein Göttinnenzeichen und ein auf dem Kopf stehendes Gottzeichen.«

Abed gab als Erster den Versuch auf zu erkennen, wo zum Kuckuck dieser Gott und wo die Göttin war. Er trat vor das nächste Symbol.

»Das da ist der Stern der Musen. Die heiligen weiblichen Geister traten in Neunergruppen auf. Sie waren die Musen des klassischen Griechenlands und die neun Mondmaiden, die die altnordischen Götter schufen«, surrte Ömer, froh, all diese Kenntnisse, die er von Gail hatte und mit denen er nichts Rechtes anzufangen wusste, weitergeben zu können. »Der mittelalterliche Aberglaube nannte sie Alpe; sie wohnten im wilden Wald und ließen sich auf schlafenden Menschen nieder, erstickten ihren Atem und raubten ihnen das Sprechvermögen. Daher das Wort Alpdrücken!«

»Das ist das Motto der Frau, die du geheiratet hast! Den Atem der Menschen ersticken, ihr Sprechvermögen rauben!«

»Was macht das Hakenkreuz hier?«, unterbrach Piyu.

»Piyu, du bist so *lo-go-zen-trisch*«, quäkte Abed. »Wenn du nicht so hoffnungslos *lo-go-zen-trisch* und obendrein *phal-lo-go-zen-trisch* wärst, würdest du dieses Hakenkreuz in einem ganz anderen Licht sehen. Wetten, hier ist irgendwo eine Göttin versteckt.«

Piyu kicherte. West, die sie verstohlen von dem Puff aus beobachtet hatte, auf dem sie sich den ganzen Nachmittag schlafend gestellt hatte, stand auf und näherte sich ihnen, als wollte sie den Witz mitbekommen. Der Rest folgte auf dem Fuße. Zusammen beschnüffelten sie Piyus Socken auf diese irritierende Art, die einen bezüglich der eigenen Körpergerüche alarmierend argwöhnisch macht.

»Es ist tatsächlich ein Hakenkreuz«, erklärte Ömer beherzt. »Aber ein römisches. Gail hat es besonders gern, weil es wie ein kniender Mann mit zum Gebet erhobenen Armen aussieht ...«

»Siehste?«, schnaubte Abed.

West verlor das Interesse an ihnen. Der Rest war ohnehin nicht interessiert. Die zwei entfernten sich, was nichts Gutes ahnen ließ. In letzter Zeit bekam man Arroz kaum zu sehen. Er hatte sich angewöhnt, die meiste Zeit reglos unter Piyus Bett im zweiten Stock zu liegen.

»Ja, aber Gail sagt, es ist seit mindestens 10 000 vor Christus ein religiöses Symbol. Man hat es auf den ältesten Münzen in Indien und auf Abbildungen in Japan, China, Kleinasien, Persien, Griechenland, Britannien,

Skandinavien und sogar Island gefunden. Ihr seht also, das Hakenkreuz ist nicht Eigentum der Nazis. Hitler hat es in der Annahme übernommen, es sei ein rein arisches Zeichen. Das war es aber nicht. Gail meint, wir sollten ihnen das Symbol wieder abnehmen«, ereiferte sich Ömer, sichtlich inspiriert von seiner eigenen Rede.

Darauf murmelte Piyu nachdenklich: »Komm, mein Freund, wir gehen!«

»*Komm, mein Freund, wir gehen!*«, ist kein gewöhnlicher Ausdruck. Wenn überhaupt, dann ist es so etwas wie ein instinktiver, männlicher Urschrei – eines der vielen Zeichen, die Junggesellen einem verheirateten Bruder geben, der zu sehr von einer Frau vereinnahmt wird.

»Tut mir schrecklich leid«, schnaufte Alegre.

»Schon gut, Alegre, wir haben eben erst angefangen.« Connie lächelte in die Runde, um alle in ihr Lächeln einzubeziehen. Als sie Debra Ellen Thompsons Blick begegnete, entdeckte sie darin eine Spur Verachtung, zog es aber vor, das zu ignorieren. »Amy erzählt uns gerade, was sie empfand, als sie Debras Tagebuch von letzter Woche las.«

»Als ich Debras Tagebuch las, als ich las, was sie diese Woche gegessen hat, war ich traurig und wütend …« Amy fuhr eifrig fort: »Seht euch ihren Dienstag an. Ihre beste Freundin Gail heiratet, was würdet ihr erwarten, was sie an so einem besonderen Tag isst? Gebäck, Süßigkeiten, leckere Speisen, ja, wenigstens ein Stück von der Hochzeitstorte. Hat sie das getan? Nein, hat sie nicht. Wir wissen alle, sie isst keine Schokolade oder Bananen, aber jetzt isst sie obendrein keine Hochzeitstorte. Warum nicht? Ich denke, aus Protest. In ihrem Kopf ist all das mit dieser besten Freundin verbunden, bei der ich ernsthafte Zweifel habe, ob sie überhaupt eine Freundin ist. Genau wie Maureens Mann Maureen daran hindert, sie selbst zu sein, hindert auch Gail Debra daran, sie selbst zu sein.«

»Was ist mit dir, Alegre?«, fragte Connie; sie hatte sich zurückgelehnt und die Arme verschränkt. »Meinst du, Essen zu verweigern kann ein Ausdruck des Protests sein?«

Unter dem Gewicht der Blicke wurde Alegre blass. Um niemanden ansehen zu müssen, suchte sie nach etwas, worauf sie sich konzentrieren konnte, und wählte Connies Halskette. Den Blick darauf gerichtet, die Stimme gedämpft, fast ein Flüstern, sagte sie: »Vielleicht, ich weiß es nicht genau.«

Connie warf ihr einen mitleidigen Blick zu, Amy spreizte aufgebracht die Hände.

»Aber eines weiß ich«, sprach Alegre weiter zu der Halskette, »wie Jesus uns gelehrt hat, wird nicht das, was in unseren Mund gelangt, sondern das, was dort herauskommt, zur Sünde. Was wir sagen. Unsere Wörter.«

Connie verzog die Lippen zu einem schmalen Strich, Amy kniff die Augen zusammen.

»Danke, dass wir an deinen Gedanken teilhaben durften. Möchtest du die Gruppenmitglieder auch an deinem Tagebuch teilhaben lassen?«

Alegre stand auf und sah Debra Ellen Thompson an. Die nickte ihr aufmunternd zu. Alegre ging im Kreis herum und verteilte Fotokopien ihres Esstagebuchs dieser Woche an alle Mitglieder der Gruppe, Connie zuletzt.

*Montag, d. 21.:* Ich kam entschlossen und voller Tatendrang zur Arbeit. Dr. Marc Victor Fitzpatrick hatte sieben Termine. Den ganzen Tag benahm sich der Doktor komisch, als ginge ihm etwas durch den Kopf. Mittags habe ich ein Truthahn-Sandwich gegessen. Abendessen zu Hause.

*Dienstag, d. 22.:* Ich habe den Verdacht, der Doktor hat eine heimliche Affäre. Wenn seine Frau anruft, ist er ausgesprochen nett zu ihr, aber dann ist er den ganzen Tag nervös. Unter diesen Umständen werde ich auch nervös und habe keinen Appetit mehr.

Debra Ellen Thompson verkniff sich ein Lächeln, als sie einen Anflug von Angst in Connies gönnerhaftem Gesicht sah.

*Donnerstag, d. 24.:* Endlich habe ich die heimliche Liebe des Doktors gesehen. Sie kam heute Morgen in die Praxis. Sie ist so jung, erst neunzehn. Küssend gingen sie zusammen weg. Eine halbe Stunde später rief die Frau des Doktors an; ich musste lügen. Ich konnte den ganzen Tag nichts essen.

»Darf ich mit der Interpretation anfangen?«, johlte Amy enthusiastisch. »Darf ich?«, musste sie wiederholen, weil eine lange, starre Minute keine Antwort von Connie kam.

»O ja, fang an, bitte.« Connie erholte sich rasch wieder, war aber viel zu wirr im Kopf, um auf irgendwas zu achten, was Amy zu sagen haben mochte.

Debra Ellen Thompson und Alegre wechselten Blicke – kühle, gelassene, gefasste Blicke, während sie sich sachte in die Genugtuung sinken ließen, die ihre Seelen so dringend brauchten.


## Eine Vorstellung von der Hölle


»Abed, kann ich dich mal was fragen?« Gail fand ihn in der Küche, ganz konzentriert auf die brutzelnde Pfanne, bei der Zubereitung seines üppigen Sonniger-Sonntag-Frühstücks, obwohl Freitag war. »Kannst du mir etwas über die Vorstellung von der Hölle im Islam sagen?«

»Warum sind es immer Würmer und Schlangen und Flammen und Folter, die dich interessieren, Gail? Gib mir mal das Salz!« Abed wiegte missbilligend den Kopf, und weil er noch ein paar Sekunden so weitermachte, hatte er am Ende die Eier versalzen. »Was hast du gegen das Paradies, ist es dir nicht spannend genug?«, krächzte er heiser, während er vorsichtig Pfefferminztee in zwei kleine Gläser goss. Nur er war in diesem Haus imstande, sich gleichzeitig rau und manierlich zu geben. Außerdem hielt er es Gail morgens besonders zugute, dass sie sein bester Pfefferminztee-Kumpel war. Er sah ihr zu, wie sie das Glas vorsichtig zwischen den Händen hielt, als sei es ein äußerst kostbarer Gegenstand, eine Geste, die mehr als genügte, um ihn einzuwickeln. Als er wieder sprach, war seine Stimme sanft geworden und sein Blick ebenso.

»Warum glaubst du nicht an Gott? Ich verstehe, dass Omar, der Ungläubige, mit dem Glauben nichts am Hut hat. Aber du bist nicht so. Du interessierst dich für das Geheimnis der Schöpfung und das Jenseits, du weißt ...«

Gail gähnte anhaltend und genüsslich. »Aber ich *glaube* an Gott!«, brüllte sie beinahe, als sie fertig gegähnt hatte. »Ich glaube, Gott ist ein Kreis, dessen Mitte überall und dessen Umgrenzung nirgends ist, genau so, wie es mal ein alchemistischer Philosoph gesagt hat.«

»Ich weiß nicht, welcher Philosoph das war ...«, hatte Abed gerade zu grummeln angefangen, als er Ömer in die Küche treten sah, noch im Schlafanzug und in seiner typischen morgendlichen Benommenheit; Abed wandte sich an ihn des Trostes wegen, den er doch nie bekommen würde. »Omar, kannst du deiner verrückten Frau bitte erklären, warum Gott keine geometrische Figur ist, die sie mit ihrem beschränkten sterblichen Hirn messen kann.«

»*Umgrenzung ... Wieso findet ihr die Energie für solche Wörter, sobald ihr aus dem Bett seid, und wenn ihr es könnt, warum kann ich es nicht?*«, fragten Ömers schlaftrunkene Augen.

Aber Gail war unnachgiebig. Sie jagte Abed mit neuen Fragen durch die Küche, warf Schatten auf die vier Spiegeleier, die in der Pfanne vor sich hin brutzelten.

Man kann Abed nicht den Vorwurf machen, das vierte hineingetan zu haben, weil er vergessen hatte, dass Gail keine Eier aß; weil er sich vom ersten Tag an geweigert hatte, das zu glauben. Dass ein Mensch aus freien Stücken auf ein Frühstück mit knusprig gebratenen Eiern verzichtete, war ihm einfach unbegreiflich.

»Dann erzähl mir wenigstens noch mal die Sache mit den Büchern«, bat Gail.

»Na gut, na gut! Ich erzähl dir die *Sache mit den Büchern*«, gab Abed nach. »Nach dem heiligen Koran wird derjenige, dem dieses Buch in die rechte Hand gegeben wird, im Himmel imstande der Seligkeit in einem großen Garten weilen, mit Bergen von Früchten und schönen Dingen in Reichweite. Doch derjenige, dem dieses Buch in die linke Hand gegeben wird, wird im Höllenfeuer brennen. Wolltest du das anstelle von ›Guten Morgen‹ hören?«

Gail drückte Ömers Arm, als sie nachplapperte: »*Derjenige, dem dieses Buch in die linke Hand gegeben wird.* Findest du das nicht poetisch?«

»*Poetisch ... Wieso findet ihr die Energie für solche Wörter, sobald ihr aus dem Bett seid ... und wenn ihr es könnt, warum kann ich es nicht?*« Worauf das Standardstarren folgte.

In solchen Momenten sehnte sich Ömer mit äußerster Verzweiflung nach seinen starken, heißen Geliebten alter Zeiten. Es waren jetzt acht Monate, acht höllische Monate ohne Kaffee und Alkohol, allerdings hatte er hin und wieder Gras geraucht und ein paar Zigaretten ... vielleicht auch mehr. Er ließ die zwei in der Küche bei ihren Pfefferminztee-Debatten zurück, polterte die

Treppe hinauf, und mit jeder Stufe wuchs sein Verlangen nach einer Tasse Kaffee. In seinem Zimmer wählte er als Erstes die Nummer in der marineblauen Broschüre, hörte sich die Automatendame mit ihren zehn wichtigsten Tipps an, das Rauchen aufzugeben, hielt nur bis zum vierten durch und legte auf. Anschließend rief er seine Mutter an.

»Regnet es noch bei euch?«, fragte sie. »Sechs Menschen sind vom Blitz erschlagen worden, und ganz viele hat man ins Krankenhaus gebracht.«

»Es hat in den letzten Tagen unerwartet viel geregnet.« Ömer blinzelte auf sein linkes Handgelenk, als wunderte er sich plötzlich, wieso er da nie eine Uhr getragen hatte. »Aber mir geht es gut, mach dir keine Sorgen um mich, im Haus ist es warm … und … trocken … und Mama, ich hab geheiratet.«

Sie weinte. Ömer zündete sich eine Zigarette an. Der Walkman spielte einen Elvis-Costello-Song: »Home isn't where it used to be. Home is anywhere you hang your head.« Hier ging es nicht um seine Mutter. Hier ging es nicht um Kaffee oder diese Zigarette, die er unbedingt brauchte, und auch nicht um Elvis Costello. Hier ging es um Gail.

Mehrmals in der Vergangenheit und immer öfter in letzter Zeit hatte er sie in Kummer versinken gesehen. In solchen Momenten wurde sie außerordentlich empfindlich. Die dämliche Äußerung eines dämlichen Politikers, die Tötung von Zivilisten in irgendeinem Teil der Welt oder ein totes Eichhörnchen vor dem Fenster … alles brach ihr das Herz und machte sie maßlos traurig.

Anfangs hatte Ömer gedacht, es gebe nichts zu befürchten, solange sie ihren Kummer unter Kontrolle hatte. Mit der Zeit erkannte er, dass dem nicht so war. Immer wenn er versuchte, sie aufzuheitern, hatte er das Gefühl, an eine Mauer zu stoßen, hinter der, spürte er, eine Höhle lag, ein Wurmloch, ein Raum, wohin sie sich zurückzog, wenn sie verzagt war, um nur noch verzagter zurückzukehren. Dieser kleine, dichte Raum ängstigte ihn furchtbar, denn Ömer hatte inzwischen erkannt, dass er, wenn sie in diese Leere taumelte, keinen Weg finden konnte, um entweder selbst hineinzugelangen oder sie dort herauszuziehen. Noch mehr beunruhigte ihn die Befürchtung, es könnte kein abgeschlossener Raum sein, sondern vielmehr ein Zugang zu einem anderen Bereich, einer existenziellen Unterwelt. Tief unten im Hades, zu belastet und verpestet vom Gift der Vergangenheit, wo sie in bodenlose Verderbnis sank. Wenn sie von dort zurückkam, war sie gewöhnlich so voller Tatendrang und Wagemut, dass niemand auch nur vermuten konnte, wie sie in den vergangenen paar Tagen gewesen war.

Als Gails Besuche in ihrer Unterwelt sich mehrten, suchte Ömer mühsam nach Wegen, wie er sie beschützen könnte, ohne den Eindruck zu erwecken, dass er es tat. Er hoffte, wenn sie in eines dieser Backsteinhäuser am Davis Square zögen, die mit ihrem abgeschlossenen Innenhof Gails Herz auf den ersten Blick erobert hatten, könnte sie mehr Raum für sich haben. Er wusste, dass sie sich die Wohnung nicht leisten konnten, aber er wusste auch, nachdem seine Mutter nun von der Heirat erfahren hatte, würde seine Familie nach dem ersten Schock

Geld schicken. Seine Mutter mochte von seiner Heirat enttäuscht sein, doch da er es nun einmal getan hatte, würde sie nicht wollen, dass er mittellos dastand. Der Familie von der Heirat erzählt zu haben, würde Ömer mit mehr Geld versorgen, auch wenn es ein klarer Verrat an der newtonschen Ehetheorie war. Seine Eltern würden Gail bestimmt nächstes Jahr in Istanbul kennenlernen wollen.

## Bettgeflüster

Die Nummer 12-G mit dem Namen *Bettgeflüster* kam in etwa dem Farbton von Piyus Wangen gleich, als er in Abeds Zimmer trat, um ihm ein Geheimnis anzuvertrauen, das er, und nur er in diesem Haus verstehen konnte.

»Es geht um mich und Alegre. Du weißt, wir sind schon eine ganze Weile zusammen ...«, sagte Piyu, den Blick auf das aufgeschlagene Buch vor ihnen gerichtet: *Fortschritte in der molekularen Bioinformatik.* »Ich liebe sie so sehr. Aber ich kann nicht ...« Piyu schloss die Augen und machte sie erst wieder auf, als er den Rest herausgelassen hatte: »... mit ihr schlafen.«

»Nie?«

»Nie!«

»So, so, so«, sagte Abed, dem es gelang, dasselbe Wort jedes Mal deutlich anders auszusprechen.

»Irgendwelche marokkanischen Sprichwörter?« Piyu versuchte, das schwierige Gespräch in leichtere Bahnen zu lenken.

»Da fällt mir eins ein. Roh übersetzt bedeutet es: ›Zu viel Schlaf mit Frauen erzeugt Blindheit‹. Aber es gibt noch ein anderes: ›Ohne Schlaf mit Frauen sieht das Auge nicht mehr‹.«

Piyu nickte unschlüssig.

»Sprichwörter sind klug«, vertrat Abed seine Sache. »Ich denke, wir neigen dazu, sie gering zu schätzen, weil wir glauben, sie sind zu einfach, wo unser Leben doch viel komplizierter ist. In der heutigen Welt ist es modern, alles so komplex wie möglich zu machen. Aber Sprichwörter sind pure Weisheit. Einfach und klar. Und in deinem Fall ...« Resolut krempelte Abed die Ärmel hoch und kratzte an seinem Kinngrübchen, um seine Entschlossenheit zu verdoppeln, »... ist die Botschaft kristallklar. Sie besagt, ins Extrem zu gehen, ist nicht gut. Es sollte einen Mittelweg geben. Überhaupt nicht mit ihr zu schlafen, ist ein Extrem.«

»Vielleicht hast du recht.« Piyu zog verzweifelt die Schultern hoch. »Vielleicht habe ich Angst vor den Folgen. Aber nicht meinetwegen. Ehrlich, ich mache mir Sorgen wegen Alegre. Ich möchte sie heiraten, aber was, wenn ich nicht der Beste für sie bin?«

»Mach dir darüber keine Sorgen. Frauen heiraten nicht den Besten.« Abed legte den Kopf schief, gemächlich, gewichtig. »Sie verlieben sich in den Besten, und dann heiraten sie den Zweitbesten.«

Doch das half nicht viel, um Piyus Sorgen zu zerstreuen. Grüblerisch und entmutigt schob er seine Brille hoch. »Glaubst du nicht, es gibt einen direkten Zusammenhang zwischen Liebe und … Sex?«

»Aber sicher. Dafür haben wir ein anderes Sprichwort. Ein etwas schmutzigeres. Es besagt, wenn eine Frau einen Mann liebt, dann besorgt sie's ihm sogar durch ein Loch in der Tür.«

»Und du? Wie kommt es, dass du diesen Mittelweg empfiehlst und immer noch keine Freundin in Amerika hast?«

»Freundin?«, wiederholte Abed nachdenklich. Eine Minute lang erwog er, Piyu und sich selbst sein Interesse an einer Frau zu gestehen, die er immer im Waschsalon traf – eine Frau, die alt genug war, um seine Mutter zu sein. Was ihn sehr irritierte, war die Unverblümtheit ihrer Begierde, wenn sie ihm in die Augen sah. Sie versuchte nicht, es mit Worten oder einem Lächeln zu verbrämen. Rein und offenkundig war ihre Begierde. Rein und offenkundig und einschüchternd. Jedes Mal, wenn sie sich begegneten, war Abed hin- und hergerissen, ob er ihrem Blick ausweichen oder ihn erwidern sollte. »Weißt du, bis heute hat es für mich nur eine Frau gegeben. Ich wollte lieber auf Safiya warten. In der Annahme, dass es bei ihr genauso war …«

»Warum sprichst du in der Vergangenheit?«

»Mama hat mich gestern angerufen. Sie sagt, Safiya wird bald heiraten. Rate mal, wer der Bräutigam ist: mein Vetter! Nächsten Sommer besuche ich sie wahrscheinlich zu Hause und gratuliere ihnen. Wie das Sprichwort sagt: ›Was das Auge nicht sieht, leidet das Herz nicht.‹«

»Aber dann irrt sich das Sprichwort …«

»Ja.« Abeds Stimme verklang. »Manchmal irren sie sich …«

# DAS EIGENE GEFIEDER ZERSTÖREN

## Ewiger Löffellieferant

»Ich versteh trotzdem nicht, warum ihr auszieht«, jammerte Piyu mit missmutigem Blick auf die zwei rasch arbeitenden libanesischen Möbelpacker in blauer Uniform, als träfe sie die Schuld.

»Ihr denkt doch nicht etwa an Kinder, oder?«, fragte Abed misstrauisch.

»Kinder? Auf keinen Fall.« Ömer lachte laut, zu laut vielleicht, doppelt so laut wie nötig. Weil er sie nämlich belog, und nicht nur sie, sondern auch sich selbst, daher die Notwendigkeit, zu verdoppeln. In den vergangenen Wochen hatte er öfter darüber nachgegrübelt, wie es sein würde, wenn sie ein Kind hätten. Nicht, dass er es *gewollt* hätte, er hätte es bloß gern *gewusst*.

Er hätte gern gewusst, ob ein Kind Gail an dieses Leben binden könnte, mit einer Schnur aus Liebe, Anhänglichkeit und Abhängigkeit, eine taktvolle Mischung, die sie in anderen Zusammenhängen höchstwahrscheinlich missbilligen, aber bei einem eigenen Kind vielleicht leidenschaftlich vertreten würde. In ruhigen Momenten hatte Ömer die Vision von einem Baby, einem Mädchen mit einem niedlichen Näschen, niedlichen Händchen und einem gewaltigen Haarschopf auf dem niedlichen Köpfchen. Das Baby könnte erreichen, was ihm bisher nicht gelungen war: dem Todestrieb in Gail Leben einzuhauchen. Weil der Nihilist in ihm den Möchtegern-Vater, zu dem er sich urplötzlich gewandelt hatte, bitter verspottete, behielt Ömer dieses schamhaft generelle und konventionelle Sehnen für sich, ohne jemals darüber zu sprechen, nicht einmal mit Gail, mit ihr schon gar nicht.

»Na, Jungs, habt ihr schon den Knoblauchtest durchgeführt?«, trällerte Ömer, um das Thema zu wechseln, fürchtete sich aber im selben Augenblick vor der Antwort. Wenn er doch bloß seine CDs nicht eingepackt hätte, vor allem einen bestimmten Song von Dot Allison, »You Can Be Replaced«.

»Ja, diesmal haben wir auch ein Bewerbungsformular ins Netz gestellt«, sagte Piyu. »Sind auch schon ein paar Antworten gekommen.«

»Ach, wirklich?« Ömer hielt kurz inne. »Gute Kandidaten dabei?«

»Nur Spinner«, sagte Abed. »Entweder ist es purer Zufall, dass sich ausschließlich Irre bei uns als Hausgenosse bewerben, oder jeder Examensstudent in Boston steht insgeheim am Rande des Wahnsinns.«

»Aber eine hat mir gefallen. Eine Frau, sehr schön. Sie ist Yoga-Lehrerin und kann sich zu einer *Brezel* verbiegen.« Piyu lief lachsrosa an, als er das vorletzte Wort aussprach, was die anderen vermuten ließ, *Brezel* hätte einen zotigen Beigeschmack, von dem sie nichts wussten.

Sie saßen beim Mittagessen, es gab Knoblauchhuhn

und Kuskus. Alegre kochte inzwischen immer seltener. Die meiste Zeit verbrachte sie mit Debra Ellen Thompson. Piyu fürchtete schon, sie könnte auch Veganerin werden, und als er sich jetzt auf diese Furcht besann, stöhnte er unwillkürlich. Sofort tauchte Arroz an seiner Seite auf, legte den Kopf auf Piyus Knie; er tröstete Menschen auf die beste ihm bekannte Art: sie fühlen zu lassen, dass sie geliebt werden, sie aber auch fühlen zu lassen, dass sie der Herr sind. Kein Problem. Liebe konnte Arroz heute reichlich geben. Heute war ein großer Tag! Er war schwer in Anspruch genommen worden von dem Getriebe und Gehetze im Haus, besonders, als die zwei hochnäsigen Fellkugeln wieder in ihre Transportkisten gesteckt wurden. Die Katzen waren weg! Gail hatte sie vor zwei Stunden in die neue Wohnung gebracht, damit sie schnuppern und sich heimisch fühlen konnten, bevor der Betrieb dort losging.

Weil die libanesischen Möbelpacker schneller arbeiteten, als sie sprachen, war alles binnen einer Stunde gepackt, und sie konnten losfahren. Nachmittags um 3 Uhr 08 saßen die drei Hausgenossen im Auto und folgten dem Transporter der Umzugsfirma Galoppierendes Pferd. Abed und Piyu sprachen wenig, Ömer setzte seine Kopfhörer auf und hörte »Bleed for Me« von den Dead Kennedys, die einzige CD, die er beiseitegelegt hatte, hörte sie so lange, bis sie zu einem Mietshaus wenige Schritte vom Davis Square kamen. Das Gebäude war von außen sichtlich alt und roch innen nach Moschus, entschieden kein angenehmer, aber auch nicht unbedingt ein schlechter Geruch. Ein eigener bitterer Geruch, was, dachte Gail, bedeuten könnte, dass das Gebäude eine eigene bittere Geschichte hatte.

Gail war bereits in der Wohnung. Genauer gesagt, sie war am Fenster. Während sie dort auf die anderen wartete, hatte sie eine Weile West und Der Rest beim Herumschnuppern zugeschaut und versucht, herauszufinden, ob ihnen die neue Wohnung gefiel, war auf und ab gegangen und hatte versucht, herauszufinden, ob *ihr* die neue Wohnung gefiel, hatte eine Banane gegessen und dann eine Nougat-*Jesussagtmirduhasteinendollarübrig*-Frau – keine ihrer erfolgreichen Kreationen, musste sie zugeben, da sie sich seit Weihnachten kaum mehr verkauft hatte. Vielleicht hätte sie die Stadtstreicherin als Praline mit Nussfüllung gestalten sollen statt aus Milchschokolade. Sie könnte es kommende Weihnachten mit Pralinen probieren. Aber als sie jetzt am Fensterrahmen lehnte, weniger um dem Graupelschauer zuzusehen, als um das eiskalte Glas an ihrer Stirn zu fühlen, fand sie, sie könnte etwas anderes tun: sterben.

Das Fenster des dritten, nach hinten gelegenen Zimmers ging auf einen stillen, schattigen, von den benachbarten Häusern umschlossenen Innenhof hinaus. Mitten im Hof stand eine verholzte Pflanze, deren Blätter größtenteils dem kalten Wind ausgesetzt waren. Aber vielleicht war es nicht das stürmische Wetter, das die Pflanze ihrer Lebenskraft beraubt hatte. Vielleicht lag die Ursache des Vertrocknens irgendwo im Inneren und hatte wenig mit den rauen äußeren Umständen zu tun. Die Pflanze stimmte Gail traurig. Als sie das Fenster öffnete und sich hinausstemmte, war Gail überzeugt, dass manche Pflanzen, genau wie manche Menschen, innerlich vertrockneten und verschrumpelten.

»Miss! Miss! Würden Sie bitte runterkommen? Nein, nein, nicht! Ich meine von der anderen Seite, über die Treppe, würden Sie bitte durch das Treppenhaus runterkommen?«

Unten im Hof stand ein altes, gespenstisch dünnes Ehepaar, beide mit kurz geschnittenem mehlweißen Haarschopf, roten Wangen und roter Spitznase. Sie sahen sich tatsächlich so ähnlich, dass es, wären sie gleich angezogen, auf den ersten Blick schwer zu sagen gewesen wäre, wer von beiden die Frau und wer der Mann war.

»Oh, hallo! Wir sind die neuen Nachbarn«, rief Gail zu ihnen hinunter, als klar wurde, dass es vor dem Sperrfeuer ihrer Neugierde kein Entrinnen gab.

»Geht's Ihnen gut?«, brüllte der Mann ihr zu.

»Brüll sie nicht an«, brüllte seine Frau ihn an. »Siehst du nicht, dass es ihr nicht *gut geht*?«

Die Türglocke klingelte genau zur rechten Zeit, um Gail vor der Qual zu retten, sich von einem so leblosen Paar ins Leben gezerrt zu sehen. Sichtlich erlöst winkte sie ihnen zum Abschied zu und kletterte wieder hinein.

Mit bloßen Füßen, Regentropfen auf den Haaren, öffnete sie die Tür und lächelte Abed, Piyu und Ömer und hinter ihnen die Möbelpacker von der Umzugsfirma Galoppierendes Pferd freundlich an.

»Das kleine Zimmer nach hinten raus wird dein Silberlöffelzimmer«, sagte Ömer, als alle gegangen waren und sie inmitten von Kisten und noch mehr Kisten allein gelassen hatten. »Wir kaufen dir Tausende Silberlöffel.«

Gail senkte die Stimme zu einem vertraulichen Flüstern, als gebe sie eine Geheiminformation preis: »Das kostet zu viel Geld.«

»Dann klaue ich sie in schicken Restaurants. Ich werde dein ewiger Löffellieferant.«

*Ewiger Löffellieferant.* Der Ausdruck gefiel Gail. Anstatt es ihm jedoch zu sagen, hörte sie sich widersprechen: »Ewig ist so ein Übergrößenwort. Wie kannst du so sicher sein, dass du mich morgen noch liebst?«

Für einen kurzen Moment verzog Ömer das Gesicht, ein trotziger Funke glimmte in seinen haselnussbraunen Augen. »Ich glaube nicht, dass du das je verstehen kannst, weil du mich nämlich nicht so liebst, wie ich dich liebe«, sagte er, und diesmal gab er ihr keine Chance zum Widerspruch. »Bitte leugne es nicht. Es ist wahr. Es ist eben, wie es ist. Ich hoffe … Ich gebe die Hoffnung nicht auf, dass du mich eines Tages mehr liebst als heute. Aber selbst wenn nicht, meine Liebe zu dir ist ein unabhängiger, souveräner Staat, musst du wissen!«, versicherte er wie ein guter Politikwissenschaftler. »Sie ist nicht auf Hilfe von außen angewiesen, um zu existieren!«

Gail, der das kaum wahrnehmbare beklommene Beben in seiner Stimme nicht entging, fühlte sich unwillkürlich schlecht und gut, schuldbewusst und befreit zugleich. Sie zog ihn an sich und gab ihm einen Kuss voller Mitleid, das rasch zu Leidenschaft wurde. Ömer ließ sich von ihr herzen, bemuttern, umfangen und verschlingen … zerstören und erschaffen … erschaffen und zerstören. Hier, zwischen den Kisten auf dem Boden und unter dem beharrlichen Blick der Katzen, besonders von Der Rest, liebten sie sich. Während Der Rest sie und dann West umkreiste, nur um jedes Mal von ihr abgewiesen zu werden, steigerte sich seine Nervosität nach und nach, ebenso sein Miauen, worauf die zwei Menschen in Lachen ausbrachen, mitten in einem schizoiden Liebesakt, schwankend zwischen Ausgelassenheit und einem unheimlichen Kummer aus heiterem Himmel, als würden sie niemals wieder imstande sein, einander so zu durchdringen.

»Können Katzen klingeln, oder ist das die Türglocke?«, flüsterte Ömer Gail ins Ohr.

Es war die Türglocke, eine sehr aufdringliche Türglocke. Der Rest drehte durch, die Tür tobte, und Gail kicherte ununterbrochen … und als Ömer betrübt akzeptieren musste, dass sein Penis unter diesen Umständen nicht mehr steif bleiben konnte, stand er auf, konnte zwischen dem Plunder seine Hose nicht finden, versuchte, sich ein Handtuch umzuwinden, versuchte, Gails Hose anzuziehen, fand endlich seine eigene und lief die Tür aufmachen; die Katzen liefen mit. Gail blieb kichernd und in kühner Nacktheit auf dem Boden liegen.

»Wer war das?«, fragte sie ein paar Minuten später.

»Ein verrücktes Paar!« Ömer kam zurück, kratzte sich am Kopf. »Mr und Mrs Jones. Sie haben gefragt, ob mit dir alles in Ordnung ist. Kennst du sie?«

»Ich? Nein!«, maunzte Gail, blinzelte den Katzen zu und zog Ömer wieder auf den Fußboden hinunter.

Die ersten zwei Wochen in der neuen Wohnung waren wunderbar, teils, weil die ersten zwei Wochen in einer neuen Wohnung immer wunderbar sind, aber auch, weil sie nach dem Zusammenwohnen mit Hausgenossen jetzt entdeckten, wie komfortabel und schamlos sexy diese Ehekapsel war, in der sie sich befanden. Die Monate des Zusammenwohnens mit Abed und Piyu hatten sicherlich ihre Annehmlichkeiten und Freuden gehabt, aber auch eine Reihe Einschränkungen mit sich gebracht, die sie heute besser erkannten. Mit der Freiheit, zu kochen, worauf sie Lust hatten, und weniger Kuskus zu essen, nachts keine Horrorfilmschreie zu hören, Katzenhaare von Kleidern zu bürsten statt Katzen- und Hundehaare, und der Freiheit, vollkommen nackt durch die Wohnung zu laufen, zumindest theoretisch … war die Verwandlung in ein typisches bürgerliches Ehepaar, fanden sie, nicht so schlimm, wie es von außen aussah. Der Umzug in die eigenen vier Wände brachte zuallererst die Freiheit der Lautstärke – die Freiheit zu stöhnen, kommen, gurren und streiten, laut, klangvoll, ohrenbetäubend.

»Mrs Basu hat sich beschwert«, sagte der koreanische Hausmeister eines Abends. Er blockierte den Eingang mit dröhnender Stimme und grübelndem Blick, der sich deuten ließ als: »*Ist mir völlig schnuppe, was ich Ihnen mitteilen muss, aber ich sag's Ihnen trotzdem.*« Da er die Frage ahnte, die folgen würde, fügte er schnell hinzu: »Mrs Basu ist Ihre Nachbarin von nebenan.«

Also galt es, etliche Freiheiten zu beschneiden.

Am Eingang des Gebäudes gab es für jede Wohnung einen winzig kleinen braunen Briefkasten und an jedem

Briefkasten ein noch winzigeres Zettelchen, auf dem der Name des Bewohners stand. Das sah sehr egalitär aus, aber wie die meisten Dinge, die sehr egalitär aussehen, nur oberflächlich. Dieses System, behauptete Ömer, und behauptete es lauter, wenn er high war, bevorzugte Leute mit kürzeren und benachteiligte solche mit längeren Nachnamen. Mrs Basu nebenan gehörte zweifelsohne zu den meistbevorzugten, obwohl ihr das vermutlich nicht bewusst war. Es bestand eine entgegengesetzte Beziehung zwischen Kenntnis haben und wissen, was man in der Hand hatte. Um zu wissen, wie bevorzugt man war, musste man zuerst benachteiligt sein, aber dann wäre man ja paradoxerweise nicht mehr bevorzugt.

## Essen auf Porzellan

Auf dem großen Sofa im Wohnzimmer saßen, neugierig strahlend, *todas las tías* nebeneinander aufgereiht wie ein Perlenarmband und schauten alle in dieselbe Richtung. Ihr Lächeln und ihre Blicke galten dem rothaarigen Gast, den Alegre zum Essen mitgebracht hatte und der jetzt auf dem Puff herumrutschte, bemüht, das Lächeln jeder Einzelnen von ihnen zu erwidern, und dabei mit der Rangfolge durcheinanderkam. Am Ende der Reihe saß *la Tía* Piedad. Sie sprach weniger, lächelte weniger, schaute weniger. Mehr Macht mit weniger von allem.

»Essen ist fertig!« Alegres Stimme kam aus dem Esszimmer, und kurz darauf kam sie selbst und flüsterte ihrem Ehrengast zu: »Langweilig?«

»Nein, überhaupt nicht«, flötete Debra Ellen Thompson. Das war nicht gelogen. Sie war so froh, zu diesem Familienessen eingeladen zu sein, dass ihr Langeweile gar nicht in den Sinn gekommen war.

Alle standen gleichzeitig auf und gingen im Konvoi ins Esszimmer. Aber dann kam der Marsch unvorhergesehen zum Stillstand, und ein Raunen war zu hören, das von den vorderen Reihen nach hinten wehte. Als Nächstes kam *la* Tía Piedads Stimme: »*¡Dios mío!*«

Alegre zeigte keine Überraschung. Sie nahm Debra Ellen Thompsons Hand und zog sie ins Esszimmer, wo sie betrachteten, was alle betrachteten: den Esstisch.

Auf dem Esstisch, von sanften gelben Kerzen erhellt und mit Kristallgläsern, hauchdünnen Servietten und je einer Vase mit weißen Lilien an jedem Ende geschmückt, war das Porzellanservice gedeckt – zwölf Vorspeistenteller, zwölf Suppentassen, zwölf Dessertschalen, drei Servierplatten, eine Terrine mit Deckel, eine Teekanne, eine Kaffeekanne, Teller, Tassen und Untertassen … alle Teile, siebenundachtzig insgesamt, nach so vielen Jahren aus ihren Kisten geholt, standen akkurat auf dem Tisch. Auf Dutzenden sagenhafter Vergissmeinnicht prangten jetzt *caldo de queso,* Avocadosalat, *enchiladas de queso,* schwarze Bohnen und *guisado de cerdo.*

»*¿Alegre, qué significa eso?* « La Tía Piedad konnte sich die Frage nicht länger verkneifen.

»Die Sachen waren so lange in Kisten verpackt«, stammelte Alegre, deren Augen vor Aufregung blitzten. »Ich dachte, es wäre vielleicht gut, sie herauszuholen und so zu benutzen, wie es ursprünglich gedacht war. Außerdem«, sie schluckte schwer, wollte la Tía Piedad nicht ansehen, »anstatt dass eine von uns das ganze Service bekommt, können wir es auf diese Weise alle haben … dachte ich …«

»Aber es wird in wenigen Tagen in Stücke gehen«, meinte *la Tía* Tuta stirnrunzelnd.

Weil die Neugierde, wie die Urgroßtante reagieren würde, alle anderen Bedenken übertraf, folgte ein gespanntes Schweigen. Zum Glück mussten sie nicht lange warten. Mit langsamen, jedoch entschlossenen Schritten ging la Tía Piedad zu ihrem hochlehnigen Stuhl am Ende des Tisches, faltete die Serviette auseinander und guckte stirnrunzelnd auf die Suppe in der Porzellanschüssel. »Sehe ich da *caldo de queso?* Hast du es diesmal besser gemacht?«

Das junge Hausmädchen lächelte kleinlaut.

Eine nach der anderen zogen *todas las tías* einen Stuhl zurück und begannen, obwohl ihnen noch sichtlich unbehaglich zumute war, gemeinsam von der am längsten überlebenden Familienerinnerung zu essen, die einen weiten, weiten Weg ohne einen Kratzer zurückgelegt hatte. Es war die Vergangenheit, es war immer die Vergangenheit, die in jedem Aspekt ihres Umgangs miteinander hervortrat. Sogar wenn sie anscheinend von etwas anderem redeten, sprachen sie immer von der Vergangenheit, sprachen mit und in den reichlichen Konjugationen der spanischen Sprache, während die Zukunftsform kaum benutzt an der Seite wartete.

Während die Wörter und Laute von *las tías* auf das Porzellanservice prasselten, tauchte Debra Ellen Thompson immer tiefer in die Wärme dieser hemmungslos konventionellen, hemmungslos weiblichen Atmosphäre ein, fühlte sich gleichzeitig wie ein junges Mädchen und wie eine Erwachsene, froh, unter Frauen zu sein, froh, eine Frau zu sein.

## Grammatikfehler

Träume. Ömer wurde dieser Tage von schlimmen Träumen geplagt. In seinen Träumen durchstreifte er mit Gail die Straßen fremder Städte, kam an Plätzen mit Springbrunnen vorbei, Häusern, die unbewohnt aussahen, fremden Gesichtern, hart und verbittert, und hier und da Marmorstatuen, denen ein Arm, eine Hand oder der Kopf fehlte, Plastiken von verstümmelten Körpern. Irgendwo in den Traumsequenzen verlor Ömer Gail auf eine ihm jedes Mal unbegreifliche Weise, fing sie zu suchen an, bekam Angst um sie, stapfte die Straßen zurück, die sie zusammen gegangen waren, diesmal allein und angstvoll. Träume plagten ihn in den letzten Januartagen, plagten ihn mehr als die Semesterarbeiten, die er schreiben musste, mehr auch als Spivacks Geringschätzung, jedes Mal, wenn er ihn enttäuschte. Gail schien von Ömers nächtlichen Plagen kaum Notiz zu nehmen. Sie war dieser Tage überaus aktiv und agil, voller Schwung und Dynamik, viel zu aufgekratzt, weit mehr, als Ömer verkraften konnte. Innerhalb einer Woche hatte sie aus dem gesamten Hindu-Pantheon einen neuen Satz dunkler Schokoladenfiguren gestaltet. Außerdem war sie zu sehr mit den Einzelheiten und Vorbereitungen der bevorstehenden Reise nach Istanbul beschäftigt. Ihre Unermüdlichkeit war ermüdend.

Acht Wochen vor ihrem Abflug, an einem regnerischen Dienstag, hatte Ömer in der Pearl Street 8 angerufen. Eine Weile fand er Trost darin, sich Abeds Klagen über den langweiligen neuen Hausgenossen anzuhören – einen fleißigen Examensstudenten der School of Management, der eine Arbeit zum Thema »Unparteiisches Management und Gewinnmaximierung im digitalen Zeitalter« schrieb. Zu erfahren, dass der neue Hausgenosse ihn in keiner Weise ersetzte, tröstete Ömer ein bisschen. Er brauchte aber mehr Trost; ansonsten brauchte er was zu trinken.

»Abed, ich fühl mich heute nicht wohl … Ich fühl mich, als hätte man mich in einen trockenen Brunnen geworfen …«

Als die zwei sich am Davis Square trafen, wusste Abed genau, dass Ömer nicht spazieren, sondern was trinken gehen wollte. Zwar war es nichts Neues, dass Ömer von Zeit zu Zeit Zigaretten und zweifelhaftes Zeug rauchte, doch alles in allem war es ihm gelungen, seit der höllischen Nacht im Krankenhaus auf Alkohol und erstaunlicherweise auf Kaffee zu verzichten. Unterwegs versuchte Ömer, Abed zu überzeugen, dass Raki anders als andere Spirituosen den Magen nicht belastete, und Abed versuchte, Ömer zu überzeugen, dass es besser sei, nicht wieder zu trinken anzufangen. Beide scheiterten.

Es war der sechzehnte Dezember, die Nacht der lachenden Elster. Es war, wie Ömer viel später klar werden sollte, eine verhängnisvolle Schwelle, nach der Gail sachte, aber unerbittlich von ihm fortdriftete.

Zu viele Etappen und Stadien jener Nacht sollten ihm verschwommen im Gedächtnis bleiben und noch viel mehr vollkommen ausgelöscht werden. Nachdem sie die Bar verlassen hatten, erinnerte Ömer sich nur an Szenen, in denen Abed über Elstern gesprochen hatte, er über Gail, Abed über *verlorene Muslime,* er über Gail, Abed über Spinnen, er über Gail ... ebenso wenig erinnerte er sich, wie lange er vor den Briefkästen gestanden hatte, nachdem Abed ihn vor der Haustür abgeliefert hatte. Briefkasten Nummer achtzehn. Da war er, sein Nachname, einst so vertraut, jetzt ein fast unleserliches Gekritzel, die Buchstaben am Ende zusammengequetscht, damit sie alle in das schmale Rähmchen passten: OZSIPAHIOGLU. Ein dürftiges Gefühl von Kontinuität in diesem Leben plötzlicher Entrückungen, eine brüchige Fassade der Identifizierung, die ihm seit seiner Geburt anhaftete und die er sein Leben lang überall bei sich zu tragen und stolz darauf zu sein hatte, und dann noch stolzer, wenn er sie an seinen Sohn weitergab, bloß weil irgendein Ururgroßvater oder vielleicht ein träger Schreiber in einer fernen Vergangenheit aus einem heute gänzlich unbekannten Grund diese Buchstabenkombination jeder anderen vorgezogen hatte.

*Setzt der fleißige O seine Lesebrille auf, entsteht ein Ö; geht das pfiffige 1 spazieren und setzt eine Mütze auf, wird es ein i; lässt die hinreißende G die Haare im Wind flattern, wird sie ein Ğ…*

Das letzte Mal hatte er dieses läppische Liedchen wohl als Siebenjähriger in Istanbul gemurmelt, wo er insgeheim unter einer Lehrerin um die vierzig litt, deren Vorstellung von Erziehung mit Spaß zu tun hatte, was in Ordnung war, wenn nur ihr Sinn für Humor reifer gewesen wäre. Als die Kinder das Alphabet lernten, mussten sie – und es wurde erwartet, dass es ihnen Spaß machte – ein idiotisches Lied singen, in dem jeder einzelne Buchstabe personifiziert war. Dass das türkische Alphabet aus neunundzwanzig Buchstaben bestand, war für Ömer eine wahrhaft schmerzliche Erfahrung gewesen.

Und doch, als er in dieser Nacht, zwanzig Jahre später und meilenweit von Istanbul entfernt, betrunken und hundemüde und mit vom Ouzo mehr als benebeltem Verstand nach Hause kam, sah er plötzlich die Grübchenarme, die fleischige Nase und den schlaffen Mund seiner ersten Lehrerin vor sich. Lehrerinnen, ganz besonders die frühen, sind Sterbliche mit gottgleichen Aufgaben. Nur sie können die noch zu Erschaffenden vernichten.

Er hatte nach seinem Füller gekramt – dass er ihn in der lachenden Elster vergessen hatte, kam ihm nicht in den Sinn –, um die Pünktchen seines Namens an ihren Platz zu setzen. Aber was spielte das jetzt noch für eine Rolle. Mit oder ohne Pünktchen, ein solcher Nachname war nur eine Fußfessel, eine zu schwere Last für einen Nomaden. Sie zwang einen, irgendwohin zu gehören, sesshaft zu werden, eine nachprüfbare Vergangenheit zu haben, eine Familie und eine Zukunft, die diesen Namen verdiente. Wenn es möglich gewesen wäre, hätte Ömer lieber einen unauffälligen Nachnamen gehabt, leicht und fein, flexibel und tragbar, einen, den man überallhin mitnehmen konnte, wie der von Mr und Mrs Brown.

Damals auf der Oberschule in Istanbul hatte das Lehrbuch aus seinem ersten Englischkursus den prosaischen Titel *Learning English – I* gehabt. Im zweiten Halbjahr war *Learning English – II* dazugekommen, und so weiter. Viele Fortschritte schienen sie damit nicht zu machen, und im vierten oder fünften Halbjahr spotteten die Kinder schon darüber und kritzelten auf die Einbände *Still Learning English – XIV*, *Desperately Learning English – XXXV*. Die Lehrerin hatte ihnen erzählt, dieselbe Reihe werde in der ganzen Welt benutzt, um Kinder in Englisch zu unterrichten, nur gebe es hier und da leichte Abänderungen, weil die Bücher an die verschiedenen Länder angepasst würden. So grandios diese Absichten gewesen sein mochten, Titel und Inhalt der Bücher waren kein großer Erfolg. Sie stellten die englische Sprache als etwas dar, das man nie richtig, komplett lernen könnte, eine glitschige Materie, die man nicht in den Griff bekommen, sondern nur lose in die Hand nehmen konnte.

Und doch hätte die *Learning-English*-Reihe viel vergnüglicher sein können, wären die Hauptpersonen nicht ausgerechnet Mr und Mrs Brown gewesen.

Wenn Oberschulkinder in der Türkei eine Art verquastes Englisch sprechen, wobei auf Grammatikregeln maximal geachtet und der Wortschatz minimal beherrscht wird, kann man Mr und Mrs Brown einen Teil der Schuld geben, und das mit Recht. In der Reihe *Learning English – I-II-III-IV* durchstreifte das Paar die Seiten, wobei sie höchst einfache Dinge höchst gewissenhaft verrichteten, ohne sich dazwischen jemals über das Ausmaß des Schadens klar zu werden, der jeder Kreativität und Erfindungsgabe der jungen Leser zugefügt wurde.

Das Paar war auf den allerersten Seiten von *Learning English – I* aufgetaucht, breit lächelnd, in der Küche ihres Hauses. Bei dieser ersten Begegnung stand Mrs Brown an der Anrichte mit der Aufgabe, »plate«, »cup« und »a bowl of red apples« zu lehren, während Mr Brown am Tisch saß und ohne besondere Aufgabe Kaffee trank. In der folgenden Woche wurde Mrs Brown im Wohnzimmer gezeigt, noch mit demselben Lächeln und in demselben Kleid, um »armchair«, »curtain« oder zum Schrecken aller »television« zu lehren. Mr Brown war nirgends zu sehen. Die Unterrichtsweise des Paares hatte sich, ebenso wie ihre Kleidung oder ihre Mienen, in den folgenden Wochen wenig verändert. Überall in ihrem Haus definierten und lehrten Mr und Mrs Brown alles um sie herum nach drei grundsätzlichen Kriterien: Farbe, Größe und Alter. Daher säuberte Mrs Brown einen *grünen* Teppich, während Mr Brown einen *kleinen* Hund im Garten sah, oder Mrs Brown buk eine *weiße* Geburtstagstorte, während Mr Brown in seinem *alten* Sessel saß, und wenn sie meinten, die Zeit sei reif für kompliziertere Sachverhalte, staubsaugten sie *kleine grüne neue* Teppiche oder begegneten *großen alten schwarzen* Hunden.

Wie dem auch sei, bald erwiesen sich diese häuslichen

Szenen als vorübergehende Verrichtungen, eine Art Zwischenstadium im Leben des Ehepaares. Etwa in der Mitte des Buches begannen Mr und Mrs Brown mit einer Reihe aushäusiger Betätigungen, die sie nie mehr einstellten. Sie gingen in den Tierpark, um die eingesperrten Tiere zu benennen, kletterten auf Berge, um Kräuter, Pflanzen und Blumen zu lehren, verbrachten einen Tag am Strand, um »sun glasses« zu tragen, »ice cream« zu essen und Leuten beim Surfen zuzusehen, fuhren zu nahe gelegenen Bauernhöfen, wo es »celery«, »lettuce« und »cabbage« gab, und zu Einkaufszentren, um »gloves«, »belts« und »earrings« zu kaufen, lauter Sachen, die sie dann aus irgendeinem Grund nie trugen. Was sie wiederholt unternahmen, war ein ausgedehntes, gemächliches »It-was-a-sunny-day«-Picknick. Dabei lehrten sie »frog«, »kite« und »grasshopper«, während sie es sich an einem »brook« gemütlich gemacht hatten, der durch die »hills« floss. Obwohl es weder Mr Brown noch Mrs Brown zu interessieren schien, was in anderen Gegenden der Welt geschah, reisten sie einmal nach Mexiko, um »airport«, »customs« und »sombrero« zu lehren. Zum Verdruss vieler Schüler kehrten sie bald zurück und wurden wieder in ihrem Haus gesichtet, wo sie eine rauschende Party gaben, um Freunden und Verwandten ihre Urlaubsfotos zu zeigen (beide mit Sombrero), während sie das Plusquamperfekt lehrten.

Obwohl sie anscheinend die ganze Zeit in Bewegung waren, gab es bestimmte Örtlichkeiten, wo Mr und Mrs Brown nie einen Fuß hinsetzten. Sie gingen zum Beispiel nie auf Friedhöfe, und nirgends an ihrem Wohnort traf man auf Sanatorien, Rehakliniken, Pflegeanstalten, geschweige denn Bordelle, an denen die meisten Jungs aus der Klasse schon vorbeigeschlichen waren, sich aber noch nie hineingewagt hatten. Sie erwarteten zwar nicht, dass Mr Brown übers ganze Gesicht lächelnd in einem Penthouse Wörter unterrichtete, die jeder wissen wollte, oder dass es Mrs Brown einfiel, mit ihrem Körper noch etwas anderes zu machen, als auf Enten zu zeigen oder große weiße Torten zu verzieren. Aber die Browns hätten wenigstens rausgehen, draußen auf der Straße sein kön- nen, hatte Ömer von ihnen erwartet. Da die Welt, die sie darstellten, so unwirklich und unbestimmt war, wurde auch die Sprache, die sie unterrichteten, unwirklich und unbestimmt, was es umso schwerer machte, Englisch zu sprechen, selbst dann, wenn man wusste, was man the- oretisch – das heißt, grammatikalisch – zu sagen hatte.

Dann kam groteskerweise der verhängnisvolle Mo- ment, als die schlechte Nachahmung eines glücklichen Lebens, wie es die Reihe *Learning English I-II-III* lehrte, grimmig und grell von dem unglücklichen wirklichen Leben mit seinen wirklich unglücklichen Menschen auf die Probe gestellt wurde. Ihre Kinder Englisch sprechen zu hören, machte Eltern der türkischen Mittelschicht mächtig stolz. Sie verpassten keine Gelegenheit. Aus hei- terem Himmel forderten sie ihre Kinder in Gegenwart von Verwandten und Freunden auf, Englisch zu spre- chen, etwas, *irgendwas* zu sagen, solange es nur englisch genug war, englisch genug klang. Der Drang der Eltern, ihre Kinder Englisch sprechen zu hören, selbst ohne be- stimmten Inhalt, ohne bestimmten Zweck, war quälend genug, wurde aber noch viel quälender, wenn diese Eltern auf Touristen trafen. »Warum sagst du nichts«, sagten sie und stießen ihre Kinder an, »geh, sprich mit den Touristen, frag sie, ob sie etwas brauchen. Du hast jetzt ein Jahr Englischunterricht. Du *kannst es!*«

Sicher konnten sie es. Sie hätten mit den Touristen sprechen, sogar plaudern können, wäre nur die Szenerie ein bisschen anders gewesen. Wenn sie statt zufällig in dieser turbulenten Stadt Istanbul zu sein, umgeben von Hupen, Ambulanzsirenen, Straßenhändlern und ängstlichen Fußgängern, die über die aufgerissenen Bürgersteige hasteten, zu einem Hübscher-sonniger-Sonntag-Picknick an einem Bach geleitet worden wären, um Konjunktionen und Interjektionen anzubringen, während sie quakende Frösche und blühende Lilien betrachteten, und man ihnen die Aufgabe gestellt hätte, zwei selbstständige Satzteile mit konjunktivischen Adverbien zu verbinden, statt die abschreckend simple Frage »Wie komme ich zum Großen Basar?«, beantworten zu müssen. Sicher konnten sie sprechen, aber nicht jetzt, nicht unter diesen Umständen. Am Ende des Sommers hassten die Kinder ihre Englischlehrer, und Mr und Mrs Brown hassten sie erst recht. Das nächste Halbjahr begann auf dieser wackeligen Grundlage massiven Abscheus, was wenig Motivation bot, um mit *Learning English – III* fortzufahren.

Mehr noch als durch alles, was sie zu lehren vorgaben, wirkten diese Bücher durch eine simple Sache, die nie zugegeben wurde, so verknöchert: dass ihre sämtlichen Unterweisungen auf Papier korrekt, aber für das Leben vollkommen unbrauchbar waren. So groß war der Schaden, den diese Bücher anrichteten, dass Ömer womöglich immer noch mit ihren Nebenwirkungen gekämpft hätte, wäre da nicht seine große Vorliebe für Kino und Musik gewesen. Das Kino – unabhängige, unprätentiöse amerikanische/englische/australische Low-Budget-Filme – sowie eine Vielzahl Punk-/Rock-/Postpunk-Texte, hatten ihn weit mehr gelehrt als alle Englischbücher für Fortgeschrittene, die er hatte durchackern müssen.

Das Leben, das echte Leben aus Fleisch und Blut hielt sich an Grammatikregeln und schaffte es dennoch unablässig, systematisch und glücklicherweise, von ihnen abzuweichen. Das Leben konstruierte Sätze, wie sie die Grammatik erforderte, aber es stanzte hier und da auch Löcher, aus denen das Wesen der Sprache sickerte und sich seinen eigenen Weg suchte. Genau diese Verbiegung und das darin liegende unvergleichliche Vergnügen waren es, was die *Learning-English*-Bücher zu lehren vergaßen.


## Unmögliche Perfektion


Inzwischen verbrachten sie so viel Zeit wie möglich miteinander: Debra Ellen Thompson imitierte Connies Gesten, worüber Alegre unentwegt kicherte, oder Alegre imitierte *las tías,* eine nach der anderen, worüber Debra Ellen Thompson herzlich, lauthals lachte. Es war ein großartiges Gefühl, etwas gemeinsam zu unternehmen.

Heute gingen sie in ein Café, das für seine fantasie-vollen Sandwiches berühmt war. Drinnen war es un-gewöhnlich ruhig, nur ein paar verstreute Gäste waren da. Sie setzten sich ans Fenster, tranken Tee, tratschten über die Besetzung der Lesegruppe, beobachteten vor-beigehende Fußgänger, und dann, ehe sie sichs versahen, sprachen sie über sich.

»Wenn ich in der Praxis bin, blättere ich die Frauen-zeitschriften durch«, sagte Alegre. »Diese perfekten Wei-ber sind so widerwärtig. In Zeitschriften, in der Wer-bung, im Fernsehen … sie sind überall. *La Tía Piedad* guckt gern diese Seifenopern, in denen all die reizenden Frauen weiß sind, verstehst du. Wenn sie braun sind, dann sind sie entweder Hausmädchen oder Kindermäd-chen. Es ist ein wunderbares Gefühl, zu wissen, dass die Virgen de Guadalupe nicht einem weißen reichen Mann erschienen ist, sondern einem armen Indianer. Und als sie ihm erschien, war sie so braun wie ich. Das kann nie-mand ändern. Niemand kann sie schneeweiß tünchen, weil sie *la Virgen Morena* ist!«

»*La-Viir-gen-Mu-rii-na*«, wiederholte Debra Ellen Thompson mit einem fürchterlichen Akzent, wie ihn viele Nordamerikaner haben – so gekünstelt und über-spannt, dass einem unwillkürlich der Verdacht kommt, sie hegen ganz unten in den unerforschten Tiefen ihres Un-terbewusstseins einen Widerwillen gegen die spanische Sprache, von dem nicht einmal sie selbst etwas wissen.

In dem darauffolgenden Schweigen tranken sie ihren Tee aus – es war keine dieser verlegenen Pausen, wie sie zwischen zwei Themen aufkommen, sondern eher ein samtiges fließendes Schweigen, als summten sie gemeinsam eine bekannte Melodie, vielleicht jede für sich, trotzdem übereinstimmend und in höchster Harmonie. Als das vorbei war, kramte Debra Ellen Thompson zwei kleine Geschenkschachteln aus ihrer Handtasche, gab eine Alegre und behielt die andere für sich.

»Was ist das?«, wollte Alegre wissen.

»Mach auf.«

In jeder Schachtel war eine Schokoladenfrau.

»Ich hab Gail gebeten, uns eine Schokoladenconnie zu machen, und hier ist sie! Obwohl ich zugeben muss, dass sie ihr nicht sehr ähnlich sieht.« Debra Ellen Thompson lächelte. »Ich wollte zwei Connies von ihr, eine für dich und eine für mich, aber ich hab ihr nicht gesagt, wofür.«

»Warum?«, keuchte Alegre. »Ich meine, *wofür?*«

»Also, mir ist aufgefallen, dass Schokolade für uns beide irgendwie ... die verbotene Frucht unseres Lebens ist«, druckste Debra Ellen Thompson; sie fürchtete, die Metapher könnte Alegre nicht gefallen. »Ich meine, Schokolade ist unsere verbotene Schwelle. Aus welchem Grund auch immer, wir können keine Schokolade essen. Sie symbolisiert gewissermaßen das ›Unmögliche‹. Wogegen Connie ›Perfektion‹ symbolisiert, die perfekte Frau, die zu sein uns nicht gelingt. Deswegen verkörpert eine Schokoladenconnie ›unmögliche Perfektion‹.«

»Unmögliche Perfektion.« Alegre zeigte ein kindliches Lächeln, während sie sich den Ausdruck auf der Zunge zergehen ließ.

»Genau«, begeisterte sich Debra Ellen Thompson.

»Dieses kompakte kleine Ding«, sie hob die Schokoladen-figur auf Augenhöhe, guckte sie finster an und knurrte, »ist so unverschämt *falsch*. Es ist eine schreckliche Last für unseren Leib ... und unsere Seele. Dieses Ding hier hindert uns daran zu sein, wie wir wirklich sind.«

Auch Alegre hob die Schokoladenconnie auf Augen-höhe und schaute sie stirnrunzelnd an, allerdings mit sichtlich weniger Schwung.

»Und weißt du, was wir hiermit machen werden?«

Alegre hielt beinahe den Atem an.

»Essen!«

»Essen?«

»Genau. Wir werden sie hinunterschlingen, diese unmögliche Perfektion, von der wir die Schnauze voll haben. Essen, verschlingen, verdauen und aus unserem Körper ausscheiden wie ein Stück ...«

»Scheiße?«, fragte Alegre höflich.

»*Scheiße!*«, echote Debra Ellen Thompson in voller Lautstärke.

Ein krankhaft dürrer japanischer Tourist mit einer MIT-Kappe und der Absicht, ins JFK-Museum zu ge-hen, ohne zu wissen, dass er in die falsche Richtung lief, starrte verwundert auf die beiden Frauen im Café. Beide blickten stirnrunzelnd auf die braunen Figuren, die sie in der Hand hielten. Er beobachtete sie durchs Fenster und ging viel langsamer, als er es normalerweise tat.

»Alles auf einmal?«, keuchte Alegre.

»Nicht unbedingt«, antwortete Debra Ellen Thomp-son, jetzt etwas zögernd. »Fangen wir mit dem Kopf an. Morgen essen wir den Rumpf. Aber ...«, fügte sie leise hinzu, »nicht auskotzen, okay? Lass nicht zu, dass Connie uns aus den Händen gleitet.«

Alegre schaute sie an, mit einer wirren Verschmelzung verschiedenartiger Gefühle, von denen die folgenden drei alle anderen überwogen: Überraschung, Panik und Erleichterung. Alle aus demselben Grund: Jemand hatte entdeckt, was sie bislang heimlich getan hatte. Dieser Jemand war sowohl Freundin als auch Fremde, sowohl Frau als auch kein perfektes weibliches Wesen. Und so war die Entdeckung durch Debra Ellen Thompson zwar bitter, aber nicht so bitter, wie Alegre befürchtet haben würde. Mit einem Glitzern im Auge und Grimm im blassen Gesicht biss Alegre in die Schokolade und knabberte vorsichtig, ließ das schmackhafte Stückchen genussvoll im Mund zergehen, sah zu, wie Debra Ellen Thompson dasselbe tat.

Was Alegre als Nächstes tat, war so nicht von ihr erwartet worden. Sie drehte sich zu Debra Ellen Thompson, schenkte ihr ein inniges Lächeln und küsste sie plötzlich auf die Wange. Was Debra Ellen Thompson als Nächstes tat, war so auch von ihr nicht erwartet worden. Sie sah Alegre ein paar Sekunden lang an, schenkte ihr ein noch innigeres Lächeln und küsste sie plötzlich auf den Mund.

Nachdem man ihm die richtige Richtung zum Museum gezeigt hatte, ging der krankhaft dürre japanische Tourist denselben Weg zurück und warf impulsiv einen verstohlenen Blick in das Café, um zu sehen, was die beiden Frauen jetzt machten. Wie angewurzelt blieb er stehen. Er hatte zwar von der Freiheit lesbischer Frauen in Boston gehört, war aber nicht recht darauf gefasst gewesen, sie so verwegen in der Öffentlichkeit zu sehen. Doch als der wohlerzogene Mensch, der er war, riss er nach dem schweren Schock den Blick von den küssenden Frauen los und legte Tempo zu, hastete diesmal viel schneller, als er es normalerweise tat.

Im Café wich Alegre in tiefer Panik und noch tieferer Scham zurück und stand auf, mied dabei jeden Blickkontakt mit Debra Ellen Thompson. Sie wusste nicht, was sie sagen sollte, nahm ihre Tasche und ging, rannte beinahe, hinaus. Absurderweise war das Erste, was ihr in den Sinn kam, eine Toilette zu suchen und Connies Kopf auszukotzen. Aber das tat sie nicht. Sie beschleunigte ihre Schritte, stieß fast den vor ihr gehenden Japaner um, hasste Debra Ellen Thompson mit jedem Schritt mehr. Tatsächlich war der Hass nur oberflächlich. Darunter wusste sie nicht recht, was sie denken sollte oder wie sie sich fühlte. Wie dumm sie gewesen war, zu glauben, sie seien Freundinnen. Die ganze Zeit hatte Debra Ellen Thompson so getan, als seien sie Freundinnen, dabei war sie in Wirklichkeit … wollte sie … Alegre mochte den Rest nicht aussprechen. Mit zunehmendem Tempo sauste sie die Straße entlang, konnte es nicht abwarten, bis die Ampel grün wurde, und überquerte in einem Anflug von Konfusion verkehrswidrig die Straße. Zwei türkische Touristen, die zufällig an der Kreuzung warteten, weniger, weil sie meinten, sie sollten bei Rot stehen bleiben, sondern weil alle anderen auch warteten, folgten sofort Alegres Beispiel und stürmten auf die leere Straße.

Unterdessen saß Debra Ellen Thompson, so unsanft

vom Boot des Einklangs gestoßen, auf dem sie die ganze Zeit heiter, anmutig, glücklich mit Alegre gesegelt war, betäubt und zu keiner Regung fähig in dem Café. Sie brauchte eine Weile, um die Benommenheit abzuschütteln, und zitterte auch dann noch unwillkürlich. Irgendwie war ihr dieser Schmerz bekannt, aber noch nie hatte sie ihn als so grausam empfunden. Dasselbe alte unergründliche Lesbenleid, das eine erdulden musste, wenn sie sich in eine Frau verliebt, die zufällig *hetero* ist. Wenn sich eine heterosexuelle Frau verliebt und zurückgewiesen wird, geht es auch ihr schlecht, aber nur wegen der Folgen ihres Tuns, das heißt, wegen der Zurückweisung. Wenn sich dagegen eine homosexuelle Frau in eine Heterofrau verliebt und von ihr zurückgewiesen wird, geht es ihr wegen zu vieler Dinge schlecht, einschließlich der Liebe selbst, die sie sich von ihr gewünscht hatte. Der Wunsch, zu lieben und wiedergeliebt zu werden, der Wunsch, in anderem Kontext so reichlich befürwortet und gebilligt, verkehrt sich dann in eine Quelle der Peinlichkeit.

Debra Ellen Thompson war diese Empfindung nicht fremd. Sie hatte sehr wohl gewusst, dass Alegre sie hassen könnte, wenn sie jemals ihre Gefühle für sie offenbarte. Und doch, als sie an diesem heiteren Nachmittag das Funkeln in Alegres Augen sah, konnte sie nicht länger unterdrücken – und wollte es vielleicht auch nicht –, dass sie Alegre seit einer Weile heimlich, unerklärlich und unmissverständlich liebte.

Anfangs hatte sie ihren eigenen Gefühlen misstraut, hatte vermutet, ihr Interesse für Alegre sei womöglich, wie Gail zynischerweise angedeutet hatte, die Suche nach einer unterwürfigen Frau, das Verlangen nach einer zweiten Zarpandit. Aber je mehr Debra Ellen Thompson mit Alegre zusammen war, umso mehr war sie überzeugt, dass Alegre nicht so fügsam war, wie es auf den ersten Blick schien, und dass sie selbst nicht mehr auf der Suche nach Fügsamkeit war. Alegre hatte ihr geholfen, den Verlust von Gail zu überwinden, nicht als zweite Zarpandit, sondern indem sie einfach ihr eigenes Ich, ihr reizendes Ich war.

Draußen auf der Straße war das Erste, was Debra Ellen Thompson in den Sinn kam, die Schachtel rauszuholen und die Schokolade wegzuwerfen. Aber das tat sie nicht. Sie ließ die nun enthauptete Connie in ihrer Schachtel und ging entschlossen zu Squirmy Spirit Chocolates zurück, der einzig sicheren Zuflucht, die sie sich denken konnte. Auf halbem Weg jedoch hörte sie auf zu gehen, hörte auf wegzulaufen, als habe sie sich etwas zuschulden kommen lassen, und fing an zu weinen.

## Der Rat des Orakels von Delphi

»Es mag ja kein Luxuszimmer sein, aber man hat mir gesagt, es hat einen unvergleichlichen Ausblick. Wenn es uns nicht gefällt, können wir immer noch umziehen. Meine Eltern wollten natürlich, dass wir bei ihnen wohnen, aber ich hab ihnen erklärt, dass es für uns so was wie eine Hochzeitsreise ist. Soll es ja auch sein. Morgen können wir den ganzen Tag in unserem Zimmer bleiben, wenn wir wollen, oder wir gehen zum Großen Basar und übermorgen zu der unterirdischen Zisterne, wird dir bestimmt gefallen ... dann die Hagia Sophia ...« Ömer brabbelte im Fahrstuhl atemlos auf Gail ein, über den krausen Kopf des Hotelpagen hinweg, der mit einem koboldhaften Glitzern in den Augen zwischen ihnen stand und sich anhörte, worüber das amerikanische Paar sprach. Obwohl Ömer mehrmals mit ihm Türkisch gesprochen hatte, schien der Junge sich zu weigern, ihn als Türken zu betrachten. Da dieser schlaksige, etwas nervöse, ununterbrochen gestikulierende Kerl, der in seinen ausgebeulten bunten Sachen schwitzte, und diese im Gegensatz zu ihm gelassene, von Kopf bis Fuß in Schwarz gekleidete junge Frau mit einem Löffel in den noch schwärzeren Haaren das interessanteste Touristenpaar waren, das er in letzter Zeit gesehen hatte, ließ der Junge sie nicht aus den Augen. Von Zeit zu Zeit klimperte er mehrmals hintereinander mit seinen unglaublich langen Wimpern, als ob ihn das, was er hörte, amüsierte.

»Dann müssen wir einen Tag auf den Inseln verbringen ... vielleicht machen wir lieber zuerst eine Fahrt den Bosporus entlang. Ich möchte dir die Weinhäuser zeigen. Trinken hat in dieser Stadt eine große Tradition. Du musst unbedingt Raki probieren. Du musst unbedingt die Meze essen, die zum Raki serviert werden. Und wir gehen auch zum Galataturm ...« Ömer hielt inne und blinzelte den Jungen an, der die Augenbraue hochgezogen hatte, als wollte er etwas sagen, vielleicht noch ein paar eigene Vorschläge hinzufügen. Aber da waren sie schon im sechsten Stock.

Zimmer 606 war ein typisches Drei-Sterne-Hotelzimmer – so typisch, dass es einem nie richtig missfallen und unmöglich gefallen konnte. An den Wänden hingen kitschige Zeichnungen vom Leben im Harem, Frauen, die hinter Gitterfenstern auf weichen Polstern ruhten, flüchtige Massenproduktionen für den flüchtigen Touristenblick.

»Schatz, jetzt beruhige dich mal«, spöttelte Gail, als Ömer die Tür hinter dem Pagen zugemacht, genauer gesagt, *zugeknallt* hatte. »Mach dir keine Gedanken, okay? Ich bin sicher, wir werden uns verstehen, sie und ich.«

»Wer ist sie?«

»Deine Mutterstadt natürlich …«, trällerte Gail. Sie öffnete einen Koffer und nahm ein schwarzes T-Shirt und einen Silberlöffel heraus, der fast grau angelaufen war. »Du bist ausgesprochen anormal, weißt du. Du zeigst keinerlei Begeisterung, dass ich deine Mutter kennenlerne. Aber du bist ganz wild darauf, dass ich deine Mutterstadt kennenlerne …«

Ömer fand, er sollte etwas Gegenteiliges sagen, aber ihm fiel einfach nicht ein, was das sein könnte. Stattdessen seufzte er. Warum er sich unversehens in einen routinierten Fremdenführer verwandelt hatte, konnte er nicht in einfache Worte fassen. Istanbul war absurderweise ein saftiger, duftender, knallroter Apfel geworden, den er unentwegt blank rieb, bevor er ihn der Frau schenkte, die er liebte. Je mehr er polierte, desto mehr Verschönerungsdrang spürte er. So, wie man sich einen Schnupfen holt, war Ömer einem ihm bislang unbekannten Virus ausgesetzt, von einer namenlosen Krankheit infiziert, die unter interkulturellen Paaren grassiert, insbesondere, wenn ein Partner aus einem weniger entwickelten Land kommt. Obwohl er es sich noch nicht eingestanden hatte, wünschte Ömer in tiefster Seele, Gail möge die Stadt, wenn nicht das Land lieben, woher er kam. Dennoch hatte dieses Verlangen weniger damit zu tun, Istanbul anzupreisen, als damit, eine bessere Meinung von sich selbst zu bekommen.

Gail, die mit einer Broschüre in der Hand auf dem Bett saß, bemühte sich, Neues über die Türkei zu lernen, während sie sich gleichzeitig bemühte, einiges Alte zu verlernen – den Film *Midnight Express,* Verletzung der Menschenrechte, die Kurdenfrage, allerlei schmähliche Informationen, an die ihrem sicheren Gefühl nach die Türken nicht erinnert werden wollten. Diese Art innere Zensur war nicht gerade typisch für Gail. Da aber Viren ansteckend sind, war auch sie von der namenlosen Krankheit infiziert, die unter interkulturellen Paaren grassiert, vor allem, wenn ein Partner aus einem höher entwickelten Land kommt. Obwohl sie es sich nicht eingestehen mochte, wünschte Gail in tiefster Seele, wie so viele Frauen aus der westlichen Welt, die mit Männern aus der östlichen Welt verheiratet sind, sie möge die Stadt, wenn nicht das Land lieben, woher ihr Mann kam. Dennoch hatte dieses Verlangen weniger damit zu tun, Istanbul zu entdecken, als damit, eine bessere Meinung von sich selbst zu bekommen.

So saßen sie jeder auf einer Seite eines kitschigen

Doppelbetts in einem mittelmäßigen Hotelzimmer, mit einer Broschüre in der Hand; der eine machte Pläne, die allerbesten Seiten von Istanbul zu *zeigen,* die andere machte sich bereit, die allerbesten Seiten von Istanbul zu *sehen.*

Hinter der angelehnten Flügeltür zum Balkon beobachtete Istanbul unterdessen mit einem lieblichen Lächeln und einem diabolischen Funkeln im amethystfarbenen Abgrund seiner Augen dieses Paar. Schließlich ist Istanbul keine Stadt, die man polieren und wienern, an den Rändern herausputzen und dann in bunte Geschenkpäckchen wickeln kann, um seinen Schatz aufzuheitern. Es ist keine Stadt, die man auf blanken Tellern mit Béchamelsoße servieren kann, um seiner stockenden Liebesaffäre einen romantischen Zug zu verleihen. Istanbul ist weit über diese läppischen Betrachtungen hinaus, viel zu alt und dennoch alterslos. Es ist seit Langem am Ende seiner Zeit angekommen und dennoch endlos. Eine hässliche Königin, die schrullige Nährmutter, eine amorphe Gebärmutter, die fortwährend den Samen ihrer Neuankömmlinge aufsaugt, aber niemals in ihrer Geschichte von irgendjemandem besamt wurde, Heimat der Enteigneten, selbst aber niemandes Eigentum.

Dies alles sollte Gail bald entdecken … tatsächlich erkannte sie es in der Minute, als Ömer ins Badezimmer ging, um zu duschen, und sie im Zimmer allein ließ. Da stand sie auf und ging auf das schimmernde Licht zu, das durch die tristen Vorhänge drang. Zerstreut, müßig, fast träumerisch öffnete sie die Flügeltür, trat auf den Balkon, beschattete die Augen vor der Sonne, und ehe sie sichs versah, stand sie ganz still, nahezu verblüfft. Auf den ersten Blick und aus jedem Winkel wirkte die Stadt auf Gail so *betörend*.

Wie lange sie dort gestanden und dieses unwahrscheinliche Gebilde einer Stadt betrachtet hatte, ist schwer zu sagen, aber als Ömer aus der Dusche kam, fand er sie in diesem Zustand vor. Auch er beschattete die Augen, auch er blickte müßig hinüber, aber was *er* sah, war etwas ganz anderes, wenn nicht sogar das Gegenteil. Sein Gesicht legte sich in Falten, sein Mund stieß ein Stöhnen aus. Entweder war unten an der Rezeption ein Fehler passiert, oder die geschwätzige Rezeptionistin hatte ihn getäuscht. Das hier war auf keinen Fall der Ausblick, den man ihm versprochen hatte, als er das Zimmer buchte. Was Ömer nicht wusste: Hätte man ihnen den Schlüssel zu Zimmer 607 gegeben, dann hätten sie von ihrem Balkon den schönen Ausblick gehabt, der ihm vorschwebte – eine Landschaft aus einem Meer von bodenlosem Indigoblau, mit malerischen Moscheen und hübschen rot bedachten Häusern, die weit weg im Hintergrund auf grasgrün schimmernden Hügeln gruppiert waren. Aber was er von Zimmer 606 aus sah, über dem Durcheinander von Dächern und unter den Schwingen der Seemöwen, war eine verwüstete Stadt, so bedrohlich nah, dass man fast ihren Puls fühlen konnte. Schmutzige, enge, gewundene Straßen, ein dichtes Gewirr von bröckeligen Häusern, deren Fenster weit zu dem draußen pulsierenden Leben hin geöffnet waren, und Scharen von Katzen auf den Straßen, manche unglaublich hoheitsvoll, manche ganz elend; dieser historische Mischmasch, nicht nur überzogen mit den Spuren längst vergangener Leben, sondern auch mit den Anzeichen derer, die erst noch geboren würden. Auf den ersten Blick und aus jedem Winkel wirkte die Stadt auf Ömer so *unansehnlich*.

Tatsächlich lässt sich sagen, dass beide recht hatten. Vom Balkon des Zimmers 606 sah Istanbul sowohl *betörend* wie auch *unansehnlich* aus. So vielschichtig ist seine hässliche Majestät. Zwei benachbarte Häuser, sogar zwei Fenster desselben Zimmers können eine völlig unterschiedliche Sicht auf Istanbul bieten. Hier bestehen unvergleichlicher Glanz und grotesk Missgestaltetes nebeneinander, das Schöne und das Entstellte werden von der Hitze und dem Druck der Zeitalter zu einem Wirrwarr mit hohem Oktangehalt verschmolzen. Wenn *Istanbul* das Wort ist, dann sind das Synonym und das Antonym ein und dasselbe.

Ömer wusste nicht und konnte in seinem Fremdenführerzustand nicht ganz erfassen, dass es gerade dieses *Konglomerat* war, das Gail in seinen Bann gezogen hatte. Sie war im Nu von Istanbul gefesselt gewesen – nicht von dem Istanbul, das Ömer ihr zeigen wollte, sondern von dem, das er ihr vorzuenthalten suchte.

»Los, komm!«, jubelte Gail, die plötzlich aus ihrer Trance erwachte. »Gehen wir. Da draußen gibt es eine Stadt zu entdecken.«

*Eine Stadt zu entdecken?*, wieherte Istanbul. *Denkst du, ich will entdeckt werden?*

Aber Gail hörte diese Stimme nicht. Sie war damit beschäftigt, andere Geräusche zu hören. Allen voran die Seemöwen! Als Allererstes wird jeder Auswärtige in

Istanbul entdecken, dass die Dächer hier kreischen. Seemöwen sind erstaunlich komplizierte Vögel – oder vielleicht viel zu einfach. Sie sind voller Widersprüche.
Sie segeln allein, bilden aber stets eine Gesamtheit; sie
sind ungemein plump und hässlich, besitzen aber auch
eine ganz eigene Anmut; sie gucken so dämlich, wenn
sie neben Mülleimern landen und im Abfall nach etwas, irgendwas zum Verschlingen suchen, aber nichts
kann ihre scheinbare Klugheit übertreffen, wenn sie auf
Dächern oder Felsen rasten und nachdenklich auf das
Meer schauen, vollkommen reglos, fast erstarrt unter der
Bürde ihrer Betrachtungen. Diese weißen, lärmenden,
ruckenden Vögel hocken auf allen Dächern Istanbuls –
in reichen wie in armen Gegenden, auf Wohnhäusern
ebenso wie Hotels, weil sie keinen Unterschied zwischen
denen kennen, die in ein paar Tagen fort sein werden,
und denen, die hier fest verwurzelt sind.

Anfangs mag einem ihr Kreischen so auf die Nerven
gehen, dass man denkt, man wird sich nie daran gewöh-
nen. Nach drei Tagen ist das Geräusch so gewohnt und
ein solch bombensicherer Beweis des Lebens, dass man
sich Sorgen macht, wenn man es länger als zehn Minuten nicht hört. Begreiflicherweise fühlen die Einwoh-
ner Istanbuls sich durch diesen misstönenden Gesang
nicht gestört, weil sie nur zu gut wissen, dass es besser
ist, ihn zu hören, als ihn nicht zu hören. Istanbul macht
die Menschen klug genug, um zu begreifen – nicht in-
tellektuell, sondern intuitiv –, dass das Schweigen der
Seemöwen etwas Apokalyptisches hat.

Also kreischen die Dächer in Istanbul, aber die Straßen

sind es, die reden. Auf den Straßen pulsiert das Leben in einem Gemisch aus fauchenden und frustrierten, schmerzvollen und schwungvollen Stimmen, dem Quäken von Hupen, zersplittert vom durchdringenden Gellen der Straßenhändler, aus Ambulanzsirenen, von Gebeten aus überfüllten Moscheen und dem Schall ferner Kirchenglocken; ein stetes Surren, begleitet vom ständigen Brausen des Meeres, als beabsichtige es, dieses Inferno ein für alle Mal fortzuschwemmen. Es ist eine Stadt der unendlichen Streitereien – zwischen Männern und Männern, Männern und Frauen, Leben und Tod. Das Stimmengewirr ist so dicht, dass das leiseste Klicken mit einem weit entfernten Aufschrei verschmilzt und damit einen Hauch des Gesamtklangs absorbiert. Wenn man aufmerksam lauscht, wird man einen unterschwelligen Rhythmus erkennen. Die Straßen in Istanbul sind kadenziert, viel harmonischer als der Takt des vielfältigen Lebens, das auf ihnen dahinschlittert.

Diese Stadt ist ein Gitterwerk aus Straßen. Es ist, als seien all die Monumente, jahrhundertealten Wohnhäuser, die berstenden Vorstädte oder gar das Meer selbst nur deshalb dorthin gesetzt worden, wo sie sind, um die Straßen zugänglich zu machen. Jede Straße ist ihrerseits weniger eine Verbindung zu einem passierbaren Weg als vielmehr eine Abzweigung von einer historischen Route, die längst vollkommen und unwiederbringlich verschwunden ist. Auf die Straßen kommt es in Istanbul an, und nicht unbedingt darauf, wohin sie führen. Vielleicht nehmen deshalb in der ganzen Stadt die Sackgassen überhand, die unversehens in der Mitte abgeschnitten sind, als spielte es überhaupt keine Rolle, wohin sie ursprünglich geführt haben. Wenn man sich fragt, welches Muster, falls überhaupt, dieser Stadtfusion zugrunde liegt, sollte man das Orakel von Delphi befragen. Es war seine Idee, die Stadt genau hier bauen zu lassen, gegenüber dem Land der Blinden.

Es waren einst zwei Küsten, die das Meer auseinandergerissen hatte. Sie lagen sich in versteckter Feindseligkeit gegenüber. An der einen Küste gab es eine alte Siedlung, aber die andere Küste war unbewohnt. Dann kam eines Tages ein Orakelgott. »Die Menschen an der Küste dort drüben müssen blind sein«, erklärte er, »weil sie die Schönheit der Küste hier nicht sehen.« Seinem Rat folgend, wurde an der Küste, die der Stamm der Blinden nicht zu schätzen wusste, eine Stadt errichtet. Eine der zahlreichen Ironien Istanbuls ist es jedoch, dass es, als es sich mit der Zeit ausdehnte, nicht nur die Küste vereinnahmte, an der es ursprünglich erbaut wurde, sondern auch das Land der Blinden an der gegenüberliegenden Küste. Seither ist Istanbul die Negation der Negation. Jeder Laut trifft auf einen unstimmigen Widerhall.

Gail wirkt überrascht, aber es ist schwer zu sagen, was sie mehr verblüfft, die Stadt oder die Tatsache, dass sie selbst sich hier befindet. Was Ömer angeht, er wirkt weder überrascht noch empfänglich für die Geräusche. Tatsächlich ist er momentan ein bisschen taub. Man kann wirklich nicht behaupten, dass er etwas hört außer der nörgelnden Stimme in seinem Kopf, wo sie Mittag essen sollen, ob Gail mit dem Essen zufrieden sein wird, welche Sehenswürdigkeiten sie zuerst besuchen, welchen

Weg sie am besten wählen sollen, damit sie nicht stundenlang im Verkehr stecken bleiben und Gail sich nicht von ihm scheiden lässt, wenn der Tag zu Ende ist … Ömer gibt sich viel zu sehr praktischen touristischen Überlegungen hin, um sich philosophischer oder poetischer Abstraktheit irgendwelcher Art zu widmen.

So sah an diesem und an den folgenden Tagen mehr oder weniger die geistige Verfassung aus, in der sie die Stadt durchstreiften, und je mehr sie in sie eindrangen, desto weiter schweiften sie von Ömers ursprünglicher Zu-tun-Liste ab. Doch er konzentrierte sich weiterhin stark auf praktische Durchführbarkeit und Zeitpläne, wogegen Gail sich weiterhin für alles andere als diese interessierte. Umso verblüffender war für sie die Entdeckung, dass der Hotelpage nicht der Einzige war, der Ömer für einen Touristen hielt. Irgendwie genügte Gails Anwesenheit, um sie beide zu Amerikanern zu machen. Doch Gail spürte auch, dass hinter diesem Mischmasch von Erscheinungsformen, wo alle unbekannten Verhaltensweisen und Gesichter als gleichermaßen »ausländisch« galten, viel von einem strukturellen Rätsel steckte, eine Art Dualität, die türkische Menschen in zwei Lager teilte. Auf der einen Seite waren die gebildeteren, wohlhabenderen und weitaus anspruchsvolleren, die unwiderleglich westlich und modern waren; dann gab es eine noch größere Gruppe, die weniger mächtig, weniger *westlich* in ihrem Auftreten war. Die Diskrepanz dazwischen konnte die Angehörigen der ersten Gruppe in den Augen der zweiten Gruppe in »*Touristen*« verwandeln. Ein Türke konnte für einen anderen Türken leicht wie ein *Ausländer* wirken.

Interessant war, dass in Istanbul alle Englisch sprachen, sogar diejenigen, die es gar nicht konnten. Gail war zum ersten Mal außerhalb der Vereinigten Staaten, und sie war erstaunt, dass ihr keine antiamerikanische Haltung entgegengebracht wurde, worauf sie insgeheim vorbereitet gewesen war. Sie hatte Ömer nichts davon gesagt, aber sie war darauf gefasst, mit einer Reihe politischer, internationaler, religiöser und historischer Fragen konfrontiert zu werden, zur amerikanischen Außenpolitik im Mittleren Osten, zum Krieg *der Zivilisationen,* zu ethnischen Konflikten in den Balkanstaaten, dem Zögern des Westens, der Ermordung bosnischer Muslime ein Ende zu machen, Betrachtungen über das gewaltige Thema »Islam und Frauen«, dem Krieg gegen den Irak, Schwankungen auf dem globalen Ölmarkt ... und so weiter. Stattdessen hatten die Leute hier in Istanbul, wie Gail bald herausfand, eine Reihe anderer Fragen für Ausländer wie sie parat:

1. Woher kommen Sie?
2. Gefällt Ihnen Istanbul?
3. Schmeckt Ihnen das Essen?

So einfach war das. Weder Religionsangelegenheiten noch soziopolitische Debatten. Das Allererste, was gewöhnliche Leute von einem Fremden wissen wollten, war grundsätzlicher: »Wie wirke ich von außen?«

Daneben, entdeckte Gail amüsiert, erwarteten die Menschen in diesem Teil der Welt nicht, dass ein Amerikaner auch nur die leiseste Ahnung von einem Leben außerhalb Amerikas hatte. Wenn man trotzdem mit den Einheimischen über Weltpolitik diskutieren wollte, musste man zuerst so etwas wie eine Schwelle passieren, denn in dem Moment, wo sie merkten, dass sie mit einem Amerikaner sprachen, zuckte ein unheimliches Blitzen über ihre Gesichter – ein Blitzen, das Gail anfangs als Anerkennung missdeutet hatte, dann aber als *»Oh, dann wissen Sie sicher nichts über uns«* entschlüsselte.

Anschließend an die drei Fragen, manchmal davor, zeigten die Leute in Istanbul gewöhnlich eine weitere Manie, wenn sie einem Ausländer begegneten, nämlich ihm Essen in den Mund zu schaufeln, als sei »Ausländer« gleichbedeutend mit »aus einem Land zu kommen, wo Hungersnot herrscht«. Wohin sie auch gingen, wurde Gail etwas zu essen oder zu trinken angeboten, meistens aber beides. Ausländer mussten gefüttert werden! Und gefüttert wurde Gail wahrhaftig, als sie an ihrem dritten Tag in dieser Stadt Ömers Familie besuchten.

Als Gail Ömers Mutter ihren Teller reichte, damit sie ihn zum vierten Mal mit unglaublich zusammengestellten Speisen in unglaublichen Mengen beladen konnte, stöhnte sie, was inmitten des vergnügten Getriebes am Tisch völlig unbemerkt blieb. Links von ihr saß der Vater, der Ömer kein bisschen ähnlich sah, und neben ihm Ömers Bruder, der weder seinem Vater noch Ömer ähnlich sah. Rechts von ihr die Mutter, eine elegante, äußerst attraktive Frau, die mit ihrem modischen Haarschnitt, dem gebräunten Gesicht und der schlanken, geschmeidigen Figur viel jünger aussah, als sie war. Das Haus lag in einem Oberschichtsviertel, an einer hübschen Straße mit blitzsauberen Wohnhäusern. Von den Fenstern aus konnte man das Meer sehen, das sich dick, fast sülzig und blendend blau wälzte, und Gail hätte schwören können, dass es nicht dasselbe war wie das, was sie vom Hotel-balkon aus gesehen hatte. Das Wohnzimmer war elegant eingerichtet, oberer Preissektor, raffiniert, kultiviert und schick, aber überlegt distanziert von allem Modischen. Es gab ein paar Fotos, und auf einem entdeckte Gail den niedlichen, heiteren Jungen mit den verletzlichen Au-gen, der Ömer einmal war. Die Wände zierten zahlreiche geschmackvoll gerahmte Gemälde, und Gail war sicher, dass es Originale waren.

Gefüllte Weinblätter, marinierte Auberginen, Arti-schocken in Olivenöl, pürierte Kichererbsen in Tahine, gebratene rote Paprikaschoten mit Knoblauch, gesüßte Feigen und eine gewaltige Menge und Vielfalt an Ge-bäck … Die allerbeste Auswahl der osmanisch-türkischen Küche, die, wie Gail erkannt hatte, eine Vegetarierin entzücken und eine Veganerin mehr als munter machen konnte. Der Tee wurde in kleinen Gläsern mit Zitro-nenscheiben serviert. Da sie der irrigen Meinung war, nichts ablehnen zu dürfen, hatte Gail schon zwölf Gläser getrunken. Ömer blieb derweilen am anderen Ende des Tisches und achtete nicht darauf, wie sie sich gequält auf-blähte. Er war viel zu abgelenkt, um es zu bemerken. Er plauderte mit jedem Einzelnen und doch gleichzeitig mit allen am Tisch, plapperte aufgekratzt, aber nicht ganz bei sich, bemühte sich, nicht gereizt zu wirken, und bemühte sich noch mehr, seine Mutter, die sich ausgesucht höflich mit Gail unterhielt, nicht finster anzusehen.

Auf dem Rückweg zum Hotel nahmen sie die Fähre, um ans andere Ufer zu gelangen. Zwischen den Fußgängern, die den Kadiköy bevölkerten, bewegte sich Ömer mit steifen Storchenschritten. Gail schleppte ihren schweren Körper hinterdrein. Nachdem sie sich auf dem obersten Deck der Fähre auf eine Bank gesetzt hatten, seufzte Gail erleichtert, genoss den Wind, der ihr ins Gesicht wehte, und stieß die Frage hervor, die ihr schon einige Zeit durch den Kopf ging:

»Ich finde deine Eltern nett. Und dein Bruder ist wunderbar. Warum bist du so grob zu ihnen? Was haben sie falsch gemacht?«

*Was haben sie falsch gemacht?* Ömer hatte keine Antwort darauf und doch gleichzeitig das Gefühl, Unmengen Antworten auf Lager zu haben. Seine Eltern waren keine schlechten Menschen. Sie hatten ihn nach bestem Wissen erzogen, ihm eine gute Bildung ermöglicht, einiges an Geld für sein Wohlergehen ausgegeben, ihn nie geschlagen oder dergleichen. Ömer konnte Gail oder sich selbst unmöglich erklären, woher diese Verbitterung kam. *Was hatte seine Familie falsch gemacht?* Nichts. Aber vielleicht war die Frage selbst falsch formuliert. Vielleicht hatte es nichts mit *falsch* zu tun. Seine Eltern waren zu privilegiert, zu wohlerzogen und vornehm, um *falsch* zu sein. War er wieder mal unfair? Er wollte die Schuld nicht auf sich laden, *schlecht* von *guten* Menschen zu denken. Er setzte seine Kopfhörer auf und suchte in seinen Punk-Rock-Mix-CDs nach einem Song, den er jetzt dringend hören musste: »Overcoming Learned Behaviour.«

»Ich habe Wut in mir, nicht nur auf meine Eltern,

sondern auf so viele Dinge und Geschöpfe, mich selbst eingeschlossen, verstehst du … aber wenn man mich dann fragt, warum ich so zornig bin, weiß ich wirklich nicht, was ich antworten soll … Meinst du, ich muss eine Antwort haben?«

»Nein, Schatz«, erwiderte Gail. Sie sagte aber nicht, dass Ömers unerklärlicher Zorn ihrem unerklärlichen Kummer so ähnlich war. *Sie hatte Kummer in sich, schon immer, doch wenn man sie nach dem Grund fragte, fiel ihr nicht gleich eine Antwort ein.* Musste sie eine Erklärung haben, plausibel und konkret, wie jene, die damals die Mädchen auf dem Mount Holyoke College mit ihr zu verbinden versucht hatten, um sie weniger sonderbar finden zu können? Wäre ihre ständige Verzagtheit verständlicher, wenn sie als Kind schikaniert oder geschlagen oder allen möglichen Schrecknissen ausgesetzt worden wäre? Was, wenn ihr nichts davon widerfahren war und sie sich trotzdem nicht von ihrem Kummer befreien konnte?

Mitfühlend lächelnd streichelte sie Ömers Gesicht. Sie mochte, ja schätzte diese unerschütterliche Bitterkeit, kraftvoll und zornig, nahezu infantil, die Ömer von seiner Klasse und ihren Verhaltensweisen löste. Sie küsste ihn auf die Wange, lehnte ihren Kopf an seine Schulter und beobachtete so die wogende bunte Menge der Fährenpassagiere. Ömer atmete den Duft ihrer Haare ein, liebte es, sie zu lieben, und obwohl sich ein kalter Silberlöffel in seinen Mund schob, ließ er sich dadurch das ungemein Romantische dieses Augenblicks nicht verderben. Schmusend saßen sie da und sahen zu, wie die Fähre ablegte. Entlang den Hügeln an der anderen

Küste glitzerten Moscheen wie Glasscherben. Das Wasser glänzte von brodelndem weißem Schaum, ebenso wie die nahende Stadt, wie das Leben selbst. Während die Fähre dahinglitt, jagten die Wellen sie ohne Hast, und das Meer wälzte sich dick, geduldig, zuversichtlich; es sah schleimig aus, zähflüssig, beinahe essbar.

»Meine Damen und Herren! Darf ich Sie ganz kurz um Ihre Aufmerksamkeit bitten. Dafür versorge ich Sie mit allem, was Sie im Leben brauchen, ausgenommen jemanden zum Lieben vielleicht!«

Plötzlich war ein stämmiger, dunkelhäutiger Zigeuner aufgetaucht mit klugen haselnussbraunen Augen, einer riesengroßen Tasche über der Schulter und einem noch dickeren, schwabbeligen Bauch, der wie ein an seinem Körper befestigter separater Organismus wirkte. Beide Arme erhoben wie ein voll konzentrierter Maestro, schien er im Begriff, dieses verstummte Orchester dösiger Fährenpassagiere zu dirigieren. Ein paar Leute kicherten, doch die meisten standen steif da und vermieden es, zu ihm hinzusehen. Sie hatten ihn satt. Ihn oder irgendeinen anderen Händler, egal. Jeden Morgen auf dem Weg zur Arbeit und jeden Abend auf dem Heimweg wurden die Fährenpassagiere in Istanbul Zuschauer einer unausrottbaren Posse, die sie sich jedes Mal teils gönnerhaft, teils gelangweilt und hin und wieder mit unterschwelligem Neid auf das Wanderleben, die Durchtriebenheit und Unverblümtheit dieser höchst ungewöhnlichen, höchst begabten, höchst ermüdenden Darsteller ansahen.

Der Zigeunerhändler stellte seine riesige Ledertasche

auf den Boden und holte ein Plastikgerät heraus, in einem strahlenden und fetten Dottergelb, besetzt mit spitzen Klingen und einem komischen Deckel obendrauf. Er hob das *Ding* in die Luft, damit alle dieses *Wunder* sehen konnten. In den folgenden drei Minuten schälte er eine Kartoffel, schnitt Karotten und Gurken in Scheiben, presste eine Zitrone aus, dann eine Orange, und bot den Saft einigen Glücklichen unter den Zuschauern an, spitzte einen Bleistift, füllte ein Weinblatt und machte ein Glas eingelegte Gurken auf, alles mit dieser »unglaublichen japanischen Erfindung«, wie er es nannte. Niemand nahm es ernst.

»Obwohl dieses Wunder keine Reklame nötig hat«, rief der Händler mit rauer, vom Rauchen und ständigen Grölen ruinierter Stimme, »bekommen die ersten drei Käufer Gratiszugaben, einschließlich einem Limonademacher (er hielt den Limonademacher hoch), einem ausziehbaren Untersetzer (er zog den Untersetzer auseinander) und … einem Nussknacker (er knackte eine Nuss), einem Fischspeer für gute Fischer (er schwenkte das spitze, mit Widerhaken versehene Gerät) … und alles auf Kosten des Hauses.« Diesmal kicherte niemand. Tatsächlich zeigten jetzt einige Leute Interesse. Eine rundliche Frau mit einem Strohhut war die Erste, die kaufte. Zwei weitere Passagiere folgten rasch.

»Gratuliere, Sie drei Glückliche. Die Kampagne ist zu Ende, so eine Chance kommt nicht wieder«, rief der Händler, diesmal noch lauter. »Doch es gibt noch eine Kampagne, nicht weniger attraktiv. Wenn Sie zwei Stück von dieser japanischen Erfindung kaufen statt nur eins, erhalten Sie einen Satz Buntstifte (er hielt die Stifte hoch), Gummihandschuhe (er schwenkte ein Paar Handschuhe) und einen elektrischen Ventilator, den jeder den Sommer über bitter nötig hat (er blies mit einem faustgroßen Ventilator einen schwitzenden Mann vor ihm an) … und obendrein gibt es einen Schneebesen umsonst!!!« Eine Handvoll Passagiere winkte dem Händler, dann folgten noch ein paar ihrem Beispiel. Binnen drei Minuten waren sämtliche Exemplare der japanischen Wundererfindung aus der Tasche verkauft.

Als er, glücklich und zufrieden mit seinen Verkäufen, seine Sachen zusammenpackte, erblickten die haselnussbraunen Augen des Mannes die Touristin mit dem pechschwarzen Haarschopf. Unversehens tauchte er an Gails Seite auf. »Für die Löffelliebhaber unter uns«, schrie er in voller Lautstärke und holte dann zuerst einen Satz billiger Kupferlöffel, als Nächstes einen Satz aus rostfreiem Stahl und schließlich einen Satz Plastiklöffel hervor. Da jeder Satz lächerlicher und schäbiger war als der vorige, sah Gail den Händler stirnrunzelnd an, als erwartete sie, dass er scherzte, auf dass sie alle miteinander kichern könnten. Doch in diesem Moment zog der Mann noch einen Löffel heraus, der vollkommen anders war als die übrigen – ein echt silberner Schöpflöffel mit einer osmanischen Tugra in der Laffe und einem Bernstein auf dem langen, zierlichen, gedrehten Stiel. Er sah teuer aus und wirklich alt, sehr alt. »Für den glücklichen Kunden, der diese drei Löffelsätze kauft«, schrie der Händler, »ist dieser unbezahlbare antike Löffel hier gratis!«

Dann stiegen alle aus – Gail zufrieden mit ihren Löffeln,

Ömer noch erschüttert, weil sie alle gekauft hatte, und der Zigeunerhändler, der sie bereits vergessen hatte, schon unterwegs zu seinem nächsten Redeschwall auf der nächsten Fähre.

Sie fuhren einmal zu den Inseln und gingen mehrmals in den Großen Basar, sie besuchten die Hagia Sophia und sahen direkt in die Augen von Theodora, die Ömer in der Wärme einer fernen Erinnerung jetzt wahrhaft erhaben vorkam. Sie gelangten auf parallelen Straßen in verblüffend ungleiche Welten, durchstreiften die kosmopolitischsten ebenso wie die konservativeren Gegenden der Stadt und fanden hin und wieder alles an einem Fleck komprimiert. Auf jedem Ausflug kam Gail die Idee zu einem neuen Satz Schokoladenfiguren. Sobald sie wieder in Squirmy Spirit Chocolates war, wollte sie mit ihrer neuen Kollektion anfangen – einem Satz wirbelnder Derwische aus weißer Schokolade, einem Satz verschleierter Frauen aus Bitterschokolade und vielleicht, warum nicht, einem Satz Fährenhändlern aus Trüffel mit einer Kognakfüllung im Bauch.

Vor der jahrhundertealten Blauen Moschee kauften sie Körner bei einer zahnlosen Alten und fütterten die Tauben. Eine gelbbraune Katze umrundete sie und kam mit vorsichtigen, aber absolut lächerlichen Schritten immer näher. Die Katze erwischte keine der Tauben. Gail nahm das als gutes Zeichen. Sie war in letzter Zeit auf dem Zenit ihrer manischen Zustände, was auch bedeutete, dass sie sich am Rande des Absturzes befand. Ein erstes Anzeichen des nahenden Irrsinns.

Nachdem sie durch die turbulenten Nebenstraßen von Beyoglu gebummelt waren, wo aus allen Bars völlig unterschiedliche, aber gleich laute Musik dröhnte, blieben sie vor einem zwischen Häuser gequetschten Grabmal stehen. Wie viele andere Grabmäler, die zufällig zwischen Gebäuden überlebt hatten, gehörte auch dieses einem Heiligen. Gail hatte inzwischen entdeckt, dass die ganze Stadt von unzähligen Grabmälern aus zahllosen Zeitaltern bevölkert und jedes auf ein bestimmtes Gebiet spezialisiert war. Einige Heilige halfen, einen Ehemann zu finden, andere halfen, den schon vorhandenen nicht zu verlieren. Manche Grabmäler wurden von Kranken und Behinderten aufgesucht, andere von Verzweifelten oder solchen, die an gebrochenem Herzen litten. Dann gab es welche, die von Frauen aufgesucht wurden, die kein Kind bekommen konnten. Sosehr sich die Heiligen voneinander unterschieden, besucht wurden sie immer nur von Frauen.

Gail betrachtete den Grabstein, um zu sehen, worauf dieser Heilige spezialisiert war. Aber es gab keinen Hinweis, nur ein Schild, das auch in der Übersetzung kaum einen Sinn ergab.

> Entzünden Sie keine Kerzen rund um das Grabmal. Der Heilige braucht Ihr Licht nicht.

»Sag mal, Liebster«, murmelte sie sanft auf dem Rückweg zum Hotel. »Meinst du, ich gehöre zu denen, die das Buch von links gereicht bekommen?«

Ömer, der Ungläubige, brauchte eine Weile, um zu

begreifen, wovon sie sprach, und dann noch eine weitere Weile, um zu merken, dass sie es ernst meinte: »Ach komm, du wirst doch nicht an so was glauben!«

»Na ja, antworten könntest du trotzdem. Ich meine, wenn du Gott wärst, würdest du mir das Buch von links oder von rechts reichen?«

»Wenn ich Gott wäre« – Ömer lachte schnaubend –, »würde ich es dir an den Kopf werfen.«

Ein greller Strahl traf ihre Augen, als sie fragte: »Findest du die Metapher denn nicht poetisch?«

»Nein« – Ömer bot ihr tröstend den Arm –, »aber du bist es ganz bestimmt. Du bist das Poetischste in meinem Leben.«

Doch in dem Moment, als er das sagte, wurde Ömer von einer unvorhergesehenen Trübsal erfasst, als bezeichnete *poetisch* etwas, das es nicht mehr gab. Er erinnerte sich, das schon einmal empfunden zu haben, mit demselben Beigeschmack, aber er konnte sich absolut nicht erinnern, wann oder wo.

## Der hungrige Mund in mir

Nacht. Alegre ist allein in der Küche, dem einzigen Ort, wo sie sich ganz bei sich fühlt. Die Küche ist ihr Heimatland. Umgeben von einer Vielzahl Verwandter und einem Freundeskreis, von denen die meisten ausgewandert, umgesiedelt und, wenn auch freiwillig, so doch in den Vereinigten Staaten schmerzlich zu Fremden geformt worden waren, wird niemand glauben, dass die Küche heimischer Boden sein kann, deshalb sagt sie es keinem. Alegre weiß nicht, ob das In-der-Küche-Sein sie glücklich macht oder nicht. Aber das ist vielleicht auch nicht der springende Punkt. Bei Heimatländern, spürt sie, geht es im Großen und Ganzen nicht um Glück. Sie kommt hierher, um für andere zu kochen, aber ab und zu kommt sie für sich, und nur für sich allein. Das hier ist ein solcher Moment. Heute Nacht ist Alegre nicht gekommen, um zu kochen. Diesmal kam sie in die Küche, um den hungrigen Mund in sich zu füttern.

Spät. Aber das spielt keine Rolle. Der hungrige Mund befindet sich jenseits des Stundenplans der Essgewohnheiten. Menschen mit normalen Essgewohnheiten nehmen fälschlicherweise an, dass solche mit Essstörungen vom Essen besessen sind. Doch selbst wenn eine Art Besessenheit vorhanden ist, mehr als die Qualität oder Quantität der zu verzehrenden Speisen ist es das Einhalten der Essordnung, woran Alegre scheitert. Die unwandelbare Regelmäßigkeit des Essens, die unveränderliche Abfolge zu genau denselben Zeiten jeden Morgen, Mittag und Abend … dann abermals Morgen-Mittag-Abend … wieder und wieder, jeden Tag. Weil die Menschen zur selben Zeit in derselben Reihenfolge hungrig werden, sind sie auch imstande, die Mahlzeiten gemeinsam einzunehmen. Alegre nicht. Ihr Mund wird gelegentlich hungrig; von Monat zu Monat, von Zeit zu Zeit, von Ewigkeit zu Ewigkeit. Andere Menschen haben ihren Mund im Gesicht, einen deutlich sichtbaren

Strich wie auf einer Kinderzeichnung, so erkennbar auf den ersten Blick, ein Tor, das sich von ihrem Körper nach außen auftut. Alegres Mund ist aus ihrem Gesicht gelöscht, ist unten in ihrem Körper, eine Wunde in ihrem Schoß, eine Leere, die tief im Inneren klafft. Er ist stets im Hintergrund, wartet wachsam im Dunkeln und zeigt sich nur, wenn er es wirklich will. Weil er jenseits der Zeit ist, besitzt er keine Aufzeichnung der Vergangenheit. Daher kommt es, dass der hungrige Mund jedes Mal, wenn er zu essen anfängt, schlingt, als hätte er nie zuvor gegessen. Weil er jenseits der Zeit ist, hat er auch keine Vorstellung von der Zukunft. Daher kommt es, dass er jedes Mal, wenn er zu essen anfängt, schlingt, als bekäme er nie wieder die Möglichkeit dazu. Anders als *la* Tía Piedads Porzellanservice sehnt sich der Sie-Mund in Alegres Körper nach einem totalen Nichts, einer vorsätzlichen Amnesie.

Hunger. Sie ist zum Kühlschrank geschlurft, erst recht heißhungrig, nachdem sie schüsselweise Frühstücksflocken gegessen hat; zuerst von den Crunchys mit Walnüssen und Rosinen, die Piyu gehören, und danach von den mundgerechten, mit Honig gesüßten, Abeds Lieblingssorte. Abed und Piyu essen dieses Zeug jeden Morgen zum Frühstück. Alegre nie. Die haben so viele Kalorien. Aber in einer Nacht wie dieser hat sie am Ende eine ganze Packung verschlungen, wie um alle versäumten Frühstücke wettzumachen. Eine volle Packung mit Milch entspricht 1 880 Kalorien, 75 Gramm Zucker insgesamt. Es ist zu spät, um aufzuhören. Der hungrige Mund in ihr ist hellwach.

Sie hat den Kühlschrank aufgemacht, geistesabwesend hineingespäht, eine Scheibe Mozzarella genommen, dann noch eine, den Kühlschrank zugemacht, den Kühlschrank aufgemacht, ein gewaltiges Stück Cheddar-Quiche gegessen, den Kühlschrank zugemacht und die weiße Tür angestarrt, nicht weniger geistesabwesend als vor einer Sekunde. Dort, in dem Wirrwarr von Telefonrechnungen, Speisekarten mit Gerichten zum Mitnehmen, Rabattbons, einem Bild von Arroz im Schaumbad, Farbtafeln für Heimdekoration und einer alten Punktetabelle für das englische Vokabelspiel, die weder Piyu noch Abed nach Ömers Auszug entfernt hatte, fiel ihr eine Postkarte ins Auge, die heute Morgen angekommen war.

Liebe Freunde,
wir sind im Großen Basar *(schon wieder!)*. Ömer meckert, weil es das dritte Mal ist, dass ich ihn hierhergeschleppt habe. Wir schreiben diese Postkarte in einem Souvenirladen *(schändlich orientalistisch, sie verkaufen sogar Spielzeugkamele in Bauchtanzkostümen)*. Unbegreiflicherweise redet Ömer dieser Tage wie Abed *(nein, nein, keine Beleidigung, ist bloß Spaß)*. Jedenfalls, als der Ladenbesitzer sah, dass wir diese Postkarte kaufen wollten, bat er uns freundlich herein, damit wir hier schreiben können *(damit wir hier einkaufen können)*, und bot uns Tee und türkischen Honig an. *(Gail isst immer alles, was man ihr anbietet.)* Gerade hat der Mann mir zwei antike Silberlöffel gezeigt, die angeblich einer Konkubine im Harem gehört haben. *(Ist es nicht das, was Said die Selbst-*

*orientalisierung des Orients nennt?*) Zu meiner Überraschung hat Ömer hier anscheinend viele Anregungen für seine Doktorarbeit gefunden.

Schade, dass Ihr nicht hier seid.

Grüße aus Istanbul …

Alegre drehte die Postkarte um und sah sich schmollend das Bild an. Die graziöse Silhouette von einer Moschee auf einem Hügel im Morgenlicht … die Farben waren schön, Schattierungen von Orange und Gelb, warm und zart, wie ein Löffelvoll Pfirsichmarmelade. Bei diesem Gedanken machte Alegre den Kühlschrank auf, spähte hinein, um zu sehen, was sie als Nächstes essen konnte, schlang eine Wurst hinunter, dann noch eine, machte schnell die Tür zu und sofort wieder auf.

Im Kühlschrank waren zwei Gerichte, die »Women's Magazine« diese Woche empfohlen hatte: pikante Auberginen mit Ingwer-Tamarinden-Soße und Mostaccioli mit Spinat und Feta. Sie hatte sie gekocht, aber nicht mal probiert und den Genuss Piyu, Abed und dem neuen Hausgenossen überlassen. Jetzt schliefen sie alle. Nur Arroz war wach, er stand neben ihr, ein verdrießliches Flimmern im dunklen Strudel seiner großen Augen. Ihm war bewusst, dass etwas nicht stimmte, und er hatte nicht einen einzigen Versuch unternommen, etwas von dem abzukriegen, was Alegre vor seinen Augen vertilgt hatte. Arroz wusste, das hier hatte mit Essen nichts zu tun. Es war etwas anderes, etwas Beängstigendes. Bei diesem Ritual ging es darum, die Ordnung der Dinge auf den Kopf zu stellen; einverleiben, was draußen war, und dann zurückgeben, was einverleibt wurde. Essen und entleeren, Gefräßigkeit und Enthaltsamkeit, sündigen und bereuen ... hier ging es um die Überschreitung unüberwindbarer Grenzen.

Alegre saß auf dem Fußboden und blickte auf die in den Fächern aufgereihten Behälter mit Lebensmitteln. Alle Auberginen und die gesamten Mostaccioli im Topf, den Rahmkäse, die Würste und die sautierten Pilze vom Vortag, die Maiskölbchen und sauren Gurken in den Gläsern und die Großpackung Butterkeks-Eis im Tiefkühlfach ... sie verputzte alles, eine süße und saure, würzige und wässrige Mischung. Masala à la Alegre. Bis zum winzigsten Krümel futterte sie. Die Folgen dieses Anfalls bedachte sie nicht. Nichts focht sie mehr an. Der Akt des Vollstopfens war bar jeglicher Rücksichtnahme. Jetzt brauchte sie nicht mit routinierter Wohlerzogenheit zu knabbern und das höfliche, fügsame Mädchen zu sein, das sie immer gewesen war.

Sie schob sich noch eine Wurst hinein und anschließend den ganzen Rest Cheddar-Quiche. Sie schmatzte und schmatzte, während ihre Augen skrupellos dem nächsten Gericht nachjagten. Gerade hatte sie die Hand nach der Erdnussbutter ausgestreckt, als eine Stimme die Luft zerriss.

»¿Alegre, *qué estás haciendo por Dios?*«

Piyu stand neben der Küchentür, plattfüßig, die Arme verschränkt, mit versteinerter Miene in einer Erstarrung, die an Entsetzen grenzte. Sein Mund klappte auf, er wusste nicht, was er noch sagen sollte, und bat stumm um eine Erklärung. Wie lange stand er schon da und sah, wie sie aß und aß und aß? Alegre schauderte, als sei sie nackt vor einer Menschenmenge aus lauter Fremden gefangen. In panischem Schrecken stand sie auf und verlor das Gleichgewicht.

Hinter seinem verschlafenen Blick war Piyu so verdattert und bedurfte so sehr einer plausiblen Erklärung, dass er mehrere Sekunden brauchte, bis er die panische Angst in Alegres Gesicht erfasste. Er sah sich nach seiner Brille um, erinnerte sich, dass sie oben neben dem Bett lag, und wurde dann puterrot, als er seinen Schock hinunterschluckte – weniger verursacht durch den Ekel vor der abstoßenden Fressgier, die er soeben beobachtet hatte, als durch den Schauder der Erkenntnis, dass seine Freundin Bulimikerin war und er es die ganze Zeit nicht bemerkt hatte. Ehe er anfangen konnte, eine Reihe Fragen zu stellen, war Alegre schon auf der Veranda und wollte auf und davon. Gerade rechtzeitig, wenn auch unbewusst, stürzte Piyu vor und packte sie am Arm.

»¡*Déjame!*«, schrie sie mit einer Stimme, die nicht ihre war. »Was liegt dir überhaupt daran? Du schläfst nicht mal mit mir …«

Der Ausruf war so unerwartet und so zusammenhanglos, dass Piyus Hände erschlafften, während er überlegte, was er darauf antworten sollte. Und bis er mit seiner Überlegung fertig war, hatte Alegre es geschafft, einen Mantel über ihren Schlafanzug zu ziehen und hinauszustürmen, zu rennen, bis sie keine Luft mehr bekam. Als es Piyu gelungen war, seine Konfusion abzuschütteln, sich oben in seinem Zimmer die Brille zu schnappen, seine Schuhe anzuziehen und ihr nachzulaufen, war Alegre schon weit weg.

Nacht. Außer ihnen ist noch ein Kunde im Waschsalon, ein Betrunkener, der das Lied eines Betrunkenen summt. Abed und die Frau sitzen sich gegenüber und warten, dass ihre jeweiligen Waschmaschinen ihre Kleidung sauber und trocken herausgeben. Und sie braucht tatsächlich etwas zum Anziehen, denn heute Abend trägt sie nur eine dünne Bluse über der engen Hose, hält ihm ihre großen, weißen, vollen Titten unter die Nase. Abed tut so, als sehe er nicht hin, nicht zu ihnen, nicht zu ihr, sondern konzentriere sich auf die miese Zeitschrift in seiner Hand. Er überblättert ein paar Seiten und stößt dann auf das Bild eines lächelnden komatösen Mädchens in einem Krankenhausbett mit einem Tropf auf einer Seite und einem Bücherstapel auf der anderen. Wie es heißt, war das Kind im Klassenzimmer bewusstlos geworden, als es versuchte, sein 6 667stes Buch auszulesen, statt der Klassenlehrerin zuzuhören.

Über die Zeitschrift hinweg wirft Abed einen verstohlenen Blick auf die Frau und stellt fest, dass sie ihn immer noch mit diesem betörenden Lächeln anstarrt, ohne jede Verstellung, so freimütig und unerschrocken, so unverschämt schamlos. Wenn das Licht aus diesem Winkel auf ihr Gesicht fällt, werden die Falten um Augen und Lippen sichtbar. Abed sieht ihr Alter. Sie ist alt genug, um seine Mutter zu sein, und doch, wie jung sind ihr Blick und ihre Hände, verglichen mit Zahras. Mit wachsendem Unbehagen steht Abed auf, und ohne darüber nachzudenken, wohin er läuft, warum er läuft,

hastet er auf die Straße, lässt seine Sachen in der Waschmaschine, weil er ganz dringend fortmuss von den Ver-
lockungen dieser Frau.

## Eine Brücke im Dazwischen

Der Tag der Abreise. Nach zehn Tagen Aufenthalt in
Istanbul verlassen Gail und Ömer die Stadt. Ihr Flug geht
um 15 Uhr 30. Tags zuvor sind sie auf die asiatische Seite
der Stadt gefahren, um sich von Ömers Eltern zu verabschieden. Wie gewöhnlich hatte Ömer den Tag geplant,
und der Tagesplan wurde nicht befolgt, wie gewöhnlich.
Ursprünglich sah das Programm vor, mit der Familie zu
brunchen, dann am Abend ins Hotel zurückzukehren,
zu packen und früh zu Bett zu gehen, um noch was vom
nächsten Morgen zu haben. Dann aber wurde aus dem
Brunch ein Abendessen und aus dem Abendessen ein Ge-
lage und aus Gail ein Ballon. Ömers Mutter hatte darauf
bestanden, dass sie dort übernachteten und sich früh am
nächsten Morgen auf den Weg machten. Als sie aufwach-
ten, sahen sie sich schon wieder an eine Festtafel gesetzt.
Da sie spät aus dem Haus kamen, riefen sie ein Taxi, um
sich auf die europäische Seite der Stadt bringen zu lassen,
womit sie den schlimmsten aller Fehler in Istanbul be-
gingen: zur Stoßzeit die Bosporusbrücke zu überqueren!
Daher stecken sie jetzt in einem fürchterlichen Ver-
kehrsstau zwischen unendlichen Autokolonnen fest, auf

dem Rücksitz eines Taxis, bei einer aufgeregt knattern-
den Übertragung eines Fußballspiels im Radio und den
noch aufgeregteren Ausrufen des Fahrers, eines schmäch-
tigen Männchens mit einer für einen so kleinen Körper
erstaunlich rauen Stimme. Es ist 8 Uhr 18. Draußen weht
ein lauer Wind, und ein schöner Nebel wabert, der in
Wirklichkeit kein Nebel ist, sondern ein dünner Schleier
aus Luftverschmutzung, trotzdem schön, weil er mehr
nach Nebel aussieht als nach Luftverschmutzung.

Ömer, der sich nie richtig für Fußball interessiert und
nie verstanden hat, was Menschen seines Geschlechts so
versessen darauf macht, hat seine Kopfhörer aufgesetzt,
die Lautstärke aufgedreht und hört PJ Harvey, »This
Mess We Are In«. Von Zeit zu Zeit guckt er stirnrunzelnd auf sein Handgelenk, als ärgere er sich über sich,
weil er keine Uhr trägt. Wenn er eine Uhr oder wenigstens die von jemand anders im Auge behalten hätte,
könnten sie sich rechtzeitig auf den Weg gemacht haben
und irgendwo anders sein und jetzt etwas Erfreulicheres,
etwas Sinnvolleres tun, statt in diesem Stau zu stecken.

»Dann sind wir jetzt genau im Dazwischen ...«

»Was hast du gesagt?« Ömer nahm die Kopfhörer ab.

»Ich hab gesagt, dann sind wir jetzt genau im Dazwischen ...«, murmelte Gail und sah geradeaus.

Da seine Gedanken im Gegensatz zu dem erzwun-
genen Verharren seines Körpers weit weggaloppierten,
kapierte Ömer die Bedeutung ihrer Worte langsamer als
sonst. Mit einem Schild WILLKOMMEN AUF DEM
ASIATISCHEN KONTINENT auf der einen Seite und
einem anderen Schild, WILLKOMMEN AUF DEM

EUROPÄISCHEN KONTINENT, auf der anderen Seite war die Brücke, auf der sie standen, im Dazwischen.

Weil es kaum etwas Neues für ihn war, dass die Stadt seiner Kindheit auf zwei Kontinenten lag, nickte Ömer teilnahmslos und setzte die Kopfhörer wieder auf. Vorher wechselte er aber noch die CD. Iggy Pop and the Stooges, »Gimme Danger«. Wiederholfunktion. Irgendwann beim vierten Durchlauf sah er, dass Gails Lippen sich wieder bewegten, aber diesmal sprach sie anscheinend mit dem Taxifahrer. Ömer nahm den Kopfhörer von einem Ohr, um zu hören, worüber sie sprachen. Über die zitternde Stimme des Fußballreporters hinweg hielt Gail einen Vortrag über die Safranarten auf der Welt, wofür man welche benutzte, und seltsam, der Fahrer hörte aufmerksam zu. »Wenn Sie Reis kochen wollen, nehmen Sie am besten indischen Safran, aber für Desserts ist persischer Safran viel besser.«

»Und türkisch Safran, nein?«, fragte der Fahrer in gebrochenem Englisch, augenscheinlich mehr am *Türkisch-Teil* interessiert als am Kochen-Teil, als einer, der in seinem ganzen Leben noch nie eine Küche betreten hatte, um etwas zu kochen.

Aber Gail war anscheinend auf die Frage gefasst. In Sekundenschnelle nannte sie osmanisch-türkische Gerichte, die mit Safran zubereitet wurden, und mit jedem Namen, den sie in gebrochenem Türkisch aussprach, wurde das Lächeln des Fahrers breiter. Verblüfft darüber, dass sie sich groteskerweise trotz allem verständigen konnten, vertiefte Ömer sich wieder in seine Musik, erhöhte die Lautstärke. »Gimme Danger.« Ehrlich gesagt, nach zehn Tagen Istanbul fühlte er sich ermattet – weniger vom Lärm und Getöse der Stadt als von Gails hektischer Energie. Wiederholfunktion. »Gimme Danger.«

Eine Minute später bemerkte Gail auf der rechten Fahrspur ein teures topasfarbenes Auto, in dem ein Mädchen mit pechschwarzen Haaren auf dem Rücksitz saß und mit bemerkenswert ruhigem, erschreckend totenbleichem Gesicht aus dem Fenster blickte. Das Mädchen sah nicht glücklich aus. Wenn überhaupt, sah es allenfalls verzagt aus. Obwohl es direkt zu ihr herschaute, hatte Gail irgendwie den Eindruck, dass es sie nicht sehen konnte. Das Kind beugte sich vor, als wollte es den beiden Erwachsenen vorne etwas sagen – einer verhalten wirkenden Frau, die das Auto verhalten lenkte, und einem nachdenklich wirkenden Mann, der nachdenklich aus dem Fenster sah –, aber es sagte nichts.

Während Gail von ihrem Fenster aus beobachtete, was in dem topasfarbenen Auto vorging, erschauerte sie eine Sekunde lang oder vielleicht länger, auf unbegreifliche oder vielleicht nicht unbegreifliche Weise, in dem unheimlichen Gefühl, dass das Mädchen, das sie sah, in Wirklichkeit sie selbst war, und dass sie genau in diesem Augenblick zuschaute, wie ihre Vergangenheit und Gegenwart sich parallel zueinander hin bewegten, aber beide auf einer verstopften Straße stecken blieben. Ihre Brust schmerzte. Ihr Verstand kapselte sich ein. Wieder einmal sah sie sich fallen und das Fallen irrsinnig beschleunigen, ihren Wunsch, zu leben, Stückchen für Stückchen vergehen, als ob Blut aus einer inneren Wunde sickerte, bloß dass es keine offensichtliche Wunde und damit keinen offensichtlichen Grund gab.

Schwer atmend und mit Mühe schaffte sie es, den Blick von dem Mädchen loszureißen und zu dem Nebelschleier hinzuwenden, der über der Brücke hing. Plötzlich kam ihr in den Sinn, und in der nächsten Sekunde wusste sie mit Sicherheit, dass dieses Dazwischensein der richtige Ort und ebendieser Augenblick die richtige Zeit zum Sterben war.

Um 1 Uhr 22 nachts in Boston, 6 Uhr 22 morgens in Marrakesch, 7 Uhr 22 in Madrid und 8 Uhr 22 in Istanbul ging die rechte hintere Tür eines Taxis, das im Verkehr auf der Bosporusbrücke feststeckte, weit auf. Die Tür machte ein blechernes Geräusch, das völlig unbemerkt blieb von Ömer, der halbwegs neben sich stand wegen Iggy Pop and the Stooges, und von dem Taxifahrer, der doppelt neben sich stand wegen des beschissenen Schiedsrichters, der seinem Lieblingsspieler die Rote Karte zeigte. Das Geräusch, das die Tür machte, war so was wie ein *Klick!*

Im selben Augenblick mit dem *Klick!* in Istanbul erklang in Boston ein Seufzer, als Alegre die Tür zum ersten Lokal aufstieß, das sie zu dieser Stunde offen fand. Schwer schnaufend und zugleich bemüht, ruhig zu wirken, eine Hand an dem Perlenkreuz, das auf ihrer Brust baumelte, die andere nach eventuell vorhandenem Geld in ihrer Manteltasche kramend, preschte sie hinein und wand sich im Zickzackkurs durch die lachenden, schwankenden, plappernden Menschen, alle mit einem

Glas in der Hand. Hinten blickte sie in ein rundes, strahlengleiches, karmesinrotes Augenpaar, das in einem grimmigen Starren verharrte, schauderte leicht, stellte fest, dass es kein Spielzeug, sondern ein toter Vogel war, schauderte stärker, und lief, nicht mehr imstande, die Schwere in ihrem Magen länger zu ertragen, nach unten zu den Toiletten.

Drei Minuten später musste sie sich damit abfinden, dass sie sich nicht länger übergeben konnte, obwohl sie vermutete, dass noch Essen drinnen sein musste. Sie verließ die Toilette und wankte wieder nach oben. Gerade als sie nach dem Türknauf greifen wollte, sah sie Piyu in sichtlichem Unbehagen gekrümmt an der Bar vorbeikommen, ohne einen Blick hineinzuwerfen. Eine Bar gehörte zweifellos nicht zu den Orten, wo er Alegre suchen würde.

Sie zuckte zurück, beschloss, ein paar Minuten hier zu warten, versuchte, dem gierigen Blick eines älteren Mannes auszuweichen, der an der Bar stand. Der Mann hatte ein schattenhaftes, fast graues Gesicht und starrte sie unentwegt mit vom Alkohol geröteten Augen an. Im nächsten Moment schoss ein kalter Blutschwall durch ihren Körper, drang zu ihren Zehenspitzen, verbreitete sich dann überall. In Todesangst, der Mann könnte ihr auf die dunkle Straße folgen, huschte sie hinaus, lief zur U-Bahn, um den letzten Zug stadtauswärts zu erwischen. Sie wollte heute Nacht nicht zu la Tía Piedad nach Hause und konnte nicht zurück in die Pearl Street, aber sie spürte, dass sie an Debra Ellen Thompsons Tür klopfen konnte. Im kühlen Wind schaute sie sich die Serviette an, die sie vom Tresen mitgenommen hatte. Zur lachenden Elster. Komischer Name für eine Bar, dachte sie, als sie in die Bahn stieg, und fragte sich, wessen Idee das wohl gewesen war.

An der Ecke Walnut Street blieb Abed stehen und schaute mit offenem Mund auf einen Schatten, der in halsbrecherischem Tempo an ihm vorbeisauste. Eine Sekunde lang war er sicher, dass es Alegre war. Seine Logik korrigierte diesen Eindruck sofort. Nein, es konnte nicht Alegre sein, die zu dieser späten Stunde aus der lachenden Elster kam. Er verlangsamte seine Schritte und versuchte, einen klaren Kopf zu bekommen, um zu ergründen, warum er in solche Panik geraten, warum er so aus dem Waschsalon getürmt war. Obwohl ihm die Antwort nicht klar war, kehrte er gleich darauf um, langsam, aber stetig, wie von einem unsichtbaren Seil gezogen, den ganzen Weg zurück zum Waschsalon. Er fühlte, konnte es aber niemandem erklären, am wenigsten sich selbst, dass seine Treue zu Safiya abstruserweise mit seiner Anhänglichkeit nicht nur an ihre gemeinsame Vergangenheit, sondern auch an ihr Land verflochten gewesen war. Dass sich seine Verbindung zu Safiya nach und nach löste, hatte eine allmähliche Lockerung der Vertäuung zur Folge, die ihn an seine Heimat band. Nicht, dass er sich Marokko jetzt weniger verbunden fühlte. Aber irgendwie fühlte er sich seinem Leben in den USA mehr verbunden.

Als er sich dem Waschsalon näherte, fürchtete er zuerst, er könnte geschlossen sein, und als er sah, dass er noch offen war, fürchtete er, sie könnte gegangen sein.

Aber sie war da, stand neben einer Waschmaschine, stapelte die sauberen und trockenen Sachen in zwei Körbe – seinen und ihren. Als sie Abed seinen Korb übergab, war ihr Lächeln so einschüchternd triumphierend und ihr Triumph so unglaublich lüstern, dass Abed die Augen niederschlagen musste.

»Sie läuft weg«, sagte der Taxifahrer mit einer Stimme, die vor Ungläubigkeit so gelähmt war, dass sie gar nicht erstaunt klang. Daher musste er es wiederholen, diesmal brüllend: »Sie läuft weg!«

Außerstande, aus dem schlau zu werden, was der Fahrer sagte, auch nachdem er dessen Worte deutlich gehört hatte, folgte Ömer geistesabwesend dem Blick des Mannes, bis er Gail erspähte, die sich flink durch die im Stau steckenden Fahrzeuge schlängelte; ihre langen schwarzen, buschigen Haare flatterten hektisch, während sie zum Geländer lief. Ömer war so fassungslos, dass er erst, als er den Taxifahrer eilig aussteigen und hinter Gail herlaufen sah, imstande war, seinen Körper in Bewegung zu setzen. Während sein Puls in panische Höhen schnellte und Iggy Pops Stimme immer noch »Gimme Danger Little Stranger« aus dem Kopfhörer kreischte, der ihm jetzt um den Hals baumelte, hastete Ömer aus dem Auto.

Piyu legte in wachsender Sorge den Hörer auf. Alegre war nicht zu finden, und Abed war nicht nach Hause gekommen. Mehr als die abstoßende Fressgier, die er heute Nacht erlebt hatte, war es Alegres Gesichtsausdruck, der Piyu erstarren ließ, je mehr er über den Vorfall nachdachte. Es war, als hätte Alegres Körper sich zu einem scharfen Messer verformt, das er unmöglich anfassen konnte. Er ging in der Küche auf und ab, ohne zu merken, dass mit jedem nervösen Schritt nicht nur seine eigenen Sorgen wuchsen, sondern auch die von Arroz, der ihn unter dem Küchentisch heraus beobachtete, nahezu auf dem Fußboden klebend, als suche er nach etwas Festem, an das er sich inmitten dieses Aufruhrs halten konnte. Außerstande zu ergründen, was er Alegre angetan hatte, mit vor Verzweiflung schmerzendem Herzen, ging Piyu nach oben in sein Zimmer, um zu beten. *Ruega por nosotros, Santa Madre de Dios, para que seamos dignos de las promesas de Cristo.* Mitten im El Salve schauderte er plötzlich. Er konnte schwören, er hätte ein trommelndes Klopfen gehört, wie ein angstvoller Herzschlag, und eine Stimme, die warnte: »Lauf, sie verlässt dich.«

»*Lauf, sie verlässt dich.*«

Wieder einmal sieht Ömer sich hinter der Schnelligkeit der Zeit zurückbleiben, unfähig, den Rhythmus des Lebens einzufangen, nur dass es diesmal der Rhythmus des Todes ist, hinter dem er herläuft. *Gimme danger little stranger.* Gail und der Taxifahrer und Ömer schlängeln sich zwischen den auf der Brücke stehenden Fahrzeugen hindurch. Hier und da beobachten ein paar Fahrer sie mit völlig perplexem Blick. *And I feel with you at ease.* Einigen wird gerade klar, dass hier etwas Außergewöhnliches im Gang ist. Sie weisen andere darauf hin. *Gimme danger little stranger.* Im Sekundenbruchteil sind sämtliche Leute in sämtlichen Autos gebannt, fast entzückt, weil sie Zuschauer eines Live-Selbstmordversuchs auf der Brücke sind. *And I feel your disease …* Ömer rennt. Vor ihm rennt der Taxifahrer. Vor dem rennt Gail. Vor ihr ist nur eine Leere.

Gail, die jetzt auf der anderen Geländerseite steht und sich nur mit einer Hand an diesem Leben festhält, nimmt ihr Publikum nicht wahr. Sie hat der Brücke mit ihrem Trubel den Rücken zugekehrt und der Stadt, die von hier oben ungewöhnlich heiter aussieht, das Gesicht. Seltsam, der Ausblick, den sie in diesem Moment hat, ist noch schöner als der von Zimmer 607. Sie atmet schwer, als mache sie sich bereit, den Atem anzuhalten. Wieder einmal befindet sie sich am anderen Extrem, nur fühlt sie sich diesmal näher am Rand. Diesmal fühlt sie sich, als sei jeder Augenblick ihres Lebens, jeder Mensch, den sie kennengelernt hat, ebenso wie jedes Ich, das sie in sich beherbergte, ein Buchstabe in einer Buchstabensuppe. Im Geiste rührt und rührt sie, bis nichts mehr zu unterscheiden ist und sich alles zu einem irren Strudel vereint. Ein kotzeähnlicher Brei in einer Schüssel, der rabenschwarze Haarkranz ihrer Mutter, der Geschmack von einem Omelett und ein Paprikastück, würzig und scharf, das unumkehrbar, unschluckbar in ihrem kleinen Hals steckte ... eine assyrisch-babylonische Göttin, bei Mondschein verehrt ... ein Meer mit immerwährenden Gestaden ... Schokoladenfiguren, auf Tabletts erstarrt ... Vögel, die hoch und allein fliegen, außerstande, bei ihrem Schwarm zu bleiben ... Mit einem Mal scheint alles vollkommen zerlegbar und dennoch ein vollkommener Bestandteil variierender Einheiten, genau wie die wirbelnden Buchstaben in einer Buchstabensuppe. Plötzlich spürt sie sich mit ungeheurer Geschwindigkeit fallen und spürt eine noch geschwindere Befreiung, hinein in ein indigoblaues Vakuum, wo es keine Rolle mehr spielt, wie ihr nächster Name lauten wird.

Weit hinter ihr, weit hinter der Zeit geht Ömer ein flüchtiger Trost durch den Kopf. Sie wird nicht sterben. Nein. Menschen begehen nicht Selbstmord auf anderer Menschen Boden, und dies ist nicht ihre Heimat. Aber hat sie denn jemals eine gehabt? Wer ist der eigentliche Fremde – derjenige, der in einem fremden Land lebt und weiß, dass er anderswohin gehört, oder diejenige, die in ihrem Heimatland das Leben einer Fremden führt und sonst keinen Ort hat, wohin sie gehört?

Die Brücke ist 64 Meter über Meereshöhe. Ein Song läuft auf Ömers Walkman. Der Song dauert drei Minuten, zwanzig Sekunden, aber wenn man die Aufnahme ständig wiederholt, kann es eine Ewigkeit dauern.

Gails Fall dauert nur 2,7 Sekunden.

## Danksagung

Mein besonderer Dank geht an das Women's Studies Center am Mount Holyoke College, an Marly und Aron Aji. Dank auch an vier vollkommen verschiedene Stimmen aus vier verschiedenen Städten: An Tunc für den Blues aus Istanbul, an Lachin für die ewige Besorgnis aus New York, an Eyup für die *tristeza* aus der Unbehaustheit des Mystischen, und an B. C. für die finstere wittgensteinsche Skepsis aus Zürich, nicht zu vergessen: *Das Buch ist eine Leiter, die man wegwerfen muss, nachdem man hinaufgestiegen ist.*

Besonders verpflichtet bin ich Fatma Muge Gocek und Aurora, wie immer. Dieser Roman ist ihnen beiden gewidmet.

Ebenfalls von Elif Shafak:
*Die vierzig Geheimnisse der Liebe*
*Ehre*
*Der Bastard von Istanbul*
*Der Architekt des Sultans*
*Der Geruch des Paradieses*
*Der Bonbonpalast*
*Unerhörte Stimmen*
*Schau mich an*

Die Originalausgabe erschien 2004 unter dem Titel
*The Saint of Incipient Insanities* bei Farrar, Straus and Giroux, New York

Kein & Aber AG, Bäckerstrasse 52, CH-8004 Zürich, info@keinundaber.ch
Kontakt in der EU: Kein & Aber Verlag, Württembergallee 12, D-14052 Berlin,
berlin@keinundaber.de
Die Nutzung dieses Werkes für Text und Data Mining im Sinne von
§ 44b UrhG behalten wir uns explizit vor
Covermotiv: Hannes Aechter
Satz: Dörlemann Satz, Lemförde
Druck und Bindung: CPI book GmbH, Leck
ISBN 978-3-0369-6187-3
Auch als eBook erhältlich

www.keinundaber.ch